Melissa Foster

Der Liebe auf der Spur

Die Bradens & Montgomerys

Die Autorin

Melissa Foster ist eine preisgekrönte *New-York-Times-* und *USA-Today*-Bestsellerautorin. Ihre Bücher werden vom *USA-Today-Bücherblog*, vom *Hagerstown Magazin*, von *The Patriot* und vielen anderen Printmedien empfohlen. Melissa hat mehrere Wandgemälde für das *Hospital for Sick Children*, eine Kinderklinik in Washington, D. C., gemalt.

Besuchen Sie Melissa auf ihrer Website oder chatten Sie mit ihr in den sozialen Netzwerken. Sie diskutiert gern mit Lesezirkeln und Bücherclubs über ihre Romane und freut sich über Einladungen. Melissas Bücher sind bei den meisten Online-Buchhändlern als Taschenbuch und E-Book erhältlich.

www.MelissaFoster.com

Melissa Foster

Der Liebe auf der Spur

Die Bradens & Montgomerys

LOVE IN BLOOM – HERZEN IM AUFBRUCH

Aus dem Amerikanischen von Janet König

Die Originalausgabe erschien erstmals 2020 unter dem Titel
»Searching For Love« bei World Literary Press, MD, USA.

Deutsche Erstveröffentlichung
2021 bei World Literary Press, MD, USA
© 2020 der Originalausgabe: Melissa Foster
© 2021 der deutschsprachigen Ausgabe: Melissa Foster
Lektorat: Judith Zimmer, Hamburg
Umschlaggestaltung: Natasha Brown
V1. 11.15.21

ISBN: 9781941480465

Vorwort

Wenn dies Ihr erstes Buch aus der Reihe »Love in Bloom – Herzen im Aufbruch« ist, dann sollten Sie wissen, dass alle meine Liebesgeschichten auch unabhängig voneinander gelesen werden können. Tauchen Sie also gleich ein und genießen Sie dieses unterhaltsame und leidenschaftliche Abenteuer! Die außergewöhnliche Geschichte von Zev Braden und Carly Dylan, deren Liebe eine zweite Chance erhält, wollte ich schon seit Jahren schreiben. Um in eine gemeinsame Zukunft starten zu können, müssen sie erst die tragischen Ereignisse ihrer Vergangenheit verarbeiten und lernen, die Veränderungen zu akzeptieren, die diese in ihnen ausgelöst haben. Ich hoffe, Sie werden lachen, weinen und sich ebenso in Zev und Carly verlieben wie ich.

Um über Neuerscheinungen, Aktionen und exklusive Neuigkeiten auf dem Laufenden zu bleiben, abonnieren Sie meinen Newsletter:
www.MelissaFoster.com/Newsletter_German

Die Reihe »Love in Bloom – Herzen im Aufbruch«

Die Bradens & Montgomerys sind nur eine der vielen Serien aus der weitverzweigten Reihe »Love in Bloom – Herzen im Aufbruch«. Jedes Buch kann für sich oder als Teil der Serien gelesen werden. Sie werden den Figuren aus jeder Geschichte

immer wieder begegnen, sodass Sie keine Verlobung, Hochzeit oder Geburt verpassen. Eine vollständige Liste aller Serientitel sowie eine Vorschau auf kommende Veröffentlichungen finden Sie am Ende dieses Buches und unter:
www.MelissaFoster.com/Herzen-im-Aufbruch

Besuchen Sie auch Melissas Seite mit »Reader Goodies«! Dort gibt es – zum Teil auf Deutsch, zumeist aber in englischer Sprache – Serienübersichten, Checklisten, Stammbäume und mehr:
www.MelissaFoster.com/RG

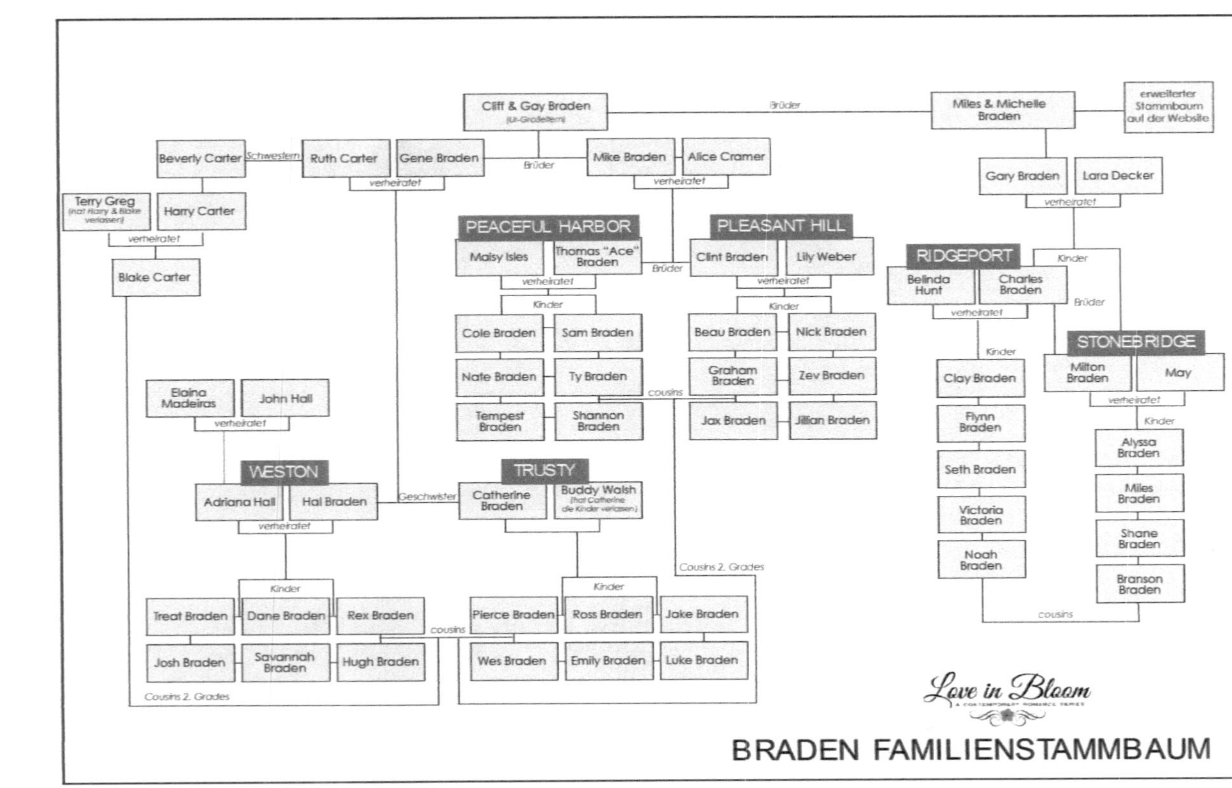

BRADEN FAMILIENSTAMMBAUM

Eins

Zev Braden wusste nicht, was schlimmer war – die Frau, die sein Herz in der zweiten Klasse erobert hatte, mit einem anderen Mann zu sehen, oder zu wissen, dass seine Familie ihn hintergangen und ihm nicht verraten hatte, dass sie zur Hochzeit seines ältesten Bruders kommen würde. Beau war über sich hinausgewachsen, um seiner Braut Charlotte eine Märchenhochzeit im Sterling House zu bieten, dem Gasthof ihrer Familie in den Colorado Mountains, den sie geerbt hatte. Er hatte ein Festzelt aufgebaut und darin den Märchenwald nachgebildet. Unmengen von weißem Seidenstoff waren um einen Rahmen aus kunstvoll miteinander verschlungenen Ästen drapiert und mit winzigen Lichtern und Perlenschnüren dekoriert. Ein Kristallleuchter hing in der Mitte des Zeltes an einem verzierten eisernen Baum und aus opulenten Tafelaufsätzen quollen üppige Blumenarrangements. Der großen Familie und den engen Freunden wurde eine heimelige Festatmosphäre geboten. Doch in diesem Moment fühlte Zev sich seiner geliebten Familie nicht so eng verbunden wie sonst. Seine fünf Geschwister und er ärgerten sich gern einmal gegenseitig, aber sie konnten sich immer aufeinander verlassen.

Bis jetzt.

Er kippte noch einen Tequila hinunter und dachte nach.

Eigentlich sollte er an diesem Wochenende die Entdeckung seines Lebens feiern. Die letzten Jahre hatte er seine ganze Zeit – und zigtausende Dollar – darauf verwendet, nach der *Pride*, dem Schiffswrack des Piraten Garrick »One-Leg« Clegg, zu suchen, das 1716 vor der Küste von Silver Island gesunken war. Vor zwei Tagen hatte Zev drei Konkretionen entdeckt. Diese festen Körper, die entstanden, wenn Metall zerfiel, sich mit dem im Meerwasser enthaltenen Salz verband und zu einem Gebilde aus Stein, Sand, Ton und in der Nähe befindlichen Gegenständen wurde, hatte er genau an der Stelle gefunden, an der seiner Meinung nach das Schiff gesunken war. Auf Röntgenbildern dieser harten Massen waren Gegenstände und Münzen aus Eisen und Silber zu erkennen gewesen. Die größte Konkretion, die über vierzig Kilo wog, hatte Zev zusammen mit den dazugehörigen Röntgenbildern und Dokumentationen seinem Anwalt übergeben, damit der die rechtlichen Schritte für einen Schiffsarrest einleiten konnte. Dadurch würden Zev hoffentlich die exklusiven Verwertungsrechte auf das gesunkene Schiff und alle Artefakte, die er dort zu finden hoffte, zugesprochen. Doch statt seine geschichtsträchtige Entdeckung zu feiern, schüttete er nun Tequila in sich hinein, um seinen Schmerz über das unerwartete Wiedersehen mit Carly Dylan zu betäuben.

Die *Pride* hätte ihre gemeinsame Entdeckung sein sollen. Ein Dokumentarfilm, den sie in der dritten Klasse darüber gesehen hatten, war der Beginn ihrer beider Besessenheit mit dem gesunkenen Schiff gewesen, und im Laufe der Jahre war ihr Interesse daran immer mehr gestiegen. Sie hatten sogar Pläne geschmiedet, im Sommer nach ihrem ersten Collegejahr nach dem Wrack zu suchen. Während ihrer Kindheit hatten er und

Carly alle Abenteuer gemeinsam durchgestanden, hatten sich zusammen in Schwierigkeiten manövriert und waren beste Freunde gewesen. Als sie erwachsen wurden, waren sie auch ein Liebespaar geworden, das – so hatte er geglaubt – eine gemeinsame Zukunft vor sich hatte.

Aber das war, bevor …

Seine Brüder Beau, Nick und Graham kamen auf Zev zu. *Verräter.* Wütend blickte er ihnen entgegen. Sie waren alle groß, breitschultrig und durchtrainiert, aber Zev und Beau hatten noch eine weitere Gemeinsamkeit – die qualvolle Vergangenheit, die ihrer beider Leben verändert hatte.

Verdammter Beau! Wäre dies nicht seine Hochzeitsfeier, dann hätte Zev ihnen allen nur zu gern ihr breites Grinsen aus der Visage gewischt.

»Ich weiß, dass du deine Entdeckung feierst, aber wenn du weiterhin den Tequila so in dich hineinkippst, wird der Alkohol das Einzige sein, was dich heute Abend flachlegt«, sagte Graham feixend. Er war der Jüngste von Zevs Geschwistern. Graham und ihr Bruder Jax konnten mit ihren kurzen braunen Haaren, dem sorgfältig gestutzten Dreitagebart und dem ernsten Blick fast als Beaus Doppelgänger durchgehen, während Zev und sein älterer Bruder Nick die Haare länger trugen und Zev seinem Bart oft längere Zeit keine Aufmerksamkeit, geschweige denn eine Rasur zugutekommen ließ.

Zev bot Graham die Tequilaflasche an, während er versuchte, die Tatsache zu verdauen, dass er vorhin nur durch ein zufällig mitgehörtes Gespräch von Dritten erfahren hatte, dass Carly hier in der Gegend lebte, eng mit Beau und Charlotte befreundet war und Nachspeisen für die Hochzeit geliefert hatte.

»Nein danke, Mann, ich will mich heute nur von meiner

schönen Sunshine flachlegen lassen.« Graham schaute über den Rasen zu ihren Geschwistern, den Zwillingen Jax und Jillian, die sich gerade mit Grahams Frau Morgyn alias Sunshine unterhielten.

Zev sah jedoch an Morgyn und den anderen vorbei zu der Frau, die seine Gedanken und jede seiner Fantasien beherrscht hatte, so lange er denken konnte. Als er Carly vor der Zeremonie zum ersten Mal wiedergesehen hatte – einfach umwerfend in diesem pfirsichfarbenen Kleid, das ihre langen Beine und die schmale Taille betonte –, waren ihre Blicke sich begegnet, und es hatte eingeschlagen wie der Blitz eines Sommergewitters. Kaum hörbar war ihm *Carls* über die Lippen gekommen, so wie ihr *Zevy* entwichen war. Nach fast einem Jahrzehnt ihre süße Stimme zu hören, hatte ihn erstarren lassen. Mit einem Tablett voller Schoko-Desserts war sie Cutter Long gefolgt, einem Cowboy-Typen, der einem Western entsprungen zu sein schien und der, wie Zev wusste, einer von Charlottes engsten Freunden war. Seit der Trauungszeremonie war Cutter kaum von Carlys Seite gewichen, und jetzt berührte Carly seinen Arm und lachte über etwas, das er gesagt hatte. Zev war einst der Typ an ihrer Seite gewesen. Sie hatten sogar dasselbe College besucht. Aber das war lange her.

Er konnte den Blick nicht von ihr lösen. Sie war sogar noch schöner, als er sie in Erinnerung gehabt hatte. Ihre blonden Haare waren jetzt noch heller, doch selbst nach all dieser Zeit wusste er noch, wie es sich anfühlte, wenn ihm ihre seidenen Strähnen durch die Finger glitten. Noch immer sah er ihre großen blauen Augen vor sich, die feurig und verspielt gefunkelt hatten, wenn sie sich im Gras gewälzt hatten oder am Meer entlangspaziert waren.

Mit zusammengebissenen Zähnen versuchte er, die

glücklichen Erinnerungen zu verdrängen, an die er sich seit Jahren wie an einen Rettungsring geklammert hatte. Seit er die Beziehung beendet und ihrer gemeinsamen Heimatstadt Pleasant Hill in Maryland den Rücken gekehrt hatte – genau zwei Tage, nachdem Carlys beste Freundin und Beaus damalige Partnerin Tory Raznick bei einem Autounfall ums Leben gekommen war. Tory war bei einer Freundin zu Besuch gewesen und früher zurückgeflogen, ohne jemandem Bescheid zu sagen. Sie hatte Beau überraschen wollen, doch Zev hatte ihn zu einer Party mitgenommen. Als sie vom Flughafen aus eine Nachricht geschrieben hatte, waren sie schon angetrunken gewesen, und Beau hatte das Telefon nicht gehört. Nachdem sie mehrere Leute vergeblich angerufen hatte, um sich von jemandem abholen zu lassen, war sie letztendlich in ein Taxi gestiegen. Ein Sturm hatte in jener Nacht gewütet und nur wenige Meilen vom Flughafen entfernt hatte der Fahrer die Kontrolle über das Auto verloren. Zev wusste, dass er nicht für den Tod von Tory verantwortlich war, aber die Schuldgefühle, weil er Beau zum Feiern mitgeschleppt hatte, und die Erkenntnis, dass ein geliebter Mensch jederzeit aus ihrem Leben gerissen werden konnte, hatten einen Erdrutsch in ihm ausgelöst, der ihn erdrückt hatte.

Nick riss Zev aus seinen Gedanken, als er ihn anstieß. »Mann, Carly sieht unverschämt heiß aus. Wenn ich gewusst hätte, dass sie eine Schwäche für Cowboys hat …«

»Halt bloß die Klappe.« Zev kippte noch einen Tequila in sich hinein.

Schmunzelnd tippte Nick sich an den Hut. Der Pferdetrainer hatte einen Körper, der für jeden Kampf gerüstet war, und sein Auftreten wirkte, als wäre er auch immer gern für einen zu haben.

Zev hatte schon miterlebt, wie Nick einen Kerl mit einem einzigen Schlag niederstreckte, aber das würde ihn nicht davon abhalten, sich mit ihm anzulegen, wenn er ihn weiterhin piesackte. Zev war vielleicht schlanker als sein breit gebauter Bruder, aber er war auch schnell. Etwas, das sein nomadenhaftes Schatzsucherdasein mit sich brachte. *Furchtlos und flink* war eine gefährliche Mischung, wenn – wie in diesem Moment – auch Wut in Zevs Adern brodelte. Aber er gab Nick nicht die Gelegenheit, ihm noch stärker zuzusetzen. Stattdessen wandte er sich zornig an Beau. »Warum hast du mir nicht gesagt, dass sie kommt?« Er nahm seine anderen Brüder ins Visier. »Ihr wusstet alle, dass sie hier lebt, und keiner von euch hat es für nötig gehalten, mich einzuweihen. Was zum Teufel soll das?«

Beau straffte die Schultern. »Als ich das letzte Mal etwas über Carly gesagt habe, hast du mir gedroht, du würdest mich killen, wenn ich ihren Namen jemals wieder erwähnen sollte.«

»Das stimmt«, pflichtete Graham ihm bei. »Weißt du noch? Das war letztes Jahr am Nationalfeiertag bei Mom und Dad, als Beau und Char ihre Verlobung gefeiert haben.«

Wie konnte er jemals den Tag vergessen, den er nie erwartet hätte?

Nachdem Tory gestorben war, hatten Schmerz und Schuldgefühle sowohl Zev als auch Beau derart aus dem Gleichgewicht gebracht, dass sie beide einfach nur noch aus Pleasant Hill fortwollten. Beau war nicht einmal mehr fähig gewesen, sich mit Duncan, seinem besten Freund aus Kindheitstagen und Torys älterem Bruder, in einem Raum aufzuhalten, ohne den Drang zu verspüren, alles auseinanderzunehmen. Auch wenn Zev selten nach Hause gekommen war, so hatte er doch den Kontakt zu seiner Familie aufrechterhalten und von dem immer größer werdenden

Graben zwischen Beau und Duncan gehört. Als Duncan am Abend von Beaus Verlobung das Haus ihrer Eltern betreten hatte, war Zev deshalb auch kurz davor gewesen, auf Duncan loszugehen. Doch dann war ihm berichtet worden, dass Beau es geschafft hatte, Torys Tod hinter sich zu lassen und sich mit Duncan auszusöhnen.

An jenem Tag hatte Zev sich gefragt, ob er auch einen Weg finden könnte, alles Geschehene hinter sich zu lassen. Aber der einzige Mensch, mit dem er in die Zukunft blicken wollte, war Carly. Vor dem heutigen Tag hatte er sie nur einmal wiedergesehen, und damals hatte sie ihm eindeutig zu verstehen gegeben, dass sie über ihn hinweg war.

»Ich weiß, was ich gesagt habe.« Zev sah Beau ernst an. »Aber, Mann, hättest du mich nicht vorwarnen können? Du und Char seid gut mit ihr befreundet. Ihr wusstet, dass sie mit Cutter hier sein würde. Was soll der Mist?«

»Hey, ich habe keine Ahnung, was da zwischen ihr und Cutter läuft.« Beau schaute zu Charlotte hinüber, die mit Morgyn und ihrer toughen Schwester Sable – nur eine der vielen Montgomery-Schwestern, die zu der Hochzeit gekommen waren – in ihre Richtung kam. »Aber bitte sag jetzt nicht, dass du dich während unserer Flitterwochen nicht mehr um unsere Tiere kümmern willst.« Er hatte Charlotte mit einer Woche Urlaub in dem kleinen französischen Dorf überrascht, in dem ihre Großeltern mütterlicherseits gelebt hatten.

Vor seiner sagenhaften Entdeckung hatte Zev zugesagt, in ihrem Gasthof zu wohnen und auf ihre Hühner und den diebischen Hund Bandit aufzupassen, da keines seiner Geschwister Zeit hatte. Gestern Abend hatte er veranlasst, dass die übrigen, kleineren Konkretionen, die er gefunden hatte, an das meeresbiologische Labor seines Cousins Noah außerhalb der

Stadt geschickt wurden, damit er seine Funde präparieren konnte, solange er sich um den Gasthof kümmerte. Unaufhörlich hatte er seitdem überlegt, welches seiner Geschwister er dazu überreden konnte, für ihn einzuspringen. Aber nachdem er nun erfahren hatte, dass Carly hier lebte, wusste er nicht mehr, was er überhaupt wollte.

»Die Pferde stehen bei Hal auf der Ranch, also brauchst du die Boxen nicht auszumisten«, sagte Beau, als wäre das ein schlagendes Argument. »Ich weiß, dass du im Moment viel um die Ohren hast, aber niemand sonst kann das übernehmen.«

»Ganz richtig, ich kann auf keinen Fall bleiben und die Tiere versorgen«, sagte Nick. »Ich fahre Ende der Woche nach Virginia, um dort ein paar Pferde zu kaufen.«

»Morgyn und ich reisen morgen für vierzehn Tage nach Seattle, und alle anderen düsen auch gleich morgen früh wieder ab«, fügte Graham hinzu. »Jilly und Jax haben eine Fashion Show und werden zwei Wochen lang weg sein, und Mom und Dad haben Termine wegen der Ausbauarbeiten auf dem Weingut.« Die Familie ihrer Mutter besaß einen Weinbaubetrieb namens Hilltop Vineyards, und ihr Vater half als Ingenieur bei den Bauplänen. »Tut mir leid, Zev, aber das bleibt an dir hängen.«

Charlotte stellte sich zu Beau. In ihrem märchenhaften Hochzeitskleid, das Jillian und Jax, beide Modedesigner, für sie kreiert hatten, sah sie hinreißend aus. Beau legte den Arm um sie und gab ihr einen Kuss. Seinen Bruder so glücklich und so verliebt zu sehen, rief Erinnerungen an das Gefühl wach, mit dem Menschen zusammen zu sein, den er liebte. Noch einmal schaute Zev verstohlen zu der einzigen Frau, die nahezu alle Gefühle bei ihm ausgelöst hatte. Vielleicht wusste er nicht, was er wollte, aber eines war sicher: Abzureisen war nicht mehr seine oberste Priorität.

»Keine Sorge«, sagte Zev. »Ich würde euch niemals hängen lassen.«

»Das sagst du sicher zu allen Frauen, *Vorspiel*«, meinte Sable mit hochgezogenen Augenbrauen und brachte damit seine Brüder zum Schmunzeln.

»Das wüsstest du wohl gern, wie?«, konterte Zev. Morgyn hatte ihm den Spitznamen *Vorspiel* verpasst, weil sie ihn für den Typ Mann hielt, den Frauen sich gern für ein kurzes Vergnügen aussuchten, aber niemals für etwas Langfristiges. Zev sah das ganz genauso und war damit völlig zufrieden.

»Du starrst Cutter und Carly jetzt schon so lange an, dass ich mich allmählich frage, wer von den beiden dein Typ ist«, stichelte Morgyn.

»Du weißt genau, dass ich nicht so gepolt bin, Sunshine. Und wenn, dann wäre *dieser* Cowboy mit Sicherheit nicht mein Typ.« Zev nahm noch einen Schluck Tequila, während sein Blick wieder zu Carly wanderte. Jillian und Jax hatten sich zu ihr und Cutter gesellt, und wie es aussah, amüsierten sie sich alle hervorragend.

»Komisch, mir kam eben der Gedanke, dass ich einen Cowboy gerade gut gebrauchen könnte.« Sable warf sich ihre Haarmähne über die Schulter und wandte sich Nick zu. »Was meinst du, starker Mann? Sind diese ganzen Muskeln auch für die Tanzfläche geschaffen oder können die nur auf deiner Ranch schuften?«

»Baby, es gibt nichts, was dieser Körper nicht kann.« Nick legte die Hand auf Sables Rücken und führte sie zur Tanzfläche.

»Ich will auch tanzen!«, rief Morgyn. Sie zog Graham hinter sich her und gemeinsam folgten sie Nick und Sable.

Charlotte nahm Beaus Hand. »Sie spielen gerade unser Lied,

geliebter *Ehemann*. Lass uns auch tanzen.« Sie trat näher an Zev heran und flüsterte ihm zu: »Carly beißt nicht.«

»Tja, das ist wirklich zu schade, meine Süße«, meinte Zev grinsend. »Sie hat ihren sexy Mund immer so gekonnt eingesetzt.«

Charlotte quietschte erfreut auf. »Wenn du sie fragst, knabbert sie bestimmt gern ein bisschen.«

»Komm, schöne Frau. Ich bin mir ziemlich sicher, dass Zev in solchen Dingen keine Nachhilfe braucht.« Beau führte sie weg und ließ Zev mit seinen schmutzigen Gedanken an Carly und ihren talentierten Mund zurück.

Niemand wusste, dass Zev und Carly sich zufällig in Mexiko begegnet waren, als sie in dem Jahr nach Torys Tod ihre Frühlingsferien dort verbracht hatte. Er hatte gerade eine Tauchexpedition abgeschlossen und saß in einer Bar, als er ihr ansteckendes Lachen gehört hatte. Er war davon ausgegangen, dass er sich das nur eingebildet hatte, aber dann hatte er sie am anderen Ende der Kneipe gesehen, unfassbar schön und verlockend vertraut. Als sich ihre Blicke getroffen hatten, war ein flammendes Inferno zwischen ihnen aufgelodert, und die überwältigenden Gefühle, die er versucht hatte zu vergessen, hätten ihn fast verschlungen. Schon immer war ihre Verbindung so stark gewesen, dass sie sich ihre Gedanken ohne viele Worte mitteilen konnten, und in jener Nacht war es nicht anders. Sie sprachen nicht über Tory, auch nicht darüber, dass er Pleasant Hill verlassen hatte. Eigentlich sprachen sie überhaupt nicht viel. Zev hatte gesagt, er wäre nicht in der Lage, irgendetwas zu versprechen, woraufhin Carly entgegnete: *Ich will keine Versprechen. Ich will nur diese Nacht.* Eine einzige, unglaubliche Nacht hatten sie miteinander verbracht. Damals war Zev bewusst geworden, dass er einen Fehler begangen hatte, als er einfach so gegangen war, und er hatte gedacht – *gehofft* –, dass sie vielleicht wieder zueinanderfinden würden. Doch als er am nächsten Morgen aufwachte, war Carly spurlos verschwunden gewesen und hatte ihn verwirrt, verletzt, wütend zurückgelassen, und er war fest entschlossen gewesen, sich nie wieder so zu fühlen.

Als er jetzt sah, wie sie diesem dämlichen Cowboy ihr strahlendes Lächeln schenkte, akzeptierte er die Wahrheit, die er jahrelang zu leugnen versucht hatte. Carly Dylan hatte nicht nur sein Herz erobert, als sie noch Kinder waren. Sie hatte sein ganzes Wesen – seinen Geist, seinen Körper und seine Seele – in Besitz genommen, und sie würde es bis weit über den Tag hinaus besitzen, an dem er seinen letzten Atemzug tat.

Carly hatte monatelang Zeit gehabt, sich auf das Wiedersehen mit Zev vorzubereiten. Diese Zeit hatte sie gut genutzt und einen wohl durchdachten Plan erstellt, um sich selbstbewusst und von seiner Gegenwart vollkommen unbeeindruckt zu geben. Einen Plan, der es ihr ermöglichte, den Abend mit unbeschädigter Selbstachtung und unberührter Unterwäsche zu überstehen. Sie hatte mit ihrer Mitarbeiterin und besten Freundin Birdie Whiskey so lange geübt, bis Smalltalk und selbstbewusste Gesten zur Routine wurden. Mit ausgiebigem Training hatte sie sich beigebracht, *nicht* mit ihrem Ohrring zu spielen, denn Zev hatte das schon damals immer als verräterisches Anzeichen dafür erkannt, dass sie der Wahrheit auswich. Sie hatte sich sogar entsprechend in ein pfirsich-farbenes Wickelkleid geworfen, das Birdie mit ihr zusammen ausgesucht hatte. Birdie meinte, es strahle Klasse und Kultiviertheit aus, während es gleichzeitig ausreichend Sexappeal habe, um jeden Mann um den Verstand zu bringen. Aber Carlys bis ins Detail durchdachter Plan war in der Sekunde gescheitert, in der sie um die Ecke des Gasthofs gebogen war und plötzlich dem Mann gegenüberstand, dessen jüngeres Ich ihr erster Schwarm, ihr erster Kuss, ihre erste intime Berührung ... ihr *Alles* gewesen war. Das war der Mann, den sie einst hatte heiraten wollen.

Der Mann, der mein Herz in tausend Stücke zerrissen hat. Zweimal.

Das zweite Mal ohne sein Wissen, aber trotzdem ...

Cutter stieß Carly an und riss sie aus ihren Gedanken. Anscheinend hatte sie sich ausgeklinkt, während Jax und Jillian etwas gesagt hatten, denn alle sahen sie erwartungsvoll an, doch sie hatte keine Ahnung, was sie verpasst hatte.

»Alles okay?«, fragte Cutter.

Sie kannte den liebenswert großspurigen Cowboy schon seit Jahren. Cutter war der Stallverwalter der Woodlands Ranch, einer Gästeranch, die von ihren Freunden Wes Braden und Chip Shelton betrieben wurde. Sie hatte sie alle über Treat Braden kennengelernt, einen Immobilienmagnaten, der – wie sie später erfuhr – ein Cousin zweiten Grades von Zev war. Treat und seine Frau Max waren im Schokoladengeschäft ihrer Tante in Allure gewesen, als Carly dort gerade gearbeitet hatte. Nachdem sie die familiären Beziehungen durchschaut hatte, war sie froh gewesen, nie ihre frühere Beziehung zu Zev erwähnt zu haben. Abgesehen von ihren Freunden und ihrer Familie in Pleasant Hill hatte sie nach dem Tod ihrer besten Freundin Tory mit niemandem außer Birdie, Charlotte und Cutter über ihre Vergangenheit mit Zev gesprochen. Und abgesehen von ihrer Therapeutin hatte sie absolut niemandem von ihrer zufälligen Begegnung in Mexiko erzählt. Dass sie nach jenem Sommer und ihrem Umzug nach Colorado von so vielen wunderbaren Menschen aufgefangen worden war, empfand sie als wahres Glück. Es hatte die schmerzhafte Neuorientierung etwas einfacher gemacht, auch wenn es lange gedauert hatte, bis sie Fuß gefasst und wirklich damit angefangen hatte, sich ein neues Leben aufzubauen.

»Es geht ihr gut. Sie befindet sich nur in einem Schockzustand, nachdem sie meinen Bruder wiedergesehen hat«, sagte Jillian. Tory und Carly waren für Jillian wie Schwestern gewesen, und so hatten der Tod von Tory und das Ende der Beziehung von Carly und Zev auch sie sehr mitgenommen.

Zevs Familie hatte ihr Möglichstes getan, um Carly über den tragischen Verlust ihrer besten Freundin und die Trennung hinwegzuhelfen, aber es war zu schmerzhaft gewesen, in ihrer Nähe zu sein, und schließlich hatte sie sich zurückgezogen. Sie hatte die Bradens seit Jahren nicht gesehen. Erst vergangenen Sommer war sie zufällig Beau und Charlotte begegnet, als sie zu Besuch bei ihren Eltern war. Damals hatten sie festgestellt, dass sie in Colorado gar nicht so weit voneinander entfernt lebten. Zuerst war es seltsam gewesen, Beau so verliebt mit jemand anderem als Tory zu sehen, aber Carly hatte Charlotte auf Anhieb sehr gemocht, und so hatte sie diese Erinnerungen beiseitegeschoben, damit sie ihrer Freundschaft nicht im Weg standen. Sie waren tatsächlich enge Freundinnen geworden und sie freute sich für die beiden. Auch wenn sie angesichts des Wiedersehens mit Zev nervös war, hatte Carly sie auf keinen Fall hängenlassen wollen, als die zwei sie gebeten hatten, die Desserts für die Hochzeit zu liefern.

Doch nun war ihr fast übel vor Aufregung, und sie fragte sich, ob diese Entscheidung so klug gewesen war.

Jillian wackelte vielsagend mit den Augenbrauen, als sie mutmaßte: »Vielleicht hängt Carly auch ihren Tagträumen über Zev nach.« Sie war so frech und penetrant wie eh und je.

»Nicht im Mindesten«, widersprach Carly, obwohl ihr Körper wie unter Strom stand, seit sie ihn vorhin das erste Mal erblickt hatte. Sie konnte ihn kaum ansehen, ohne weiche Knie zu bekommen.

Jax, der ausgeglichenste von Zevs Brüdern, sagte: »Pech für ihn, Carly. Es tut mir leid, was du wegen ihm durchmachen musstest.«

»Danke, Jax.«

»Mir tut das alles auch leid«, sagte Jillian. »Es war für alle eine schlimme Zeit, aber das ist lange her. Zev ist jetzt ein anderer Mensch, und ihr beide habt wundervoll zueinander gepasst.« Sie strich sich die burgunderroten Haare hinter die Ohren und blickte quer durch das Zelt zu Zev. »Schau ihn dir doch an. Er sieht nicht einmal mehr so aus wie damals. Irgendwie wirkt er jetzt kantiger. Seine längeren Haare passen zu seiner geheimnisvollen Seite, findest du nicht, Carly?«

Wie von einem Magneten wurde Carlys Blick von Zev angezogen. Den ganzen Abend über hatte sie immer wieder verstohlen zu ihm geschaut und versucht, den schlaksigen Teenager von damals mit dem umwerfenden Mann mit den markanten, verwegenen Gesichtszügen und dem dichten Dreitagebart in Einklang zu bringen, den sie nun vor sich sah.

»Ja«, hauchte Carly fast, bekam dann aber ihre Stimme schnell wieder unter Kontrolle. »Ich meine, ja, sieht gut aus. Egal. Er hatte schon immer tolle Haare.« Bereits als Jugendlicher hatte er die Haare zotteliger getragen als seine

Brüder. Wie gern war sie immer mit den Fingern hindurchgefahren. Ihre Hände kribbelten vor Verlangen, sie wieder zu berühren, und Ärger machte sich in ihr breit. »Warum willst du ihn mir so schmackhaft machen, Jilly? Du weißt doch, wie sehr er mir wehgetan hat.«

»Tut mir leid, ich kann einfach nicht anders«, sagte Jillian. »Ihr beide seid wie die zwei Seiten derselben Medaille.«

»Ich bin über ihn hinweg. Sag es ihr, Cutter. Sag ihr, dass ich über ihn hinweg bin.«

Cutter legte den Arm um Carly. »Sie schwört, dass sie über ihn hinweg ist.«

»Dein Ernst?« Carly sah ihn wütend an. »Nachdem ich dir so oft beigestanden habe, ziehst du jetzt so eine Nummer ab?«

Jillian antwortete, bevor Cutter etwas erwidern konnte. »Es spielt keine Rolle, was du ihm erzählt hast. Die Funken, die zwischen euch sprühen, könnten dieses Zelt in Brand setzen.«

»Sie hat recht, Carly, aber du weißt, dass ich dir beistehe.« Cutter sah Jax und Jillian an. »Ich weiß, dass Zev euer Bruder ist, aber wenn er Carly Ärger macht, dann bekommt er es mit mir zu tun.« Er schaute zu Zev hinüber. »Obwohl er eigentlich ganz nett aussieht.«

Er sieht aus wie der Typ, der Jahre meines Lebens ruiniert hat und es trotzdem noch schafft, mein blödes Herz zum Rasen zu bringen.

»Er ist mehr als nur *ganz nett*«, meinte Jillian, um ihn in Schutz zu nehmen. »Zev ist ein guter Mensch.«

»Ich habe auch nichts Gegenteiliges behauptet. Ich sagte nur, er bekommt es mit mir zu tun, wenn er Carly Kummer bereitet«, stellte Cutter klar.

»Während ihr beiden euch über Zevs Vorzüge unterhaltet, wird sich *dieser* gute Typ hier eine von Morgyns heißen

Schwestern zum Tanzen schnappen. Sieht so aus, als wären Pepper und Amber gerade nicht vergeben.« Jax sah Cutter fragend an. »Was meinst du? Willst du eine von ihnen auffordern?«

»Ich bin immer für einen Tanz mit einer netten Dame zu haben«, antwortete Cutter grinsend.

Carly verdrehte die Augen.

»Augenblick mal«, sagte Jillian. »Die einzigen männlichen Singles hier, mit denen ich nicht verwandt bin, sind Cutter und Duncan, und ich werde sicher nicht mit Duncan tanzen.« Sie nahm Cutters Hand, der sie lüstern ansah. »Verabschiede dich von deinen schmutzigen Gedanken, Cowboy. Du darfst mit mir tanzen, mehr nicht.«

»Das haben schon stärkere Frauen gesagt und am Ende doch mein Bett gewärmt.«

»Schluss jetzt damit, Mann«, warnte Jax ihn, als sie sich zur Tanzfläche aufmachten und Carly allein ließen.

Die Bradens hatten eine riesige, weitverzweigte Familie mit Cousins in mehreren Bundesstaaten, und viele von ihnen waren zur Feier gekommen. Carly war im wahrsten Sinne des Wortes umringt von einer Horde heißer Singles, und doch musste sie immerzu nur an den Einzigen denken, den sie *nicht* wollen sollte. Sie kämpfte gegen das Verlangen an, noch einmal zu Zev zu schauen, doch diese magnetische Anziehungskraft war zu stark, und so flog ihr Blick wieder in seine Richtung.

Ihr stockte der Atem. Zev sah sie unverhohlen an, als er eine Flasche abstellte und auf sie zukam.

Mistmistmist.

Hektisch schaute sie sich nach einem Versteck oder einer Gruppe von Menschen um, in der sie untertauchen konnte. Ihr schwirrte der Kopf. Fast alle tanzten, also stürmte sie zu dem einzigen Ort, der ihr Sicherheit bot und sie stets wunderbar ablenken konnte – dem Desserttisch. Sie belieferte schon seit Jahren Anlässe wie diesen mit Nachspeisen. Sie wusste, wie man beschäftigt wirkte. Doch als sie vor dem Tisch stand und die Leckereien aus Schokolade anstarrte, die sie gezaubert hatte, war sie nur damit beschäftigt, das Wummern ihres Herzens gegen die Rippen wahrzunehmen und sich immer wieder zu ermahnen: *Atme, atme, atme!*

Sie spürte Zevs Gegenwart, noch bevor er überhaupt neben ihr stand. Das war schon immer so gewesen. Er war ein Mysterium und strahlte eine Art Energie aus, die die Luft knistern und das Universum den Atem anhalten ließ. Sie blickte starr geradeaus, als er neben sie trat und ihr am ganzen Körper eine Gänsehaut bescherte. *Atme, atme, atme!* Oh nein, atmen war keine gute Idee. Er roch nach Moschus und wilder Natur, ähnlich wie als Teenager, doch eindeutig *männlicher*.

Er nahm sich eine Schokopraline und dabei entdeckte sie unter seinem hochgerutschten Ärmel mehrere geflochtene und mit Perlen verzierte Lederarmbänder. Warum machte ihn das noch heißer?

»Zu schade, dass es keine zuckrigen Cerealien gibt, stimmt's, Carls?«

Seine volle, tiefe Stimme sandte Hitzewellen durch ihren Körper, und dass er ihre gemeinsame Vorliebe für solch ungesunde Snacks erwähnte, brachte ihr Herz zum Schmelzen. Das war eines ihrer *Dinge* gewesen – verschiedene Cerealien zu vermischen und sie an einen ihrer besonderen Orte zum Essen mitzunehmen. Sie hatten so viele *Dinge* miteinander gehabt. Oft hatten sie sich Geschichten als Antwort auf die Fragen des anderen ausgedacht, hatten sich nachts hinausgeschlichen, um herumzuknutschen, sich zu lieben oder irgendein Abenteuer zu erleben. Sie hatten ihre gemeinsamen Lieder gehabt, ihre Träume und ihre Mutproben. Ihre albernen Mutproben hatten ihr wirklich immer Spaß gemacht.

Mit einem tiefen Atemzug wappnete sie sich gegen die Erinnerung an die Jahre, die sie als Paar verbracht hatten, und rief sich ihren Plan ins Gedächtnis. Sie konnte das hier schaffen. Sie würde es schaffen. Auch wenn sie ihn nicht ansehen konnte.

Sie straffte ein wenig die Schultern und tat so, als betrachtete sie prüfend den Desserttisch, bevor sie mit möglichst selbstsicherer Stimme sagte: »Ich habe seit Teenagerzeiten keine Cerealien mehr gegessen.«

»Ach, komm schon. Du würdest doch nie freiwillig auf Lucky Charms oder Froot Loops verzichten.«

Ihr Magen zog sich zusammen bei dem Gedanken daran, wie sie und Zev in diesen Schachteln nach den Plastikgeschenken gesucht hatten, um sie dann wie Goldstücke zu tauschen. Ihre Lieblingsteile waren ein rosa Plastikring mit einem Stern darauf und eine winzige gelbe Schatzkiste gewesen, die sie bei ihm gegen ein paar Kreisel eingetauscht hatte. Wenige Wochen später hatte er sie gefragt, ob sie seine Freundin sein wolle, und ihre Antwort war am nächsten Abend gekommen. Sie hatte *Ja* auf einen Zettel geschrieben und ihn in die Schatzkiste gelegt, die sie auf seine Fensterbank gestellt hatte. Er hatte Carly gebeten, gut auf den Ring aufzupassen, denn eines Tages wolle er ihr damit einen Antrag machen. In der siebten Klasse war ihnen all das so real erschienen. Einige Jahre später war sie am Boden zerstört gewesen, als sie nach dem Ring gesucht und festgestellt hatte, dass sie ihn verloren hatte. Und noch eine Erinnerung schloss sich an: die Lucky-Charms-Tattoos, die sie sich hatten stechen lassen wollen, als sie am College gewesen waren. Das hätte im Sommer nach ihrem ersten Jahr dort passieren sollen, direkt vor ihrer Abfahrt nach Silver Island, wo sie sich ein Ferienhaus und ein Boot hatten mieten wollen, um nach der *Pride*, dem Schiffswrack von Garrick »One-Leg« Clegg, zu suchen. Sie hatten so viele Träume für ihre gemeinsame Zukunft gehabt. Einer davon war es gewesen, mit nur wenigen weltlichen Besitztümern, die allesamt in ein paar Rucksäcke passten, in einem Campingbus zu leben.

Doch als Tory ums Leben gekommen war, hatte Carly ihre beiden besten Freunde und all ihre gemeinsamen Träume verloren.

Sie vergrub diese Gedanken wieder tief in ihrem Inneren und sagte fest: »Ich verzichte tatsächlich darauf. Es gibt vieles, was du nicht über mich weißt. Ich bin nicht mehr das Mädchen, das du mal kanntest.« Sie erlaubte sich einen Blick, und Zevs Lippen bogen sich zu diesem charmanten, verführerischen Lächeln, mit dem er sie schon immer rumgekriegt hatte. Ihr Magen schlug Purzelbäume.

Nein!

Hör auf, Purzelbäume zu schlagen!

Sein Blick glitt an ihr hinunter und ließ eine Spur prickelnder Nadelstiche zurück. Der Teufel sollte ihn holen!

»Du hast recht, Carls. An dir ist überhaupt nichts Mädchenhaftes mehr. Du bist ganz und gar Frau und siehst umwerfend aus.« Er steckte sich die Praline in den Mund und kaute genüsslich, während er den Blick keine Sekunde von ihr abwandte. »Diese Schokoladendinger sind köstlich, aber ich glaube trotzdem nicht, dass du keine Cerealien mehr isst.«

Nervös verschränkte sie die Arme und ließ sie dann wieder fallen. »Das kannst du mir ruhig glauben. Ich bin jetzt bei Schokolade gelandet und führe ein Schokoladengeschäft namens

Divine Intervention in Allure. Ich habe die Praline gemacht, die du gerade gegessen hast.«

»Wirklich? Divine Intervention – die ›Göttliche Fügung‹? Das Geschäft deiner Tante?«

Kaum zu glauben, dass er sich daran erinnerte! Sie hatte ihre Tante Marie oft im Sommer besucht. Marie war nicht wirklich mit ihr verwandt, sondern seit Kindheitstagen die beste Freundin von Carlys Mutter, aber für Carly war sie immer Tante Marie gewesen.

»Ja, genau das«, bestätigte sie.

»Toll. Und wie ich sehe, stehst du jetzt auf Cowboys.«

Cowboys? Du meine Güte! Cutter! Im Bruchteil einer Sekunde beschloss sie, dieses Missverständnis zu ihren Gunsten zu nutzen. »Ja, Cutter ist mein Freund. Er ist großartig, total nett und er liebt Schokolade.« *Was faselst du da? Er liebt Schokolade? Ahh …*

Zevs Blick wanderte nun zu ihrem Ohr und seine Lippen verzogen sich zu einem wissenden Grinsen. Sie merkte, dass sie mit ihrem Ohrring spielte, und so ließ sie rasch die Hand sinken und schimpfte insgeheim mit sich. *So viel zum Thema Übung macht den Meister.*

»Du möchtest deinen Freund vielleicht zurückpfeifen, bevor Sable sich über ihn hermacht.« Er nahm sich noch eine Praline und warf sie sich in den Mund.

Sie schaute zur Tanzfläche. Cutter und Sable übten sich in Dirty Dancing. Wo zum Henker war Jillian? Sie überlegte nicht lange. »Wir führen eine offene Beziehung. Er ist nur *einer* von meinen Freunden.«

Zev zog eine Augenbraue hoch. »Ach, tatsächlich?«

»Ja.« Sie merkte, dass sie bereits die Hand zum Ohrring hob, und ließ sie schnell wieder sinken. Warum machte er sie nur so nervös? Sie straffte erneut die Schultern. »Ich sagte doch: Ich habe mich verändert.«

»Das bedeutet dann wohl, dass du an den Abenden immer etwas vorhast?«

»Absolut. Die nächsten Wochen sind komplett ausgebucht«, fügte sie noch sicherheitshalber hinzu, doch die Lüge ging einher mit einem schmerzhaften Stich ins Herz. Ihre Abende verbrachte sie meistens vor dem Fernseher, um sich Dokumentarfilme über maritime und terrestrische Archäologie anzusehen – Themen, die sie faszinierten, die sie aber nicht mehr aktiv verfolgte. Doch das würde sie ihm nicht verraten. »Ich habe *ständig* etwas vor. Bin fast jeden Abend unterwegs. Du kennst mich ja, Party-Carly.«

Zev trat näher an sie heran und raubte ihr damit die Luft zum Atmen. »Das ist wirklich schade, Carls. Ich wohne eine Woche lang im Gasthof, kümmere mich für Beau um die Tiere, und ich hatte gehofft, wir könnten uns mal treffen.«

Sie musste schlucken. Als sie sich das letzte Mal *getroffen* hatten, war sie mit wesentlich mehr als nur einem gebrochenen Herzen aus der Begegnung hervorgegangen.

»Vielleicht sollte ich dich mit einer Wette aus einem dieser Dates herauslocken, damit wir etwas Zeit miteinander verbringen können.« Er beugte sich so dicht zu ihr vor, dass sie den Alkohol in seinem Atem riechen konnte. »Du konntest einer Wette noch nie widerstehen.«

Unauffällig stützte sie sich am Tisch ab, um ihre weich werdenden Knie zu entlasten.

Mit einem Blick auf ihre Hand hatte er wieder dieses Grinsen auf den Lippen. Er sah sie aus seinen dunklen Augen an. »Vielleicht steckt dieses abenteuerlustige Mädchen ja doch noch in dir.«

Er kam noch näher, sodass er sie berührte, und flüsterte ihr ins Ohr. »Ich weiß, dass ich dir wehgetan habe, und es tut mir leid. Ich habe mir auch wehgetan.« Zärtlich berührte er ihre Wange mit einem leichten Kuss, bevor er sich umdrehte und ging. Sie blieb zurück mit sehnsuchtsvollem Schmerz und dem Drang, hinter ihm herzulaufen.

Zwei

Später an dem Abend wurde die Terrasse des Gasthofs von funkelnden Lampen und den Flammen des Lagerfeuers erleuchtet. Der Empfang war vor über einer Stunde zu Ende gewesen, und die meisten Gäste waren abgefahren, aber Zevs Familie, die Montgomerys und einige von Charlottes engsten Freunden übernachteten im Gasthof und reisten erst am nächsten Morgen ab. Sie hatten sich umgezogen und einige saßen am Feuer. Lachen und Stimmengewirr hallten durch die Nacht, aber dank der herzzerreißend schönen Carly war Zev so verdammt durcheinander, dass er ein paar Minuten allein brauchte, um einen klaren Kopf zu bekommen.

Er ging auf dem Rasen auf und ab und musste immerzu an sie denken. Nachdem sie am Desserttisch miteinander geredet hatten, war sie ihm die restliche Zeit aus dem Weg gegangen und hatte das Fest mit Cutter verlassen, sobald die Hochzeitstorte angeschnitten worden war. Trotz ihrer den Ohrring in Mitleidenschaft ziehenden Flunkereien und der aufgesetzten Fassade der Selbstsicherheit hatte er die Wahrheit gesehen. Ob sie nun einen Cowboy an ihrer Seite hatte oder nicht, die Funken zwischen ihnen sprühten nach wie vor und sie waren heißer denn je. In diesen wenigen Minuten, in denen

23

sie miteinander gesprochen hatten, waren das Verlangen und die Erinnerungen in ihm aufgeflammt und hatten all die Gefühle an die Oberfläche geholt, die er jahrelang vergraben hatte. Nur mit äußerster Selbstbeherrschung war es ihm gelungen, sie nicht in seine Arme zu reißen, nicht wie früher diese sexy Sommersprossen auf ihrer Nase zu küssen, und sie dann nicht zu diesem leidenschaftlichen Kuss an sich zu ziehen, nach dem er sich seit seinem Abschied aus Pleasant Hill gesehnt hatte, um die Jahre der Trennung auszulöschen.

Als Teenager hatten sie so ziemlich jedes Hindernis überwinden können. Aber Hausarrest, Streitereien mit den Eltern und Langeweile waren nichts im Vergleich zu der Tragödie, die ihr Leben auf den Kopf gestellt hatte. Wenn er die Stadt verließe – so hatte er geglaubt –, würde er Carly davor bewahren, mit in den Abgrund aus Schuld und Verzweiflung hinabgerissen zu werden, der ihn nach Torys Tod verschlungen hatte. Nachdem er Jahre damit verbracht hatte, sich zu fragen, ob er einen Fehler begangen hatte, musste er nun ein für alle Mal herausfinden, ob sie noch das für ihn empfand, was er in all der Zeit immer für sie empfunden hatte.

»Komm her, Zev!« Jillian winkte ihn zum Lagerfeuer herüber. »Wir stoßen auf die Verlobung von Knox und Aubrey an!« Grahams Geschäftspartner Knox Bentley hatte seiner Freundin Aubrey Stewart, Charlottes bester Freundin, kurz vor der Trauung von Beau und Charlotte einen Heiratsantrag gemacht.

Zev wusste, dass Jillian ihn nerven würde, bis er sich zu ihnen gesellte, also versuchte er, die Gedanken an Carly beiseitezuschieben, und ging hinüber zur Terrasse, wo seine Brüder gerade Champagnerflaschen öffneten. Hochrufe ertönten, als sie die Gläser füllten und sie verteilten. Anstatt sich zu Jillian und seinen ausgelassen feiernden Brüdern zu stellen, die ihn den ganzen Abend über wegen Carly gepiesackt hatten, ging Zev zu Pepper, Sables Zwillingsschwester, die etwas abseits von den anderen saß. Pepper, die in einer Jeans und einem süßen blauen Top unglaublich hübsch aussah, reichte ihm ein Glas Champagner.

»Danke, Pep«, sagte Zev, bevor Charlotte zu einer kleinen Rede ansetzte.

»Ihr alle wisst, dass Aubrey und ich zusammen in Port Hudson aufgewachsen sind.« Charlotte strahlte Aubrey an, die ebenso groß und blond war wie Charlotte zierlich und brünett. »Aubrey kennt *all* meine Geheimnisse.«

»Auch die schlüpfrigen!«, rief Aubrey dazwischen und brachte alle zum Lachen.

»Das stimmt!«, sagte Charlotte. »Aubrey, du warst die Erste, der ich von meinen Gefühlen für Beau erzählt habe. In der Anfangszeit hast du mir enorm geholfen, indem du mich auf deine nicht besonders dezente Art davon überzeugt hast, es einfach zu wagen, obwohl ich unfassbare Angst hatte. Es macht mich unglaublich glücklich, dass meine beste Freundin und ihr reizender, gut aussehender Mann so von der Magie des Gasthofs verzaubert wurden wie Beau und ich. Auf Aubrey und Knox! Mögen sie ein langes, glückliches Leben miteinander verbringen!«

Alle stimmten mit Hochrufen ein und Jillian rief: »Vielleicht könntest du von der Magie deines Gasthofes mal etwas in meine Richtung schicken!«, was weiteres lautstarkes Gejohle auslöste.

Zev stieß mit seinem Glas kurz an das von Pepper. Sie sah ihn verwundert an und fragte: »Du bist doch sonst immer gern mitten im Geschehen. Alles in Ordnung bei dir?«

»Ja, muss nur gerade an die Arbeit denken.« Das war nicht ganz gelogen. Carly zu sehen und gleichzeitig kurz vor der größten Entdeckung seines Lebens zu stehen, brachte ihn vollkommen aus dem Gleichgewicht.

»Jill hat nichts Genaues gesagt, aber sie meinte, du hättest vor Silver Island etwas gefunden. Als ich die Notrufhalskette für Epileptiker entwickelt habe, konnte ich auch nur noch daran denken. Du bist bestimmt ganz kribbelig, weil du wieder raus aufs Wasser willst.« Pepper war eine herausragende Wissenschaftlerin. Ihre Schwester Amber litt an Epilepsie, und an der Hochschule hatte Pepper eine Halskette entwickelt, die bei einem Anfall den Notruf auslösen konnte. Ihre Erfindung hatte sie seitdem patentieren lassen und verkaufte sie nun landesweit.

Zev kippte den Champagner hinunter und stellte das Glas auf einem Tisch ab. »Normalerweise wäre ich jetzt total aufgeregt mit meinem Team auf dem Boot, um möglichst schnell wieder ins Wasser zu kommen und herauszufinden, was für geschichtsträchtige Funde wir noch zutage fördern könnten.« Als Jilly sich nun zu ihnen gesellte, sagte er: »Stattdessen bin ich die nächste Woche hier, um mich um Beaus und Chars Tiere zu kümmern.«

»Von den *Chickendales* habe ich schon viel gehört«, meinte Pepper. »Das kann auch nur einer Autorin von Liebesromanen einfallen, ihre Hühner nach den heißen Stripteasetänzern aus dem Film *Magic Mike* zu benennen.«

»Wenn Zev keine Hühnerjagd veranstaltet, wird er wohl seine Beziehung zu Carly auffrischen«, sagte Jillian mit leiser, schelmischer Stimme.

Zev schüttelte den Kopf, doch wenn es nach ihm gegangen wäre, hätte er genau das getan.

»Ich habe gehört, dass zwischen dir und Carly mal was lief …«, meinte Pepper neugierig.

»Das ist lange her …« In dem Moment schoss Bandit mit etwas in seinem Maul um das Haus herum, gefolgt von Peppers Schwager Trace Jericho, der seine kleine Tochter wie einen Football an sich gedrückt auf dem Arm hatte.

»Nimm Emma Lou!«, brüllte Trace und übergab das Baby im Vorbeirennen an Zev. »Bandit hat Brindles Milchpumpe!« Er sprintete weiter hinter dem Hund her.

Ein lärmendes Durcheinander tobte, während einige ihrer Freunde und Familienmitglieder ebenfalls hinter ihnen herrannten und »Bandit!« riefen. Zevs Eltern krümmten sich vor Lachen, und Bandit düste über den Rasen, zwischen den Bäumen hindurch und mit allen im Schlepptau im Zickzackkurs durch den Garten.

Zev hielt das entzückende Baby mit ausgestreckten Armen von sich. Emma Lous Mundwinkel verzogen sich nach unten. Sie kniff die Augen zu und heulte schrill los.

»Oh nein, nein, Kleines. Nicht weinen«, flehte er, was sie nur noch lauter schreien ließ. »Alles ist gut. *Mist.* Äh … Pep? Könntest du mir kurz mal helfen?«

Pepper stellte ihr Glas auf den Tisch und nahm ihm das Baby ab. »Und ich dachte, du wärst ein Naturtalent.«

»Nee, ich hab's nicht so mit Babys.« Nun nahm er *ihr* Glas und trank den Champagner in einem Zug leer. Als er und Carly zusammen gewesen waren, hatten sie über Kinder gesprochen und darüber, dass sie sie zu kleinen Abenteurern erziehen wollten. Aber Torys Tod hatte seine Sicht auf viele Dinge geändert, auch auf den Wunsch, eine Familie zu gründen. Warum sollte man etwas Schönes in eine Welt setzen, in der jederzeit eine Tragödie über sie hereinbrechen und alles und jeden in unmittelbarer Nähe zerstören konnte?

»Zu schade«, sagte Pepper und schaukelte das Baby ein wenig, bis es ruhiger wurde. »Nichts ist so attraktiv wie ein süßer Typ mit einem Baby auf dem Arm.«

»Ich komme gut ohne den zusätzlichen Ballast zurecht«, sagte Zev. »Du scheinst es mit Nachwuchs auch nicht eilig zu haben. Warum hast du kein Date zur Hochzeit mitgebracht?«

Pepper streichelte dem Baby über die Wange. »Weil ich keinen Mann in meinem Leben habe, der mir von meiner Familie als Heiratskandidat aufgeschwatzt werden soll.«

Das Gefühl kannte er nur zu gut. »Aber es gibt jemanden, der dir dein Bett warm hält?« Ihre Schwestern behaupteten, dass sie nie Dates hätte, aber Pepper war zu klug, hübsch und nett, als dass er das glauben konnte.

Sie wurde rot. »Im Gegensatz zu Sable rede ich nicht über mein Privatleben.«

»Das heißt *nein*?«

»Das habe ich nicht gesagt«, erwiderte sie nervös, während sie in den Garten schaute, wo Beau und Trace versuchten, Bandit zu erwischen, und ihre Schwestern Anweisungen brüllten, wie man das besser anstellen könne.

»Das musst du auch nicht. Ist schon in Ordnung, Pep, ich bin auch wählerisch.«

»Ich hab ihn!«, rief Beau, als er seinen großen, schwarzen, verwöhnten Hund am Halsband packte. Bandit ließ die Milchpumpe fallen und löste damit freudigen Jubel aus. Alle machten sich auf den Weg zurück zur Terrasse.

»Meine Schwestern nennen dich *Vorspiel*«, sagte Pepper und sah Zev ernst an. »Ich bezweifle stark, dass deine Definition von wählerisch der meinen entspricht.«

»Dann lass mal deine Definition hören.«

Pepper beäugte ihn skeptisch. »Ich finde, ein Mann muss eine Frau wie einen Diamanten behandeln, bevor er so behandelt wird, als wäre er auch nur einen Cent wert.«

»Uhh, das ist hart.« Er schmunzelte.

»Hab doch gesagt, dass wir unterschiedlich ticken«, sagte Pepper. »Und wie lautet deine Definition von wählerisch?«

»Sagen wir, jedes Juwel verdient es, unter die Lupe genommen zu werden, einige sind es sogar wert, geschliffen zu werden, aber es gibt nur einen Heiligen Gral.«

Die anderen kamen gleichzeitig auf die Terrasse zurück, waren außer Atem und redeten wild durcheinander, sodass Peppers und Zevs Unterhaltung ein Ende fand.

»Das war ja verrückt!« Brindle streckte die Arme nach ihrem Baby aus. »Danke, dass du sie genommen hast, Tante Pepper. Scheint, als müsste ich mir morgen eine neue Milchpumpe kaufen.«

Zev trat beiseite, damit die Frauen reden konnten.

Sable kam zu ihm gerannt. »Hey, Vorspiel, wir gehen ins Haus und spielen irgendein Trinkspiel. Kommst du auch?«

»Klar. Bin gleich da.« Er holte sein Handy hervor und suchte im Internet nach *Divine Intervention*.

Eine schwere Hand legte sich ihm auf die Schulter. Das Aftershave seines Vaters war unverkennbar. Er trug diesen Duft, seit Zev denken konnte. Während ihre Mutter der Leim war, der ihre Familie zusammenhielt, indem sie immer auf alle ihre sechs Kinder und deren Partner – falls sie einen hatten – zuging, um sich nach ihrem Wohlbefinden zu erkundigen, war ihr Vater das Fundament, auf dem ihre Familie gründete und auf das sich alle verlassen konnten. Clint Braden war immer sorgfältig, umsichtig und beständig gewesen. Er konnte einem Sturm trotzen, ohne vom Wind umgeweht zu werden, und er konnte die Last seiner ganzen Familie tragen, ohne dass ihm die Beine einknickten.

»Wie geht's meinem Jungen?«, wollte Zevs Vater wissen.

»Großartig, Dad. Und dir?« Zev steckte das Handy wieder weg.

»Mein Sohn hat gerade die Frau geheiratet, die ihn zu uns zurückgebracht hat. Ich würde sagen, das Leben meint es verdammt gut mit uns.« Bevor er Charlotte kennengelernt hatte, war Beau fast ebenso viel in der Weltgeschichte herumgereist wie Zev, und er war kurz davor gewesen, einen Job in Kalifornien anzunehmen, durch den er einen Großteil des Jahres fern von Pleasant Hill verbracht hätte. Charlotte hatte ihn aus der Dunkelheit befreit, in die er sich verkrochen hatte, und ihm gezeigt, wie er wieder leben und lieben konnte. Jetzt teilten sie sich ihre Zeit zwischen Colorado und Maryland auf, und Zevs Eltern hätten glücklicher nicht sein können, ihren Sohn wiederzuhaben.

Sein Vater deutete auf den See. »Lass uns ein paar Schritte gehen. Wir hatten schon lange keine Zeit mehr allein.«

Wenn sein Vater reden wollte, dann ging es für gewöhnlich darum, Zev zu häufigeren Besuchen zu animieren. Die wenigen ein- oder zweitägigen Stippvisiten pro Jahr genügten seiner Familie nicht, aber mehr ertrug Zev nicht, denn immer überkamen ihn sofort wieder die Schuldgefühle.

Während sie über den Rasen gingen, plauderte sein Vater über die Hochzeit und darüber, wie froh seine Mutter war, eine weitere Schwiegertochter bekommen zu haben. Sie unterhielten sich über alle möglichen anderen Dinge, als sie am Ufer entlangspazierten, doch schließlich kam sein Vater auf Zevs Arbeit zu sprechen, was wahrscheinlich der eigentliche Anlass für die Unterhaltung gewesen war.

»Wann erwartest du eine Rückmeldung von dem Anwalt?«, fragte sein Vater.

»Hoffentlich bis zum Ende der Woche.«

»Ich hoffe, das läuft reibungslos für dich ab.« Sein Vater steckte die Hand in die Hosentasche. »Irgendwie fand ich es immer sonderbar, dass die Gerichte Schiffswracks wie Verbrecher behandeln. Ein Schiff unter Arrest zu stellen ist so eine sonderbare Art, die Dinge zu sehen. Ich meine, man kann ein gesunkenes Schiff ja nicht verhaften, und du hast das eigentliche Schiff ja noch nicht einmal gefunden, also gibt es gar nichts, was man unter Arrest stellen könnte.«

»Das Seerecht ist zweifellos sonderbar, aber es ist eine Notwendigkeit. Ich habe ausreichend historische und wissenschaftliche Belege, die den sich ändernden Küstenverlauf zeigen und die belegen, wo die *Pride* mutmaßlich gesunken ist, um zu beweisen, dass die Überreste des Schiffes wahrscheinlich in einem Umkreis von vier oder fünf Meilen von der Stelle liegen, wo ich die Konkretionen gefunden habe. Die Konkretionen und die Röntgenbilder stützen diese Daten ebenfalls.«

»Irgendwie muss das ja wohl rechtlich geregelt werden.«

»Ganz genau. Kannst du dir das Chaos vorstellen, das ausbrechen würde, wenn an die Öffentlichkeit käme, dass ein Wrack – das wahrscheinlich Millionen wert ist – gefunden wurde und es keinerlei Besitzrechte gäbe? So viel Geld lockt alle möglichen Verrückten aus ihren Löchern. Ohne diese Gesetze könnte jeder nach dem Schatz tauchen, und ich kann mir vorstellen, dass einige dafür über Leichen gehen würden.«

»Da hast du wahrscheinlich recht«, sagte sein Vater. »Es muss dir schwerfallen, nach deiner Entdeckung so lange hierzubleiben.«

»Ja, eine Woche kommt mir vor wie ein Monat.«

»Das war schon immer so. Du erlebst an einem Tag mehr, als viele in einer Woche erleben. Das habe ich an dir immer bewundert. Was hast du so vor, während du hier bist? Und wird das auch so ein Fünf-Jahres-Projekt wie das mit Luis?«

Kurz nach Zevs Begegnung mit Carly in Mexiko hatte er mit einem anderen Schatzjäger, Luis Rojas, an einer Expedition teilgenommen. Sie hatten sich auf Anhieb richtig gut verstanden und waren mit der Entdeckung des Wracks der *Black Widow* sehr erfolgreich gewesen. Das gesunkene Piratenschiff lag in internationalem Gewässer zwischen den USA, den Bahamas und Kuba. Fünfeinhalb Jahre hatten sie damit verbracht, Juwelen, Münzen und andere Schätze im Wert von Millionen an die Oberfläche zu holen. Nach der Bergung des Großteils der bekannten Artefakte hatte Zev seine Millionen genommen und war auf eigene Faust losgezogen, um nach dem einzigen Schatz zu suchen, der ihm wirklich wichtig war, der *Pride*.

»Während ich hier bin, werde ich in Noahs Labor arbeiten, um die Artefakte aus den kleineren Konkretionen, die ich hierhergeschickt habe, freizulegen. Aber was den Zeitrahmen für die Expedition betrifft … Der hängt davon ab, was wir finden, wenn wir wieder ins Wasser gehen, und wie schnell wir es finden. Es könnte acht bis zehn Jahre dauern, oder auch viel länger, den Großteil des Schatzes zu finden, falls er sich überhaupt dort befindet. Luis' Team wird den Fundort der *Black Widow* noch zwei Jahrzehnte lang absuchen, bis wirklich nichts mehr zu finden ist. Und du weißt ja, wie die Winter in New England sind. Wir werden jedes Wetterfenster ausnutzen, aber es ist schon schwer, einen Monat vorauszuplanen, geschweige denn ein ganzes Jahrzehnt.«

Sein Vater blieb stehen und schaute mit sorgenvollem Blick

hinaus auf den Mondschein, der sich im tiefschwarzen Wasser spiegelte. »Zehn Jahre? Dann bist du fast vierzig.«

»Worauf willst du hinaus?« Zev war nie jemand gewesen, der sich Sorgen darüber machte, dass er älter wurde. Er fand es gut. Das war wesentlich besser als die Alternative.

»Keine Ahnung, ob ich überhaupt auf irgendwas hinauswill«, antwortete sein Vater. »Ich dachte nur, als ich vierzig war, hatte ich sechs Kinder und ein chaotisches, erfülltes Leben.«

»Wenn du scharf auf Enkel bist, dann redest du mit dem Falschen. Du solltest mit Beau oder Graham spazieren gehen.«

»Es geht mir nicht um Enkelkinder, obwohl ich mich sicher darüber freuen würde. Mir fehlt es, kleine Kinder um mich zu haben. Die Kleine von Brindle und Trace ist wirklich süß.«

»Sie ist niedlich, aber laut.«

Ein kurzes, tiefes Lachen drang aus der Brust seines Vaters. »Jeder ist laut, mein Junge. Aber am lautesten sind die Stimmen, die nur Eltern hören können.« Er schaute Zev an. »Ich will wohl doch auf etwas Bestimmtes hinaus.«

»Davon kann man bei dir eigentlich immer ausgehen.«

»Es ist kein Geheimnis, dass deine Mutter und ich uns Sorgen um dich machen.«

»Das weiß ich, und falls ich es doch einmal vergessen sollte, erinnert mich Jilly jedes Mal daran, wenn wir uns im Videochat sehen.« Er fuhr sich durch die Haare und wandte sich zum See ab, um dem wachen Blick seines Vaters zu entgehen. »Es geht mir gut, Dad.«

»Ja, das weiß ich. Wir können uns glücklich schätzen, dass unsere Kinder allein auf dieser Welt zurechtkommen. Aber das Elternsein ist eine nie endende Aufgabe. Ich werde mir bis zu dem Tag Sorgen machen, an dem ihr mich unter die Erde bringt.«

Zev schaute seinen Vater an. »Damit können wir aber wohl noch eine Weile warten, oder?«

»Von mir aus gern.« Er betrachtete Zev einen Moment lang. »Erinnerst du dich noch daran, als du mit Luis deine erste große Entdeckung gemacht hast?«

»Das war der beste Tag meines Lebens.« Das entsprach nicht der Wahrheit, war aber das Einzige, was er sagen konnte. Er hatte viele sogar noch bessere *beste Tage* erlebt, aber sie alle hatten mit Carly zu tun.

»Weißt du noch, was du zu mir gesagt hast?« Eine Gelegenheit zu antworten bekam Zev nicht. »Du hast mir gesagt, dass das deine Bestimmung sei, und ich habe dir geglaubt, Junge.«

Die Art, wie er das sagte, gab Zev zu denken. »Und das bezweifelst du jetzt?«

»Nicht unbedingt. Aber manchmal sind Menschen dazu bestimmt, mehr als nur eine Sache mit ihrem Leben anzustellen. Ich habe beobachtet, dass du auf dem Empfang mit Carly geredet hast, und eines muss ich dir sagen, Zev. Ich glaube nicht, dass ich je etwas gesehen habe, was das Licht in dir so hell zum Leuchten gebracht hat, wie sie es tut, einschließlich dieser Entdeckung.«

Er hatte nicht damit gerechnet, dass sein Vater auf Carly zu sprechen kommen würde. Seine Brust zog sich eng zusammen, und er versuchte krampfhaft, seine Lunge mit der kühlen Abendluft zu füllen. Sie brannte sich in ihn hinein. »Tja, wir haben eine Menge zusammen erlebt.«

»Ihr habt eine Menge *Liebe*«, entgegnete sein Vater.

Zev hob einen Stein auf, den er auf den See hinauswarf, während er versuchte, die Worte seines Vaters zu verarbeiten.

»Jemand hätte mir sagen sollen, dass sie hier lebt und dass sie zur Hochzeit kommt. Ich wurde überrumpelt.«

»Überrascht zu werden ist manchmal besser, als erst überlegen zu können, wie man mit einer Situation umgehen soll. Zumindest behauptet das deine Mutter und sie ist eine kluge Frau.«

»Ja, das ist sie.«

»Und? Was ist mit dir und Carly? Hast du ihr erzählt, dass du das Schiff gefunden hast, nach dem ihr beide suchen wolltet?«

Zev winkte ab. »Nein, Dad. Es gibt eine Menge zwischen uns zu klären, bevor ich ihr damit kommen kann. Das wäre so, als wollte ich angeben. Laut Carly habe ich keine Ahnung, wer sie heute überhaupt ist.« Aber wie schon bei ihrem Wiedersehen in Mexiko hatte er in dem Moment, in dem sich ihre Blicke getroffen hatten, diesen Haken gespürt, den sie ihm unter die Haut trieb und mit dem sie ihn einfing. Er würde Tausende von Haken in Kauf nehmen, wenn sie die Angel in der Hand hielte.

»Da ist wahrscheinlich etwas dran. Tragische Ereignisse verändern die Menschen. Das Leben verändert die Menschen.«

»Ich weiß nicht, Dad. Manchmal denke ich, ich bin derselbe dumme Junge wie damals, als ich von zu Hause wegging, nur um einiges reicher. Und dann gibt es wieder Momente, in denen ich mich nicht mal daran erinnern kann, wer dieser Junge war.«

»Vielleicht bist du nicht dazu bestimmt, all das allein herauszufinden.« Sein Vater stieß einen kleinen Stein an und hob ihn auf. Er betrachtete ihn und drehte ihn hin und her. »Du weißt, dass du bis an dein Lebensende Schätze bergen kannst und ich dich bei allen Unternehmungen unterstützen werde.«

Das hatte er immer getan. Als Zev sein Zuhause verließ, um zu reisen, hatte er einen Rucksack und das Geld mitgenommen, das er sich mit Jobs während seiner Highschoolzeit und im ersten Jahr am College verdient hatte. Als er sich an seinen Vater gewandt hatte, um den Rat eines Ingenieurs zu einem Gerät einzuholen, das Luis und er bauen wollten, um den Sand am Meeresgrund beiseitezuräumen, hatten seine Eltern sich an der Finanzierung des Projekts beteiligt und ihm das Geld gegeben, das sie für seine Collegeausbildung gespart hatten. Wäre diese Unterstützung nicht gewesen, hätten er und Luis das Wrack vielleicht nie gefunden.

»Dafür bin ich dir sehr dankbar, Dad.«

»Ich werde dir jetzt etwas sagen, aber du wirst es nur ein einziges Mal von mir hören.« Der Gesichtsausdruck seines Vaters wurde nachdenklich. »Du bist seit sehr langer Zeit auf der Suche, und ich bin stolz auf alles, was du erreicht hast, und auch darauf, was für ein Mann du geworden bist. Aber ich bin mir nicht sicher, ob du jemals finden wirst, wonach du suchst, und ich fände es schlimm, wenn du am Ende deines Lebens mit den Taschen voller Geld und einem leeren Herzen dastehst.«

»Das ist sehr tiefsinnig, mein alter Herr.« Und beschrieb erschreckend genau, wie Zev sich gefühlt hatte, als er in Mexiko in einem leeren Bett aufgewacht war und Carly widerwillig hatte ziehen lassen. Er hatte geglaubt, dass es so am besten sei, weil sie es so gewollt hatte. Aber es hatte ihn fast umgebracht, und immer wenn er daran dachte, rammte es das Messer tiefer in ihn hinein.

»Manchmal muss man diese Suche nach innen richten und tief graben, um das zu finden, was man wirklich sucht. Ich dachte mir, du bräuchtest vielleicht einen kleinen Stupser.« Er hob noch einen Stein auf. »Vergebung fängt in einem selbst an, aber ich glaube, das ist nur ein Teil dessen, womit du kämpfst.«

Die Fähigkeit seines Vaters, ihn so zu durchschauen, setzte Zev heftig zu.

»Du bist es wert, dass sie dir vergibt, Zev. Und das darfst du ihr nun auch beweisen.«

»Dad, ich bin gegangen –«

»Das brauchst du mir nicht zu erzählen. Ich weiß, was du getan hast, und ich glaube, ich weiß auch, was du glaubst, getan zu haben. Ich habe mich als Vater nie übermäßig eingemischt, aber in dieser Sache werde ich es, Junge. Du musst es tun, auch wenn es nur dazu dient, dass du ohne Reue nach vorne schauen kannst. Ich sehe es in deinen Augen, und als du heute mit Carly geredet hast, habe ich es auch in ihren gesehen.«

Zev fluchte und wandte sich ab.

»Die Liebe ist ein hinterhältiges Biest, aber das beste Biest überhaupt«, sagte sein Vater und hob noch ein paar Steine auf. »Wenn sie sich erst einmal festgekrallt hat, dann entkommst du ihr nicht mehr.«

Zev rauschte das Blut durch die Adern. Er wollte nicht entkommen. Er wollte zu Carly fahren und sie dazu bringen, mit ihm zu reden. Aber so wie er Carly kannte, konnte man sie nicht zu etwas bringen, was sie nicht wollte. »So gleichgültig, wie sie sich heute Nachmittag gezeigt hat, habe ich das Gefühl, dass ich der Letzte bin, von dem sie hören, geschweige denn den sie in ihr Leben lassen will.«

»Und was hältst du davon?«, fragte sein Vater.

Er ging auf und ab, versuchte, den Schmerz in sich zu unterdrücken und die Wahrheit nicht an die Oberfläche zu lassen. Aber wenn Carly seine vor langer Zeit vergrabenen Gefühle an die Oberfläche geholt hatte, dann hatte sein Vater sie soeben ans Ufer gebracht. Es brach aus ihm heraus: »Ich halte das für

Schwachsinn. Sie hat Angst. Himmel, ich hab auch eine Scheißangst. Ich bin hergekommen und habe überlegt, wen ich überreden könnte, sich um Beaus Tiere zu kümmern, damit ich zurück aufs Wasser komme. Aber das kann ich nicht, Dad. Ich kann nicht wieder von ihr weglaufen. Nicht ohne mir sicher zu sein, dass das, was wir hatten, was ich verdammt noch mal heute noch fühle, gerettet werden kann.«

»Ob du es glaubst oder nicht, mein Junge, ich freue mich, das zu hören. Klingt so, als seist du bereit, zu deiner wichtigsten Expedition aufzubrechen.«

Und ob er das war. Aber diese Expedition war anders als alle anderen. Zev hatte gedacht, er wäre sich immer darüber im Klaren gewesen, wer er war und was er hinnehmen würde, um ein glückliches Leben zu führen, auch wenn es nicht das war, was er wirklich gewollt hatte. Aber er irrte sich. Mit Carly stand so viel auf dem Spiel, wie er es nie erwartet hätte.

»Und wenn ich versage?« Noch während er das sagte, wurde Zev bewusst, dass er keine Ahnung hatte, wer er noch wäre, wenn sie ihn anschauen und sagen würde, sie wolle nichts mehr mit ihm zu tun haben.

»Dann bist du am Arsch, mein Junge«, antwortete sein Vater unverblümt. »Aber ich glaube an dich.« Er gab Zev die Steine. »Steck dir die in die Tasche.«

»Warum?«

Sein Vater legte ihm den Arm um die Schulter, während Zev die Steine einsteckte, und sagte: »Die richtige Frau wird dich von allem anderen ablenken. So tauschst du nicht ein leeres Herz gegen leere Taschen ein.«

Drei

Schokolade hatte Carly schon einmal gerettet, und mit etwas Glück würde sie sie auch durch diese Woche bringen und sie Zev Braden samt seinem Charme vergessen lassen. Hoffentlich würde sie auch seine sündhafte Stimme auslöschen, die Carly in ihrer schlaflosen Nacht heimgesucht hatte. Schon als junges Mädchen hatte seine Stimme sie angezogen. Damals war sie rauer und interessanter gewesen als die von anderen Jungs in ihrem Alter. Doch jetzt war seine Stimme voll und männlich, mit einer gewissen Derbheit. Sie kannte viele Männer, und keiner hatte eine Stimme, bei der ihr so heiß wurde, wie es gestern bei Zev der Fall gewesen war. Aber sie wusste, dass mehr als nur seine Stimme sie umgehauen hatte. Es war auch seine Art gewesen, sich selbstbewusst und doch lässig zu geben, dieses geheimnisvolle Funkeln in seinen Augen, seine Vertrautheit, Verspieltheit, wie er sie ansah, ihre gemeinsame Vergangenheit. Einfach *alles* an ihm. Warum nur hatte sie ihre Zeit damit vergeudet, Small Talk und vorgetäuschtes Selbstbewusstsein zu üben, wenn sie eigentlich eine Verdunkelungsbrille und Lärmschutzkopfhörer gebraucht hätte? Doch wem wollte sie etwas vormachen? Es hätte auch keinen Unterschied gemacht, wenn sie in einem Bleikasten gesteckt hätte. Ihre Verbindung zueinander war so stark, dass sie selbst den geschmolzen hätte.

Ahh …

Sie stellte ein Tablett mit Schokoladenherzen auf den Tresen zwischen die kleinen schokoladenüberzogenen Brezeln, die sie verpacken musste, und die Schoko-Minze-Riegel, die sie noch schneiden wollte, um sie im Laden zu verkaufen. Sonntags war Divine Intervention nur von zehn bis drei Uhr geöffnet, und Carly unternahm für gewöhnlich noch einen Ausritt, bevor sie ins Geschäft ging. Aber sie war zu angespannt gewesen, um auszureiten, und schon um fünf Uhr morgens zur Arbeit gegangen, in der Hoffnung, dass die Welt der Versuchung sie ablenkte, was auch sonst immer funktioniert hatte. Doch als sie die Fülle ihrer eigenen Kreationen auf dem Tresen sah – mehr als sie an einem Tag verkaufen konnte –, wanderten ihre Gedanken unweigerlich wieder zu Zev. Leider schweiften sie auch nach all diesen Jahren kaum in andere Richtungen ab.

Sie hatte es sich nicht zugestanden, im Internet nach ihm zu suchen, nachdem er Pleasant Hill verlassen hatte. Es wäre zu schmerzhaft gewesen, wenn sie Hinweise darauf gefunden hätte, dass er das Leben in vollen Zügen genoss, während sie sich daran zu erinnern versuchte, wie man atmete. Doch nach Mexiko war sie eingeknickt und hatte nach ihm gesucht. Er war jedoch wie vom Erdboden verschluckt gewesen – und sie war völlig durch den Wind gewesen, so als hätte sie einen Schlag auf den Kopf bekommen. Sie hätte seine Familie fragen können, wo er steckte, aber dann hätte sie zugeben müssen, dass sie ihm etwas ebenso Schlimmes angetan hatte wie er ihr. Sie hatten sich beide schuldig gemacht, indem sie dem anderen den Rücken gekehrt hatten. Seitdem hatte sie davon abgesehen, nach ihm zu suchen. Dem Drang, sein Gesicht zu sehen, hatte sie selbst vor ein paar Jahren nicht nachgegeben, als ihr zu Ohren gekommen war, dass er einen beeindruckenden Fund gemacht hatte. Mittlerweile schaffte sie es, sich selbst auszutricksen, um nicht ihrem Herzen nachzugeben, das verzweifelt zu ihm zurückfinden wollte.

Bis Charlotte sie gefragt hatte, ob sie für ihre Hochzeit die Nachspeisen liefern wollte.

Erst dann hatte sie es sich endlich gestattet, im Internet nach Bildern von Zev zu suchen. Überrascht hatte es sie nicht, dass er nicht in den sozialen Medien vertreten war. Angeberei war nie sein Ding gewesen. Aber sie hatte ein paar Bilder von ihm auf den Seiten seiner Geschwister entdeckt, auch wenn sein Gesicht auf den meisten Fotos undeutlich war und sie das Gefühl hatte, dass Absicht dahintersteckte. Er wurde in Artikeln über seine Entdeckung in internationalen Gewässern vor der Küste der Bahamas erwähnt, aber es gab keine Fotos von ihm. Carly hatte sich so lange aus dem Leben der Bradens herausgehalten, dass sie nie etwas Genaues über die millionenschwere Entdeckung erfahren hatte, bis sie in den Wochen vor der Hochzeit davon gelesen hatte. Aber selbst das hatte sie nicht überrascht. Sie hatte immer daran geglaubt, dass Zev alles finden würde, wonach er suchte – was ein weiterer Grund dafür war, dass sie so am Boden zerstört gewesen war.

Er hatte nie nach *ihr* gesucht.

Sie fuhr fort, die schokoladenüberzogenen Brezeln für die Geschenkekörbe zu verpacken. Als sie sie in Kekstüten abfüllte, ertönte Zevs Stimme flüsternd in ihrem Kopf: *Vielleicht steckt dieses abenteuerlustige Mädchen ja doch noch in dir.* Seine jüngere Stimme folgte der männlichen und huschte wie ein Geist durch ihren Kopf: *Komm mit auf ein Abenteuer, Carls. Du bist die Einzige, die mit mir mithalten kann.*

Zevs Stimme war nicht das Einzige, das ihn von den

anderen Jungs unterschied, als sie heranwuchsen. Schon damals hatte er etwas Impulsives an sich gehabt, eine Ruhelosigkeit. Ein Bedürfnis danach, mehr zu tun, mehr zu sehen und mehr zu verstehen als andere Jugendliche. Sie kannten sich ihr Leben lang, und bis heute behauptete Carlys Mutter, dass Carly sich schon in der zweiten Klasse in Zev verknallt hätte, als ihre Klasse auf dem Schulhof ein Wettrennen veranstaltet hatte. Sie und Zev hatten alle anderen Kinder hinter sich gelassen und waren gleichzeitig über die Ziellinie gerannt. Sie wollte dann unbedingt noch einmal gegen ihn antreten, und wieder kamen sie gleichzeitig an. Das dritte und letzte Wettrennen endete wieder mit einem Unentschieden. Die nächsten drei Wochen hatte sie Zev jeden Tag zu einem Wettrennen herausgefordert, doch jedes Mal hatten sie gleichauf gelegen. Schließlich hatte sie aufgehört, ihn herauszufordern und immer in der Hoffnung weiterzuüben, dass sie ihn bei ihrem nächsten Wettlauf schlagen würde. Doch eine Woche später hatte er an ihre Haustür geklopft und gefragt, ob sie zum Spielen herauskäme. Über der Schulter trug er einen Wanderstock, den er mit der Hilfe seines Vaters geschnitzt und angemalt hatte, mit einem am Ende verknoteten Kissenbezug, in dem er eine ganze Ausrüstung für ihre *Expedition* verstaut hatte. In ihren Augen hatte er wie ein *richtiger* Forscher ausgesehen, als er so vor ihrer Haustür gestanden hatte, mit zotteligen Haaren, die ihm ins Gesicht hingen, der abgewetzten Jeans mit dem Loch am Knie, und den Wanderstiefeln, die ihm zu groß gewesen waren, weil er aus seinen herausgewachsen war und sich Beaus ausgeliehen hatte. Und mit seiner rauen Stimme hatte er gesagt: *Komm mit auf ein Abenteuer, Carls. Du bist die Einzige, die mit mir mithalten kann.* Ihre Mutter hatte recht. Allein bei der Erinnerung an diesen Tag wurde ihr schwer und gleichzeitig warm ums Herz.

Die Türglöckchen des Geschäfts bimmelten und rissen Carly aus ihren Gedanken.

»Carly? Sorry, dass ich so spät dran bin!«, rief Birdie, während sie durch den Laden zur Küche eilte und nur kurz vor einem Wandspiegel anhielt, um einen prüfenden Blick auf sich zu werfen.

Birdie war Carlys rechte Hand in allen Belangen, die mit dem Schokoladengeschäft zusammenhingen, und sie kümmerte sich auch um Quinn Finney, die stundenweise bei ihnen arbeitete. Sie hatte stets ein Dutzend verschiedene Dinge im Kopf, was einige Leute vielleicht in den Wahnsinn trieb, aber Carly liebte das an ihr. Birdies Genialität vollbrachte Wunder, wenn sie ihre Posts in den sozialen Medien absetzte und Events für Feiertage ersann, die regelmäßig einen Ansturm von Kunden auslösten. Früher war Carly diese schnell denkende, zu allen Untaten aufgelegte Person gewesen. Sie war das spontane, drängelnde *Yang* zu Torys vorsichtigem, organisiertem *Yin* gewesen. Es erschreckte sie selbst immer wieder, wie sehr sie sich seit dem Tod von Tory verändert hatte. Sie war zu dem vorsichtigen, organisierten *Yin* geworden, und sie war froh, dass sie Birdie als ihr ungestümes, stets energiegeladenes *Yang* an ihrer Seite hatte.

»Ich war gestern Abend mit Quinn und Sasha im Roadhouse, und du weißt ja, wie es ist, wenn ich erst mal auf diesem mechanischen Bullen sitze«, rief Birdie aus dem Verkaufsraum, wo sie ihren Kopf vor dem Spiegel hin und her drehte. Sasha war ihre ältere Schwester, und das Roadhouse war eine Bikerbar, in die ihre Familie oft ging. »Ich weiß, dass du ein Nur-Mittwochabends-Mädel bist, aber du hättest gestern so viel Spaß gehabt!«, rief sie und beugte sich vor, um ihre Augen im Spiegel zu inspizieren. Carly ging jeden Mittwochabend mit ins Roadhouse, um Zeit mit Birdies Familie zu verbringen.

Birdie kam mit einer Reihe von Einkaufstaschen in beiden Händen in die Küche gerauscht, wobei ihr die dunkle Haarmähne über die bloßen Schultern flog. Sie blieb abrupt stehen. »Hui! Haben wir Bestellungen reinbekommen, von denen ich nichts weiß?«

Carly band gerade eine goldene Schleife um eine Tüte mit schokoladenüberzogenen Brezeln. »Nee. Was hast du in den Taschen?«

»Ach, die?« Grinsend hielt sie die Taschen hoch und schlenderte durch die Küche. »Bevor wir in die Bar gegangen sind, waren wir noch in Karmas Boutique. Da habe ich unglaublich süße Dankeskarten gekauft, die wir den Leuten schicken können, die heute Abend den Kurs besuchen. Fünf Plätze sind übrigens vergeben, aber ich habe das Gefühl, dass wir den sechsten heute auch noch an den Mann bringen.« Sie veranstalteten einmal im Monat einen Chocolatier-Kurs, und Birdie besorgte immer eine kleine Aufmerksamkeit für die Teilnehmer. »Auf alle Fälle musste ich dir ein paar süße Outfits kaufen, denn wenn ich dir nicht drei Wochen vorher Bescheid sage und dir einen Termin in deinem sorgfältig strukturierten Kalender eintrage, dann weigerst du dich ja sowieso, auf deine todlangweiligen Dokus zu verzichten, um shoppen zu gehen. Du wirst staunen, was ich für dich besorgt habe! Ich zeige es dir, nachdem wir dieses ganze Zeug aufgeräumt haben.«

Wäre Birdie nicht gewesen, dann wäre Carly den ganzen Sommer in ihren Divine-Intervention-T-Shirts und den knappen Jeansshorts herumgelaufen, wie auch im Moment. Birdie hatte ihren ganz eigenen Sinn für Mode, wie das schulterfreie 80er-Jahre-Rüschenkleid bewies, das sie gerade trug, aber normalerweise passte sie auf, dass sie für Carly nicht so ausgefallene Outfits aussuchte.

Carly sah amüsiert zu, wie Birdie die Taschen ins Büro schleppte und ausführlich berichtete, dass sie länger auf der Bullriding-Anlage geritten war als alle Kerle in der Bar.

Fünf, vier, drei, zwei …

»Die Hochzeit!«, schrie Birdie und kam aus dem Büro gerannt. »Oh Mann! Wie war es? Diese ganze Schokolade bedeutet entweder, dass du überirdischen Sex mit Zev hattest oder dass etwas Schlimmes passiert ist. Etwas richtig Schlimmes.« Sie eilte zu Carly, packte sie am Handgelenk und zerrte sie vom Tresen weg. »Erzähl, Mädel!«

Carly versuchte, ihre Gedanken zu ordnen. »Es war …«

»Erzähl mir *alles*. Von der ersten Sekunde, in der du ihn gesehen hast, bis zur letzten! Hast du unseren Plan befolgt? Hat er funktioniert? Du hast doch das Kleid getragen, oder?«

»Darf ich jetzt mal was sagen?«, sagte Carly scherzend.

»Ja! Klar! Sorry …« Birdie atmete aus. *»Alles.«*

Carly lachte. »Das Kleid hatte ich schon an, aber als ich ihn sah …« Ihr wurde plötzlich heiß und sie spürte ihre glühenden Wangen.

Birdie kreischte auf.

»Freu dich nicht zu früh. Ich habe ihm praktisch erzählt, ich wäre eine Schlampe.« Carly ging, dicht gefolgt von Birdie, zurück zum Tresen.

»Was? Warum? Du bist alles andere als eine Schlampe. Du bist eine Nonne ohne Ordenskleid. Du bist die Art von Frau, die meine Brüder gern als Schwester hätten. Du bist die …«

»Das war doch der Plan, oder? Dass ich selbstbewusst bin? Beliebt? Dass mich sein Anblick vollkommen kaltlässt?«

Birdie nahm sich eine Schoko-Brezel und biss hinein. »Ja, aber wann war bei all dem die Rede von *Schlampe*?«

»Ich habe mich nicht so bezeichnet. Aber ich habe ihm gesagt, ich hätte jede Menge Liebhaber, einschließlich Cutter.« Sie wandte den Blick ab und fügte hinzu: »Und dass wir eine offene Beziehung führen.«

»Du meine Güte, Mädchen! Cutter?« Birdie musste lachen. »Du würdest nie etwas mit Cutter anfangen. Meine Brüder können bezeugen, dass du große, kräftige Rancher nicht magst.« Den Whiskeys gehörte die Redemption Ranch und ein Großteil von Birdies Familie arbeitete dort.

»Das weiß Zev hoffentlich nicht.« Sie machte sich daran, einen Geschenkkorb zu füllen. »Ich wollte gar nicht so weit gehen. Ich wollte nur behaupten, dass Cutter mein Freund wäre, aber dann hat er total anzüglich mit einer anderen getanzt, und ich musste mir etwas einfallen lassen. Ich konnte nicht anders. Es war echt hart, Zev wiederzusehen, und ich konnte von Glück sagen, dass ich einen zusammenhängenden Satz zustande gebracht habe. Du hättest miterleben sollen, wie er mich angesehen hat. Birdie, ich habe tatsächlich weiche Knie bekommen! Ich kann es immer noch nicht fassen.«

»Verdammt.« Birdie umarmte Carly, klopfte ihr auf den Rücken und flüsterte: »Ich wusste, dass du immer noch verrückt nach ihm bist.«

Carly befreite sich aus der Umarmung. »Bin ich nicht! Und selbst wenn, würde ich nie danach handeln. Ich muss mein Geschäft führen und mein Leben leben. Das *Festival on the Green* ist schon in einer Woche, und du weißt, dass es eines meiner Lieblingsevents im Jahr ist. Wir haben da immer so viel Spaß. In meinem Leben ist kein Platz für Liebeskummer.« Das Festival war ein einwöchiges Stadtfest mit Verkaufsständen am Straßenrand, Livemusik im Park und einem Meer von Zelten. Eine von Carlys Lieblingskünstlerinnen aus der Region, Kaylie

Crew, würde in dieser Woche neben einigen anderen Bands auftreten, und Carly freute sich unglaublich darauf. Sie würde nie vergessen, wie aufgeregt sie gewesen war, als Treat und seine Frau Max vor Jahren zusammen mit Kaylie und ihrem Mann Chaz in ihr Schokoladengeschäft spaziert waren. Sie war völlig aus dem Häuschen gewesen, als sie erfahren hatte, dass Kaylie und Max beste Freundinnen waren. Kaylie war Stammkundin geworden, und Carly bekam immer noch Bauchkribbeln, wenn sie sie sah.

Die Glöckchen über der Tür bimmelten, als ein Paar den Laden betrat. Carly rief ihnen eine ihrer üblichen Begrüßungen zu: »Ich bin gleich bei euch. Bitte raubt uns nicht aus. Ich bin zu müde, um hinter euch herzulaufen.«

Das Paar lachte.

Birdie sprach leiser weiter: »Und was ist passiert, nachdem du ihm von dir und deinem Männerharem erzählt hast?«

»Wir haben kurz miteinander geredet, und dann bin ich ihm aus dem Weg gegangen, bis ich das Fest verlassen konnte.«

»Ich wusste, ich hätte mitgehen sollen! Dann hätte ich die Situation einschätzen können. Und? Ist er jetzt wieder weg? Zurück zu seinem Schatzsucher-Leben? Machst du deshalb genug Schokolade für den ganzen Bundesstaat?« Sie deutete auf die Leckereien, die Carly hergestellt hatte. »Du weißt, dass das hier ziemlich nach Sexfrust aussieht, oder?«

»Ich leide unter Sexfrust!«, flüsterte sie wütend. »Zevy hat so eine Wirkung, dass ich wahrscheinlich noch lange, nachdem er nächste Woche abgefahren ist, frustriert sein werde.«

»Augenblick mal! Er ist noch hier? Noch eine Woche lang?« Birdie rieb sich die Hände. »Wo wohnt er?«

»Das kannst du gleich vergessen!« Carly drehte sie an den Schultern herum und gab ihr einen leichten Schubs in Richtung

Tür. »Geh und kümmere dich um unsere Kunden.«

Birdie ließ ihren Social-Media-Zauber walten und verbreitete die Nachricht, dass sie zehn Prozent Rabatt auf ihr *Schokoladenglück* gaben. Noch vor drei Uhr nachmittags hatten sie einen Großteil der Leckereien verkauft, die Carly produziert hatte, und Carly verpackte den Rest in eine Geschenkbox für einen von Birdies älteren Brüdern, Callahan, der auf den Spitznamen Cowboy hörte. Er war vorbeigekommen, um eine Bestellung von Pralinen und kleinen Törtchen für einen Filmabend abzuholen, den die Ranch für Pfadfinder veranstaltete.

Carly band eine Schleife um die Geschenkbox und fragte: »Wie viele Jungs erwartet ihr heute Abend?«

»Ungefähr dreißig. Es sind zwei Gruppen.« Cowboy war eins dreiundneunzig groß, hatte dicke Muskelpakete, weizenblonde Haare und einen Bart, der einen Tick dunkler war.

»Das ist großartig. Die werden bestimmt Spaß haben. Habt ihr schon alles für das Festival vorbereitet?« Die Redemption Ranch war bei dem Event immer mit einem Stand vertreten, um auf ihre Angebote aufmerksam zu machen und Spenden zu sammeln. Da der Betrieb auf der Ranch während der Veranstaltung weiterlief, half ihnen eine Reihe von Freiwilligen auf dem Festival.

»Wir haben alles so gut vorbereitet, wie es nur geht. Dass du vorbereitet bist, ist mir klar. Dank dir läuft in deinem Geschäft immer alles wie geschmiert.« Er schaute zu seiner Schwester im

Laden. »Hat Birdie dir von einem Hot-Yoga-Kurs erzählt, zu dem sie geht?«

»Ja, warum?«

»Der Kurs wird von einem Typen geleitet. Weißt du irgendwas über ihn? Gehst du da auch hin?«

»Ich gebe um halb vier einen Schokoladenkurs, da wird es bei mir nichts mit Yoga. Aber das ist ein *Yoga*kurs, Cowboy. Ich glaube nicht, dass Birdies Tugend in Gefahr ist.« Carly legte die Geschenkbox in einen größeren Karton zu den Pralinen und Törtchen. Sie hörte die Türglöckchen und schaute auf die Uhr, stellte aber erleichtert fest, dass sie noch jede Menge Zeit hatte, um ihren Kurs vorzubereiten.

Mit finsterem Gesichtsausdruck fragte Cowboy: »Würdest du zu diesem Yogakurs gehen, wenn du Zeit hättest?«

»Ich hab's nicht so mit Yoga. Da gehe ich lieber wandern und mache etwas an der frischen Luft, denn die Vorstellung, drinnen ins Schwitzen zu kommen, ergibt für mich irgendwie keinen Sinn.« Sie hätte schwören können, Zevs Stimme gehört zu haben, und im selben Moment strömten Erinnerungen auf sie ein, wie sie und Zev nackt und verschwitzt in seinem Hotelzimmer in Mexiko herummachten – Erinnerungen, bei denen ihr ganz heiß wurde. Sie wandte sich ab und hoffte, Cowboy würde es nicht bemerken.

»Sollte ich so tun, als würdest du nicht rot anlaufen?«

»Ja, bitte!« Wieder hatte sie das Gefühl, Zevs Stimme zu hören. In der Hoffnung, es sich nur eingebildet zu haben, spähte sie in den Verkaufsraum – und schnappte nach Luft. Zev stand am Tresen und unterhielt sich mit Birdie. Carly drückte sich flach an die Wand neben der Tür, nervös und erfreut zugleich bei seinem Anblick. Schnell wurde ihr bewusst, wie *schlimm* das war. Sie konnte es sich nicht erlauben, so durcheinander zu sein, wenn sie ihren Kurs gab. »Bitte sag mir, dass ich halluziniere. Steht da draußen wirklich ein gut aussehender Kerl mit längeren Haaren? Bitte sag Nein. Das darf nicht sein.«

Cowboy wurde ernst. Mit halb zusammengekniffenen Augen schaute er in den Laden. »Ist das ein Stalker oder so, der dich belästigt? Soll ich mich um ihn kümmern?«

»Nein, er ist in Ordnung. Er …« *Bringt mein Herz zum Rasen.* »Ich war mal mit ihm zusammen. Lass uns einfach deine Sachen zusammenpacken. Mein Kurs geht bald los.«

»Ein Ex also?« Cowboy setzte eine draufgängerische Miene auf. »Ich pass auf dich auf, Carly. Mach dir keine Sorgen.« Er klemmte sich die Kartons unter einen Arm und legte ihr den anderen um die Schulter.

»Nein, wirklich, Cowboy. Ich bin …« Sie brach ab, als er sie in den Laden führte und Zev und Birdie zu ihnen schauten.

Zevs Blick traf auf Carlys und ihr Magen schlug Purzelbäume. In dem dunklen T-Shirt und der verblichenen Jeans sah er göttlich aus. Er sah zu Cowboy und seine Kiefermuskeln spielten. Cowboy grinste arrogant. Birdie war einfach nur verwirrt, und Carly war zu durcheinander, um einen klaren Gedanken fassen zu können.

»Wir haben soeben den sechsten Platz für den Kurs vergeben!«, rief Birdie freudig. »Er trägt sich gerade ein.« Sie klatschte einen Zettel auf den Tresen und reichte Zev einen Stift. »Wie war noch mal der Name?«

»Zev Braden«, sagte er mit dem Blick starr auf Carly gerichtet.

Himmel, diese Stimme …

Birdie riss die Augen auf. »Du bist *Zev*?«

»Genau der«, antworte er bestimmt.

»Danke für das kleine Geschenk, Schätzchen.« Cowboy gab

Carly einen Kuss auf die Wange und einen Klaps auf den Hintern.

Überrascht kiekste Carly auf. Birdie kicherte und Zevs Augen wurden bedrohlich schmal.

Cowboy nickte Zev auf diese Art zu, mit der Männer sich gegenseitig taxierten und ihre Alphaposition zu behaupten versuchten. Zev war ein stattlicher Kerl, aber Cowboy hatte eine Statur wie Nick Braden, und wenn er die Brust herausstreckte, war sie breiter als die der meisten anderen Männer.

Zev hob den Kopf, straffte die Schultern und nickte knapp zurück. Er war nie jemand gewesen, der einer Herausforderung aus dem Weg ging, und es war aufregend mitanzusehen, dass sich das nicht geändert hatte.

Cowboy sah Carly an. »Ich könnte doch während des Kurses hierbleiben, Schätzchen. Dafür sorgen, dass hier nichts aus dem Ruder läuft.«

»Nein!«, sagten Carly und Birdie gleichzeitig.

Birdie schnappte sich ihre Handtasche und eilte um den Tresen herum zu ihnen. Sie packte Cowboy am Arm und zerrte ihn zur Tür. »Komm, Cowboy. Ich brauche deine Hilfe mit meinem Auto.«

Sie zog die Tür auf, doch Cowboy blieb einem Felsbrocken gleich stehen. Er sah Carly tief in die Augen und fragte: »Bist du sicher, dass du klarkommst?«

»Ja, danke«, sagte sie wesentlich zuversichtlicher, als sie sich fühlte. Ihr Blick huschte zu Zev, auf dessen Gesicht sich ein selbstgefälliges Grinsen ausbreitete. Sie merkte, dass sie wieder mit ihrem blöden Ohrring spielte, und ließ die Hand sinken, die sie am liebsten irgendwo festgebunden hätte.

»Lass uns gehen, Cowboy«, sagte Birdie laut. »Ich hilfloses Wesen brauche deinen Beistand. Mein Auto springt nicht an.«

Sie stellte sich hinter ihn und schob ihn zur Tür hinaus, während sie noch über die Schulter rief: »Die Kursliste liegt in der Schublade. Bis morgen. Viel Spaß!«

»Dein Männergeschmack hat sich eindeutig geändert«, meinte Zev mit verschmitztem Blick, während er näher an sie herantrat. »Führst du auch mit ihm eine offene Beziehung?«

Carly bemühte sich um einen neutralen Gesichtsausdruck. »Warum sollte ich mich auf nur einen Freund beschränken, wenn es hier doch so viele attraktive Cowboys gibt?«

»Was hast du gemacht? Eine Anzeige in der regionalen Zeitung geschaltet?«

Ohne zu überlegen, fiel sie in alte Gewohnheiten – ihre *Märchenstunde* – zurück. »Er hat mich mal gerettet. Mein Wagen war liegen geblieben und plötzlich war er da, auf einem riesigen schönen weißen Pferd. Er hat mein Auto im Handumdrehen repariert.« Sie schnippte mit den Fingern. »Dann ist er mir nach Hause gefolgt, ich stieg zu ihm aufs Pferd und wir ritten in den Sonnenuntergang. Der Rest ist Geschichte.«

Zev trat noch näher an sie heran und die Funken sprühten zwischen ihnen. Ihr Atem beschleunigte sich, obwohl sie versuchte, ihn unter Kontrolle zu behalten. Aber das hier fehlte ihr. *Er* fehlte ihr. Sie wollte die Märchenstunde fortsetzen, eine Geschichte erfinden, die sie beide weitererzählten, wie in alten Zeiten. Aber das war gefährlich. Die Grenze zwischen *spielen* und *berühren* war immer schnell zwischen ihnen verschwommen und war wie eine brennende Zündschnur, die das Dynamit unaufhaltsam zur Explosion brachte.

»Schwer zu glauben, dass die Frau, die früher immer eifersüchtig wurde, wenn mich ein Mädchen darum bat, es nach Hause zu fahren, eine offene Beziehung mit irgendeinem Mann führt, geschweige denn mit zwei.« Er schwieg gerade so lang, dass diese Wahrheit ihr einen schmerzhaften Stich ins Herz versetzen konnte.

Gab es irgendetwas über sie, an das er sich nicht erinnerte?

»Das ergibt in etwa so viel Sinn wie die Tatsache, dass die Frau, die Milchschokolade nicht ausstehen kann, in einem Schokoladengeschäft arbeitet, Carls.«

Sein Tonfall war warm, als schwelgte er in schönen Erinnerungen. Es war nicht immer so gewesen, dass sie Milchschokolade nicht ausstehen konnte. Als sie in der vierten Klasse gewesen waren, hatten sie einmal eine ganze Packung Schokoriegel aus der Vorratskammer ihrer Eltern geklaut und gegessen. Den ganzen Abend über war ihr übel gewesen. Er hatte seine Eltern angebettelt, bei ihr übernachten zu dürfen, damit er ihr beistehen konnte. Aber da sie die Schokolade geklaut hatten und seine Eltern wussten, dass es die härteste Bestrafung war, sie voneinander zu trennen, hatten sie es ihm verboten. Seitdem verabscheute Carly den Geschmack von Milchschokolade. Warum nur war es noch schwieriger, zu ihm auf Abstand zu gehen, nachdem sie wusste, dass er sich daran erinnerte?

Sie versuchte, sich von den Erinnerungen zu befreien, und zwang sich in die Gegenwart zurück. »Ich arbeite nicht nur hier, das ist *mein* Geschäft, und ich muss alles für meinen Kurs vorbereiten. Du solltest jetzt lieber gehen.«

»Die kleine Brünette hat mein Geld für den Kurs bereits erhalten. Außerdem ... du, ich und geschmolzene Schokolade? Das schreit doch geradezu nach Spaß. Du magst vielleicht keine Milchschokolade, aber du *weißt*, dass ich sie liebe. Und auf dir ...?« Er beugte sich vor und seine Augen wurden ganz dunkel. »*Das* könnte ich den ganzen Abend verschlingen.«

Zittrig atmete sie durch, als die Tür aufging und ein junges Paar eintrat, das sich bereits letzte Woche für den Kurs angemeldet hatte. Sie hatten die Finger nicht voneinander lassen können, und sie hatten Carly daran erinnert, wie nah sie und Zev sich gestanden hatten. Letzte Woche hatte sie nicht viel darüber nachgedacht – es gab immer irgendetwas, das sie an Zev erinnerte –, aber da er jetzt direkt vor ihr stand, überkamen sie all diese Erinnerungen wieder und machten sie noch nervöser.

Sie zwang sich, dem Paar ihre ganze Aufmerksamkeit zu schenken. »Der Kurs beginnt in fünfzehn Minuten. Schaut euch ruhig etwas um.« Flüsternd zischte sie Zev zu: »Ich muss mich vorbereiten, und wenn du bleiben willst, dann musst du deine Schokoladenfantasien für dich behalten.«

»Ich habe nie etwas von *Fantasien* gesagt.« Seine Mundwinkel gingen nach oben. »Aber gut zu wissen, wo deine Gedanken hinwandern.«

Die Glut in seiner Stimme kroch ihr unter die Haut und beförderte all diese finsteren Fantasien zutage, die sie verleugnete. Er leckte sich die Lippen und wusste genau, was er damit bei ihr auslöste. Krampfhaft versuchte sie, das in ihr brodelnde Begehren zu ignorieren, aber es war, als wollte man eine Welle daran hindern, am Ufer zu brechen.

Er kam ihr – was kaum möglich war – noch näher und flüsterte: »Sie sind anscheinend gut. Du wirst rot.«

Frustriert stöhnte sie auf, machte auf dem Absatz kehrt und marschierte in die Küche. Dies würde ein *sehr* langer Abend werden.

Vier

Zev war hin und weg. Die letzten vierzig Minuten waren bittersüß gewesen. Das Mädchen, das er geliebt hatte, war zu einer professionell agierenden Frau geworden. Voller Selbstbewusstsein war sie in der Küche des Schokoladengeschäfts unterwegs und sah dabei in ihren Jeansshorts und dem roten T-Shirt mit dem Aufdruck *Surrender to Divine Intervention – Ergib dich der göttlichen Fügung* sündhaft heiß aus. Wäre er gläubig gewesen, hätte er das T-Shirt als Zeichen interpretieren oder zumindest versuchen können, Carly davon zu überzeugen, dass es eins war. Aber das hier war ihre Welt, und so gern er die Fantasien, die er vorhin in ihren Augen hatte schwelen sehen, erforscht hätte, so genoss er es doch, diese Seite an ihr zu sehen. Sie redete ebenso viel über die Geschichte der Chocolatiers wie über das Rezept der Mandelbutter-Cups mit weißer Schokolade, die sie herstellten. Sie leitete den Kurs mit Humor, Anmut und einem gewissen Grad an Autorität, was sie noch beeindruckender machte. Alle hatten viel Spaß, auch wenn Carly den anderen individuell Aufmerksamkeit schenkte, Zev jedoch bewusst nicht zu nah kam. Aber das hielt ihn nicht davon ab, jeden einzelnen ihrer verstohlenen Blicke zu bemerken.

Er nahm es Carly nicht übel, dass sie Abstand hielt. Ungeachtet der Gleichgültigkeit, die sie vorspielte, gab es kein Entrinnen vor ihrer starken Verbindung zueinander.

»Zev, die Schokolade brennt dir gleich an«, flüsterte Miranda, eine zum Flirten aufgelegte Blondine, die neben ihm am Herd werkelte. Seit der Kurs angefangen hatte, versuchte sie, sein Interesse zu wecken. »Du musst sie aus dem Wasserbad nehmen und die Hälfte der weißen Schokolade in eine Schüssel geben, damit du den Matcha hinzugeben kannst.«

»Stimmt, danke.« Zev riss den Blick von Carly los, die gerade ein Paar lobte, und nahm den Topf mit der weißen Schokolade vom Herd. »Tschuldigung, Frau Lehrerin?«, rief er.

Carly drehte sich zu ihm um, und in ihren wunderschönen blauen Augen sah er die Mauern, die sie um sich errichtet hatte, seit der Kurs begonnen hatte. Die Mauern, die er entschlossen war einzureißen.

»Ich glaube, ich brauche hier mal die Zuwendung von talentierteren Händen«, sagte er gespielt schüchtern.

»Ich helfe dir!«, rief Miranda.

Das war nicht die Zuwendung, die er meinte, doch als Miranda ihm zeigte, wie er den Matcha einstreuen musste, war die Eifersucht, die Carly erfasste, deutlich spürbar. Wahrscheinlich war ihm damit ein Platz in der Hölle sicher, aber er entschloss sich, dies zu seinem Vorteil zu nutzen, und schenkte Miranda seine ganze Aufmerksamkeit.

»Danke, meine Süße«, sagte er. »Du hast sehr talentierte Hände.«

»Wenn du wüsstest, wie talentiert … Hast du schon mal einen Kurs von ihr besucht?«, flüsterte Miranda. »Ich glaube nicht, dass sie dich besonders mag.«

»Nein? Ich dachte, sie würde richtig auf mich abfahren.«

Miranda schüttelte den Kopf. »Scheint, als bräuchtest du etwas Nachhilfe in Sachen Frauen.« Ihr Blick glitt an seinem Oberkörper hinab. »Damit kann ich dir auch helfen.«

»Das glaube ich dir sofort.« Er spähte kurz zu Carly, die vor Wut förmlich schäumte, als sie in den vorderen Teil des Raumes marschierte.

»Ihr macht das alle ganz toll.« Ihr Blick landete auf Zev, und die Eifersucht darin wandelte sich unmittelbar in eisigen Zorn. »Ihr wollt sicher nicht den ganzen Abend hier verbringen, also lasst uns weitermachen.« Sie schaute weg. »Gebt einen Teelöffel weißer Schokolade in jede kleine Muffinform, und dann stellen wir die in den Kühlschrank und räumen unsere Arbeitsplätze auf, bevor wir die Mandelbutter und die letzte Schicht weißer Schokolade hinzugeben.«

Die verbliebene Zeit im Kurs nutzte Miranda, um Zev bei jeder Gelegenheit irgendwie zu berühren und ihm Zweideutiges zuzuflüstern, während Carly ihm konsequent aus dem Weg ging. Zevs Blick haftete an Carly und seine Ohren lauschten ihren Worten, während sie erzählte, dass Schokolade ihr Leben sei und sie unendlich viele Stunden im Geschäft verbringe. Er nahm alles in sich auf und versuchte, seine Gedanken zu ordnen und ihre zu ergründen. Abgesehen davon, dass sie zu leugnen versuchte, was sie so offensichtlich noch miteinander verband, hatte sie die Küche beeindruckend entspannt unter Kontrolle. Es fiel ihm schwer, das Mädchen, das davon geträumt hatte, eine in der Weltgeschichte herumreisende Archäologin zu werden, und die es in der Highschool gehasst hatte, im Einzelhandel zu jobben, mit der Frau in Einklang zu bringen, die ihr Leben nun anscheinend überwiegend in Innenräumen verbrachte.

Als sie ihre Mandelbutter-Cups aus weißer Schokolade

fertiggestellt und die Arbeitsplätze gesäubert hatten, war Zev zu dem Schluss gekommen, dass wahrscheinlich ein Quäntchen Wahrheit darin steckte, dass er nicht mehr wusste, wer Carly war, zumindest an der Oberfläche. Aber auch wenn sie vielleicht beruflich eine andere Richtung eingeschlagen hatte, so wurde er doch das Gefühl nicht los, dass die Träumerin in ihr nicht ganz verschwunden war. Bei der Geschichte von diesem dämlichen Cowboy, der sie gerettet hatte, hatte sie ihren hübschen, spitzbübischen Kopf herausgestreckt. Und die Eifersucht, die in Carlys Augen geschwelt hatte, gehörte *eindeutig* zu dem Mädchen, in das er sich verliebt hatte.

Carly verteilte Schachteln, in denen sie ihre Werke nach Hause transportieren konnten, und ging umher, um jeden einzeln zu loben und sich für die Teilnahme zu bedanken. Zev ließ sich beim Einpacken seiner Leckereien Zeit. Er hatte nicht vor zu gehen, ohne ein paar Minuten allein mit Carly geredet zu haben. Er wollte reinen Tisch machen und herausfinden, ob ihre Trennung der Grund dafür war, dass sie ihre Träume nicht verfolgt hatte. Sie hatten gemeinsam das Studium am College begonnen, und er war immer davon ausgegangen, dass sie weiterstudieren und ihren Abschluss in Archäologie machen würde. Wie war sie in Colorado gelandet? Seit wann war sie hier? Zum Teufel, er wollte alles über sie wissen. Auch wie sehr sie ihn dafür hasste, dass er gegangen war.

Leider packte Miranda ihre Sachen ebenso langsam ein wie er. Sie beäugte seine Schokoladenwerke, die nicht besonders toll aussahen. »Ich verstehe immer noch nicht, warum deine so ungleichmäßig geformt sind.«

Weil ich zu sehr damit beschäftigt war, Carly zu beobachten, um darauf zu achten, wie viel Schokolade ich in die Formen gieße. »War wohl abgelenkt.«

Miranda berührte seinen Arm. »Ich kann nicht behaupten, dass es mir leidtut, dich abgelenkt zu haben.«

Zev schaute zu Carly, deren Blick ein Feuer hätte legen können.

»Das ist eine der Gefahren dabei, wenn man in der Küche flirtet«, kommentierte Carly böse. »Du hast Glück gehabt. Normalerweise verbrennt sich immer jemand dabei.«

Zevs Brust schnürte sich zusammen und er zog den Arm unter Mirandas Hand weg.

»Dann werden wir von nun an wohl der Küche fernbleiben müssen«, gab Miranda kichernd von sich.

»Ich muss in ein paar Minuten los. Wenn ihr beide also zum Ende kommen könntet, wäre das toll.« Carly warf Zev einen vernichtenden Blick zu. »Ich habe noch etwas in meinem Büro zu erledigen. Es macht euch sicher nichts aus, wenn ich euch nicht hinausbegleite.«

Mist. Er hatte Carly eifersüchtig machen wollen, nicht sauer.

»Danke!«, rief Miranda hinter ihr her. Sie wandte sich Zev zu. »Gehen wir noch in die Bar ein paar Häuser weiter?«

»Ich kann nicht, danke. Ich muss mich noch mit einem alten Bekannten treffen.«

»Oh«, meinte sie stirnrunzelnd. »Hm, sollen wir Nummern austauschen? Wir könnten uns ein anderes Mal treffen.«

»Eigentlich bin ich gar nicht lange in der Stadt. Aber ich bring dich noch raus.« Er nahm seine Schachtel und zusammen gingen sie durch den Laden. Als er ihr die Tür öffnete, sagte er: »Danke für die Hilfe im Kurs.«

»Hat Spaß gemacht. Sicher, dass du meine Nummer nicht willst?«

»Du bist eine schöne Frau, Miranda. Aber ich habe mein Herz schon vor Jahren vergeben, und glaub mir, ich bin deine

Zeit nicht wert.«

Sie zog die Augenbrauen zusammen. »Woher willst du wissen, dass ich nicht nur auf eine heiße Nacht aus bin?«

»Selbst wenn es so wäre, ich bin nicht darauf aus. Mach's gut, Miranda. Mir fällt gerade ein, dass ich noch was in der Küche vergessen habe.«

Er machte die Tür zu, schloss sie ab und machte sich auf den Weg zu Carlys Büro.

Sie stand jedoch in der Küche an der Spüle, als er hereinkam. Als er die Schachtel auf die Arbeitsfläche warf, fuhr Carly zusammen. Sie ließ die Pfanne fallen, die sie gerade in der Hand hielt. »Du hast mich erschreckt.«

»Ich würde dich lieber erregen«, sagte er, als er um den Küchentisch herumging.

Sie zog die Augenbrauen zusammen. »Wo ist denn deine *Freundin?*«

»Ich hatte nur eine Freundin in meinem Leben.« Er kam ihr ganz nah, genoss die glühende Hitze in ihren Augen. »Und jetzt sehe ich eine ältere, noch schönere Version von ihr vor mir.«

»*Zev* ...«, hauchte sie warnend.

Nicht einmal in seinen Träumen hatte es so schön geklungen. »Sag das noch mal.«

Sie schüttelte den Kopf und sah dabei sexy und betörend schön aus.

Er streichelte ihr über die Wange und in ihrem Blick lag Verlangen. »Deine Haut ist immer noch samtweich.« Mit dem Daumen fuhr er über ihre sanft geschwungenen Lippen und beide seufzten.

»Zevy«, flüsterte sie voller Begehren. »Was tust du da?«

»Keine Ahnung«, antwortete er und war selbst über seine Ehrlichkeit überrascht, aber jetzt gab es kein Zurück. »Du hast mir gefehlt, Carls.« Er glitt mit den Fingern an ihrem Arm hinauf und schob sie in ihr Haar. Sein gesamter Körper schien auszuatmen, als hätte er sein Leben lang auf diese einfache Berührung gewartet. »Himmel, Carls, sogar deine Haare haben mir gefehlt.« Der Drang, sie zu küssen, war unbändig. Sie leckte sich die Lippen und unweigerlich beugte er sich näher. »Sag, dass du nicht an mich gedacht hast, dass ich dir nicht gefehlt habe, dann gehe ich.«

»Nein, das tust du nicht«, sagte sie mit einem bedächtigen Kopfschütteln und einem Flehen in den Augen. »Das kannst du nicht.«

»Du hast recht, ich kann es nicht. Aber wenn du es gesagt hättest, würde ich das hier nicht tun.«

Er senkte seine Lippen auf ihre und flehte insgeheim, dass sie ihn nicht von sich stoßen würde. Ihre erste Berührung war elektrisierend. Er küsste sie derb und gierig, verschlang ihren süßen, sündigen Geschmack wie ein Verhungernder am Büfett. Er hatte sich gefragt, ob sie nach all der Zeit anders auf ihn reagieren würde. Ob sie ebenso ungeduldig sein würde wie früher, ob sie gleichermaßen um Kontrolle ringen und sich ihm unterwerfen würde. Doch sie war ganz mit ihm im Einklang, wie sie es immer gewesen war. Sie stellte sich auf die Zehenspitzen, gab hungrige Laute von sich, während sie seinen Kopf mit beiden Händen umfasste und ihren Mund weiter öffnete. Sie hatte ihm so wahnsinnig gefehlt, dass er ihren Hintern packte und sie fest an sich drückte. Er war hart, und sie war so weich und perfekt. Jahrelang unterdrücktes Verlangen rauschte durch seine Adern, und mit einem lauten Stöhnen hob er sie auf die Arbeitsfläche und eroberte ihren Mund aufs Neue. Er zog sie an die Kante, schob sich zwischen ihre Beine und rieb sich an ihr. Nackt wollte er sie sehen, all ihre Kurven und

Rundungen neu entdecken, jedem Zentimeter von ihr Lust bereiten, bis sie zu erschöpft waren, um zu reden. Irgendwo im hintersten Winkel seines Kopfes wusste er, dass sie reden mussten, aber er war in ihr *verloren*. In *seiner* Carly. Seine Gedanken zerfielen und die Welt um sie herum verblasste, bis er nur noch ihren Körper an seinem spürte, ihren heißen, willigen Mund, der seinen Kuss erwiderte, und ihren berauschend vertrauten Geschmack. Er wusste nicht, ob er träumte, wach war oder in irgendeinem versöhnlichen Paralleluniversum steckte, aber er wollte nicht mehr fort.

Dann spürte er, wovor er sich am meisten fürchtete. Ihr Zögern. Sein Hirn setzte sich wieder in Bewegung, als sie langsamer wurde, einen Tick zurückwich. Er kämpfte gegen den Drang an, den Kuss zu vertiefen, zu versuchen, sie dazu zu bringen, noch etwas länger mit ihm davonzufliegen. Widerwillig zog er sich zurück und legte seine Stirn an ihre, während er sich wünschte, er müsse sie nie wieder loslassen. Sie klammerte sich an seinem Rücken fest, stach mit ihren Fingernägeln durch sein T-Shirt. Sie hatten nie Worte gebraucht, aber er spürte, wie sie aus seinem Herzen krochen, seine Kehle hinaufschlichen und ihm schließlich über die Lippen kamen. »Es tut mir leid, Carls. Es tut mir so leid.«

»Ich kann nicht«, gab sie mit erstickter Stimme von sich und legte ihm die Hände auf die Brust. »Ich kann das nicht mit dir. Ich kann mich nicht wieder in dich verlieben.«

Er gab dem Druck ihrer Hand nicht nach und hielt sie weiterhin an sich gedrückt. »Das musst du auch nicht. Du hast nie aufgehört, mich zu lieben. Das spüre ich, Carls.«

Sie wandte den Blick ab und gab mit leiser Stimme von sich: »Geh einfach.«

»Carly …«

Sie sah ihm in die Augen, und angesichts des Kummers in ihrem Blick konnte er sie einfach nicht loslassen. Doch sie sträubte sich und sagte: »Bitte geh, Zevy. Ich kann das nicht.«

Sie hatte sich ihm geöffnet, wenn auch nur kurz, und ihm trotz ihrer Worte Hoffnung gegeben. Er presste die Kiefer aufeinander, wollte sie bitten, bleiben zu dürfen, oder sie auch anflehen, wenn es nötig war, doch er wusste, dass er beides nicht tun durfte. »Ich gehe«, sagte er und gab nach. »Aber wir sind noch nicht fertig miteinander, Carly. Du weißt, dass wir noch nicht fertig miteinander sind.«

Fünf

Carly sprang am Montagmorgen aus ihrem Pick-up und stürmte über eine Stunde zu spät ins Geschäft. Ihr Handy hatte sie am Abend zuvor wohl bei der Arbeit vergessen und so hatte sie am Morgen keinen Wecker gehabt.

»Guten Morgen!«, sagte sie und flitzte auf dem Weg in die Küche an Birdie und einem Kunden vorbei. Erst in ihrem Büro blieb sie stehen, knallte ihre Tasche auf den Schreibtisch und schaltete den Computer ein. Am Abend zuvor hätte sie eine Bestellung aufgeben müssen, was sie jedoch vollkommen vergessen hatte. Jetzt musste sie irgendein Wunder vollbringen, damit die Waren noch rechtzeitig geliefert wurden und sie sich um die Sonderbestellung für die Babyparty am kommenden Wochenende kümmern konnte. Sie musste auch noch Vorräte für das Festival bestellen.

Sie hasste es, so unter Druck zu stehen. Jahrelang hatte sie das Schokoladengeschäft problemlos geführt, und an nur einem Abend hatte Zev Braden es geschafft, ihr ruhiges, gelassenes, komplett durchorganisiertes Leben auf den Kopf zu stellen. Sie hatte fast die wahre Macht seines heißhungrigen und *göttlichen* Mundes vergessen. Damit hatte er ihr immer größtes Vergnügen bereitet – angefangen bei den Dingen, die er sagte, über seine Küsse bis hin zu der Art, wie er ihn an Stellen zum Einsatz brachte, die sie in Ekstase versetzten.

Sie ließ sich auf den Stuhl sacken, verfluchte sich dafür, dass sie Zev gestern Abend geküsst hatte, und wusste doch ganz genau, dass sie es wieder tun würde, egal was auf dem Spiel stand. Er war ein Meister der Küsse. Selbst ihre Lieblingsdokureihe hatte ihre Gedanken gestern Abend nicht davon ablenken können.

Ihre Finger flogen über die Tasten, als sie eine E-Mail an den Lieferanten der europäischen Schokolade schrieb, die ihre Kundin bevorzugte. Sie wackelte auf ihrem Stuhl hin und her, um sich an den Stringtanga zu gewöhnen, den sie hatte anziehen müssen. Sie konnte Stringtangas nicht ausstehen. Sonntagabends kümmerte sie sich normalerweise um die Wäsche, doch sie war so durcheinander gewesen, nachdem sie Zev geküsst hatte, dass sie auch das vollkommen vergessen hatte. Wäre Birdie nicht shoppen gegangen, hätte sie dreckige Shorts anziehen müssen. In Zeiten wie diesen wünschte sie, sie würde wie die meisten Frauen Klamotten horten. Aber Carly hatte noch nie gern viel von irgendetwas besessen. Birdie zog sie immer wieder damit auf, dass sie wahrscheinlich die einzige Geschäftsfrau sei, die stolz darauf war, dass all ihre Kleidung in einen Koffer passte und dass ihr noch immer alles passte, was sie mit zwanzig getragen hatte. Carly besaß noch immer die T-Shirts von jedem Konzert, auf dem sie und Zev gewesen waren, und laut Birdie trug sie die eindeutig zu oft. Sie war schon immer praktisch veranlagt gewesen. Das war eines der ersten Dinge gewesen, die sie und Zev als Gemeinsamkeit erkannt hatten. Sie hatten immer davon geträumt, in einem Campingbus zu leben und jederzeit aus einer spontanen Laune heraus zu einer Reise aufbrechen zu können.

Aber in der Welt einer Chocolatière gab es keine spontanen Launen.

Sie schaute auf ihre To-do-Listen und den Kalender neben ihrem Computer, als bräuchte sie einen Beweis dafür, dass ihr Geschäft auf Plänen beruhte, nicht auf Launen. Ihre Woche war auf der Hauptliste, die hinter ihrem Schreibtisch hing, in Aufgaben, Tage und Stunden eingeteilt. Auf zwei weiteren Listen, die auf ihrem Schreibtisch lagen, waren die kleineren Pflichten aufgeführt, die täglich oder wöchentlich erledigt werden mussten. Alle größeren Veranstaltungen oder Bestellungen für den Sommer waren in Pink in ihrem Kalender markiert und bewiesen ihr, wie weit sie es gebracht hatte und wie gut sie das Geschäft führte.

Carly war etwas neidisch gewesen, als ihre Tante Marie ihr anfangs berichtet hatte, dass sie zu *Abenteuern* aufbrechen wolle. Aber dieser Neid war von Gedanken an Zev begleitet gewesen, und Carly hatte beides verdrängt, um all ihre Energie in das Geschäft zu stecken. Marie hatte ihre Freizeit immer ebenso sehr genossen wie ihre Arbeit, und sie hatte ein regelmäßiges Einkommen erzielt, mit dem sie zufrieden gewesen war. Sie hatte nicht den Ehrgeiz gehabt, das Geschäft auszubauen. Doch als sie es Carly übergab, hatte sie andere Pläne gehabt. Sie wollte ihrer Tante beweisen, dass sie ihr Vertrauen verdiente, aber sie musste sich selbst auch beweisen, dass sie die Träume, die sie hinter sich gelassen hatte, nicht brauchte. Dazu hatte sie sich zum Ziel gesetzt, jedes Jahr mehr Veranstaltungen zu übernehmen, und neue Marketingkonzepte ausgearbeitet, die Birdie seither optimiert hatte. Sie hatte sich ganz und gar dem Geschäft verschrieben, arbeitete sieben Tage die Woche von morgens früh bis abends spät und hatte ihre Ziele mehr als erreicht.

Das alles würde sie jetzt nicht für den Kussexperten Zev Braden aufs Spiel setzen.

Während sie versuchte, den Stich in ihrer Brust zu ignorieren, schrieb sie die entschuldigende und leicht flehende E-Mail zu Ende, in der sie um eine Eillieferung der Schokolade bat. Bevor sie die Waren für das Festival bestellte, überprüfte sie noch die Vorräte und frühere Bestellungen. Nachdem das erledigt war, arbeitete sie sich durch die übrigen E-Mails und rief verschiedene Leute zurück, um dann *endlich* ihr Büro auf der Suche nach ihrem Handy auf den Kopf zu stellen. Als das zu keinem Erfolg führte, suchte sie überall in der Küche danach und stellte erleichtert fest, dass Birdie bereits ihre Montagsangebote an Pralinen und anderen Leckereien fertiggestellt hatte. Vielleicht führte ihre Verspätung doch nicht zu einem vollends chaotischen Tag. Wenn sie doch nur ihr Handy finden würde …

Sie ging nach vorne. Im Laden war es ruhig, was für einen Montag ungewöhnlich war, doch Carly nahm die Ruhe zum Durchatmen dankbar an. »Tut mir leid, dass ich so spät dran war. Ich kann mein Handy nirgends finden, daher hatte ich keinen Wecker.«

Birdie zog eine Schublade auf und nahm Carlys Handy heraus. »Das habe ich in der Kammer gefunden.«

»In der Kammer?« Carly versuchte sich daran zu erinnern, wann sie es dort vergessen haben konnte. Von einem Großteil des Abends hatte sie nur eine verschwommene Erinnerung an ihr heftig pochendes Herz, an das gleichzeitige Bemühen, irgendwie ihren Kurs durchzuziehen, an Zev, der ihr tief in die Augen schaute, und an ihr aussetzendes Gehirn, als sie sich diesen sündhaft köstlichen Küssen hingegeben hatte.

»Jemand hat gestern Abend seine Pralinen hier vergessen«,

sagte Birdie und riss sie aus ihren Tagträumen. »Also habe ich die Puzzleteile zusammengesetzt. Du verlegst dein Handy *nie*. Das bedeutet, dass du gestern Abend äußerst abgelenkt warst, und angesichts der Tatsache, dass du heute untypisch spät angekommen bist und deine Haare zu einem zotteligen Dutt hochgesteckt sind, kann man wohl davon ausgehen, dass du und Zev gestern Abend an alte Zeiten angeknüpft habt.«

Carly steckte das Handy in die Gesäßtasche der Jeansshorts mit dem Spitzensaum, die Birdie ihr gegeben hatte. »Frag lieber nicht.« Sie wandte sich ab und tat so, als räumte sie die Regale mit den Holzschildern auf, die mit Sprüchen über Schokolade bedruckt waren.

»Oh, und ob ich frage!« In ihrem süßen, blau-weiß gepunkteten Minikleid mit dem passenden Haarband kam sie um die Kasse herumgeeilt. »Du trägst auch das Outfit, das ich dir gekauft habe! Ich wusste, dass das burgunderfarbene Top großartig an dir aussehen würde. Und das pinke Bustier und die Lederketten sorgen für das gewisse Extra. Haben die Zev heute Morgen gefallen? Mir ist gestern Abend aufgefallen, dass er Lederarmbänder trug.«

»Das kann ich nicht sagen. Ich habe ihm gestern Abend gesagt, dass er gehen soll.« Sie versuchte, an ihrer besten Freundin vorbeizugehen, doch Birdie stellte sich ihr in den Weg und grinste, wie es nur eine nervige, aber liebenswerte beste Freundin konnte.

»Ist er gestern Abend oder in den frühen Morgenstunden gegangen? Ich nehme an, es war *nach* dem großartigen Sex?«

»Wir hatten keinen großartigen Sex«, fuhr Carly sie an und war sofort sauer auf sich, weil sie ihren Frust an Birdie ausließ.

Birdies Lächeln verschwand. »Schade. Zev ist eine Niete im Bett? Hätte ich nicht gedacht, so wie er aussieht ...«

»Nein. Ich weiß es nicht! Damals, als wir zusammen waren, war er keine Niete.« Carly stöhnte auf und schob sich an der allzu quirligen Birdie vorbei. »Vielleicht ist er jetzt eine Niete, aber das bezweifle ich. Er wusste jedenfalls ganz genau, was er tat, als er mich geküsst hat.«

Birdie kreischte auf ihre typische Art auf und folgte Carly durch den Laden, während diese so tat, als würde sie Tüten mit Süßigkeiten und andere Leckereien zurechtrücken. »Übrigens bist du mir für gestern Abend wirklich noch was schuldig. Nach meinem Yogakurs bin ich noch zur Ranch gefahren, und Cowboy wollte gerade los, um noch mal herzukommen. Er hat sich Sorgen um dich gemacht. Er meinte, als du Zev gesehen hast, wärst du vollkommen durchgedreht. Aber keine Angst, ich habe ihm gesagt, dass es die gute Art von Durchdrehen war, nicht die schlechte.«

»Tja, jetzt weißt du aber, was passiert, wenn Zev in meiner Nähe ist. Ich vergesse, wer ich bin, und werde zu einer unorganisierten Chaotin, die nicht mehr schlafen kann. Er nimmt jeden Winkel meines Hirns ein, sodass ich nur noch daran denke, wie er mich geküsst hat und wie sich seine Hände in meinen Haaren angefühlt haben und – *Ahh!* Siehst du?« Sie marschierte durch den Laden.

Birdie stemmte die Hände in die Hüften und meinte sarkastisch: »Lass dir deine perfekte Welt bloß nicht von einem heißen Typen auf den Kopf stellen, der dich auf eine Art und Weise ansieht, wie ich noch nie erlebt habe, dass ein Mann eine Frau ansieht.«

Es ließ sich nicht leugnen, dass Zev sie angeschaut hatte, als gäbe es nur sie. Aber sie war sein Ein und Alles gewesen und er hatte sie trotzdem zurückgelassen. Das Gleiche hatte sie ihm dann in Mexiko angetan. Doch da hatte sich ihr Überlebensinstinkt durchgesetzt. Sie wusste nicht, ob sie noch einmal fortgehen könnte.

»Ich kann nicht mit ihm zusammen sein, Birdie. Er hat mir wehgetan.«

»Da wart ihr Teenager. Jeder weiß, dass Teenager dumm sind, und ihr hattet beide einen geliebten Menschen verloren, Carly. Du hast mir erzählt, wie nah Tory und du euch gestanden habt, und dass ihr ständig Doppeldates hattet. Eine Freundin auf so eine Weise zu verlieren, wäre für jeden ein schwerer Schlag und für einen Neunzehnjährigen mit Hormonen und altersentsprechender Dummheit allemal.«

»Aber er hat nie angerufen und ist nie zu mir zurückgekommen. Du solltest eigentlich auf meiner Seite stehen, oder?« Sie hatte das Gefühl, sie würde jeden Moment grundlos heulen, so wie am Abend zuvor, als sie dabei fast eine ganze Schachtel Lucky Charms aufgegessen hatte, die sie nach dem Kurs auf dem Heimweg gekauft hatte.

Birdie sah sie nun mitfühlend an. »Ich stehe *immer* auf deiner Seite. Aber anscheinend ist er gestern Abend noch mal hergekommen, und das bedeutet, er wollte dich noch mal sehen. Das hier klebte heute Morgen an der Tür.« Aus der Tasche ihres Kleides holte sie einen Umschlag hervor, den sie Carly gab.

Ihr Puls raste, als sie *Carls* in Zevs unsauberer Handschrift auf dem Umschlag sah. Seine Schreibkünste hatten sich keinen Deut verbessert.

»Ich kenne sonst niemanden, der dich Carls nennt«, sagte Birdie.

Der Kloß in Carlys Hals wurde noch größer. »Ja«, flüsterte sie fast und steckte den Umschlag zu dem Handy in ihre Gesäßtasche.

Birdie sah sie mit großen Augen an. »Du machst ihn gar nicht auf?«

»Das kann ich jetzt nicht. Wenn es ein Abschiedsbrief ist, dann bin ich traurig. Wenn es keiner ist, dann bin ich verwirrt. Es gibt keine gute Variante.«

»Ehrlich, du hast dich schon viel zu lang nicht mehr in der Welt der Dates getummelt.«

»Ich habe Dates«, widersprach sie.

»Zwei- oder dreimal im Jahr zählt nicht. Wenn du auf Männer angewiesen wärst, die dich aushalten, wärst du längst abgemagert. Carly, komm schon! Glaubst du nicht ans Schicksal?«

Carly kämpfte gegen eine Woge der Traurigkeit an. »Das Schicksal hat meiner besten Freundin das Leben geraubt und mir dann auch noch meinen Freund genommen, also glaube ich nicht an diesen ganzen Humbug, dass alles in den Sternen geschrieben steht und so.«

»Es stimmt, dass das Schicksal dir Tory genommen hat, und das muss schrecklich gewesen sein. Aber dass Zev gegangen ist, hat nichts mit Schicksal zu tun. Das war Bestimmung. Das Schicksal kann man nicht beeinflussen. Die Bestimmung geht einher mit aktivem Handeln und der Entscheidung für einen Weg der Veränderung, des Lernens und der Entwicklung. Als du nach Colorado gekommen bist, hast du die Verantwortung für dein Leben und deine Bestimmung übernommen. Du hast einfach daran geglaubt, und sieh dir an, was aus dir geworden ist.«

»Da habe ich keine Verantwortung übernommen. Ich habe einfach nur versucht, mit einem gebrochenen Herzen zu überleben«, korrigierte Carly sie.

»Genau das sage ich doch. Du hast eine bewusste

Entscheidung getroffen, etwas zu verändern und das zu überleben, was du durchgemacht hattest. Glaubst du nicht, dass Zev vielleicht das Gleiche getan haben könnte, als er aus Pleasant Hill wegging? Dass er einfach nur auf irgendeine Weise versucht hat zu überleben? Du hast gesagt, Beau wäre auch von zu Hause weggeblieben.«

»Beau hat seine Freundin verloren. Zev nicht. Ich war ja bei ihm. Er ist derjenige, der weggerannt ist. Ich habe ihn verloren.«

»Ich weiß, und das tut mit Sicherheit mehr weh, als ich es mir je vorstellen könnte. Aber vielleicht findest du in dem Umschlag den Grund dafür. Oder vielleicht ist es eine Entschuldigung, weil du ihn gestern Abend weggeschickt hast und er es dir nicht persönlich sagen konnte. Du wirst es nie erfahren, wenn du ihn nicht öffnest. Aber mehr sage ich zu dem Thema nicht. Versprochen.« Sie ging zum Ladentisch und hielt kurz davor inne. »Ich finde, du solltest ihn öffnen.«

»Du hast gerade dein Versprechen gebrochen«, sagte Carly im Scherz.

»Denk zumindest darüber nach«, entgegnete Birdie. »Er schien wirklich nett zu sein. Bevor ich wusste, wer er war, war ich drauf und dran, ihn mit meinen üblichen Sprüchen anzubaggern.«

»Das hast du wahrscheinlich mit jeder anderen Frau gemeinsam, die ihm je begegnet ist. Miranda hat ihn gestern Abend im Kurs angemacht, und er ist voll darauf angesprungen.« Eine Woge der Eifersucht brach erneut über sie herein.

»Sie ist eine Frau, da überrascht das nicht«, meinte Birdie leichthin.

»Ich dachte, du wolltest nichts mehr über ihn sagen.«

»Werde ich auch nicht.« Birdie zog die Augenbrauen zusammen, presste die Lippen aufeinander und sah aus, als würde sie jeden Moment platzen.

Carly warf die Hände in die Luft. »Na los, rede schon. Spuck's aus, damit ich dann einen Käsekuchen mit weißer Schokolade backen – und essen – kann.«

»Bitte mach ihn auf!«, rief Birdie. »Ich komme um vor Neugier.«

»Birdie! Du weißt ja, wo du mich findest.« Sie ging in die Küche.

Während sie die Zutaten für den Käsekuchen bereitstellte, brannte ihr der Umschlag mit der gleichen Intensität ein Loch in die Tasche, wie ihr Körper sich am Abend zuvor nach Zev verzehrt hatte. Sie sah zu dem Ladentisch, auf dem sie sich geküsst hatten, und sofort wurde sie von heißen Schauern erfasst. Als sie die Augen schloss, wurde es nur noch schlimmer. Noch immer spürte sie seine Hände in ihren Haaren und seinen harten Schaft, der sich an ihr rieb. Sie riss die Augen auf, versuchte aber gar nicht erst, ihre wachsende Lust zu verdrängen, als Zevs Stimme durch ihren Kopf wummerte. *Es tut mir leid, Carls. Es tut mir so leid.* Sie hatte gedacht, er entschuldigte sich dafür, dass er sie geküsst hatte, aber als sie jetzt genauer über diesen Moment nachdachte, wurde ihr klar, dass er wahrscheinlich mehr damit hatte sagen wollen.

Ihre Nervenenden kribbelten, als sie den Umschlag aus der Tasche zog und auf ihren Namen starrte. Sie erinnerte sich an die Nachrichten, die er ihr in ihrem Auto hinterlassen hatte, in ihrem Spind in der Schule oder die er außen an ihr Schlafzimmerfenster geklebt hatte. Bei diesen Erinnerungen musste sie lächeln, und ihr Puls raste noch schneller, als sie mit dem Finger unter die Lasche glitt, um den Umschlag zu öffnen. Doch die Furcht vor dem Schlimmsten raubte ihr das Lächeln und ließ sie innehalten.

Und wenn dies nun ein Abschiedsbrief ist?

Sie atmete tief ein und dachte: *Und wenn nicht?*

Sie wusste nicht, was sie hoffen sollte. Genau so hatte sie sich gefühlt, als sie am Ende des Sommers, in dem Zev fortgegangen war, zurück ans College fuhr. Sie hatte Angst gehabt, abzureisen und ihn zu verpassen, falls er zurückkäme, und gleichzeitig hatte sie Angst gehabt, zu bleiben und festzustellen, dass er nicht wiederkam.

Dieses verlorene Mädchen, das so hin- und hergerissen war, wollte sie nicht mehr sein. Sie riss den Umschlag auf und faltete das Blatt auf, denn sie brauchte Klarheit. Ihr Blick fiel auf die Mitte des Blattes, in die Zev geschrieben hatte: *Hallo, meine Schöne. Ich wette, du wirst unser Lied gleich lauthals singen.*

Sofort hatte sie die energiegeladene Melodie von »Life Is a Highway« der Rascal Flatts im Ohr. Unten auf dem Blatt hatte er einen Pfeil zum Rand gezeichnet. Sie drehte das Blatt um und las, was er geschrieben hatte: *You're in my blood, you're all around. Sing it, baby. I love that sound. Z*

Trotz allem, was in ihrer gemeinsamen Vergangenheit geschehen war, machte sich ein Glücksgefühl in ihr breit.

Den Umschlag an die Tür zu kleben, die Wette, der schmalzige Reim, den er von ihrem Lied abgeleitet hatte … das war alles so typisch *Zev*. Er hatte immer Liedtexte zu etwas umgeschrieben, was auf sie passte. Sie legte das Blatt beiseite und summte das Lied, während sie den Ofen vorheizte und anfing, die Zutaten für den Kuchenboden zu vermengen. Es war Ewigkeiten her, dass sie an ihr Lied gedacht hatte. Es fühlte sich so gut an, dass sie die Hüften schwang und den Text vor sich hin flüsterte. Sie drückte den Teig für den Boden in die Form, wusch sich die Hände und lud das Lied »Life Is a Highway« auf ihr Handy. Sie stellte es auf Dauerschleife und fing an, die Zutaten für die Füllung des Käsekuchens zu vermischen.

Als sie die Masse auf den Kuchenboden gab, tanzte sie schon ausgelassen und drehte sich alle paar Zeilen im Kreis. Der Refrain ertönte, als sie den Käsekuchen in den Ofen schob, und dann schnappte sie sich den Spatel, den sie als Mikrofon benutzte, tanzte durch die Küche und ließ ihre Haare durch die Luft peitschen. Sie grölte laut mit und wirbelte herum – bis sie abrupt innehielt, als sie Birdie in der Tür sah. Mit einem riesigen Geschenkkorb voller Schachteln süßer Cerealien auf dem Arm beobachtete ihre Freundin sie amüsiert. Carlys Herzschlag setzte kurz aus. Es gab nur einen Menschen, der ihr einen Korb voller Cerealien schicken würde.

»Wer *bist* du?«, fragte Birdie lachend. »Wenn es solche Auswirkungen hat, Zev Braden zu küssen, dann lass *mich* bitte auch mal ran.«

Carly richtete den Spatel auf sie. »Hände weg, Birdie. Ich schrecke nicht davor zurück, dieses Ding zu benutzen.«

»Hoffen wir einfach, dass du *ihn* sein Ding benutzen lässt, denn wenn seine Küsse schon für eine solche Stimmung bei dir sorgen, dann kann man sich ausmalen, was mit dir passiert, wenn er mit seinem Schiff in deinen Hafen einläuft.« Birdie stellte den Korb auf die Arbeitsfläche und zog einen Umschlag zwischen zwei Schachteln hervor. »Ich glaube, der Schatzjunge hat wieder zugeschlagen.«

Carly wusste genau, was mit ihr passieren würde, wenn sie und Zev Sex hätten. Es gäbe kein Zurück. Die Realität brach über sie herein. Sie würde ihn nicht wieder verlassen wollen, und sie würde es auch nicht überleben, wenn sie mit ihm schlief und dann zusehen müsste, wie er fortging. Sie stellte die Musik aus und war von sich enttäuscht. Wegen einer Wette und einem

Lied hatte sie vollkommen den Verstand verloren.

Sie warf den Spatel in die Spüle. »Was mache ich hier, Birdie? Ich kann ihm nicht wieder verfallen.«

»Du verfällst nix und niemandem. Du tanzt, du hast Spaß.« Birdie ging zu ihr. »Carly, ich kenne dich, seit du hergezogen bist. Da warst du so traurig, dass ich wollte, dass meine Mom dich in die Arme schließt und erst wieder loslässt, wenn es dir besser ginge. Ich habe zugesehen, wie du zu einer erstaunlich starken Frau geworden bist. Du hast mir so viel darüber beigebracht, wie man belastbar bleibt und auf eigenen Füßen steht. Du bist meine beste Freundin und ich hab dich unglaublich lieb. Du hast mir alles beigebracht, was ich über dieses Geschäft weiß, und mir gezeigt, wie man es führt. Du solltest stolz auf alles sein, was du erreicht hast. Besonders mit dem Laden.«

»Was *wir* erreicht haben, Birdie. Wir haben es zusammen gemacht.«

»Ich bin nur deinem Beispiel gefolgt. So, wie wir dich hier jeden Tag erleben, Carly, mag ich dich wirklich sehr gern, aber so glücklich, wie du eben ausgesehen oder geklungen hast, als ich in die Küche kam, habe ich dich noch nie erlebt. Ich glaube, Zev könnte trotz eurer schwierigen Vergangenheit doch gut für dich sein.«

Carly seufzte. »Damals waren wir gut füreinander, aber er ist derjenige, an dem ich zerbrochen bin.«

»Ich weiß, dass du das glaubst. Ich würde ja am liebsten sagen, dass er vielleicht der Einzige ist, der dich wieder heil machen kann, aber das klingt blöd, denn du bist ja nicht kaputt. Aber die Frau von eben habe ich noch nie gesehen, also ist er vielleicht der Einzige, der diesen geheimen Teil von dir wiederfinden kann. Diesen Teil, der dich tanzen und singen lässt.« Sie reichte Carly den Umschlag aus dem Korb. »Ich will wissen, warum er glaubt, du bräuchtest vier Schachteln Cerealien. Ist das irgendein Sexding, von dem ich nichts weiß?«

Carly lachte. »Nein, aber es war *unser* Ding. Wir waren immer auf Achse, haben nie innegehalten, nicht einmal zum Essen. Cerealien sind gut für unterwegs. Wir konnten immer davon naschen, egal ob beim Wandern, Segeln oder am Strand.«

»Dann warst du eine billige Freundin, und es hört sich so an, als hättet ihr jede Menge Spaß gehabt. Genau, ich brauche einen Zev in meinem Leben.«

»Ich habe mich nie gelangweilt, war nie hungrig oder irgendetwas anderes als glücklich, wenn ich mit Zevy zusammen war. Es passte einfach alles bei uns, verstehst du? Deshalb war ich so verzweifelt, als er ging.« Carly öffnete den Umschlag und nahm ein gefaltetes Blatt heraus. Auf der Lasche stand eine Telefonnummer. Sie und Birdie sahen sich gespannt an, als sie das Blatt auffaltete und die handgeschriebene Nachricht las: *Wetten, du traust dich nicht, mir ein sexy Bild zu schicken?*

Carly fiel die Kinnlade herunter. »Das mache ich auf keinen Fall.«

»Oh doch, und ob du das machst!«

»Nein. Ihn zu küssen, ist eine Sache, aber ich schicke niemandem schmutzige Selfies. Wer weiß, wo diese Bilder landen? Auf keinen Fall.«

Birdie kicherte. »Das wird ein Riesenspaß!« Sie zog Carly am Handgelenk zu einem Stuhl. »Gib mir deinen BH.«

»Das werde ich nicht.«

»Du bist so was von prüde. Dein Glück, dass Sasha und ich dir da in nichts nachstehen.« Birdie drehte sich um. »Mach mal meinen Reißverschluss auf. Schnell, bevor Kunden kommen.«

»Nein, du bist ja verrückt.«

Birdie gab einen genervten Laut von sich und versuchte, an ihren Reißverschluss heranzukommen.

»Na gut, ich mach ja schon.« Carly öffnete ihr das Kleid. »Wie hast du das überhaupt zubekommen?«

»Ich habe eine Reißverschlusshilfe.« Birdie zog die Arme aus dem Kleid und nahm ihren BH ab. Dann zog sie ihr Kleid wieder an, ließ es hinten offen, legte die Cups ihres BHs über Carlys Knie und schloss den BH hinter ihnen. »Unfassbar, dass du das noch nie gemacht hast. So viel älter als ich bist du doch gar nicht.«

Carly war etwa fünf Jahre älter. »Ich habe keine Ahnung, was du da machst. Er sieht doch, dass das meine Knie sind.«

»Vertrau mir, Süße, ich habe von den Besten gelernt.« Sie schnappte sich Carlys Handy und stellte sich hinter den Stuhl. »In Ordnung, Knie zusammen, Beine anziehen.« Sie beugte sich über Carlys Schulter und machte mehrere Bilder. »Sasha kennt alle Tricks. Du musst nur ganz nah rangehen. Sie hat einem Kerl mal so ein Bild geschickt, woraufhin er ihr dann Fotos zurückgeschickt hat, auf denen er sich damit einen runterholt!«

»Widerlich!«

»Und er war riiieesig!« Birdie zog das Wort in die Länge. »Als Sasha ihm erzählte, dass er sich an ihren Knien aufgegeilt hatte, wurde er stinkwütend. Das war genial. Aber dann haben meine Brüder es herausgefunden. Die habe ich noch nie so sauer erlebt.« Sie zuckte kurz mit den Schultern und zeigte Carly das Foto.

Tatsächlich, Birdies schwarzer Spitzen-BH auf Carlys Knien sah nach einem aufreizenden Dekolleté aus. »Birdie, das ist klasse!«

»Ja, oder?«, sagte sie stolz. »Dein Typ hat seinen Spaß, und niemand hat kompromittierende Fotos von deinem Körper.«

»Das kommt mir in so vielerlei Hinsicht falsch vor, aber irgendwie gefällt es mir auch.« Carly gab Birdie ihren BH zurück und schickte eine Nachricht an Zev, während ihre Freundin sich wieder anzog.

Das Labor, in dem Zev an den Konkretionen arbeiten wollte, war Teil des »Real DEAL – Discover, Experience, Appreciate, Learn«, ein Erlebnis- und Entdeckungspark, der zwischen Weston und Allure lag und in dem Kinder dank pädagogischer Ausstellungen und praktischer Aktivitäten alles Mögliche *entdecken, erfahren, wertschätzen* und *lernen* konnten. Der Park, der sich noch im Bau befand, war die Idee von Zevs Cousin Dane gewesen, einem Haiforscher und dem Gründer der Brave Foundation, die sich mit pädagogischen und innovativen Programmen für den Schutz von Haien und allgemein für den Schutz der Meere einsetzte. Nachdem er jahrelang auf einem Boot gelebt hatte, waren Dane, seine Frau und ihr Sohn zurück nach Weston, Colorado, gezogen, um näher bei ihren Familien zu sein. Danes Bruder Hugh, ein Profi-Rennfahrer, und ihr Schwager Jack Remington, ein Survivaltrainer, waren ebenso wie ihr Cousin Noah bei dem Projekt eingestiegen, um Danes ursprüngliche Vision von einer Darstellung des Lebens im Meer zu einem Park mit mehreren anderen Disziplinen auszuweiten.

Noah führte Zev – und Bandit – auf der Anlage herum. Zev war es nicht gewohnt, einen Hund an seiner Seite zu haben, aber Beau hatte ihn gebeten, Bandit so oft wie möglich mitzunehmen, damit der Hund sich nicht einsam fühlte. Bandit war bekannt dafür, dass er Dinge klaute, wenn er allein gelassen wurde. Zev hatte seinen Hang zum Diebstahl gerade am eigenen Leib erlebt, als Bandit am Morgen sein Handtuch geklaut hatte, während er unter der Dusche stand, sodass er sich mit einem winzigen Gästehandtuch hatte abtrocknen müssen.

»Der Park wird unglaublich!«, sagte Zev staunend, als sie das Gebäude verließen, in dem das Aquarium untergebracht werden sollte, um in den Survival-Bereich zu gehen. »Danke, dass ich Bandit mitbringen durfte.« Bandit – mit seinem dicken schwarzen Fell und dem obligatorischen roten Tuch um den Hals – trottete zufrieden neben ihm her und sah alle paar Schritte zu ihm auf. Mitten auf der Schnauze hatte er einen weißen Streifen, und Zev musste zugeben, dass er ein verdammt süßer Dieb war.

Noah kraulte den Hund. »Bandit und ich sind gute Kumpel. Beau nimmt ihn überallhin mit.« Noah war ein paar Jahre jünger als Zev. Als Meeresbiologe verbrachte er seine Zeit entweder auf den Ozeanen oder in einem Labor. Allzeit braun gebrannt und mit stets zerzausten dunkelblonden Haaren sah er immer so aus, als käme er gerade von seinem Boot. Als sie in ein anderes Gebäude gingen, sagte er: »Hier wird Jack interaktive Survival-Exponate ausstellen, und über den Flur gelangt man zu der Minirennstrecke, die Hugh organisiert.«

Zev folgte ihm den Flur entlang. Nach allem, was er schon gesehen hatte, war er sich sicher, dass der Real DEAL Menschen von überallher anlocken würde. »Kaum zu glauben, dass all das mit Danes und Lacys Idee von einem kleinen Aquarium und ein paar pädagogischen Ausstellungsstücken angefangen hat.«

»Hast du jemals ein Braden-Projekt erlebt, das klein bleibt? Dane und ich haben in den letzten Jahren bei ein paar Ausstellungen zusammengearbeitet. Als er die Idee mit dem Park erwähnte, habe ich gleich die Gelegenheit ergriffen, bei dem Projekt einzusteigen. Ich hielt es für eine großartige Art, mein Erbe zu nutzen. Ich freue mich total darauf, Kindern das Meeresleben näherzubringen, und ich bereite auch eine Zusammenarbeit mit einem College vor, das unser Labor nutzen kann. Sie wollen, dass ich Vorlesungen halte und solche Sachen.«

»Das ist großartig. Du sagtest, du wirst Kindern das Meeresleben näherbringen, aber habt ihr auch mal überlegt, meeres- und landesarchäologische Exponate auszustellen? Als Kinder waren wir mal in einem archäologischen Museum, und von da an wusste ich, dass ich Dinge entdecken will. Ich war so von der Vorstellung begeistert, Geschichte *zu finden*, dass ich früher immer davon geträumt habe.«

»Früher?« Noah zog eine Augenbraue hoch. »Mann, seit Kindertagen erzählst du mir, dass du die *Pride* finden willst.«

»Erwischt.« Seine Träume von Entdeckungen waren allerdings an dem Tag in den Hintergrund geraten, an dem er Pleasant Hill verlassen hatte, und er hatte sie mit Träumen von Carly ersetzt. Doch die Gedanken an sie hatten seinen Wunsch, *ihr* Schiff zu entdecken, nur noch verstärkt. »In der dritten Klasse habe ich einen Dokumentarfilm darüber gesehen. Wir sprachen im Unterricht gerade über Piraten, und das blieb bei mir hängen.« Er und Carly waren in einer Klasse gewesen, und von da an war die *Pride* an die erste Stelle ihrer Eines-Tages-Liste aufgerückt – einer Art Bucket List mit Dingen, die sie zusammen erleben wollten. Später hatten sie andere Orte hinzugefügt, die sie entdecken wollten, und Dinge, die sie tun wollten, zum Beispiel sich gleiche Tattoos stechen lassen, Klippenspringen, Surfen und vieles mehr.

»Klingt so, als solltest du über eine Zusammenarbeit mit uns nachdenken. Du könntest den Kindern etwas über Schiffswracks und Schatzsuche beibringen und darüber, was mit den

Dingen passiert, die auf dem Meer verloren gehen.« Noah stieß ihn am Arm an. »Du könntest das Interesse zukünftiger Schatzsucher wecken.«

Zev schüttelte den Kopf. »Ich weiß nicht. Ich bin nicht besonders gut darin, an einem Ort zu bleiben, und hoffentlich werde ich die nächsten Jahre damit beschäftigt sein, Schätze von der *Pride* zu bergen. Aber vielen Dank noch mal, dass ich diese Woche hier arbeiten kann.«

»Gern geschehen. Während des Tages bin ich ab und zu hier, um etwas zu arbeiten, jetzt, da mein Labor funktionsfähig ist. Da ist es nett, etwas Gesellschaft zu haben.«

Bandit lief glücklich neben Zev her, während sie noch weitere Gebäude besichtigten.

Auf dem Weg über das Gelände zum Labor fragte Zev: »Wie kommst du damit zurecht, an Land festzusitzen?« Wie Zev war auch Noah normalerweise meist unterwegs. Über die Jahre hatten sie sich auf ihren Reisen immer mal wieder getroffen, und Zev hatte ihn nie als jemanden gesehen, der sich an einem Ort niederlassen würde.

»Man muss sich erst daran gewöhnen, aber ich habe mit dem Meer noch nicht abgeschlossen. Das wäre so, als würde man mit den Frauen abschließen.« Noah grinste. »Ich habe dich mit dieser süßen Blondine sprechen sehen, die für die Desserts auf der Hochzeit gesorgt hat. Läuft da irgendwas? Wenn nicht … Ich habe gehört, dass sie ein Schokoladengeschäft in Allure hat. Ich muss da vielleicht mal zum Kosten vorbeischauen.«

»Sie heißt Carly. Sie und ich haben eine lange Vorgeschichte, also wie wär's, wenn du deine Banane irgendwo anders in die Schokolade steckst?« Zev hatte Carlys Küsse, den Klang ihrer Stimme, ihre Berührungen immer wieder durchlebt, nachdem er gestern Abend gegangen war. Wenn es nach ihm gegangen wäre, würden sie schon bald viel mehr als nur Küsse genießen, und seine Lippen wären die einzigen, die irgendetwas kosten würden.

Noah schlug Zev auf den Rücken, als sie das Labor betraten. »Klare Sache, Kumpel. Komm, ich zeige dir, wo ich dein Werkzeug gelagert habe.«

Zev folgte ihm an einer Reihe von beeindruckenden Aquarien und Arbeitsbereichen vorbei zu zwei Becken, in denen die beiden Konkretionen in einer Lauge aufbewahrt wurden, um sie vor dem Austrocknen zu bewahren und die Artefakte zu schützen. Meereskonkretionen kamen in allen Formen und Größen vor, von ganz winzig bis hin zu einem Gewicht von mehreren Tonnen. Diese Konkretionen waren etwa dreißig und fünfundvierzig Zentimeter lang und sieben und vierzehn Kilo schwer. Die Werkzeuge, die Zev geschickt hatte, lagen links auf einem Arbeitstisch. »Das ist perfekt. Danke, Mann.«

Sein Handy vibrierte. Er nahm es aus der Tasche und sah Carlys Namen in einer Nachrichtenblase. Als sie jünger gewesen waren, hätte Carly niemals ein nicht jugendfreies Selfie verschickt. Er glaubte nicht, dass sich das geändert hatte, aber er musste sie etwas aus der Reserve locken und sie an all den Spaß erinnern, den sie gehabt hatten, denn trotz ihrer Weigerung, schmutzige Selfies zu schicken, wusste er, dass ihr die Bitte ebenso sehr gefallen hatte, wie es ihm gefiel, sie zu provozieren.

Er öffnete die Nachricht und beim Anblick des Fotos von ihrem Dekolleté wurde ihm ganz heiß.

Noah schaute Zev über die Schulter und pfiff anerkennend. »Wow! Ist das von Carly?«

»Ja, aber das ist nicht für deine Augen bestimmt.« Noch während er das sagte, erkannte Zev eine winzige Narbe, von der er wusste, dass sie sich direkt über ihrem linken Knie befand. Fast hätte er laut aufgelacht. *Mein schlaues Mädchen. Gut zu wissen, dass du noch nicht ganz mit mir fertig bist.* Er würde nie die Nacht vergessen, in der sie diese Narbe bekommen hatte. Während ihrer Zeit auf der Middle- und Highschool waren sie beide Mitglieder im Archäologieclub von Pleasant Hill gewesen. In dem Sommer zwischen ihrem dritten und vierten Jahr auf der Highschool waren sie mit dem Club auf einem einwöchigen Ausflug gewesen und hatten sich aus ihren Zelten geschlichen, um sich am Fluss zu treffen. Beim Ausziehen ihrer Klamotten war Carly mit dem Fuß in ihrer Hose hängengeblieben. Sie war gestürzt und auf einen Stein gefallen, der ihr tief ins Bein geschnitten hatte, sodass sie genäht werden musste. Zev hatte sich schrecklich gefühlt, weil sie sich verletzt hatte, aber nichts hätte sie davon abhalten können, sich zu sehen, wann immer es möglich war. Als er sich am nächsten Abend zu ihr geschlichen hatte, hatte er sie die ganze Zeit festgehalten.

»Normalerweise warten die Mädels Wochen, bevor sie solche Bilder von sich schicken«, sagte Noah und riss Zev aus seinen Gedanken. »Du legst ein ziemliches Tempo vor, Kumpel.«

Zev hatte nicht viel Zeit, bevor er wieder aufs Meer hinausfuhr, und er würde keine Sekunde davon vergeuden, indem er um die Frau herumtippelte, von der er einmal gedacht hatte, er könne über sie hinwegkommen. Nicht nur, dass er über Carly Dylan einfach nie hinwegkommen würde, er hatte auch keine Ahnung, wie er Ende der Woche abreisen und sein Leben fortsetzen sollte, wenn sie ihm ihr Herz nicht wieder öffnen konnte.

Er steckte sein Handy weg. »Nur bei ihr, Mann. Nur bei ihr.«

Sechs

Birdie hielt den Korb mit den Cerealien auf dem Arm, während ihre Freundin am Montagabend das Geschäft abschloss. Den ganzen Tag über hatte Carly Bauchschmerzen vor lauter Nervosität gehabt. Nachdem sie das Foto mit dem falschen Dekolleté an Zev geschickt hatte, hatte er geschrieben: *Diese Beine würde ich überall wiedererkennen.* Sie musste das Bild nur einmal genauer betrachten, um ihre Narbe zu sehen und ihren Fehler zu bemerken. Sie hatte ihm schon geschrieben und sich für den Cerealien-Korb bedankt, woraufhin er geantwortet hatte: *Ich wette, du langst ordentlich zu!* Er hatte ein Teufels-Emoji hinzugefügt und dann noch mit einem Zwinker-Emoji versehen geschrieben: *Jetzt habe ich deine Nummer.* Er war so hinterhältig!

»Hast du etwas von Zev gehört, seit er dich auf dem Foto geoutet hat?«, erkundigte sich Birdie.

Carly nahm ihr den Korb ab. »Nee.«

»In dem einen kleinen Wort schwingt eine ganze Menge Enttäuschung mit. Das muss nicht das Ende eures Sexting-Versuchs sein. Du könntest ihm auch schreiben. Flirten ist keine Einbahnstraße.«

»Da steckt viel mehr dahinter, Birdie. Ich bin enttäuscht,

aber ich bin auch sauer auf mich, *weil* ich enttäuscht bin, und das verwirrt mich total. Warum kann ich es nicht einfach auf sich beruhen lassen? Man hört ständig, dass Leute sagen, sie wären über ihren Ex hinweg. Warum kann ich nicht eine von ihnen sein?«

»Weil du nicht über ihn hinweg bist.«

»Doch, bin ich.« Die Worte schmeckten bitter und falsch auf ihrer Zunge.

»Das nehme ich dir nicht ab, Carly.«

»Okay, vielleicht bin ich nicht über ihn hinweg, aber ich weiß, wie es enden wird, wenn ich ihm schreibe. Ich werde verletzt werden. Sein Leben ist nicht hier, Birdie. Es ist draußen auf dem Meer oder auf Entdeckungsreisen in irgendeinem fernen Land. Er wird niemals sesshaft werden, und ich bin nicht mehr das Mädchen von früher. Ich will das nicht mehr.«

Birdie stemmte die Hände in die Hüften. »Was willst du nicht? Die Art von Leben? Oder ihn? Denn vor ein paar Stunden hast du noch in einen Spatel gesungen, und jetzt siehst du so aus, als wolltest du unter eine Decke kriechen und einen Maxibecher Eis essen. Ich glaube nicht, dass du weißt, was du willst.«

»Es ist grauenhaft, dass ich dir nichts vormachen kann.«

»Du kannst dir selbst auch nichts vormachen.« Birdie suchte in ihrer Handtasche nach ihrem Autoschlüssel. »Hör zu, du hast mir erzählt, wie verliebt ihr beide wart, und ja, er hat dir das Herz gebrochen. Aber du hast auch gesagt, du hättest ihn nicht mehr gesehen, seit er vor einer Ewigkeit mit dir Schluss gemacht hat. Willst du gar nicht wissen, was zwischen euch passieren könnte? Oder was er so getrieben hat? Willst du ihm nicht mal die Meinung sagen, weil er mit dir Schluss gemacht hat? Also, wenn ich du wäre, würde ich all das machen wollen *und* ihn noch ein paar Mal küssen. Unbedingt würde ich ihn küssen wollen. Ziemlich oft.«

Carly schnaubte. »Glaubst du etwa, ich will ihn nicht küssen? Ich will all das machen, was du gesagt hast. Aber es ist schwer, und es ist beängstigend, und ich weiß, was zwischen uns passieren wird. Gestern Abend, als wir uns geküsst haben …« Sie seufzte und sah kopfschüttelnd zum Himmel auf. »Das waren die besten Küsse, die ich je hatte. Sogar noch besser als damals, als wir jünger waren, obwohl ich nie geglaubt hätte, dass man die noch toppen könnte.«

»Dann hättest du weiterküssen und das Ganze laufen lassen sollen. Wen kümmert's, ob es beängstigend ist? Das ist immer noch besser, als ihn abreisen zu lassen, ohne gesagt zu haben, was du auf dem Herzen hast. Meine Mom meint immer, dass unausgesprochene Worte eine Beziehung schneller killen können als die Leichen, die sie vielleicht aus dem Keller zutage fördern.« Birdies Mutter Wynnie war Maries Schwester. Sie war Psychologin und hatte Carly durch die schwere Zeit nach ihrem Umzug nach Colorado geholfen.

»Ich habe deine Mom sehr gern, aber warum können Psychologen nicht einfach mal so was sagen wie *Lass es einfach sein?*«

»Wo wäre da der Spaß? Willst du hören, was *ich* meine?«

Carly zuckte mit den Schultern. »Klar.«

»Der Mann kennt dich auf eine Art und Weise wie sonst wohl niemand, und du weißt, wo er wohnt. Also geh zu ihm. Und mach dir keine Sorgen, falls du morgen spät dran sein solltest. Ich komme früh zur Arbeit, nur für alle Fälle.« Birdie schaute zu dem Cerealien-Korb. »Und wenn es nicht gut läuft, kannst du deine Sorgen immer noch in Lucky Charms und Froot Loops ertränken.« Sie kicherte. »Ich hab dich lieb und stehe immer zu dir. Ich werde dein Glück feiern oder dich trösten, wenn du traurig bist.« Sie ging rückwärts zu ihrem Auto. »Aber nur fürs Protokoll: Ich bin eher für eine kleine Schatzsuche unter der Bettdecke!«

Ich auch.

Aber wollen und es wirklich tun sind zwei Paar Schuhe.

Carly stand vor dem Geschäft und erinnerte sich an all die Dinge, die sie einst Zev hatte sagen wollen, sollte sie jemals die Gelegenheit dazu bekommen. Vielleicht hatte Birdie recht. Er wohnte im Gasthof, der nicht allzu weit von Allure entfernt war, und sie wusste, dass er geschlossen war, bis Beau und Charlotte aus ihren Flitterwochen zurückkehrten. Charlotte hatte ihr gesagt, dass Zevs Familie geplant habe, nur bis Sonntagmorgen zu bleiben, und dass Zev der Einzige gewesen sei, der sich für sie um die Tiere kümmern konnte. Zev, der Mann, der fast nie nach Hause kam, hatte sich bereit erklärt, eine Woche seiner Zeit für Beau zu opfern.

Ich nehme an, Schuldgefühle sind sehr motivierend.

Sie hatte sich immer gefragt, ob er sich schuldig gefühlt hatte, weil er mit Beau unterwegs gewesen und sich mit ihm betrunken hatte, als Tory in jener Nacht ums Leben gekommen war. Erinnerungen an den Abend danach und die schmerzhafte Trennung brachen über sie herein. Zev war wie ein gefangenes Tier hin- und hergetigert, die Hände zu Fäusten geballt, Wut und Traurigkeit in den Augen, und jedes einzelne Wort hatte er wie einen Fluch ausgestoßen. *Torys Tod macht mich fertig und ich komme nicht damit klar. Wie könnte ich erwarten, dass du es tust?* Er war so ganz anders gewesen als der sorglose Zev, den sie gekannt hatte, als er brüllte, wie schuldig und gebrochen er sich fühle, und ihre flehentlichen Bitten erbarmungslos abwies. Gefühlt hatten sie sich eine Stunde lang gestritten, aber in

Wirklichkeit war es viel kürzer gewesen. Sie hatte ihm versichert, sie würde alles mit ihm durchstehen, aber er hatte sie mit Tränen in den Augen angeschaut, mit angespannten Muskeln und hervortretenden Halsvenen, und gesagt: *Genau deshalb verlasse ich dich, weil du nicht dazu gezwungen sein solltest.* Er war gegangen, und ihr Flehen, sie mitzunehmen, war auf taube Ohren gestoßen. Ihr Herz war in tausend Stücke zerbrochen, als sie die letzten Worte ausgestoßen hatte und ihr die Tränen über die Wangen gelaufen waren. *Zevy! Wenn du von mir fortgehen kannst, dann hast du mich nie geliebt.* Mit Tränen in den Augen hatte er sich umgedreht und gesagt: *Du irrst dich, Carls. Ich gehe, weil ich dich liebe.* Noch nie hatte sie jemanden gesehen, der so verunsichert, wütend und traurig zugleich war, bis sie am nächsten Morgen die Nachricht an ihrem Fenster vorfand. *Du bist und wirst immer meine Luft zum Atmen sein, der einzige Schatz in meiner leeren Truhe. Für immer dein, Z.* Sie war die drei Straßen zu seinem Haus gerannt, doch in ihrem tiefsten Inneren wusste sie, dass er schon fort war, und als sie dort angekommen war und sich ihre schlimmsten Befürchtungen bestätigt hatten, war sie im Vorgarten der Bradens auf die Knie gesunken.

Bei der Erinnerung daran traten ihr die Tränen in die Augen. Sie wischte sie fort und fragte sich, ob er sich jemals schuldig gefühlt hatte, weil er *sie* verlassen hatte. Sie bezweifelte es, denn er hatte nie versucht, sie zu kontaktieren, was sie noch mehr verletzte und verärgerte. Er *sollte* sich eigentlich schuldig fühlen. Er sollte verdammt noch mal vor ihr zu Kreuze kriechen, weil er ihr derart das Herz gebrochen hatte.

Sie marschierte zu ihrem Pick-up. Sie würde zum Gasthof fahren und ihm haargenau berichten, wie sie sich fühlte.

Unter ihrem Scheibenwischer klemmte ein Umschlag. Sie

stellte den Korb auf der Motorhaube ab und schnappte sich den Brief, wobei sie ihr dummes Herz insgeheim dafür schalt, dass sie hoffte, er wäre von Zev. Sie riss den Umschlag auf und las: *Ich wette, dass du mich heute Abend treffen möchtest. Wenn du bis acht Uhr nicht erscheinst, ist die Botschaft angekommen und ich lasse dich in Ruhe.*

Er hatte eine Karte gezeichnet, ohne Straßennamen und nur mit Orientierungspunkten, so wie sie sie früher immer aufgezeichnet hatten. Am Ende der Linie stand ein großes X. Unten am Rand des Blattes war wieder ein Pfeil. Rasch drehte sie den Zettel um und las die Rückseite.

Wir wissen beide, dass ich dich nicht in Ruhe lassen werde. Aber ich weiß, dass wir reden müssen, und ich verspreche, dass ich unsere Eins-fünfzig-Regel einhalten werde. Keine Berührungen, keine Küsse. Nur reden (wenn du das willst).
Z

Zev und sie hatten als Teenager die Idee gehabt, einen Meter fünfzig voneinander Abstand zu halten, weil ihre Verbindung so innig gewesen war, dass sie am Ende immer herumgemacht hatten, auch wenn einer von ihnen eigentlich hatte reden wollen. Sie stellte den Cerealien-Korb auf die Rückbank und setzte sich hinter das Lenkrad des alten Pick-ups ihrer Tante, als ihr klar wurde, dass Zevs Nachricht ihren eisernen Entschluss zunichte gemacht hatte, ihm mal gehörig die Meinung zu sagen.

Bei einer solchen Achterbahnfahrt der Gefühle konnte eine Frau schon mal ein Schleudertrauma erleiden.

Sie ließ den Motor an, und als sie vom Parkplatz fuhr, wusste sie, dass es keine Rolle spielte, ob sie angesichts seiner Nachricht lächeln musste oder nicht. Der Schmerz, den er ihr bereitet hatte, war gestern Abend beim Küssen wieder an die Oberfläche getreten. Er würde sich mit Sicherheit wieder zeigen. Sie musste es einfach darauf ankommen lassen und sich ihm stellen.

Zev hatte die halbe Welt mit kaum mehr als einem Rucksack bereist. Er war durch tückische Stürme gesegelt und hatte mehr gefährliche Situationen durchgestanden, als man sollte. Doch während er unter dem Schutz eines großen Baums im Serenity Park auf und ab tigerte, konnte er sich nur an eine Handvoll andere Gelegenheiten erinnern, bei denen er auch nur annähernd so nervös gewesen war wie jetzt, und jede davon hatte mit Carly zu tun gehabt. Als er sie das erste Mal geküsst hatte, war er besorgt gewesen, alles falsch zu machen. Als er sie das erste Mal befummelt hatte, hatte er Angst gehabt, sie würde ihn wegstoßen. Und als sie das erste Mal Sex gehabt hatten, war er so nervös gewesen, dass er kaum Luft bekommen hatte. Doch bis zu diesem Moment war nichts an die niederschmetternde Angst herangekommen, die er nach Torys Tod empfunden hatte, als ihm klar geworden war, dass er von Carly fortmusste, aus Pleasant Hill fortmusste. Zum Teufel, von sich selbst fortmusste, wenn das möglich gewesen wäre.

Eine nervöse Unruhe machte sich in ihm breit. Und wenn sie nun nicht auftauchte? Wenn er zu dreist aufgetreten war, als er sie um dieses freizügige Foto gebeten hatte? Und wenn diese unmittelbare, intensive Verbindung bei ihrem Kuss sie verschreckt hatte? Wenn sie von ihm erwartet hatte, dass er sich von Anfang an reuiger zeigte? *Mist.* Bevor er das erste Mal auf sie zugegangen war, hatte er versucht, dafür ein ausgeglichenes Maß zu finden, aber es gab kein ausgeglichenes Maß ohne Vergebung. Es gab nur das blanke Überleben oder einen Kniefall, und er hatte auf der Hochzeit nicht für Aufsehen sorgen wollen. Als er zu ihrem Geschäft gegangen war, um sich zu entschuldigen, und sie dort mit einem weiteren verdammten Cowboy gesehen hatte, war die Eifersucht in ihm übermächtig gewesen und er hatte sie nur noch zurückgewinnen wollen.

Er schaute zu der Decke unter dem Baum, auf der er ein Baguette, eine Schachtel Salzcracker und eine Flasche Wein von Hilltop Vineyards bereitgelegt hatte. Genau das hatten sie an dem Abend gehabt, als Carly das erste Mal betrunken gewesen war. Sie hatten die Flasche aus der Vorratskammer seiner Eltern geklaut. Er hatte gedacht, es wäre romantisch, an diesen Abend zu erinnern, doch jetzt zog sich sein Magen sorgenvoll zusammen. Was war, wenn die Erinnerung an das, was sie gehabt hatten, bei ihr nicht die gleichen wohligen Gefühle hervorrief wie bei ihm? Wenn sie dadurch an den Verlust von Tory und an sein Fortgehen erinnert wurde?

Aus dem Augenwinkel nahm er eine Bewegung wahr und sein Herz blieb fast stehen. Da war sie. Wie ein von der untergehenden Sonne beleuchteter Engel schritt sie über den Rasen. Sie wurde langsamer, blickte zu der Decke und blieb etwa drei Meter entfernt stehen. Zev hielt den Atem an, denn er war sich sicher, dass sie umdrehen und wieder gehen würde. Er würde alles geben, damit sie lange genug blieb, um zu reden, um ihn einfach alles erklären zu lassen.

Sie sah von der Decke auf den Boden zwischen ihnen. Die Haare fielen schützend vor ihr Gesicht, als sie den Kopf schüttelte.

Kurz senkte er den Blick und versuchte, seine Nerven zu

beruhigen – vergeblich. »Hör mir einfach nur zu«, flehte er.

»Dein Ernst, Zevy? Ist das Hilltop-Wein?« Sie hob den Kopf und ein zaghaftes Lächeln war erkennbar.

Erleichterung überkam ihn. »Aus dem Weinkeller von Beau und Char geklaut.«

»Zinfandel?«, fragte sie nervös.

»Gibt es einen anderen?«

Als er auf sie zuging, traf sie ihn auf halbem Weg. »Du spielst mit schmutzigen Tricks.« Zum Glück klang sie amüsiert, nicht wütend.

Er hob die Hände. »Seien wir ehrlich. Wir sind richtig gut, wenn es um schmutzige Dinge geht.«

Sie lachte wieder leise und das war Balsam für sein gebrochenes Herz. »Ich bin überrascht, dass du Bandit nicht mitgebracht hast. Hat Beau dich nicht gewarnt, dass der Hund Sachen klaut und versteckt, wenn er allein gelassen wird?«

»Seinen Hang zu Diebstahl habe ich schon erlebt. Nach meiner Dusche heute Morgen musste ich mich mit einem winzigen Gästehandtuch mit Spitzenrand und einem rosa Herzen darauf zum Abtrocknen begnügen. Ich weiß, dass Beau und Bandit unzertrennlich sind, aber ich bin es nicht gewohnt, einen ständigen Begleiter zu haben. Es ist mir das Risiko wert, dass er heute Abend etwas klaut. Ich wollte dir meine ganze Aufmerksamkeit schenken können.«

Er wollte ihre Hand ergreifen, aber sie schüttelte den Kopf. »Eins-fünfzig-Regel.«

»Stimmt, tut mir leid.« Er deutete zur Decke. »Sitzen und trinken oder gehen und reden?«

Sie schaute sich um. Er hatte einen neutralen Ort im Freien finden wollen, an dem sie nicht das Gefühl haben würde, dass er sie zu einem Kuss – oder mehr – drängte. Er hatte überlegt, sie in dem Park in der Nähe ihres Geschäfts zu treffen, aber das hatte sich nicht neutral genug angefühlt. Der Serenity Park lag auf halbem Weg zwischen dem Gasthof und Divine Intervention.

»Gehen und reden«, sagte sie. »Nimm die Flasche mit.«

Er hob die Flasche auf. »Ist wahrscheinlich besser, wenn wir gehen. Am Wasser gibt es mehr Büsche, in die du dich übergeben kannst.«

»Haha«, meinte sie sarkastisch. »Da war ich dreizehn und wollte dich beeindrucken. Das war das erste Mal, dass ich überhaupt Alkohol getrunken hatte.«

»Beeindruckt hast du mich wirklich, mich und meine Sneakers.«

Wieder entwich ihr dieses leise Lachen, das er als ein gutes Zeichen deutete. Während sie zum See gingen, sagte er: »Wir haben viele erste Male gemeinsam erlebt, oder?«

»Hm.«

»Erste Freundin, erster Freund«, sagte er in der Hoffnung, noch ein wenig die Leichtigkeit beizubehalten, bevor er das sagte, was er zu sagen hatte. »Erster Kuss. Der war gut, erinnerst du dich noch?«

»Ich erinnere mich, dass ich wirklich nervös war, und dann, in der Sekunde, in der sich unsere Lippen berührten, fielen all meine Sorgen wie magisch von mir ab.«

»Es ist immer noch magisch«, sagte er und sah ihr in die Augen. Schnell schaute sie weg, doch er sah noch das Verlangen und die Traurigkeit in ihrem Blick. *Zu viel zu schnell.* Sie mussten über diese Traurigkeit reden, doch er wusste, dass es das Ende ihres Abends bedeuten konnte, und dazu war er nicht bereit. Verzweifelt überlegte er, was er noch sagen könnte, aber angesichts seiner flattrigen Nerven und dieses Blicks konnte er keinen klaren Gedanken fassen, also fragte er: »Was ist dir von unserem ersten Kuss am meisten in Erinnerung geblieben?«

»Das Gefühl, als würde ich schweben ... bis du mir die Zunge in den Mund geschoben hast. Da bin ich vollkommen ausgeflippt.«

Er lachte und war erleichtert über ihre Ungezwungenheit. »Komm schon, damit hättest du rechnen können. Du hattest mich eine Woche lang gefragt, wann ich dich küssen würde.«

»Ja, aber trotzdem war es aufdringlich ... und aufregend in einer nervenaufreibenden Art und Weise. Du hast sicher gemerkt, dass ich durcheinander war.«

»Was glaubst du, warum ich dir die Hand auf den Hinterkopf gelegt habe? Ich wollte nicht, dass du mir entwischst. Nick hatte mir den Trick beigebracht.«

Mit offenem Mund sah sie ihn an. »Du hast mit Nick darüber gesprochen, dass du mich küssen willst? Hast du eine Ahnung, wie peinlich das ist?«

»Hast du eine Ahnung, wie peinlich es war, sich überhaupt Ratschläge von ihm zu holen? Ich dachte mir, ich würde nur eine Chance bekommen, und die wollte ich nicht vermasseln. Mann, war ich nervös.«

»Habe ich dir angemerkt«, sagte sie leise.

»Hast du *nicht*.«

»Ich habe an dem Abend eine ganze Menge gemerkt. Zum Beispiel wie du dein T-Shirt heruntergezogen hast, um deinen Steifen zu verstecken.«

»Darauf muss ich erst mal etwas trinken.« Er öffnete die Weinflasche und nahm einen Schluck, bevor er ihr die Flasche reichte. »Du warst die Erste, mit der ich gefummelt habe. Du warst so weich und perfekt. Ich war sicher, du wärst einzig und allein auf die Erde geschickt worden, um mich glücklich zu machen.«

»Und du warst so hart. Ich weiß noch, dass ich damals dachte, es müsste wehtun.«

Beide lachten.

Sie nahm einen Schluck aus der Flasche. »Wir waren ganz schön unsicher bei all unseren ersten Malen.«

»Vielleicht waren wir anfangs unsicher, aber wir hatten bald den Dreh raus. Ich weiß, wir waren Teenager, aber ich habe nie etwas annähernd so Schönes erlebt wie das, was wir hatten.«

Wieder hatte sie diesen bekümmerten Blick, als sie die Flasche an ihre Lippen hob. Sie schwieg eine Minute, bevor sie sagte: »Ich erinnere mich daran, wie du mich nach unserem ersten Kuss angesehen hast. Genau so hast du mich angesehen, nachdem wir das erste Mal miteinander geschlafen haben, als wäre ich deine Erde, deine Sonne, dein Mond, deine Sterne und dein Meer zugleich.«

»Das warst du auch, Carls.« *Und bist es immer noch.* »Du hast jeden Tag meine Welt auf den Kopf gestellt, von dem Augenblick an bis zu dem Tag, an dem ich ging.« Er fragte sich, ob das Bedauern in seiner Stimme in ihren Ohren ebenso laut war wie in seinen. Ein paar Minuten gingen sie schweigend am Ufer des Sees entlang. Zev rang damit, ob er erklären sollte, warum er gegangen war. Aber er war noch nicht bereit, diese sorglosere Stimmung aufzugeben. Es fühlte sich gut an, in Carlys Gegenwart zu sein, sie lächeln zu sehen und ihre Stimme zu hören, während sie in glücklichen Erinnerungen schwelgten. »Weißt du noch, als wir beschlossen haben, wir sollten mehr als nur Freunde sein?«

»Du meinst, als du mich in einer Nachricht, die du an mein Fenster geklebt hattest, gefragt hast, ob ich deine Freundin sein will?«

»Ja.« Noch so eine nervöse Nacht.

Nach dem heimlichen Treffen draußen hatten sie sich durch dieses Fenster verabschiedet. Und nach ihrem letzten Kuss, als sie das Fenster geschlossen hatte, hatten sie es angehaucht und so schnell wie möglich Nachrichten darauf geschrieben, bevor der Beschlag verschwand. Irgendwann waren sie so geübt darin gewesen, spiegelverkehrt zu schreiben, dass sie es ebenso schnell konnten wie richtig herum. Durch dieses Fenster hatten sie sich Hunderte Male Gute Nacht gesagt, und jedes Mal war es so herzzerreißend wie das Mal zuvor gewesen. Die Stunden zwischen dem Gute-Nacht-Kuss und der Schule am nächsten Morgen waren ihnen ewig vorgekommen. Doch jetzt wusste er, wie sich *ewig* wirklich anfühlte.

»Ich habe diese Nachricht noch«, gestand sie. »Und all die anderen auch.«

Sein Magen zog sich zusammen. Hatte sie auch die Nachricht aufbewahrt, die er an dem Morgen an ihrem Fenster befestigt hatte, als er die Stadt verlassen hatte? Er biss in den sauren Apfel und sagte: »Ich war mir nicht sicher, ob du heute Abend kommen würdest, aber ich bin froh, dass du da bist. Es tut mir leid, Carly, auf welche Art und Weise ich damals gegangen bin. Das war nicht fair und ich habe es immer bereut.«

Sie blieb stehen und sah ihn mit ihren wunderschönen, sorgenvollen Augen an. Ihr Atem beschleunigte sich. »Das war wirklich mies.«

Sie presste die Lippen aufeinander, als hielte sie sich zurück, und dabei fühlte er sich noch schlechter. Früher hatten sie einander immer gesagt, was sie empfanden, und er verdiente das, was sie jetzt nicht auszusprechen versuchte. »Ich weiß und es tut mir leid, Carls.«

»Du hast mir das Herz gebrochen.« *Herz* kam ihr stockend und leise über die zitternden Lippen. »Nein«, stieß sie dann lauter aus. »Was du mir angetan hast, war schlimmer als das. Du hast mich verdammt noch mal *zerstört*«, zischte sie, wobei ihn jedes Wort wie ein Messerstich in die Brust traf. »Als Tory starb, habe ich meine beste Freundin verloren, und dann hast du mich im Stich gelassen! Sechs Jahre lang warst du mein Leben, Zev. Sechs Jahre! Ich konnte mir keinen einzigen Tag ohne dich vorstellen, und dann stand ich plötzlich da, vollkommen allein! Ich wusste nicht, wie ich in einer Welt ohne dich und Tory existieren sollte. Ich kam kaum aus dem Bett. Ich dachte, ich würde sterben vor Kummer. Wie konntest du mir das antun?« Tränen quollen ihr aus den Augen, als sie die Worte schnell und giftig herausschrie. »Kannst du dir nur im Entferntesten vorstellen, wie das war? Du hast mir nicht mal eine Erklärung gegeben oder die Gelegenheit, mit dir zu gehen. Du hast gesagt, du müsstest gehen, und dann warst du weg. Wer macht so was?«

»Jemand, der vollkommen am Arsch war«, fuhr er sie an und war dabei wütender auf sich, als sie es jemals sein konnte. Denn er hatte jeden ihrer Vorwürfe verdient. Während er mit sich rang, um seine Wut zu zügeln, zischte er: »Tory war auch für mich wie eine Schwester. Ihr Tod hat mich in so vielerlei Hinsicht fertiggemacht, dass ich nicht mehr wusste, wie ich aus dieser Dunkelheit herauskommen sollte, in der ich feststeckte. *Ich* habe Beau in jener Nacht zu dieser Party mitgeschleppt. *Ich* war derjenige, der ihn so abgefüllt hatte, dass er nicht mehr fahren konnte, und als wir das mit Tory erfuhren, ist er auf die Knie gesunken!« Die Erinnerung schnürte ihm das Herz zusammen. Er ging auf und ab, als der so lang zurückgehaltene Schmerz aus ihm herausbrach. »Er ist einfach zusammengebrochen, verdammt noch mal. Der Typ, den ich vergöttert habe, der Bruder, der es mit der ganzen Welt aufnehmen konnte, ist einfach zusammengebrochen. Und dann du ... Das Mädchen, das ich *geliebt* habe, der Mensch, für den ich *gelebt* habe ... Du warst so dermaßen am Boden zerstört, und ich hatte das Gefühl, dass auch das meine Schuld war. Ich war so sauer auf mich selbst, so voller Trauer, dass ich über Nacht zu einem hasserfüllten, wütenden Monster wurde. Ich konnte keinen klaren Gedanken fassen. Hab nichts als Zerstörung um mich herum wahrgenommen. Ja, ich weiß, dass Torys Tod nicht meine oder Beaus Schuld war. Wir haben den Unfall nicht verursacht, und wer weiß, was passiert wäre, wenn Beau sie in der Nacht vom Flughafen abgeholt hätte. Vielleicht hätten wir sie beide verloren. Aber sie war die Liebe seines Lebens, und von einer Sekunde auf die andere war sie nicht mehr da.« Er ballte die Hände zu Fäusten und ging auf Carly zu, denn sie musste den Rest seiner Beichte hören. »Von dem Moment an konnte ich nur noch daran denken, wer ich wohl wäre und wie ich überleben würde, wenn ich *dich* verlieren würde. Scheiße, damit kam ich nicht zurecht.«

»Aber du hast mich *verlassen*!«, schrie sie, während ihr die Tränen über die Wangen liefen. »Du hast doch dafür gesorgt, dass du mich verlierst!«

»Das *musste* ich tun«, stieß er zwischen zusammengepressten Kiefern hervor. Traurigkeit und Wut tobten in ihm. »Verdammt, Carly, verstehst du es denn nicht? Ich hatte solche Angst, und ich habe mich selbst so sehr gehasst, dass ich uns beide zerstört hätte. Der sorglose Teenager war weg. Wenn ich dich ansah, hatte ich immer nur Angst, dich zu verlieren, so wie Beau Tory verloren hatte. Und ich wusste, wenn er das nicht überleben könnte, dann würde ich es auf keinen Fall schaffen. Du warst meine andere Hälfte, das Blut in meinen Adern.«

Carlys Schultern zuckten mit jedem Schluchzer, doch Zev konnte die Wahrheit nicht aufhalten, die endlich aus ihm herausbrach. »Wir hätten Torys Tod als Paar nicht überlebt, denn ich konnte dich nicht ansehen, ohne eine verdammte Stimme in meinem Kopf zu hören, die mir sagte, dass ich dich jeden Moment verlieren könnte. Ständig hörte ich sie. Ich war von Wut und Angst erfüllt, und ich wusste, du würdest den Menschen hassen, zu dem ich geworden war. Ich habe mich selbst gehasst, Carly. Ich hätte dich zugrunde gerichtet und damit hätte ich nicht leben können.«

Sie ließ die Weinflasche ins Gras fallen und stieß ihm gegen die Brust, schubste ihn, stürmte dann vor und brüllte ihm ins Gesicht. »Du bist also gegangen, um dich selbst zu schützen, scheißegal, was das bei mir anrichtete?«

»Nein«, entgegnete er heftig. »Ich dachte, du wärst ohne mich besser dran.«

»Ach ja, klar!« Sie schnaubte verächtlich, während weiter die Tränen liefen. »Als wäre ich jemals besser dran ohne den Kerl, den ich mein ganzes Leben lang geliebt habe.« Wieder stieß sie ihm vor Wut schäumend gegen die Brust. »Ich habe gewartet, dass du zurückkommst! Abend für Abend habe ich aus meinem Fenster gestarrt, und ich war mir *sicher*, dass du zu mir zurückkommen würdest.«

Seine Brust war so zugeschnürt, dass er nur keuchend hervorstoßen konnte: »Carly …«

»Du hast gesagt, Beau wäre zusammengebrochen? Stell dir vor, ich bin es auch, im Vorgarten deiner Eltern. Am nächsten Tag bin ich zu dir nach Hause gerannt, habe gehofft und gebetet, dass ich dich umstimmen könnte, aber du warst fort. Du hast mich zurückgelassen«, stieß sie aus.

»Ich musste das tun, Scha…«

»Nicht!« Sie schüttelte den Kopf und die Tränen strömten weiter über ihre Wangen. »Du hast immer gefragt, was ich brauchte. Immer!« Schluchzer raubten ihr die Stimme, und er streckte wieder die Hände nach ihr aus, doch sie zuckte zurück. »Aber nicht an dem Abend. Du bist einfach gegangen, als würde ich dir nichts bedeuten.«

»Ich bin gegangen, weil du mir *alles* bedeutet hast!« Er wollte nicht schreien, aber ihr Schmerz und ihre mit Gift getränkten Worte trafen ihn bis ins Mark. Er fluchte, versuchte, seine Gefühle unter Kontrolle zu bringen, aber es war, als versuchte er, einen Tsunami aufzuhalten. »Ich habe dich nicht gefragt, weil ich dachte, ich wüsste, was du brauchtest, und zwar dass ich gehe. Glaubst du, es fiel mir leicht, von dir wegzugehen? Von dem einzigen Menschen, mit dem ich zusammen sein wollte? Mein Zuhause zu verlassen? Meine Familie? Nie ist mir irgendetwas schwerer gefallen. Jede Sekunde meines verdammten Lebens habe ich an dich gedacht. Wenn ich die Augen schließe, sehe ich dich. Wenn ich auf der Straße eine blonde Frau sehe, rast mein Herz in der verzweifelten Hoffnung, dich zu sehen, gefolgt von dem lähmenden Wissen, dass ich Abstand halten sollte. Als ich dich in Mexiko sah, hab ich richtige körperliche Schmerzen gespürt. Ich wusste, dass ich einen Fehler begangen hatte, als ich ging, und ich dachte, vielleicht könnten wir einen Weg zurück in das Leben des anderen finden. Aber zu dem Zeitpunkt warst du schon fertig mit mir.« Leiser sprach er weiter, als der niederschmetternde Schmerz zurückkehrte, den er empfunden hatte, als er dort allein aufgewacht war. Er hob den Blick und sah sie an. »Zumindest hatte ich den Mumm, mich zu verabschieden.«

Sie wandte sich ab, schüttelte den Kopf und wischte sich über die Augen, als sie mit brüchiger Stimme sagte: »Ich konnte nicht riskieren, dass du mich zuerst verlässt.«

»Das hätte ich nicht«, gestand er, aber er hatte keine Ahnung, ob sie ihn gehört hatte. Er ging um sie herum, sodass sie ihn anschauen musste. Sie hob ihr tränenüberströmtes Gesicht und er sah, wie leer sie wirkte, als hätte sie nichts mehr zu geben. »Ich verstehe es, Carly. Du warst im Überlebensmodus. Deshalb habe ich mich nicht bei dir gemeldet. Ich wusste, dass ich egoistisch war, als ich mit dir Schluss gemacht habe und weggegangen bin, und ich habe es seitdem jeden Tag bereut. Ich war ein gebrochener, dummer Junge, der dich zu sehr geliebt hat, um zu verstehen, wie er damit umgehen sollte. Es tut mir wirklich leid, Carly. Es tut mir so verdammt leid, wie sehr ich dir wehgetan habe, wie sehr ich allen anderen wehgetan habe. Ich nehme es dir nicht übel, dass du es mir heimzahlen wolltest.«

»Es war dumm von mir zu gehen. Ich habe dich noch immer so sehr geliebt, habe auf dem ganzen Flug nach Hause am nächsten Tag nur geweint, und dann ...« Sie wandte sich wieder ab und Zev folgte ihrer Bewegung.

»Und dann was? Rede mit mir, Carls. Lass uns einfach alles aussprechen, hier und jetzt.« Er legte die Hände um ihr Gesicht und wischte ihr mit den Daumen die Tränen fort. Wie war es nur möglich, so traurig und so schön zugleich auszusehen? Er ließ ihr Gesicht nicht los, er konnte es nicht. Vielleicht bekam er nie wieder die Gelegenheit, es in den Händen zu halten. »Ich dachte, ich täte das Richtige, indem ich dir in Mexiko nicht gefolgt bin. Ich wollte es dir nicht noch schwerer machen.«

»Ich wünschte, du wärst mir gefolgt.« Noch mehr Tränen liefen ihr über die Wangen und über seine Hände. »Ich brauchte dich«, fügte sie mit zittriger Stimme hinzu. »Ich brauchte dich so sehr.«

Er zog sie in seine Arme und hielt sie, während sie weinte. »Es tut mir so wahnsinnig leid. Ich wusste das nicht. Ich bin abgefahren, wütend, verletzt, und hab mir wieder die Schuld gegeben. Ich wollte dir nicht wehtun.«

»Das spielt keine Rolle mehr«, erwiderte sie schneidend.

Er wich zurück und sah ihr tief in die Augen. Die Mauer um sie herum wurde wieder sichtbar. »Es spielt eine Rolle, Carly. Alles, was je zwischen uns passiert ist, spielt eine Rolle. Es hat sich darauf ausgewirkt, wer wir sind und wie wir empfinden. Das letzte Jahrzehnt hat sich wie hundert Jahre angefühlt, jede Minute habe ich mir gewünscht, ich könnte die Zeit zurückdrehen und noch mal von vorne anfangen. Ich hätte aus dieser Bar in Mexiko herausgehen und mich nie mehr umdrehen sollen. Ich hätte dich dein Leben leben lassen sollen, ohne dir neuen Schmerz zuzufügen. Aber ich konnte es nicht. Ich habe dich zu sehr geliebt.«

Sie legte den Kopf schief, und trotz ihrer Tränen erschien ein verhaltenes Lächeln in ihrem Gesicht. »Ich wollte diese Nacht mit dir. So viel war passiert, seit du Pleasant Hill verlassen hattest. Endlich hatte ich wieder das Gefühl, atmen zu können. Dann sah ich dich, und mein Herz schlug so, wie es immer nur geschlagen hatte, wenn wir zusammen waren. Nie hat jemand solche Gefühle bei mir ausgelöst, und fast hatte ich den Unterschied zwischen überleben und leben vergessen. Wenn Torys Tod mich eines gelehrt hat, dann dass man die Zeit mit den Menschen verbringen muss, die man liebt. Ich wollte dich in jener Nacht, aber in den frühen Morgenstunden dachte ich daran, dass du nach Torys Tod nie wieder zu mir zurückgekommen warst, und dieser alte Schmerz überkam mich wieder. Ich dachte, wenn ich dir wehtue, könnte ich mit allem abschließen. Aber ich wurde dadurch nur noch trauriger. Und dann …« Sie musste schlucken und senkte den Blick.

»Und dann was, Carls?«

Carly hatte sich diese Unterhaltung mit Zev so oft in Gedanken ausgemalt, doch selbst nach all den Jahren hatte sie entsetzliche Angst davor. Sie hob den Blick, aber nicht den Kopf, und sah ihn durch ihre Haare hindurch an – um sich vor der Wahrheit zu verstecken, die sie einst so sehr zerrissen hatte wie damals, als Zev aus Pleasant Hill weggegangen war. Sie atmete stockend ein und nahm all ihren Mut zusammen. »Und dann stellte ich fest, dass ich schwanger war.«

Alle Luft wich aus Zevs Lunge. »Schw… *schwanger?*«

Sie nickte. »Sechs Wochen, nachdem wir in Mexiko zusammen waren, habe ich es festgestellt.«

»Du hast ein Kind? *Wir* haben ein Kind?« Die Verwirrung war ihm ins Gesicht geschrieben. »Wieso weiß ich davon nichts? Weiß meine Familie es? Ich … ich verstehe das nicht.«

Sie schüttelte den Kopf. »Haben wir nicht, Zev. Wenige Wochen später hatte ich eine Fehlgeburt.«

»Oh nein, Schatz …« Tränen schimmerten in seinen Augen. Er sah ebenso erschüttert aus, wie sie sich fühlte, und sie hatte ein Jahrzehnt Zeit gehabt, um über den Schmerz hinwegzukommen. Er zog sie in die Arme. »Du hättest mich von jemandem suchen lassen sollen. Ich wäre zurückgekommen, um bei dir zu sein.«

Sein Herz hämmerte an ihrer Wange. »Wie ich dich in Mexiko verlassen habe und wie du nach Torys Tod gegangen bist, war grauenhaft. Ich war total verwirrt und wusste nicht, was ich tun sollte. Ich habe es niemandem erzählt.«

Er wich zurück und sah ihr in die Augen. »Meine Güte, ich hätte besser aufpassen müssen. Ich habe bei dir immer die Kontrolle verloren.«

»Lass das. Es war unser beider Fehler. Ich habe dir nie die Schuld gegeben.«

»Warum hast du es mir dann nicht erzählt?«

»Zuerst wusste ich nicht, ob ich dir überhaupt erzählen sollte, dass ich schwanger war, denn ich wollte nicht, dass du wegen eines Kindes zurückkommst, wenn du mich nicht wolltest.«

»Ich wollte dich, Carly! Ich wollte dich so sehr. Aber ich dachte, du wärst fertig mit mir.«

Tränen raubten ihr die Sicht und mit zittriger Hand wischte sie sie fort. »Das weiß ich *jetzt*. Aber Tory war fort, du warst fort … Ich hatte niemanden, mit dem ich hätte reden können. Am College war ich ganz allein.« Ihre Brust schnürte sich zusammen. »Wochenlang war ich vollkommen am Boden zerstört, während ich überlegt habe, was ich tun soll. Als ich schließlich einigermaßen klar denken konnte, um eine Entscheidung zu treffen, wurde mir klar, wie sehr ich das Baby wollte. Aber ich hatte Sorge, wenn ich dich auftreiben würde, sähe es aus wie eine Masche aus einem schlechten Film, wenn die Ex versucht, den Typen mit einer Schwangerschaft in die Falle zu locken.«

»Das würde ich niemals von dir denken.«

»Ich weiß! Aber ich war verletzt. Es hat etwas gedauert, bis ich das begriffen hatte. Als es mir schließlich bewusst wurde, wollte ich versuchen, dich zu finden, aber dann hatte ich die Fehlgeburt. Keine Ahnung, ob es am Stress lag oder es einfach nicht sein sollte, aber es spielt keine Rolle, warum es passiert ist.«

»Himmel«, stieß er zwischen zusammengepressten Zähnen hervor und zog sie wieder in seine Arme. »Ich hätte da sein müssen.«

»Nichts davon ist jetzt wichtig.«

»Alles ist wichtig. Du hast es doch sicher deinen Eltern erzählt. Haben sie dir durch diese Zeit geholfen?«

»Ich ging nach Hause, als das Collegejahr beendet war, aber ich habe es nie jemandem erzählt. Es tat zu sehr weh, um darüber zu reden, und ich wusste, dass jeder dir die Schuld geben würde, und das wäre falsch gewesen.« Sie sah zu ihm auf, immer noch von seinen Armen umschlungen. »Wir beide waren in jener Nacht dabei, und ich bin diejenige, die ohne ein Wort gegangen ist.«

»Du musstest mich nicht schützen. All die Jahre hast du diese Last allein getragen?«

»Ich habe es nie meinen Freunden oder meinen Eltern erzählt, aber irgendwann habe ich mit einer Therapeutin darüber geredet, und das hat mir sehr geholfen.«

Erleichtert seufzte er auf. »Gut, das beruhigt mich. Aber trotzdem wünschte ich, du hättest es mir erzählt, auch später noch.«

»Immer wenn ich darüber nachdachte, dich zu finden, war es einfach zu viel für mich, zu traurig. Ich wollte dir das nicht antun, denn es hätte nichts geändert. Es hätte nichts Positives bewirkt.«

»Ich hätte da sein können, um es mit dir durchzustehen. Ich wäre zurückgekommen. Du hättest das nicht allein durchmachen sollen.«

Das Bedauern und die Aufrichtigkeit in seiner Stimme verrieten ihr, dass es wahr war. Er wäre zurückgekommen.

Davon war sie nun von ganzem Herzen überzeugt, aber es änderte nicht, wovon sie damals überzeugt gewesen war. Sie befreite sich aus seiner Umarmung, als mehr schmerzhafte Wahrheiten aus ihr herausbrachen. »Woher hätte ich das wissen sollen? Du hattest mich schon vorher allein leiden lassen.«

Kummer lag in seinem Blick. »Ich dachte, ich würde dich vor noch mehr Schmerz bewahren, als ich ging. Ich habe Mist gebaut. Das verstehe ich und ich werde es für immer bereuen. Aber als ich heute Abend sagte, dass mir in Mexiko bewusst war, einen Fehler begangen zu haben, und dass ich es noch einmal mit uns versuchen wollte, da habe ich es wirklich so gemeint. Du musst mir nicht glauben, wenn ich sage, ich wäre zurückgekommen, und ich nehme es dir nicht übel, dass du mir damals nicht zugetraut hast, für dich da zu sein. Man kann mir vieles vorwerfen, Carly, und ich habe in meinem Leben große Fehler gemacht, aber ich habe dich nie angelogen.«

Ihre schmerzhafte gemeinsame Vergangenheit stürzte sich wie ein Aasgeier herab und packte sie mit seinen Klauen. Sie hob das Kinn, während ihr neue Tränen über die Wangen liefen. »Du hast mir mal gesagt, dass du mich immer lieben würdest.«

»Das war *keine* Lüge«, bestätigte er entschieden. »Ich habe dich geliebt, seit wir Kinder waren, und ich werde dich bis an mein Lebensende lieben. Nie habe ich auch nur annähernd für jemand anderen so etwas empfunden wie für dich.« Sein Brustkorb hob sich, als er tief einatmete, und der Kummer in seinem Blick war so greifbar wie der Boden unter ihren Füßen. »Wie könnte ich, wenn ich dir doch mein Herz geschenkt habe? Ich habe sonst nichts mehr zu geben. Außer dir, Carly. *Nur* dir.«

Jahre der seelischen Qualen brachen über sie herein. Jahre,

in denen sie sich eingeredet hatte, er liebe sie nicht und sie hasse ihn, weil er sie verlassen hatte, obwohl ihre Liebe zu ihm nie versiegt war. Jahre des Gefühls von Verlorenheit. Heftige Schluchzer brachen aus ihr heraus.

»Es tut mir leid«, stieß er hervor. »Verdammt, Carls, es tut mir so leid.«

Er nahm sie in den Arm, sie schmiegte sich an ihn und vergrub ihr Gesicht an seiner Brust, während die Tränen unaufhaltsam liefen.

Er küsste sie auf die Stirn und drückte sie noch fester an sich. »Ich wünschte, ich hätte mich anders verhalten. Ich wünschte mir so vieles. Himmel, kannst du mir jemals vergeben?« Er strich ihr über den Rücken, flüsterte Entschuldigungen, und die Trauer in seiner Stimme löste noch mehr Tränen. »Es tut mir leid, wie ich gegangen bin, dass ich nicht zu dir zurückgekommen bin, wegen Mexiko, wegen des Babys, das wir verloren haben ... wegen der Jahre, die wir verloren haben.«

Seine innigen Worte fanden kein Ende, während sie unter den Sternen standen und alles herauslassen konnten. Er drängte sie nicht, gab ihr kein schlechtes Gefühl, weil sie zusammenbrach, denn er tat es auch, als er ihr sein Herz mit ermutigenden, liebenden Worten öffnete. Sie hatte keine Ahnung, wie lange sie dort standen, aber er hielt sie, bis er keine Worte mehr hatte und sie keine Tränen.

Schließlich warfen sie die Weinflasche in einen Mülleimer und gingen zurück zur Decke. Zev hatte den Arm noch immer um sie gelegt. Selbst nach allem, was sie durchgemacht hatten, fühlte er sich mehr nach *Zuhause* an, als jeder andere Mensch, Ort oder Gegenstand es je getan hatte.

Er hielt sie eng an sich gedrückt, als sie sich auf die Decke setzten, strich ihr immer wieder über den Rücken, fuhr mit den Fingern durch ihre Haare und küsste sie auf die Schläfe, während er sich in der Dunkelheit immer wieder entschuldigte und Versprechungen machte. Nie wieder wolle er ihr wehtun, er werde es wiedergutmachen und sich ihre Vergebung verdienen. Jedes Wort nahm ihr einen Schmerz, füllte eine Leere aus. Als sie schließlich schwiegen und all die Jahre der Traurigkeit von der kühlen Abendluft forttragen ließen, wurde Carly klar, warum sie nie jemand Vertrautem von ihrer Begegnung mit Zev in Mexiko oder ihrer Schwangerschaft erzählt hatte. Zev war der Einzige, dem sie es erzählen musste. Er war der Balsam für ihre Wunden, die Liebe, die ihr einsames Herz erfüllte.

Er war der einzige Mensch, der ihr das Gefühl geben konnte, wieder ganz zu sein.

Mit den Lippen strich er über ihre Schläfe. »Ich habe das Gefühl, als hätte man mir die Eingeweide herausgerissen, nachdem ich jetzt weiß, was du nach Mexiko durchgemacht hast. Und dabei ist es für mich sicher nicht mal halb so grauenvoll, wie es für dich gewesen sein muss. Ich wünschte, ich könnte dir all deinen Schmerz nehmen.«

»Das tust du bereits.« Sie legte den Kopf auf seine Schulter und schloss die Augen, während sie seine Unterstützung in sich aufsaugte. »Das Geheimnis habe ich so lange für mich behalten, dass mir gar nicht bewusst war, wie sehr es auf mir lastete. Ich fühle mich viel besser, nachdem ich es dir jetzt erzählt habe. Es war schrecklich, dir das alles zu verheimlichen, und ich weiß, das ist verrückt, nach allem, was wir durchgemacht haben. Aber es ist die Wahrheit. Jetzt weiß ich, dass es wahrscheinlich besser so war. Ich war nicht in der Lage, ein Kind großzuziehen, und ich bezweifle, dass du es warst.«

»Wahrscheinlich nicht, aber trotzdem wünschte ich, ich

hätte für dich da sein können.«

Schweigend betrachtete sie sein Gesicht und sah all das darin. Die Wahrheit darüber, wie sehr es ihn gequält hatte, dass er gegangen war, wie viel mehr er in Mexiko gewollt hatte, und sogar die Liebe, die er noch immer für sie empfand. »Nachdem ich jetzt weiß, wie du in Mexiko empfunden hast, wünschte ich das auch. Wir haben beide große Fehler gemacht.«

»Es kommt mir so vor, als hätte ich in den letzten zwei Stunden ein ganzes Leben gelebt.«

»Ist das gut oder schlecht?« *Bitte sag gut.*

»Es ist gut, Carls.« Er streichelte ihr über die Wange und küsste die Sommersprossen auf ihrer Nase. »Das wollte ich schon seit der Hochzeit machen.«

Als sie jünger gewesen waren, hatten diese Sommersprossen sie immer verunsichert, aber er fand sie entzückend. Sie wollte in seine Arme kriechen und all ihre Sorgen von ihm fortküssen lassen, aber sie war immer noch verwirrt, wollte sich ihm öffnen und hatte gleichzeitig Angst davor.

»Und was machen wir jetzt, Zevy?«

»Ich habe nicht auf alles eine Antwort«, sagte er leise. »Aber bedeutet das, dass du ein *Wir* willst?«

Sie lächelte. »Du sagst es so, als hätte ich eine Wahl.«

»Du hast immer eine Wahl, Carls.«

Sie schüttelte den Kopf. »Nicht, wenn es um dich geht.«

»Darf ich mir darauf etwas einbilden?« Er lachte leise und drückte sie an seine Seite. »Ich bin nur bis Sonntag hier. Somit haben wir sechs Tage, um herauszufinden, was dies ist. In der Vergangenheit habe ich schlechte Entscheidungen getroffen, das weiß ich, aber ich werde alles in meiner Macht Stehende tun, um dir nicht wieder wehzutun. Du sagst, du hättest dich verändert, und ich möchte alles über diese Veränderungen erfahren. Ich will den Menschen kennenlernen, der du geworden bist, und ich möchte, dass du den Mann kennenlernst, der ich geworden bin. Was meinst du? Gibst du uns eine Chance?«

Ihr Herz sagte *Ja!*, aber sie hatte gelernt, auf ihren Verstand zu hören. »Ich habe Angst, Zeit mit dir zu verbringen. Ich merke schon, dass ich mich wieder in diesem *Uns* verliere. Ich habe *uns* wirklich geliebt.«

»Ich auch«, sagte er zärtlich.

Wieder kamen ihr die Tränen, doch diesmal waren es Freudentränen. Sie zwinkerte, um sie zurückzudrängen. »Wenn ich ehrlich bin, dann habe ich mehr Angst davor, *keine* Zeit mit dir zu verbringen. Ich weiß, wie das Leben ohne dich ist, und egal, was ich erreicht habe oder wie viele Freunde ich finde, irgendetwas fehlt immer.«

»Gott sei Dank!«, flüsterte er total erleichtert. »So habe ich mich auch immer gefühlt. Das ist die Kraft von *uns zusammen*. Du bist immer der Schatz gewesen, und ohne dich bin ich nur eine leere Truhe, immer in der Hoffnung auf mehr. Wir haben sechs Tage, Carls.«

»Mein Leben findet hier statt, deins nicht. Sechs Tage können nur zu Liebeskummer führen.«

»Das wissen wir nicht. Ich bin nicht mehr dieser gebrochene, dumme Teenager, Carly. Ob du es glaubst oder nicht, ich bin ein ziemlich kluger Kerl mit einem wesentlich klareren Blick auf das Leben als damals.«

Das ist ja das Problem. Es ist einfach zu leicht, sich in den erwachsenen Zev zu verlieben.

»Wir können einen Weg finden. Es muss ja keine Ganz-oder-gar-nicht-Lösung sein, oder?« Er streichelte ihr über die Wange. »Wo ist das spontane, immer zu einem Abenteuer aufgelegte Mädchen, in das ich mich vor all den Jahren verliebt habe?«

Sie zuckte mit den Schultern, denn sie wusste nicht, ob es dieses Mädchen noch gab, und sie versuchte, ihre Hoffnungen zu zügeln, dass sechs Tage wirklich zu mehr führen konnten.

»Dieses Mädchen ist heute Abend hierhergekommen, Carly. Sie ist irgendwo in dir drin, versteckt unter dem Schmerz und den Sorgen unserer Vergangenheit.« Sanft fuhr er mit dem Daumen über ihre Lippen und entfachte damit ein unbändiges Feuer in ihrem Körper. »Sechs Tage könnten sie befreien.«

Oh, wie sehr wollte sie ihm glauben!

Sie klammerte sich an seinen Worten wie an einer Rettungsleine fest. Später am Abend, nachdem er sie zu ihrem Pick-up gebracht und sie so zärtlich geküsst hatte, dass es sich wie beim ersten Mal – nur noch besser – angefühlt hatte, fuhr sie nach Hause und kuschelte sich unter ihre Decke. Seine Worte nahmen ihr etwas von der Einsamkeit und begleiteten sie in den Schlaf.

Sieben

Die Kante der Arbeitsfläche schnitt Carly in die Kniekehlen, doch der Schmerz steigerte die Lust noch, als Zev in sie stieß. Die Nachmittagssonne flutete die Küche, und das teuflische Grinsen in seinem Gesicht heizte ihr Verlangen nach ihm an. Sie hätte die Tür zwischen Küche und Laden abschließen sollen, doch als sein Mund ihren verschlossen hatte, hatte sie an nichts anderes denken können, als dass sie mehr wollte. Zum Glück war Birdie mit Kunden beschäftigt. Er stieß härter zu, schneller, und sie krallte die Finger in seine Haare, um seinen Mund zu ihrem Hals zu führen. Seine Zähne kratzten über ihre Haut, als er an ihr saugte. Sie musste sich beherrschen, um nicht zu stöhnen, während sich die Lust in ihr ballte. Zev zog sie ganz an die Kante der Arbeitsfläche, umklammerte ihren Hintern mit beiden Händen und rammte die Hüften immer wieder vor, drang so tief in sie ein, dass sie ihn bis zum Hals spürte. Mit jedem Stoß seiner Härte wurde sie in höhere Sphären getrieben. Die Glöckchen über der Eingangstür bimmelten und sie bekam Panik. Sie riss ihren Mund weg. »Beeil dich!« Zev drückte den Mund wieder auf ihren, als Cutters Stimme ertönte. »Carly?« Mist! Sie kniff die Augen zu, und wieder rief Cutter ihren Namen, sodass seine Stimme sie genau in dem Moment erreichte, als der Orgasmus sie überwältigte und sie schrie: »Ich komme!«

Sie schreckte auf und rang nach Luft. Ihr Herz hämmerte, während sie sich hektisch in ihrem Schlafzimmer umsah. Heiliger Bimbam. Ihr Nachthemd war durchgeschwitzt, ihre Mitte pulsierte und war nass. Die Hand aufs Herz gedrückt und mit geschlossenen Augen versuchte sie, die Tatsache zu verdauen, dass sie gerade durch einen *Traum* zum Orgasmus gekommen war. Wie zum Teufel war das passiert? Ihr verräterisches Hirn musste sich verdammt noch mal beruhigen.

Mit zittrigen Beinen stieg sie aus dem Bett und tapste in die Küche, um sich ein Glas Wasser zu holen. Das Gespräch mit Zev am Abend zuvor war ebenso schwierig wie erlösend gewesen, und sie hatte sich so befreit gefühlt wie schon seit Jahren nicht mehr. So lange hatte sie an dem Schmerz und der Wut festgehalten, nachdem er gegangen war, und auch an ihren Schuldgefühlen, weil sie sich in Mexiko davongeschlichen hatte, dass sie sich ohne diese Last wie ein anderer Mensch fühlte. Aber *das hier* war lächerlich und etwas beängstigend.

Es war nicht leicht für sie beide gewesen, sich ihre Herzen auszuschütten und den Schmerz beiseitezuschieben, aber nachdem sie sich einmal ausgesprochen hatten, war es gar nicht so schwierig gewesen, sich wieder wie *Carls und Zevy* zu fühlen.

Sie schaute auf das Glas in ihrer Hand. Wasser war nicht das Getränk, das ihre Nerven beruhigen konnte. Nach einem kurzen Abstecher ins Bad ging sie zurück ins Bett, wo sie jedes einzelne Wort, das sie miteinander geredet hatten, noch einmal durchlebte und überdachte. Immer wieder kehrte sie zu einem Gedanken zurück. Wenn ein klärender Abend schon eine solche Wirkung auf sie hatte, was würden dann sechs Tage mit ihr anstellen?

Sie blieb noch eine Weile liegen, mit rasendem Puls und im Kreis wirbelnden Gedanken. War sie einfach nur töricht? Sechs

Tage waren eben *nur* sechs Tage. Der Traum war nicht mehr als ein Traum gewesen. Eine Fantasie. Das passte nicht ganz, denn Fantasien wurden nicht oft wahr, und sie hegte keinen Zweifel daran, dass Zev sich zwanzig Zentimeter tief in ihr vergraben würde, sobald sie allein waren. »Oh mein Gott ...« Selbst ihre Fantasien über ihn waren hemmungslos.

Zevs teuflisches Grinsen erschien vor ihrem geistigen Auge und sie warf die Bettdecke zur Seite. Wenn sie im Bett blieb, hätte sie bestimmt noch drei Orgasmen. So sehr sie die gebrauchen konnte, so wollte sie diese Fantasien doch nicht anfeuern. Sie musste sich ermahnen, ihr Herz zu schützen, das den Großteil ihres Lebens damit verbracht hatte, Zev entweder zu lieben oder so zu tun, als liebte sie ihn nicht. Sie zwang sich aufzustehen, machte sich fertig für den Tag und fuhr in ihr Geschäft.

Nach einer Stunde voller E-Mails, Buchhaltung und Planung der Angebote für die nächsten Tage spielte Carlys Kopf noch immer Spielchen mit ihr und zerrte sie in das Universum der Was-wäre-Wenns, das Universum von Zev und ihr, das sie so lange verleugnet hatte. Sie zog ihren Stuhl zum Einbauschrank in ihrem Büro und kletterte darauf, damit sie in das oberste Regal schauen konnte. Hinter den Kartons mit Weihnachtsdekoration und Büroartikeln holte sie einen großen Karton hervor, den sie schlauerweise mit BELEGE beschriftet hatte. Sie pustete den Staub vom Deckel und kletterte vom Stuhl. Nachdem sie ihn wieder zurück zu ihrem Schreibtisch gezogen hatte, setzte sie sich und nahm den Karton auf den Schoß. Ihre Nerven kribbelten allein bei dem Gedanken an die Erinnerungen an sie und Zev, die darin verstaut waren. All ihre Weißt-du-noch-als-Fotos, die sie gemacht hatten, um ihre Abenteuer und Erlebnisse mit Freunden festzuhalten. Sie erinnerte sich noch an jeden dieser Momente. Als sie nach Colorado gezogen war, konnte sie den Gedanken, diese Bilder zurückzulassen, nicht ertragen. Aber es war zu schwer gewesen, sich nicht immer wieder in den Erinnerungen zu vergraben, und so hatte sie Marie gefragt, ob sie sie irgendwo aufbewahren könne. Marie hatte sie auf ihrem Dachboden gelagert, und als sie ihr Haus verkauft hatte, ging es Carly mittlerweile so gut, dass sie Angst hatte, sie würde beim Betrachten der Fotos zurück in diese Dunkelheit abgleiten, in der sie Antworten suchte, die sie vielleicht nie bekommen würde. Sie hatte den Karton hier im Materialschrank versteckt und nie wieder hineingeschaut.

Doch jetzt hatte sie all die Antworten, die sie immer gesucht hatte.

Mit zittriger Hand hob sie den Deckel an und ihr Blick fiel auf mehrere Fotos von Zev und ihr als Kinder, wie sie unter einem Rasensprenger spielten, mit Beau und Nick einen Hügel hinaufkletterten und vor dem Haus von Zevs Eltern mit dem Fahrrad fuhren. Der Kloß in ihrem Hals wurde immer größer, und sie schloss die Augen, als die Erinnerungen sie überwältigten. Das Handy in ihrer Tasche vibrierte und sie schreckte auf. Schnell legte sie den Deckel wieder auf den Karton, nahm ihr Telefon heraus und sah Maries Namen auf dem Display. Letzte Woche hatte Marie ihr eine Nachricht aus Venezuela geschickt, um ihr mitzuteilen, dass sie in wenigen Tagen nach Nassau aufbrechen und etwas Zeit in einer von Treat Bradens Hotelanlagen verbringen wollte.

Carly öffnete die Nachricht und fühlte sich, als hätte man sie mit der Hand in der Keksdose erwischt. Ein Bild von Maries Füßen im Sand, mit dem Meer im Hintergrund, tauchte auf. *Nassau ist herrlich! Ich bleibe vielleicht ein oder zwei Wochen.*

Mache gerade meinen Morgenspaziergang und denke an dich. Wie war die Hochzeit? Sie hatte Marie nicht beunruhigen wollen, und so hatte sie sich gelassen gegeben und nicht gezeigt, wie nervös sie war, weil sie Zev möglicherweise begegnen würde.

Sie tippte: *Die Hochzeit war großartig! Alle fanden die Desserts göttlich.*

Natürlich fanden sie das!, lautete Maries Antwort. *Gibt es sonst etwas Interessantes, über das du reden möchtest?*

Carly wusste, dass sie etwas über Zev erfahren wollte. Doch da sie auf das Thema jetzt nicht einsteigen wollte, schrieb sie: *Nur wenn du einen detaillierten Bericht darüber möchtest, wie Cutter mit jeder verfügbaren Frau Dirty Dancing zelebriert hat.*

Eine Sekunde später vibrierte ihr Handy wieder. *Ich hoffe, du hast Bilder! Rate mal, wohin ich heute Abend gehe?*

Erleichtert darüber, dass Marie nicht nachhakte, schrieb Carly: *Eine Luau-Party?*

Erneut vibrierte ihr Handy. Zevs Name poppte in einer Nachricht auf, und sofort erhob sich ein ganzer Bienenschwarm in Carlys Magen zum Flug. Mit aufgerissenen Augen starrte sie auf seinen Namen. Es war gerade einmal sechs Uhr morgens, aber er war schon immer ein Frühaufsteher gewesen. Mit bis zum Hals klopfendem Herzen öffnete sie die Nachricht und las: *Guten Morgen, meine Schöne. Wie lautet deine Adresse? Ich bringe die Milch für deine Lucky Charms vorbei. Wir können gemeinsam in den neuen Tag starten.*

Ihr gesamter Körper jubilierte – ohne Einbezug des Verstandes. Sie war viel zu angetan von der Vorstellung, mit ihm zusammen in den Tag zu starten, und war überrascht, dass sie es tatsächlich in Betracht zog. Eine Stunde konnte sie doch erübrigen. Oder? Eine Stunde in ihrem Haus allein mit ihm, um … Ihre Gedanken wanderten *direkt* ins Schlafzimmer.

Das war nicht gut.

Na ja, wahrscheinlich würde es *sündhaft* gut werden, aber gemeinsam mit Zev einen Sonnenaufgang zu beobachten, wäre wohl nicht besonders zielführend, wenn sie ihr Herz beschützen wollte. Ihr Haus musste ein sicherer Hafen bleiben, ein Ort, an dem es keinerlei physische Dinge gab, die sie an Zev erinnern könnten. Und unter keinen Umständen würde sie ihm erlauben, seinen verführerischen Duft auf all ihren Möbeln oder ihren Laken zu hinterlassen, denn dort würden sie höchstwahrscheinlich enden, wenn er zu ihr käme.

Bevor sie antworten konnte, poppte wieder eine Nachricht von Marie auf. *In eine Kokosnuss-Bar am Strand! Dort werden alle Drinks in Kokosnüssen serviert. Ich frühstücke mit Freunden. Hab dich lieb!*

Typisch Marie, dass sie schon Freunde gefunden hatte. Carly stellte sich eine Handvoll Frauen in den Fünfzigern vor, die darüber redeten, wie wenig sie Männer brauchten.

Und ich tue es auch nicht.

Das stimmte. Carly brauchte keinen Mann. Aber es war nicht zu leugnen, dass sie Zev *wollte*.

Sechs Tage … Das bedeutet fünf möglicherweise heiße Nächte …

Sie verdrehte die Augen und schrieb: *Mein Haus ist eine Zev-freie Zone und das muss es auch bleiben.*

Seine Antwort kam schnell. *Ich bin in dir, Carls, und du bist in mir. Ich bin die ganze Zeit über dort bei dir gewesen.*

Die Glöckchen über der Eingangstür klingelten und Birdies Stimme drang zu ihr. »Ich bin hier, und du solltest eigentlich mit Zev durch die Betten hüpfen!«

Mist! Carly schnappte sich den Karton und eilte zum Schrank, um ihn zu verstecken. Dann machte sie sich daran,

Birdie zu begrüßen und sich in Arbeit zu vergraben.

Carlys nervöse Energie erwies sich als nützlich. Bis zum frühen Nachmittag hatte sie doppelt so viel geschafft wie sonst. Birdie war außerordentlich gut in Form, ließ sich über die sozialen Medien aus, das anstehende Festival, Events auf der Ranch und zig andere Dinge. Carly hatte sich ziemlich gut im Griff, zumindest bis wieder eine Nachricht von Zev eintraf, die sie eiskalt erwischte. Birdie und die Kunden wurden zu einem Rauschen im Hintergrund.

Die Glöckchen über der Eingangstür klingelten erneut und im Laden wurde es ruhig. »Ich überlege, ob ich mit Cutter schlafen soll«, sagte Birdie und ging zur Küche.

»Hm-hm.« Carly schaute nicht von ihrem Handy auf, die Augen noch starr auf die Nachricht von Zev gerichtet. *Trau dich und vertrau mir. Triff mich um zwei am Silk Hollow.*

Birdie plapperte irgendetwas, aber Carlys Gedanken rasten. Silk Hollow war ein See mit einem kleinen Wasserfall, umgeben von Granitfelsen. Er lag nicht weit entfernt vom Sterling House und war als bester Ort in der Gegend fürs Klippenspringen bekannt. Es war auch einer der Orte, den sie und Zev in der Middleschool auf ihre Eines-Tages-Liste gesetzt hatten. Seine Familie war zu Besuch bei seinen Cousins in Weston, Colorado, gewesen. Dane war mit seinen Freunden zum Silk Hollow gefahren, und Zev war zu jung gewesen, um sie zu begleiten. Dane war mit aufregenden Geschichten zurückgekehrt und hatte von dem Spaß berichtet, den sie gehabt hatten, und nachdem Zev nach Hause gekommen war, hatte er Carly davon erzählt. Sie hatten sich geschworen, eines Tages dort von den Klippen zu springen und ihren eigenen Spaß zu haben.

»Oder vielleicht mit Beau«, sagte Birdie, als sie an Carly vorbeiging.

»In Ordnung«, antwortete sie geistesabwesend, während sie in Gedanken mit sich selbst stritt, weil sie Zev sehen wollte.

Birdie redete weiter, ihre Stimme wurde wieder zu einem Rauschen im Hintergrund, als sie sich von Carly entfernte, und wurde dann lauter, als sie von hinten an sie herantrat.

»Platz da! Rettung naht!«, schrie Birdie.

Carly wirbelte herum und sah Birdie, die eine Sicherheitsbrille trug und entzückend albern in ihrem bauchfreien Top und den High-Waist-Shorts dastand und einen Feuerlöscher vor sich hielt, der halb so groß war wie sie. »Was machst du denn da?«

»Ich habe dir von meinen Plänen erzählt, mit allen möglichen Typen zu schlafen, unter anderem mit dem UPS-Heini, dem Kerl vom Café, den wir beide so heiß finden, Cutter und sogar Beau. Du hast jeden einzelnen abgenickt! Das kann nur bedeuten, dass dein Hirn durchgebrutzelt ist. Ich werde das Feuer löschen.«

»Birdie!« Carly steckte das Handy weg und versuchte, ihr den Feuerlöscher abzunehmen, doch Birdie zog ihn weg.

»Komm mir nicht mit *Birdie!* Ich kann es mir nicht leisten, dein Hirn verschmoren zu lassen. Du bist mein Leuchtfeuer, meine Mentorin, und im Moment lebe ich nur durch dich und habe es wirklich bald satt, darauf zu warten, dass du mit Zev endlich all die unanständigen Sachen treibst, die ich treiben will!«

»Du meine Güte. Du bist so was von gefeuert!«

Birdie stellte den Feuerlöscher ab und zog die Brille aus.

»Nein, bin ich nicht. Du hast mich lieb und du weißt, dass ich recht habe. Und jetzt gib mir dein Handy. Ich muss sehen, was dich so vernebelt hat, dass du es in Ordnung finden würdest, wenn ich mit Beau schlafe.«

»Mein Handy gebe ich dir nicht. Es tut mir leid, wenn ich heute etwas neben der Spur war. Sind gerade seltsame Zeiten.«

»Eindeutig.« Sie zeigte auf Carlys Shorts und das verblichene T-Shirt von irgendeinem Konzert. »Du trägst das T-Shirt da und UGG-Stiefel. *Achtung! Eilmeldung!* Die Band Journey hört heutzutage kein Mensch mehr. Und UGGs, Carly? Es ist *Sommer.*«

»Die sind wie Trostfutter. Ich brauchte sie heute einfach.«

»Aber warum? Du hast gesagt, dass es gestern Abend gut lief, ihr habt geredet und reinen Tisch gemacht. Warum ziehst du dich nicht nuttig an und schwebst auf Wolke 7?«

»Weil Zev dafür sorgt, dass ich wieder das Mädchen von früher sein will – das übrigens nie nuttig war –, und das ist gefährlich. Er will, dass ich ihn um zwei Uhr am Silk Hollow treffe, und das bedeutet mit Sicherheit, dass er dort mit mir von der Klippe springen will.«

Birdies Gesicht verzog sich verwirrt. »Nein, das macht er nicht. Wahrscheinlich will er, dass du da mit ihm picknickst, damit ihr mit dem Reden fertig werdet und mehr küssen könnt.«

»Glaub mir. Er will, dass wir springen. Zev hat schon immer den Nervenkitzel gesucht.«

»Dann bin ich total verwirrt. Du hast mir mal erzählt, dass er dich besser als jeder andere kennt, aber ich kriege dich nicht mal auf den Bullriding-Automaten, weil du Angst hast, dich zu verletzen.«

»Ich weiß, aber ich war nicht immer so. Weißt du noch, als

wir uns kennengelernt haben und ich dir erzählt habe, dass ich früher mal abenteuerlustig war?«

Birdie kräuselte die Nase. »Ehrlich gesagt dachte ich damals, du übertreibst. Du hattest eine so schwierige Zeit durchgemacht, da dachte ich, du versuchtest einfach … Keine Ahnung. Furchtloser zu wirken?«

»Ich habe nicht übertrieben. Ich war auch immer auf der Suche nach einem Nervenkitzel. Aber mit Zev kam mir nichts beängstigend vor. Er war so selbstbewusst und hat immer auf mich aufgepasst. Dadurch habe ich mich unverwundbar gefühlt. Aber nachdem Tory gestorben ist und er gegangen war, fand ich heraus, dass das nicht stimmte.«

Eine vertraute Woge der Traurigkeit überkam sie, die im Laufe der Jahre wesentlich weniger schmerzhaft geworden war, die aber bis jetzt immer noch die Kraft gehabt hatte, sie runterzuziehen. Als dieses grauenhafte Gefühl nun ausblieb, erkannte sie den Grund: Zev und sie hatten sich endlich all ihren Kummer und Schmerz gestanden; was sie verschwiegen hatten und was sie bereuten, womit sie sich selbst enttäuscht hatten und warum sie von dem anderen enttäuscht gewesen waren. Sie wusste nicht, ob er recht hatte oder nicht, wenn er glaubte, dass sie ihn am Ende gehasst hätte und sich selbst deswegen geändert hätte, wenn er in Pleasant Hill geblieben wäre. Das würden sie nie mit Sicherheit erfahren. Aber zumindest verstand sie jetzt, dass er geglaubt hatte, sie zu beschützen, und auch wenn es wehtat, so entsprach das doch genau dem Menschen, der er immer gewesen war. So waren sie tatsächlich beide gewesen. Hatte sie ihn nicht genau deshalb nach der Fehlgeburt nie gesucht? Um ihn vor dem Schmerz zu bewahren, der an den Tatsachen nichts geändert hätte? Mit diesen Erkenntnissen entstand ein neues Gefühl von Freiheit. Dieses Mal war sie nicht so verwirrt wie noch Stunden zuvor. Sie empfand ein größeres Wohlbefinden, von dem sie gar nicht gewusst hatte, dass es ihr gefehlt hatte.

Gab es andere Dinge, die ihr unbewusst fehlten? Sie dachte daran, was Zev über das abenteuerlustige Mädchen in ihr gesagt hatte, das gestern Abend im Park zum Vorschein gekommen war, und sie fragte sich, ob er recht hatte.

»Birdie, hältst du es für möglich, dass ich diese Abenteurerin noch immer in mir habe?«

Birdie klopfte nachdenklich auf den Feuerlöscher. »Das ist eine schwierige Frage, denn eine wahre Abenteurerin hätte heute Morgen im Bett Verstecken mit diesem hinreißenden Mann gespielt, der alles Mögliche unternimmt, um dein Interesse zu wecken.«

Carly konnte ein leises Lachen nicht zurückhalten, schüttelte aber den Kopf. »Ich meine es ernst.«

»Ich auch«, entgegnete Birdie.

»Birdie!«

»Okay, in Ordnung. Hast du früher wirklich all diese Sachen gemacht, von denen du mir erzählt hast, als wir uns kennengelernt haben?«

»Ja, und noch mehr. Klippenspringen, Fallschirmspringen, Paragleiten …« Eine lang vergessene Aufregung regte sich in ihr, als sie von all den Dingen erzählte, die Zev und sie gemeinsam unternommen hatten. »Wir waren Ski fahren, wandern, zelten. Wir haben Lagerfeuer am Strand gemacht und Kriegstänze im Mondenschein erfunden. Wir waren verrückt.« Sie lachte. »Es gab nicht viel, was wir nicht gemacht haben. In den Sommermonaten waren wir oft mit dem Archäologieclub in Mexiko, Spanien, Kanada …«

»Wow, und ich dachte, du wärst an den Tagen

abenteuerlustig gewesen, an denen du deine Haare offen getragen hast und nicht geflochten oder im Zopf.« Birdie fuchtelte mit dem Zeigefinger. »Du trägst deine Haare jetzt übrigens zwei Tage hintereinander offen. Ja, ich glaube, du hast irgendwo tief in dir drin eine abenteuerlustige Seite vergraben. Aber hör mal, wenn du nicht mit Zev zu dem Wasserfall willst, dann unterstütze ich dich da vollkommen. Ich schnapp mir meinen Bikini und gehe an deiner Stelle.«

»Kannst du bitte mal aufhören?«

Birdie kicherte. »Es macht doch so einen Spaß, dich zu ärgern. Du bist immer so kontrolliert und organisiert. Ich finde es toll, dich mal so chaotisch zu erleben, wie ich es immer bin. Du solltest zu dem See gehen. Amüsiere dich. Quinn kommt um fünf, also sind wir hier gut aufgestellt.«

»Wirklich?« Mit jeder Sekunde freute sie sich mehr – und wurde nervöser. »Eine andere Sache beunruhigt mich aber noch. Eigentlich zwei. Weißt du noch, wie du dich als Kind unverwundbar gefühlt hast?«

»Nein, meine Brüder haben mich nämlich immer mit Argusaugen beobachtet, so als würde ich tot umfallen, wenn mich jemand auch nur schief ansieht.«

»Tja, das hatte ich nie, aber ich bin jetzt fast dreißig, und ich kenne die Wahrheit. Niemand ist unverwundbar. Das Tiefseetauchen beherrsche ich noch, weil ich es immer mal wieder gemacht habe, wenn ich zu Hause zu Besuch war, aber …«

»Echt? Na, danke, dass du das deiner besten Freundin mal erzählst. Vielleicht hätte ich das ja gern mal mit dir zusammen ausprobiert. Ach, warte«, fügte sie sarkastisch hinzu, »kann ich ja nicht gewollt haben, weil ich ja gar nichts von deinen Fähigkeiten wusste.«

»Tut mir leid. Ich wollte es nicht verheimlichen. In einer Gruppe oder so gehe ich nicht tauchen. Das ist einfach etwas, was ich allein mache.« *Ein Weg, um an meinen Erinnerungen mit Zev festzuhalten.* Hoppla. Das kam überraschend, aber sie merkte, dass es der Wahrheit entsprach. Sie und Zev hatten wirklich eine Art Strudel hin zu ihrem eigentlichen Wesen freigesetzt.

»Es sei dir vergeben. Erzähl weiter, Miss Geheimniskrämerin. Ich höre«, sagte Birdie augenzwinkernd.

»Von einem Kliff zu springen, ist etwas anderes als zu tauchen. Das habe ich als Teenager das letzte Mal gemacht, und jetzt ist es beängstigender. Ständig passieren dabei Unfälle.«

»Du klingst schon wie Doc. Der warnt mich immer vor all den Gefahren, die um uns herum lauern. Er ist so ein komischer Kauz. Er glaubt, mir würde schon was passieren, wenn ich nur über die Straße gehe.« Birdies ältester Bruder Seeley hörte auf den Spitznamen Doc. Er war Tierarzt, und obwohl er in Bezug auf Birdie überfürsorglich war, war er ebenso ungestüm wie seine Brüder. »Wovor hast du wirklich Angst? Vor dem Sprung? Oder dass du springst und Zev nicht da ist, wenn du aufknallst?«

Carly erstarrte. Birdie verstand es mal wieder, den Finger direkt auf die Wunde zu legen. Nach allem, was sie gestern Abend gesagt hatten, wollte Carly nicht glauben, dass er ihr das noch einmal antun würde, aber sollte sie sich deshalb keine Sorgen machen? Ihr Herz zu schützen musste ihre oberste Priorität sein. Aber dazu gehörte auch, dass sie Klarheit bekam. Dass sie einen inneren Frieden fand, indem sie ihn wirklich wieder kennenlernte, damit sie herausfinden konnte, ob Zev zu seinem Wort stehen würde. Dann könnte sie sich entweder von ihren Sorgen verabschieden oder von dem Gedanken, dass sie und Zev ein Paar sein konnten.

»Den Nagel habe ich anscheinend auf den Kopf getroffen«, meinte Birdie munter.

»Irgendwie kann ich dich gerade nicht ausstehen.« Carly schnappte sich den Feuerlöscher und ging, gefolgt von Birdie, in die Küche. Den Feuerlöscher stellte sie wieder an seinen Platz und ging dann in ihr Büro. Konnte sie sich mit ihm treffen und sich dennoch schützen? Sie hätte das gern geglaubt, aber wenn ihr Traum in irgendeiner Weise Aufschluss über das gab, wozu sie beide fähig waren, dann musste sie einen klaren Kopf bewahren. Sie brauchte Richtlinien, Verhaltensregeln. Gut, dass sie eine Planerin geworden war, denn wenn es je einen guten Zeitpunkt für einen Plan gab, dann jetzt.

»Und? Soll ich jetzt meinen Bikini holen, oder wirfst du alle Bedenken über Bord und triffst dich mit Zev?«

Carly nahm ihre Tasche und ging an Birdie vorbei zurück in den Laden. »Ich werde mich mit Zev treffen. Aber es werden heute keine Bedenken über Bord geworfen.« Sie blieb mitten im Laden plötzlich stehen. »Mist, mir fällt gerade ein, dass ich der Familie Rolf heute einen Kostenvoranschlag für den Geburtstag ihrer Tochter schicken wollte.«

»Das erledige ich! Du brauchst dich um nichts zu kümmern. Ich gehe deine Listen durch und sorge dafür, dass alles abgehakt wird. Versprochen! Ich bin so froh, dass du gehst! Du solltest deinen blauen Bikini tragen … oder den grünen! Hach, den finde ich so toll.« Birdie verschränkte die Arme und zog nachdenklich die Augenbrauen zusammen. Dann richtete sie einen Zeigefinger auf Carly. »Weißt du was? Ich habe ein gutes Gefühl dabei. Du solltest eindeutig den grünen Bikini anziehen, denn ein vierblättriges Kleeblatt ist auch grün und bringt Glück, außerdem hat er dir die Lucky Charms geschickt, das sind ja quasi auch Glücksbringer, und du hast die E-Mail bekommen, dass die Schokolade rechtzeitig für die Vorbereitungen der Babyparty eintrifft. Das ist eine Menge Glück auf einen Haufen.«

Carly musste schmunzeln, als Birdie so ungebremst plapperte. »Ich gehe jetzt.«

»Okay! Grüner Bikini! Ich vertraue darauf, dass Zev dich verzaubert, dass du alle Bedenken über Bord wirfst und ihr euch gegenseitig beglückt!«

Auf dem Weg zu dem Treffen mit Zev dachte Carly sich ihren Plan aus. Klar, der Plan auf der Hochzeit hatte nicht so gut funktioniert, aber das hier war etwas anderes. Der anfängliche Schock, ihn wiederzusehen, war abgeklungen. Jetzt lag der Weg klar vor ihr. Na ja, nicht so ganz klar. Er war von Lust und tausend anderen Gefühlen vernebelt. Aber diesmal war ihr Plan idiotensicher.

Zev lehnte an Beaus Pick-up und blätterte eine Zeitschrift durch, als Carly eintraf. Sein Oberkörper war nackt, er trug nur Wanderstiefel und schwarze Badeshorts. Er schaute auf und ließ sein typisches Lächeln aufblitzen, bei dem einem die Knie weich wurden. Ein vollständig bekleideter Zev Braden mit diesem Lächeln war schon eine ernst zu nehmende Naturgewalt. Aber mit freiem Oberkörper, mit all dieser gebräunten Haut und den gestählten Muskeln zum Greifen nah?

Hallo, wie war das mit den Bedenken und der Bordwand?

Er warf die Zeitschrift in den Pick-up, schnappte sich einen Rucksack und kam auf sie zu. »Hallo, meine Schöne. Ich bin froh, dass du kommen konntest«, sagte er und half ihr aus dem Wagen. Er küsste sie auf die Wange. »Hmm ... Mein Lieblingsduft.«

»Nervosität?«, fragte sie im Scherz.

»Nein, *Carly Joanna Dylan.* An den kommt nichts heran.« Er legte einen Arm um ihre Taille, zog sie an sich und – *Himmel, hab Erbarmen!* – es fühlte sich unbeschreiblich gut an. »Du hast schon immer wie Sonnenschein im Sommer und Regen im Winter mit einem Hauch Zitrone gerochen. Von allem das Beste.«

»Und du riechst nach Ärger im Anmarsch.«

»Wir mögen Ärger, weißt du noch?«

Er senkte den Kopf und küsste ihren Hals. Ein Schauer jagte durch sie hindurch. Sie musste all ihre Willenskraft aufbringen, um sich aus seinen Armen zu lösen. Sie legte ihm eine Hand auf die Brust, um auf Abstand zu gehen, aber er fühlte sich so gut an, dass sie es augenblicklich bereute. Sein hungriges, wissendes Lächeln sagte ihr, dass er sie durchschaute. Sie ließ die Hand sinken. »Ich habe das Gefühl, dass dieser Tag eine echte Herausforderung wird, also muss ich ein paar Dinge klarstellen.«

»Schieß los, du hast meine ungeteilte Aufmerksamkeit. Aber bevor du nach Bandit fragst ... Ich wollte ihn mitnehmen, aber ich hatte Angst, er könnte weglaufen, während wir von der Klippe springen.«

»Das war wahrscheinlich schlau, aber ich hätte auf ihn aufpassen können. Ich springe nicht.«

Verwirrung lag in seinem Blick. »Was? Du bist meine Springpartnerin. Das hier stand auf unserer Eines-Tages-Liste. Ich kann nicht ohne dich springen.«

Ihr Herz geriet ins Stolpern, aber sie hatte sich geschworen, an ihrem Plan festzuhalten. »Ich bin nicht mehr von einem Kliff gesprungen, seit wir es das letzte Mal zusammen gemacht haben. Und *nur damit du es weißt*« – sie stach ihm bei jedem Wort den Zeigefinger in die feste Brust –, »es wird heute auch keinen freien Fall in die Gefühle für dich geben. Ich nehme diese sechs Tage als Geschenk. Sechs Tage, um in Erinnerungen zu schwelgen und Spaß miteinander zu haben – ohne Erwartungen.«

»Ohne Erwartungen?«

»Genau. Ich werde mein Herz nicht dem Risiko aussetzen, gebrochen zu werden. Das kann ich nicht, Zevy. Und ich weiß, dass du es nicht sehen kannst, aber ich bin gut vorbereitet und trage mein virtuelles Sicherheitsgeschirr.«

Leiser fragte er: »Ist das ein Codewort für Keuschheitsgürtel?«

Sie war sich seiner unheimlichen Fähigkeit bewusst, sie zu erregen und sie gleichermaßen vollkommen zu entwaffnen, was sie an ihm liebte und weshalb ihre Antwort auch ebenso leicht wie aufrichtig lautete: »Das habe ich noch nicht entschieden.«

Er trat näher an sie heran, sodass die Hitze seines Körpers durch ihre Kleidung drang. »Wie du wünschst, Carls.«

Er griff nach ihrer Hand, und als sie es geschehen ließ, fühlte sich sein zufriedener Blick wie ein Seufzer der Erleichterung an. Seine Hand war stark, die Haut rau, und das machte ihr noch einmal die Unterschiede zwischen dem Teenager, der er gewesen war, und dem Mann deutlich, der er nun war. Als sie über den Parkplatz zum Ausgangspunkt des Wanderweges gingen, betrachtete sie ihn verhohlen und bewunderte seine *anderen* männlichen Körperteile, wie zum Beispiel seine kräftigen Bizepse und die muskulösen Oberschenkel, die sich unter dem dünnen Stoff seiner Badeshorts abzeichneten.

»Und du springst wirklich nicht mit mir?«, fragte er.

»Mal sehen«, antwortete sie.

»Du weißt, dass ich dich nie zu irgendetwas drängen würde, das du nicht willst.« Ein teuflisches Funkeln glitzerte in seinen Augen. »Das war immer deine Aufgabe. Vielleicht bin ich derjenige, der einen Keuschheitsgürtel braucht.«

»Sei still!« Sie stieß ihn mit der Schulter an, und er lachte so laut, dass sie auch lachen musste. Ihre Wangen glühten bei der Erinnerung an den Moment, in dem sie das erste Mal darüber sprachen, miteinander zu schlafen. Sie war diejenige gewesen, die es angeregt hatte.

Er lehnte sich zu ihr herüber, während sie auf dem schmalen Pfad den Hügel hinaufgingen. »Ich war so unschuldig. Du hast mich verdorben.«

»Hab ich nicht!« Sie waren in der zehnten Klasse gewesen und hatten sich schon seit Wochen mit *Fingerspitzengefühl* gegenseitig Lust bereitet. Immer wenn sie herumgemacht hatten, hatten sie sich am Ende eng umschlungen herumgewälzt und aneinander gerieben. Sie hatte ihn durch seine Jeans gestreichelt, und eines Abends hatte sie den Mut gehabt, ihn mit der Hand zu befriedigen. Die Lust in seinen Augen, wie sein gesamter Körper sich anspannte und erschauderte, und die Geräusche, die er von sich gab, waren wie eine Droge gewesen. Von dem Moment an konnte sie nur noch daran denken, den letzten Schritt zu gehen. Sie hatte sich sogar Tory anvertraut, die mit Beau schon seit Monaten das volle Programm durchgezogen hatte. Tory hatte ihr auch von anderen Dingen erzählt, die sie und Beau getan hatten, und Carly hatte alles ausprobieren wollen. Sie wollte ihn kosten, ihn in sich spüren, ihn sie kosten lassen. An einem Abend, als sie richtig in

Wallung gerieten, war es aus ihr herausgeplatzt: *Lass es uns tun.* Er war erstarrt, in seinen Augen hatte eine Mischung aus freudiger Aufregung und Angst gelegen. Hundertmal hatte er sie gefragt, ob sie sich sicher sei, und das hatte ihr an ihm gefallen. In jener Nacht hatten sie keinen Schutz dabeigehabt, und so hatten sie ein paar Tage warten müssen, bis er ein Kondom aus Beaus Vorrat klauen konnte, aber es war eindeutig auf ihr Drängen hin geschehen.

»Okay, tun wir so, als hättest du mich nicht genötigt, meine Jungfräulichkeit aufzugeben«, sagte er neckend.

»Du bist so anstrengend.«

»Ja, aber auf eine gute Art und Weise, oder? Wie Dehnungsübungen nach einer langen, harten Nacht.«

Sie konnte es sich nicht verkneifen: »Wir hatten viele lange, *harte* Nächte zusammen.«

»Ich dachte, wir reden nicht mehr darüber, dass du mich verführt hast.«

Sie versuchte, ihn böse anzublicken, aber sie mussten beide lachen.

»In Ordnung, reden wir nicht mehr über dich und deine unanständigen Methoden.« Noch immer hielt er ihre Hand und machte mit seiner anderen Hand eine ausladende Geste in die Umgebung. »Sieh dir diesen wunderschönen Ort an. Du hast Berge und Wiesen und den wolkenlosen blauen Himmel. Die Luft ist so klar und angenehm. Es ist verrückt, dass sowohl Beau als auch du hier gelandet seid. Ich weiß nicht, ob Beau es jemals erwähnt hat, aber als er hierherkam, um Char mit dem Gasthof zu helfen, wollte er gerade nach Los Angeles ziehen. Char half ihm, seine Trauer zu bewältigen, und das Seltsame ist, dass Char sagt, sie sei auch nach Colorado gekommen, um ihre Trauer zu bewältigen, nachdem ihre Eltern gestorben waren. So langsam glaube ich, dass Colorado eine Art Therapieeinrichtung ist. Wie bist du hier gelandet?«

»Du hast ja keine Ahnung, wie recht du damit hast. Nach der Fehlgeburt bin ich nie ans College zurückgekehrt. Ich war depressiv und auch irgendwie haltlos. Meine Tante schlug vor, dass ich herkomme und ihr im Schokoladengeschäft helfe, was meine Eltern unterstützt haben. Zu Hause und am College gab es zu viele Erinnerungen, also kam ich her und wohnte bei Marie. Es stellte sich aber heraus, dass sie und meine Mutter ganz bestimmte Pläne für mich hatten, von denen ich erst erfuhr, als ich hier war.« Sie schaute auf den Pfad vor ihnen und erinnerte sich daran, wie oft sie in den ersten Monaten nach ihrer Ankunft in Colorado hier wandern gewesen war, wenn sie einen klaren Kopf bekommen wollte. Obwohl sie nie zum Baden oder Klippenspringen an den Silk Hollow gekommen war, kannte sie den Weg in- und auswendig. Der Pfad schlängelte sich durch hohes Gras, über einen Hügel hinweg und etwa eine Meile an einem Bach entlang, bis sie zu dem See kommen würden.

»Du lächelst, also waren es wohl gute Pläne?«

Ihr Lächeln beruhte darauf, dass es so leicht und angenehm mit Zev war, und nicht so sehr auf den Plänen, über die sie redeten. Doch dieses Detail behielt sie lieber für sich. »Beängstigend, aber gut. An dem Wochenende, an dem ich ankam, nahm Marie mich zur Redemption Ranch mit, die Tiny und Wynnie Whiskey gehört, den Eltern von Birdie. Keine Ahnung, ob du das noch weißt, aber Marie ist nicht meine richtige Tante.«

»Das weiß ich noch. Sie war die beste Freundin deiner Mom, oder?«

»Genau.« Es gefiel ihr, dass er sich noch daran erinnerte.

»Marie ist Wynnies Schwester, und so habe ich auch Birdie kennengelernt. Sie war damals erst vierzehn und ich war neunzehn. Das klingt nach einem großen Altersunterschied, aber sie war so voller Leben und ich war so niedergeschlagen. Sie war ein Geschenk des Himmels.«

»Sie ist ziemlich lebhaft.«

»Manchmal ist sie eine totale Chaotin, aber sie ist unglaublich clever und einer der besten, fürsorglichsten Menschen, die ich je kennengelernt habe. Tiny war einer der Gründer des Dark Knights Motorradclubs in Colorado und alle Brüder von Birdie sind Mitglieder. Sie sind ziemlich tough, und einige von ihnen sehen gefährlich aus, aber sie haben Herzen aus Gold. Ihre Familie und die Leute auf der Ranch haben mir unglaublich geholfen. Du hast neulich Abend bei mir im Geschäft einen von Birdies Brüdern kennengelernt. Callahan – wir nennen ihn Cowboy – ist wie ein Bruder für mich. Alle Whiskeys sind wie eine Familie für mich geworden.«

»Hey, ich will ja nicht über dich urteilen oder so, aber es ist schon irgendwie eklig, eine offene Beziehung mit jemandem zu führen, den du als Bruder ansiehst.« Er drückte ihre Hand und zwinkerte ihr zu.

»Deinen Sinn für Humor habe ich vermisst. Es ist immer noch so leicht, mit dir zu reden.«

»Das freut mich. Ich habe alles an dir vermisst.« Er küsste ihren Handrücken, als sie um einen Felsbrocken herumgingen. »Inwiefern haben sie dir geholfen?«

»Sie haben so viel getan. Redemption Ranch rettet nicht nur Pferde, sie helfen dort auch den unterschiedlichsten Menschen. Wynnie ist ausgebildete Psychologin. Sie arbeitet mit einem Team aus Leuten mit verschiedenen medizinischen Berufen – die meisten aus dem Kreis der Dark Knights und ihren

Familien – auf der Ranch und veranstaltet tägliche Therapie-sitzungen für Gruppen und Einzelpersonen. Sie beschäftigen auf der Ranch ehemalige Häftlinge, Drogenabhängige nach ihrem Entzug und Menschen mit sozialen und emotionalen Problemen. Die Arbeit und die Therapie helfen ihnen, ihre Probleme zu bewältigen, einen Sinn im Leben zu finden und wieder auf die Beine zu kommen. Während meiner ersten drei Monate in Colorado habe ich während der Woche auf der Ranch gearbeitet und eine Therapie gemacht, und an den Wochenenden habe ich im Geschäft meiner Tante gearbeitet. Auf der Ranch gab es immer jemanden zum Reden, der Schlimmeres durchgemacht hatte als ich, der Verluste erlitten hatte und wusste, wie er mir helfen konnte, mit meiner Trauer umzugehen. Durch die Arbeit mit den Pferden hatte ich etwas, auf das ich mich konzentrieren konnte, und die körperliche Anstrengung war ein Ventil für einen Teil meines Frusts. Die Therapie lieferte mir das Werkzeug und das Wissen, das ich brauchte, um alles zu verarbeiten, und die Whiskeys boten mir eine Familie von Freunden, die ich aus zig verschiedenen Gründen dringend brauchte.«

»Ich bin so froh, dass du sie hattest«, sagte Zev, als sie einen steilen Hang hinaufkletterten. »Aber jetzt komme ich mir ziemlich mies vor, weil ich Cowboy am liebsten umgebracht hätte.«

Sie lachte leise.

»Aber im Ernst, ich bin froh, dass du Menschen hast, die für dich da sind. Ist Wynnie die Therapeutin, die du gestern Abend erwähnt hast?«

»Ja. Ich habe ihr von uns erzählt, und sie ist abgesehen von dir die Einzige, die über Mexiko und die Fehlgeburt Bescheid weiß. Sie hat mir klargemacht, dass so viel auf einmal passiert war – der Tod von Tory und unsere Trennung –, dass ich weder deinen noch ihren Verlust je wirklich betrauern konnte. Wie ich dich in Mexiko verlassen hatte und die Fehlgeburt … Damit kamen zu dem Ganzen dann noch Schuldgefühle und noch mehr Trauer hinzu.«

Sie blieb stehen und sah ihn an, als ihr einiges immer klarer wurde. »Zevy, ich habe vor langer Zeit all diese Verluste betrauert. Die Tränen von gestern Abend kamen wahrscheinlich davon, dass ich endlich alles dem richtigen Menschen erzählen konnte. Einige galten auch dir, weil du das erste Mal von der Schwangerschaft gehört hast. Aber es tut mir leid, dass ich geschrien und dich von mir gestoßen habe. Mir war nicht bewusst, wie sehr es in mir gebrodelt hat, bis es wie aus einem Vulkan herausschoss.«

Er lächelte, aber es war kein amüsiertes Lächeln; eher ein nachdenkliches, das seine nächsten Worte noch eindringlicher machte. »Mir tut es auch leid. Meine Wut galt nicht dir, sondern einzig und allein mir, aber ich hätte nie laut werden dürfen.«

»Es war für uns beide schwer, aber ich bin froh, dass es alles raus ist. Ich fühle mich besser, so gut wie schon lange nicht mehr.«

»Ich auch, aber ich werde es immer bereuen, dass ich dir wehgetan habe.«

»Dann sind wir quitt, weil ich dich so in Mexiko zurückgelassen habe. Aber ich trauere wegen all dem nun nicht mehr. Das ist alles vorbei. Jetzt weiß ich, *warum* du gegangen bist, und du weißt, warum ich in Mexiko gegangen bin. Wynnie, Marie und die Whiskeys haben mir gezeigt, dass ich nach vorne schauen kann, und ich weiß, dass wir das auch können. Ich will das alles wirklich hinter uns lassen und diese gemeinsame Zeit genießen.«

»Nichts wäre mir lieber«, sagte er leise, als fiele es ihm schwer, die Worte herauszubekommen.

Während ihr eine weitere Last von den Schultern fiel, trafen sich ihre Blicke, und diese Erleichterung wurde zu etwas viel Erregenderem. Sein Brustkorb hob sich mit einem tiefen Atemzug, und er spannte die Muskeln an, weil er sich so sehr beherrschen musste. Es war gut zu wissen, dass sie nicht allein in dem Meer ihrer Sehnsüchte badete. Sie wollte die Distanz zu ihm überwinden, ihre Worte mit einem Kuss besiegeln, aber sie wusste, wohin das führen würde, und dafür war sie noch nicht bereit. Er musste das in ihren Augen gelesen haben, denn wortlos tat er einen Schritt und führte sie weiter den Pfad entlang. *Danke, Zevy.*

»Ich bemühe mich wirklich, Carls«, sagte er und umklammerte ihre Hand wie ein Schraubstock. »Aber du solltest besser etwas sagen, bevor ich einknicke und dich küsse.«

Sie kämpfte mit dem Verlangen, *ihn* zu küssen, doch bevor sie sich entschieden hatte, sah er sie aus dem Augenwinkel an. »Du sorgst dafür, dass es wirklich sehr hart ist.«

Ein Kichern platzte aus ihr heraus und brach den Bann.

»Wenn du nicht anfängst zu reden, schaffen wir es nicht bis zu den Klippen. Ich werde mir deine entzückende Wenigkeit über die Schulter werfen und dich in eine Höhle verschleppen.«

»Uiuiui … Das klingt gar nicht so schlecht.«

»Carls!«, knurrte er und brachte sie wieder zum Lachen. »So sehr ich dich auch begehre, ich werde uns das nicht antun. Ich werde nichts tun, was du später bereuen könntest. Bitte! Mach es mir leichter und rede über etwas, das nicht zweideutig ist.«

»Das ist echt hart bei dir.«

Finster sah er sie an. Ihr wurde bewusst, was sie gesagt hatte, und sie brach in hysterisches Gelächter aus. Sein strenger Blick brachte sie nur noch mehr zum Lachen.

»Es tut mir leid«, sagte sie und versuchte, sich zu beherrschen und schnell ein Gesprächsthema zu finden. »Okay, lass mich überlegen. Ich habe dir ja gesagt, dass ich das College nie beendet habe, aber ich habe eine Ausbildung zur Chocolatière gemacht, und das war gut, denn vor ein paar Jahren hat meine Tante ihr Haus und den Großteil ihrer Sachen verkauft, hat ein paar Koffer gepackt und gesagt, sie würde losziehen und die Welt erkunden.« Sie merkte, dass seine Hand sich etwas entspannte, und so sah sie ihn verstohlen an. Er atmete etwas ruhiger. »Marie ist die unabhängigste Frau, die ich je kennengelernt habe. Sie war nie verheiratet, hatte – soweit ich weiß – nie eine langfristige Beziehung und besaß ihr eigenes Geschäft. Aber sie war nie gereist. Wenn sie es jetzt nicht täte, würde sie vielleicht nie die Gelegenheit bekommen, sagte sie damals. Sie überschrieb mir das Geschäft und seitdem führe ich es. Ist doch Wahnsinn, oder?«

»Ich finde es ziemlich beeindruckend. Klingt, als wäre es genau das gewesen, was du brauchtest.«

»Ja, ich glaube, es war das Richtige zur richtigen Zeit, wie gestern Abend.«

Er zog sie näher und führte sie um einen Felsen auf dem Weg herum. »Wie sieht dein Leben jetzt aus?«

»Es ist nicht mehr sehr abenteuerlich, und das ist in Ordnung so. Ich erlebe kleine Abenteuer. Mit all den Stadtfesten und Konzerten ist hier immer etwas los. Nächste Woche findet das Festival on the Green statt, eine meiner Lieblingsveranstaltungen, und mit Birdie zu arbeiten ist natürlich *immer* ein Abenteuer«, sagte sie flachsend. »Ich führe hier ein gutes Leben, und ich finde, wir haben genug darüber geredet. Ich möchte wissen, was du all die Jahre gemacht hast. Sicher ist dein Leben tausendmal aufregender als meins.«

»Du hast so viel durchgestanden. Du bist eine Chocolatière geworden und führst ein Geschäft, das du nie geplant hattest zu führen. Das klingt für mich nach einem höllisch abenteuerlichen Leben.«

»Das ist nett gesagt und vielleicht auch wahr. So habe ich das noch nie betrachtet.« Sie deutete auf ihre Schuhe. »Aber diese Füße haben seit Jahren das heimische Gefilde nicht verlassen. Bitte erzähl mir von deinem Leben, damit ich indirekt durch deine Geschichten etwas erlebe. Ich will alles hören. Außer den Frauengeschichten. Du kannst sie auslassen, so wie ich die Männer in meinen Erzählungen weggelassen habe.«

Er blickte sie düster an, doch seine Augen verrieten, dass er scherzte: »Es hat also andere Männer in deinem Leben gegeben?«

»Ganz, ganz viele«, bestätigte sie und verdrehte theatralisch die Augen. »Bei all meinen offenen Beziehungen mit Cowboys und den Dutzenden anderen knallharten Kerlen, mit denen ich zusammen war, kann ich kaum noch mitzählen.« Sie spielte gern solche Spiele mit Zev, doch sie wollte, dass er erfuhr, wer sie wirklich war. »Es hat nicht viele Männer in meinem Leben gegeben, aber ein paar. Sicherlich bist du all die Jahre während deiner Fluch-der-Karibik-Abenteuer auch kein Heiliger gewesen.«

»Ich bin kein Heiliger gewesen, aber es hat nie richtig gefunkt.«

»Bei mir auch nicht.« Ihre Blicke trafen sich und beide wurden langsamer, als die Luft zwischen ihnen in Lichtgeschwindigkeit unglaublich schwül wurde. Ihr Puls raste, aber plötzlich waren Stimmen zu vernehmen, die sie zurück in die Realität zerrten. Genau die Ablenkung, die sie brauchte. Silk Hollow lag gleich hinter dem nächsten Felsen. Sie rannte den Hügel hinauf und zog Zev hinter sich her. »Erzähl mir von deinen Abenteuern, Captain Jack!«

»Wie Captain Jack sehe ich aber nicht aus. Der hat richtig lange Haare«, sagte er, als sie um die Ecke bogen und Silk Hollow vor ihnen auftauchte.

In der felsigen Landschaft tauchten Büschel von saftigem Gras auf. Die Badenden schrien, als sie von verschiedenen Felsen sprangen, die um die Schlucht herum aufragten, begleitet von dem Gejubel ihrer Freunde, als sie ins Wasser eintauchten. Eine Gruppe junger Leute in den Zwanzigern saß an dem felsigen Ufer, hörte Musik und rief einer anderen Gruppe etwas zu, die sich gerade auf den Weg die Felsen hinauf zu den Stellen machte, von denen aus man gut springen konnte.

»Captain Jack ist alt und sein Körper ist irgendwie uncool«, meinte Zev mit einem arroganten Grinsen.

Sie lachte und genoss seine Großspurigkeit. »Aber Johnny Depp ist immer noch heiß.« Sie ließ seine Hand los und rannte den Abhang hinunter zum Wasser. »Komm schon, *Johnny!*«

Er rannte hinter ihr her. »Nenn mich noch einmal Johnny, Carly Dylan, und du wirst es büßen.«

Den Rucksack ließ sie auf die Felsen fallen, dann kreischte sie, als er ihr den Arm um die Taille schlang und sie herumwirbelte. »Darf ich dich Captain nennen?«, rief sie.

»Nur wenn ich dich *mein* nennen darf.«

Ihr Herz sagte *Ja!*, und sie wünschte, es wäre so einfach. Doch sorgenvolle Gedanken schlichen sich wieder in den Vordergrund, und sie wusste, dass sie diesmal schlauer sein musste. Dass sie sich mehr über seine Situation informieren musste, so wie er sich über die ihre informiert hatte.

»Das könnte dir so passen, Captain Jack!«, entgegnete sie scherzhaft und wand sich aus seinem Griff. Sie zog ihre Klamotten aus, und die Flammen in seinen Augen setzten sie fast in Brand, als sie rief: »Wer zuerst drin ist!« und ins Wasser rannte.

Acht

Zev ließ seinen Rucksack fallen und folgte Carly ins hoffentlich eiskalte Wasser, denn *verdammt* … Sie hatte Kurven, die einen Toten zum Weinen bringen konnten, und von all den Menschen um sie herum mit einem Steifen gesehen zu werden, brauchte er nun wirklich nicht. Sie plantschten durch das kalte Wasser und lachten wie in alten Zeiten. Als sie an das tiefe Ende gelangte, tauchte er zu ihr und zog sie mit sich hinunter, bevor er ihren glitschigen Körper wieder an die Oberfläche führte. Sie schnappte nach Luft und lachte, als er sie in die Arme nahm, ihren weichen, nassen Körper an sich drückte und dabei die ganze Zeit strampelte, um sie beide über Wasser zu halten.

»Es ist so kalt!«, sagte sie, als sie sich die Haare mit einer Hand aus dem Gesicht wischte und den anderen Arm um seinen Hals legte.

»Da kann ich Abhilfe schaffen.« Er wollte sie küssen, doch sie befreite sich und tauchte unter.

Die Botschaft kam an – *zu viel, zu schnell* –, aber dennoch nahm er die Verfolgung auf. Sie spritzten und lachten, schwammen umher und achteten darauf, sich von den eintauchenden Klippenspringern fernzuhalten. Carly verschwand unter Wasser und er verlor sie aus den Augen. Er wirbelte genau in dem

Moment herum, als sie auftauchte, ihm ins Gesicht spritzte und davonschwamm. Er packte sie an der Taille und hob sie in die Luft. Quiekend strampelte sie mit Armen und Beinen, als er sie ins tiefere Wasser warf.

Im Flug kreischte Carly noch »*Zevy Braden!*«, bevor sie unter der Wasseroberfläche verschwand.

Sie war der einzige Mensch, der ihn Zevy nannte, und es hatte ihm immer gefallen, wenn sie es sagte, als gehöre er nur ihr. Schon als Kind hatte sie es mit Autorität und Besitzanspruch gesagt. Andere Mädchen waren albern gewesen, aber Carly war schon immer anders gewesen. Sie war witzig und verspielt, aber sehr klug. Viel klüger als er.

Er schwamm unter Wasser, umschlang wieder ihre Taille und entlockte ihr ein weiteres Kichern. Sie klang noch genauso wie vor Jahren und löste eine Flut von Erinnerungen daran aus, wie sie als Kinder zu Hause zusammen schwimmen waren, und später als Teenager, als der Anblick von ihr im Badeanzug ihn steinhart hatte werden lassen und es zu viel für ihn gewesen war, ihren zappelnden, glitschigen Körper an seinem zu spüren. Er erinnerte sich daran, wie sie ihren Unterwasserkuss perfektioniert hatten und sich von ihren Familien am Strand fortgeschlichen hatten, um rumzumachen. Die Erinnerungen prasselten nacheinander auf ihn ein, wie sie es auf ihrem Weg den Hügel hinauf schon getan hatten. Ihre Wanderungen als Jugendliche kamen ihm in den Sinn, mit dem Stock in der Hand, die Cerealien in ihren Rucksäcken. Selbst da hatte sein Herz in ihrer Gegenwart schneller geschlagen. Erst Jahre später war ihm klar geworden, dass diese herzrasenden, geheimnisvollen Momente Teil der keimenden Liebe für sie gewesen waren. Er hatte an jedem verdammten Tag an sie gedacht und sie mit jeder Faser vermisst, und doch war ihm bis jetzt, da sie endlich in Reichweite war, nicht bewusst gewesen, wie sehr er sie wirklich vermisst hatte.

Sie legte die Arme um ihn, außer Atem und lächelnd, und stieß begeistert aus: »Das hier ist toll! Ich will alles über deine Abenteuer hören. Über jedes einzelne.«

»Ach nein, so großartig waren die nicht.« Er wollte lieber weiter herumspielen, sie in seinen Armen halten, zusehen, wie ihre Mauern mit jedem Lachen weiter einstürzten.

»Hör auf, so bescheiden zu sein. Du lebst das Leben, von dem wir geträumt haben, und ich will hören, wie wunderbar es ist.«

Sein Innerstes zog sich reuevoll zusammen. »Carls …«

»Ich bin nicht traurig oder missgünstig, Zev.« Sie strahlte ihn ohne einen Funken negativer Gefühle an. »Wir sind auf unterschiedlichen Wegen gelandet, und du hast alles über meinen Weg gehört. Jetzt möchte ich etwas von deinem hören.«

Carly war nie nachtragend gewesen, aber es überraschte ihn, dass es immer noch zutraf, nachdem er losgezogen war, um ein Leben ohne Mauern oder Grenzen zu leben. Ein Leben, in dem er so sehr hatte aufgehen wollen, dass er den Schmerz vergaß, den er verursacht hatte, ohne die Liebe zu vergessen, die sie verbunden hatte. Gelungen war ihm dies jedoch nicht.

Sie stieß sich von ihm ab und schwamm um ihn herum. »Das letzte Mal, dass ich irgendetwas mit Archäologie gemacht habe, war in meinem zweiten Jahr am College. Zwei Semester lang habe ich als Praktikantin Konservierungsarbeiten ausgeführt und Gegenstände aus Konkretionen für eine meeresbiologische Studie freigelegt. Meine Fähigkeiten im Tiefseetauchen habe ich aufrechterhalten und ich habe an ein paar archäologischen Exkursionen an Land teilgenommen, aber die waren nicht im Entferntesten so wie die, von denen wir geredet hatten.« Ihr Gesichtsausdruck wurde verlegen. »Nachdem wir uns in Mexiko getroffen hatten, habe ich im Internet nach dir gesucht, aber ich konnte nichts über dich finden. Dann habe ich es nicht mehr versucht, bis Beau und Char mich für ihren Empfang engagiert haben. Aus irgendeinem Grund konnte ich noch immer keine Fotos von dir finden, aber ich habe gelesen, dass du mit jemand anderem zusammen ein Schiffswrack gefunden hast.«

»Ich habe mich für die Artikel über unsere Entdeckung nie fotografieren lassen, denn die Leute werden völlig verrückt, wenn es um Geld geht. Lieber bin ich der schmuddelige Kerl mit dem Rucksack, den man in Ruhe lässt, als der reiche Typ, der das gesunkene Schiff gefunden hat und der zur Zielscheibe von allen möglichen Betrügereien wird.«

»Das kann ich dir nicht verdenken. Aber du hast wahnsinnige Sachen gemacht, und ich will alles darüber hören.«

»Nichts davon war so romantisch, wie wir es uns vorgestellt hatten.« Sie hatten davon geträumt, Nächte in Hütten zu verbringen und sich unter dem Sternenhimmel auf Booten zu lieben. Aber welche Teenager dachten schon an Käfer und Schlangen, wenn sie von improvisierten Zelten träumten, oder ließen sich ihre Fantasien von lebensgefährlichen Sturmböen verderben, bei denen sie vor Kälte zitternd um ihr Leben bangten?

Sie bespritzte ihn wieder mit Wasser. »Lass mich das entscheiden. So lange habe ich mich gezwungen, nicht an dich zu denken, und nachdem wir uns jetzt ausgesprochen haben, stelle ich mir dich gern da draußen in der Natur vor.«

Er schwamm unter Wasser zu ihr und geleitete sie dann aus dem Schatten der Felsen heraus in brusttiefes Wasser, weit entfernt von den Klippenspringern.

»Erzähl mir alles«, sagte sie, und das Sonnenlicht funkelte in ihren Augen.

Von den einsamen, schmerzhaften Monaten nach seinem Fortgang aus Pleasant Hill wollte er ihr nicht erzählen. Damals hatte er all seine Energie aufbringen müssen, um es über den Tag zu schaffen. Er hatte sich gezwungen, so weit und so schnell wie möglich von Zuhause wegzukommen, weil er Angst hatte, dass er sonst umkehren würde. Also fing er mit ihrer letzten Begegnung an. »An dem Tag nach unserer gemeinsamen Nacht in Mexiko ging ich in eine Bar, um meinen Kummer zu ertränken, und da traf ich dann Luis Rojas …«

»Der Typ, mit dem du das Schiff vor der Küste der Bahamas gefunden hast?«

»Genau«, sagte er, als eine Gruppe Teenager ins Wasser sprang. Beschützend legte er den Arm um Carly. »Sollen wir uns etwas in die Sonne setzen?«

Sie nickte und so gingen sie zurück zu ihren Sachen. Als sie die Handtücher auf dem Boden neben den Felsen ausbreiteten und sich setzten, forderte Carly ihn auf: »Erzähl mir von Luis.«

»Du würdest ihn mögen. Er ist irgendwie ein Typ der alten Schule, nimmt kein Blatt vor den Mund und sieht aus wie ein alternder Pirat. Stimmt, er hat tatsächlich so lange Haare wie Captain Jack, nur mit etwas Grau darin, einen vollen Bart und Augen wie mein Vater, die alles sehen. Er ist sehr klug und von Beruf Unterwasserarchäologe. Als wir uns kennengelernt haben, war er gerade fünfundfünfzig geworden und hatte seit über zwanzig Jahren nach dem Wrack des Piratenschiffs *Black Widow* gesucht. Wir haben uns auf Anhieb verstanden. Jedenfalls wollte er am nächsten Tag aufbrechen, an der Küste entlang gen Süden, und hat mich angeheuert. Er wurde mein Mentor, mein bester Freund, und wenn du ihn fragst, dann behauptet er sicher auch, dass er mein Therapeut war. Im Laufe der Jahre hatten wir viele tolle Gespräche. Es vergeht kein Tag, an dem ich es nicht vermisse, mit ihm zu arbeiten. Und übrigens ... Er hat mir oft wegen der Art und Weise, wie ich dich verlassen habe, die Ohren lang gezogen.« Luis hatte weder Carly, noch Tory oder Beau gekannt, und daher war es für Zev einfacher gewesen, über alles, was geschehen war, mit ihm zu reden, ohne in seinen Augen die Bestürzung zu sehen, die er bei allen anderen gesehen hatte. Und obwohl Luis ihm Vorwürfe wegen Carly gemacht hatte, war es Zev in den Gesprächen mit ihm doch möglich gewesen, in den süßen Erinnerung an das zu schwelgen, was er und Carly einst gehabt hatten.

»Er hatte recht«, sagte Zev. »Ich hätte bleiben sollen. Dann hätten wir versuchen können, alles gemeinsam durchzustehen, aber ich war zu unreif, um das zu verstehen. Ohne dich hat sich nie irgendetwas richtig angefühlt, Carls. Immer fehlte etwas. Wie gesagt, in Mexiko wusste ich, dass ich einen Fehler begangen hatte, indem ich gegangen war, aber erst bei der Hochzeit habe ich verstanden, dass sich nie irgendetwas richtig anfühlen würde, weil du das *Etwas* warst, das fehlte. Ich habe mich nach *uns* gesehnt. Nach all den kleinen Dingen, die wir hatten, nach unserer Freundschaft ebenso wie nach unserer Liebe. Es hat mir gefehlt, wie wir uns immer angesehen haben und wussten, was der andere dachte, unsere Insiderwitze, unsere Geschichten, wie wir unter dem Sternenhimmel liegen konnten, ohne etwas zu sagen, und einfach nur glücklich waren. Als ich mir den Arsch aufgerissen habe, um über die Runden zu kommen, wusste ich, wenn du da gewesen wärst, hätten wir selbst in den schlimmsten, anstrengendsten Zeiten Spaß gehabt.« Er atmete langsam aus und hatte das Gefühl, als hätte er all das ewig in sich behalten, obwohl sie erst am Abend zuvor lange geredet hatten. »Ich habe dieses Funkeln vermisst, das deine Augen noch blauer strahlen lässt, wenn du zum ersten Mal etwas siehst. Und ja, ich habe wunderbare *Momente* erlebt, wenn ich eine Entdeckung gemacht habe, aber ich habe immer weiter vorwärts gedrängt, immer versucht zu vergessen, was ich dir angetan hatte. Doch das konnte ich nie, denn du warst – du *bist* – ein Teil von mir. Dir wehzutun bedeutet mir wehzutun.«

Fast trotzig hob sie das Kinn. »Ich habe bei der Vorstellung gelitten, dass du mich *nicht* vermisst. So schlimm es sich auch anhört, ich bin froh, dass es für dich auch eine Qual war. Du dachtest, ich würde dich hassen, wenn du bleibst. Ich muss glauben, dass du wusstest, was du tust, und dich zu hassen wäre vielleicht schlimmer gewesen, als zurückgelassen zu werden. Hass richtet einen zugrunde. Schmerz macht einen stärker.« Sie lehnte sich zurück, um sich auf den Ellbogen abzustützen, schloss die Augen und hielt das Gesicht in die Sonne. »So sehe ich das zumindest. Aber ich will mich nicht immer mit der Vergangenheit beschäftigen, also erzähle mir etwas, das ich nicht weiß. Ich will all die guten Sachen hören.«

In dem Bedürfnis, ihr näher zu sein, legte er sich zu ihr aufs Handtuch und stützte sich auf einem Ellbogen ab.

Mit lächelnden Augen sah sie ihn an. »Was tust du da?«

»Beweisen, dass ich nicht mehr dieser dumme Junge bin.«

»Indem du dich zu mir aufs Handtuch zwängst?«

Er legte ihr den Arm um die Taille und zog sie näher. »Indem ich dich nicht mehr entkommen lasse.«

»Okay, Casanova. Bezirze mich mit deinen Geschichten.«

Er erzählte ihr, wie er und Luis dessen Berechnungen durchgegangen waren, sich durch Kartenmaterial und historische Daten gearbeitet hatten, und Zev einen Fehler in Luis' Berechnungen entdeckt hatte, durch den er zu weit östlich gelandet war, um das Wrack zu finden. In den nächsten anderthalb Jahren suchten sie im Umkreis von acht Kilometern um die neuen Koordinaten. »Neben den Schätzen, die an Bord der *Black Widow* gewesen sein sollen, hatten sich auch acht Kanonen darauf befunden. Mit einem Protonenmagnetometer suchten wir nach Metall unter dem Meeresboden. Gold oder Silber kann man mit dem Gerät nicht aufspüren, aber es findet Anker, Ballaststeine aus Magnetit, Kanonen … Als es eine riesige Masse entdeckte, waren wir uns ziemlich sicher, die Stelle gefunden zu haben. Aber wir mussten tiefer in den Meeresboden vordringen –«

»Ohne irgendwelche verborgenen Artefakte zu beschädigen«, warf sie aufgeregt ein.

»Genau. Luis hatte von einem Mann gehört, der eine Vorrichtung gebaut hatte, die über die doppelten Propeller seines Bootes passte und mit der man den Wasserdruck nach unten richten konnte, um den Sand wegzublasen, ohne möglicherweise vorhandene Artefakte zu beschädigen. Ich habe meinen Vater um Rat gefragt, wie man das am besten baut. Letztendlich hat er das Projekt finanziell unterstützt und den Kontakt zu einem befreundeten Ingenieur hergestellt. Der wiederum hat uns mit einem Team zusammengebracht, das die Ausrüstung schneller gebaut hat, als ich es je für möglich gehalten hätte.« Er erzählte ihr, wie es gewesen war, jahrelang auf Luis' Boot zu leben und Schätze zu bergen. Er beschrieb die Vorgänge in allen Einzelheiten, und sie war ebenso fasziniert, wie sie es immer gewesen war, wenn sie gemeinsam archäologische Dokumentarfilme geschaut hatten. »Etwas mehr als fünf Jahre lang haben wir jede freie Sekunde an der Fundstätte verbracht, bis deutlich wurde, dass wir nur noch ganz vereinzelt etwas finden würden. Ein Haufen juristischer

Papierkram musste erledigt werden, und am Ende bekamen wir nur einen Bruchteil dessen, was die Schätze wert waren, doch das war immer noch mehr als alles, was wir beide je ausgeben können. Aber ich hätte es auch umsonst getan. Der Nervenkitzel, der mit einer solchen Entdeckung verbunden ist, war verdammt klasse.«

»Eure Sternstunde.« Mit einem Funkeln in den Augen stützte sie sich wieder auf dem Ellbogen ab. »Erzähl mir mehr.«

»Luis ist jetzt quasi in Teilzeitrente. Er taucht nicht mehr, aber er betreut ein Team von Tauchern, die immer noch ein paar Monate im Jahr tauchen. Er sagte damals, er hätte seinen Schatz gefunden und es wäre nun höchste Zeit, eine Frau zu finden, die ihn nachts wärmt. Er hatte wahrscheinlich solche Leute wie mich satt.«

»Wahrscheinlich«, sagte sie, um ihn zu necken. »Wenn du einsam warst, dann war er es sicherlich auch. Hatte er Freundinnen oder irgendjemand Besonderen, der ihm Gesellschaft leistete?«

»Wir haben keine Frauen mit aufs Boot genommen, wenn du das wissen willst. Er hatte immer mal etwas mit Frauen, wenn wir an Land waren, aber unsere Leben waren nicht darauf ausgerichtet, langfristige Beziehungen zu finden. Er hat nur gelegentlich seinen Bedürfnissen nachgegeben. Aber das Leben als Schatzsucher ist nicht leicht, und er war damals fast sechzig. Er hatte genug davon, und er besaß mehr Geld, als er jemals ausgeben konnte. Er wollte sesshaft werden, die Annehmlichkeiten des Lebens genießen, sich verlieben ...«

Ihre Blicke trafen sich, und er sah, dass sie mit dem Begehren kämpfte, das in ihren Augen schimmerte. Er konnte nicht anders, als sie zu ermutigen, und so berührte er sanft ihre Seite. Als sie ihn nicht wegstieß, fuhr er mit den Fingern leicht über die Senke ihrer Taille und die Erhebung ihrer Hüfte und genoss den in die Länge gezogenen Moment, bevor er ihr die Neuigkeiten über seine jüngste Entdeckung mitteilte, von der er hoffte, dass es Artefakte *ihres* Schiffes waren.

Seine Finger ließen eine Gänsehaut zurück, und sie wand sich kichernd. »Du kitzelst mich.«

Am liebsten hätte er ihr diesen Bikini vom Leib gekitzelt. Stattdessen legte er die Hand auf den Boden zwischen ihnen.

»Ich *warte*«, sagte sie säuselnd. »Was hast du gemacht, seit Luis sich zurückgezogen hat?«

»Erinnerst du dich noch an die *Pride?*«

»Wie könnte ich sie je vergessen? Wir haben im letzten Jahr auf der Highschool unsere Präsentation am Berufsinfotag darüber gehalten und die volle Punktzahl bekommen. *Zwei Schatzsucher – ein Schiff. Goonies von heute auf der Suche nach der Pride.* Mein Gott, wir fühlten uns wirklich wie die Freunde aus dem Film *Die Goonies*, die auf Schatzsuche gehen. Wir haben wirklich an uns geglaubt, oder?«

»Und ob. Ich habe nie aufgehört, danach zu forschen, aber erst nachdem ich mit Luis gearbeitet hatte und wir unsere Entdeckung gemacht hatten, standen mir das nötige Kapital und das Know-how dafür zur Verfügung. Ich habe die letzten Sommer damit verbracht, vor der Küste von Silver Island danach zu suchen.«

Mit weit aufgerissenen Augen setzte sie sich auf. »Wirklich? Das ist der Wahnsinn! Hast du was gefunden? Waren unsere Berechnungen annähernd richtig?«

»Wir waren nahe dran.« Er setzte sich neben ihr auf. »Wir dachten, sie läge –«

»Elf Meilen vor der Küste«, sagten sie gleichzeitig und lachten.

»Aber ich glaube, die Stelle ist nur sechs Meilen von der Küste entfernt und erstreckt sich über vier oder fünf Meilen vor der westlichsten Stelle der Küste. Aber ich bin mir sicher, wenn du und ich dort zusammen gesucht hätten, hätten wir erst aufgegeben, wenn wir sie gefunden hätten.« Er schwieg kurz, bevor er ihr seine Neuigkeit mitteilte, denn er wollte ihren Moment der Euphorie ganz bewusst erleben. »Zwei Tage vor der Hochzeit habe ich Konkretionen gefunden, die von *unserem* Schiff stammen müssten.«

»Hast du *nicht*! Oh mein Gott, Zevy! Erzähl! Erzähl mir alles! Wie hast du sie gefunden? Was für ein Gefühl war es, als dir bewusst wurde, worum es sich handelte? Wie hat es sich angefühlt? Wie sieht es an der Fundstelle aus? Wie groß sind die Konkretionen? Wie viele hast du gefunden? Hast du sie schon röntgen lassen? Arbeitet schon jemand daran?«

Da war es, noch großartiger, als er es in Erinnerung hatte. Himmel, er vermisste es, sein Leben mit ihr zu teilen. Er erzählte ihr von den Jahren, die er damit verbracht hatte, die Fundstelle des Wracks einzugrenzen, von den Erkundungstauchgängen und Probegrabungen, den unzähligen Funden, die sich als falscher Alarm und nicht als wertvolle Artefakte erwiesen hatten. Er beschrieb den Gebrauch des Magnetometers und die Testlöcher, die sie gegraben hatten, die Freilegungen mit dem in Auftrag gegebenen Gerät und wie all das zur Entdeckung der Konkretionen geführt hatte. Während er redete, beschloss er, sie später mit den Konkretionen, die er hergeschickt hatte, zu überraschen, anstatt ihr jetzt davon zu erzählen.

»Ich wünschte, du wärst dort gewesen, um das zu erleben. Ich hatte so ein Bauchgefühl, als ich die erste Konkretion gefunden habe. Das war unsere Sternstunde, Schatz. Als mir klar wurde, was ich gefunden hatte, war mein erster Gedanke *Für dich, Carls.*«

»War es nicht!«, meinte sie ungläubig.

»Das war nicht nur mein erster Gedanke. Als ich auf das Boot zurückkehrte, habe ich es tatsächlich in den Himmel geschrien. Ich dachte mir wohl, dir würde in dem Moment ein Schauer über den Rücken laufen oder so und du dächtest an mich. Offensichtlich war ich außer mir vor Begeisterung.«

»Das ist der Wahnsinn, Zevy!« Ihre großen, wunderschönen Augen funkelten vor Freude. »Ich fasse es nicht, dass du die *Pride* gefunden hast.«

»Noch habe ich keine handfesten Beweise, aber ich verwette mein Leben darauf. Wir haben etwa drei Meter tief in den Meeresboden gegraben, um die Konkretionen zu erreichen, aber ich habe sie erst so spät am Tag gefunden, dass ich keine Gelegenheit hatte, den Krater noch mal mit dem Magnetometer abzusuchen, um herauszufinden, ob er noch tiefer vergrabenes Metall anzeigen würde. Die größte Konkretion musste ich meinem Anwalt übergeben, damit er den Arrest des Schiffs durchsetzen kann.« Sein Anwalt, Jeremy Ryder, war einer der besten Anwälte für Seerecht in Boston.

»Da unten *muss* noch mehr sein.«

»Ich weiß, dass da mehr ist. Das spüre ich, Carls. Ich war kurz davor, nicht zur Hochzeit zu kommen, um tauchen zu können, aber das konnte ich Beau nicht antun. Ich bin so verdammt froh, dass ich nicht abgesagt habe.« Das entlockte ihr ein kleines schüchternes Lächeln, das in seinem tiefsten Inneren etwas in Aufruhr versetzte.

»Ich auch«, sagte sie leise. »Aber du willst bestimmt so schnell wie möglich zurück.«

»Sofort am Montagmorgen gehe ich mit dem Magnetometer wieder ins Wasser, und mit ein bisschen Glück wird es aufleuchten wie ein Feuerwerk am 4. Juli. Aber schon als Kinder haben wir recherchiert, wie das Vorgehen aussieht – du weißt, was auf uns zukommt. Mein Anwalt muss den Schiffsarrest erwirken und die Papiere für den Sachwalter aufsetzen. Die Artefakte müssen aus den Konkretionen freigelegt werden, und wenn möglich müssen wir beweisen, dass sie von der *Pride* stammen. Und auch dann muss noch einiges anderes in Gang gesetzt werden, nachdem der Schiffsarrest durchgesetzt wurde.«

Der US Marshal Service, eine Behörde des Justizministeriums, war automatisch der sogenannte Sachwalter aller Schiffe, die unter Arrest standen, doch da er nicht über das Personal verfügte, um alle Pflichten zu erfüllen, wurde oft ein stellvertretender Sachwalter eingesetzt. Dieser hatte die Aufgabe, sich um das Wrack zu kümmern, sicherzustellen, dass es nicht beschädigt wurde und dass Unterwasserarchäologen das Wrack ordnungsgemäß dokumentierten. Zudem musste er dafür sorgen, dass die Schätze und Artefakte an Land gebracht, konserviert und erfasst wurden. Das würde hoffentlich alles reibungslos ablaufen, aber in der lokalen Zeitung würde eine Nachricht über die Entdeckung erscheinen, und von dem Zeitpunkt an würden unzählige Leute aus der Versenkung auftauchen und behaupten, sie hätten das Wrack schon vorher entdeckt. Wenn das geschah, konnten Zev Versicherungsprobleme und juristische Auseinandersetzungen bevorstehen. Das alles war nervenaufreibend, aber er würde sich davon nicht unterkriegen lassen. Er konzentrierte sich auf das Hier und Jetzt.

Auf *Carly*.

»Ich bin total kribbelig, dabei ist es nicht mal meine Entdeckung«, sagte sie aufgeregt. »Ich weiß, dass es da einen bestimmten Ablauf gibt und dass es dauern wird, aber trotzdem! Ich kann kaum glauben, dass du es tatsächlich geschafft hast, Zevy. Wie lange kannst du dort tauchen? Was wirst du im Winter machen?«

»Ich werde tauchen, bis es zu kalt ist oder das Wasser zu tückisch wird, um weiterzumachen. Ich war überall auf der Welt zum Wandern, Surfen, Tauchen, Klippenspringen. Egal was, ich habe es schon getan. Bevor ich Geld hatte, habe ich in Hostels geschlafen oder gezeltet, du kennst das ja. Ich war in Thailand, Neuseeland, Costa Rica, Australien, Spanien und an hundert anderen Orten. Wenn von meinen Verwandten irgendeiner verreist und es bei mir passt, versuche ich, sie zu treffen. Graham, Morgan und Knox habe ich in Belize getroffen.«

»Du warst schon an so vielen Orten unserer Eines-Tages-Liste«, meinte sie bewundernd.

»Ja, aber wie gesagt, es war nicht ganz das, was wir uns erhofft hatten, denn du warst nicht da. Es klingt viel aufregender, als es wirklich war.«

»Tja, jetzt bin ich hier. Fühl mal.« Sie nahm seine Hand und drückte sie auf ihr pochendes Herz. »So lange habe ich in meinem sicheren kleinen Mekka gelebt, dass ich vergessen hatte, wie sich Aufregung anfühlt.«

Er begegnete ihrem Blick, fuhr mit der Fingerspitze über die Kuhle in ihrem Ausschnitt und genoss es, wie ihre Augen immer dunkler wurden und sie etwas heftiger atmete, als er sagte: »Fühlt sich verdammt gut an, wenn du mich fragst.«

Carlys sämtliche weibliche Körperregionen säuselten *Küss ihn! Küss ihn!* Den ganzen Tag schon kämpfte sie gegen diesen Drang an. Doch Zev schürte ihr Verlangen mehr, als sie es in einer gefühlten Ewigkeit erlebt hatte, und sie konnte immer nur einen gefährlichen Sprung auf einmal verkraften. Wenn sie den Teil in sich wiederfinden wollte, den sie weggesperrt hatte, dann mussten ihre Beine funktionieren. Zev zu küssen wäre allerdings eine Garantie dafür, dass ihre Beine sie nicht mehr tragen würden.

Sie sprang auf und zog Zev ebenfalls hoch. »Komm, ich mache es.«

»Hier? Vor all den Leuten?«, fragte er und zog sie in seine starken Arme.

Seine Haut war heiß, seine Augen hungrig, und als er den Kopf senkte, ihren Hals küsste und mit der Zunge über ihre erhitzten Nervenenden glitt, brodelte die Lust tief in ihr.

»Das ist, glaube ich, nicht gerade die schlaueste Aktion«, sagte er mit rauer Stimme. »Aber ich habe eine Höhle gesehen, zu der wir schwimmen können.«

Der Gedanke daran, dass Zev sich tief in ihr verlieren würde, ließ ihre weiblichen Körperteile weit mehr als nur säuseln. Sie war kurz davor, all ihrem Begehren nachzugeben und Zev ihre ganz eigene Höhle erforschen zu lassen. Doch auch wenn es das ultimative Abenteuer darstellen würde, sich mit Zev in einer Höhle zu amüsieren, so wusste sie bereits, dass diese sinnliche Seite an ihr mehr als lebendig war. Was sie wissen wollte, war, ob das abenteuerlustige, den Nervenkitzel suchende Mädchen, das sie einst gewesen war, noch existierte, oder ob es nur eine Wunschvorstellung war. Unter einiger Anstrengung löste sie sich aus seiner Umarmung.

Er griff nach ihrer Hand, und in seinem Blick lag so viel

Verlangen, dass ihr die Knie weich wurden.

Reißt euch zusammen, Knie! Ihr habt etwas zu erledigen.

»Träum weiter, Captain Jack«, sagte sie. »Ich will die Felsen hinaufklettern und *den* Sprung mit dir wagen.«

»Nur damit du es weißt, Schatz, meine Träume dich betreffend sind schon vor langer Zeit zu unanständigen, schmutzigen Fantasien geworden.«

Bei seinem lustvollen, einladenden Tonfall stockte ihr der Atem.

Er legte ihr die Hand auf den Hintern und jagte noch mehr heiße Schauer durch ihren ganzen Körper, bis er sagte: »Springen wir jetzt oder was?«

Zwischen ihrer inneren Stimme, die *Küss ihn! Küss ihn!* rief, der Bemerkung über seine Fantasien und seiner heißen Hand auf ihrem Hintern brachte sie nur ein »Hmm« heraus.

Wieder zog er sie zu sich heran, sodass sie seine Erregung an ihrem Bauch spürte. Er drückte ihren Hintern. »Dann lass uns gehen, Schatz, bevor es für mich zu *hart* wird, hinaufzuklettern.«

Mit diesen Worten im Ohr hatte Carly keine Ahnung, wie sie es den Hügel hinauf, über die Felsen und hin zur Klippe schaffte, aber mit Zev war alles möglich. Himmel, sie hatte dieses Gefühl vermisst. Sie sah hinunter, und ihr Herz schlug so schnell, dass sie das Gefühl hatte, gleich das Bewusstsein zu verlieren. Sie hielt sich noch fester an Zevs Hand fest.

»Was brauchst du, Carls?«

Mit ihrer Hand in seiner und der warmen Sommersonne auf ihrer Haut gab es nur noch eines, was sie brauchte. »Etwas mehr Mut.«

»Ich habe genug für uns beide. Aber willst du weiter unten anfangen?«

»Ja!«, schrie sie und umklammerte seine Hand wie eine Rettungsleine. »Aber ich gehe auf keinen Fall zurück.« Zentimeterweise schob sie die Füße weiter zur Kante der Klippe vor und krallte die Zehen um den Rand. »Wenn ich das hier schon mache, dann stürze ich mich richtig hinein.« Wusste er, dass sie von viel mehr als nur dem Sprung redete? »Wenn ich sterbe, dann zumindest mit dir.«

»Goonies sprechen nie vom Sterben«, sagte er und drückte ihre Hand. »Sollen wir zählen?«

Sie nickte und eine Woge nervöser Energie erfasste sie. »Eins!« Zev umklammerte ihre Hand noch fester. »Zwei!« Sie sah ihn an und wusste, dass sie das hier schaffen konnte. »Drei!«

Als sie von dem Felsen sprangen, spürte sie, wie die Ketten, die sie jahrelang an den Schmerz gefesselt hatten, zersprangen. Sie flog durch die Luft, hinein in die Freiheit und das Glück – hin zu Gefühlen, die sie vergessen hatte. Selbst als sie ins kalte, tiefe Wasser eintauchten und wieder an die Oberfläche kamen, ließ Zev ihre Hand keine Sekunde los. Beide johlten ausgelassen. Die Arme um ihn zu schlingen und die Lippen auf seine zu drücken, war ebenso natürlich wie mit angehaltener Luft und noch aufeinandergepressten Mündern wieder unter der Wasseroberfläche zu verschwinden. Wie früher.

Er hielt sie fest, als sie wieder auftauchten, lachten und sich küssten.

Zev zu küssen war besser als süße Cerealien, besser als Sonnenschein und Sandstrände. Zev zu küssen, mit ihm zusammen zu sein und die Leinen zu ihrer Vergangenheit zu kappen, brachte die Carly zurück, die sie kannte. Die Carly, die sie verloren hatte – und die ihr, wie ihr erst jetzt bewusst wurde, wie ein abgetrenntes Bein gefehlt hatte.

»Noch mal!«, schrie sie, und er küsste sie. Sie hatte vom

Springen gesprochen, aber der Kuss war ebenso wunderbar.

Sie schwammen ans Ufer, und dann sprangen sie, machten Saltos, tauchten, lachten und küssten sich so oft, dass es sich anfühlte, als stünde die ganze Welt still und sie wären das Einzige, was sich bewegte. Carly hatte gute, enge Freunde, die sie gernhatte. Aber in der ganzen Zeit, in der sie sie kannte, hatte sie sich nie so frisch und lebendig gefühlt wie jetzt. Zevs Stimme ertönte flüsternd in ihrem Kopf. *Das ist die Kraft von uns zusammen, Carls. Du bist immer der Schatz gewesen, und ohne dich bin ich nur eine leere Truhe, immer in der Hoffnung auf mehr.* Er irrte sich. *Sie* war die leere Truhe gewesen und er ihr Schatz.

Sie bespritzte ihn und schwamm unter Wasser weg. Als er sich umdrehte und sie suchte, tauchte sie hinter ihm wieder auf und schlang ihm die Arme um den Hals, um sich auf seinem Rücken wie ein Affe an einem Baum festzuklammern. »Nimm mich mit auf einen Ritt!«

Sein herzliches Lachen ertönte, bevor er untertauchte, so wie er es früher immer getan hatte. Er trug sie auf dem Rücken, schwamm umher und kam nur gelegentlich zum Luftholen an die Oberfläche. Dann tauchte er wieder unter, und sie versank in glücklichen Erinnerungen, die sie jahrelang unterdrückt hatte.

Als sie wieder an die Oberfläche kamen, spürte sie an seinem Rücken sein heftig pochendes Herz. Sie legte den Kopf auf seine Schulter, saugte das Gefühl, ihn zu spüren, in sich auf. Wie hatte sie nur glauben können, dass sie ihre Empfindungen für ihn in den nächsten Tagen kontrollieren konnte? Und warum war es ihr so wichtig gewesen? Das Einzige, was sie zum Schutz ihres Herzens kontrollieren musste, waren ihre Erwartungen. Diese gemeinsame Zeit war ein Geschenk, und sie hatte vor, jede Minute davon zu genießen, als wäre es die letzte, die sie je haben würden.

Zweifel angesichts ihrer Fähigkeit, ihre Erwartungen zu zügeln, hatte sie schon, aber sie war nicht mehr das Mädchen, das all ihre Hoffnungen an dem Mann ihrer Träume festmachte. Sie kannte die Realität ihrer beider Leben und war überzeugt, dass das Glück, das sie jetzt erfüllte, jede Sekunde Liebeskummer wert wäre, falls ihre gemeinsame Zeit nicht zu mehr führen würde.

»Schaff deinen süßen Po ganz nach oben.« Er griff hinter sich und packte ihren Hintern.

Sie kreischte auf und klang so sehr wie Birdie, dass sie kurz erschrak. Doch das dauerte nicht an, denn früher war sie dieses unbeschwerte Mädchen gewesen, und es fühlte sich großartig an, wieder so zu sein. Sie schob Zevs Haare zur Seite, um auf seine Schultern zu klettern – und erstarrte. Im Nacken hatte er ein Lucky-Charms-Tattoo. Ein Kloß voller Emotionen bildete sich in ihrem Hals, als sie die verschiedenen Formen betrachtete, die bis auf eine alle schwarz waren: ein Stern – *die Kraft zu fliegen, die über das Klippenspringen und Fallschirmspringen hinausgeht.* Ein Regenbogen – *die Kraft zu reisen.* Ein Herz – *die Kraft des Lebens, unsere Kraft der Liebe.* Ein vierblättriges Kleeblatt – *die Kraft des Glücks.* Ihr Herz drohte zu zerspringen, als sie das letzte Symbol sah: eine Schatzkiste voller Münzen, in Gold tätowiert – *die Kraft von uns zusammen.*

»Zevy … du hast unser Tattoo«, sagte sie ungläubig.

Er streckte die Arme nach hinten, legte die Hände um ihre Hüften und zog sie zu sich nach vorne, ihre Beine noch um sich geschlungen. Das Verlangen in seinen Augen löste eine weitere Woge der Gefühle bei ihr aus.

»Das sind *unsere* Symbole. Sie erzählen *unsere* Geschichte«, sagte er ernst. »Ich bin gegangen, weil ich dachte, ich würde dich vor meiner Trauer bewahren, aber das heißt nicht, dass ich alles, was wir hatten, hinter mir gelassen habe. Ich hatte nie vor, irgendetwas von uns oder dir zu vergessen, Carls.«

Sie hätte weinen können, als sie sich in seinen Armen zurücklehnte, hinunter auf ihre verbundenen Körper schaute und die linke Seite ihres Bikinihöschens etwas hinunterzog, um ihr entsprechendes Tattoo zu zeigen. Der einzige Unterschied zwischen den beiden Abbildungen war, dass sie zusätzlich zu den goldenen Münzen auch die Truhe in Gold mit schwarzen Bändern hatte stechen lassen. »Ich wollte es nicht im Nacken haben, wo andere Leute mich danach fragen würden. Antworten geben zu müssen, wäre zu schmerzhaft gewesen.«

»Gott, Carly. Mein Herz platzt gleich.«

Sie schlang die Arme um ihn und empfand genau dasselbe. »Dann küss mich lieber noch mal, bevor das passiert.«

Heftig und drängend prallten ihre Münder aufeinander. Es gab kein Zurückhalten, als ihre Zähne aneinanderstießen und ihre Zungen miteinander kämpften. Sie wollte seine Leidenschaft, sehnte sich nach seinem kratzigen Bart, seiner glühenden Hitze, die an ihrer Haut brannte. Ihre Sinne waren in Aufruhr. Sie schob ihm die Finger ins Haar, nahm ebenso, wie sie gab. Mit jedem Schlag ihrer Zungen versank sie tiefer in seinem Geschmack, seinem Geruch, in der Lust und der Gier, die zwischen ihnen pulsierte. Mit einer Hand packte er ihren Hintern, mit der anderen drückte er ihren Oberkörper an seinen. Irgendwo um sie herum nahm sie Plantschen und Stimmen wahr, und in einem entlegenen Teil ihres Verstandes wusste sie, dass sie Privatsphäre brauchten, aber es war ihr egal. Zev war hier, sie lag in seinen Armen, und das füllte all ihre

Leere. Dieser Moment durfte niemals enden. Wie war es möglich, so viel zu fühlen, so gierig zu begehren?

Er riss seinen Mund von ihr los, schaute sich mit heißhungrigem Blick um und stöhnte: »Nicht hier.« Er stürmte durch das Wasser, hinein in ein höhlenartiges Maul in den Felsen. Umgeben von Dunkelheit eroberte er wieder ihre Lippen und stapfte dabei noch weiter in die Höhle hinein, um außer Sichtweite der anderen Schwimmer zu gelangen. Sie schlang die Beine fester um ihn, klammerte sich an seine muskulösen Arme und seinen starken Rücken, und wollte noch so viel mehr. Er blieb stehen und unterbrach ihre Küsse erneut, um sich in der Dunkelheit umzuschauen.

Sie waren allein. *Endlich, gottverdammt!*

»Küss mich«, sagte sie atemlos und zog seinen Mund wieder an ihren.

Sie rieben sich aneinander und er drängte nach vorn. Sein Arm stieß gegen den Felsen hinter ihr und schützte sie vor den scharfen Kanten, während sie sich verschlangen. Die andere Hand schob er unter ihren Hintern, so nah an ihre Mitte, dass sie vor lauter Verlangen wimmerte. Sie lockerte ihre Oberschenkel und gab ihm so die Zustimmung, die er suchte. Er streichelte sie durch das dünne Material ihres Bikinis und entlockte ihr so noch mehr ungeduldige Laute. Dann schob er seine kräftigen, rauen Finger unter ihr Bikinihöschen, strich aufreizend über ihre Mitte und vertiefte ihre Küsse. Als er den Finger in sie hineinstieß, jagten funkelnde Lustblitze durch ihren ganzen Körper. Er näherte sich dem magischen Punkt, den er als Erster entdeckt hatte, und entfachte trotz des kalten Wassers Flammen auf ihrer Haut.

»Himmel«, stieß er aus. »Du fühlst dich so gut an.«

Der Hunger in seiner Stimme war ein ganz eigenes

Aphrodisiakum. Den Mund auf ihren Hals gepresst saugte und küsste er, während sie seine Finger in sich genoss. Sie verlor sich in einem Meer der Gefühle. Ihr fiel der Kopf in den Nacken, und ein langes Stöhnen entwich ihr, mit dem sie sich ergab.

»Ich brauche deinen Mund«, forderte er.

Sie versuchte schnell, ihr Gehirn wieder zu aktivieren, als er schon mit dem Mund auf ihren prallte. Er saugte an ihrer Zunge – ein Trick, den er gelernt hatte, als sie jünger gewesen waren – und brachte sie schier um ihren Verstand. Er saugte fest, sodass Schmerz und Lust zugleich in ihr tobten. Gerade als sie dachte, mehr könne sie nicht ertragen, ließ er nach, küsste sie so langsam und gründlich, dass all ihre Gedanken von ihr abfielen. Er küsste und berührte, reizte sie und gab die verlockendsten, gierigsten Laute von sich, während er sie bis an den Rand des Wahnsinns trieb. Sie war in einem Netz der Erregung gefangen und zitterte am ganzen Körper. Lust kribbelte in all ihren Gliedern. Das Verlangen pulsierte in ihr, bis sich jeder Atemzug anfühlte, als wäre es ihr letzter, und sie schließlich in tausend leuchtende Stücke zerbarst. Ihr Körper zuckte und zitterte, während sie auf den Wellen ihrer Leidenschaft ritt. Als sie wieder zu Atem kam, machte er sofort weiter. Seine Finger waren erbarmungslos, mit jeder Bewegung wuchs ihre Ekstase. Sie wollte sich mit seinem talentierten Mund am liebsten einen ganzen, köstlichen Winter lang zurückziehen und sich morgens, mittags und abends daran laben, so wie sie es jetzt tat, als sie sich ihm hingab und er sie noch einmal vollkommen und glückselig verglühen ließ.

»Oh Gott«, brach es aus ihr heraus. »Ich brauche dich, Zevy! Ganz!«

Sein Gesicht war verzerrt, weil er sich so sehr beherrschen musste. »Ich brauche dich auch, aber ich will keinen Fehler machen.«

»Ich bin geschützt. Versprochen.«

Seine Lippen deuteten ein Lächeln an und er küsste sie erneut, tief und zärtlich. »Die Art Fehler meinte ich nicht. Nichts möchte ich mehr, als dich jetzt sofort zu lieben. Und es auch noch hier zu tun, mit all den Leuten um uns herum?« Er drückte sie noch fester an sich. »Das sind *wir*, Carly, und ich will es so sehr, dass ich es schmecken kann. Aber ich habe versprochen, dass ich dir nicht wehtun werde, und dieses Versprechen will ich halten. Ich will nicht, dass du irgendetwas bereust.«

Ihre Wangen glühten, als sie das Gesicht an seinem Hals vergrub. »Du meine Güte, was hast du nur mit mir angestellt?« Sie hob den Kopf und sah seinen ernsten Blick. »Seit Mexiko habe ich nichts Unüberlegtes mehr getan, und jetzt war ich gerade drauf und dran …«

Mit einem tiefen, sinnlichen Kuss brachte er sie zum Schweigen, bis ihr so schwindelig wurde, dass sie gar nicht mehr verlegen sein konnte.

»So sind wir, Carls. Was wir haben, ist viel größer als wir. Es übernimmt die Kontrolle, und ja, manchmal handeln wir unüberlegt, weil wir normalerweise machtlos unserem Impuls ausgeliefert sind. Aber dieses Mal kannst du darauf vertrauen, dass ich dafür sorge, dass wir klüger sind, wenn es darum geht, wann und wie wir unüberlegt handeln.« Er strich mit den Lippen über ihre. »Keine Verlegenheit, in Ordnung, Schatz? Ich liebe die Kraft von *uns*, und ich hoffe, wir werden sie nie verlieren.«

Sie nickte nur, denn bei all den Emotionen, die in ihr tobten, brachte sie kein Wort heraus.

Ein teuflisches Funkeln trat in seine Augen. »Aber ich bin

auch nur ein Mensch, und du bist die Frau, die meine Fantasien vereinnahmt hat, seit ich alt genug bin, um schmutzige Gedanken zu haben. Wenn ich also eine Spur Hoffnung aufrechterhalten will, nicht die Beherrschung zu verlieren, dann solltest du deinen hinreißenden Körper von mir lösen.«

Sie kicherte und nahm die Beine herunter. »Das hatten wir auch noch nie. Ich kann mich nicht daran erinnern, dass du mich je gebeten hättest, mich zurückzuhalten. Oh warte, doch! Auf dem Weg hierher. Du weißt schon, dass ich von so einem Verhalten Komplexe bekommen könnte, oder?«

Er zog sie noch einmal zu einem Kuss an sich, wobei sich seine Erregung an sie drückte. »Ich glaube, wir brauchen ein paar Minuten lang die Eins-fünfzig-Regel. Ich möchte dir woanders etwas zeigen, aber mit einem Baseballschläger in der Hose hier herauszulaufen, könnte Aufmerksamkeit erregen.«

Sie schwammen etwas im kühlen Wasser herum. Sie erinnerte sich daran, wie viel Spaß es machte, ihn zu ärgern. »Habe ich schon erwähnt, dass ich überlege, mit Baseball anzufangen? Ich liebe diese kleinen Bälle, aber es geht doch nichts über das Gefühl, dieses harte Teil in der Hand zu halten.«

Er sah sie ausdruckslos an, aber seine Kiefermuskeln zuckten. Sie kicherte und bespritzte ihn. Daraufhin schob er die Hände über die Wasseroberfläche und ließ das Wasser direkt in ihr Gesicht platschen. Doch sie tauchte ab und er nahm die Verfolgung auf. Lachend und spritzend verließen sie die Höhle, um dann ins tiefere Wasser zu schwimmen.

Als sie schließlich in der warmen Sonne durch das Wasser wateten, bedankte Carly sich bei ihm dafür, dass er sie beide gebremst hatte. »Ich war wie benebelt. Du sagst immer das Richtige. Aber dein Mund hat mich schon immer glücklich gemacht.«

Sein angespannter Seitenblick konnte sie nicht bremsen: »Und deine Zunge. Deine Zunge mag ich wirklich.«

Er packte sie an der Taille, und sie kreischte, als er sie mit einem wilden und sündigen Blick an sich riss. »Wenn du weiter solche Sachen von dir gibst, machst du mich zum Lügner.«

»Und das wollen wir doch nicht, oder?«, fragte sie mit flirtendem Tonfall. Sie wusste, dass sie es nicht auf die Spitze treiben sollte, vor allem nachdem er stark genug gewesen war, sie zu zügeln und anständig zu handeln. Aber sie hatte dieses verspielte Geplänkel so vermisst, dass sie nicht genug davon bekam, und sie hatte vielleicht nur ein paar Tage Zeit, um ihre Dosis zu bekommen.

»Carly«, warnte er sie. »Ich versuche wirklich gerade, das Richtige zu tun.«

»Stimmt, du hast recht. Tut mir leid.« Sie befreite sich aus seinen Armen. »Und wo ist nun dieser Ort, wo du mich ver… ups, *hin*führen wolltest?«

»Hey! Habe ich nicht gerade gesagt …«

Sie prustete vor Lachen.

»So, jetzt reicht's!« Er packte sie und warf sie sich über die Schulter. »Du machst nur Schwierigkeiten.«

»Es tut mir leid!«, sagte sie und lachte hysterisch, als er sie aus dem Wasser trug. »Ich konnte nicht anders.«

Er stellte sie auf den Boden und warf ihr ein Handtuch zu. »Wickel dich darin ein, bevor ich den Verstand verliere.«

Es brachte einfach so viel Spaß! Sie drehte sich um und bückte sich, um ihre Beine abzutrocknen, wobei sie ihm einen herrlichen Blick auf ihren Hintern verschaffte.

»Carly«, murrte er.

Sie drehte sich mit großen, unschuldigen Augen zu ihm um.

»Was ist denn? Ich trockne mich doch nur ab. Du willst doch nicht, dass ich den ganzen Tag nass herumlaufe, oder?«

Er schmunzelte und schüttelte den Kopf, als er sein Handtuch aufhob. »Ich sehe schon, dies wird ein langer, harter Tag.«

»Nur wenn ich Glück habe«, neckte sie ihn weiter.

Wieder riss er sie an sich. »Von jetzt an bleibe ich nicht mehr standhaft.«

»Oh, das will ich aber nicht hoffen. Ich zähle quasi darauf, dass deine Standhaftigkeit … hm, etwa sechs Tage anhält.«

»Verdammt, wie habe ich uns vermisst«, sagte er erregt. Als er seine Lippen auf ihre senkte, hoffte sie, dass es ein sehr langer Tag würde, denn sie wollte, dass er nie endete.

Sie zogen sich an und wanderten zurück zum Parkplatz. Als sie die Tür ihres Pick-ups öffnete, sagte er: »Dein Wagen gefällt mir.«

»Der gehörte meiner Tante. Wohin fahren wir überhaupt?«

»Das wird eine Überraschung. Fahr mir bis zum Gasthof hinterher. Wir können deinen Wagen dann dort lassen und meinen nehmen.«

Sie schaute zu Beaus Pick-up. »Du meinst, den Wagen deines Bruders?«

»Ja, mein Bus steht auf Silver Island.«

»Dein Bus?« *Natürlich hast du einen Campingbus.* Jugenderinnerungen kamen auf. *Eines Tages sind wir beide ganz allein, Carls. Wir parken unseren Bus am Strand und beobachten den Sonnenuntergang, oder auf dem Gipfel eines Berges, wo wir unter den Sternen die Welt des anderen auf den Kopf stellen.*

»Nichts Besonderes, aber wenn ich nicht auf meinem Boot schlafe, wohne ich in meinem Bus. Diesen Winter werde ich mein Boot auf der Insel einlagern und im Bus reisen.« Er ließ seine Hand in ihren Nacken gleiten und zog sie zu einem weiteren verführerischen Kuss an sich. »Folge mir, meine Schöne.«

Als sie ihn davongehen sah, wurde ihr bewusst, dass ihr imaginäres Sicherheitsgeschirr in etwa so nützlich gewesen war wie Birdies und ihr Plan für die Hochzeit.

Vielleicht brauchte sie doch einen Keuschheitsgürtel.

Neun

»Macht es dir was aus, wenn ich mir zuerst etwas anderes als den Bikini anziehe, bevor wir zu deinem geheimnisvollen Ort aufbrechen?«, fragte Carly, als sie sich ihren Rucksack schnappte und aus ihrem Pick-up sprang.

Mit ihren noch feuchten, goldenen Locken, die ihr Gesicht umrahmten, und ihren leicht geröteten, sonnenverwöhnten Wangen sah sie aus wie ein Engel. Den ganzen Tag konnte er sie anschauen und hatte trotzdem nie genug von ihr. Er wollte ihr so gern von den Konkretionen erzählen, doch er verkniff es sich, denn er wollte die funkelnde Aufregung in ihren Augen sehen, wenn er sie damit überraschte.

Er griff sich ihren Rucksack, warf ihn sich zusammen mit seinem über die Schulter und nahm dann ihre Hand, als sie zum Eingang des Gasthofes gingen. Als er ihren Handrücken küsste, sah sie ihn fast etwas schüchtern an. Er fand es wunderbar, dass sie immer noch ebenso süß wie sexy war und dass sie nach ihrer Trennung nicht verhärmt war.

Als er die Tür aufschloss, sagte Carly: »Char schwört, dass der Gasthof eine Art Zauber ausübt, der dafür sorgt, dass sich die Leute verlieben. Wusstest du das?«

Er wackelte vielsagend mit den Augenbrauen. »Vielleicht

sollte ich dich hier eine Woche lang gefangen halten, damit du gar nicht anders kannst, als dich in mich zu verlieben.« Kaum hatte er die Tür geöffnet, kam Bandit schwanzwedelnd herausgestürmt. Der glückliche Hund sprang an Zev hoch und legte ihm die Vorderpfoten auf die Beine. Zev kraulte ihn. »Hey, Kumpel. Hast du mich vermisst?«

Bandit bellte kurz und begrüßte Carly dann, indem er ihr übers Bein leckte.

»Hallo, mein Süßer. Ist Onkel Zevy auch lieb zu dir?« Sie hockte sich hin und ließ sich von Bandit das Gesicht ablecken. »Ich habe dich auch vermisst.«

So wie sie *Onkel Zevy* sagte, wünschte er sich, er wäre wirklich ein Onkel, damit er es öfter hören könnte. »Ich muss zugeben, dass ich gerade etwas eifersüchtig auf den Hund bin.«

Bandit sprang die Stufen hinunter und in den Garten, während Carly aufstand, den Blick langsam über Zevs Körper gleiten ließ und ihn innerlich zum Lodern brachte. »Du bist derjenige, der sich benehmen wollte.«

Zum Teufel mit dem Benehmen. Er riss sie zu einem rauen, fordernden Kuss an sich und bemühte sich, all das zurückzuhalten, was er geben wollte, während er gleichzeitig nicht mehr willens war, mit sich spielen zu lassen. Als sich ihre Lippen voneinander lösten, hielt er sie an seinen glühenden Körper gedrückt, sodass er ihr pochendes Herz spürte. »Ich wollte dir Zeit geben, damit du dir sicher bist, dass du den Schritt gehen willst, bevor ich mein ganzes Begehren auf dich loslasse.« Er ließ die Worte auf sie wirken und genoss das Verlangen, das er in ihren Augen sah. »Aber zum Henker damit, ritterlich zu sein.«

Sein Mund legte sich auf ihren Hals, wie sie es liebte. Sie packte seine Arme und ging auf die Zehenspitzen, als er mit der Zunge an ihrem Hals hinauf bis zu ihrem Ohr glitt. »Ich will es nicht vermasseln, Carls, aber das heißt nicht, dass ich bis Sonntag nicht pausenlos *das* hier mit dir anstellen will. Jeden einzelnen Tag meines verdammten Lebens habe ich mich danach gesehnt, dich in meinem Bett zu haben.«

Sie gab einen quälend sexy Laut von sich. »Ich habe ganz vergessen, wie unanständig du sein kannst.«

»Nein, hast du nicht«, widersprach er, während er ihr tief in die Augen sah. »Du hast nicht das Geringste von uns vergessen. Du hast nur die Person vergraben, die du mal warst, so wie ich den Jungen vergraben habe, der ich war.« Ihre Augen wurden etwas schmaler und die Zustimmung war deutlich. »Die Frage ist, meine schöne Abenteurerin, ob wir einen Weg finden, die Menschen, die wir geworden sind, mit den Teenagern zu vereinen, die sich so sehr geliebt haben, dass sie jetzt nicht mehr vergraben bleiben wollen?« Er wusste, dass er sehr direkt war, aber er wollte keinen Raum für Missverständnisse lassen. Die abenteuerlustige Carly hatte gerade erst angefangen, hinter ihrer schützenden Fassade hervorzukriechen, doch er fragte sich allmählich, ob ihre Vorsicht überhaupt eine Fassade war oder eher ein Charakterzug der stärkeren Frau, zu der sie wegen ihm hatte werden müssen. Auch er war vorsichtiger geworden, und deshalb hatte er sie beide in der Höhle gebremst.

Sie musste schlucken. »Das ist eine große Frage.«

»Eine Frage, die wir vielleicht noch nicht bereit sind, uns zu stellen.« Sie waren beide erwachsen geworden, und vorsichtig zu sein, war nur eine der vielen Veränderungen, die ihnen durch ihre Erfahrungen abverlangt worden waren. Aber eines hatte sich mit Sicherheit nicht geändert. Das Begehren in ihren Augen war durch seine drängende Frage nicht verschwunden. Er küsste sie sanft, spürte ihre Zurückhaltung, doch er musste herausfinden, wo sie wirklich stand, denn er wollte das hier auf keinen Fall vermasseln. »Dann stelle ich dir stattdessen eine andere Frage: Erinnerst du dich noch an all die schmutzigen Dinge, die ich so gern mit dir angestellt habe?«

»Zevy!« Glut flammte in ihren Augen auf, doch in der nächsten Sekunde übernahm Beherrschung wieder die Kontrolle, was ihm stillschweigend Antworten gab, noch bevor sie sagte: »Das würdest du wohl gern wissen, wie? Aber apropos schmutzig, ich denke, ich sollte wirklich kurz duschen, bevor wir irgendetwas anstellen.«

Wenn das mal keine zweideutige Botschaft war, mein süßes Mädchen. War das jetzt eine Einladung oder eine Feststellung? Es gab nur eine Möglichkeit, das herauszufinden. »Klingt gut.« Seine Hand glitt über ihre Hüfte, und er wurde mit einem weiteren Aufflammen ihres Verlangens belohnt. »Ich kümmere mich um all deine schönen Stellen.«

Sein Handy klingelte, Bandit stürmte die Treppe herauf und rammte Carlys Beine auf dem Weg ins Haus. Sie geriet ins Wanken und Zev fing sie mit einem Griff um ihre Taille auf.

»Meine Güte! Hast du ihn für deine Zwecke abgerichtet?«, fragte sie, als sein Handy erneut klingelte. »Willst du nicht rangehen?«

Sie redete nun vielleicht etwas frecher, aber das Verlangen in ihren Augen blieb, und er war noch nicht bereit, das zu vergessen. »Nicht so sehr, wie ich *da* ran will.« Er kniff ihr in den Hintern und knabberte an ihrer Unterlippe, woraufhin er einen noch heißeren Blick zugeworfen bekam. Aber wie schon zuvor beherrschte sie sich sofort wieder. Sie trat einen Schritt zurück, gerade als das Telefon erneut klingelte.

Mit einem sexy Grinsen nahm sie ihm ihren Rucksack ab. »Ich muss duschen, und *du* musst diesen Anruf annehmen.«

Er fischte das Handy aus seinem Rucksack und entdeckte

den Namen seiner Schwester auf dem Display. »Nach all den Jahren vermasselt Jilly uns immer noch die Tour.« Früher war Jillian immer wie zufällig in den Garten oder in das Zimmer gekommen, wenn sie gerade herummachten. Sie und seine anderen Geschwister hatten ihn oft genug angerufen, um ihn im Auge zu behalten. Er hielt sich das Telefon ans Ohr, als sie ins Haus gingen. »Warte kurz, Jilly.«

»Zeig mir einfach, wo ich *kalt* duschen kann«, meinte Carly.

Er führte sie zu der prachtvollen Treppe, und als sie mit Bandit im Gefolge in den ersten Stock gingen, erklärte er: »Ich bin im Peter-Pan-Zimmer.« Charlotte liebte Märchen. Sie und Beau bewohnten auf dem Grundstück ein Haus, das ihr Urgroßvater so umgebaut hatte, dass es dem Haus von Schneewittchen glich, und Beau hatte in jedem der Zimmer im Gasthof ein Märchenthema umgesetzt.

»Dann bin ich wohl Wendy«, sagte Carly.

»Es ist zumindest besser als das Zimmer, in das sie mich zuerst stecken wollten: das Rapunzel-Zimmer.« Er deutete auf seine Haare.

»So lang sind deine Haare doch gar nicht, und mir gefallen sie«, sagte sie, als er die Tür zu seinem Zimmer öffnete. »Vergiss nicht, dass Jilly noch am Handy ist.«

»Mist, danke. Ich hole dir ein frisches Handtuch. Bandit klaut sie gern mal.« Zev hielt sich das Handy ans Ohr und ging den Flur entlang zum Wäscheschrank. »Hey, Jilly, tut mir leid. Was gibt's?«

»War das *Carly*?«, fragte sie begeistert.

»Wer sonst?« Er riss das Handy vom Ohr weg, als sie erfreut aufkreischte.

»Heißt das, ihr beide seid wieder zusammen? Habt ihr endlich miteinander geredet, nachdem wir gegangen sind? Wie war's? Seid ihr ...?«

Er schmunzelte, während sie ihre Fragen abfeuerte. Als er ein paar Handtücher aus dem Wäscheschrank nahm, wurde ihm bewusst, dass Carly dort hinten wahrscheinlich schon *nackt* war, während er mit seiner Schwester telefonierte. Nicht zu fassen!

Er marschierte zurück, und ihm wurde ganz heiß bei dem Gedanken an Carly, die ihren Bikini auszog. »Jilly, tut mir leid, aber ich kann im Moment wirklich nicht so gut reden. Wolltest du irgendetwas Bestimmtes?«

»Nein! Geh schon. Ich freue mich so für euch. Ich muss Char anrufen!«

Er wollte sie gerade daran erinnern, dass Charlotte in ihren Flitterwochen war, als er das Zimmer betrat, aber die Tür zum Bad stand halb offen und er hörte die Dusche. All seine Gedanken waren bei Carly. Er beendete das Gespräch, legte sein Handy auf die Kommode und klopfte an die Badezimmertür, die sich dadurch ganz öffnete. Dampf stieg über der Glastür auf, hinter der Carly stand, das Gesicht nach oben in den Duschstrahl gerichtet. Sein Blick wanderte an ihrem Körper hinab, und sein Herz schlug Purzelbäume in seiner Brust, als er auf der beschlagenen Tür las: *Ich bin mir sicher.*

Er ließ die Handtücher fallen und zog sein T-Shirt aus. *Zum Henker mit den Konkretionen.*

Carly drehte sich um, und ihre Blicke versanken durch das beschlagene Glas hindurch ineinander, während er seine Stiefel auszog. Sie schob die Tür auf und sah ihm dabei zu, wie er sich ganz auszog. Mit gekrümmtem Zeigefinger und einem sinnlichen Blick, so sexy, wie er es sich in keiner Fantasie je hätte ausmalen können, lockte sie ihn zu sich. Er gehörte ihr ganz und gar. Keine Fantasie konnte an die Frau herankommen, die er so liebte und die sich ihm freiwillig hingab.

Er stieg in die Dusche und nahm ihren nassen Körper in die Arme. »Carls«, flüsterte er, als er seinen Mund auf ihren senkte.

Hitze schoss durch ihn hindurch, als sich ihr weicher Körper an seine kräftige Gestalt schmiegte, und er vertiefte den Kuss. Sie rutschten, rieben und stießen aneinander, während sie sich an dem Mund des anderen labten. Ihre Hände waren überall zugleich. Er genoss es, wie sie ihn berührte, seinen Hintern umklammerte und sich an seinem Rücken festkrallte. Sie stieß mit dem Rücken gegen die Wand, aber das bremste sie nicht. Er bekam nicht genug von ihr, als er ihre Brüste streichelte und seine Erektion an ihrer Mitte rieb. Begehren tobte in ihm und fluchend riss er seinen Mund von ihrem.

»Ich will alles auf einmal von dir«, knurrte er.

»Nimm mich, Zevy. Ganz.«

Sein Mund prallte auf ihren, liebte ihn so, wie er sie lieben wollte – tief und besitzergreifend. Stundenlang wollte er sie küssen, doch das in ihm pulsierende, gierige Begehren war nicht aufzuhalten. Knabbernd und saugend kostete er sich an ihrem Körper hinab, entlockte ihr einen sündigen Laut nach dem anderen, und jedes Stöhnen verstärkte sein schmerzhaftes Verlangen. Er umfasste ihre Brüste, nahm die eine in den Mund, saugte heftig daran, bis Carly vor Lust aufschrie, bevor er behutsamer ihren Nippel leckte und mit ihm spielte. Mit den Zähnen fuhr er über die sensible Spitze, während er ihre andere Brustwarze mit Zeigefinger und Daumen kniff.

»Oh ja!«, schrie sie.

Sie wiegte die Hüften vor und zurück, und er hob eine Hand und strich mit zwei Fingern über ihre Lippen. »Saug.«

Sie öffnete den Mund und schloss die Lippen um seine Finger. Schon saugte sie und spielte mit ihnen, nahm sie in den Mund und ließ sie wieder herausgleiten, als wären sie sein

Schaft, während er ihre Brüste liebkoste und ihr einen hungrigen Laut nach dem anderen entlockte. Als sie seine Haare packte und flehte: »Hör nicht auf!«, glaubte er, den Verstand zu verlieren. Sie hielt seinen Kopf fest, damit er mit dem Mund auf ihrer Brust blieb. Doch er musste noch mehr von ihr berühren, saugte heftiger und zog dabei die Finger aus ihrem Mund, um mit beiden Händen ihren Hintern zu packen und mit einem scharfen Keuchen belohnt zu werden.

Er richtete sich nun wieder auf, um erneut ihren heißen, willigen Mund zu erobern. *Himmel, verdammt!* Er nahm ihre Unterlippe zwischen die Zähne, zog sanft daran und bedeckte dann ihren Mund mit zärtlichen Küssen. Er küsste ihre Wange, ihre Schulter, ihren Hals, alles, was er erreichen konnte. Er wollte alles von ihr, ihr Herz und ihre Seele.

»Das hier ... du ...«, keuchte er. »Du bist die Einzige für mich, Schatz. Du bist die Einzige, die es je für mich gab.«

Er nahm sie noch einmal in einem glühenden Kuss, und dann bahnte er sich wieder einen Pfad an ihrem Körper hinunter, küsste ihre Brüste, saugte an ihrem weichen Bauch, knabberte an ihrer Hüfte und kreiste mit der Zunge um ihren Bauchnabel, bis alles an ihr zitterte. Er wanderte tiefer, fuhr mit der Zunge um ihre Mitte und innen an ihren Schenkeln entlang, während er ihre Beine weiter auseinanderdrückte. Warmes Wasser regnete auf seinen Rücken herab, als er ihre süßesten Stellen mit den Händen und seinem Mund verwöhnte. Ihr köstlicher Saft lief ihm über die Zunge, und er konnte sein lustvolles Stöhnen nicht unterdrücken. Sie schmeckte süßer als die Sonne und heißer als die Sünde, vertraut und doch irgendwie aufregend neu.

Perfekt.

Er glitt mit zwei Fingern in sie und senkte den Mund auf

ihre Knospe, saugte und leckte ihre sensibelste Stelle. Sie bog den Rücken durch, krallte sich in seine Schultern und bewegte die Hüften vor und zurück.

»Oh Gott.« Sie schrie verzweifelt auf. »Zevy, bitte …«

»Ich bin bei dir, Schatz. Ich bin immer bei dir.«

Er wurde schneller, liebte sie mit den Fingern, labte sich an ihr und heizte ihre Lust an. Seine andere Hand wanderte zu ihrem Hintern, streichelte über die weichen Rundungen, bevor er die Finger dazwischen schob.

»Himmel … Hör nicht auf!«

Sie keuchte und winselte, ritt auf seiner Hand, ihre Schenkel spannten sich und zitterten, als er an ihr saugte und ihren Hintern massierte, bis sie in den Himmel katapultiert wurde. Sie krallte die Hände in seine Haare, als der Höhepunkt sie mitriss. Die süßen Laute der Hingabe, die ihren Lippen entwichen, waren ein Genuss für ihn, und als sie wieder hinabsegelte, war sein Mund wieder zwischen ihren Beinen und brachte sie erneut hoch auf den Gipfel. Er ließ nicht von ihr ab, bis sie erschöpft und befriedigt an die Wand sackte. Erst dann küsste er sich an ihrem Körper hinauf, hielt inne, um ihre Brüste noch einmal zu liebkosen, und wurde belohnt, als sie am ganzen Körper erschauderte.

Er umfasste ihr Gesicht, und sie sah ihm verklärt, *hungrig* in die Augen. Himmel, er liebte sie so sehr. »Bist du noch bei mir, Schatz?«

»Und wie!«

»Du bist geschützt, Carls? Bist du dir sicher?«

»Ja!«

Mit der Zunge fuhr er über ihre Unterlippe. Sie packte ihn am Arm, drängte sich an ihn, während ihre Zunge nach seiner suchte. Ihr verführerisches Wimmern brachte ihn um den

Verstand. Sein Daumen glitt über ihre Unterlippe und sie leckte ihn ab, während das Verlangen in ihren Augen brodelte. Sie war so begierig und willig, so süß und köstlich, dass er seine unanständige Forderung nicht zurückhalten konnte. »Ich brauche deinen Mund, Schatz, und dann brauche ich dich.«

»Oh, ja!« Ihre Hände glitten über seine Brust nach unten, als sie auf die Knie ging.

Jede Berührung ihrer Lippen, jeder Schlag ihrer Zunge besiegelte, dass er ihr gehörte, wie schon immer. Als sie die Hand um seine Erektion legte, stieß er instinktiv die Hüfte vor. Ihre großen blauen Augen flackerten mit der Lieblichkeit eines Engels und der Sündhaftigkeit einer Verführerin auf. Warmes Wasser umspülte sie, während sie seinen ganzen Schaft bis hin zur Spitze leckte und Feuer durch seine Adern jagte. Als sie ihn in den Mund nahm, sah sie Zev in die Augen und liebte ihn so wie früher, nur dass es sich jetzt anders, noch intensiver anfühlte.

»Himmel, wie hat mir dein Mund gefehlt, Schatz.«

Sie lächelte, die Lippen noch um seine Härte, und stellte mit der Zunge etwas ganz Unglaubliches an seiner Spitze an. *Allmächtiger!* Laut stöhnend lehnte er sich gegen die kalten, nassen Kacheln. Die Hände vergrub er in ihren nassen Haaren, und es verlangte ihm all seine Beherrschung ab, nicht zu heftig in sie zu stoßen. Er ließ sie das Tempo vorgeben. Tief und quälend langsam nahm sie ihn in sich auf, saugte so heftig, dass er das Gefühl hatte, sie würde ihm das Mark aus den Knochen saugen.

»Gott, Carls …«

Ein siegreiches Funkeln schimmerte in ihren Augen, aber sie zog sich zurück, streichelte ihn auf theatralische, verdammt heiße Art und leckte dann über seine Hoden. Sie rieb ihn nun fester, wurde schneller. Mit zusammengepressten Kiefern kämpfte er gegen das in seinen Adern pulsierende Feuer.

»Ich brauche dich, Schatz!«

Er zog sie zu sich, küsste sie und hob sie hoch. Sie sank auf seinen Schaft herunter, nahm ihn in sich auf, eng wie ein Schraubstock. Beide stöhnten, und er stieß ein »Verdammt« aus, während sie »Oh mein Gott« stöhnte.

Ihre Blicke trafen sich, und innerhalb von wenigen stillen Sekunden vermittelten sie einander eine ganze Welt voller Hoffnungen und Träume auf mehr. Hoffnungen, die tausendmal in ihm aufgekommen waren und die er ebenso oft wieder verdrängt hatte, und Träume, die er nie zugelassen hatte, nachdem er Carly verlassen hatte. Doch jetzt klammerten sich seine Hoffnungen und Träume an die, die er auch in ihren Augen las, und wagten sich an die Oberfläche. Er schwor sich, diese Träume nie wieder zu verdrängen. Als sich ihre Münder fanden, gingen sie vollkommen in ihrem Rhythmus der Liebe auf, und alles andere verschwand. Es gab nur noch sie beide, die Laute ihres Liebesspiels, das Gefühl, endlich zu Hause angekommen zu sein, das Verschmelzen ihrer Herzen. Spürte sie es auch, oder schwebte er allein in einer Fantasie, die sich real anfühlte?

Sie zog ihre Fingernägel über seinen Rücken und der erregende Schmerz riss ihn aus seiner Trance.

»Komm mit mir zusammen«, forderte sie und löste Stromschläge in ihm aus, die ihn noch schneller, tiefer in sie stoßen ließen. »Ah, ah, ah!«

Nie würde er genug davon bekommen, ihre dürstenden Laute zu hören. Ihre Fingernägel schnitten ihm ins Fleisch, Schmerz und Lust jagten ihm Schauer über den Rücken. Er vergrub sein Gesicht an ihrem Hals, als sich ihr Schoß enger um ihn spannte, ihn mit jedem Stoß seiner Hüften dem Höhepunkt näher brachte. Mit dem Rücken stieß sie wieder gegen die Wand, an der sie sich abstützten, als ihre Lust sie in einem Rausch von stöhnen und flehen, stoßen und reiben zum Höhepunkt trieb und verschlang. Die Ekstase hörte gar nicht mehr auf, bis Zev kaum noch atmete, bis seiner Seele der letzte Stoß abgerungen und er völlig verausgabt war. Jegliche Spannung wich aus Carly, als sie in seinen Armen lag und ihre Körper noch von den Nachbeben zuckten.

Zev schloss die Augen, genoss es, sie zu spüren, die süßen Seufzer der Erfüllung zu hören. Er küsste sie auf die Lippen, die Wange, und als sie die Augen aufschlug, wollte er den liebenden Ausdruck darin in seinem Inneren verewigen, damit er sich stundenlang daran weiden konnte.

»*Zevy* ...« Wie ein Geheimnis kam es über ihre Lippen.

Aber es gab keine Geheimnisse mehr. Es gab nur noch die Wahrheit, dass die Liebe, die sie so lange verbunden hatte, die Liebe, ohne die er nicht leben konnte, noch immer da war. Keiner von ihnen war vielleicht schon bereit, es auszusprechen, aber sie war so real wie das Wasser, das auf sie herabströmte.

Er küsste sie sanft. »Ich weiß, Schatz. Ich spüre es auch. Jeden Zentimeter von dir werde ich genüsslich waschen, und dann werde ich dich in mein Bett tragen und wieder jede Menge schmutzige Dinge mit dir anstellen, denn wir sind noch nicht fertig, Carly. Wir werden nie fertig sein.«

Viel später lagen sie nebeneinander auf dem Rücken im Bett auf der Schlafveranda des Peter-Pan-Zimmers. Zwischen ihnen berührten sich ihre Hände leicht, während sie allmählich wieder zu Atem kamen. Carly spähte durch den dünnen Stoff des Betthimmels. Beau hatte das Bett aus knotigem Holz und elegant gedrehtem Eisen gebaut. Von knorrigen Ästen unter der Decke hingen urige Windlichter. Pflanzen, die üppig aus riesigen Töpfen quollen, verliehen der Schlafveranda eine Dschungelatmosphäre. Die kühle Luft des frühen Abends strich beiden über die Haut, die von ihrem Liebesspiel noch feucht war. Carly hatte die Renovierungen, die Char und Beau vorgenommen hatten, schon gesehen, aber die Schlafveranda sah ganz anders aus – besser, romantischer –, nun, da Zev nackt und gesättigt neben ihr lag. Aber eigentlich sah alles anders aus, nachdem er sie auf so unglaubliche Weise erforscht und vernascht hatte. Sie war sich sicher, dass auch *sie* anders aussah.

»Ich glaube, du hast mich für die restliche Männerwelt ruiniert«, sagte sie. »*Damit* könnte nicht mal der Sechs-Millionen-Dollar-Mann mithalten.«

»Ganz genau.« Zev drückte ihre Hand.

»Das war also deine Absicht, hm? Mich für alle anderen Männer zu ruinieren.«

»Schatz, wenn du noch immer an andere Männer denkst, dann habe ich irgendetwas falsch gemacht.«

»Glaub mir, du hast *nichts* falsch gemacht. Ich fühle mich wieder wie ein Teenager. Als wären wir wieder mit einer Decke und unseren selbstgebrannten CDs am Bach in Pleasant Hill.« Sie seufzte. »Ich habe immer gedacht, wir könnten diese Zeiten niemals toppen. Weißt du noch, wie wir es *stundenlang* treiben konnten?«

»Was glaubst du, hat mich all diese Jahre aufrecht gehalten?« Er drehte sich auf die Seite und küsste sie. Sein Ausdruck hatte sich von dem eines ausgehungerten Raubtiers zu dem eines satten Löwen gewandelt. Sein Blick wanderte bewundernd über ihr Gesicht und an ihrem nackten Körper und ihren Kurven hinunter, als versuchte er, sie sich ganz genau einzuprägen.

Sie hatte sich ausgemalt, wie sie sich fühlen würde, sollten sie und Zev je wieder in den Armen des anderen landen, doch nun konnte sie sich nicht einmal mehr daran erinnern, welche Gefühle sie sich ausgemalt hatte, denn dies war so ganz anders als alles, was sie sich je vorgestellt oder erlebt hatte. Sie fühlte sich in eine jüngere Version ihrer selbst verwandelt, in ein Mädchen, das nicht zu viel nachdachte und sich nicht zurückhielt. Es fühlte sich so gut an, dass sie versucht war, einen Blick in die Zukunft zu wagen, doch sie erinnerte sich daran, dass Erwartungen zu Herzschmerz führten. Sie wollte nicht über die Tatsache nachdenken, dass sie nur sechs Tage zusammen hatten oder dass einer dieser Tage schon zu mehr als der Hälfte vorbei war, doch sie zwang sich dazu. Es war gut, sich daran zu erinnern, dass dies eine gemeinsame, aber begrenzte Zeit war, mehr nicht, und im Moment war es in Ordnung, die alte Carly zu sein und jede Minute dieses Geschenks zu genießen.

Zev weidete sich noch immer an ihrem Anblick. Er hatte ihren Körper immer genossen, und sie hatte immer das Gefühl geliebt, von ihm bewundert zu werden, aber auch dies fühlte sich nun anders an. Ihr war es nie unangenehm gewesen, in seiner Gegenwart nackt zu sein. Das hatte viel damit zu tun, dass sie sich als Jugendliche so oft zum Nacktbaden herausgefordert hatten, dass es normal geworden war. Er hatte die Entwicklung ihres Körpers ebenso mitangesehen wie sie die des seinen. Beide waren sie füreinander die Ersten und Einzigen gewesen, mit denen sie als Jugendliche die Liebe erfahren hatten. Doch jetzt war er ein *Mann*, der eine *Frau* betrachtete, und sie fragte sich, was er wohl dachte. Verglich er sie mit anderen Frauen? Oder dachte er darüber nach, wie sie sich verändert hatte und ob sie dem Bild entsprach, das er sich von ihr bewahrt hatte? Die Unsicherheit, die mit diesen Gedanken aufkam, gefiel ihr nicht, aber sie war neugierig. »Warum siehst du mich so an?«

»Ich dachte gerade, wie viel Glück ich habe. Es ist unglaublich, dass du noch Single bist.« Sein Blick traf ihren wie ein Streicheln. »Du bist immer noch das süße, sexy, witzige Mädchen, das ich kannte, aber jetzt bist du sogar noch schöner, du bist stärker und du bist vorsichtig, passt auf dich auf. Ich weiß, Letzteres ist meine Schuld, aber verdammt, Schatz, du bist eine beeindruckende Frau.«

»Da werde ich ja rot.«

»Ich bin nur ehrlich. Als wir getrennt waren, habe ich jeden Tag an dich gedacht, aber es gab einige Gedanken, die ich nie zugelassen habe. Ob du jemand anderen hast, ob du verlobt, verheiratet bist, Kinder hast. Schon früh habe ich meiner Familie klargemacht, dass sie dich nicht erwähnen sollen, denn auch wenn ich dich verlassen hatte, damit du dein Leben weiterleben kannst, so hätte es mich doch zerstört, wenn ich gehört hätte, dass du genau das getan hast.« Mit einem entschuldigenden Blick sah er sie an. »Ich weiß, das ist egoistisch, aber ich war so verdammt einsam ohne dich und meine Familie, dass unsere Erinnerungen alles waren, was mich hat durchhalten lassen.«

Der Teil in ihr, der so verletzt gewesen war, als er gegangen war, wollte einen kleinen Freudentanz aufführen, weil er eine Art Buße abgeleistet hatte, aber gleichzeitig machte sie der Gedanke an diesen einsamen Zev unglaublich traurig. Sie hatte gewusst, dass er am Boden zerstört gewesen war, als er gegangen war, aber sie hatte immer geglaubt, dass er wieder zu demselben sorgenfreien Menschen geworden war, den sie gekannt hatte. Er war so voller Leben und so von Hoffnung und unendlichen Träumen erfüllt gewesen, dass er über seinen ganz eigenen Zauber verfügte. Als könnte er *alles* wahr werden lassen.

»Manchmal müssen wir wohl egoistisch sein, um zu überleben. Ich habe das Gleiche getan«, gestand sie. »Aber dann habe ich gelernt, wie wichtig es ist, jeden Moment mit den Menschen, die ich liebe, wertzuschätzen, solange sie in meinem Leben sind.«

»Und deshalb warst du auch einverstanden, diese Zeit mit mir zu verbringen, stimmt's?«, fragte er mit einem wissenden Lächeln, das so viel sagte wie: *Du liebst mich noch. Du weißt es genau.*

Alarmglocken läuteten in ihrem Kopf. Anscheinend beherrschte er es noch immer hervorragend, Fragen zu stellen, die vielsagendere Antworten erforderten, als einem bewusst war, also erwiderte sie vorsichtig: »Wie gesagt, diese sechs Tage sind ein Geschenk, und ich will sie genießen. Ich kann es immer noch nicht fassen, dass wir zusammen *hier* sind und wir ... Wow!«

Er küsste sie sanft. »Du tust meinem Ego wirklich gut.«

»Ich werde dir nicht verraten, welchen Teilen von mir du guttust. Mir tun Stellen weh, von denen ich gar nicht wusste, dass sie wehtun können.«

»Dann sollte ich wohl meine Überlegungen darüber zügeln, was ich später mit dir anstellen möchte.«

Gespielt wütend sah sie ihn an. »Die solltest du gefälligst nicht zügeln.«

»Es ist herrlich, dass du dich in der Hinsicht nicht geändert hast.«

»Ich dachte, das hätte ich. Bis du mir das Gegenteil

bewiesen hast. Aber wenn diese ruinöse Behandlung weitergehen soll, dann brauche ich etwas zu essen, um neue Kraft zu tanken.« Sie setzte sich auf und zog sich die Decke bis über die Brust hoch. Die untergehende Sonne tauchte die Veranda in ein romantisches Licht. »Ich dachte, Beau und Char hätten dir das Peter-Pan-Zimmer gegeben, weil sie dachten, du willst nicht erwachsen werden. Du weißt schon, der, der immer von der Schatzsuche träumt. Aber ich glaube, es war wegen dieser Schlafveranda, oder?«

»Und ob. Ich schlafe nicht sehr gut in Häusern.« Er stieg aus dem Bett und streckte in all seiner nackten Pracht die Arme nach ihr aus. »Komm, meine Schöne. Lass uns duschen gehen und dann machen wir uns auf die Suche nach etwas Essbarem.«

Zehn

Nach einer gemeinsamen sinnlichen Dusche zog Carly ihren Slip und die Shorts an, suchte dann aber ihr T-Shirt. Zev stieg in seine Shorts – und verzichtete auf Unterwäsche. Na super, jetzt würde sie den restlichen Nachmittag *daran* denken. *Meine Güte!* Der Mann war eine wandelnde Erotikwerbung. Sie zwang sich, den Blick von ihm zu lösen, und konzentrierte sich stattdessen auf die Suche nach ihrem Oberteil. Sie leerte ihren Rucksack und merkte, dass sie keinen BH mitgenommen hatte, aber sie hatte ein Top über dem Bikini getragen und das fand sie nun nirgends.

»Zev, hast du mein Top weggelegt, als ich unter der Dusche war?« Sie drehte sich um und stellte fest, dass er sie beobachtete. Ihr Löwe wurde offensichtlich wieder hungrig. Ein Hitzeschauer lief ihr über den Rücken. Gleichzeitig knurrte ihr Magen und erinnerte sie daran, dass sie etwas essen musste. Sie verschränkte die Arme vor der Brust. »Zevy …«

Er rieb sich das Gesicht. »Tut mir leid, aber sieh dich doch mal an. Ob du dich nun bedeckst oder nicht, du bist fantastisch.« Er gab ihr einen Kuss und holte sich gleich noch ein paar mehr ab.

Daran konnte sie sich gewöhnen.

Nein, nein, nein. An nichts wird sich hier gewöhnt.

»Dein Top habe ich nicht weggelegt. Aber wenn es verschwunden ist, dann weiß ich, wer es geklaut hat.« Er rief aus dem Bad hinaus: »Bandit!«

»Du glaubst, er hat sich mein Oberteil geschnappt?«

Bandit kam schwanzwedelnd ins Bad getrottet.

»Dieser unschuldig wirkende Hund hat schon mein Handtuch geklaut, einen meiner Notizblöcke, den ich noch immer nicht wiedergefunden habe, und mein Fernglas. Als ich heute Morgen die Eier bei den Hühnern eingesammelt habe, ist er mit dem Eimer weggerannt. Ich denke, wir können dein Top auf seine Beuteliste setzen.« Zev kraulte Bandit. »Hey, du kleiner Dieb. Hast du meinem Mädchen ihr Top geklaut?«

Mein Mädchen. Carly versuchte, den glücklichen Schwindel zu unterdrücken, der in ihr aufstieg.

Bandit legte den Kopf schief und leckte über Zevs Wange.

»Das ist dann wohl ein Ja.« Er strich dem Hund über den Kopf und stand auf. »Ich gebe dir eines von meinen T-Shirts.«

Er nahm ihre Hand und führte sie ins Schlafzimmer. Sie hatte vergessen, wie gern er immer ihre Hand gehalten hatte. Das hatte ihr auch gefehlt.

Char und Beau war es wirklich gelungen, die Eleganz des Londoner Hauses der Darling-Familie aus *Peter Pan* nachzuempfinden. In der Mitte des Zimmers hing ein Kristallleuchter und direkt dahinter stand ein edles, mit feinen Schnitzereien versehenes Himmelbett aus Mahagoni, das ebenso prächtig und luxuriös wie romantisch war. An der gegenüberliegenden Wand waren die Skyline von London und die Umrisse von Peter Pan, Wendy und ihren Brüdern aufgemalt, die vor dem Big Ben ins Mondlicht flogen. Hinter der Schranktür spähte ein Schatten von Peter Pan hervor, auf den Nachttischen standen Laternen und auf dem makellosen Parkettboden lag ein flauschiger und eleganter Teppich.

Zev wühlte in einem Seesack herum, bis er ein ausgeblichenes Maroon-5-T-Shirt in die Höhe hielt. »Kennst du das noch?«

»Das hast du noch?!« Sie entriss ihm das T-Shirt, das sie zusammen auf einem Konzert gekauft hatten, und zog es an. Es war herrlich weich und roch nach Zev.

»Du hast deins wahrscheinlich entsorgt?« Eine Spur Enttäuschung war zu hören.

»Nie im Leben.«

»Ah, siehst du, Carls?«, sagte er und nahm sie in den Arm. »Die T-Shirts, die Tattoos. Das sind alles Zeichen dafür, dass wir immer dazu bestimmt waren, uns wiederzufinden. Endlich sind wir dort, wo wir sein sollten.«

Er berührte ihre Lippen mit seinen, und es fühlte sich so gut an, dass sie die Arme um ihn legte und sich auf die Zehenspitzen stellte, um mehr zu bekommen. Er wollte mehr – das hatte sie in seiner Berührung gespürt – und das gab er ihr nun auch zu verstehen. Es war so leicht, den Moment mit ihm zu genießen, und sie fühlte, dass sie sich im freien Fall hinein in dieses *Wir* befand.

Sie drückte sich sanft von ihm weg, blieb aber in seiner Umarmung. »Zevy, du kannst das nicht machen.«

»Was denn?« Er rieb die Nase über ihre Wange und küsste sie dann dort.

»Dafür sorgen, dass ich mehr als diese sechs Tage will. Das ist nicht fair.«

Er sah ihr in die Augen und die zusammengekniffenen Augenbrauen verrieten seine Verwirrung. »Warum nicht? Ich will mehr, und ich habe das Gefühl, du auch.«

Sein Optimismus war wie eine Droge, und zu gern hätte sie sich eine Überdosis davon verabreicht, aber sie wusste, wohin das führen konnte, also sagte sie: »Aber dein Leben findet da draußen statt und meines ist hier.«

»Ja und? Das Leben ist nicht nur schwarz und weiß, Schatz. Es gibt unendlich viele Möglichkeiten, wie wir das hier hinkriegen können.« Er küsste sie sanft. »Du machst dir etwas vor, wenn du glaubst, dass wir nur das hier haben, aber das müssen wir jetzt noch nicht klären. Ich möchte nur nicht, dass dein vorsichtiger Verstand dich aus Angst von mir wegzerrt.«

»Ich werde mich nicht zurückziehen, aber ich kann es mir nicht leisten, noch mal verletzt zu werden.«

Er nahm ihre Hand und führte sie aus dem Zimmer hinaus auf den Flur. »Dann verschließ dich nach dieser Woche nicht vor mir. Wir reisen beide gern. Ich besuche dich und du besuchst mich.«

Sie seufzte. »Bei dir scheint immer noch alles einfach und machbar zu sein.«

»Weil es das ist, wenn wir es wollen. Wir haben schon zu viele Jahre verloren, und das ist meine Schuld. Ich war total fertig und durcheinander, aber ich habe gelernt und bin daran gewachsen. Ich werde dir nicht noch einmal wehtun, Carls.« Er schaute zu etwas auf dem Boden oben an der Treppe, spähte über das Geländer und fluchte.

»Was ist?« Sie sah ebenfalls über das Geländer und entdeckte etliche Postkarten, die auf der Treppe und auf dem Boden im Stockwerk unter ihnen verstreut lagen.

»Bandit ist wieder fleißig. Er hat sich meine Postkarten geschnappt. Mist! Wie hält Beau das nur aus?«

Auf dem Weg nach unten sammelten sie die Postkarten auf und weiter entfernt von der Treppe fanden sie noch Dutzende mehr. Hundert oder noch mehr Karten, die zwei Jahre oder später nach seinem Fortgehen von zu Hause geschrieben worden waren, lagen verstreut herum. Sie waren an Postfächer auf der ganzen Welt an ihn geschickt worden, und alle stammten von Graham. Einige der Nachrichten waren kurz, wie *Denke an dich* und *Schick mir das aktuelle Wir-Foto*, während auf anderen mit wenigen Worten über Neuigkeiten der Familienmitglieder berichtet wurde. Ein paar waren bissig, wie *Das war eine miese Nummer, Moms Geburtstag zu verpassen. Hast Glück, dass wir dich liebhaben. Komm bald zurück.* Und: *Reagiere mal auf Jillys Anrufe. Sie macht sich Sorgen um dich.*

»Was ist ein aktuelles Wir-Foto?«, fragte Carly, als sie noch eine Postkarte aufhob.

Zevs Gesichtsausdruck wurde nachdenklich. »Nachdem Tory gestorben war, habe ich aufgehört, mich zu verabschieden. Es fühlte sich immer zu endgültig an. Und nachdem wir uns getrennt hatten, habe ich aufgehört, Weißt-du-noch-als-Fotos zu machen, weil *wir* die immer gemacht hatten. Jetzt mache ich immer aktuelle Wir-Fotos, bevor ich meine Familie verlasse … für den Fall, dass wir uns das letzte Mal gesehen haben.«

Das war so typisch für diesen großherzigen Zev, dass ihr die Tränen in die Augen stiegen. Er hatte seine Familie immer so sehr geliebt, und deshalb hatte sie auch gedacht, er würde vielleicht irgendwann nach Pleasant Hill zurückkehren. Aber jetzt wusste sie, dass er der Meinung gewesen war, er wäre zu wütend, zu zynisch, und könnte jeden zerstören, den er liebte.

Während sie die übrigen Postkarten aufsammelten, bekam sie ihre Gefühle wieder unter Kontrolle.

»Die sind alle von Graham. Er hat dir die ganze Zeit geschrieben?«, fragte sie, als sie ihm zusammen mit Bandit in die riesige Küche im Landhausstil folgte.

Sie legten die Postkarten auf den Tisch, unter dem Bandit es sich gemütlich machte.

»Ja«, sagte Zev. »Mit allen anderen halte ich telefonisch Kontakt, aber Graham hat so ein Faible für die gute alte Post.«

»Ich finde es schön, dass er dir geschrieben hat. Keine Ahnung, wann ich das letzte Mal einen Brief oder eine Karte mit der Post bekommen habe. Warum hat er dieses Faible dafür?«

Zev zuckte mit den Schultern und fragte: »Worauf hast du Hunger? Ich kann Fleisch auf den Grill legen.«

»Zevy …?« Sie fragte sich, warum er der Frage auswich.

Er legte die Arme um sie und küsste sie auf den Hals.

»Das wird mich nicht ablenken, auch wenn ich es genieße. Falls es einen zu persönlichen Grund dafür gibt, musst du es mir nicht erzählen.«

»Es ist nicht zu persönlich. Ich wollte nur einfach nicht darüber nachdenken. Aus irgendeinem Grund ist Graham altmodisch. Er schickt Postkarten, weil er glaubt, dass sich so jeder Ort für mich wie ein Zuhause anfühlt.«

Das überraschte sie nicht. Die Bradens kümmerten sich immer umeinander. »Und? Hat es funktioniert?«

»Nein, aber ich bekomme gern Post von ihm. So habe ich etwas, auf das ich mich freuen kann, aber nichts fühlt sich wie zu Hause an. Du hast immer gefehlt.« Er küsste sie auf die Nase. »Im Moment fühlt es sich hier in der Küche wie zu Hause an, und davor fühlte es sich auf der Schlafveranda wie zu Hause an, und unter der Dusche und am Silk Hollow.«

Seine zärtlichen Worte und die Wärme in seiner Stimme ließen sie dahinschmelzen und wünschen, sie hätte sich in Mexiko nicht davongeschlichen. Vielleicht hätten sie sich früher ausgesprochen, eine Familie gegründet und ein gemeinsames

Leben aufgebaut. Doch das waren gefährliche Gedanken, die nur dafür sorgen konnten, dass sie die verlorenen Jahre betrauerte. Also schob sie das beiseite und konzentrierte sich stattdessen auf das Geschenk, das ihnen gegeben worden war, und nicht darauf, ob es sechs Tage, sechs Jahre oder eine Ewigkeit andauern würde. Sie hatten das Jetzt, und das war wunderbar.

»Es ist die Wahrheit, auch wenn es kitschig klingt«, sagte er. »Aber ich glaube, Graham schickt mir Postkarten, damit er selbst sich besser fühlt. Ich glaube, er weiß gern, wo genau ich stecke, damit er sicher ist, dass er mich schnell finden könnte, wenn es nötig wäre.«

»Das leuchtet ein, aber es leuchtet auch ein, dass Graham dir das Gefühl geben will, nicht so allein zu sein.« Sie nahm die Karte in die Hand, auf der stand, dass Jilly wahnsinnig vor Sorge wurde, und winkte damit. »Obwohl es so aussieht, als hätte er dir auch aus der Ferne die Meinung gesagt.«

Er schmunzelte. »Ja, du kennst doch das Motto der Bradens? *Familie kennt keine Grenzen.* Tja, das gilt für jeden Aspekt unseres Lebens. Aber ich habe es verdient. Es gab Zeiten, da habe ich die Gedanken an mein Zuhause nicht ertragen, also habe ich einfach auf Funkstille gesetzt. Das war meiner Familie gegenüber nicht richtig, aber gegen den Überlebensinstinkt kommt man nur schwer an.«

»Das habe ich auch eine Zeit lang durchgemacht«, gab sie zu.

»Ja, das war schlimm. So oft wollte ich zurückkommen und herausfinden, ob wir beide es doch irgendwie schaffen könnten. Aber ich hatte Angst, dir nur noch mehr zuzusetzen.«

Auch wenn sie niemandem wünschte, so zu leiden, so hatte es doch etwas Befreiendes zu hören, dass er schwere Zeiten durchgemacht hatte, um seinem Zuhause fernzubleiben und ihr die Möglichkeit zu geben, über alles hinwegzukommen. Er war noch immer der großherzige Zev, der er immer gewesen war, doch selbst das warf Fragen auf. Sie wollte die Ungezwungenheit ihrer Unterhaltung nicht aufs Spiel setzen, deshalb stellte sie ihre Frage scherzhaft, während sie ihm mit dem Finger über den Oberkörper strich: »Und warum hast du mir dann gerade unter der Dusche und im Bett so zugesetzt?«

»Vorsichtig, Schatz, dein schmutziges Mundwerk wird uns wieder in Schwierigkeiten bringen.«

»Gut zu wissen. Dieses Talent könnte später noch nützlich werden. Aber im Ernst, was hat deine Ansicht darüber, mir möglicherweise zu schaden, geändert?«

»Ich wusste nicht, dass du auf der Hochzeit sein würdest. Niemand hat mich gewarnt. Ich wusste nicht mal, dass du mit Char befreundet bist.« Er zuckte mit den Schultern, aber die tiefen Gefühle in seinen Augen verrieten ihr, dass seine Antwort nicht leichtfertig kam. »Als ich dich sah, hatte ich keine Wahl mehr. Es gab kein Zurück. Wenn du mich abgewiesen hättest oder wenn ich Hass in deinen Augen gesehen hätte, und nicht das, was wir beide füreinander empfinden, dann hätte ich vielleicht versucht wegzugehen. Aber ich kann nicht mal mit Sicherheit sagen, dass ich das getan hätte, denn ich spüre, dass das hier genau das ist, was wir haben sollen. Ich weiß, dass du nicht bereit bist, dich auf irgendetwas anderes als diese Woche einzulassen, und das verstehe ich. Das nehme ich dir nicht übel. Ich weiß, dass ich mir dein Vertrauen in allen Bereichen erst wieder verdienen muss, nicht nur im Schlafzimmer, und nur du kannst entscheiden, ob und wann du je wieder bereit bist, dein Herz zu riskieren. Aber ich weiß, wo meines ist, Carls, und zwar in deinen Händen. Es war immer in deinen Händen.«

Sie war froh, dass er ihre Vergangenheit nicht unter den Teppich kehrte, obwohl sie gesagt hatte, sie wolle nicht darin verharren. »Danke, dass du das verstehst. Ich weiß, dass ich mir auch dein Vertrauen wieder verdienen muss, weil ich dich in Mexiko so enttäuscht habe. Wenn du in allen anderen Bereichen so gewissenhaft bist wie im Schlafzimmer, dann ist das Risiko vielleicht die Belohnung wert.«

»Das Kompliment kann ich nur zurückgeben, meine Schöne, nur dass es von meiner Seite aus kein ›vielleicht‹ gibt.« Ein lüsternes Grinsen breitete sich auf seinem Gesicht aus.

»Das ist ein ziemlich schamloses Lächeln.«

»Ich bin auch ziemlich schamlos, wie du vorhin feststellen konntest.«

Sie verdrehte die Augen. »Mal sehen, ob du in der Küche ebenso gut bist wie im Schlafzimmer. Ich habe Lust auf Cerealien.«

»Schatz, ich werde dich nie wieder enttäuschen.« Er stieß die Tür zur Vorratskammer auf, in der auf dem obersten Regal sechs Schachteln der Cerealien aufgereiht waren, die sie am liebsten mochten. »Ich gebe dir sogar alle meine Glücksklee-Marshmallows von den Lucky Charms.« Er zwinkerte. »Du weißt schon, um deine Chancen darauf zu steigern, beglückt zu werden. Nächster Test?«

Beide füllten sich lachend eine Schale mit einer Mischung aller drei Cerealien-Sorten und gingen damit hinaus auf den Balkon. Bandit folgte ihnen und ließ sich neben Zevs Stuhl zu einem Nickerchen nieder. Sie aßen, während die Sonne hinter den Bergen unterging und rosafarbene und violette Streifen in den Abendhimmel zauberte.

»Warum steht das Hochzeitszelt denn noch da?«, fragte Carly. »Ich dachte, Char hätte gesagt, es würde Sonntagabend abgebaut werden.«

Er zuckte mit den Schultern. »Die haben die Tische und Stühle abgeholt, sind aber bisher nicht zurückgekehrt, um das Zelt abzubauen.«

»Seltsam. Hast du sie angerufen?«

»Klar. Sie kommen morgen Nachmittag. Erzähl mir etwas, das ich noch nicht über dich weiß, Carls. Wie war es, das Geschäft deiner Tante zu übernehmen?«

»Oh Mann, irgendwie war es beängstigend, aber auch aufregend. Du weißt, dass ich Herausforderungen immer gern angenommen habe.« Sie erzählte ihm, wie sie das Geschäft ausgeweitet hatte, indem sie nun Kurse anbot, T-Shirts und andere Werbeartikel von Divine Intervention verkaufte und mit Birdie einen Internetauftritt geschaffen hatte.

»Hörst du gelegentlich von Marie?«

»Ja, meistens schreibt sie Nachrichten. Ab und zu kommt sie auf Besuch zurück, aber sie reist sonst in der Weltgeschichte herum und führt ein tolles Leben, und ich lebe meines hier.«

»Bereust du manchmal, dass du nicht in die Archäologie gegangen bist und die ganzen Reisen verpasst, die du machen wolltest?«

»Mal mehr, mal weniger. Manchmal fehlt es mir, aber dann denke ich an all das, was ich hier habe, mit dem Geschäft und meinen Freunden. Ich habe ein gutes Leben.« Noch während sie das sagte, hörte sie ihr jüngeres Ich sagen: *Ich will kein gutes Leben. Ich will ein großartiges Leben.* Denn das hatten sie und Zev immer allen erzählt. Das Schokoladengeschäft war ihr sicherer Hafen. Sie hatte sich kopfüber hineingestürzt, und im Gegenzug hatte es ihr Stabilität – auch psychische – gegeben. Aber in Wahrheit hatten die Träume, die sie zurückgelassen hatte, immer in ihrem Hinterkopf ausgeharrt. Sie versuchte, sich nicht damit zu beschäftigen, denn all diese Gedanken führten zu Zev, und ohne ihn waren die Träume es nicht wert, verfolgt zu werden.

»Was würde dein Leben hier zu einem *großartigen* Leben machen?«, fragte er.

Ihre Antwort kam ihr ebenso leicht wie ehrlich über die Lippen. »Mehr Tage wie dieser.«

Freude trat in seinen Blick. »Das krieg ich hin. Du musst mir nur deine ganze Freizeit zur Verfügung stellen, bis ich abfahre.«

»Meine ganze Freizeit?« Viel hatte sie davon normalerweise nicht, aber es machte sie schon etwas nervös, dass ihr diese Vorstellung so sehr gefiel. Ja, es beunruhigte sie, aber sie *wollte* Zeit mit ihm verbringen. Sie wollte jede Sekunde davon genießen, damit sie nichts bereute, wenn er abfuhr.

»Sechs Tage sind nicht viel, und es sind fast nur noch fünf«, erinnerte er sie. »Wie sieht dein Plan für diese Woche aus?«

»Normalerweise arbeite ich von etwa sechs oder sieben Uhr morgens bis sechs oder sieben abends.«

»Puh, Carls, wirklich? An wie vielen Tagen?«

»Unterschiedlich. An fast allen Tagen, aber nicht den gesamten Sonntag. Das Geschäft ist nur von zehn bis achtzehn Uhr geöffnet, außer Sonntag, da haben wir von zehn bis fünfzehn Uhr geöffnet.«

Er zog die Augenbrauen zusammen. »Warum stellst du nicht noch jemanden ein?«

»Ich brauche im Moment niemanden. Ich muss nicht jeden Abend so lange bleiben; es ist meine Entscheidung. Birdie arbeitet Vollzeit, und eine andere junge Frau namens Quinn arbeitet jetzt schon seit ein paar Jahren stundenweise für mich. Sie hilft an den Abenden und am Wochenende aus. Ihre eigentliche Arbeit hat sie in einer Bank, aber dort findet sie es grässlich. Sie bietet mir immer an, mehr Stunden bei mir zu übernehmen, aber es gefällt mir, beschäftigt zu bleiben.«

»Früher musstest du nie beschäftigt bleiben. Du hast dir immer Dinge überlegt, die du tun wolltest. Du hattest diese Listen, weißt du noch?«

Sie schob einen Froot Loop durch die Milch in ihrer Schale. »Ich habe noch immer Listen. Es sind nur eben andere Listen, so wie Vorratslisten, Bestelllisten und Terminpläne. Ich liebe meine Arbeit. Man lernt die verschiedensten Menschen kennen. Ich habe Stammkunden, die zum Reden vorbeikommen, und ich beliefere Veranstaltungen. Ein Kunde organisiert am Sonntag eine ziemlich aufwändige Babyparty, und ich freue mich wirklich darauf, am Samstag die Leckereien dafür herzustellen.« Diese Partys mochte sie am liebsten, denn für die Eltern das Babythema in Schokolade zu verwirklichen, gab ihr Hoffnung darauf, dass sie vielleicht auch eines Tages dieses Wunder erleben durfte.

Sein Gesichtsausdruck wurde nachdenklich. »Ist es nicht schwer für dich, Süßigkeiten für Babypartys zu machen?«

»Die kleinen Pralinen in Form von Schnullern oder Rasseln herzustellen, hat mir anfangs immer einen Stich versetzt«, sagte sie und fand es schön, dass er danach fragte. »Die Fehlgeburt war schrecklich, und ich will das alles auch überhaupt nicht herunterspielen, aber ich glaube, was mich endgültig aus der Bahn geworfen hat, war die ganze unglückliche Geschichte drumherum, nachdem ich dir das in Mexiko angetan hatte. Ich hatte das Gefühl, das letzte Stück von dir verloren zu haben, das ich je haben würde, und es war irgendwie so, als würde ich dich noch einmal verlieren. Das machte es noch schwieriger.«

Er drückte ihre Hand. »Es tut mir leid. Wenn ich das

gewusst hätte ...«

»Ich weiß. Ich habe akzeptiert, dass es zu dem Zeitpunkt in unserem Leben nicht hat sein sollen, und die Therapie hat mir geholfen, das alles aus der richtigen Perspektive zu sehen. Jetzt liebe ich Babypartys und Kindergeburtstage, weil sie mir Hoffnung auf das geben, was ich vielleicht eines Tages haben werde. Aber ich gehe selbst nur selten zu diesen Veranstaltungen, es sei denn, es sind wirklich große Events. Normalerweise mache ich einfach nur die Leckereien, und die Kunden holen sie im Geschäft ab, wie am nächsten Wochenende.«

»Du willst also doch noch Kinder haben?«

Sie nickte begeistert. »Ja. Du nicht?« Zu ihren Träumen hatten immer drei Kinder gehört, die sie unabhängig vom Geschlecht Journey, Scout und Chance nennen wollten.

»Ich hab nicht gedacht, dass ich es will«, sagte er kopfschüttelnd. »Nach dem Tod von Tory war ich ziemlich fertig. Ich konnte mir nicht vorstellen, unschuldige Kinder in diese Welt zu setzen, in der ich sie nicht immer beschützen könnte. Aber dann hast du mir erzählt, was passiert ist, und ich hätte dieses Baby gewollt, unser Baby, und ich hätte es – und dich – mit meinem Leben beschützt. Vielleicht ändert sich meine Haltung zu einer eigenen Familie also gerade wegen uns.«

»Seltsam, wie bestimmte Dinge einen Domino-Effekt haben, oder? Es tut mir leid, dass du so empfunden hast, aber ich verstehe es. Torys Tod hat uns und unserem ganzen Umfeld den Boden unter den Füßen weggezogen. Es ist beängstigend, wie schnell sich etwas ändern kann, und genau deshalb bin ich der Überzeugung, dass wir die Zeit mit den Menschen genießen sollten, die uns wichtig sind, damit wir die Gelegenheit dazu nicht verpassen. Es macht mich glücklich, dass du unser Kind gewollt hättest. Du wirst ein großartiger Vater, wenn du dich je entschließen solltest, einer zu sein, aber du hast mit der *Pride* im Moment so viel um die Ohren – ich kann mir nicht vorstellen, dass etwas anderes in deinem Leben Platz hätte.« Obwohl er jetzt hier war, bei ihr, und sich für seinen Bruder um Bandit kümmerte.

Er sah sie wieder eindringlich an, und ihr gefiel dieser neue Zev, der nachdachte, bevor er etwas sagte, so wie ihr der Teenager von damals gefallen hatte, der kurz davor gestanden hatte, zum Mann zu werden.

»Durch dich überdenke ich viele Dinge, Carls.«

»Gut, denn du bringst mich auch viel zum Nachdenken.«

»Ich möchte viel mehr tun, als dich zum Denken zu bringen«, sagte er und lockerte wieder etwas die Stimmung auf. »Also, wann bekomme ich Zeit mit dir geschenkt? Ich nehme alles, was ich kriegen kann. Sollte ich mich auf neunzehn Uhr oder später einrichten?« Er nahm einen Löffel voller Cerealien in den Mund, ließ sie aber dabei keine Sekunde aus den Augen.

So wenig Zeit wollte sie nicht mit Zev haben. Sie wollte *mehr* Zeit, vor allem nach diesem wunderbaren Tag. »Nicht unbedingt. Ich kann es einrichten, früher zu gehen.«

»Das wäre wunderbar, aber ich will deine Pläne nicht durcheinanderbringen.«

Sie aß ein paar Cerealien, dachte darüber nach und fragte: »Bist du dir sicher?«

»Leider ja. Ich habe mir selbst das Versprechen gegeben, dass ich nichts tun werde, was dein Leben auf den Kopf stellt. *Will* ich mehr Zeit mit dir haben? Unbedingt. Rund um die Uhr, wenn es geht. Aber nicht, wenn es dir irgendwie schadet. Du sagst mir, wann ich dich sehen kann, und ich richte mich darauf ein.«

»Wie zuvorkommend«, meinte sie scherzend.

»Ich versuche, deine Bedürfnisse zu befriedigen, und gemessen an deinen Reaktionen vorhin kann ich wohl sagen, dass mir das mehrfach gelungen ist.«

Sie spürte die Röte in die Wangen schießen und dachte daran, wie sie heute im Gasthof gelandet waren. »Sagtest du nicht am Silk Hollow, dass du mir etwas zeigen wolltest?« Sie kniff die Augen etwas zusammen und fragte: »Oder war das nur eine List, um mich in dein Bett zu kriegen?«

»Wenn ich mich recht erinnere, hast *du mich* von unserem Vorhaben abgelenkt, weil du unbedingt duschen musstest.«

»Stimmt«, flüsterte sie und grinste dümmlich. »Ich kann nicht behaupten, dass es mir leidtut.«

»Damit wären wir schon zu zweit.« Sie aßen ihre Cerealien auf und er sagte: »Es gibt tatsächlich etwas, das ich dir zeigen möchte, aber jetzt stecke ich in einer Zwickmühle, weil es etwas zu spät ist, um noch dorthin zu gehen. Außerdem gibt es noch etwas anderes, was ich gehofft habe, heute Abend mit dir zu machen.«

»Hat es irgendetwas damit zu tun, mich wieder nach oben in dein Schlafzimmer zu kriegen?«, fragte sie mit beschämend großer Hoffnung.

»Wenn es nach mir ginge, würde ich dich für immer und ewig nach Nimmerland entführen, aber ich kann nicht zulassen, dass du mich die ganze Woche nur um meines Körpers willen benutzt. Denn dann würdest du nicht den ganzen Zev erleben und dir bewusst machen, dass du unbedingt mehr als nur die sechs Tage mit mir willst.« Er gab ihr einen langen, langsamen und zuckrigen Kuss und blieb ganz dicht bei ihr. »Was ich im Sinn habe, endet nicht im Schlafzimmer, aber wenn du sagst, dass du noch ein paar Stunden bei mir bleibst, dann verspreche ich dir, du wirst nicht enttäuscht sein.«

Mehr Zeit mit Zev? *Ja, bitte!* Diese kleine warnende Stimme in ihrem Kopf wurde von der puren Freude, mit ihm zusammen zu sein, erstickt. »Jetzt hast du mich neugierig gemacht.«

»Sag, dass du noch etwas bleibst, Carls. Gib uns eine Chance.«

Er sagte es so ernst, dass sie herausschreien wollte: *Ich bleibe!* Aber sie verfiel wieder in eines ihrer Spiele, denn auch die vermisste sie. Die hatten sie und Zev immer glücklich gemacht. »Wetttrinken? Wenn du gewinnst, bleibe ich.« Als sie jünger waren, hatten sie oft gewettet, wer die Milch aus ihren Schalen schneller leertrinken konnte, und Zev hatte *immer* gewonnen.

»Die Wette gilt.«

Sie nahmen die Schalen in die Hand und sie sagte: »Eins.« Zev folgte mit »Zwei«, und dann sagten beide »Drei«, bevor sie die Schalen an den Mund führten und die zuckrige Milch in sich hineinkippten. Sie lief ihnen übers Kinn und Zev hatte Sekunden später schon ausgetrunken. Er sprang auf und schrie »Ja!«, woraufhin auch Bandit aufschreckte und bellte.

Carly stellte ihr Schälchen auf den Tisch und Zev riss sie in die Arme, um sie ungestüm mitsamt Milchbart zu küssen. »Du gehörst heute Abend mir, Schatz!«

»Ach, so ein Mist! Da muss ich wohl noch ein paar Stunden mit dir aushalten.«

»Du hast mich gekonnt manipuliert und das macht dich noch heißer. Komm, meine Schöne«, sagte er und nahm die Schalen. »Lass uns das hier wegräumen, nach den Hühnern sehen, und dann zeige ich dir deine Überraschung.«

»Überraschung? Wir gehen also doch dahin, wo du mich vorhin hinbringen wolltest?«

»Nein, das müssen wir morgen machen«, sagte er, als sie ins

Haus gingen.

Sie machten den Abwasch und gingen dann zu den Hühnern. Bandit lief ihnen auf einem Waldpfad voraus. Der Duft von Kiefern und frischer Erde hing in der Luft. Sie machten Späße, redeten und tauschten so viele köstliche Küsse aus, dass Carly gern die Überraschung ausgelassen und ihn zurück in sein Zimmer gezerrt hätte. Aber gleichzeitig genoss sie jede einzelne Sekunde, die sie einfach nur mit Zev zusammen war. Er war interessant und witzig, erzählte ihr Geschichten von seinen Reisen und von der Suche nach der *Pride*. Seine leidenschaftlichen Beschreibungen gaben ihr das Gefühl, das alles in diesem Moment mit ihm zu erleben, ob er nun wanderte, surfte oder im blauen Meer tauchte.

Sie gingen durch den Wald zurück zum Gasthof, und als ein Schwarm Vögel aus den Baumwipfeln aufflog, stürmte Bandit voraus.

Zev legte den Arm um Carlys Schulter. »Fühlt sich an wie in alten Zeiten, nur noch besser.«

»Weil wir uns ausgesprochen haben?«

»Wahrscheinlich. Schuldgefühle sind wie ein gieriges Raubtier.«

»So wie du«, sagte sie leise.

Ein tiefes Lachen kam leise über seine Lippen, als er einen Ast aus dem Weg schob, damit sie hinaus auf die Wiese vor dem Sterling House treten konnte. Drei wunderschöne Etagen aus Glas, Stein und Zedernholz sowie große Terrassen verliehen dem imposanten Gasthof ein rustikales und zugleich elegantes Aussehen.

»Das alles hier ist so hübsch. Jeder im Ort freut sich, dass Char und Beau den Gasthof wiedereröffnen.«

»Ist es das, was du eines Tages haben möchtest? Ein

Grundstück? Tiere? Ein friedliches Leben in den Bergen?«

Gute Frage. »Um ehrlich zu sein, habe ich schon sehr lange nicht mehr in Kategorien wie *Eines Tages* nachgedacht.«

»Das kann ich mir gar nicht vorstellen. Du warst eine solche Träumerin. Deine Träume haben meine bestärkt.«

»Komisch, ich dachte immer, deine hätten meine bestärkt.«

»Vielleicht war beides der Fall, und vielleicht solltest du tatsächlich darüber nachdenken, was du vom Leben erwartest«, sagte er leichthin.

Sich diese Frage zu stellen, wäre alles andere als leicht für sie. Als sie zusammen gewesen waren, hatte sie immer nur die Welt mit ihm bereisen wollen, ein Abenteuer nach dem anderen erleben und Dinge über sich und die unterschiedlichsten Kulturen entdecken wollen. Wollte sie das noch immer? Ihn wollte sie mit Sicherheit noch immer.

»Was willst du, Zev?«, fragte sie, als sie an der Seite des Gasthofes entlanggingen. »Bist du glücklich, wenn du reist und in deinem Bus oder auf dem Boot lebst? Ohne einen Ort, den du Zuhause nennen kannst?«

»Das ist eine weitreichende Frage. Du weißt, was Zuhause für mich bedeutet.«

Sie erinnerte sich an seine zärtlichen Worte. »Ich.«

»Genau. Ich liebe es, die Welt zu sehen und nicht zu wissen, was der nächste Tag bringt. Ich liebe den Nervenkitzel, wenn ich versuche, etwas zu finden, das andere für endgültig verloren halten, oder morgens aufzustehen und von etwas am anderen Ende des Landes zu lesen, dann in ein Flugzeug zu steigen und es mir anzusehen, nur damit ich es nicht verpasse. Ich liebe meine Arbeit, Schatz, so wie du deine.«

»Das hört man.«

»Ich weiß nicht, ob ich jemals das könnte, was du getan

hast, so wie du sehr lange an einem Ort leben. Guck dir doch an, wo ich schlafe. Ich werde unruhig, wenn ich eingesperrt bin. Du weißt das besser als jeder andere. Du warst schließlich früher auch so.«

Selbst nachdem sie ans College gegangen waren und sich gegenseitig auf ihren Zimmern besuchen konnten, waren sie noch zu mitternächtlichen Abenteuern aufgebrochen. Die Natur hatte sie beide so angezogen, dass es nicht ungewöhnlich gewesen war, wenn einer den anderen um zwei Uhr morgens aufgeweckt und gesagt hatte: *Komm, lass uns auf Entdeckungstour gehen.* Eine Gänsehaut legte sich auf Carlys Arme. Sie vermisste diese Zeit. Aber sie hätten nicht ewig so bleiben können. Irgendwann hätte sich ihnen das wahre Leben in den Weg gestellt. Zumindest hatte sie sich das in den seltenen Momenten immer eingeredet, in denen sie es sich gestattet hatte, darüber nachzudenken, wie ein gemeinsames Leben wohl ausgesehen hätte.

»Das stimmt«, sagte sie. »Aber nach Mexiko hat mich die Sicherheit, zu wissen, was der nächste Tag bringt, gerettet.«

»Das verstehe ich«, sagte er, als sie zum Garten hinter dem Haus kamen. »Es tut mir leid, aber ich kann immer noch nicht glauben, dass du dich jetzt nicht mehr nach dieser Aufregung oder diesem unbändigen Bedürfnis sehnst, etwas zu erforschen. Das schien dir ebenso im Blut zu liegen wie mir. Vermisst du es wirklich nicht, unter den Sternen zu liegen und Reisen an all die Orte zu planen, die du entdecken willst?«

Die Begeisterung in der Stimme des Mannes zu hören, mit dem sie diese Dinge erleben wollte, ließ das Verlangen, das sie ein Jahrzehnt lang unterdrückt hatte, an die Oberfläche drängen.

»Ich würde lügen, wenn ich sage, dass ich es nicht ab und zu vermisse. Aber ich denke einfach nicht darüber nach, weil ich nicht glaube, dass ich mein Leben hier dafür aufgeben würde. Das hier ist jetzt mein Zuhause.« Noch während sie das äußerte, packten sie Sorgen. Schuf sie einen Graben zwischen ihnen beiden? Selbst wenn das der Fall war, so musste er wissen, dass sie nicht mehr die Träumerin von früher war. Vielleicht stürzte sie sich kopfüber in diese geschenkte Woche, in der sie auch Seiten an sich wiederentdecken konnte, die sie vermisst hatte, aber dennoch musste sie mit einem Bein in der Realität bleiben. Ihre Leben fanden an vollkommen unterschiedlichen Orten statt. Am Ende ihrer gemeinsamen Zeit würde Zev in sein Leben zurückkehren, und sie musste die wiederentdeckten Seiten an sich wie alte Hautschichten abstreifen und in ihr durchgeplantes, wenn auch schönes und sicheres Leben zurückkehren.

»Und es ist ein schöner Ort für ein Zuhause«, sagte er und holte sie aus ihren Gedanken. Er deutete auf die majestätischen Berge, den glitzernden See und das Hochzeitszelt, das im Sternenlicht sogar noch schöner aussah. Plötzlich lachte er und streckte die Hände zum Himmel aus. »Jetzt verstehe ich es endlich!«

»Was verstehst du?«

»Ich habe mich gefragt, warum das Universum sich gerade *jetzt* dazu entschieden hat, uns wieder zusammenzubringen, und ich glaube, ich habe es durchschaut«, erklärte er aufgeregt. »Du *brauchst* mich.«

Sie verdrehte die Augen. »Als hätte ich dich vor all den Jahren nicht gebraucht.«

»Das war eine andere Art von *brauchen*. Ich glaube, das Universum wusste etwas, das wir nicht wussten. Wir mussten beide erwachsen werden, um zu heilen und die Erwachsenen zu werden, die wir sein sollten. Und ja, es war mies, getrennt zu sein. Es war unerträglich, aber ich weiß, ich bin dadurch zu einem besseren Menschen geworden. Ich überlege, bevor ich handle, und ich bin mir *all* meiner Fehler bewusst, von denen es viele gibt. Und du bist stärker und sogar noch selbstbewusster. Du bist klüger, als ich es je sein werde, Carls, und du hast bewiesen, dass du mich nicht auf die Art und Weise brauchst, wie wir uns früher gebraucht haben.«

»Aber du sagtest, ich brauche dich *jetzt*.«

»Das tust du auch, aber auf eine andere Weise. Und ich brauche dich auch, aber auch nicht auf die Art wie früher. Du siehst das Leben mittlerweile als dieses geregelte, klar umrandete Schwarz-Weiß-Element, und ich bin hier, um dich daran zu erinnern, dass dieses Leben, das du dir geschaffen hast, nicht Gefahr läuft auseinanderzufallen, wenn du ab und zu mit etwas Glitzer und Farbe über den Rand malst und aus dem Gewohnten ausbrichst.«

»Okay, das verstehe ich. Aber du lebst unseren Traum. Warum solltest du *mich* jetzt brauchen?«

Er nahm ihre Hand und führte sie zu dem Zelt. »Die Antwort darauf habe ich noch nicht – abgesehen von dem Offensichtlichen, dass ich dich immer geliebt habe und mein Leben ohne dich ein einsamer, nur halb erfüllter Traum ist. Aber wir haben diese Woche, um es herauszufinden, und ich bin mir sicher, dass die Antwort erkennbar wird. Angefangen mit einer kleinen Erinnerung daran, wie alles begonnen hat.« Er blieb am Eingang des Zeltes stehen, in dem es dunkel war, und holte sein Handy heraus. »Etwas Geduld noch, bitte.« Er tippte auf seinem Handy herum, fluchte kurz und sagte dann: »Ich hab's!«

Er tippte auf den Bildschirm und alle funkelnden Lämpchen

im Zelt leuchteten auf. Carlys Herz blieb fast stehen, als sie mitten im Zelt Charlottes riesiges rundes Rattanbett sah, darauf Decken und mehrere große flauschige Kissen, und dort, wo die Tanzfläche gewesen war, befand sich nun eine riesige Leinwand. Neben dem Bett stand ein Tisch mit einem Projektor und einem Laptop. Ein altmodischer Popcorn-Automat, verschiedene Früchte, Nüsse, Bonbons und Müsliriegel – all die Dinge, die Carly und Zev immer gegessen hatten, wenn sie Filme geschaut hatten – waren auf einem großen Tisch an der Seite aufgebaut. Flaschen mit Wasser, Saft und Champagner schwammen in einem Kühler voller Wasser.

»Zevy …?«, gab sie atemlos von sich. »Das ist unglaublich. Du sagtest doch, dass sie nicht gekommen wären, um das Zelt zu holen.«

»Das entsprach nicht ganz der Wahrheit. Sie waren da, aber ich habe sie gebeten, es stehen zu lassen. Ich wollte dich überraschen.« Er legte ihr eine Hand auf den Rücken und führte sie ins Zelt hinein.

»Das ist dir eindeutig gelungen. Ich bin überwältigt. Wann hattest du Zeit, das alles vorzubereiten?«

»Nick hat mir geholfen, das aufzubauen, nachdem am Samstagabend alle ins Bett gegangen waren.«

»Nick?« Ihr fiel ein, dass es auch Nick gewesen war, der Zev wegen des Küssens Ratschläge gegeben hatte. »Er denkt wahrscheinlich, dass wir immer nur rummachen.«

»Tatsächlich hat er mir ordentlich die Leviten gelesen, genau wie beim ersten Mal, als ich ihn um Rat gefragt habe. Er hat mir mit auf den Weg gegeben, dass ich dich gut behandeln soll und dass ich dir dieses Mal ja nicht wehtun soll, sonst bekäme ich es mit ihm zu tun.«

»Wow, echt? Er wirkt immer wie ein Aufreißer. Ich hätte

nicht gedacht, dass er sich solche Gedanken macht.«

Zev schüttelte den Kopf. »Ich bin mir sicher, dass Nick gerne mal jemanden aufreißt, aber er hat immer auf dich aufgepasst. Ich habe dir nie erzählt, wie er mich dabei erwischt hat, als ich Beaus Kondome geklaut habe, als du und ich es das erste Mal versuchen wollten.«

»Das glaub ich nicht!«, lachte sie.

»Oh doch! Er nahm mir die ab, die ich geklaut hatte, und hielt mir einen Vortrag darüber, was es heißt, mit einem Mädchen Sex zu haben. Er sagte, ich solle danach kein Arschloch sein oder damit angeben, lauter solche Sachen. Und dann meinte er, wenn ich reif genug dafür wäre, mit einem Mädchen zu schlafen, dann wäre ich auch alt genug, um meine eigenen Kondome zu kaufen, um es zu schützen.«

»Im Ernst?«

»Ja, und das ist noch nicht alles. Er wollte, dass ich die *volle* Verantwortung übernahm, also fuhr er mich zu einer Drogerie, um sicherzugehen, dass ich nicht die Schlappschwanzmethode anwende und sie im Internet bestelle.«

»Du meine Güte! Du machst Witze, oder?« Sie lachte. »Dann muss ich mich wohl auch bei Nick bedanken.« Sie hakte ihre Finger in seine Gürtelschlaufen. »Danke, dass du das alles für uns gemacht hast.« Sie schaute zu der Leinwand, und dann wurde ihr langsam bewusst, *wann* er das aufgebaut hatte. »Warte mal. Du hast das am Samstagabend gemacht? Nach der Hochzeit?«

»Ja. Am Sonntagmorgen sind alle abgefahren, und ich wollte nicht, dass die anderen es erfahren und eine große Sache daraus machen, falls du mich zum Teufel jagst. Beau wusste, dass ich mir den Projektor und die Leinwand ausleihen wollte, aber er hat nie nachgefragt, wozu ich die brauche.«

Sie trat einen Schritt zurück. »Das ist ziemlich vermessen, zu denken, dass ich mit dir ins Bett steigen würde.«

»Also, das habe ich nicht gemacht, damit wir Sex haben könnten. Dafür gibt's den ganzen Gasthof. Ich habe es gemacht, damit wir *Die Goonies* und *Indiana Jones* sehen könnten, deine beiden Lieblingsfilme. Ich dachte, es wäre cool, wie in alten Zeiten miteinander abzuhängen.«

»Oh«, flüsterte sie und kam sich albern vor.

Er zog sie an ihrem T-Shirt langsam in seine Arme. »*Du*, meine sexy Verführerin, warst diejenige, die *mich* heute Nachmittag dazu gebracht hat, mich auszuziehen, weißt du noch?«

»Wer, ich?«, fragte sie unschuldig.

Er küsste sie sanft. »Du brauchst gar nicht so zu tun, als hättest du mir nicht am liebsten gleich die Kleider vom Leib gerissen, als du mich auf der Hochzeit gesehen hast. Wir sind praktisch beide sofort in Flammen aufgegangen, als wir uns gesehen haben.«

»Ach, das denkst du also?«, meinte sie frech.

»Oh ja. Das Begehren in deinen Augen konntest du gar nicht verstecken.«

»Träum weiter, Braden.«

Er packte sie an der Taille und kitzelte sie. Sie kreischte auf.

»Hör auf!«, stieß sie kichernd hervor.

»Gib's zu!« Er kitzelte sie immer weiter. »Du wolltest mich.«

Sie wand sich aus seinem Griff und rannte weg. »Ich wollte dich nicht.«

»Du wolltest jeden Zentimeter von mir!«, widersprach er und jagte sie um das Bett herum. Er schlang den Arm um ihre Taille, warf sie auf die Matratze und kitzelte sie weiter durch, bis sie hysterisch kicherte. »Gib's zu!«

»Nein!« Sie versuchte, sich wegzurollen, aber er packte ihre Hände, drückte sie auf die Matratze und setzte sich rittlings auf ihre Hüfte.

»Gib's zu«, forderte er mit einem teuflischen Funkeln in den Augen.

Sie schüttelte den Kopf und versuchte, nicht zu lachen.

Er strich mit der Nase über ihre. »Du wolltest mich damals, und du willst mich jetzt.« Nun hauchte er Küsse auf ihre Wange bis hin zu ihrem Ohr und fuhr dann mit der Zunge über die Ohrmuschel.

Sie keuchte.

»Ich spüre es, auch wenn du es nicht sagst«, flüsterte er ihr heiser ins Ohr.

Er küsste ihr Ohrläppchen und knabberte dann gerade fest genug daran, dass die Lust prickelnd an ihrem Körper hinunterlief.

»Zevy«, flehte sie, als sie sich tief in die Augen schauten. »Küss mich.«

Er senkte seine Lippen auf ihre und flüsterte: »Sag, dass du mich willst.«

Zeit für eine Antwort gab er ihr nicht. Der Druck seiner Lippen war überraschend sanft, ein streichelnder Kuss, mit langen, langsamen Zungenschlägen. Ein Kuss, an den Großmütter sich gern erinnerten und von dem junge Mädchen träumten. Ein Kuss, der sie an entlegene Orte mit Rittern und prächtigen Schlössern entführte. Carly hatte nie von Rittern geträumt. Sie hatte von Zevy mit Wanderschuhen oder in einem Taucheranzug geträumt, und wenn sie von Schlössern träumte, dann höchstens von den alten, efeubewachsenen, die – von Geistern der Vergangenheit abgesehen – leer standen und von Zevy und ihr erforscht werden wollten. Er war ein meisterhafter Forscher, was er gerade damit unter Beweis stellte, wie er ihren Mund erforschte und seine Zunge über die glatten Kanten ihrer Zähne gleiten ließ. Er zog ihre Lust in die Länge, ließ ihre Hände los und hielt sie unter sich geborgen, küsste sie so innig, dass die Stimme in ihrem Kopf flüsterte: *Sei vorsichtig,* doch ihr Herz hämmerte eine viel lautere Botschaft: *Lass es geschehen …*

Und das tat sie. Sie dachte nicht mehr, sondern ließ sich von seinen Küssen an jene entlegenen Orte voller Farben und Lichter, Wüsten und Meere entführen. In eine Welt voller Hoffnungen und Möglichkeiten. Als sich ihre Lippen schließlich voneinander lösten, bedauerte sie sofort den Verlust und sehnte sich nach mehr.

»Sag es mir, Carls«, flüsterte er. »Ich muss es hören.«

Sie versuchte, sich daran zu erinnern, worüber sie als Letztes gesprochen hatten. Nicht was er gesagt hatte, fiel ihr als Erstes wieder ein, sondern der flehende, liebevolle Blick in seinen Augen, mit dem er auch jetzt auf sie niederblickte, und dann kamen ihr auch seine Worte – *Sag, dass du mich willst* – wieder in den Sinn. Ihr Herz klopfte so schnell, dass sie die Wahrheit nicht zurückhalten konnte. »Ich habe nie aufgehört, dich zu wollen.«

Er ließ den Kopf neben ihr aufs Kissen fallen, als hätten die Worte ihm die Erleichterung verschafft, die er brauchte. Er küsste sie auf die Wange und schaute ihr dann wieder in die Augen. »Sag, dass du heute Nacht bei mir bleibst.«

»Es gibt keinen Ort, an dem ich lieber wäre.«

Elf

Zev war schon zu Meeresrauschen und farbenfrohen Sonnenaufgängen an den exotischsten Orten überall auf der Welt aufgewacht, aber nichts war vergleichbar damit, zu dem Krähen der Hähne aufzuwachen, in einem einfachen Hochzeitszelt und mit der schlafenden Carly Dylan nackt und geborgen in seinen Armen. Er lag schon seit Stunden wach und schwelgte in ihrer Nähe. In ihrem ersten Jahr am College hatten sie fast jede Nacht zusammen in einem Bett verbracht, und er hatte gedacht, er wäre nie mehr in der Lage, ohne sie zu schlafen. Auf seinen Reisen hatte er sich verausgabt, die Müdigkeit regelrecht gesucht, aber egal wie erschöpft er gewesen war, sobald er die Augen geschlossen hatte, nahm Carly all seine Träume ein. Doch in der vergangenen Nacht hatte er in den wenigen Stunden, nachdem sie sich geliebt hatten, fester geschlafen als je zuvor. Obwohl Carly noch immer der Star jeder seiner Gedanken war, so war sie doch auch endlich seine Realität.

Sie hatten noch fünf Tage miteinander. Noch vier Nächte, in denen er sie halten, sie lieben und versuchen konnte, ihr Vertrauen zu gewinnen. Sie liebte ihn. Dessen war er sich sicher, auch wenn sie die Worte nicht aussprach. Aber er verstand ihre

Sorgen. Er musste nur herausfinden, was er dagegen unternehmen konnte.

Die *Pride* hatte ihre gemeinsame Entdeckung sein sollen, und auch wenn er angesichts des hoffentlich geschichtsträchtigen Fundes begeistert gewesen war, so waren seine Worte ehrlich gewesen, dass er nicht erfüllt war. Aber genauso wenig wie er zu einem sesshaften Grundstücksbesitzer mutieren konnte, konnte Carly ihr Leben aufgeben, das sie sich so hart erarbeitet hatte. Er brauchte Antworten, die nur mit der Zeit kommen konnten. Er hoffte bloß, dass fünf Tage ausreichten, um ihr zu zeigen, dass sie und ihre Beziehung es wert waren, daran festzuhalten, bis sie einen Weg gefunden hatten.

Bandit, der neben dem Bett auf dem Boden lag, hob den Kopf von den Pfoten und stellte die Ohren auf. Er war auch mit dem Hahnenschrei aufgewacht, war hinausgetrabt, um nach dem Rechten zu sehen, dann viel später wieder ins Zelt geschlendert und gleich wieder eingeschlafen. Zev gewöhnte sich allmählich daran, Bandit wie einen Schatten bei sich zu haben, der mit ihm nach den Hühnern schaute und der in den Pick-up sprang, sobald Zev die Tür öffnete. Aber er glaubte nicht, dass er sich je daran gewöhnen würde, dass ihm ständig seine Sachen geklaut wurden.

»Hey, Kumpel, was ist los?«, flüsterte Zev. Er traute sich nicht, die Hand auszustrecken, um ihn zu streicheln, weil er befürchtete, Carly zu wecken.

Bandit sprang auf und rannte aus dem Zelt, wahrscheinlich auf der Suche nach mehr Diebesgut. Zumindest konnte er sich nicht an Zevs Sachen vergreifen, denn die Türen zum Gasthof waren verschlossen. Das erinnerte Zev daran, dass Bandit Carlys Top geklaut hatte, und er nahm sich vor, später noch einmal danach zu suchen.

Bandit bellte in der Ferne und weckte Carly, die sich an Zevs Seite kuschelte. Sie gab einen verschlafenen Laut von sich und drückte ihm einen süßen Kuss auf die Brust. Sie schaute auf und lächelte verschlafen.

»Morgen, Schatz.« Zev küsste sie.

Mit der Hand fuhr er an ihrem Rücken entlang, bis er in der Mulde unten an ihrer Wirbelsäule ankam. Gestern Abend hatte er dieser verführerischen Stelle besonders viel Aufmerksamkeit geschenkt. Sie war dort schon immer kitzelig gewesen, und er hatte es ebenso genossen, dass sie sich unter ihm wand, wie er es genossen hatte, jeden einzelnen Wirbel ihres Rückgrats zu küssen und dann ihre Schultern und den Hals mit feuchten Küssen zu bedecken, während sie sich unter ihm räkelte und ihren Hintern an seiner Härte rieb. Er wurde hart, wenn er nur daran dachte, wie sie auf alle viere gegangen war und er sie von hinten geliebt hatte, bis sie in den Armen des anderen zusammengebrochen waren.

»Hmm. Dir auch einen guten Morgen.« Sie legte die Hand um seine Erektion und Glut flammte in ihren Augen auf.

Sie streichelte ihn fest und langsam, während sie über seinen Nippel leckte. Heiliger Himmel, sie beherrschte noch all ihre kleinen Tricks.

»Komm her, meine Schöne.« Er drehte sie auf den Rücken und schob sich über sie, während er sie küsste und sie ihre Beine weiter spreizte.

»Daran könnte sich deine Schöne gewöhnen.«

»Das ist der Plan.« Als er den Mund auf ihren legte, stürmte Bandit ins Zelt.

»Carly?«, ertönte eine männliche Stimme.

Zev stemmte sich hoch, als Cutter gerade ins Zelt

marschiert kam. Sofort ließ sich Zev wieder fallen, um Carlys nackten Körper vor ungebetenen Blicken zu schützen. »Alter!«

»Cutter?!« Carly versuchte, sich hektisch zuzudecken, und schob Zev von sich. »Runter da!«

Cutter sah verwirrt zu, wie Zev sich von Carly löste und sie schnell zudeckte. »Alter, dreh dich um!«

»Oh, Mist, tut mir leid!« Cutter wandte ihnen den Rücken zu. »Dann hat Zev dich wohl von der Insel der Verleugnung gerettet.«

»Halt den Mund. Wie spät ist es? Was machst du hier?«, fuhr Carly ihn an.

»Halb neun«, sagte Cutter. »Birdie hat mich angerufen. Sie hat dir die ganze Nacht über Nachrichten geschrieben und sich Sorgen gem…«

»Halb neun?«, schrie Carly, während sie sich das Laken an die Brust drückte. »Welcher Tag ist heute?« Sie schüttelte den Kopf, als versuchte sie, ihren Hirninhalt zu sortieren. »Ich muss los! Wo sind meine Klamotten? Ich muss Birdie anrufen!« Sie sah sich panisch um. »Wo ist mein Handy?«

»Dein Handy ist noch im Haus«, erinnerte Zev sie. »Cutter, woher wusstest du, dass wir hier draußen sind?« Er suchte den Boden nach Carlys Kleidung ab, entdeckte aber nur seine Shorts am Eingang des Zeltes. *Verdammter Hund.*

»Ich war zuerst bei Carly. Sie bleibt sonst *nie* die ganze Nacht weg, aber da du hier bist, dachte ich mir, ich versuch's mal beim Gasthof, und dann bin ich Bandit hierhin gefolgt.«

Zev sah Carly an, die hastig die Decken durchwühlte. »Er weiß, wo du wohnst, aber mir kannst du es nicht sagen?«

»*Er* hinterlässt nicht seinen Duft in meiner Bettwäsche.« Sie krabbelte aus dem Bett, ins Laken gewickelt, und suchte den Boden ab. »Wo sind meine Klamotten, Zev? Ich muss los!«

Sie war so panisch, dass er verzweifelt überlegte, wie er sie beruhigen konnte – zu ihrem eigenen Wohlergehen und auch damit sie nicht dachte, ihre gemeinsame Nacht wäre ein Fehler gewesen, nur weil sie verschlafen hatten.

»Ich nehme an, Bandit hat sie mitgenommen«, sagte er, während er nackt aus dem Bett stieg. Es war ihm egal, dass Cutter da war. Er war einzig und allein darauf konzentriert, Carly dabei zu helfen, sich zu beruhigen, daher zog er sie zu einem Kuss an sich. Sie stand steif in seinen Armen. Er drückte sie fester, küsste sie tiefer, bis sie ihrem eigenen Verlangen nachgab und sich an ihn schmiegte. Er küsste sie weiter in der Hoffnung, jegliche verbleibende Panik in etwas Tröstlicheres umzuwandeln, und als sie einen leisen, lusterfüllten Laut von sich gab, wusste er, dass es ihr besser ging.

Sie seufzte, als sich ihre Lippen voneinander lösten, und sah ihn etwas benommen an.

»Danke für gestern«, flüsterte er, sodass nur sie es hören konnte. »Und dafür, dass du mir genug vertraut hast, um gestern Abend zu bleiben. Nimm dir aus meinem Rucksack ein T-Shirt und die Kompressionsshorts, die müssten passen. Deine verschwundenen Sachen versuche ich zu finden. Ich muss noch mit Cutter reden, aber ich rufe dich später an, damit wir besprechen können, wann wir uns sehen. Und ich verspreche dir, dass ich von nun an immer einen Wecker stelle.«

Sie riss die Augen auf, als würde ihr gerade erst klar werden, dass sie spät dran war. »In Ordnung! Ich muss los!«

Sie stellte sich auf Zehenspitzen, gab ihm einen schnellen Kuss und raffte dann das Laken um sich zusammen, um aus dem Zelt zu rennen. Das Laken rutschte herunter, sodass Zev und Cutter eine wunderbare Sicht auf ihren Hintern bekamen. Bandit spurtete hinter ihr her.

Zev hob seine Shorts vom Boden auf und zog sie an, wobei er einen Blick auf Cutter warf, der immer noch Carly beobachtete. »Willst du ein Foto von ihrem Hintern machen oder was?«

Cutters Blick landete auf Zev. Die Kiefermuskeln zuckten angespannt.

»Was läuft da zwischen euch beiden?« Zev verschränkte die Arme und sah ihn wütend an. Cutter war ein imposanter Kerl und er beäugte Zev ebenso abschätzend wie Zev ihn. *Mach nur, Junge, kannst mich ruhig abchecken, denn ich bin derjenige, auf den sie steht.*

»Dasselbe sollte ich dich fragen.« Cutter tat es Zev gleich, verschränkte die Arme und schob das Kinn vor. »Du tauchst hier nach all den Jahren auf und zerrst sie ins Bett. Was hast du vor, Zev? Carly gehört für viele von uns zur Familie. Ich weiß, was du ihr angetan hast, und wenn du ihr noch mal so zusetzt, dann kommst du nicht wieder ungeschoren davon.«

Zev schnaubte verächtlich. »Ungeschorene gibt's in der Angelegenheit nicht.« Carly hatte gesagt, dass sie niemandem von der Fehlgeburt erzählt hätte, und er glaubte ihr. Das bedeutete, dass Cutter wahrscheinlich nur von dem wusste, was passiert war, als Zev Pleasant Hill verlassen hatte. Doch schon das machte ihm klar, dass Cutter ihr wichtig war. Er schob die Eifersucht, die ihn trieb, beiseite und erkannte, dass dieser großspurige Cowboy für Carly da gewesen war, als er nicht für sie da gewesen war. So schmerzhaft es auch war, Cutter gegenüber seine Fehler einzugestehen, so musste er doch in jeder Hinsicht das tun, was das Richtige für Carly war, wenn er je der Mann sein wollte, den sie in ihrer Zukunft brauchte und wollte.

Und das galt auch für diese Situation.

»Ich bin froh, dass du auf sie aufpasst«, sagte Zev und ließ die Arme fallen. »Ich wollte sie nie verletzen. Ich dachte, ich würde sie beschützen, indem ich ging. Aber das ist eine lange Geschichte. Du musst nur wissen, dass ich nicht vorhabe, ihr jemals wieder wehzutun.«

Der finstere Blick in Cutters Gesicht blieb. »Gut.«

»Hör zu, Mann! Ich weiß, dass du in mir nur irgendeinen Typ siehst, der einer Freundin von dir wehgetan hat und der an keinen Ort oder Menschen gebunden ist. Aber der Schein kann trügen. Carly und ich haben eine jahrelange Geschichte und eine Verbindung zueinander, die keine Zeit und keine Entfernung jemals auslöschen könnte. Sie ist meine Seelenverwandte, und wo sie ist, ist mein Zuhause.«

»Heißt das, du bleibst, wenn Beau zurück ist?«, fragte Cutter mit einem skeptischen Ton in der Stimme.

»Das werden Carly und ich herausfinden müssen. Aber ich würde dich und ihre anderen Freunde gern besser kennenlernen. Vielleicht können wir mal abends etwas trinken gehen?«

»Kommst du heute Abend mit Carly ins Roadhouse?«

»Roadhouse?«

»Das ist eine Bar, in der wir uns mittwochabends immer alle treffen. Egal, wie viel sie zu tun hat, das verpasst sie nie.«

»Oh, ja, wir sind da.« Zev gab sich gelassen, als wüsste er von ihren Plänen, obwohl er sich fragte, warum sie ihm nichts davon erzählt hatte. »Wir kommen vielleicht etwas später. Vorher haben wir noch etwas zu tun.« Er freute sich darauf, Carly die Konkretionen zu zeigen, aber er wollte auch nicht, dass sie ein wöchentliches Treffen mit ihren Freunden verpasste.

Es sei denn, sie wollte nicht mit ihm dorthin gehen und hatte es deshalb nicht erwähnt.

Ach, was soll's.

»Cool.« Cutter sah sich im Zelt um. »Hast du das alles hier für Carly aufgebaut?«

»Ja, Zelte und Filme waren unser *Ding*, als wir jünger waren.«

»Im Ernst? Ich kann sie mir gar nicht in einem Zelt vorstellen, aber … ähm … Jetzt muss ich mir das wohl auch nicht mehr vorstellen.«

Zev sah ihn warnend an.

Cutter hob die Hände. »War nur ein Scherz. Aber wenn du mich fragst … Ich habe keine Ahnung, wer diese Frau war, die da mit dem Hintern an der frischen Luft aus dem Zelt gerannt ist. Die Carly, die ich kenne, steht mit der Sonne auf, ist um sieben im Geschäft, und ihre Vorstellung von einer ausgelassenen Aktion ist das Reiten auf der Redemption Ranch am Sonntagmorgen.«

»Wirklich?« Zev fragte sich, warum Carly ihm gegenüber auch das nicht erwähnt hatte. Früher hatten sie auch mal Ausritte gemacht, aber es war nie eines ihrer Dinge gewesen. Er fragte sich, was sonst noch *ihr* Ding geworden war. Er erinnerte sich an die Geschichte, die sie ihm über den anderen Typen, Callahan, erzählt hatte, der sich benommen hatte, als wäre er ihr Freund, und der sie gerettet hatte, als ihr Auto liegengeblieben war. Hatte sie sich das ausgedacht oder war das doch wahr? Ritt sie vielleicht immer mit diesem Typen aus? Sie hatte gesagt, er wäre wie ein Bruder für sie, und Zev wollte ihnen diese gemeinsame Zeit nicht wegnehmen. Er musste eindeutig noch viel über Carlys Leben lernen.

»Kennst du ihren Freund Callahan? Ich glaube, seiner Familie gehört die Ranch, von der du geredet hast.«

»*Cowboy?* Klar. Jeder kennt die Whiskeys. Warum?«

»Meinst du, du könntest ihn dazu kriegen, dass er uns in der Bar trifft? Ich würde ihn auch gern kennenlernen.« Bandit kam mit etwas im Maul zu ihnen gerannt.

»Glaub mir, wenn es sich erst mal herumspricht, dass ihr beide dort sein werdet, dann wird es sich keiner nehmen lassen, dich kennenzulernen.«

»Das klingt bei dir so, als würde ich da in einen Hinterhalt geraten.«

Cutter grinste. »Sei nicht albern. Dir wird schon niemand im Gebüsch auflauern.«

Zev schmunzelte und bückte sich, als Bandit zu ihm kam. »Gib her, Junge.« Bandit ließ Carlys grünes Bikinihöschen neben Zevs Füße fallen. Er hob es auf und überprüfte es auf Löcher.

»Anscheinend wart ihr schwimmen.«

»Klippenspringen«, sagte Zev und steckte ihr Bikinihöschen in die Tasche. Cutter hob ungläubig die Augenbrauen. »Scheint, als gäbe es so einiges, was wir beide über Carly nicht wissen«, meinte Zev. »Hast du etwas vor? Denn ich könnte ein bisschen Hilfe gebrauchen, um alles wieder an seinen Platz zu räumen, nachdem ich die Hühner gefüttert habe. Wir können reingehen, einen Kaffee holen und reden, während wir arbeiten.«

»Etwas Zeit habe ich«, sagte Cutter, als sie zum Gasthof gingen. »Ich weiß nicht, wie viel Zeit du mit Char verbracht hast, aber lass mich dir einen Rat geben. In ihrer Gegenwart solltest du die Hühner nur *Chickendales* nennen.«

»Ja, das hat Beau mir auch schon gesagt.«

»Und«, fügte Cutter hinzu, »in Carlys Gegenwart solltest du sie nie *Carls* nennen. Sie hasst diesen Namen.«

Verdammt, das war gut zu wissen – und Grund genug, sogleich seinen Besitzanspruch geltend zu machen. »Weil ich sie immer so nenne.«

»Nicht dein Ernst?«

»Und ob das mein Ernst ist. Du weißt, dass sie Milchschokolade hasst, oder?«

»Sie ist allergisch«, sagte Cutter.

Zev lachte und schlug Cutter auf die Schulter. »Ich glaube, das wird ein interessanter Morgen, mein Freund.«

Als Carly im Geschäft ankam, war es fast zehn Uhr gewesen, was normalerweise den ganzen Plan für ihren Vormittag über den Haufen geworfen hätte, aber Birdie hatte den Tag gerettet. Sie war früh zur Arbeit gekommen und hatte schon die gesamte Aktionsware fertiggestellt. Carly selbst hatte sie dann beide überrascht. Obwohl sie mit Rückstand in den Tag gestartet war und Birdies vierzigminütiges Verhör zu ihrer Nacht mit Zev hatte überstehen müssen, war Carly bester Laune und inspirierter denn je. Sie hatte nicht nur schnell all ihre üblichen Aufgaben nachgeholt, sondern sich auch eine Überraschung für Zev einfallen lassen – eine Schatztruhe aus Schokolade, die sie später auch für Sonderbestellungen anbieten konnte. Den Nachmittag über hatte sie die Musik-CD gehört, die Zev im letzten Jahr auf der Highschool für sie gebrannt hatte, und währenddessen hatte sie gemixt, gebacken, Formen angemalt und alle Einzelteile für seine Überraschung kreiert.

Die Arbeitsflächen in der Küche waren vollgestellt mit Kunstwerken aus Schokolade in unterschiedlichen Phasen der Herstellung. Sie machte Pralinen in Herz- und in Münzform mit einem goldglänzenden Überzug, mit Schokolade überzogene Cake Balls, die sie in Streusel tunkte, Perlen aus weißer oder brauner Schokolade, die sie gerade zu einer Kette aufzog, Schokolade und Bonbons in Form von Juwelen und das Teil, auf das sie am meisten stolz war: eine Schatztruhe aus Schokolade mit goldenen Schlössern und schwarzen Beschlägen.

Quinn war während ihrer Mittagspause in der Bank kurz auf einen Besuch vorbeigekommen und hatte Carly über ihre Nacht mit Zev ausgefragt und alle Köstlichkeiten probiert. Angesichts von Quinns Sanduhrfigur war Carly überzeugt, dass die Kalorien direkt zu ihren Hüften und Brüsten wanderten. Ihre Mitarbeiterin sah aus wie eine sexy Bibliothekarin, als sie in ihrem Bleistiftrock und der schicken Bluse dasaß, die langen Beine übergeschlagen und mit einem ihrer High Heels wippend, während sie die Kunstwerke aus Schokolade durch ihre Brille mit dem schwarzen Gestell beäugte. Sie strich sich die kastanienbraunen Haare hinters Ohr. »Ich finde, du bist verrückt. Du solltest Zev deine Wohnung zeigen. Ein Mann, der dich vergessen lässt, welchen Tag wir haben, verdient meiner Meinung nach stehende Ovationen.«

Quinn war dabei gewesen, als Carly Zevs Nachricht wegen ihres späteren Dates bekam. Sie wollten sich um vier Uhr treffen, und er wollte sie bei ihr zu Hause abholen, aber dafür war Carly noch nicht so richtig bereit.

Carly schüttelte den Kopf. »Das kann ich nicht. Wenn er erst einmal dort war, habe ich keinen Ort mehr, an dem ich nicht an ihn denke. So sehr hat er mein Herz im Griff.«

»Ein Grund mehr, ihn hereinzulassen.« Quinn schnappte sich noch eine Schokoladenperle vom Blech und aß sie.

Carly richtete die Nadel, mit der sie die Schoko-Perlen aufzog, auf ihre Mitarbeiterin. »Quinn Finney, wenn du noch eine Perle isst, werde ich deine Finger auf diesem Faden aufziehen.«

Quinn ließ die Schultern hängen. »Na gut. Eines Tages wirst du mich in Vollzeit einstellen und dann mache ich sie selbst.«

»Den Gewinn vernaschen. Das merke ich mir«, scherzte Carly. »Apropos Arbeit … Danke, dass du dir nächste Woche in der Bank freinimmst, um mit uns das Festival zu stemmen. Du warst letztes Jahr eine sehr große Hilfe. Ohne dich würden wir das nicht schaffen.«

»Aber gerne doch. Sonntagmorgen bin ich in aller Frühe hier und helfe dabei, die ganzen leckeren Sachen herzustellen, und ich verspreche auch, nicht allzu viele davon zu essen.«

Carly lächelte. »Schon gut, Quinn. Ich möchte nur noch genug für Zevs Überraschung behalten.«

»Weiß ich. Wie gesagt, eines Tages wirst du merken, dass ich in Vollzeit hierhergehöre.«

»Du weißt, dass ich dich irgendwann ganz einstellen möchte. Im Moment habe ich nur einfach noch nicht den Bedarf.« Sie hörte die Glocke über der Eingangstür und fragte sich, ob gerade Kunden kamen oder gingen. Es war schon den ganzen Vormittag wie im Irrenhaus zugegangen.

Birdie kam in die Küche gerannt und sah dabei in ihren violetten Overallshorts und den Haaren, die zu einem zotteligen Dutt hochgesteckt waren, wie eine Achtzehnjährige aus. »Was ist denn heute los? Da draußen geht's zu wie auf einem Bahnhof. Ich könnte schwören, die Festivalbesucher kommen alle eine Woche zu früh.« Sie klopfte ungeduldig auf die Arbeitsfläche. »Was habe ich verpasst?«

»Ich habe Carly gerade gesagt, dass sie mich in Vollzeit anstellen soll.« Quinn deutete auf eine Schoko-Praline und sah Carly fragend an, die daraufhin nickte. »Danke!« Sie warf sich die Praline in den Mund. »Und eines Tages wird mich einer von Birdies verdammt scharfen Brüdern in den siebten Himmel entführen und mich heiraten.«

Birdie lachte. »Ich bin mir sicher, dass dich jeder von denen zu gern in sein *Bett* entführen würde. Aber daran möchte ich gar nicht denken. *Igitt,* jetzt werde ich dieses Bild nicht mehr los.« Sie schloss die Augen und drückte die Finger gegen die Schläfen. »Quinn und Cutter, Quinn und Cutter, Quinn und Cutter.« Sie riss die Augen auf. »Schon besser! Lasst uns lieber darüber reden, was Carlys Orgasmus-Guru mit ihr angestellt hat. Seht euch mal dieses ganze wunderschöne Zeugs an!«

»Wunderschön und köstlich«, sagte Quinn mit hungrigem Blick auf die Perlen. »Du solltest diese Perlen wirklich auch für das Geschäft machen. Ich würde sie tütenweise verschlingen.«

»Zwei darfst du noch haben«, sagte Carly und wurde mit Jubel von Quinn belohnt. Sie schob noch eine Perle auf die Nadel. »Aber den Rest brauche ich für Zev. Ich kann es gar nicht erwarten, ihn zu überraschen.«

»Überrasche ihn damit, dass du ihn in dein Bett lässt«, kommentierte Quinn mit einem vielsagenden Wackeln ihrer perfekt gezupften Augenbrauen.

Birdie sah Carly wissend an. Sie und Carly hatten dieses Gespräch schon geführt. Carly schüttelte den Kopf. »Das verstehst du nicht. So einfach ist es nicht.«

»Was gibt es da nicht zu verstehen?«, wollte Quinn wissen. »Du vögelst deinen heißen Ex, der Birdie zufolge so sexy ist wie zuckersüßer Fudge und der dich in ein so tiefes Orgasmus-Koma versetzt hat, dass du nicht mal ans Telefon gehen konntest. So einen Mann würde ich jederzeit in mein Bett lassen.«

»Zev und ich haben eine lange Vorgeschichte. Es gab eine

ziemlich üble Trennung, und jetzt versuchen wir herauszufinden, ob es noch mal funktionieren könnte.«

»Und er liebt sie abgöttisch. Das habe ich in seinen Augen gesehen«, fügte Birdie hinzu. »Cutter hat sie heute Morgen dabei erwischt, wie sie es im Hochzeitszelt miteinander getrieben haben.«

»Birdie! Wir haben es *nicht* miteinander getrieben, als er kam.«

»Respekt!« Quinn beugte sich über die Arbeitsfläche. »Meine ach so anständige Chefin wurde *fast* dabei erwischt, wie sie den heißen Typen flachlegt? Erzähl mir mehr!«

»Sie grinst unentwegt, seit sie hier ist«, sagte Birdie.

Carly verdrehte die Augen, aber es war tatsächlich so, dass sie nicht mehr aufhören konnte zu lächeln, seit sie am Morgen Zevs Shorts angezogen hatte. Und es war lächerlich, dass sie mit fast dreißig Jahren nicht nur fast beim Sex erwischt worden war, sondern auch eingewickelt in ein Laken einen peinlichen Sprint hingelegt hatte.

»Wann lerne ich den OG kennen?«, fragte Quinn. »Heute Abend in der Bar?«

»OG?«, fragte Carly.

»Orgasmus-Guru«, flüsterte Quinn.

Carly konnte nicht anders, als in das Lachen ihrer Freundinnen einzustimmen. »Eigentlich will er mir heute Abend irgendetwas Besonderes zeigen, also werde ich wohl nicht kommen.« Sie sagte es mit einem Anfall von Bedauern. Abgesehen von den Zeiten, in denen sie nicht vor Ort war, würde dies der erste Mittwochabend seit Jahren werden, den sie nicht mit ihren Freunden in der Bar verbrachte, aber Zev und sie hatten nur noch fünf Tage zusammen, und sie wollte keine Sekunde davon verpassen.

»Das kann man dir nicht verübeln«, meinte Birdie. »Wenn ich diesen Mann in meinem Bett hätte, würde ich auch nicht gehen.«

Die Glöckchen über der Tür ertönten und Birdie sagte: »Die Pflicht ruft«, ehe sie zurück in den Laden ging.

»Ich gehe auch mal besser wieder in die Bank.« Quinn erhob sich von ihrem Hocker. »Um vier bin ich dann zurück, um zu arbeiten.« Sie stibitzte sich noch einen Cake Ball und eilte aus der Küche.

Carly mochte Quinn wirklich sehr gern und sah es als ein Glück an, Quinn und Birdie als Freundinnen *und* Mitarbeiterinnen zu haben. Sie waren klug, verlässlich, umgänglich und höflich zu den Kunden. Marie hatte immer allein gearbeitet, außer bei Festivals und Veranstaltungen, wenn sie Freunde zum Helfen engagiert hatte. In ihren ersten Jahren im Geschäft waren die Leute, die sie eingestellt hatte, alles andere als zuverlässig gewesen. Sie hatte Carly gesagt, sie fände es einfacher, ein kleineres Angebot zu haben und ihre Arbeit zu genießen, als gestresst zu sein und Angestellte zu beaufsichtigen.

Carly stellte eine Perlenkette fertig und fing gerade die nächste an, als Birdie in die Küche lugte und die Aufregung in ihren Augen funkelte.

»Der heiße Mr. McOrgasm ist da und will zu dir«, verkündete sie mit Flüsterstimme.

»Zev ist hier?« Sie versuchte, ihr Schwindelgefühl unter Kontrolle zu bekommen.

»Ja, und Quinny hat ihn auf ihrem Weg hinaus richtig unter die Lupe genommen. Es wird dich freuen zu hören, dass sie ihr vollstes Einverständnis gibt. Ich kümmere mich um ihn, bis du fertig bist.«

»Oh nein, das wirst du nicht, kleine Miss Flirte-Gern.« Die

Absätze von Carlys Riemchensandalen klackerten auf dem Boden, als sie an Birdie vorbei in den Laden marschierte.

»Du siehst *heiß* aus!«, feuerte Birdie sie flüsternd an.

Sandalen mit Absätzen trug Carly nicht oft, aber sie hatte heute Morgen so gute Laune gehabt, dass sie ihr Outfit etwas sorgfältiger ausgesucht hatte. Zu den Sandalen hatte sie sich einen süßen Minirock mit Blumenmuster herausgesucht, den Birdie ihr zum letzten Weihnachtsfest geschenkt hatte, und dazu ein fließendes weißes Top mit Spaghettiträgern. Ihr ganzer Körper geriet ins Stocken, als Zev in Cargoshorts und einem eng anliegenden T-Shirt auf sie zukam. Sie fand es herrlich, dass er sie mitten am Tag besuchte, und sie war froh über die zusätzlichen Zentimeter, die sie durch die Absätze an Höhe gewann. So war sie näher an seinem Mund.

»Wow, Schatz! Du siehst hinreißend aus.« Er beugte sich zu einem Kuss vor, doch der weiche Druck seiner Lippen fühlte sich anders – *zurückhaltender* – an. »Können wir kurz reden?«

Ihr Magen zog sich zusammen.

Leiser fügte er hinzu: »Unter vier Augen?«

Innerhalb nur weniger Sekunden prasselten mehrere qualvolle Gedanken auf sie ein. Stand das Schiff jetzt unter Arrest und hatte er beschlossen, dass sich jemand anderes um die Tiere kümmern musste, damit er zurück aufs Wasser kam? Hatte er beschlossen, dass ihre Leben zu weit entfernt voneinander stattfanden und dass es besser war, alles jetzt zu beenden? War Cutter am Morgen zu sehr als Beschützer aufgetreten und hatte einen Streit angefangen? Sie musste schlucken, denn sie wollte nicht glauben, dass Zev ihre gemeinsame Zeit abkürzen, geschweige denn vollkommen beenden wollte. Aber der angespannte Tonfall in seiner Stimme war nicht zu überhören.

»Klar, lass uns draußen ein bisschen gehen.« Sie führte ihn

zur Vordertür hinaus, damit er nicht die Überraschung sah, die sie für ihn vorbereitete. Als sie die Stufen hinabgingen, fragte sie: »Ist alles in Ordnung?«

»Ja, es gibt nur etwas, das mir den ganzen Tag keine Ruhe gelassen hat.«

»Und was?« Sie versuchte, sich auf die warme Sonne zu konzentrieren, die ihr auf die Wangen schien, auf das Transparent mit der Aufschrift FESTIVAL ON THE GREEN, das über die Straße gespannt war, und die bunte Dekoration an den schmiedeeisernen Zäunen und den altmodischen Straßenlaternen, die die gepflasterte Straße säumten, statt auf die Knoten, die sich in ihr zusammenzogen, während sie darauf wartete, dass er weiterredete.

»Ich weiß, dass ich dich ganz schön bedrängt habe, Carls, und dich um deine ganze Freizeit gebeten habe. Aber mir ist jetzt klar, dass das egoistisch war. Ich will dich nicht in deinem Leben einschränken und der Grund dafür sein, dass du auf deine Zeit mit deinen Freunden verzichtest oder ...«

»Oder was, Zevy? Was willst du mir sagen?« Sie hatte das Gefühl, gleich weinen zu müssen. *Du hast deine Erwartungen ja toll im Griff, Carly.* War dies das Ende?

Er blieb stehen und sah sie besorgt an. »Schatz, Cutter hat gefragt, ob ich heute Abend mit dir ins Roadhouse komme. Er sagte, du gehst jede Woche dahin. Ich will nicht wie ein eifersüchtiger Mistkerl klingen, aber wenn es da einen anderen Mann gibt oder Bereiche deines Lebens, in die ich nicht einbezogen werden soll, dann sollten wir darüber reden.«

»Was?« Seine Frage verwirrte sie, und es platzte wütend aus ihr heraus. »Ich habe dir gesagt, dass es keine anderen Männer gibt.«

»Warum hast du mir dann nicht vom Roadhouse erzählt?«,

fragte er vorsichtig, nicht vorwurfsvoll. »Weil du dir in Bezug auf uns nicht sicher bist und du den Teil deines Lebens fernhalten willst, bis du dir sicher bist? Wenn das so ist, dann ist das in Ordnung. Ich will einfach nur verstehen, was du denkst.«

»Nein, so ist das überhaupt nicht.« Sie drückte sich eine Hand auf die Brust und versuchte, sich zu beruhigen. »Mann, ich dachte, du wolltest mich nicht mehr sehen oder hättest beschlossen, früher abzureisen.«

»Oh, Mist! Nein, ganz und gar nicht, Schatz. Es tut mir leid!« Er zog sie in die Arme. »Ich will das hier nur einfach nicht vermasseln, und wenn das bedeutet, dass ich mich zurückhalte, dann mache ich es. Wenn du Zeit mit deinen Freunden brauchst, dann nimm sie dir. Du hast ein Leben, und ich will dem etwas Positives hinzufügen und nicht der Grund dafür sein, dass du etwas verpasst.«

»Ach, Zevy«, sagte sie leise und wollte seine Verletzlichkeit am liebsten in sich aufsaugen. Er war so männlich und hatte sich ihr so sehr geöffnet, dass man leicht vergessen konnte, wie sehr auch er sein Herz aufs Spiel setzte. »Weißt du noch, wie ich sagte, dass ich eine Sache aus Torys Tod gelernt hätte, nämlich dass ich die Zeit mit den Menschen verbringen möchte, dir mir wichtig sind, wann immer ich die Gelegenheit habe?«

»Ja, natürlich.«

»Die Whiskeys, Birdies Familie, sind immer im Roadhouse. Mittwochabends gehe ich dorthin, um Zeit mit ihnen zu verbringen. Ich habe es dir nicht gesagt, weil du mir auch wichtig bist, und egoistisch wie ich bin, wollte ich Zeit mit dir allein verbringen. Ich wollte sehen, was du heute Abend für uns geplant hattest. Das ist alles.«

Er stieß ein fast lautloses Lachen aus. »Wirklich?«

»Ja, wirklich.«

»Gott, ich bin ein Idiot.« Er wandte den Blick ab.

»Nein, du kommunizierst, und das ist gut. Das ist so viel besser, als einfach abzuhauen und zu denken, dass du das Richtige machst, obwohl es das nicht ist.« Sie nahm seine Hand. »Ich habe Angst davor, wie all das hier weitergeht, aber ich will dich nicht verstecken, Zevy. Ich wollte mich wohl höchstens *mit* dir verstecken.« Die Erleichterung war ihm anzusehen, als er sie in die Arme zog und ihr sagte, wie sehr er es gebraucht habe, das zu hören.

»Ich will mich auch mit dir verstecken.« Er schob ihr die Hände ins Haar, drückte die Lippen auf ihre und verharrte dort so lange, bis er nicht nur ihre Nerven beruhigt hatte, sondern wohl auch seine. Nach dem Kuss hielt er sie weiterhin an sich gedrückt. »Aber so sehr ich dich für mich allein haben möchte, so sind die Whiskeys doch wichtig für dich, und somit sind sie mir auch wichtig. Ich möchte die Menschen kennenlernen, die dir geholfen haben und denen du wichtig bist.«

»Im Ernst?« Wieder hatte sie das Gefühl, weinen zu müssen. Was war nur mit ihr los?

»Ja, Schatz. Als ich ging, hast du nicht nur mich verloren. Du hast dich auch von meiner Familie entfernt, und das war auch deine Familie, seit wir Kinder waren. Ich muss immerzu daran denken, wie viel schlimmer ich es für dich gemacht habe. Das Letzte, was ich will, ist, dich von den Menschen fortzureißen, die du wie eine Familie liebst. Ich würde wirklich gern versuchen, das alles heute Abend hinzukriegen, wenn es dir recht ist. Ich nehme dich an den Ort mit, der gestern Abend deine Überraschung sein sollte, und danach können wir ins Roadhouse gehen.« Er küsste sie sanft. »Und dann verstecken wir uns die restliche Nacht lang. Nur wir beide.«

»Das klingt perfekt.«

»Gut. Aber ich brauche trotzdem noch deine Adresse«, meinte er scherzhaft und lockerte so die Stimmung auf. »Ich verspreche auch, dass ich meinen Duft nicht auf deiner Bettwäsche hinterlasse.« Er grinste frech und fügte hinzu: »Aber ich garantiere nichts in Bezug auf dein Sofa, den Tisch, den Sessel …«

Sie packte ihn vorne am T-Shirt und zog ihn an sich. »Träum weiter, Braden.« Auf Zehenspitzen stehend gab sie ihm einen Kuss und schmiegte sich dann seitlich an ihn, als sie zurück zum Geschäft gingen. »Wir treffen uns um vier Uhr am Gasthof.«

»Eines Tages wird dir klar werden, dass es in deinem Leben keine Zev-freien Zonen gibt.«

Er hatte ja keine Ahnung, wie recht er hatte.

»Nimm ein paar Sachen mit, damit du über Nacht bleiben kannst. Ich sorge auch dafür, dass Bandit sie nicht klaut.«

Sie sah ihn an: »Die sind schon gepackt und liegen in meinem Wagen.«

»Ach, Schatz«, sagte er glücklich und riss sie an sich, um sie noch einmal langsam, süß und so köstlich zu küssen. »Danke.«

»Ich habe heute Abend auch eine Überraschung für dich«, sagte sie.

Er hob die Augenbrauen. »Deine Adresse?«

»Nein«, erwiderte sie lachend.

»Sexy Unterwäsche?«

Sie schüttelte den Kopf. »Da kommst du nie drauf.«

Sie kamen zu ihrem Geschäft, er zog sie wieder in seine Arme und legte die Stirn an ihre. »Jede Minute mit dir ist ein Geschenk. Mehr brauche ich nicht.« Er strich mit den Lippen über ihre und fügte mit einem schalkhaften Lächeln hinzu: »Außer vielleicht deine Adresse.«

Zwölf

Carly traf um Punkt sechzehn Uhr am Gasthof ein. Den ganzen Nachmittag über hatten die Schmetterlinge in ihrem Bauch getobt. Sie hatte Zev erst vier Stunden zuvor gesehen und dennoch platzte sie vor Ungeduld. Dabei kam sie sich vor wie das atemlose siebzehnjährige Mädchen, das darauf wartete, von ihm von der Schule abgeholt zu werden, oder ihn auf dem Schulflur mit dem Blick eines hungrigen Wolfes auf sich zukommen zu sehen. Sie hatte es als ein Glück empfunden, dass der *Löwe Zev*, der Typ, nach dem sich so viele Mädchen verzehrt hatten, ausgerechnet sie auserwählt hatte. Doch Zev hatte das Gegenteil behauptet: Er wäre der Glückliche und sie wäre sein Schatz.

Als sie aus ihrem Pick-up ausstieg, rannten Zev und Bandit seitlich am Haus vorbei auf sie zu, aber sie sah ihn wie in Zeitlupe laufen, wobei seine welligen Haare mit jedem kraftvollen Schritt hin und her schwangen und seine muskulösen Arme und Beine imposant zum Einsatz kamen. Ein unfassbar starker, schöner Mann, der ihr ganz allein gehörte. *Zumindest im Moment.* Der Gedanke fühlte sich falsch an und polterte wie kalte, raue Steine durch ihren Kopf. Vorhin seine verletzliche Seite gesehen zu haben und zu wissen, dass er die

Menschen kennenlernen wollte, die sich inzwischen wie Familie für sie anfühlten, hatte sie ebenso tief berührt, wie ihr die Tränen, das Lachen und die umwerfenden Küsse der letzten Tage die Schmerzen der Vergangenheit genommen hatten. Ein Keim der Hoffnung hatte in ihr Wurzeln geschlagen, dass sie sich vielleicht nicht nur mit dem Hier und Jetzt begnügen musste. Sie *wollte* hoffen, sich zwingen, diese sechs Tage nicht als vorübergehend zu betrachten, denn *vorübergehend* war das Letzte, was sie wollte.

Ein unwiderstehlich umwerfendes Grinsen trat in Zevs Gesicht, als er sie hochhob und im Kreis herumwirbelte, während er sie küsste und Bandit aufgeregt bellte.

»Du hast mir gefehlt!«, sagte Zev und küsste sie erneut. Seine Augen strahlten vor Freude, als er sie wieder absetzte. »Können wir los? Ich kann es kaum abwarten, dir deine Überraschung zu zeigen.«

»Ja, aber warte kurz. Ich habe dir etwas gemacht.« Sie beugte sich ins Auto und er glitt mit der Hand über ihren Hintern. »Zevy …«, sagte sie, doch insgeheim genoss sie es, dass er nicht genug von ihr bekam. Sie holte die Schachtel mit der Überraschung heraus, an der sie den ganzen Tag gearbeitet hatte. Noch nie war sie so stolz auf eins ihrer Werke gewesen, und sie hoffte, dass es ihm gefiel.

Als sie ihm die Schachtel reichte, sagte er: »Hmm, meine Schokoladengöttin hat mir etwas Süßes gemacht? Danke.« Er küsste sie noch einmal, hob den Deckel an und starrte ungläubig hinein. Sein Blick glitt über die Schatztruhe aus Schokolade mit ihren komplizierten, detailgetreuen goldenen Schlössern und schwarzen Beschlägen, gefüllt mit Schoko-Juwelen in verschiedenen Farben, mit Goldstaub überzogenen Pralinen, marmorierten Schokoladenbrocken und goldenen und silbernen Barren. Die Halsketten mit weißen und braunen Perlen hingen seitlich aus der Truhe heraus, und silberne und goldene Münzen lagen verstreut um die Schatzkiste herum, von einer Mischung aus gemahlenen Mandeln und braunem Zucker umgeben, die wie Sand aussah.

»Carls, hast du das *gemacht?*«

»Nur für dich!«, sagte sie, als er die Schachtel auf der Motorhaube des Pick-ups abstellte.

»Das ist phänomenal.« Er öffnete die Seiten der Schachtel und drückte sie hinunter, um sein Geschenk von allen Seiten bewundern zu können. »Goldbarren, Juwelen, Perlenketten … Das ist ein wahres Meisterwerk, Schatz. Ich wusste schon immer, dass du mit deinen Händen Wunder vollbringen kannst, aber ich hatte keine Ahnung, dass du so talentiert im Umgang mit Schokolade bist. Ist der Sand auch essbar?«

»Ja, der ist aus Mandeln und braunem Zucker«, sagte sie, doch er tauchte bereits den Finger hinein und leckte ihn dann ab.

»Hmm, Schatz, das ist das coolste Geschenk, das ich je erhalten habe. Danke.« Er holte sich noch einen Kuss ab und sie genoss sein Lob.

»Ich bin so froh, dass es dir gefällt. Birdie hat Hunderte Fotos davon gemacht. Wir werden eine kleinere Version davon als Spezialität des Hauses anbieten.« Sie erzählte ihm, wie viel Spaß sie dabei gehabt hatte, es für ihn zu erschaffen, und dass Quinn am liebsten alle Perlen stibitzt hätte.

»Da ist jemand anscheinend ebenso leidenschaftlich in der Küche tätig wie im Schlafzimmer.« Er zog sie in seine Arme und küsste ihren Unterkiefer. »Du bist eine Künstlerin.« Sein Blick wurde feuriger. »Diese Schokojuwelen eignen sich hervorragend für Body Art und ich würde sie dann zu gern von deiner Haut naschen.«

Ihr Körper fing an zu vibrieren, als er die Lippen auf ihre senkte und ihr noch einen erregenden Kuss schenkte. »Zevy«, flüsterte sie, »das können wir nicht machen.«

»Hier ist niemand, der uns aufhalten könnte«, sagte er und küsste ihren Hals.

Seine Bartstoppeln kitzelten so herrlich. Mit den Mädels hatte sie Witze darüber gemacht, dass man mit Schokolade aufregende Dinge anstellen könnte, aber sie hatte so etwas noch nie wirklich getan. Sie wollte nachgeben, ins Haus rennen und sich die Kleider vom Leib reißen, damit er sie so vernaschen konnte, wie er es sich gerade vorstellte. Aber sie wusste, dass sie den Gasthof dann nicht mehr verlassen würden. Obwohl er sich so verführerisch und überzeugend an ihrem Hals entlangküsste, dass sie es bis ins Mark spürte, lehnte sie sich schweren Herzens zurück. »Merk dir gut, wo wir später weitermachen.«

»Weitermachen klingt gut«, sagte er rau und zog sie fester an sich.

Seine Augen waren dunkel wie die Nacht, und der verruchte Blick fast zu verlockend, um ihm zu widerstehen. »So wurden wir gestern Abend auch abgelenkt. Wir wissen beide, wenn wir mit diesen Gedanken jetzt hineingehen, werden wir bis zum Morgen nicht mehr herauskommen. Und ich bin neugierig und will wissen, wohin du mich mitnehmen wolltest.«

»Sexy Lady, ich will dich auf dem Tisch nehmen, auf der Treppe, der Arbeitsfläche und überall dazwischen, und dann will ich, dass du auf mir reitest, als wäre ich dein Hengst, denn das, mein Schatz, bin ich.«

Ihre Fähigkeit, Worte von sich zu geben, ging in einem Meer von Begehren verloren, und nur ein dürstender Laut kam über ihre Lippen. Sie hielt sich an ihm fest, weil ihr bei den

Gedanken daran schwindelig wurde, von Zev an all diesen Ort genommen zu werden.

Er strich mit seinem Bart über ihre Wange und versprühte glühend heiße Funken über ihren ganzen Körper. »Aber ich freue mich auch darauf, dir deine Überraschung zu zeigen, also müssen wir einfach unser Verlangen zügeln, bis wir heute Abend deine Freunde getroffen haben.« Er küsste sie neben das Ohr und fügte hinzu: »Du bleibst lieber hier draußen, während ich das in den Kühlschrank stelle, denn ich kann wirklich nicht dafür garantieren, dass ich die Finger von dir lasse.«

Heiliger Bimbam …

Die nächsten Minuten nahm Carly nur verschwommen wahr, während Zev sein Geschenk hineintrug und sie versuchte, die schmutzigen Gedanken loszuwerden, die ihr durch den Kopf gingen.

Als Zev wieder herauskam, gab er ihr einen Klaps auf den Hintern und holte sie so wieder in die Realität zurück. »Komm, gehen wir, heiße Maus. Deine Überraschung wartet auf dich.« Er öffnete die Beifahrertür und lehnte sich dicht zu ihr vor. »Es sei denn, du musst zuerst dein Höschen wechseln?«

»Zev!« Sie verpasste ihm einen Schlag, woraufhin er sich lachend außer Reichweite flüchtete.

Er schmunzelte noch, als er ums Auto zur Fahrerseite ging und die Tür öffnete. Bandit sprang auf den Sitz zwischen ihnen und Zev stieg nach ihm ein.

Die Fahrt über die kurvenreichen Bergstraßen war schön und führte vorbei an herrlichen Bäumen, üppigen Büschen und Wildblumen. Als sie durch den Ort kamen, fragte Carly, wohin sie fuhren, doch Zev zuckte nur mit den Schultern und sang zu der Musik im Radio mit. Gedankenverloren schaute sie zum Fenster hinaus, bis das Lied »Shallow« gespielt wurde und Zev lauthals mitgrölte. Er wippte mit dem Kopf und sang in ein imaginäres Mikrofon, das er in einer Hand hielt, während er die andere am Lenkrad hatte. Seine Stimme überschlug sich, als er mit Lady Gaga mitsang, und Carly brach in Gelächter aus. Als er ihr sein nicht vorhandenes Mikrofon hinhielt und sie aufforderte: »Sing mit«, stimmte sie auch mit schrägen Tönen ein. In den Jahren, in denen sie getrennt gewesen waren, hatte sie sich fast davon überzeugen können, dass sie den Spaß, den sie immer miteinander gehabt hatten, verklärt hatte, doch davon konnte keine Rede sein.

Jillian hatte recht. Sie waren wie die zwei Seiten derselben Medaille.

Als der Ort hinter ihnen verschwand, kam das Gelände, auf dem der Real DEAL gebaut wurde, in Sichtweite. Carly dachte, er würde daran vorbeifahren, aber er bog auf den Parkplatz ein und hielt neben einem Jeep. Auf der anderen Seite des Parkplatzes beluden Bauarbeiter ihre Pick-ups.

»Was machen wir hier?«

»Das wirst du schon noch sehen«, antwortete er geheimnisvoll.

»Gehört das hier nicht deinen Cousins? Den Brüdern von Treat?« Der Bau von Real DEAL hatte die Titelseiten gefüllt und die Orte Weston und Allure hatten Dane Braden und seinen Geschäftspartnern jegliche Unterstützung zugesichert.

»Ja, es gehört Dane und Hugh, ihrem Schwager Jack und unserem Cousin Noah. Woher kennst du Treat?«

Treat Braden sah mit seinen eins achtundneunzig, den schwarzen Haaren und den wachen dunklen Augen ziemlich gut aus. Er war schwer zu übersehen und strahlte eine gewisse Autorität aus. Doch nicht einmal der Selfmade-Milliardär konnte Zev das Wasser reichen.

»Er und Max gehören zu meinen Lieblingskunden. Ich habe sie kennengelernt, kurz nachdem ich nach Colorado gekommen bin, um für meine Tante zu arbeiten, noch bevor sie geheiratet haben. Aber hier kennt jeder Treat. Er hat eine Menge für die Allgemeinheit getan. Ich war überrascht, dass er bei diesem Projekt nicht seine Finger im Spiel hat.«

Zev stellte den Motor aus. »Das hat mich auch überrascht. Hast du ihm von uns erzählt?«

Sie schüttelte den Kopf. »Ich habe seinen Vornamen erst erfahren, als er schon mehrere Male im Geschäft gewesen war, und dass er dein Cousin ist, erfuhr ich erst Wochen später. Ich versuchte ja, über dich hinwegzukommen, daher …« Sie zuckte mit den Schultern, als wäre es nicht von Bedeutung, aber sie würde nie vergessen, wie die so offenkundige Liebe zwischen Treat und Max sie sofort wieder an Zev erinnert hatte. Deren Glück hatte sie *fast* dazu verleitet, sich auf die Suche nach Zev zu machen, was eine unlösbare Aufgabe gewesen wäre.

Zev drückte ihre Hand und nickte ernst. »Jung und dumm ist keine Entschuldigung, aber es tut mir leid.«

»Weißt du was? Mir war das vorher nicht klar, aber nachdem nun etwas Zeit seit unserem Gespräch im Park vergangen ist, erkenne ich, dass all die schlechten Gefühle, die ich in mir hatte, meine Sicht noch auf andere Weise behindert haben. Ich brauchte die Therapie nicht nur wegen der Trennung und der Fehlgeburt. Ich brauchte Zeit, damit ich um Tory trauern und herausfinden konnte, wer ich ohne sie war. Wenn du geblieben wärst, hätte ich mich vielleicht in unsere Beziehung gestürzt und einiges an Trauer und Selbstfindung, die für mich nötig waren, nicht bewältigt.«

»Ich denke, ich musste mich mit Torys Tod auch beschäftigen, und auch mit Beaus Verlust von Tory.«

Sie seufzte und spürte eine noch tiefere Erleichterung, von der ihr nicht klar gewesen war, dass sie sie brauchte. Sie lehnte sich über den Sitz, und Bandit leckte ihr den Arm, als sie Zev zu einem Kuss an sich zog. »Ich bin froh, dass du hier bist. Ich dachte, ich wäre über alles hinweg, aber ich glaube, ich brauchte dich dafür.«

»Dann sind wir schon zu zweit.« Er küsste sie noch einmal und stieg dann aus dem Wagen.

Bandit sprang hinter ihm heraus, und Carly öffnete ihre Tür, während Zev auf ihre Seite ging. Sie nahm seine Hand, als sie ausstieg. »Dürfen wir hier sein, wenn noch gebaut wird?«

»Ja.« Er deutete an dem Hauptgebäude vorbei. »Wir gehen zu dem dritten Gebäude da links.« Er pfiff Bandit herbei, der im Gras am Rand des Parkplatzes schnüffelte. »Komm mit, Junge.«

Bandit trottete glücklich neben ihnen her, während sie an dem Hauptgebäude vorbeigingen.

»Bandit benimmt sich, als wäre er schon mal hier gewesen.«

»War er auch. Hier haben wir Zeit verbracht, wenn ich nicht mit dir zusammen war. So langsam gewöhne ich mich daran, den kleinen Dieb um mich zu haben. Was mich daran erinnert …«, sagte er, als sie an dem zweiten Gebäude vorbeigingen, »ich habe dein Bikinihöschen im Gasthof.«

»Ich habe mich schon gefragt, wo das abgeblieben ist.«

»Unser vierbeiniger Dieb hat es geklaut.« Er kraulte Bandit. »Deine anderen Sachen habe ich noch nicht gefunden, mein Maroon-5-Shirt auch nicht, aber ich kaufe dir etwas Neues.«

»Schon gut, die tauchen sicher noch auf.«

Während sie weitergingen, erzählte Zev ihr von der Führung, die Noah mit ihm gemacht hatte, und von all den tollen Angeboten, die geplant waren. Die meisten Informationen kannte sie schon aus Internetartikeln, aber Zev darüber reden zu hören, machte es noch aufregender.

»Da bekommt man irgendwie Lust, sich ein oder zwei Kinder auszuleihen und mit ihnen herzukommen, sobald es eröffnet ist, oder?«, sagte sie scherzend.

»Vergiss die Kinder. Ich möchte das alles mit dir machen.« Er zog die Tür zu einem Gebäude auf. Als sie durch einen Flur zu einer Flügeltür gingen, legte Zev einen Arm um sie. »Vielleicht ist es an der Zeit, eine neue Eines-Tages-Liste anzufangen.«

Am liebsten hätte sie ihr Handy genommen und auf der Stelle die Liste erstellt. Doch obwohl sie auf mehr hoffen wollte, schaffte sie es nicht, diese kleine, die Realität in Erinnerung rufende Stimme in ihrem Kopf zum Schweigen zu bringen, die ihr Leben so viele Jahre lang bestimmt hatte. »Das ist schrecklich verlockend, aber wir wissen nicht mal, was nach dieser Woche passieren wird.«

»Und ob wir das wissen.« Er zwinkerte ihr zu und zog sie an seine Seite. »Wir werden über den Rand malen und einen Weg finden, damit es funktioniert.«

Er klang sich seiner selbst so sicher und sie wollte ihm so gern glauben. Eine zweite Chance auf ein nimmer endendes Glück mit dem Mann, den sie nie aufhören konnte zu lieben, war das Einzige, was sie wirklich wollte. Aber es gab noch Hindernisse, die sie zu bewältigen hatten, und die konnte sie nicht einfach unter den Teppich kehren. Sie wollte darauf vertrauen, dass er bei ihr blieb, falls sie je wieder einen verheerenden Schlag hinnehmen mussten, aber wie konnte sie das mit Sicherheit wissen? Was war, wenn sie ihn schlicht brauchte, nicht wegen irgendeiner schlimmen Situation, sondern einfach nur so? Konnte er alles stehen und liegen lassen, um für sie da zu sein? Konnte sie ihr Geschäft mir nichts, dir nichts allein lassen, um für ihn da zu sein? Sie wollte nicht das aufgeben, was sie hier in Colorado hatte, und sie wollte mit Sicherheit nicht, dass er das Leben aufgab, das er so liebte. Doch gleichzeitig wollte sie Zev.

Wow! Was tue ich da? Für eine Frau, die ihre Erwartungen eigentlich zügeln sollte, preschte sie ziemlich voran.

Eine der Flügeltüren wurde aufgestoßen, und ein großer, gut aussehender Mann, der Zev bis auf die kürzeren Haare sehr ähnlich sah, kam auf sie zu. »Hey, Zev, ich wollte gerade gehen. Ich dachte schon, ich würde dich verpassen.« Bandit bellte und drängte sich zwischen sie, um die volle Aufmerksamkeit des Mannes zu erlangen, die dieser ihm auch gern zugestand.

»Zum Glück nicht. Ich möchte dir Carly vorstellen.« Zev legte ihr eine Hand auf den Rücken. »Carly, das ist mein Cousin Noah. Er ist Meeresbiologe und einer der Teilhaber hier.«

»Hallo, freut mich!« Carly streckte ihm die Hand entgegen, doch Noah breitete schon die Arme aus, sodass es eine seltsame, aber witzige Umarmung wurde.

Noah klopfte Zev auf die Schulter. »Dieser Typ hat so viel von dir erzählt, dass ich das Gefühl habe, dich schon zu kennen.«

»Ich hoffe, das ist ein gutes Zeichen«, sagte sie und ihr wurde klar, dass sie keine Ahnung hatte, was Zev hier getrieben hatte.

»Ein sehr gutes, und ich hoffe, dass es gut genug ist, um ihn davon zu überzeugen, hier mit uns zusammenzuarbeiten. Er hat ein paar großartige Ideen zu Ausstellungen über Schiffwracks, und im Winter kann er in New England ohnehin nicht tauchen. Klingt nach einem Dreamteam, wenn du mich fragst. Vielleicht kannst du ihn ja noch zur Vernunft bringen.«

»Ich sagte doch schon, ich denke darüber nach«, meinte Zev.

Noah winkte ab. »Wir wissen ja, was das heißt.«

»Das verstehe ich nicht«, sagte Carly. »Du möchtest, dass er bei Real DEAL mitmacht?«

»Ja, um Ausstellungen zu organisieren, Vorträge zu halten, Workshops mit Kindern zu veranstalten«, erklärte Noah. »Es gibt unendlich viele Möglichkeiten. Hört zu, ich muss los. Ich habe in einer halben Stunde noch eine Besprechung mit Jack und Hugh.«

»Fliegt Jack noch selbst kleine Maschinen?«, wollte Zev wissen.

»Ja, der Mann wird nie einen Gang runterschalten.«

»Könntest du mir seine Nummer schicken? Ich möchte ihn fragen, ob er mich am Sonntag nach Silver Island zurückfliegen kann. Der Gasthof hat eine Privatlandebahn. Das wäre viel einfacher, als wenn ich zum Flughafen müsste.«

»Klar, mache ich sofort.« Noah nahm sein Handy, und während er tippte, sagte er: »Ich habe alles für euch vorbereitet. War schön, dich kennenzulernen, Carly. Falls du je mal Gesellschaft brauchst, wenn dieser Typ hier draußen auf dem Meer ist, dann weißt du ja, wo du mich findest.«

»Hey, Kumpel, ich bin hier«, protestierte Zev. »Du weißt, dass diese Sache mit *Familie kennt keine Grenzen* sich auf Liebe *und* Krieg bezieht, oder? Ich schrecke nicht davor zurück, einen Cousin zu erledigen, um mein Mädchen zu beschützen.«

Noah hob beschwichtigend die Hände. »Das war rein platonisch gemeint.« Er ging den Flur entlang und Bandit rannte hinter ihm her. Noah drehte sich um und ging ein paar Schritte rückwärts. »Oder vielleicht auch nicht?«

»Hau ab, du Idiot«, sagte Zev lachend. »Bandit! Komm

her!«

Bandit machte kehrt und kam schwanzwedelnd zu ihnen zurück.

»Seit wann bist du so besitzergreifend?«, wollte Carly wissen.

»Seit mir klar geworden ist, was ich für ein Dummkopf gewesen bin, als ich die einzige Frau, die ich je lieben werde, verlassen habe und so den Anmachversuchen von Kerlen wie ihm ausgesetzt habe.«

Sie konnte nicht widerstehen, ihn zu triezen. »Noah ist süß. Lebt er hier in der Gegend?«

»Im Moment schon«, antwortete Zev mit halb zusammengekniffenen Augen. Langsam breitete sich ein Grinsen auf seinem Gesicht aus, und er deutete mit dem Daumen in die Richtung, in die Noah verschwunden war. »Soweit ich gehört habe, hat er einen Minipenis. Wenn du auf so etwas stehst, kann ich ihn noch für dich auf dem Parkplatz aufhalten.«

Sie brach in Gelächter aus. »Du bist unmöglich!«

»War ein Witz.« Er zog sie in seine Arme. »Ich habe den Kerl nackt gesehen, und *du*, mein kleines sexy Kätzchen, wirst *das* nie zu Gesicht bekommen.«

»Der einzige Mann, den ich zu Gesicht bekommen will, hält mich gerade gefangen und weigert sich, mir zu sagen, warum wir hier sind. Was meinte Noah damit, er hätte alles für uns vorbereitet?«

»Das wirst du schon noch sehen.«

»Er scheint es ernst gemeint zu haben, mit dir zusammenarbeiten zu wollen. Denkst du darüber nach?«

»Nein, das war nur Gerede.« Er zog eine der Flügeltüren auf und winkte sie hindurch. »Nach dir, meine Schöne.«

Carly folgte seiner Aufforderung und war überrascht, in einem blitzblanken Labor zu stehen. Ihr Blick glitt über

Aquarien und Arbeitsplätze, Mikroskope und Regale voller Instrumente und Utensilien. An der gegenüberliegenden Wand befanden sich zwei große Tafeln. Auf einer standen Notizen und Gleichungen. Es war Ewigkeiten her, seit sie das letzte Mal irgendein Labor betreten hatte, und bei dem Anblick brach eine Welle von Erinnerungen über sie herein, von Hoffnungen und Träumen, die sie allesamt zurückgestellt hatte, als ihr Leben außer Kontrolle geraten war. »Ist das hier Noahs Labor?«

»Ja.« Zev nahm ihre Hand und führte sie durch den Raum.

Bandit machte es sich in einem Fleckchen Sonne gemütlich, die durch ein Fenster auf den Boden fiel.

Vor zwei Arbeitsplätzen, auf denen jeweils Konkretionen, pneumatische Gravierstifte und andere Werkzeuge lagen, blieb Zev stehen. Carlys Puls wurde schneller. Zwischen den Arbeitsplätzen stand ein Tisch mit zwei Computerbildschirmen, auf denen mehrere Röntgenaufnahmen zu sehen waren. Sie brauchte nur eine Sekunde, um zu wissen, dass es Aufnahmen von den Konkretionen waren, auf denen Dinge erkennbar waren, die wie Münzen aussahen, wie ein Bolzen oder der Griff eines Werkzeugs, etwas Rundes, das schwer zu identifizieren war, und ... *Heiliger Strohsack!* Sie drehte sich ruckartig zu Zev um und war so aufgeregt, dass sie kaum etwas hervorbrachte. »Zevy! Sind die von ...? Ist das ...?« Sie sah die Antwort in seinen Augen, noch bevor er etwas sagte.

»Die Konkretionen stammen von dem Wrack, das ich vor Silver Island gefunden habe. Ich hoffe, wir finden etwas in ihnen, das beweist, dass sie von der *Pride* stammen. Direkt vor der Hochzeit habe ich sie hierhergeschickt. Als wir am Silk Hollow waren, wollte ich dir davon erzählen, aber dann dachte ich mir, ich überrasche dich lieber. Dir nichts zu verraten, hat mich fast umgebracht.« Er zeigte auf eine Röntgenaufnahme.

»Was dieses spiralförmige Ding ist, weiß ich nicht. Ein dekoratives Objekt vielleicht?« Er deutete auf ein anderes Bild. »Ich bin mir zu neunundneunzig Prozent sicher, dass das der Abzugsbügel einer Pistole ist, aber er liegt tief. So weit werde ich diese Woche auf keinen Fall vordringen können, aber ich wollte, dass du ihn siehst. Ich dachte mir, du möchtest vielleicht dabei helfen, die Artefakte freizulegen, die näher an der Oberfläche der Konkretionen liegen.«

Mit offenem Mund sah sie ihn an. Das ganze Ausmaß dessen, was er ihr gerade anbot, trieb ihr fast die Tränen in die Augen. »Du möchtest, dass ich helfe? Das traust du mir zu? Ich habe so etwas seit Jahren nicht mehr gemacht.«

»Das traue ich dir zu, Schatz, und wenn du nicht mehr weißt, wie es geht, dann zeige ich es dir.«

»Oh, du meine Güte! Zevy? Du willst, dass *ich* … Ja. Ja! Oh nein! Was ist, wenn ich Mist baue? Das ist ein Riesending. Monströs. Das ist die Mutter aller Dinge. Das sind unsere Kindheitsträume, die wahr werden!« Sie plapperte, lachte, zitterte und konnte ihre Aufregung nicht im Zaum halten. Sie schlang ihm die Arme um den Hals und küsste ihn stürmisch. »Danke! Aber ich kann das nicht. Ich will dir deine Chance auf Ruhm nicht vermasseln.«

Er lachte und küsste sie. »Du wirst nichts vermasseln. Erinnerst du dich noch an die Ausgrabungen, die wir mit dem Club gemacht haben? Du warst damals schon übermäßig vorsichtig mit den Artefakten und du bist noch vorsichtiger geworden. Carly, hier geht es nicht um Ruhm oder Geld. In den letzten Tagen habe ich immer wieder gedacht, dass es nicht nur Glück war, dass ich die Konkretionen gerade jetzt gefunden habe. Das hier muss der Grund dafür sein, Carls. Sie waren immer für *uns* bestimmt, damit ich dieses herrliche Funkeln in deinen Augen sehen kann.«

»Du bist verrückt, Zevy.«

»Nur nach dir, Schatz. Ich möchte das hier mit dir teilen, weil es unser Traum ist, nicht nur meiner. Du warst die treibende Kraft, die dafür gesorgt hat, dass ich weitergesucht habe, und so schrecklich es sich anhören mag, aber wenn etwas vermasselt wird, dann ist es eben so. Denn nichts, was wir in den Konkretionen finden werden, wird mir mehr bedeuten, als die Tatsache, es mit dir zu finden.«

Omeingott. Sie war so von Gefühlen überwältigt, dass sie Angst hatte, in Ohnmacht zu fallen. Er liebte sie. Wahrhaftig, innig und wahrscheinlich etwas *wahnsinnig.* Er glaubte an sie. Vielleicht war es an der Zeit, die Hoffnung, die sie zurückgehalten hatte, von der Leine zu lassen. Vielleicht war es an der Zeit, dass *sie* an *ihn* glaubte.

»Okay«, sagte sie atemlos und schüttelte die Hände aus, als wären sie nass, dabei kribbelten sie nur vor Aufregung. »Ich mach's.«

»Ja!«, rief er und schlang die Arme um sie, woraufhin Bandit zu ihnen gerannt kam.

Sie küssten sich Dutzende Male, und sie versuchte, sich zu beruhigen, aber es war vergeblich. Nie in ihrem Leben hatte sie eine größere Aufregung verspürt, und das nicht nur, weil sie die Gelegenheit bekam, an Konkretionen zu arbeiten, die ihrer Meinung nach wirklich von *Zevs und ihrem* Schiff stammten, was an sich schon vollkommen verrückt war. Aber sie tat es gemeinsam mit Zev! Sie konnten eines der bedeutendsten *Eines-Tages*-Ereignisse von einer Liste abhaken, von der sie nie gedacht hätte, dass sie sie irgendwann vervollständigen konnten.

»Können wir es jetzt machen?«, fragte sie und federte auf den Zehenspitzen auf und ab.

Er schmunzelte und zog sie wieder zu einem Kuss an sich. »Etwas anderes käme mir gar nicht in den Sinn.«

Während Zev mit ihr die Gerätschaften und das Vorgehen besprach, fiel ihr alles wieder ein, als hätte sie diese Art von Arbeit erst gestern gemacht. Sie statteten sich mit Laborkitteln, Handschuhen und OP-Masken aus, damit sie keinen Staub von den Konkretionen einatmeten, mit Visieren, um ihre Augen vor herumfliegenden Fragmenten zu schützen, und mit Ohrenschutz gegen den Lärm. Vorerst setzten sie den Ohrenschutz jedoch noch nicht auf.

»Wie ist es möglich, dass du Schutzkleidung tragen kannst und trotzdem noch die heißeste Frau auf Erden bist?«

»Das nennt man Labor-Fashion.« Sie drehte sich im Kreis und posierte mit herausgestreckter Hüfte und erhobenen Armen. Er konnte nicht sehen, dass sie hinter ihrer Maske lächelte, aber sein Lächeln reichte bis in seine Augen. »Ich überlege, ob ich das von nun an nicht jeden Tag tragen sollte.«

»Vielleicht sollten wir die Laborkittel mit nach Hause nehmen. Du kannst mit nichts unter dem Kittel herumtanzen und herausfinden, wie lange es dauert, bis er auf meinem Fußboden landet.«

»Vielleicht mache ich das sogar.« Im Geiste setzte sie *Laborkittel* auf ihre Liste der Fantasien.

»Wie soll ich mich auf die Konkretionen konzentrieren, wenn ich solche Bilder im Kopf habe?« Zerknirscht wandte er sich kurz ab, räusperte sich, und als er sich wieder umdrehte, schaute er zu den Arbeitsplätzen anstatt zu ihr. »Diese Visiere sollten mit Scheuklappen ausgestattet sein.«

Er war unfassbar süß.

»Immer auf Nummer sicher gehen«, sagte er nun ganz geschäftig, als sie sich an ihre Arbeitsplätze setzten. »Sei behutsam und präzise. Benutz die Lupen, wenn du sie brauchst.«

Als sie den Gravierstift nahm, zitterte ihre Hand ein wenig. Obwohl sie einen anderen beruflichen Weg eingeschlagen hatte, träumte sie seit der zweiten Klasse von dieser Art von Arbeit und hatte sich darin weitergebildet. Sollte sich herausstellen, dass die Artefakte von der *Pride* stammten, würde das, was sie fanden, in Geschichtsbüchern dokumentiert werden. Sie wusste, wie empfindlich in Konkretionen eingeschlossene Artefakte waren. Wenn sie irgendetwas an ihnen beschädigte, würde sie sich das nie verzeihen.

Ich mache mir gar keinen Druck.

Als hätte Zev ihre Gedanken gehört, nickte er beruhigend. »Du kannst das, Carly.«

Sie stellte den Gravierstift an, der eine Art Presslufthammer in Miniaturformat war, und nahm sich etwas Zeit, um sich an das Surren und die Vibration zu gewöhnen. Es erinnerte sie an ihre erste Zeit im Geschäft und an ihre Chocolatier-Ausbildung. Sie stellte den Stift wieder aus. »Mir wird gerade bewusst, dass ich mich in gewisser Weise seit Jahren auf das hier vorbereitet habe. Ich erschaffe Schokoladentürme, bei denen ich behutsam und mit ruhiger Hand arbeiten muss, und ich wette, du wusstest nicht, dass die Schokoladenherstellung eine richtige Wissenschaft ist. Man braucht eine große Portion Präzision und Aufmerksamkeit.« Sie fragte sich, ob Zev merkte, dass sie ihm nicht nur ihre Fähigkeiten anpries, sondern sich auch selbst Mut zusprach. »Ich habe auch einen Kurs zum Schnitzen von Schokolade belegt, um zu lernen, wie man Tiere oder andere Formen kreiert, wozu man auch viel Geduld und Fingerspitzengefühl braucht. Und obwohl ich das hier lange nicht mehr gemacht habe, so habe ich nie aufgehört, durch

Dokumentarfilme oder Bücher mehr über die Kunst des Konservierens zu lernen.«

Er schloss eine Hand fest um ihren Unterarm. »Schatz, ich glaube an dich, sonst würdest du hier nicht sitzen.«

»Danke«, sagte sie, als er seine Hand von ihrem Arm nahm. Sie war etwas ruhiger, merkte aber sehr wohl, dass Zev sie beobachtete.

Nein, das traf es nicht ganz.

Dass er sie *bewundernd* beobachtete, was sie noch nervöser machte, obwohl es eine gute Art von nervös war. Dies war seine Karriere, sein Moment zu glänzen, und er teilte ihn mit ihr. Er sollte jede ihrer Regungen beobachten.

Sie würde ihn nicht enttäuschen.

Also schob sie alle Gedanken beiseite und war hochkonzentriert, als sie den Gravierstift an der Konkretion ansetzte. Derart denkwürdige Augenblicke wie diesen hatte sie nur selten erlebt, und als der Gravierstift und ihre behutsame, präzise Vorgehensweise magisch verschmolzen, wusste sie, dass sie keine Sekunde davon je vergessen würde.

Stunden vergingen wie Minuten, während sie an den Konkretionen arbeiteten. Es war ein akribischer, zeitaufwändiger Prozess, der höchste Konzentration erforderte und kaum Zeit für Geplauder ließ. Das Vibrieren des Werkzeugs in der Hand war kein Vergleich zu der vibrierenden Aufregung, die um sie beide herum herrschte und die sie unlösbar miteinander verband. Ihre gemeinsame Energie entsprach dem, was er in Erinnerung hatte, und übertraf es noch. Seine Mutter sagte immer, dass die Stärke einer Beziehung an der Stille zu hören sei, die zwei Menschen teilten. Endlich verstand er, was das bedeutete. Er war stärker, glücklicher und wahrscheinlich interessanter mit Carly an seiner Seite.

Er schaltete seinen Gravierstift ab und spähte zu Carly hinüber, die sich über die Konkretion gebeugt vollkommen darauf konzentrierte, mit einem kleinen Kratzer eine Fläche freizulegen. Noah hatte ihn gefragt, was sie an sich hätte, dass er all die Jahre, die sie getrennt verbracht hatten, nie von ihr loskommen konnte, und es war ihm schwergefallen, die Gründe in Worte zu fassen, warum er sich ohne sie nie als vollständiger Mensch gefühlt hatte oder wirklich glücklich gewesen war. Das Offensichtliche hätte er aufzählen können: Sie war schön, klug, witzig und sie hatten gemeinsame Interessen. Aber die Dinge, die er immer in sich gespürt hatte, waren nicht so greifbar. Schließlich hatte er geantwortet, dass er in ihrer Gegenwart tiefer atme, alles intensiver fühle und stärker liebe.

Genau das empfand er nun, als er sie bei der Arbeit beobachtete. Ihr Laborkittel war schmutzig, aber es hatte ihr noch nie etwas ausgemacht, dreckig zu werden. Ihr Gesicht konnte er hinter ihren Haaren nur zum Teil sehen, aber der wunderschöne Anblick brannte sich in sein Gedächtnis ein. Er wusste, dass sie die Augenbrauen zusammengezogen hatte, dass die Lippen leicht aufeinandergepresst waren. Hätte so ihr gemeinsames Leben aussehen können, wenn er nicht gegangen wäre? Hätten sie ihre Traumata gemeinsam überwinden können? Hätten sie ihre Collegezeit überstanden, ihr Erwachsenwerden? Sie würden es nie erfahren, aber sie hatten immer im Hier und Jetzt gelebt und jede Minute genossen, die sie zusammen waren.

Dies war ihr neues Hier und Jetzt und er packte diese

Chance mit beiden Händen beim Schopf.

»Zev!«, rief sie und riss ihn aus seinen Gedanken. Ihre Augen waren weit aufgerissen, als sie ihn zu sich winkte. »Ich hab etwas gefunden!«

Er ging zu ihr und ihre Aufregung ließ auch seinen Puls in die Höhe schießen.

»Guck mal! Das ist doch Eisen, oder?« Mit der Spitze des Kratzers zeigte sie auf eine Stelle mit dunklem Metall, die etwa so groß wie ein Zehncentstück war. »Stimmt doch, oder? Das ist der Bolzen? Oder was immer das auf dem Röntgenbild ist?«

Er schnappte sich die Lupe und untersuchte die Stelle. »Mensch, Schatz, ich glaube, du hast gerade den ersten sichtbaren Teil eines Artefakts freigelegt!«

Sie kreischte auf und sprang in seine Arme. Ihre Plastikvisiere knallten aneinander. Bandit kam herbeigerannt und bellte, während ihre Stimmen sich überschlugen.

»Ich glaube es nicht!«, sagte sie, als er sie auf dem Boden absetzte. »Ein Stück von dem Wrack unseres Schiffs ist *wirklich* da drin! Ich habe ja die Röntgenaufnahmen gesehen, aber das hier macht es erst *real*.«

»Das ist nur der Anfang, Carls. Diese Entdeckung wird riesig. Das spüre ich in den Knochen.«

»Ich auch! Mein Herz rast. Was immer das auch sein mag, es geht senkrecht hinein. Es könnte Wochen dauern, es herauszubekommen. Oh, Zevy! Danke, dass ich an all dem teilhaben kann.« Ihre Worte strömten so schnell aus ihr heraus, dass er nicht antworten konnte. »Ich kann es kaum fassen, dass du jetzt hier bist und nicht da draußen mit dem Metalldetektor arbeitest, um herauszufinden, ob noch mehr Schätze tiefer vergraben sind. Nicht, dass ich will, dass du gehst, aber ich würde meinen linken Arm dafür geben, da hinauszukommen und nach mehr zu suchen, dabei ist das nicht mal meine Entdeckung.«

Ein Teil von ihm konnte auch nicht glauben, dass er hier war, während noch mehr Schätze darauf warteten, entdeckt zu werden, aber nichts in ihm wollte, dass er ging. Gegen nichts auf der Welt würde er eine Sekunde ihrer gemeinsamen Zeit eintauschen. Carly hatte in der Welt der Schokolade vielleicht ein Zuhause gefunden, aber das hier war der Beweis dafür, dass sie auch in die Welt gehörte, die sie zurückgelassen hatte – die Welt, in der er lebte, in der man die Tage auf dem schmalen Grat zwischen Abenteuer und Entdeckung verbrachte. Und er war entschlossen, ihr mehr von dem zu zeigen, was ihr gefehlt hatte.

»Falls diese Artefakte wirklich von der *Pride* stammen, was machst du dann damit?«, wollte sie wissen.

»Falls ich die Rechte auf das Wrack erhalte, habe ich vor, genau das zu tun, was wir immer wollten: Historisches bewahren und es in Museen der Allgemeinheit zugänglich machen.«

»Nicht ›falls‹«, ereiferte sie sich und erinnerte ihn daran, wie sie als Mädchen ausgesehen hatte, wenn sie sich geweigert hatte, sich von irgendjemandem sagen zu lassen, was sie tun sollte. »Du musst die Rechte bekommen. Wie lange dauert es, bis dein Anwalt den Arrest des Schiffs erwirkt hat?«

»Er arbeitet dran. Hoffentlich diese Woche. Hör zu, du weißt, dass du mit niemandem über all dies sprechen darfst, oder? Mir ist klar, dass du vor Begeisterung platzt, aber bis das Schiff unter Arrest steht, müssen wir das für uns behalten, ansonsten stürmt jeder Möchtegern-Schatzsucher die Küste von Silver Island.«

»Ich weiß, mach dir keine Sorgen. Sagst du es mir, wenn der

Anwalt es geschafft hat?«, fragte sie aufgeregt.

Ihre Frage ließ ihn innehalten. »Du wirst die Erste sein, der ich es erzähle. Weißt du das nicht?«

»Keine Ahnung. Das ist vielleicht viel verlangt, wo wir doch gerade erst wieder zueinandergefunden haben. Du hast mit all dem bestimmt wahnsinnig viel zu bedenken.«

»Ich habe viel zu bedenken, aber du stehst ganz oben auf dieser Liste, Carly. Das versuche ich dir schon die ganze Zeit zu sagen und zu zeigen. Es lag viel Zeit und viel Raum zwischen uns, aber ich habe immer an dich gedacht. Wir waren vielleicht nicht zusammen, als ich diese Konkretionen entdeckt habe, aber in meinen Gedanken war es immer *unsere* Entdeckung.«

Einen Moment lang sagte sie nichts, sondern sah ihn nur dankbar durch ihr Visier an. »Du kannst dir nicht vorstellen, wie viel mir das bedeutet. Als ich von deiner Entdeckung mit Luis las, habe ich mich gefragt, ob die Bekanntheit oder das Geld dich wohl verändert hätten. Natürlich hast du dich in gewisser Weise verändert. Ich meine, du bist ein erwachsener, heißer Mann«, sagte sie frech. »Aber der Mensch, der du tief im Innern bist, hat sich überhaupt nicht verändert. Du hast dieses absolut einzigartige Erlebnis mit mir geteilt. Damit bist du ein großes Risiko eingegangen. Du bist wirklich immer noch der Mensch, der du einmal warst.«

»Nein, Carly, mach dir da nichts vor. Ich bin jetzt klüger. Zwar bin ich noch derselbe Typ, bei dem das Abenteuer im Mittelpunkt steht, aber wenn es um dich geht, bin ich ein viel besserer Mensch.«

»Das weiß ich. Das glaube ich.«

Gott sei Dank. »Das hier ist ziemlich cool, oder?«

»Mehr als cool. Es ist …«

»Was?«

Sie seufzte und wirkte etwas verlegen. »Ich hatte das Gefühl vergessen, etwas erforschen zu wollen, und diesen Nervenkitzel beim Entdecken des Unentdeckbaren. Weißt du, was ich meine?«

»Ja, ich weiß es.«

»Kannst du ein Foto für mich machen?«, fragte sie. »Ich will mich immer an diesen Moment erinnern. An jedes einzelne Detail.«

»Natürlich mache ich das.« Er nahm sein Handy. »Ich muss auch meinem Anwalt und meinem Taucherteam ein Foto schicken. Komm her. Du hältst die Konkretion.« Er nahm ihnen beiden die Visiere und Masken ab und machte ein Foto, auf dem Carly die Konkretion hielt und auf das Teil zeigte, das sie freigelegt hatte. Ihr Lächeln strahlte heller als die Sonne. Er machte dann ein Selfie von ihnen beiden, und auf dem dritten Foto küsste er Carly auf die Wange und Bandit schnüffelte an der Konkretion.

Carly legte sie auf den Tisch, und während Zev ein paar Nahaufnahmen machte, fragte sie: »Wie viele Leute sind in deinem Taucherteam?«

»Nur zwei sind fest dabei, dazu kommen zwei andere bei Bedarf«, sagte er, während er eine Nachricht tippte. »Ford Kincaid und Randi Remington sind meine Vollzeitmitarbeiter. Wir arbeiten nun schon seit ein paar Jahren zusammen und in den Wintern haben wir einige Reisen gemeinsam unternommen. Wir nennen uns den Furchtlosen Dreier. Du wirst sie mögen. Ford ist Graham sehr ähnlich. Er denkt zuerst über alles sehr genau nach, bevor er handelt, und er hat starke Überzeugungen. Manchmal treibt er Randi in den Wahnsinn. Aber das beruht auf Gegenseitigkeit. Sie kann herrisch sein und ebenso starrköpfig.« Er steckte sein Handy weg. »Aber wir sind ein gutes Team.«

»Ah«, sagte sie etwas unsicher.

»Was ist?«

»Nichts«, erwiderte sie wenig überzeugend.

»Carls, ich kenne diesen Ausdruck in deinen Augen.«

Sie zuckte zusammen. »Bin nur etwas eifersüchtig geworden. Tut mir leid. Ich weiß, dass das, was du getan hast, bevor wir zusammengekommen sind, mich nichts angeht.«

»Eifersüchtig auf Randi?«

Sie nickte und die Verlegenheit stand ihr ins Gesicht geschrieben.

»Das schmeichelt mir, aber es gibt keinen Grund, eifersüchtig zu sein. Sie ist ein cooler Typ, Meeresarchäologin und ein wichtiger Teil meines Teams. Aber es war *nie* etwas zwischen uns. Außerdem bin ich mir ziemlich sicher, dass sie und Ford das Meer in Brand setzen könnten, wenn sie jemals lang genug aufhören würden zu zanken, um es zu bemerken.«

Die Erleichterung vertrieb die Anspannung aus ihrem Gesicht, aber sie sagte: »Wahrscheinlich hasse ich mich gleich für die Frage, aber ich kann nicht anders. Du hast gesagt, auf deinen Reisen hätte es nie bei jemandem gefunkt und du hättest keine richtige Freundin gehabt. Aber ›gefunkt‹ und ›Freundin‹ oder ›Freund‹ könnte von verschiedenen Leuten unterschiedlich aufgefasst werden. Bist du mal mit einer Frau als deiner … Partnerin gereist?«

Er sah ihr tief in die Augen. »Ich war ehrlich, als ich sagte, ich hatte nie eine bedeutungsvolle intime Beziehung mit irgendeiner anderen Frau. Wenn ich mal ein paar Tage an einem Ort war, habe ich vielleicht ein- oder zweimal mit einer etwas gehabt, aber das war nur so … du weißt schon, nichts von Bedeutung. Mit einer Frau habe ich mal einen Sommer lang gesurft, wir sind die Küste entlanggefahren, haben ein paar Tage mit einer Gruppe gesurft, die wir kennengelernt haben. Aber sie war nicht meine Abenteuerpartnerin. Sie war einfach nur ein

Mädel, das ihren Spaß haben wollte.«

Carly musste schlucken und er sah den Schmerz in ihren Augen.

Er zog seine Handschuhe aus und nahm ihr Gesicht in seine Hände, um ihre ganze Aufmerksamkeit zu bekommen. »Hör mir zu, Carly. Wenn ich es noch nicht deutlich gemacht habe, dann lass es mich jetzt tun. Ich habe zuerst versucht, zu vergessen, was ich für dich gefühlt habe, nur um nicht verrückt zu werden. Aber es war unmöglich, also habe ich aufgehört, es zu versuchen. Aber ich habe nie versucht, dich zu ersetzen. Selbst mit neunzehn Jahren wusste ich, dass du unersetzbar warst. Mein Herz hat immer dir gehört.«

»Okay«, sagte sie leise.

»Du kannst mich alles fragen, Carly, und ich werde immer ehrlich sein.«

»Du kannst mich auch alles fragen.«

»Ich habe mich heute Nachmittag nicht zurückgehalten, oder?«

»Nein«, stimmte sie ihm lächelnd zu. »Und das hat mir gefallen.«

»Wenn wir beide versuchen herauszufinden, was der andere in jeder Minute unserer getrennten Zeit getan hat, dann werden wir wahnsinnig. Du gehörst jetzt mir, und darauf konzentriere ich mich. Aber du kennst mich. Wenn wir heute Abend in der Bar sind und ich eine Frage zu irgendeinem der Typen da habe, dann werde ich fragen. Apropos, wann willst du deine Freunde treffen?« Er schaute auf die Uhr. Es war sieben, und sie mussten noch das Labor aufräumen, Bandit zurück in den Gasthof bringen und sich selbst fertig machen.

»Du meine Güte, das habe ich vollkommen vergessen. Ich möchte wirklich weiterarbeiten, aber ich möchte auch, dass du alle kennenlernst.« Sie schaute auf die Konkretion und war eindeutig hin- und hergerissen. »Ich möchte das Artefakt unbedingt freilegen, oder zumindest so weit kommen, dass wir herausfinden, was genau es ist. Wir haben nur bis Sonntag. Das ist für so eine Arbeit nicht viel Zeit. Können wir morgen weitermachen? Hast du Zeit? Wäre das in Ordnung? Warte … Ich lade mich hier einfach ein, weiter daran zu arbeiten. Es tut mir leid. War das eine einmalige Sache?«, fragte sie entschuldigend. »Wenn ja, dann ist das okay. Ich habe es total genossen. Ich kann dir gar nicht genug dafür danken, dass du mich daran erinnert hast, wie sehr ich diese Art von Arbeit liebe. Und das alles mit dir zu tun …«

Sie redete so schnell, dass er lachen musste. »Dies war keine einmalige Sache. Wir können uns treffen, wann immer du willst. Wann hast du morgen Feierabend?«

»Um vier. Aber Quinn arbeitet morgen nur bis zwölf in der Bank. Sie sollte eigentlich erst später am Nachmittag ins Geschäft kommen, aber ich frage sie, ob sie früher kommen kann. Auf keinen Fall will ich die Gelegenheit verpassen, mit dir hier zu arbeiten. Können wir uns hier gegen zwölf Uhr treffen?«

»Ist das deine diskrete Art, ein mittägliches Schäferstündchen einzufädeln?« Er trat nah an sie heran und genoss die Röte, die ihr ins Gesicht stieg. »In dem Fall sollten wir uns wahrscheinlich im Gasthof treffen. Ich möchte Noah keine Show bieten.«

»Für einen Kerl, den ich dazu drängen musste, seine Jungfräulichkeit aufzugeben, denkst du ziemlich oft an Sex.«

»Ich denke oft an Sex mit dir. Aber, hey, ich kann auch damit aufhören.«

Er wandte sich von ihr ab, doch sie packte ihn am Ärmel seines Laborkittels und zog ihn mit einem leidenschaftlichen und irgendwie auch verspielten Gesichtsausdruck an sich.

»Hör nicht auf, Zevy. Hör niemals auf.«

Dreizehn

»Nur noch eine Handvoll«, sagte Carly und steckte den Arm tief in die halb leere Schachtel Cap'n Crunch, die sie gekauft hatten, um sie auf dem Weg zur Bar zu essen.

Sie waren so damit beschäftigt gewesen, schmutzige Dinge unter der Dusche zu tun, dass sie am Ende zu spät dran gewesen waren, um noch etwas Richtiges zu essen, bevor sie ihre Freunde in der Bar trafen. Carly schob sich eine Handvoll der Cerealien in den Mund, während Zev schon aus dem Wagen ausstieg und den Parkplatz voller Motorräder und Pick-ups auf sich wirken ließ. Das Gebäude erinnerte mit seiner langen Vorderveranda und den riesigen Fenstern an alte Westernfilme. Über der Eingangstür leuchtete in grellem Orange das Neonschild *Roadhouse.* Mehrere tough aussehende Kerle mit Bärten und Tattoos, bekleidet mit schwarzen Lederwesten, auf denen das Abzeichen des Dark-Knights-Motorradclubs zu sehen war, unterhielten sich in der Nähe der Tür. Zev konnte sich nicht vorstellen, dass Carly ernsthaft in die Nähe eines Bikertreffs gehen würde, und als er ihr aus dem Pick-up half, fragte er sich, ob dies ein Scherz war.

»Wir werden echt Spaß haben«, sagte sie und rückte ihr Top mit dem tiefen Ausschnitt zurecht.

Während sie mit der Hand über ihren gerüschten Minirock strich und für so einen Laden entschieden zu sexy aussah, blickte Zev zu den Typen an der Tür. Einer von ihnen ließ Carly nicht aus den Augen. Zev straffte die Schultern und versperrte ihm den Blick, um ihn dann grimmig anzusehen und den Arm um Carly zu legen.

»Ist das hier irgendeine Art von Witz?«, fragte er.

Sie sah ihn verblüfft an. »Ein Witz? Nein. Warum?«

»Ich kann mir dich nicht in einer Bikerbar vorstellen.«

»Konnte ich auch nicht, bis ich die Whiskeys kennengelernt habe. Komm mit«, sagte sie und ging zum Eingang. »Du wirst sie mögen.«

Da war er sich nicht so sicher.

Die Männer drehten sich herum, als sie näher kamen, und mehrere abschätzende Augenpaare richteten sich zeitgleich auf Zev. *Das könnte spaßig werden.* Er legte den Arm fester um Carly und hob grüßend das Kinn. »Wie geht's?«

Die Männer brummten *Gut, Okay* oder *Nicht schlecht.*

»Hallo«, sagte Carly munter und wurde wesentlich enthusiastischer von den Männern gegrüßt.

Der große, bärtige Typ, der sie nicht aus den Augen gelassen hatte, trat vor. Er war gut fünf Zentimeter größer als Zev und wahrscheinlich über zehn Kilo schwerer. *Was sind das hier draußen bloß für Männer? Essen die ganze Kühe zum Mittag und trainieren den ganzen Tag?* Die braunen Haare waren kurz, der Bart dicht. Tattoos schlängelten sich an seinen Armen hinab und mehrere Piercings verzierten seine Ohren, die Nasenscheidewand und den Nasenflügel. Er sah Carly unverwandt an. »Wie wär's mit was Süßem, Prinzessin?«

Zev trat dazwischen, bereit, ihn fertigzumachen. »Ihr Bedarf an Süßem ist gedeckt.«

»Sagt wer?«, entgegnete der Typ und baute sich vor ihm auf. Mehr Typen in Lederwesten mit dem Dark-Knights-Abzeichen gingen neben ihm in Position, die Arme verschränkt und mit stählernen Blicken, die warnender nicht hätten sein können.

Ungerührt von der Kraftprotzerei sagte Zev: »Dein schlimmster Alptraum.« Warnend trat auch er noch einen Schritt vor. »Du begegnest meiner Lady gefälligst mit Respekt, verstanden?«

»Du meine Güte, hört auf, ihr zwei!« Carly legte beiden eine Hand auf die Brust und schob sie auseinander, während die anderen Typen schmunzelten. »Warum muss so was bei euch Männern immer gleich in ein Wettpissen ausarten? Zev, das ist ein Freund von mir, Dare Whiskey. Dare ist einer von Birdies Brüdern. Dare, das ist mein …« Sie wirkte kurz ratlos und sagte dann: »Mein Zev. Zev Braden. Er ist diese Woche hier zu Besuch.«

Mein Zev? Das war wahrscheinlich wesentlich besser als *ein Freund*. Er streckte die Hand aus. »Redest du mit all deinen weiblichen Bekannten so?«

»Nur mit denen, die mir wichtig sind.« Dare gab ihm die Hand. »Du bist ein Braden? Mit Hal und Rex verwandt? Die besitzen eine Ranch in Weston.«

»Ja, bin ich. Hal ist der Cousin meines Vaters.«

Dare betrachtete ihn noch einmal eingehend und ernst. »Das sind gute Leute.«

»So wie ich auch.« Zev erwiderte den abschätzenden Blick. »Und du bist ein Whiskey? Irgendwie verwandt mit den Whiskeys aus Peaceful Harbor in Maryland?«

»Cousins«, antwortet Dare kurz angebunden.

Zev nickte nur und sagte dann grinsend: »Das sind gute Leute.«

»Seid ihr beide endlich damit fertig, euch abzuchecken?«, wollte Carly wissen. »Meint ihr, ihr könnt heute Abend nett zueinander sein?«

Zev legte den Arm um sie. »Ich bin nicht auf Ärger aus, Schatz, aber wenn deine Freunde ihn machen, werde ich nicht zurückstecken.«

Ein Lächeln schlich sich gemächlich auf Dares Gesicht und er nickte. »Wir sehen uns drinnen, Braden.«

»Freu mich drauf, Whiskey. Kannst mir ein Bier ausgeben.«

Als sie die laute und recht volle Bar betraten, glitt Zevs Blick über den ganzen Raum und die große Anzahl von schwarzen Westen mit den Dark-Knights-Abzeichen. Mehrere Dutzend Tische trennten sie von der Theke an der hinteren Wand, hinter der zwei Barfrauen – eine blonde und eine brünette – Getränke ausschenkten. Eine Gruppe von Leuten feuerte einen jungen Kerl auf einem mechanischen Bullen an. Links von ihnen standen Billardtische, und auf der angrenzenden Tanzfläche bewegten sich Paare zu einer Musik, die nach einer Mischung aus Country und Pop klang.

Zev führte Carly von der Tür fort und in seine Arme. »Dein Zev …?«

»Ich war gestresst und wusste nicht, was ich sagen sollte. Aber er sollte kapieren, dass ich mit dir hier bin.«

»Schatz, du kannst mich für dich beanspruchen, wie immer du willst.« Er küsste sie auf den Unterkiefer. »Dein Zev.« Dann fuhr er mit den Lippen nahe an ihrem Ohr entlang und flüsterte: »Dein Sexsklave.« Sie belohnte es, indem sie sich an ihn drückte. Er küsste ihre Wange. »Dein fester Freund.« Er sah ihr in die Augen. »Wie du es auch nennst, ich gehöre dir.«

»Hm, Sexsklave gefällt mir irgendwie.«

»Carly! Zev!« Birdie winkte ihnen von einem Hocker am

anderen Ende der Theke zu, wo sie neben einer Braunhaarigen mit Brille saß, die sich mit Cutter unterhielt.

»Da ist Birdie«, sagte Carly auf dem Weg zur Theke. »Tut mir leid wegen Dare.«

»Ist er immer so?«

»Nein. Ich habe keine Ahnung, was das sollte.«

»Wenn die Whiskeys auch nur annähernd so sind wie meine Familie, dann hat er nur auf dich aufgepasst.« Er hatte das Gefühl, das würde heute Abend noch öfter vorkommen. Der Typ neben Cutter drehte sich um, als sie näher kamen. *Cowboy.*

Birdie, wieder bekleidet mit einem sehr interessanten Outfit, das aus gepunkteten High-Waist-Shorts, einem passenden bauchfreien Top und Cowboystiefeln bestand, rutschte von ihrem Hocker. Sie umarmte Carly. »Ich bin so froh, dass ihr gekommen seid!« Zev begrüßte sie mit der gleichen enthusiastischen Umarmung. »Du erinnerst dich? Ich bin Birdie.« Noch bevor er antworten konnte, zog sie die andere Brünette von ihrem Hocker. »Und das hier ist Quinn. Sie arbeitet mit Carly und mir zusammen und konnte es kaum erwarten, dich kennenzulernen.«

Er erkannte Quinn wieder, die denselben engen Rock und die Bluse mit dem tiefen Ausschnitt trug, die sie auch getragen hatte, als er Carly am Mittag bei ihrer Arbeit besucht hatte. »Hallo, Quinn. Ich glaube, wir haben uns gesehen, als du das Geschäft verlassen hast und ich gerade hineinging.«

»Das war ich«, sagte Quinn. »Ihr beide seid das Gesprächsthema Nummer eins bei allen hier. Als hätte jemand verkündet, dass Carly heute Abend ein Date mitbringt.«

»Was? Warum?«, fragte Carly.

Birdie winkte ab. »Mach dir deswegen keine Sorgen. Lasst uns einfach Spaß haben.«

»Hey, Schätzchen«, sagte Cowboy und umarmte Carly. »Behandelt dich dieser Kerl da gut?«

Carly verdrehte die Augen. »Ja, Cowboy. Dare hat vor der Tür schon das ganze Neandertaler-Ding abgezogen. Was ist mit euch los?«

Während sie und Cowboy sich unterhielten, begrüßte Cutter Zev mit Handschlag. »Schön, dass ihr da seid.«

»Danke, Mann.« Zev legte eine Hand auf Carlys Rücken und fragte sie leise: »Magst du immer noch Sex on the Beach?«

Mit hochroten Wangen und einem vernichtenden Blick sah sie ihn an. »Scht! Ja, aber man kann dich hören.«

»Ich hab ihn gehört!«, bestätigte Birdie, als sie wieder auf einen Hocker kletterte. »Und meine Antwort lautet: Eindeutig ja!«

Cowboy warf ihr einen finsteren Blick zu.

»Ich meinte den Cocktail«, sagte Zev zu Carly. »Den hast du im College immer getrunken.« Er beugte sich zu ihr und flüsterte: »Aber gut zu wissen, dass du es auch am Strand noch immer gern machst.«

Halb wütend, halb lächelnd sah sie ihn an.

»Und wer denkt jetzt an Sex?«, hauchte er ihr ins Ohr.

»Man sollte denken, dass ich nach unserer unanständigen Dusche mal aufhören könnte, daran zu denken«, sagte sie so, dass nur er es hören konnte. »Bestell mir lieber nur einen Blue Moon, sonst denke ich die ganze Zeit an den Namen des Cocktails.«

Er zwinkerte. »Einmal Sex on the Beach also.«

Carly schüttelte den Kopf und Quinn verwickelte sie in ein Gespräch mit Birdie. Zev lehnte sich auf die Theke, um die Aufmerksamkeit der Barfrau zu erlangen.

Die große, braunhaarige Barfrau schlenderte herüber und

beäugte Zev neugierig. »Hab dich hier noch nicht gesehen«, sagte sie und strahlte etwas Toughes aus. »Neu in der Stadt?«

»Billie«, unterbrach Cutter. »Das ist Zev, er gehört zu Carly.«

Billies braune Augen wanderten zwischen Zev und Carly hin und her, die sich mit Quinn und Birdie unterhielt. Billie nickte. »Das leuchtet ein. Carly verdient einen Mann, der so hübsch ist wie sie. Was bist du, eine Art Model oder so?«

»Wohl kaum.« Zev schmunzelte. »Ich mache verschiedene Sachen, aber Modeln gehört nicht dazu.«

»Er ist ein bekannter Schatzjäger«, erklärte Cutter.

Billie schnaubte verächtlich. »Davon kann doch keiner so richtig leben.«

»Da hast du wahrscheinlich recht. Vielleicht bin ich ja doch ein Model. Kann ich einen Blue Moon und ein Guinness bekommen, bitte?«

»Kommt sofort.« Billie zog los, um die Getränke zu holen.

»Habe ich gerade gehört, dass du ein Model bist?«, fragte Cowboy, als er sich neben Zev stellte.

»Unterwäschemodel. Hauptsächlich Calvin Klein, aber auch mal Ralph Lauren, Polo und so, du weißt schon, die mit viel Platz im Schritt«, sagte Zev, als Billie gerade die Getränke vor ihm abstellte.

»Carly, die Glückliche!«, sagte Billie, die unverhohlen seinen Körper in Augenschein nahm, als er sein Portemonnaie herausholte und das Geld auf den Tresen warf.

»Ich bin der Glückliche«, sagte Zev. Er reichte Carly ihren Cocktail, als Dare in die Bar kam und direkt auf sie zuging. »Hier, Schatz.«

»Danke.« Sie schenkte Zev ein höllisch verführerisches Lächeln und dann Dare ein unverfänglicheres. »Hallo, du hast es endlich geschafft hereinzukommen.«

»Hey, Süße. Geht's dir gut?«, fragte Dare.

»Immer«, sagte sie und wandte sich wieder der Unterhaltung mit den Frauen zu.

Cowboy nahm einen Schluck von seinem Bier und richtete dann seinen stählernen Blick unerbittlich auf Zev. »Wie kommst du darauf, du wärst Manns genug für sie?«

Dare hob eine Augenbraue und beobachtete Zev amüsiert.

Carly wirbelte herum und sah Cowboy wütend an. »Hast du ihn gerade ernsthaft gefragt, ob er Manns genug für mich ist?«

»Und ob ich das gefragt habe«, sagte Cowboy. »Models sind nicht gerade dafür bekannt, robust zu sein, und wir müssen wissen, ob er dich beschützen kann.«

Carly sah Zev verwundert an. »Models?«

Zev sah sie eindringlich an, und eine Sekunde später blitzte das Verständnis in ihren Augen auf. *Ganz genau, Liebling, Zeit für eine Märchenstunde.*

»Du bist Model und Schatzsucher?«, fragte Quinn aufgeregt. »Das bringt bestimmt total viel Spaß. Kein Wunder, dass du so durchtrainiert bist.«

»Er kennt bestimmt eine Menge heißer Typen«, stimmte Birdie ein, was von ihren Brüdern mit missmutigen Blicken kommentiert wurde.

»Modeln ist ein harter Job«, sagte Zev und genoss das verhohlene Grinsen in Carlys schönem Gesicht. »Ihr wisst schon, lange posieren, in Form bleiben und das Ganze. Aber es hat seine Vorzüge und ja, ich kenne die meisten der Promis.«

»Er hat letzten Winter mit den Models der *Sports Illustrated* in Tansania gearbeitet, stimmt's, Zev?«, ergänzte Carly und war direkt wieder in ihrem alten Element des Geschichtenerzählens.

»Absolut, aber keins von denen war so heiß wie du.« Er zog

sie an sich und küsste sie.

»Was hat die nur für ein Glück!«, sagte Quinn.

Cowboy gab einen mürrischen Laut von sich. »Ich warte immer noch auf meine Antwort.«

»Glaub mir, Cowboy, Zev ist ein ganzer Mann«, verkündete Carly angeberisch.

»Ich stimme Carly voll und ganz zu«, sagte Birdie. »Seht ihn euch doch mal an.«

»Schon gut, Mädels. Ich versteh's ja. Diese Jungs sind Stiefel tragende, hart arbeitende Männer. Sie wollen nur sichergehen, dass dieser *hübsche Junge* alles im Griff hat, was sich ihm in den Weg stellen könnte. Das respektiere ich.« Zev grinste selbstbewusst. »Schreibt gut mit, Jungs, denn ich werde es nur einmal sagen. Ich bin Apnoetaucher, Tiefseetaucher, Basejumper und Fallschirmspringer und ich habe die Anden bestiegen. Zweimal. Ich bin von den Klippen des Devil's Canyon gesprungen, durch Wüsten gewandert, auf den stürmischsten Meeren gesegelt und habe auf zwölf Meter hohen Wellen gesurft.« Er nahm einen Schluck und fügte hinzu: »Ach ja, und ich habe einen Mann wiederbelebt, der in Portugal ertrunken war. Ich bin mir ziemlich sicher, dass ich Manns genug bin für Carly.«

Cutter und Cowboy wechselten einen Blick, der eindeutig besagte: *Verdammt …*

»Ziemlich beeindruckend. Wusste nicht, dass Models so was alles machen.« Cowboy nahm einen Schluck von seinem Bier.

Zev unterdrückte ein Lachen. »In den meisten Leuten steckt mehr, als man von außen sehen kann.«

»Viel mehr«, fügte Carly hinzu. »Vor allem unter der Gürtellinie.«

Birdie und Quinn prusteten los. Zev zog Carly zu einem langen, langsamen und besitzergreifenden Kuss an sich. *Zieh dir das rein, Cowboy, denn sie gehört nur mir.*

»Die hat echt Glück«, sagte Birdie und erhielt ein zustimmendes »Hm-hm« von Quinn.

Cowboy räusperte sich. »Schon mal auf einem Bullen geritten?«, fragte er grimmig.

»Ach, Mist. Jetzt geht das wieder los«, sagte Dare.

Zev schüttelte den Kopf. »Kann ich nicht behaupten, aber ich bin für alles zu haben.«

»Cowboy, was soll das?«, wollte Carly wissen. »Hat Billie euch heute Abend allen Testosteron in die Drinks gemischt? Zev, du musst ihm gar nichts beweisen.«

»Ich hab alles im Griff, Schatz«, meinte Zev augenzwinkernd.

»Hier in der Gegend gibt es nur ein Maß für Männlichkeit. Und zurzeit hält meine kleine *Schwester* den Rekord.«

»Oje.« Birdie warf Carly einen vielsagenden Blick zu. »Du solltest ihn wohl lieber auf einen blauen Hintern vorbereiten.«

Zev deutete mit seiner Bierflasche auf Cowboy. »Ich hatte mich schon gefragt, warum mein entzückendes Mädchen mit euch starken Cowboys in der Gegend immer noch Single war. Aber wenn so ein süßes kleines Ding wie Birdie den männlichsten Rekord in der Stadt hält, dann erklärt das wohl alles, oder?«

Cowboy sah ihn wütend an, Dare und Cutter schmunzelten und die Mädels lachten sich schlapp.

Zev leerte sein Bier in einem Zug. »Auf geht's.«

Carly bewunderte Zevs Fähigkeit, sich jeder Herausforderung

zu stellen, aber sie hatte schon kräftigere Männer von dem mechanischen Bullen fallen sehen. Auf keinen Fall wollte sie, dass er sich verletzte und dann vielleicht nächste Woche nicht tauchen konnte, oder dass er sich vor Cowboy blamierte, den sie am liebsten erwürgt hätte. »Zev, bitte lass das! Du könntest dich verletzen«, flehte sie ihn an, als sie sich den Weg durch die Menge bahnten.

»Vertrau mir, Schatz«, sagte Zev, während er einen Mann auf dem Bullen beobachtete. »Es gibt nichts, was ich nicht kann.«

»Das will ich ja gern glauben, aber du hast keine Ahnung, wie schwierig es ist, auf dem Ding zu reiten.« Sie drehte sich zu Birdie um. »Sag du es ihm, Birdie!«

»Sie hat recht, Zev. Das ist nicht ohne. Ich reite schon drauf, seit ich ein kleines Mädchen war, aber man muss schon ziemlich geschickt sein. Du musst mit den Bewegungen mitgehen, so als wenn du Sex mit dem Ding hättest. So in etwa.« Birdie wiegte die Hüften.

»Verdammt, Birdie!«, schnauzte Dare sie an, während er den Typen einen finsteren Blick zuwarf, die seine kleine Schwester beäugten. Dann richtete er diesen Blick auf Birdie, die noch immer die Hüften anzüglich schwang. »Hör auf. Sofort!«

Birdie schnaubte und stemmte die Hände in die Hüften. »Ich zeige Zev nur, wie er geschickt mit dem Bullen umgeht.«

»Klar doch«, meinte Dare kopfschüttelnd. »Wenn du damit weitermachst, muss ich ein paar von den Typen hier mal etwas Verstand einprügeln.«

»Dare«, unterbrach ihn Carly, »bitte sag Zev, dass er die Finger davon lassen soll.«

»Ich hab alles im Griff, Carls«, beruhigte Zev sie noch einmal, während er weiterhin den Typen auf dem Bullen genau beobachtete. »Kinderspiel.«

»Du gefällst mir, Braden. Viel Glück, Mann«, sagte Dare und gab Zev einen Faustcheck.

»Was ist denn heute Abend mit euch allen los?«, beschwerte sich Carly, während der Reiter den Ring verließ und Cowboy hineinging.

Cowboy hob eine Hand. »Wir haben heute Abend einen besonderen Gast unter uns. Ihr kennt ihn vielleicht aus der *Sports Illustrated*. Er ist ein bekanntes Model.«

»Oh mein Gott!«, sagte Carly und lehnte sich geschlagen an Zev. »Das solltest du wahrscheinlich mal klarstellen.«

Zev gab ihr einen kurzen Kuss. »Aber es ist doch so witzig, wie er mir das abnimmt.«

»Begrüßt Zev Braden!«, rief Cowboy.

Die Menge johlte und klatschte, als Zev in den Ring stieg, mit beiden Händen winkte und es mit einer Verbeugung richtig übertrieb. Er sah Carly an und grölte: »Für dich, mein Schatz!« Er legte sich die Finger auf den Mund und warf ihr einen Kuss zu, wie er es früher immer getan hatte.

Trotz ihrer Sorge, dass Zev sich verletzen könnte, musste Carly einfach lächeln und den Kuss mit ausgestrecktem Arm auffangen.

»Himmel, der ist ja zum Verlieben«, sagte Quinn.

Schon passiert.

Dare und Cutter nahmen Carly in ihre Mitte. Sie sah sie wütend an. »Was zum Teufel soll das? Ihr hättet das verhindern können.« Cowboy wusste nichts von Zevs und Carlys Vergangenheit, und sie hatte keine Ahnung, warum er Zev so zusetzte.

»Das kann man nicht verhindern«, sagte Cutter. »Du weißt doch, wie Cowboy ist. Wenn er erst mal anfängt, hört er nicht mehr auf, bis er gewinnt oder ihm jemand seine Grenzen aufzeigt.«

»Dann mach das doch«, sagte Carly. »Zeig ihm seine Grenzen.«

Cutter hob ergeben die Hände. »Hey, ich habe Cowboy erzählt, dass ich mich lange mit Zev unterhalten habe und dass ich ihn mag. Ich respektiere ihn. Er hatte offensichtlich immer nur das Beste für dich im Sinn. Aber Cowboy stand auf dich, als du damals in die Stadt kamst. Da wird er nicht einfach irgendjemanden dein Herz erobern lassen, ohne sicherzustellen, dass der Typ mit jeder Situation zurechtkommt.«

»Cowboy stand auf mich?« Wie hatte ihr das entgehen können? Sie schaute zu Zev, der den mechanischen Bullen inspizierte.

»War eine Zeit lang ziemlich verknallt, nachdem du hergezogen warst«, erklärte Cutter. »Aber du hast kein Interesse gezeigt. Er ist drüber hinweg, aber er wird immer auf dich aufpassen.«

»Na super«, meinte sie sarkastisch.

»Dein neuer Typ kommt allein zurecht«, sagte Dare schroff. »Siehste, er steigt gleich auf.«

Cowboy verließ den Ring und Zev zog seine Stiefel und Socken aus. Er riss sich das T-Shirt vom Leib und machte eine richtige Show daraus, als er die Hüften kreisen und die Bauchmuskeln spielen ließ, was lautstarkes Gebrüll, Gejohle und Rufe wie *Alles ausziehen* auslöste.

Was zum Henker treibst du da?

Als hätte Zev sie gehört, richtete er den Blick unverwandt auf sie und zwinkerte. Er dehnte den Hals in beide Richtungen, schüttelte Arme und Beine aus und straffte die Schultern, während Frauen schreiend forderten, dass er seine Hose ausziehen solle. Eifersucht erfasste kribbelnd Carlys ganzen Körper, doch sein Blick war noch tief in ihrem versunken und verwandelte ihre Eifersucht in etwas viel Heißeres und Angenehmeres.

»Was zum Henker macht der da?«, fragte Cutter, als Cowboy zu ihnen kam.

»Wenn ich das wüsste«, sagte Dare. »Aber die Mädels spielen alle verrückt.«

Carly verdrehte die Augen.

»Mehr als seine Klamotten ausziehen kann er wohl nicht«, amüsierte sich Cowboy.

»Wenn er verletzt wird, Cowboy, dann bringe ich dich um!«, sagte Carly gerade, als Zev sich rückwärts auf den Bullen setzte. »Oh nein! Cowboy! Hilf ihm!«

Die Menge lachte und rief Zev zu, er solle sich umdrehen.

»Mein Gott, Carly, hättest du dir nicht noch ein schlimmeres Weichei aussuchen können?« Cowboy ging zum Ring.

Zev hielt die Finger wie eine Pistole auf Cowboy gerichtet. »Alles in Ordnung, Mann. Du kannst das Kätzchen anstellen.«

»Du musst dich umdrehen«, rief Cowboy ihm zu.

»Nee, ein bisschen Spaß muss sein!« Zev gab ein Zeichen und der mechanische Bulle setzte sich in Bewegung.

Das Herz schlug Carly bis zum Hals, während Zev auf dem vor- und zurückspringenden Bullen das Gleichgewicht hielt, als müsste er sich an die Bewegungen erst gewöhnen. Nach ein paar Sekunden schoss der Hintern des Bullen nach oben, Zev stieß sich mit den Händen ab und zog gleichzeitig die Füße an, bevor er auf dem Bullen landete, als stünde er auf einem Surfboard.

Die Menge rastete aus – auch Carly. Die Frauen hüpften schreiend und johlend herum, die Männer grölten und pfiffen und Zev trug ziemlich dick auf. Er sprang hoch, als der Bulle sich ruckartig herumdrehte, sodass Zev in die andere Richtung gewandt wieder auf der Maschine landete und mit jedem Rucken des Bullen mitging. Seine Bauchmuskeln spielten verführerisch und verwandelten Carlys Sorgen in glühende Lust. Der Bulle wirbelte herum, Zev sprang hoch und landete rittlings auf dessen Rücken. Er spielte eine schmerzhafte Landung vor, was die Menge noch lauter jubeln ließ. Carly lachte und feuerte ihn an, als er wieder auf die Füße sprang und sich mit gestreckten Armen ausbalancierte. Er hockte sich hin, als der Bulle herumwirbelte, suchte sein Gleichgewicht wie ein Surfer, und fuhr mit seinen Faxen fort, bis alle in der Bar sich um den Ring versammelt hatten und sich von Zev begeistern ließen.

Carly stieß Cowboy an. »Und? Was hältst du jetzt von meinem *Weichei*?«

»Er ist nicht wirklich Model, oder?«, wollte Cowboy wissen.

Carly sah zu Zev auf dem mechanischen Bullen und ihr ging das Herz auf. »Heute ist er Model. Wer weiß, was er morgen sein wird …« *Es ist mir auch egal, was er ist, solange er bei mir ist.* Während Zev sein Können zeigte, wandte sie sich an Cowboy. »Ich weiß, dass du dir um mich Sorgen machst, und das bedeutet mir mehr, als du dir vorstellen kannst.«

»Ich will nur nicht, dass man dir wehtut, Süße.«

»Ich auch nicht. Aber keine Beziehung ist risikofrei.« Noch während sie das aussprach, wurde ihr bewusst, wie zutreffend das war. Die Risiken für sie beide waren vielleicht größer als für andere, aber das bedeutete nicht, dass sie K.-o.-Kriterien sein mussten.

»Da hast du wahrscheinlich recht, und du musst diesem Typen wirklich wichtig sein, dass er meinen Mist hinnimmt und sich hier so zum Affen macht.« Cowboys Gesichtsausdruck wurde ernst. »Du hast noch nie mittwochabends ein Date mitgebracht. Du stehst offensichtlich wirklich auf diesen Kerl. Wie lang kennst du ihn schon?«

»Wir sind zusammen aufgewachsen und waren richtig lange zusammen. Du hast mir mal gesagt, dass ein Mensch sein Pferd findet, wenn er ihm in die Augen schaut und feststellt, dass ein Teil von ihm selbst zurückschaut. Das erste Mal, dass ich so etwas erlebt habe, war in Zevs Augen, als wir in der zweiten Klasse waren, und ich sehe es immer noch, intensiver denn je. Er ist ein guter Mensch, Cowboy, und du bist es auch. Ich hoffe, ihr beide könnt Freunde werden.« Carly konnte sich bei dem lauten Jubel der Menge kaum selbst denken hören, als der Bulle langsam anhielt.

Zevs Blick fand ihren, und all der Lärm verschwand – bis auf das Zischen und Knistern der Flammen, die zwischen ihnen loderten.

Vierzehn

Zev stand an der Bar und beobachtete Carly und ihre Freunde, die am Tisch saßen, während er auf Billie wartete, die am anderen Ende die Theke abwischte. Die Bar war mittlerweile geschlossen. Bis auf Carlys Freunde war das Roadhouse leer, und Zev hatte es nicht eilig zu gehen. Er hatte all ihre Freunde kennengelernt, und deren beschützender Argwohn hatte sich schnell in gut gelaunte Neckereien gewandelt. Den ganzen Abend hatten ihre Freunde von dem Leben mit Carly erzählt, Geschichten über witzige Momente, die sie erlebt hatten, und auf welch unterschiedliche Arten und Weisen sie sich umeinander gekümmert hatten. Obwohl sie dieselbe warmherzige, fürsorgliche Person beschrieben hatten, die Zev immer geliebt hatte, war die Frau, die sie in ihrem Kreis als eine der ihren aufgenommen hatten, ein vorsichtiger, häuslicher Mensch, nicht die abenteuerlustige Frau, als die er sie gekannt hatte. Es war offensichtlich, dass alle sie so mochten, wie sie war, aber Zev hegte keinen Zweifel daran, dass ihre Freunde auch die Seiten von Carlys altem Ich mögen würden, die nun langsam an die Oberfläche kamen.

»Was kann ich dir bringen, hübscher Junge?«, erkundigte Billie sich scherzend.

Zev hatte erfahren, dass Billie und ihre Schwester Bobbie die Bar führten, die ihrem Vater Manny – auch ein Dark Knight – gehörte. »Zwei Eiswasser, bitte.« Carly und er hatten sich unter dem Tisch verstohlen gestreichelt und einander angestachelt, wobei es eine Tortur gewesen war, sich nichts anmerken zu lassen. Er hoffte, das Eiswasser würde ihn etwas abkühlen.

Billie stellte die Gläser auf den Tisch. »Du hast eine ziemlich gute Show abgeliefert. Nicht viele Männer trauen sich, Cowboy die Stirn zu bieten.«

»Dann sind es keine richtigen Männer, oder?« Er schaute zu Carly. »Ich habe gelernt, mich nicht von Angst aufhalten zu lassen, besonders wenn es um die Frau dort geht. Ich habe gelernt, gegen Dämonen anzukämpfen, und die gehen wesentlich härter ran als ein mechanischer Bulle.« Er nahm die Gläser. »Danke dafür.«

Als Zev zum Tisch zurückging, wurde gerade wieder lauthals gelacht. Er mochte Carlys Freunde und trotz ihres holperigen Starts passte er gut zu ihnen. So viele Jahre war er allein gewesen, dass er vergessen hatte, wie es war, zu einer Gruppe von Menschen zu gehören, die nicht Familie oder sein Taucherteam war. Ebenso wie er nie eine richtige Bindung zu einer anderen Frau hatte aufbauen können, so hatte er auch nie einen Platz in größeren Gruppen möglicher Freunde gefunden. Irgendetwas hatte immer gefehlt. Und dieses *Etwas* alberte gerade mit den anderen herum und bezauberte ihn mit süßem, unvergesslichem Lachen.

Er stellte die Gläser ab und setzte sich neben Carly, wobei er Quinn nicht stören wollte, die gerade eine Geschichte über ihren Bruder erzählte, der die nächsten Wochen unterwegs war, um ein paar Freunde zu besuchen.

Carly flüsterte ihm zu: »Du hast mir gefehlt.«

Diese vier Worte trafen ihn mitten ins Herz. »Ich kümmere mich später um all deine einsamen Stellen, wenn wir allein sind.« Die Röte stieg ihr ins Gesicht und er drückte seine Lippen auf ihre.

»Erzählst du mir bitte mal, worum es bei deinem angeregten Gespräch mit Birdie und Cutter ging, als ich mit Quinn getanzt habe?«, fragte sie leise.

»Psst.« Er deutete auf sein Ohr und dann auf Quinn, als wollte er hören, was sie sagte. Doch in Wahrheit wollte er nicht preisgeben, dass Birdie und Cutter ihn bei einer kleinen Überraschung unterstützten.

»Das klingt für mich nach Freiheit, Quinny«, sagte Birdie. »Ich werde meine Brüder nicht mal für eine Woche los, geschweige denn gleich für mehrere. Zev, du sagtest, dass du nur ein paarmal im Jahr nach Hause fährst. Vermisst du deine Familie nicht?«

»Doch, klar, aber wir sind ständig per Telefon und Videoanruf in Kontakt. Und wenn sie reisen und es zeitlich passt, dann treffen wir uns manchmal dort, wo sie gerade sind.« Er war gut darin geworden, etwas über sich zu erzählen, ohne ins Detail darüber zu gehen, wie schmerzhaft es war, nach Pleasant Hill zurückzukehren. Er fragte sich, ob es nun einfacher sein würde, nachdem Carly und er wieder zueinandergefunden hatten. Er nahm es an, denn mit ihr an seiner Seite schien alles besser zu sein. Aber er wusste, dass er zu weit nach vorn schaute. Auch wenn er überzeugt davon war, dass sie einen Weg für sich finden könnten, so wusste er doch, dass die vorsichtige Carly mehr Zeit brauchte, um das Vertrauen aufzubauen, dass er nicht wieder abhaute.

»Mann, ich glaube, ich könnte das nicht.« Mit Schalk in

den Augen fügte Birdie hinzu: »Also meine Brüder nerven ja schon mal, aber ich glaube, *sie* könnten nicht ohne mich leben.«

»Du würdest uns fehlen.« Cowboy zeigte auf Dare. »Aber der da? Auf den könnten wir verzichten.«

Dare schmunzelte. »Ihr wärt arm dran ohne mich.«

»Von wegen«, widersprach Cowboy.

»Die Frauen hier in der Gegend mit Sicherheit«, stimmte Quinn zu. »Dare ist der beste Tänzer weit und breit.«

Cowboy schnaubte verächtlich. »Wohl kaum. Ich kann mich ziemlich gut bewegen. Nur zeige ich das lieber im Schlafzimmer.« Er machte den Faustcheck mit Zev und beide lachten.

Quinn verdrehte die Augen. »Niemand tanzt so gut wie Dare.«

Zev schaute zu Dare, der Quinns Lob in sich aufsaugte, und sagte: »So gut bist du also?«

»Ein kluger Mann sagte einmal, dass in den meisten Leuten mehr steckt, als man von außen sehen kann.« Dare nickte und nahm einen Schluck von seinem Bier.

»Er tanzt nicht nur«, sagte Quinn. »Er tanzt auf dem Tresen.«

»Als Dare das letzte Mal eine *Coyote-Ugly*-Show auf dem Tresen abgezogen hat, steckte ihm ein Fremder einen Zwanzig-Dollar-Schein in die Hose.« Cowboy lachte. »Ein Typ!«

»Und was hat der hier gemacht?« Cutter deutete mit dem Daumen auf Dare. »Der hat ihm eine Zugabe gegeben.«

Alle brachen in Gelächter aus. Zev konnte nicht mehr aufhören zu lachen, als er versuchte, sich den toughen Biker beim Tanzen vorzustellen, und dann noch auf dem Tresen.

»Was lachst du so, Braden?«, wollte Dare wissen.

»Ich komme nicht drüber hinweg, dass du tatsächlich auf

dem Tresen getanzt hast.«

»Ich komme nicht drüber hinweg, dass du das *nicht* machst«, sagte Dare und gab Cowboy ein High Five.

Zev grinste. »Wer sagt, dass ich das nicht mache?«

»Erzähl ihnen, was du draufhast, Mann.« Cutter ermunterte Zev mit einem Faustcheck.

»Vergiss das mit dem Erzählen. Zeig's uns!« Birdie holte einen Zwanzig-Dollar-Schein aus ihrer Handtasche und wedelte damit herum.

»Ja!«, jubelte Quinn und sprang auf. »Cowboy und Cutter, ihr auch! Birdie, Carly und ich entscheiden, wer die heißesten Moves draufhat!«

»Vergiss es, Kleine.« Cutter legte ihr eine Hand auf die Schulter und zog sie wieder hinunter auf den Stuhl neben sich.

»Schön«, meinte Quinn kurz. »Dann kannst du das hier aussitzen und den *richtigen* Männern beim Tanzen zusehen.«

»Ganz genau, Schätzchen.« Cowboy zwinkerte Quinn zu, dann sah er zu Dare und Zev. »Was meint ihr? Tanzduell auf dem Tresen?«

Birdie fing an zu skandieren: »Tanzduell! Tanzduell!«

»Auf keinen Fall, Birdie«, protestierte Carly. »Du hast meinen Kerl schon genügend begafft. Und du, Cowboy? Hast du deine Lektion nicht schon beim Bullenreiten gelernt? Zevs Tanzkünste werden die Bar in Brand setzen.« Sie stand auf und zog Zev mit sich. »Tanzen wird Zev einzig und allein mit mir. Und zwar jetzt, auf der Tanzfläche.«

»Also, das Angebot kann ich nicht ablehnen.« Zev legte den Arm um Carly und gemeinsam gingen sie auf die Tanzfläche.

»Hast du es schon satt, hier herumzuhängen?«, fragte Carly.

»Überhaupt nicht. Ich hatte jede Menge Spaß und bin froh, dass wir gekommen sind. Ich habe so viel über dich, dein Leben hier und deine Freunde erfahren.«

»Die können sehr anstrengend sein.«

»Ich mag sie, Carls, und ich bin froh, dass sie auf dich aufpassen.« Er nahm sie in den Arm und wiegte sie zu einem langsamen Countrysong hin und her. Seine Wange lag weich an ihrer. »Es ist so lange her, dass wir miteinander getanzt haben, dass ich fast vergessen hatte, wie gut es sich anfühlt.«

»Abschlussball an der Highschool«, sagte sie leise. »Da haben wir das letzte Mal so eng miteinander getanzt.«

»Es hat mir gefehlt, Schatz. Ich habe so viele Dinge mit dir verpasst«, sagte er und dachte dabei an die Geschichten ihrer Freunde. »Ich wünschte, ich wäre bei den Schlittenfahrt-Katastrophen und den Ausritten dabei gewesen, von denen deine Freunde mir erzählt haben.« Sie hatten ihm so viele Anekdoten erzählt, dass er sie gar nicht alle aufzählen konnte, obwohl er sich an jedes Wort über das Torten-Wettessen auf den Herbstfestivals und das gemeinsame Frühstücken bei den Whiskeys erinnerte.

»Du kannst beim Schlittenfahren dabei sein, wenn du willst, weil du im Winter in New England nicht tauchen kannst«, sagte sie.

»Glaub mir, ich werde hier sein.« Aber wie lange? Und wäre das genug? Konnte er den rastlosen Nomaden in sich wirklich beruhigen und eine Zeit lang an einem Ort glücklich sein, wenn es das war, was Carly brauchte? Er wusste nicht, ob er es konnte, aber er wollte es mit Sicherheit versuchen. »Als Cutter von der Zeit erzählt hat, als du krank warst und die Whiskeys abwechselnd Birdie im Geschäft geholfen und dich gesund gepflegt haben, dachte ich immer nur daran, dass ich auch für dich hätte da sein wollen.«

»Das war ein schreckliches Virus. Aber das war, bevor ich

Quinn eingestellt hatte. Sonst hätte ich die Whiskeys nicht einspannen müssen. Sie haben mich gerettet.«

»Nach dem zu urteilen, was sie so erzählt haben, bist du ebenso oft für sie dagewesen. Es ist offensichtlich, dass du deinen Freunden ebenso wichtig bist wie sie dir.«

»Ich hatte ja keine Ahnung, dass sie solche Plappermäuler sind«, sagte sie voller Zuneigung.

»Sie haben dich sehr lieb.« Er küsste sie sanft. »Ich finde es gut, dass du keine Aufträge annimmst, die dir deine Mittwochabende ruinieren würden, und dass du zu dem Friendsgiving der Redemption Ranch gehst und dort andere Leute wiedertriffst, denen auf der Ranch geholfen wurde. Deine Freunde haben mir viel erzählt. Ich wusste nicht, dass du zu allen großen Feiertagen nach Pleasant Hill zurückkehrst oder dass du mit den Whiskeys feierst, bevor du abreist. Ich bin froh, all das über dich erfahren zu haben. Irgendwann würde ich mir gern mal die Ranch ansehen und die anderen Leute kennenlernen, die dir geholfen haben.«

»Würdest du das? Du kannst dir nicht vorstellen, wie viel mir das bedeutet.«

»Doch, kann ich. Wahrscheinlich halb so viel, wie du mir bedeutest.« Das Lied war zu Ende und ein schnelleres begann, aber Carly und Zev tanzten langsam weiter.

Quinn und Birdie kamen auf die Tanzfläche gestürmt und Birdie sagte: »Hey, ihr Schmusehäschen, wir haben die Jungs überredet, mit uns zu tanzen.«

Dare kreiste mit den Hüften und wackelte mit den Schultern, als er in Dirty-Dancing-Manier zu den Mädels hinüber tanzte und seine erstaunlichen Moves zeigte. »Komm schon, Braden, da musst du mithalten.«

»Hab doch gesagt, dass er sich bewegen kann«, meinte

Quinn.

Cutter sah Carly und Zev verwundert bei ihrem langsamen Tanz zu und fragte: »Sag mal, hörst du überhaupt den Rhythmus?«

»Ihr könntet zumindest beim Country Two Step mitmachen«, fügte Cowboy hinzu.

»Das nennt man Romantik, ihr Idioten. Da könntet ihr noch was lernen.« Quinn packte sie beide am Handgelenk und zog sie fort.

Zev schmunzelte, während die anderen anfingen, synchron irgendwelche komplizierten Schritte zu tanzen. Die Jungs würden ihn wahrscheinlich immer piesacken, aber im Grunde hatten sie ihm früher am Abend schon ihren Segen gegeben. Nicht, dass Zev ihn brauchte, aber um Carlys willen war er froh, dass sie ihn akzeptierten.

Während er ihr in die Augen schaute, wurden ihm noch andere Dinge klar. »Erinnerst du dich noch daran, als ich gesagt habe, das Universum hätte sich anscheinend entschlossen, uns gerade jetzt wieder zusammenzubringen?« Sie nickte, und er fuhr fort: »Ich glaube, ich habe herausgefunden, warum ich dich so sehr brauchte.«

»Warum?« Ihre Augen funkelten in gespannter Erwartung.

»Weil ich der Typ bin, der sich nicht vorm Sterben fürchtet, der aber grauenhafte Angst hat, die Menschen zu verlieren, die er liebt. Ich dachte, wenn ich Abstand zwischen uns schaffe und auch zwischen mir und meiner Familie, dann könnte ich mich so weit von euch lösen, dass es für mich einfacher wäre, wenn einem von euch etwas Schreckliches zustieße.«

»Zevy«, sagte sie aufgewühlt. »Das ist das Traurigste, was ich seit Langem gehört habe. Wir standen uns so nah, und du und deine Familie tatet es auch. Du hast so viel aufgegeben.«

»Das begreife ich jetzt auch. Ich musste dich sehen, Carls, das Donnern in meiner Brust und meine tiefe Liebe für dich spüren, um mir bewusst zu werden, dass Liebe so nicht funktioniert. Wenn wir uns nicht wiedergesehen hätten und dir etwas passiert wäre, dann hätte es mich trotzdem umgebracht. Und ich glaube, ich musste Zeit mit dir und deinen Freunden verbringen, um mich daran zu erinnern, dass ich total gern mit Menschen eine Verbindung eingehe, ebenso wie ich total gern in Abenteuern abtauche. Ich war so damit beschäftigt, vor unserer Vergangenheit davonzurennen, vor dem Schmerz, den ich dir und meiner Familie zugefügt habe, dass ich vergessen habe, wie kostbar Liebe und Freundschaften sind. Ich brauchte dich, um mir beizubringen, was du schon vor Jahren gelernt hast: Dass ich Zeit mit den Menschen verbringen sollte, die mir wichtig sind, bevor es zu spät ist.«

»Ach, Zev«, sagte sie leise. »Ich glaube, du hast recht.«

»Ich weiß es. Ich dachte immer, ich wäre mutig, weil ich solche Risiken einging, aber du bist die Mutige, Carls. Du hast dich durch Torys Tod nie davon abbringen lassen, Beziehungen zu anderen Menschen aufzubauen. Du hast weitergemacht, hast Wurzeln geschlagen und dir ein Leben aufgebaut, während ich Jahre mit all den Menschen verpasst habe, die mir wichtig sind.«

»Du hast dir auch ein Leben aufgebaut, Zev. Du hast Dinge erreicht, zu denen die meisten nicht fähig wären.«

»Beruflich, ja. Aber ich habe alles getan, um *keine* Wurzeln zu schlagen.« Er schob die Hand in ihren Nacken und fuhr mit dem Daumen über ihre warme Haut. »Ich habe so ein großes Glück, dass du mir eine zweite Chance gibst.«

»Nachdem ich dich auf diese miese Art in Mexiko verlassen habe, habe ich ebenso viel Glück.«

Er senkte die Lippen auf ihre, und als ihre Münder zueinanderfanden, spürte er sofort einen Unterschied. Sie hatte ihn immer ungeduldig geküsst, seit sie sich wiedergefunden hatten, aber diesmal war es entschlossener, besitzergreifender. Als würde sie sich für sie beide noch mehr öffnen, noch stärker an sie glauben. Er drückte sie an sich, vertiefte den Kuss und wollte in diesem Moment leben, bis sie die nächste Stufe erreichten, auf der sie *all* ihre Zweifel ablegen würde.

»Das ist aber mal ein Kuss!« Birdie feuerte sie an.

»Ey, Kumpel, lass sie mal nach Luft schnappen«, brüllte Cutter.

»Eifersüchtig, Cutter?«, fragte Quinn. »Lass ihnen doch den Spaß.«

Als sich ihre Lippen voneinander lösten, brodelte das Begehren in Carlys Augen. Zev küsste sie neben ihr Ohr und flüsterte: »Wie wär's, wenn ich dich zurück zum Gasthof bringe und dir zeige, wie dankbar ich wirklich bin?«

Fünfzehn

Carlys gesamter Körper stand in Flammen, als sie durch die Tür in den Gasthof stolperten, sich küssten und befummelten. Sie nahm Bandit, der an ihnen vorbei nach draußen sauste, kaum wahr. Zev hatte ihr auf dem Weg zum Gasthof schon an jeder roten Ampel in der Stadt gezeigt, wie dankbar er wirklich war. Und auf der Fahrt den Hügel hinauf hatte sie *ihm* mit den Händen und dem Mund ihre Dankbarkeit gezeigt. Als sie aus dem Pick-up ausgestiegen waren, hatte er sich nicht einmal mehr die Mühe gemacht, seine Jeans zuzuknöpfen.

»Sollten wir auf Bandit warten?«, hauchte sie atemlos zwischen zwei Küssen. In diesem Moment wollte sie nur noch ihren Mund auf Zev spüren, und so war sie drauf und dran, direkt im Flur vor ihm auf die Knie zu gehen. Ihm bei seinem Ritt auf dem Bullen zuzusehen, mit freiem Oberkörper, wie er sündhaft sexy ihren Freunden die Stirn bot, war eine herrliche Qual gewesen. Nie im Leben hätte sie gedacht, dass das ein Aphrodisiakum sein könnte, doch das war es.

»Schatz, du hast Glück, dass ich nicht an den Straßenrand gefahren bin und mir genommen habe, was ich brauche. Er kann kommen, wenn er so weit ist – und wir auch!« Er hob sie hoch und ließ die Haustür offen, als er sie weiter ins Haus trug und seinen Mund auf ihren presste.

»Und wenn ein Waschbär hereinkommt?«, fragte sie an seinen Lippen.

»Das ist Bandits Job.« Er stieg über eine herumliegende Feldflasche, als sie an der Treppe vorbei in Richtung Küche gingen. »Das und meine Sachen zu klauen.«

»Wohin gehst du?«

Seine Lippen verzogen sich zu einem verwegenen Grinsen. »Ich denke, wir sollten uns auf eine kleine Schatzsuche begeben.«

»In der Kü…« *Die Schokolade!* Wie hatte sie das vergessen können? Die Schmetterlinge tobten in ihrem Bauch.

Abgesehen von dem Mondlicht, das durch die Fenster und die Tür hereinfiel, war es in der Küche dunkel. Zev setzte sie auf die Kante des großen Küchentischs, holte die Schatztruhe aus dem Kühlschrank und stellte sie neben ihr ab. »Den ganzen Abend habe ich daran gedacht, das hier mit dir zu machen.«

Sie leckte sich über die Lippen, und seine Kiefermuskeln zuckten, was sie nur noch mehr erregte.

Während er ihr die Sandalen auszog, mit den Händen an ihren Unterschenkeln entlangglitt und ihr einen Kuss auf eine Stelle oberhalb vom Knie gab, sah er ihr immerzu in die Augen. Ihr Körper bebte erwartungsvoll, als er in die Schatztruhe schaute und eine Kette aus Schokoladenperlen herausnahm. Ein wölfisches Lächeln breitete sich in seinem Gesicht aus, als er sie neben ihr ablegte. Er nahm den Inhalt der Schatztruhe weiter in Augenschein und suchte mit Bedacht zwei Goldbarren, einen Edelstein und eine goldene Praline heraus. Wortlos stellte er die Truhe zurück in den Kühlschrank und holte einen Teller hervor, auf den er die Goldbarren legte, um sie dann wenige Sekunden lang in der Mikrowelle etwas weicher werden zu lassen.

Himmel, wie heiß!

Die Vorstellung, dass er dies alles geplant hatte, dass er ungeduldig darauf gewartet hatte, sie zu berühren, zu nehmen, machte sie noch nervöser. Er stellte den Teller neben ihr ab und sie schauten sich in die Augen. Als er seine Stiefel und seine Kleidung auszog, hielt er den bohrenden Blick auf sie gerichtet. Sie versuchte, ihm weiter in die Augen zu schauen, doch das Begehren lenkte ihren Blick nach unten, zu seiner imposanten Erektion, die gegen die schwarzen Boxershorts drückte. Sie biss sich auf die Unterlippe und versuchte, die hungrigen Laute zu unterdrücken, die ihrem Mund entwichen, als er seinen schönen Körper zwischen ihre Beine schob. Er vergrub beide Hände in ihren Haaren, führte ihren Mund an seinen und verschlang ihre flehenden Laute mit einem wilden, intensiven Kuss. Er schmeckte nach Bier, Verführung und allem, was sie so lange vermisst hatte. Seine Zunge fuhr fordernd über ihre, sein Bart kratzte über ihre Wangen. Seine Aggressivität war betörend, ihn zu fühlen war berauschend. Sie schlang die Beine um ihn, strebte mit allem, was sie hatte, nach dieser Verbindung. Er versank noch tiefer in dem Kuss, und sie wollte, dass dieser Augenblick ewig währte, obwohl sie gleichzeitig unbedingt dieses Neuland mit ihm erforschen wollte.

Sein heißer Mund glitt an ihrem Hals hinab, knabbernd und küssend, bis er den Saum ihres T-Shirts anhob. »Das hübsche Oberteil muss weg.« Er zog es ihr aus und legte es auf einen Stuhl, während sein Blick weiter voller Begehren und genüsslich über ihren Spitzen-BH glitt. »Du weißt, dass ich dich in Spitze liebe.« Er zeichnete sanft mit den Fingern die Rundungen ihrer Brüste nach. »Du bist so wunderschön, Carly. Ich möchte jeden Zentimeter von dir in meinem Gedächtnis verewigen.«

Die Liebe in seiner Stimme und in seinen Worten krochen ihr unter die Haut und schlugen neben ihrem Herzen Wurzeln.

Ein Finger glitt zwischen ihren Brüsten hinunter, bevor er den BH öffnete. Dunkle, gierige Augen schauten zu ihren auf, als er ihn ihr abstreifte, als müsste er das Inferno sehen, das er auslöste. Sie konnte kaum atmen, war der Lust, die in ihr pulsierte, vollkommen ausgeliefert und krallte die Finger um die Tischkante. Er nahm einen der Schoko-Goldbarren, hielt ihn an ihren Mund und verführte sie gekonnt dazu, sich zu fügen. »Leck daran, Schatz.«

Lust brodelte tief in ihr, als sie den süßen Riegel der Länge nach ableckte.

»Ahh«, entwich es ihm rau. »Das sollten wir unbedingt fortsetzen.«

Er ließ die feuchte Schokolade über ihre Brust gleiten, zunächst über die eine, bei der er um den Nippel kreiste, bevor er langsam eine Spur hin zur anderen zeichnete, um dort ebenfalls die harte Spitze zu umrunden. Dann hielt er den Goldbarren wieder an ihre Lippen, und als sie den Mund öffnete, sagte er: »Stell dir beim Lecken vor, dass ich es bin.«

Seine schmutzige Aufforderung entfachte ein schmerzhaftes Begehren nach seiner Berührung. Er bewegte den Schokoladenriegel in ihren Mund und wieder heraus, als würde er sie lieben, wobei er so gebannt zusah, wie sie ihn mit ihrer Zunge umspielte, dass sie die Fingernägel in den Holztisch grub. Als er die Schokolade aus ihrem Mund zog, schob er die andere Hand in ihre Haare und krachte mit seinem Mund auf ihren, qualvoll und köstlich heftig, sodass jeder Nerv in ihrem Körper aufflammte. Sie bog sich ihm entgegen, packte seine Haare und hielt seinen Mund an ihrem, während er gegen ihre

Mitte stieß. Leidenschaft pulsierte in ihr, als sie sich gegenseitig verschlangen. Ein kehliger, männlicher Laut entwich ihm, und sie spürte den schokoladigen Goldbarren, der auf ihrem Bauch und ihren Rippen hinauf- und hinunterglitt.

Er unterbrach ihren Kuss, beide keuchten und ihre Nasen berührten sich, als er sagte: »Ich möchte hierbleiben und dich ewig küssen.«

Sie wusste nicht, dass Worte sich so bedeutsam anfühlen konnten, aber in dem, was er sagte, schwang ebenso viel Aufrichtigkeit wie Verlangen mit.

Er zog sich langsam zurück, seine Augen brannten einen Pfad ihren Körper hinab und dieses verführerische, hungrige Lächeln kehrte zurück. Sie liebte dieses unverschämte Lächeln und die schmutzigen Versprechungen, die es barg. Er nahm den Rest der Schokolade in den Mund und legte ihr seine schokoladenverschmierten Finger auf die Lippen. Sie hatte gerade angefangen, an ihnen zu lecken, als er sie erneut küsste, langsamer nun, aber ebenso wirksam. »Carly«, sagte er an ihren Lippen. »Himmel …«

Er führte ihre Hände auf den Tisch und legte seine fest an ihre Hüften, um nun die Spur aus Schokolade zwischen ihren Brüsten aufzulecken und zu küssen. Jede Berührung seiner Zunge jagte prickelnde Lustschauer durch sie hindurch. Sie drückte die Schultern zurück und streckte die Brust vor, während er mit der Zunge um ihren Nippel glitt und weiter der Schokoladenspur folgte. Sein Blick traf ihren, bevor er seinen Mund auf eine der harten Spitzen senkte und heftig saugte. Eine Woge der Hitze ergoss sich über ihre Haut. Er erregte sie mit der Zunge, leckte und schnippte, und sie schwor, dass sie es zwischen den Beinen spürte. Er zog kostend weiter zu ihrer anderen Brust, die er auf die gleiche köstliche Weise verwöhnte.

Alles drehte sich um sie herum, als die Lust sie verschlang und ihr ein Stöhnen und Wimmern entlockte. Es war ihr egal, wie laut sie war. Sollte er ruhig hören, was er bei ihr anrichtete, und sich im Glanz seines Könnens sonnen.

Auf seinem genussvollen Weg über ihren Bauch und die Rippen kitzelte und verzückte er sie auf herrlichste Weise. Sie brauchte ihn so sehr, war so gierig nach ihm, dass die Befehle ihr unaufhörlich über die Lippen kamen.

»Da … Ja … Nicht aufhören … Saug fester … Leck mich noch mal …«

Er erfüllte ihr jeden Wunsch. Als er den Mund von ihrem Bauch löste, hauchte kühle Luft über die feuchten Stellen und ließ sie erschaudern. Er schob die Hände an ihren Beinen hinauf, hob gleichzeitig den Minirock an und drückte ihre Schenkel. Seine Daumen strichen zwischen den Beinen über ihr Höschen und er gab einen knurrenden Laut von sich. Er kniff die Augen halb zusammen und ließ die Muskeln in seinem Kiefer spielen. Er sah aus, als würde er ihr den Slip gleich mit den Zähnen vom Leib reißen und sein Gesicht sofort zwischen ihren Beinen vergraben. Ihre Mitte zog sich erwartungsvoll zusammen, und die Lüsternheit in seinen Augen verriet ihr, wie sehr er es genoss, diese Wirkung auf sie zu haben.

»Bald, Schatz«, sagte er heiser und griff hinter sie, um ihren Rock zu öffnen.

Seine Finger verharrten dort und bewegten sich zwischen ihrem Hintern und ihrem Kreuz auf und ab. Sie schloss die Augen, um diesen aufreizenden Kitzel zu genießen.

Er machte mit langsamen Bewegungen weiter und tauchte mit den Fingern etwas tiefer zwischen ihre Pobacken ein. »Das wird später meine Zunge sein.«

Ja, bitte.

»Komm hoch, sexy Lady. Wir wollen doch deinen Rock nicht ruinieren.«

Sie hielt sich an seinen Schultern fest und hob den Hintern vom Tisch, sodass er den Rock an ihren Beinen hinunterschieben konnte und ihn auf den Stuhl mit den anderen Sachen fallen ließ. Mehrere süße Küsse landeten auf ihrem Tattoo und sein Blick suchte immer wieder den ihren. Dann nahm er die Schokoladenkette und ließ sie an seinem Finger baumeln, während er an den Perlen leckte.

Grundgütiger! Alles, was er tat, steigerte ihr Verlangen noch mehr.

Er zog die Kette über ihre Brüste, an ihrem Bauch hinunter und über ihre Oberschenkel. Bei jeder Berührung mit der klebrigen Schokolade lechzte sie nach mehr. Die Kette schob er über ihren Fuß und an ihrem Bein hinauf wie ein Strumpfband, dann legte er die Hände um ihre Hüften und beugte sich hinunter, um den Ansatz ihrer Oberschenkel zu küssen. Sie umklammerte seine Unterarme, als er mit der Zunge an den Innenseiten ihrer Schenkel entlang und über die Schokolade fuhr, wo er mit dem Mund verharrte, leckte, saugte und alle möglichen beglückenden Zauber vollbrachte. Er war unermüdlich und badete ihre Oberschenkel in Zuwendung. Kurz vor ihrem Slip hielt er inne, sodass sein heißer Atem über ihre Mitte strich. Sie versuchte, die Beine zusammenzudrücken, um ihr Zittern unter Kontrolle zu bringen, doch er senkte schnell den Kopf, sodass sein Bart über ihre Haut kratze, und ließ die Zunge an ihrem feuchten Slip entlanggleiten.

»Zevy«, flehte sie mit wiegenden Hüften.

Er strich mit dem Kinn über ihren Slip. Seine Bartstoppeln pikten sie durch den Stoff und sandten prickelnde Lustwellen durch ihren Körper. Sie winselte, und er grinste, als sie die

Fingernägel in seine Haut grub. Ein schroffer, genussvoller Laut entwich ihm, und er küsste ihre beiden Oberschenkel so zärtlich, dass die widersprüchlichen Empfindungen eine süße Qual waren.

Mit lodernden Augen richtete er sich auf, führte ihre Hand in seine Boxershorts und forderte: »Streichle mich.« Er drückte seinen Mund auf ihren.

Die Aufforderung war kaum nötig. Mehr als ihren nächsten Atemzug wollte sie genau das. Seine Forderung machte es aber noch erregender. Er saugte an ihrer Zunge und sie streichelte ihn fester. Stöhnend erwiderte er ihre Küsse, stieß die Lenden immer wieder in ihre Hand vor, während er sich an ihrem Mund weidete. Sie streichelte schneller, er küsste tiefer. Sie drückte fester, er stieß härter zu. Er stürzte sich in den Kuss, öffnete den Mund noch weiter und ließ seine Zunge mit der ihren tanzen. Er war etwas grob und sie fand es herrlich! Ein langes, tiefes Stöhnen drang aus seiner Lunge, als er den Mund von ihrem losriss und ihre Hand aus seinen Boxershorts zog. Sein Gesicht war angespannt, weil er sich so sehr beherrschen musste. »Ich liebe deinen Mund, verdammt, und deine Hände.«

»Ich liebe dein bestes Stück«, entgegnete sie verwegen. »Ich will daran saugen.«

»Oh, das wirst du«, versprach er.

Er zog sie an die Tischkante, schob die Hände seitlich in ihren Slip und packte ihren Hintern. Er rieb sich an ihrer Mitte und küsste sie noch einmal so gnadenlos leidenschaftlich. Er bewegte das Becken so, dass er ihre sensibelsten Nerven auf köstlichste Weise rieb. Lust baute sich in ihr auf, hämmerte in ihrer Brust. Ihre Nippel brannten und der erste Schauer eines Orgasmus packte sie bereits. Ihr Kuss wurde heftiger, denn sie wollte ihm den Weg bahnen. Zev glitt mit den Händen weiter nach unten, hob sie hoch und weiter vor, sodass sie gegen die Spitze seiner Härte rieb. Sie schlang die Arme fester um ihn und spannte die Oberschenkel an, als seine Finger durch ihre nassen Falten glitten. Ein Kribbeln erfasste sie und raubte ihr den Atem. Er ließ sich immer mehr einfallen, drückte an all den richtigen Stellen zu und trieb sie in die Ekstase. Sie riss ihren Mund weg, schnappte nach Luft, während ihr Körper pulsierte und zuckte. Den Mund auf ihren Hals gepresst, ließ er sie einem Vulkan gleich explodieren.

»Hör nicht auf!«, flehte sie, als der Höhepunkt und er sie verschlangen.

Als sie schließlich kraftlos und benommen in seinen Armen zusammenbrach, flüsterte er ihr ins Ohr. »Ich halte dich fest, Schatz.«

Er bedeckte sie mit Küssen und flüsterte zwischen jeder Berührung mit den Lippen Liebesbekundungen. Als sich ihre Atmung langsam beruhigte, lehnte er sich mit einem lüsternen Blick zurück und ließ all ihre erschöpften Stellen wieder aufleben, als er sagte: »Jetzt werde ich den Rest meines Schatzes genießen.« Er schaute zu den übrigen Köstlichkeiten aus Schokolade, die er bereitgelegt hatte, und dann versank dieser hungrige Blick in ihrem. Er nahm ihr Gesicht zwischen die Hände. »Ich bin gierig nach dir. Ich will nicht, dass irgendetwas deinen perfekten Geschmack verändert.«

Seine Lippen bedeckten ihre so zärtlich, dass sie in seinen Armen dahinschmolz. Er küsste sie weiter, während er ihre Hände zum Tisch hinter ihre Hüften führte. Als sich ihre Lippen voneinander lösten, zog er ihr den Slip aus und nahm ihr die Kette ab. Der ausgehungerte Blick in seinen Augen brachte sie um.

»Beeil dich!«, flehte sie.

»Das ist ein Befehl, dem ich nicht folgen werde«, sagte er und drückte ihre Beine weiter auseinander. Er ging auf die Knie und brachte sie mit den Händen und dem Mund weiter um den Verstand und bescherte ihr unendliche Wonnen, die ihr einen Strom unverständlicher Laute entlockten. Sie krallte sich in den Tisch, als die Lust in ihr wuchs und wuchs, bis sie nur noch an einem immer dünner werdenden Faden an der Realität hing. Seine rauen Hände glitten an ihrem Oberkörper hinauf und liebkosten ihre Brüste, während er sie verschlang. Irgendetwas Sündhaftes stellte er mit seiner Zunge an, und sie fiel zurück auf den Tisch, ergab sich seinen meisterhaften Berührungen. Sie drängte sich seinen Händen entgegen, und er kniff in ihre Nippel, was ein loderndes Feuer durch sie hindurchjagte. Das leichte Kratzen seiner Zähne zwischen ihren Beinen katapultierte sie in schwindelerregende Höhen. Sie wand sich und zuckte angesichts dieser unendlichen Wonne, doch er war unbarmherzig, kostete und berührte all die richtigen Stellen, damit sie immer höher flog und lauter stöhnte, bis sie seinen Namen schrie und in tausend Stücke zerbarst.

Sie fiel zurück auf den Rücken, keuchte, und allmählich wurde ihre Sicht wieder klarer. Er ließ in seinen Liebkosungen nach und verwöhnte sie nun mit langsamen Berührungen seiner Zunge und zärtlichen Küssen neben ihre Mitte. Nur den Bruchteil einer Sekunde hatten sein Mund und seine Hände sie verlassen, da jammerte sie auf.

»Ich brauche dich, Schatz«, sagte er heiser und seine Stimme war wie eine Woge der Lust, die sich über ihr ergoss.

Sie merkte, dass er seine Boxershorts auszog, und dann liebkoste er sie von unten nach oben. Den Druck seiner bloßen Härte spürte sie, als er nackt über ihr hockte und ihr einen so tiefen Kuss schenkte, dass sie sich erneut entrückt fühlte. Er

schmeckte nach ihr, doch das war ihr egal. Sie wollte alles, was
er zu geben hatte.

»Ich brauche deinen Mund, Schatz«, stieß er aus. »Mach's
mir, während ich dich verschlinge.«

»Oh Gott, ja!«, brachte sie mit einem langen Atemzug
hervor.

Er drehte sich herum, die Knie neben ihren Schultern. Als
sie ihn in den Mund nahm, gab er ein langes, sinnliches
Stöhnen von sich und senkte den Mund dann auf ihre intimste
Stelle. Seine Berührungen hatte sie vermisst, seinen Geschmack,
ihre sexuelle Unbefangenheit. Er drang in ihren Mund ein, als
gehörte sie ihm, und er berührte ihren Körper so, als liebte er sie
wirklich. Jetzt wollte sie sich an ihm sättigen und ihm ebenso
viel zurückgeben. Sie versuchte, sich darauf zu konzentrieren,
ihm Lust zu bereiten, doch ihre Konzentration ließ nach, als er
so gekonnt mit ihrem Körper spielte und sie sofort wieder in
Ekstase versetzte. Sie stöhnte an seinem Schaft, und er langte
hinunter, um ihn am Ansatz zusammenzupressen, wie er es
früher schon getan hatte, wenn er noch nicht kommen wollte.
Sie nutzte seine langsameren Bewegungen, um über die breite
Spitze zu lecken, bis er stöhnte und wieder die Hüfte vorstieß.

Mit einer blitzschnellen Bewegung drehte er sich herum,
küsste ihre Schultern und den Hals, und als er dann auf dem
Tisch über ihr hockte, sah er ihr tief in die Augen. »Ich muss in
dir sein.«

Er schob die Hände unter sie und hielt sie in seinen Armen,
als sich ihre Körper langsam und ach so herrlich vereinten. Als
er ganz in ihr vergraben war, ließ er den Kopf neben ihr sinken,
und mit leiser, ergriffener Stimme sagte er: »Hier gehören wir
hin, so nah, wie sich zwei Menschen nur sein können. Und
noch immer ist es nicht nah genug.«

Ihr Herz war so erfüllt, dass sie nicht sprechen konnte. Als er den Kopf hob, sagte keiner von ihnen etwas. Sein Mund legte sich zu einem Kuss auf ihren, der so tief und bedeutungsvoll war wie dieser Moment. Als sie den langsamen, sinnlichen Rhythmus fanden, der sie verband, sich gegenseitig Luft in die Lungen und Liebe in ihre Herzen atmeten, richtete Zev sich mit einem betörenden, hoffnungsvollen Blick in den Augen auf. Sie war ganz nah bei ihm, und sie versuchte nicht einmal, sich zurückzuhalten.

»Ich fühle es auch«, gestand sie.

»Die Kraft von uns zusammen, Schatz. Sie ist stärker denn je.«

Mit ihrer beider Geständnis wurde alles intensiver. Das Gewicht seines Körpers, das Kitzeln seiner Barthaare, die Lust und die Liebe, die zwischen ihnen entflammten. Ihre Hüfte kam jedem seiner Stöße entgegen, als er sich immer wieder tief in ihr vergrub, sie in Brand setzte, bis sie sich sicher war, dass sie von innen heraus glühte. Sie genoss es, sein Muskelspiel zu spüren, während er sie liebte und sie mit jedem Kuss, jedem kraftvollen Stoß seiner Lenden höher hinauftrug, bis sie beide aufschrien und sich bis zum allerletzten Pulsieren aneinanderklammerten.

Als sie atemlos und zufrieden auf dem harten Holztisch zusammenbrachen, die Haut von Schweiß bedeckt, die Herzen im Einklang schlagend, überhäufte Zev sie mit unzähligen Küssen.

»Du machst mich fertig«, flüsterte er und rollte von ihr herunter. Er nahm sie in den Arm, sodass sich ihre Nasen fast berührten. »Ich habe vergessen, dass wir auf dem Tisch waren. Ich hätte dich nach oben ins Bett tragen sollen.«

»Nein, das hier war perfekt. Das war typisch *wir*.«

Er küsste sie langsam und zärtlich. Ein lauter *Wumms* drang aus dem Wohnzimmer zu ihnen und schreckte sie auf.

»Mist, die Haustür steht noch offen.« Er gab ihr einen schnellen Kuss und kletterte vom Tisch, um anschließend ihr herunterzuhelfen und sie in seine Arme zu ziehen. Er strich ihr über den Rücken und den Hintern. »Jetzt verwöhne ich dich.«

»Mich verwöhnen? Wie wär's, wenn du mal schaust, ob im Wohnzimmer kein Serienmörder lauert, während ich im Bad verschwinde?«

»Wenn irgendjemand auch nur versucht, in die Nähe unserer Cerealienvorräte zu gelangen, bringe ich *ihn* um.« Er gab ihr einen Klaps auf den Hintern und sie machte sich kichernd auf den Weg in das Bad neben der Küche.

Etwas später bückte sie sich gerade in der Küche, um ihren Slip wieder anzuziehen, als ein Knall sie zusammenfahren und aufschreien ließ. Sie wirbelte herum und sah Zev mit einer verdreckten Peitsche in der Hand. Bandit stand hechelnd neben ihm, als freute er sich auf eine ordentliche Streicheleinheit.

»Eine Lederpeitsche. Die ist wahrscheinlich gut hundert Dollar wert«, sagte er. »Aber der Anblick deines hinreißenden Hinterns? Unbezahlbar!«

»Mein Herz rast wie verrückt! Du hast mich erschreckt! Woher hast du das Teil?«

»Unser hauseigener Dieb hat es angeschleppt.« Er sah hinunter zu Bandit, der zustimmend bellte. »Ich will gar nicht wissen, was mein Bruder und Char damit anstellen, aber ich glaube, Beau hat seinen Gehilfen ziemlich gut abgerichtet. Jetzt schaff deinen kleinen hübschen Hintern nach oben, damit ich dich verwöhnen kann.« Er ließ die Peitsche noch einmal knallen und Carly rannte kreischend aus der Küche.

»Komm mir mit dem Ding nicht zu nahe!«, rief sie lachend,

als er und Bandit hinter ihr herrannten. »Peitschen haben nichts mit verwöhnen zu tun!«

Zev ließ die Peitsche fallen, nahm zwei Stufen auf einmal und packte sie um die Taille, woraufhin sie nur noch mehr lachte.

»Zevy!«

Wie einen Getreidesack warf er sie sich über die Schulter und gab ihr einen Klaps auf den Hintern, als er sie über den Flur trug. »Du gehörst mir, Sexy Lady. Und zwar nur mir!«

Dagegen hatte sie nichts einzuwenden.

Bandit rannte um sie herum und brachte Zev fast ins Stolpern, als er ihnen ins Badezimmer folgte.

»Gib's auf, Dieb.« Er setzte Carly ab. »Kumpel, hast du nicht gehört? Sie gehört mir. Ich bin der Glückliche.« Er stellte das Wasser an, um die Badewanne zu füllen.

»Oje, das ist aber gemein«, sagte sie, als er Badeschaum ins Wasser gab.

Zev zog sie in seine Arme. »An dem Tag, an dem der Hund dich angezogen zum Höhepunkt bringt, trete ich all meine Ansprüche ab.«

»Dann habe ich dich wohl weiter am Hals.« Sie stellte sich auf Zehenspitzen und gab ihm einen Kuss.

»Bin gleich wieder da, meine Schöne.« Er verschwand und kam ein paar Minuten später mit seinem Handy, Kerzen, einem Feuerzeug und frischen Handtüchern zurück. Er legte alles ab, stellte Musik auf seinem Handy an und verteilte die Kerzen auf der Ablage neben der Badewanne, auf der Fensterbank und dem Waschbecken.

»Du weißt, dass du mich nicht verwöhnen musst«, sagte sie, als er die Kerzen anzündete.

Er knipste das Licht aus. »Ich muss meinem Mädchen doch

zeigen, dass ich nicht nur gut im Bett bin.«

Sie zog ihren Slip aus, und er griff nach ihrer Hand, um sie zu einem aufregenden Kuss an sich zu ziehen. Als die Badewanne gefüllt war, half er ihr hinein und setzte sich dann hinter sie, sodass sie zwischen seinen Beinen saß. Sie lehnte sich an seine Brust. »Ich erkenne diese Lieder. Sie sind von einer der CDs, die du für mich gebrannt hast.«

»Ich habe sie alle auf einer Playlist.« Mit beiden Händen benetzte er ihre Arme und Schultern mit Wasser. »Sie haben mir Gesellschaft geleistet, als wir getrennt waren.«

Jedes kleine Detail, das er sagte, brachte sie einander näher. »Mein letztes Schaumbad ist Jahre her. Es fühlt sich nach Luxus an.«

Sanft massierte er ihre Arme und küsste ihre Schulter. »Seit wir das Labor verlassen haben, freue ich mich schon darauf. In all den Jahren, die wir zusammen waren, hatte ich nie die Gelegenheit, dich so zu verwöhnen.«

Sie hatte sich nie als eine Frau gesehen, die es brauchte, verwöhnt zu werden. Doch als er ihre schmerzenden Muskeln massierte, wurde ihr klar, dass es vielleicht nicht darum ging, etwas zu brauchen, sondern darum, die Liebe, die er geben wollte, in allen Formen anzunehmen, die er ihr anbot. »Und das möchtest du tun?« Sie schaute über die Schulter und der zufriedene Ausdruck in seinem Gesicht gab ihr ein herrliches Gefühl.

Er drückte die Lippen auf ihre. »Mehr als du erahnen kannst. Ich möchte so vieles für dich tun … *mit* dir tun.«

Mittlerweile massierte er ihre Finger, und sie schloss die Augen, schmiegte sich an ihn.

»Den Schmerz, den ich verursacht habe, kann ich nicht auslöschen, aber ich kann dir zeigen, wie viel du mir bedeutest, und hoffentlich vertraust du mir eines Tages, wenn ich sage, dass ich dir nie wieder wehtun will und dass ich das ernst meine.«

Sie glaubte ihm von ganzem Herzen, und je mehr er sich ihr öffnete, desto leiser wurden die Flüsterstimmen in ihrem Kopf.

»Ich habe mich unten so in dir verloren, aber ich hätte dich fragen sollen, ob deine Hand von der Arbeit mit dem Gravierstift zu sehr schmerzt, um mich zu berühren. Tut es weh?«

»Nicht sehr.« Sie fand es herrlich, dass er sich solche Gedanken machte.

Er küsste sie in die Handfläche. »Ich möchte mich dir gegenüber richtig verhalten, Carls. In jeder Hinsicht. Aber ich verliere mich eindeutig völlig in uns.«

»Wenn du es noch richtiger gemacht hättest, wäre ich wirklich in Schwierigkeiten. Das war der unglaublichste Tag, den ich je erlebt habe.« Sie lächelte in sich hinein und fügte frech hinzu: »Na ja, zusammen mit dem Tag am Silk Hollow.«

»Für mich auch.« Er küsste sie auf die Schulter, massierte ihre Handfläche und das Handgelenk, erst auf der einen, dann auf der anderen Seite. »Ich finde es herrlich, Carls, mich um dich zu kümmern. Dir so nah zu sein.«

»Ich hätte nicht gedacht, dass es noch viele intime erste Male für uns gibt.«

»Dann hast du dich geirrt. Wir haben uns noch nie auf dem Empire State Building geküsst oder uns bei Sonnenaufgang auf meinem Boot geliebt. Ebenso wenig haben wir auf einer exotischen Insel Fische gefangen und die unter dem Sternenhimmel verspeist.«

»Hmm. Klingt traumhaft«, sagte sie und genoss es, wie er den Schmerz in ihrem Unterarm wegmassierte. »Fühlt sich gut an.«

Er legte ihr die Haare über die andere Schulter und küsste sie auf die Haut, die er freigelegt hatte. »Hattest du die Gelegenheit, Quinn zu fragen, ob sie morgen für dich übernehmen kann, damit du wieder mit mir im Labor arbeiten kannst?«

»Ja, wir können uns um zwölf dort treffen. Ich bin schon ganz gespannt, was wir noch entdecken könnten.«

»Wie wär's, wenn ich zu dir komme und wir mit einem Wagen fahren?«

Ihre Brust zog sich zusammen. Sie sollte sich dabei wohlfühlen, ihn in ihr Haus zu lassen, aber sie war noch nicht so weit, auch wenn sie schon viel zu tief drinsteckte, um noch zu glauben, dass sie unversehrt davonkäme, wenn sie nur diese Woche hätten. Wenn er erst einmal in ihrem Haus gewesen war, in ihrem Bett, dann hätte sie keinen Zufluchtsort mehr, keinen Ort, an dem sie sich vor dem Schmerz verstecken könnte. Aber was, wenn sie doch einen Weg fänden, um über den Rand zu malen und ihre Leben miteinander zu vereinen? Sie ermahnte sich, diesen unsicheren gedanklichen Pfad nicht einzuschlagen. Das Problem war, egal welchen Pfad sie einschlug, er führte immer zu Zev.

Er küsste sie noch einmal auf die Schulter. »Ich hatte das mit der Zev-freien Zone vergessen, die du angeblich hast. Du könntest auch hierherkommen und dann nehmen wir den Pickup von Beau.«

»In Ordnung«, sagte sie und war beruhigt, dass er ihre Sorgen noch immer so genau erkennen konnte.

»Schließ die Augen und entspann dich«, forderte er sie auf und ließ warmes Wasser über ihre Schultern und Brüste fließen.

Auch diese Entdeckung wollte sie gemeinsam mit ihm

erleben. Ihr neues, reifes und aufgeklärtes Dasein als Paar erforschen und ihm zeigen, wie wichtig er ihr war. Sie war vielleicht noch nicht bereit, auf ihr Sicherheitsnetz zu verzichten oder diese drei magischen, beängstigenden Worte zu sagen, die ihr ungeduldig auf der Zunge lagen, aber das bedeutete nicht, dass sie sie nicht mit jeder Faser ihres Körpers empfand.

Bandit kam gemächlich ins Badezimmer und ließ rosa Plüschhandschellen neben der Wanne fallen, dann trottete er wieder hinaus.

»Äh …?« Carly lachte.

Zev hob die Handschellen auf und ließ sie an seinem Finger baumeln. »Da fragt man sich schon, was Char und Beau so in ihrer Badewanne treiben.«

»Wie wär's, wenn du stattdessen überlegst, was *wir* in dieser Badewanne treiben könnten?« Sie strich über seine Oberschenkel. »Ich hab's nicht so mit Handschellen, aber wenn ich mich richtig erinnere, wolltest du, dass ich auf dir reite, als wärst du mein Hengst.« Sie spürte seine Härte an ihrem Rücken und fand es herrlich, dass er so reagierte.

»Dein versautes Gerede macht mich noch fertig.«

Sie drehte sich zu ihm um und kniete zwischen seinen Beinen. Die kühle Luft strich über ihre nasse Haut. »Habe ich etwas Versautes gesagt?«, fragte sie so unschuldig, wie sie nur konnte. »Wenn ich sagen würde, ich will dir einen blasen, das wäre versaut. Oder wenn ich sagen würde, ich möchte, dass du es mir von hinten besorgst, das wäre irgendwie versaut.«

Seine Härte regte sich zwischen ihnen. »Irgendwie versaut? Schatz, schau dir an, was allein der Gedanke, dass du dich bückst oder auf allen vieren bist, mit mir anstellt.«

Sein hungriger Blick war eine starke Verlockung, und sie überlegte, ob sie sich umdrehen und ihn genau das tun lassen sollte. Doch dann hätte er die Kontrolle, obwohl sie nun dieses Vergnügen haben wollte. Er legte die Hände um ihre Brüste und strich mit den Daumen über ihre Nippel, während sie sich rittlings auf ihn setzte. Seine Berührung lenkte sie ab. Sie brauchte einen Augenblick, um sich daran zu erinnern, dass sie ihn verführen wollte.

Fest entschlossen, ihn um den Verstand zu bringen, führte sie seine Hand zwischen ihre Beine. »Wenn ich an versautes Gerede denke, dann denke ich an so etwas …« Fast schnurrend fuhr sie fort: »Es war köstlich, als du es meinem Mund mit deinem großen, dicken Schwanz besorgt hast.«

»Verdammt, ich brauche dich *jetzt*, Carly!«

Sie schüttelte den Kopf, gab ihr Bestes, um nicht die Beherrschung zu verlieren, doch seine Finger drangen in sie ein und wirkten sich verheerend auf ihre Fähigkeit zu denken aus. Sie war *so* kurz davor, das schmutzige Gerede zu vergessen und ihn zu reiten. Aber sie konzentrierte sich auf seinen Mund und die Wonnen, die er ihr verschaffte, während sie gleichzeitig versuchte, die betörenden Empfindungen, die er zwischen ihren Beinen auslöste, zu ignorieren und ihn weiter scharfzumachen. »Es ist ein bisschen versaut, wenn ich dir sage, dass es herrlich war, wie ich an deiner Zunge kommen konnte.«

»So verdammt versaut«, stieß er zwischen zusammengebissenen Zähnen hervor.

Angespannt vor lauter Zurückhaltung packte er mit beiden Händen ihren Hintern. Seine grobe Berührung machte ihre Entschlossenheit zunichte. Sie ging auf die Knie hoch, packte seine Härte und hielt sie an ihre Mitte. Als sie über ihm verharrte, hatte sie das Gefühl, die Kontrolle und die Macht zu haben, gleichzeitig fühlte sie sich völlig ohnmächtig, wie eine willige Sklavin ihrer Liebe. Es machte auf herrliche Weise süchtig.

»Du hast mir einen sehr versauten Gedanken in den Kopf gesetzt, als du von dem Ritt auf meinem *Hengst* gesprochen hast«, sagte sie erregt. »Die ganze Zeit habe ich daran gedacht, wie gut sich das anfühlen würde. Willst du das, Zevy? Willst du *mich*?«

»Nur dich. Jede Minute an jedem einzelnen Tag.« Seine Stimme war belegt vor lauter Begehren, und er drückte ihr die Finger so fest ins Fleisch, dass sie wahrscheinlich blaue Flecken bekommen würde.

Sie sank auf seinen Schaft, nahm jeden Zentimeter in sich auf, und er stöhnte vor Lust laut auf. Dieser hungrige Laut entfesselte das Tier in ihr und sie wurde ziemlich ungezügelt. Zev prallte mit dem Mund auf ihren, liebte sie, als wollte er sie nie wieder loslassen, und auch sie wollte das auf keinen Fall. Er war der einzige Mann, der diese Gefühle in ihr auslöste, und als sie ihrer Ekstase entgegenwirbelten, in leidenschaftlichen Qualen ihre Namen schrien, wusste sie, dass er der einzige Mann war, der je dazu in der Lage sein würde.

<h1 style="text-align:center">Sechzehn</h1>

Zev wachte am Donnerstagmorgen dank Wecker mit Carly dicht an sich geschmiegt um halb sieben auf. Sein süßer kleiner Löffel passte immer noch perfekt. Langsam streckte er den Arm nach hinten aus, um den Wecker auszustellen und ihr noch eine letzte Minute Schlaf zu gönnen. Noch drei Mal zusammen aufwachen. Der Gedanke wurde begleitet von einem schmerzhaften Stich. Er versuchte, nicht darüber nachzudenken, wie wenig Zeit sie noch hatten, bevor er abreisen musste, aber es war schwer, da er doch am liebsten jeden Morgen so aufwachen wollte.

Bandit trottete gemächlich auf die Schlafveranda und legte die Schnauze aufs Bett, um sich seine morgendlichen Streicheleinheiten abzuholen. Das musste Zev Beau lassen. Sein Hund war vielleicht ein Dieb, aber er war ein gut erzogener Dieb.

Carly gab einen verschlafenen Laut von sich und kuschelte ihren Hintern enger an seine Hüfte. Dann zog sie seinen Arm fester um sich. »Nur noch ein paar Minuten?«

»Als du das letzte Mal wegen mir zu spät zur Arbeit gekommen bist, warst du nicht glücklich.« Er hauchte eine lange Reihe von Küssen auf ihre Schulter. »Ich will nicht vollends in

Ungnade fallen.«

Mit einem Funken Schalk im Blick drehte sie sich um. »Wo ist Zev, der Collegejunge? Der Kerl, der mich immer überredet hat, im Bett zu bleiben, und wegen dem ich zwei Mal in einer Woche mein Labor verpasst habe.«

»Das ist der, der abgehauen ist und uns beiden geschadet hat.« Er küsste sie sanft. »Jetzt bekommst du den erwachsenen Zev, den Kerl, der dafür sorgt, dass du überhaupt nichts verpasst, auch deine Arbeit nicht.« Er strich über ihre Hüfte und genoss es noch ein paar Sekunden lang, wie sie sich anfühlte. Wenn er sich noch mehr gönnte, käme sie mit Sicherheit zu spät. Er gab ihr einen flüchtigen Kuss. »Während du duschst, bringe ich Bandit raus und füttere die Hühner … und beseitige alle Beweise für die Ausschweifungen von gestern Abend.«

»Du duschst nicht mit mir?«, fragte sie mit entzückendem Schmollmund.

»Wenn ich mit dir dusche oder wir noch länger in diesem Bett bleiben, wirst du mit Sicherheit zu spät kommen.« Er küsste sie auf die Nasenspitze und setzte sich schweren Herzens auf. »Ich möchte dich heute Morgen begleiten und mein Mädchen in Aktion sehen.«

Lächelnd und mit aufgerissenen Augen richtete sie sich auf. »Du kommst mit mir ins Geschäft? Das ist großartig! Birdie kann erst um zehn Uhr kommen. Sie hilft unserer Freundin Karma bei der Inventur in ihrer Boutique. Aber hast du nicht zu tun? Willst du nicht möglichst schnell ins Labor zurück?«

»Doch, aber ich bin ja später mit dir dort. Ich treffe mich um halb elf kurz mit Jack und ich habe ein paar Besorgungen zu erledigen. Aber ich möchte so viel Zeit mit dir verbringen, wie ich kann.«

»Ich bin ein Glückskind!« Sie setzte sich rittlings auf ihn –

nackt – und sagte: »Wird Jack dich am Sonntag fliegen?«

»Ja, um zwölf Uhr mittags, aber wenn du nicht sofort von mir runterkletterst, liegst du gleich auf dem Rücken und ich bin in unter zehn Sekunden zwanzig Zentimeter tief in dir drin.«

Sie kicherte und krabbelte aus dem Bett, wobei sie aufreizend köstlich aussah.

Er biss die Zähne zusammen. »Du solltest lieber duschen gehen.«

»Das sollte ich wohl, hm?« Bedächtig und sexy schlenderte sie ins Schlafzimmer.

Sie war seine Göttin, sein Wunschtraum, und er wollte alles, was sie zu geben hatte: Herz, Leib und Seele. Seine Liebe zu ihr war so überwältigend, dass er es von den Dächern schreien wollte. Er liebte es, wie sie ihn neckte, ihr süßes und verführerisches Lächeln und ihre vorsichtige neue Art. Er liebte es, ihre Abenteuerlust wiedererwachen zu sehen und die Überraschung und Freude in ihrem Gesicht dabei zu beobachten. Und er liebte es, wie sie ihn jetzt gerade verrückt machte.

»Du bist böse«, sagte er und stürzte hinter ihr her. Sie kreischte auf und entwischte ihm gerade noch. Er versuchte es erneut, packte sie diesmal um die Taille und warf sie bäuchlings aufs Bett, um sich dann auf sie zu legen. Sie roch so gut, nach Vanille-Schaumbad und ihren Liebesspielen. Ihr Lachen war so erregend wie ihr samtweicher Körper unter ihm.

»Du quälst mich gern, Carls?«

»Vielleicht.« Sie hob die Hüften und rieb sich an seiner Härte. »Wir könnten *schnell* sein.«

»*Schnell* ist nicht unser Ding, Schatz.« Er löste sich von ihrem Rücken und küsste sich an ihrer Wirbelsäule entlang nach unten. »Aber heute Morgen …« Er rutschte vom Bett, streichelte ihren Hintern und küsste beide hinreißenden

Rundungen einzeln. »Könnten wir vielleicht versuchen, schnell zu sein.«

Sie ging hoch auf die Knie und sah ihn herausfordernd über die Schulter an. »Wetten, du schaffst es nicht, mich innerhalb von fünf Minuten oder weniger zweimal kommen zu lassen?«

»Verdammt, Schatz, ich will dich verschlingen und dich langsam genießen zugleich.«

Sie grinste. »Okay, sechs Minuten.«

»Du machst mich fertig.« Er ging tiefer, küsste die Rundungen ihres Hinterns und leckte dann über ihre süßeste Stelle. Sie war schon nass und schmeckte himmlisch. Die Uhr lief. Er gab ihr einen Klaps auf den Hintern. »Rutsch weiter vor.«

Auf allen vieren krabbelte sie nach vorn und er legte sich auf den Rücken zwischen ihre Beine. Er führte ihre Mitte an seinen Mund und labte sich an ihr, erregte sie mit der Hand, ließ sie zittern und keuchen, brachte sie dem Gipfel ganz nah.

»Da, da!«, flehte sie, als würde er ihren Körper nicht besser kennen als seinen eigenen.

Er gab ihr, was sie brauchte, sie kam mit aller Wucht und schrie, während er sie kostete. Dann kniete er hinter ihr und drang mit einem harten Stoß in sie ein. Mit einem lauten Wimmern stützte sie sich auf die Ellbogen.

Er zog sich zurück. »Zu heftig?«

»Nein«, keuchte sie. »Perfekt. Nimm mich, als gehörte ich dir, Zevy.«

Nach diesen magischen Worten – Worten, von denen er hoffte, sie würden wahr werden – packte er ihre Hüften und stieß mit allem in sie, was er zu bieten hatte.

Minuten später brachen sie erschöpft auf der Matratze zusammen und lagen nebeneinander auf dem Rücken.

Verträumt sah Carly ihn an. »Die besten sechs Minuten meines Lebens.«

Er schmunzelte. »Bei dir kenne ich keine Selbstbeherrschung.«

»Ach? Habe ich gar nicht gemerkt«, scherzte sie.

Er küsste die Sommersprossen auf ihrer Nase. »Kommst du jetzt zu spät?«

»Falls ja, dann wird meine Chefin wohl dieses eine Mal ein Auge zudrücken.«

Der Vormittag flog in einem emsigen Treiben aus Backen und Glückseligkeit nur so dahin. Carly hatte gedacht, Zev würde sie allzu sehr ablenken, während sie versuchte, alles für ihren Tag vorzubereiten. Nicht, dass es ihr etwas ausmachen würde, besonders nach dem vergangenen Abend, an dem er ihr gezeigt hatte, wie begabt er in der Küche sein konnte. Doch er hatte sich als unglaubliche Hilfe und Inspiration erwiesen. Sie hatten nicht nur Schichtdesserts, Peanut-Butter-Cups, Brownies, Pralinen, Schoko-Cupcakes und in Schokolade getauchte Marshmallows hergestellt, sondern hatten sich auch noch eine neue Kreation ausgedacht, den Schatzsucher-Fudge. In diesem Weichkaramell hatten sie alle möglichen Leckereien versteckt, wie zum Beispiel Kokosnuss, Nüsse, Bonbons und Marshmallows, aber was genau in jedem Stück war, blieb ein Geheimnis.

»Kaum zu glauben, dass du das hier jeden Morgen machst. Das ist wirklich viel Arbeit«, sagte Zev, als er das letzte Marshmallow in die Schokolade tunkte und es dann in

Kokosraspeln wälzte. »Hast du diese große Nachfrage je satt?«

Sie gab noch Schokostreusel auf das Schichtdessert. »Wir alle haben sicher mal Tage, an denen wir keine Lust haben zu arbeiten, aber das geht vorbei.« Ihr Blick wanderte über die Fülle von Leckereien, die sie gemeinsam kreiert hatten. »Wow, wir haben viel geschafft, oder? Du warst eine Riesenhilfe. Danke! Ich bin mir sicher, dass der Schatzsucher-Fudge bei meinen Kunden richtig gut ankommen wird.«

»Und was ist mit dem Schatzsucher selbst?«, wollte er wissen, als er sich die Handschuhe auszog und die Arme um sie schlang.

»Ich bin mir ziemlich sicher, dass der eine Nonne dazu bringen könnte, sich ihres Slips zu entledigen.«

Schmunzelnd küsste er sie. »Auch eine Chocolatière?«

»Ich kann guten Gewissens bestätigen, dass er darin ein Experte ist.«

»Und ich kann guten Gewissens bestätigen, dass er keinerlei Interesse daran hat, irgendjemand anderen dazu zu bringen, sich des Slips zu entledigen.« Er gab ihr noch einen Kuss. »Sind wir mit dem Schokoladenguss fertig?«

Alles hatte er probieren wollen, wie ein Kind in einem Süßwarenladen. »Ja, du kannst die Schüssel jetzt auslecken.«

»Woher wusstest du, dass ich das tun will?«, fragte er und hatte schon den Finger in der Schokolade.

Sie leckte seinen Finger ab. »Weil ich dich kenne und ich darauf gewartet habe, genau *das* zu tun.«

»Und ich habe auf das hier gewartet.« Er riss sie in die Arme und schenkte ihr einen aufreizend langsamen Kuss, als würde er jede Sekunde auskosten wollen.

»Noch einen«, flüsterte sie, und er belohnte sie mit einem weiteren prickelnden Kuss.

»Ich dachte, ich hätte gerade …«

Ihre Lippen lösten sich voneinander, als sie Birdies Stimme vernahmen. Sie stand in der Küchentür, bekleidet mit einem gold-glitzernden Minikleid und schwarzen Chucks, die Hände in die Hüften gestemmt und ein freches Grinsen in ihrem hübschen Gesicht.

»Lasst euch nicht stören. Euch zuzuschauen ist ebenso aufregend wie das Küssen für euch.« Mit einer Handbewegung forderte sie die beiden auf: »Macht ruhig weiter.«

Zev senkte seinen Mund auf Carlys, aber sie lachte und schob ihn weg. »Wir werden ihr keine Show bieten.«

»Ach, komm schon«, meinte Zev. »Sie hat sich extra so schön zurechtgemacht.«

Birdie drehte sich einmal im Kreis. »Karma hat gerade einen ganzen Lastwagen voll mit neuen Kleidern bekommen, und ich durfte einmal alles durchstöbern. Drei neue Kleider habe ich gekauft. Ist das hier nicht toll?«

»Hinreißend«, bestätigte Zev.

Birdie machte einen Knicks. »Danke. Du musst mir einen Gefallen tun, Zev. In meinem Kofferraum ist etwas, das wirklich sehr schwer ist und in den Müllcontainer muss. Würde es dir etwas ausmachen, das für mich zu erledigen?«

»Kein Problem.« Zev gab Carly einen schnellen Kuss auf die Wange. »Bin gleich wieder da.«

Birdie ließ die Schlüssel in seine Handfläche fallen und er verließ die Küche.

»Was ist denn in deinem Kofferraum?«, wollte Carly wissen.

»Müll. Schwerer Müll. Glaub mir, ich brauch seine Muskeln.« Sie wedelte mit den Armen. »Guck dir mal diese Spaghetti-Arme an.« Sobald die Glöckchen über der Eingangstür vermeldeten, dass Zev das Geschäft verlassen hatte, legte sie los: »Erzähl mir alles, bevor er wieder da ist! Ihr beide wart gestern Abend so heiß. Alle finden ihn richtig toll! Ich wünschte, Sasha und Doc hätten ihn kennenlernen können. Aber das werden sie schon noch. Und? Was ist das jetzt mit euch beiden? Du siehst so glücklich aus, du strahlst! Bleibt er länger? Gehst du mit ihm, falls er geht?«

»Ich weiß es nicht. So weit sind wir noch nicht gekommen. Wir genießen uns einfach, solange er hier ist.« Carly versuchte, sich gelassen zu geben, auch wenn diese nervösen Überlegungen sie plagten, ob sie wohl je ihre Leben miteinander vereinen konnten. Doch gleichzeitig hätte sie ausrasten können vor Freude und wollte am liebsten nur von ihm schwärmen.

»Mit *genießen* meinst du doch hoffentlich, dass ihr es treibt, den Acker pflügt, die Pforte in den siebten Himmel aufstoßt …«

Carly lachte. »Birdie!«

»Ich hoffe ja bloß, dass *irgend*jemand flachgelegt wird, denn ich werde es jedenfalls nicht. Also …?«

»Ja, wir genießen einander sehr … ständig. Ich kann die Finger nicht von ihm lassen«, meinte sie kichernd. »Ich bin total die Nymphomanin, als wären wir wieder achtzehn. Es ist verrückt.«

»Ich wusste es! Das ist nicht verrückt. Es sollte so sein. Er sieht wie jemand aus, der sich im Schlafzimmer auskennt.«

»Und in der Badewanne, der Dusche, auf der Veranda …« Flüsternd fügte sie hinzu: »Auf dem Küchentisch.«

Birdie kreischte auf und umarmte sie. »Ich freue mich so für dich!« Sie ging in der Küche umher, sah sich all die Leckereien an und redete pausenlos. »Ich wusste, ihr beide liebt euch! So wie er dich ansieht, das ist so … Das will ich auch eines Tages haben. Du bist ein ganz anderer Mensch, wenn er da ist. Du strahlst, wenn du ihn siehst, und du nimmst dir von der Arbeit frei. Du bist *immer* glücklich. Vorher warst du es auch, aber das jetzt ist anders. Als wärst du durchtränkt von der Liebe zu diesem Mann, Carly! Das ist so wunderbar. Hast du es ihm schon gesagt?«

Carly war sprachlos und hatte keine Ahnung, wie Birdie all das so schnell hatte erkennen können.

»Du meine Güte.« Birdie sah sie entsetzt an und ging auf sie zu. »Sag nicht, dass du ihn nicht liebst. Das steht euch praktisch ins Gesicht geschrieben. Ich bin deine beste Freundin, mich darfst du nicht anlügen. Sieh mir in die Augen und sag es mir. Liege ich daneben? Das wäre seltsam. Ich liege nie daneben. Ich bin so etwas wie ein Liebesninja, ein Liebesguru. Ich rieche Liebe aus kilometerweiter Entfernung.« Sie machte eine ungeduldige Handbewegung. »Also? Ich komme um vor Neugier. Sag schon, liebst du ihn?«

»Ja!« Das Wort platzte aus Carly heraus, als wäre es seit Jahren gefangen gewesen. »Ich liebe ihn! Ich liebe sein Gesicht. Ich liebe es, wie er mich hält, wie er mit mir redet. Ich liebe seine langen Haare und wie sie mich kitzeln, wenn wir uns lieben. Ich liebe es, wie er meine blöde Hand hält, als wäre es der größte Genuss.« Sie sah ihre beste Freundin an, die mit jedem ihrer Worte mehr dahinschmolz, und beide hatten Tränen in den Augen, als Carly fortfuhr: »Ich liebe es sogar, wie er im Schlaf vor sich hin murmelt. Das hat er schon immer gemacht. Als könnte er sein Hirn nicht abschalten. Ich liebe ihn, Birdie. Ich liebe ihn mit allem, was ich bin und was ich habe.« Ihr wurde bewusst, dass sie zitterte. »Aber ich kann es ihm nicht sagen. Damit würde es zur Realität werden, auch wenn ich weiß, dass es real ist. Es klingt verrückt, aber es ist so wie mit meinem Haus. Wenn ich es ausspreche und wir merken, dass wir das hier nicht hinbekommen, dann werde ich daran zerbrechen.«

»Dieser Mann wird *nie wieder* etwas tun, woran du zerbrichst. Das glaube ich mit allem, was *ich* bin und was *ich* habe.« Birdie zog die Augenbrauen zusammen. »Okay, viel habe ich nicht, aber ich bin eine ziemliche Nummer, das zählt also doppelt.«

»Du hast ihn gerade erst kennengelernt, Birdie. Das kannst du ebenso wenig wissen wie ich.«

Die Glöckchen über der Tür ertönten. Birdie ergriff ihre Hand, und mit einem so ernsten Gesichtsausdruck, wie Carly ihn noch nie bei ihr gesehen hatte, sagte sie: »Du hast alles Recht der Welt, Angst zu haben. Aber du musst mir vertrauen. Du kannst ihm sagen, was du empfindest. Er wird dir nicht noch einmal wehtun.«

Zev betrat die Küche und sah sie neugierig an.

Carly war noch immer mit ihrem Geständnis und Birdies Erklärung beschäftigt. Birdie musste gemerkt haben, dass Carly kein Wort herausbrachte, denn sie hob Carlys Hand höher und tat so, als inspizierte sie sie. »Ja, Pfirsich ist der perfekte Nagellack für dich. Oder Rot, wenn du dich aufreizend fühlen willst.« Sie ließ Carlys Hand los und schritt durch die Küche auf Zev zu. »Danke, dass du dich um diesen Müll gekümmert hast.«

Er gab ihr die Schlüssel zurück. »Das war ziemlich viel Zeug.«

»Ich war nicht mehr zu bremsen, als ich bei mir ausgemistet habe. Aufräumen ist so, als hätte man eine leere Leinwand und Dutzende Farben vor sich. Ich hab mich davon mitreißen lassen, was ich mit dem neu gewonnenen Platz alles anstellen könnte, und hab immer weitergemacht.« Sie schaute über die Schulter zu Carly. »Ich mache mal die Kasse auf und lasse euch noch ein bisschen rumknutschen.«

»Sie ist wirklich der Hammer«, sagte Zev, als sie die Küche verließ, und zog Carly in seine Arme. »Alles in Ordnung? Du wirkst etwas mitgenommen.«

Ich habe gerade Birdie mein Herz ausgeschüttet, obwohl ich es dir hätte ausschütten müssen, also, ja, ich bin etwas mitgenommen. »Mir geht's gut. Ich dachte nur gerade an all die Dinge, die ich noch erledigen muss. Ich freue mich darauf, dich später zu sehen und an den Konkretionen zu arbeiten.«

»Das wird ein wunderbarer Tag, Schatz. Es war herrlich, diesen Vormittag mit dir zu verbringen, Seite an Seite mit dir zu arbeiten und dich in Aktion zu sehen.«

»Du hast mich in letzter Zeit ziemlich oft in Aktion erlebt«, scherzte sie.

»Und das macht mich zum glücklichsten Mann auf Erden.« Er drückte sie an sich. »Da das Glück auf unserer Seite ist und die Lucky Charms unser Ding sind, solltest du vielleicht mal überlegen, Konfekt daraus zu machen. So wie mit den Rice Crispies, nur eben mit Lucky Charms. Ich bin immer gern zur Stelle, wenn es ums Probeessen geht.«

Nicht immer. Ihr Magen zog sich zusammen, als ihr diese Realität bewusst wurde, und Zevs Blick verriet, dass er dasselbe dachte.

»Ich weiß, Schatz«, sagte er und umarmte sie noch fester. »Aber ob du es glaubst oder nicht, ich werde nicht einfach aus deinem Leben verschwinden. Nie wieder.«

Sie wollte ihm glauben und tief in ihrem Innersten glaubte sie ihm tatsächlich. Warum also war sie dann so nervös?

»Alles in Ordnung?«

»Ja, mir geht es gut.«

Er sah sie prüfend an. »Das ist ein nervöses ›gut‹. Ich treffe mich gleich mit Jack, aber ich kann es verschieben, wenn du reden möchtest.«

»Nein, sei nicht albern. Mir geht es wirklich gut.«

»Okay.« Er küsste sie. »Wir sehen uns um zwölf am Gasthof?«

»Ja, ich freue mich darauf.«

Als sie ihm hinterhersah, wurde ihr bewusst, dass sie zuerst mit Birdie über ihre Gefühle hatte sprechen müssen, um die Dinge klarer zu sehen. Zev war hier und er sagte und tat das Richtige, in jeder Hinsicht. Wenn sie wollte, dass ihre Beziehung funktionierte, dann konnte sie nicht weiter mit allem hinterm Berg halten. Er wollte, dass sie über den Rand malte, und das wollte sie auch. *Unbedingt.* Doch bevor sie das tun konnte, musste sie in der Lage sein, über diesen Rand zu schauen, herausfinden, wie diese Zukunft aussehen könnte. Sie hatte darauf gewartet, dass die Antworten sich von selbst einfinden würden, aber wie sollten sie irgendwelche Antworten finden, wenn sie ihm nicht sagte, welche Fragen sie hatte?

Siebzehn

Das Surren der Werkzeuge in Zevs und Carlys Händen trug nicht dazu bei, seine Gedanken zu beruhigen. Er hatte mit seinem Taucherteam und seinem Anwalt gesprochen. Sein Team konnte es kaum erwarten, wieder aufs Wasser hinauszukommen, und sein Anwalt war in einem anderen Fall auf Schwierigkeiten gestoßen, wollte aber morgen für Zev zum Gericht gehen. Zev konzentrierte sich darauf, Konkretionen von den Artefakten zu lösen, an denen er gearbeitet hatte, anstatt sich mit den Tausenden Sorgen zu beschäftigen, die ihm wegen des juristischen Vorgehens und allem, was danach kommen würde, durch den Kopf gingen. Als die Fläche relativ sauber war, legte er seine Werkzeuge beiseite und schaute zu Carly, die eifrig neben ihm arbeitete. Sie war eine halbe Stunde früher als verabredet am Gasthof gewesen und wäre vor Ungeduld fast geplatzt. Er konnte es kaum erwarten, sie zu überraschen. Er wollte ihr alles ermöglichen, was sie verpasst hatte, und noch so viel mehr. Aber er wusste nicht, wie er das anstellen sollte, denn all diese Erfahrungen wären bedeutungslos, wenn sie dafür irgendetwas von den Dingen aufgeben müsste, für die sie so hart gearbeitet hatte.

Carly schaute zu ihm herüber, und auf ihren schönen

Lippen erschien ein Lächeln, bei dem seine Gefühle verrücktspielten. Er deutete auf ihr Werkzeug. »Stell es aus.«

Sie legte den Gravierstift beiseite und sah ihn mit aufgeregt funkelnden Augen an. »Hast du etwas gefunden?«

Dies war der Grund, warum er ihr nicht erzählt hatte, wie nah er gestern daran gewesen war, die Artefakte freizulegen. Er wollte mit ihr zusammen diesen Moment erleben und die gestrige Entdeckung und die Freude, die sie ausgelöst hatte, mit ihr teilen.

»Komm her und sieh es dir an«, sagte er und stand auf.

Sie beugte sich über seinen Arbeitsplatz und nahm die Konkretionen in Augenschein. »Himmel, Zev! Das ist *Gold!* Du hast die Münzen gefunden!«

»Ganz genau, und du wirst sie freilegen.« Er zog ihr den Stuhl heran.

»Was? Nein! Das ist deine Entdeckung.«

»Es ist unsere Entdeckung, und es würde mir mehr bedeuten, wenn du sie freilegen würdest.«

Ungläubig starrte sie ihn an. »Zevy …? Das kannst du nicht wirklich wollen. Du hast so viele Jahre so hart daran gearbeitet, sie zu finden.«

»Tu es für mich, Carly. Du bist der Grund dafür, dass ich mich überhaupt so auf die *Pride* fokussiert habe. Zwei Schatzsucher – ein Schiff, weißt du noch?«

Sehnsuchtsvoll sah sie ihn an. »Bist du dir sicher? Das ist ein so bedeutender Moment, auf den du da verzichtest.«

Er wollte am liebsten ihre Schutzmaske abnehmen, sie in den Arm nehmen und küssen, bis sie einverstanden war. Doch das würde die Freilegung und ihre Freude verzögern. Stattdessen ergriff er ihre in Handschuhen steckenden Hände und sah ihr durch das klare Visier in die Augen. »Ich verzichte nicht darauf,

Schatz. Es wird dadurch zu einem noch denkwürdigeren Moment. Darauf habe ich gewartet, seit wir das erste Mal von dem Schiff gehört haben. Das hier ist dein Moment, um zu zeigen, was du kannst, Schatz.« Er drückte sie sanft auf den Stuhl und umfasste ermutigend ihre Schultern. »Auf geht's.«

»Danke!« Sie schüttelte ihre Hände aus. »Ich bin so nervös.«

Sie machte sich an die Arbeit, und Zev setzte sich an ihren Arbeitsplatz, um an der anderen Konkretion weiterzuarbeiten. Ihre freudige Aufregung mitzuerleben, während sie in den folgenden Stunden jedes der fünf peruanischen Goldstücke – von Hand gehämmerte Münzen – freilegte, machte die Entdeckung noch denkwürdiger. Den Anblick ihres alles überstrahlenden Lächelns und ihre begeisterten Rufe – *Sieh dir das an! Sieh dir das an!* –, immer wenn sie eine Münze befreit hatte, würde er nie vergessen.

»Mehr sehe ich nicht«, sagte sie und pikte mit der Spitze eines Kratzers in die Konkretion. »Aber wir können weitermachen! Auf dem Röntgenbild sind noch zwei weitere zu sehen und die liegen bestimmt nicht viel tiefer.« Sie dehnte ihren Nacken, bog den Rücken durch und ließ die Schultern kreisen.

Er nahm sein Visier ab. »Es ist sieben Uhr und wir sitzen schon seit Stunden daran. Ich denke, wir sollten aufräumen und feiern gehen.« Er nahm ihre Hand, half ihr auf und nahm auch ihr das Visier ab, um sie zärtlich zu küssen. »Sieh dir an, was du geschafft hast.« Er legte ihr die Münzen in die Hand. »Sobald der Zaster eindeutig mit der *Pride* in Verbindung gebracht wurde, hast du schon das zweite Mal in dieser Woche Geschichte geschrieben.«

»Was *wir* geschafft haben«, korrigierte sie ihn und fuhr mit dem behandschuhten Finger über die Münzen. »Sieh dir an, wie schön und deutlich die Löwen und Burgen in den Quadranten des Kreuzes sind, und die Jahreszahlen 1710 und 1712!« Ihre Augen funkelten vor Freude. »Wenn man sich das historische Kartenmaterial und die Daten anschaut, dann müssen die von der *Pride* stammen.«

»Ich bin mir dessen ziemlich sicher, aber du weißt ja, wie das läuft. Sobald das Schiff unter Arrest steht und die Leute von der Entdeckung hören, wird man es so lange anzweifeln, bis wir unwiderlegbare Beweise haben.«

»Ich weiß, aber, Zev, diese Münzen sind über dreihundert Jahre alt und du hast sie aus dem Meer geborgen. Das allein ist schon erstaunlich! Es ist mir egal, was andere sagen.«

»Und du hast sie aus der Konkretion freigelegt. Wir geben ein gutes Team ab.«

»Das war schon immer so«, sagte sie und sah ihn bedeutungsvoll an. Dann riss sie die Augen auf. »Wir müssen Fotos machen! Musst du deinem Anwalt und deinem Taucherteam nicht ein Bild schicken?«

Er schmunzelte. Ihre freudige Aufregung war ansteckend. »Unbedingt.«

Sie fotografierten die Münzen allein und dann sich mit den Münzen in der Hand. Dann machten sie eine Reihe von Selfies, auf denen sie sich küssten, lachten und Grimassen schnitten – und bei all dem geschah das Unmögliche. Zevs Liebe zu ihr wurde noch größer.

»Danke, dass du mich eine so große Rolle in dem Ganzen spielen lässt«, sagte Carly, als sie sich ans Aufräumen machten. »Ich kann gar nicht in Worte fassen, wie viel mir das bedeutet.«

»Das musst du nicht. Das weiß ich schon.«

Sie betrachtete die Konkretionen, die Münzen, und dann wandte sie ihm ihr wunderschönes Gesicht zu. »Es ist irgendwie surreal, oder?«

»Surreal ist es, dass ich noch vor einer Woche überlegt habe, welches meiner Geschwister ich dazu überreden könnte, sich um Beaus Tiere zu kümmern. Und jetzt stehe ich hier und schreibe mit dir Geschichte« – *mit meiner großen Liebe* – »der Person, mit der ich die längste gemeinsame Vergangenheit habe. Du und ich sind wieder zusammen, tauchen, verbringen Zeit miteinander, machen Schokolade.« Leise fügte er hinzu: »Und Liebe.« Er küsste sie. »Und wir machen all das hier ganz so, wie wir es uns immer erträumt haben. Das finde ich surreal.«

Sie musste schlucken, als überlegte sie genau, was sie sagte. »Das ist es wirklich.«

»Lass uns den Rest noch aufräumen. Ich möchte mit meinem Mädchen feiern. Was hältst du von Essen und Lagerfeuer am Gasthof?«

»Klingt mehr als perfekt. Was machen wir mit den Münzen? Ich habe das Gefühl, du bräuchtest einen Tresor.«

»Ich habe tatsächlich einen gemietet, auf Silver Island, und dazu noch ein gesichertes Lager.«

»Das nützt dir nichts, solange du hier bist. Hat Beau im Gasthof einen Safe? Ich habe plötzlich Angst, dass jemand sie stehlen könnte. Ist das normal? Hast du das auch empfunden, als du und Luis diese ganzen Schätze gefunden habt? Niemand außerhalb deiner Familie weiß hiervon, oder? Meine Güte, was ist bloß mit mir los?«

Himmel, ich liebe dich. Ihr Geplapper brachte ihn zum Lachen und er gab ihr einen Kuss. »Beau hat einen Safe, und ja, das ist vollkommen normal. Zu der Frage, was mit dir los ist: Überhaupt nichts, abgesehen davon, dass du dir wahrscheinlich das Schatzsucher-Virus eingefangen hast.«

Ein Funken hitziger Erregung blitzte in ihren Augen auf.

»Die Verantwortung dafür liegt eindeutig bei deiner einäugigen Schlange.«

Carly schwebte immer noch wie auf Wolken, nachdem sie das Labor aufgeräumt hatten und nun den Berg hinauffuhren. Aber sie steckte auch in einer Zwickmühle. Seit sie Birdie ihre Liebe für Zev gestanden hatte, war sie nicht in der Lage gewesen, diese Gefühle zu unterdrücken. Fast hätte sie *Ich liebe dich* geschrien, als Zev gesagt hatte, der Augenblick würde noch denkwürdiger werden, wenn sie die Münzen freilegte, und dann wieder, als sie die erste Münze herausgezogen hatte. Sie hatte im wahrsten Sinne des Wortes die Zähne zusammenbeißen müssen, um nicht damit herauszuplatzen, als er sagte, sie wären ein großartiges Team. Sie musste eine Möglichkeit finden, ein Gespräch über ihre Zukunft zu führen, aber sie hatten einen so unglaublichen Tag erlebt, den wollte sie nicht kaputtreden.

Sie schaute zum Fenster hinaus, während ihr all diese Gedanken durch den Kopf gingen und sie sich der Straße näherten, die zum Gasthof führte – und sie daran vorbeifuhren. War er ebenso mit den aufregenden Ereignissen beschäftigt wie sie? »Du schwebst wahrscheinlich auch in den Wolken. Wir hätten gerade zum Gasthof abbiegen müssen.«

»Ach ja?« Er zuckte mit den Schultern. »Es ist ein schöner Abend für eine Spazierfahrt. Lass uns noch etwas weiterfahren.«

»Was ist mit Bandit? Er war jetzt schon lange im Haus.«

Er schaute sie mit einem verschmitzten Lächeln an. »Die Schlafzimmertür habe ich zugemacht. Wenn er etwas klaut, dann nicht unsere Sachen.«

»Ich meinte, dass er vielleicht mal raus müsste.«

»Wir bleiben nicht lange«, sagte er unbekümmert.

Er bog in eine schmale, gewundene Straße ab und fuhr weiter den Berg hinauf. Zwei Kurven weiter kamen sie an eine Lichtung und vor ihnen tauchten eine Landebahn und ein kleines Flugzeug auf.

»Was machen wir hier?«, fragte Carly.

Zev stellte den Motor ab, zwinkerte und sprang, ohne zu antworten, aus dem Pick-up. Als er um den Wagen herumging, winkte er in Richtung Flugzeug. Sie folgte seinem Blick und sah einen Mann danebenstehen, den sie zuvor nicht bemerkt hatte.

Sie öffnete die Tür und nahm beim Aussteigen seine Hand. »Ist das Jack? Hattet ihr euch nicht vorhin schon getroffen?«

»Das ist Jack Remington, der Mann von Treats Schwester Savannah.« Er legte den Arm um sie. »Wir machen einen kleinen Ausflug nach Silver Island, und morgen fahren wir mit meinem Boot raus, um am Fundort des Wracks tauchen zu gehen.«

Mit offenem Mund versuchte sie, zu verarbeiten, was er gerade gesagt hatte. »Ich … Wir …«, kam nur als erstauntes, atemloses Flüstern heraus, und all die Gefühle, die sie unterdrückt hatte, brachen an die Oberfläche. Sie kreischte und sprang ihm in die Arme. »Zevy! Silver Island! Dein Boot? Die *Pride?* Ich habe keine Klamotten, auch keinen Badeanzug, aber egal! Das ist das Romantischste, das Wunderbarste, was je ein Mensch für mich getan hat!« Während die Freude sie überwältigte, brach die Realität plötzlich über sie herein, und zögernd trat sie mit brechendem Herzen einen Schritt zurück. »Das klingt grandios. Perfekt, um ehrlich zu sein. Verrückt, und so sehr nach *uns.* Aber ich kann nicht einfach wegfliegen, Zev. Ich habe ein Geschäft, das ich führen muss. Ich kann mich nicht einfach krankmelden und erwarten, dass Birdie alles regelt. Und was ist mit den Chickendales und Band…«

Mit einem festen Druck seiner Lippen auf ihren Mund brachte er sie zum Schweigen und zog sie an sich. »Ich würde nie von dir erwarten, dass du dein Geschäft unbeaufsichtigt lässt. Ich habe mit Birdie und Quinn geredet, als wir in der Bar waren. Sie kümmern sich um den Laden und Cutter ist bereits im Gasthof. Er bleibt dort und schaut nach den Tieren.«

»Das machen sie? Das macht er?«, fragte sie, während ihr schon die Tränen in die Augen stiegen und sie gar nicht fassen konnte, was er getan hatte.

»Ja, und erinnerst du dich an diesen schweren Kram in Birdies Kofferraum und die Inventur, bei der sie in Karmas Boutique geholfen hat? Sie hat in Wirklichkeit etwas für mich erledigt. Sie hat dir Klamotten und einen Badeanzug gekauft, und sie war ziemlich aufgeregt. Sie meinte irgendetwas, dass es noch besser wäre als deine Offene-Haare-Tage, was immer das auch heißen mag. Auf alle Fälle meinte sie, du hättest davon ziemlich viele, seit wir wieder zusammen sind.«

Sie lachte, und Tränen rannen ihr über die Wangen, als sie im Geiste Birdies Stimme hörte. *Du hast alles Recht der Welt, Angst zu haben. Aber du musst mir vertrauen. Er wird dir nicht noch einmal wehtun.* »Sie wusste es die ganze Zeit«, sagte sie mehr zu sich selbst als zu ihm. Ihr war ganz schwindelig bei dem Gedanken daran, was er alles organisiert hatte, und ihr Herz konnte kaum alles fassen, so voll war es.

»Du weißt, dass ich nie besonders gut darin war, etwas langsam anzugehen oder mir Zeit zum Planen zu nehmen. Ich bin eher der spontane Typ. Aber dieses Mal nicht, Carls. Dieses Mal habe ich versucht, an alles zu denken, damit du keinen Stress hast. Ich habe deine Kulturtasche aus dem Gasthof mitgenommen, und alles, was Birdie gekauft hat, ist schon im Flugzeug verstaut. Es gibt nur einen Haken, bei dem mir bisher keine bessere Lösung eingefallen ist. Du weißt, dass wir nach dem Tauchen vierundzwanzig Stunden nicht fliegen dürfen. Das bedeutet, wir können nur einen Tauchgang machen und der muss sehr früh stattfinden. Wir können erst Samstagmorgen zurückfliegen und du kommst erst mitten am Nachmittag zurück zur Arbeit. Birdie sagte, sie schafft das und kann sich um die Vorbereitung für die Babyparty kümmern, aber ich weiß, dass du das gern machst. Und wahrscheinlich hast du noch andere Dinge zu tun. Wenn du also lieber nicht gehen möchtest, ist das in Ordnung.«

Der Mann, der nie plante, hatte an alles gedacht. »Machst du Witze? Nicht gehen? Ich vertraue Birdie, und es ist mir egal, wenn es nur ein Tauchgang ist. Das ist ein Tauchgang und ein Ausflug nach Silver Island, den ich nie für möglich gehalten hätte«, sagte sie, während die Tränen nur so liefen.

»Ich hatte gehofft, dass du das sagst. Mit Cowboy und Dare habe ich auch geredet. Sie sagten, wenn die Mädels irgendwelche Probleme haben sollten, dann helfen sie ihnen. Du hast wirklich gute Freunde, Carly. Ohne sie hätte ich das nicht schaffen können.«

»Ich fasse es immer noch nicht, dass du das alles für mich getan hast.«

»Für dich und für uns.« Er legte die Stirn an ihre und schloss die Arme – einer süßen und perfekten Schleife gleich – noch fester um sie. »Ich liebe dich so sehr, Carls. Es gibt nichts, was ich nicht für dich tun würde.« Er sah ihr in die feuchten Augen, und ein ganzes Universum an Gefühlen lag in diesem Blick. »Ich weiß, dass du keine Privatjets oder extravaganten Reisen brauchst, aber wir haben noch drei Nächte, bevor ich gehen muss, und ich möchte dir die Möglichkeit geben, alles zu erleben, wovon du geträumt hast und was ich mache. Ich möchte keine Carly-freien Zonen in meinem Leben haben.«

Kurz schoss ihr die Sorge durch den Kopf, wie sie das schaffen sollten und sie gleichzeitig ihr Herz schützen konnte, doch man konnte es nicht vor sich selbst schützen. Ihre Liebe hatte all die Jahre wie Artefakte im Meer überdauert, eingekapselt in Liebeskummer und unbeantworteten Fragen. Zeit, Berührungen und Wahrheit hatten diese schmerzhaften Schichten abgetragen und ihnen eine zweite Chance gegeben. Sie wusste nicht, wie genau ihre zweite Chance über diesen Moment hinaus aussehen würde, und es konnte eine Weile dauern, bis sie herausgefunden hatten, wie sie sie im Alltag umsetzen konnten. Aber es war ihr egal, auch wenn es Jahre dauern würde, denn wenn sie ihm in diese von tiefen Gefühlen sprechenden Augen sah, dann wollte sie ihre Liebe mit beiden Händen festhalten und nie wieder loslassen.

»Ich liebe dich auch, Zev. Ich hatte Angst, es auszusprechen, aber ich habe nie aufgehört, dich zu lieben.«

Und werde es auch niemals.

Achtzehn

Das sanfte Schaukeln des Boots und Zevs warmer Körper reichten fast aus, um Carly im Bett zu halten, aber der Gedanke daran, was er für sie geplant hatte, und der Drang, sich noch einmal all die Bilder von ihnen beiden anzusehen, mit denen er die Wand bei seinem Schreibtisch zugeklebt hatte, waren zu stark. Leise glitt sie unter seinen Armen weg und tapste nackt durch die Kajüte zum Fenster. Die Sonne war noch nicht aufgegangen und sie schaute hinaus auf den dämmerigen Himmel und das tiefschwarze Wasser. Dass sie wirklich auf Zevs Boot in einem Yachthafen auf Silver Island war, konnte sie immer noch nicht fassen. Sie schaute zu ihm, wie er noch im Tiefschlaf auf dem Rücken lag, den einen Arm über dem Kopf, den anderen auf seinem Bauch und ein kleines Lächeln auf den Lippen. Die Decke war um seine Taille zusammengeknüllt, das eine Bein war ausgestreckt, das andere angewinkelt. In ihr war nur Liebe. Auf dem Flug zur Insel hatte er ihr bestimmt hundert Mal gesagt, dass er sie liebe, und sie hatte es ihm gleichgetan, hatte die Worte aus sich herausgelassen, die sie all die Zeit, die jedem anderen kurz erscheinen musste, in sich gefangen gehalten hatte. Andere würden nur die wenigen Tage sehen, die Zev und sie miteinander verbracht hatten. Doch eine

Liebe wie die ihre verschwand nicht. Sie schlug Wurzeln und breitete sich immer tiefer und weiter aus, schneller, als sich das irgendjemand vorstellen konnte.

Sie ging zu seinem Schreibtisch und bewunderte ihre Weißt-du-noch-als-Fotos, die daneben hingen. Ein paar Bilder von Luis und Zev waren auch dort und er hatte recht. Luis sah aus wie ein alternder Pirat mit einer ungebändigten Haarmähne und der gleichen lebendigen Ausstrahlung wie Zev. So viele Fotos von Zev und ihr hingen an der Wand – teilweise überlappten sie sich, hatten ausgefranste Ränder, und ein paar hatten Knickfalten. Sie konnte nicht glauben, dass er sie all die Zeit dort hängen gehabt hatte. *Ich habe dir doch gesagt, dass du immer bei mir warst*, hatte er nur gesagt, als sie ihn am Abend zuvor danach gefragt hatte. Fotos von ihnen als Kinder mit Wanderausrüstung und Rucksäcken waren zu sehen. Eines war in der sechsten Klasse aufgenommen worden, eines in der zehnten, noch ein anderes am College. Da waren alberne Bilder von Carly, die Grimassen schnitt und Luftküsse verteilte. Eines zeigte sie auf dem Rasen seiner Eltern in einem schwarzen Bikini, während das Wasser von einem Rasensprenger auf sie herabregnete. Die nassen Haare klebten auf ihrem Gesicht, auf den Wangen zeichnete sich ein Sonnenbrand ab. Eine Hand lag auf ihrer herausgestreckten Hüfte und ein mürrischer Blick überschattete ihr ewiges Lächeln. Dann waren da noch Fotos von ihnen, wie sie mit Tauchausrüstung auf einer Seite des Bootes seines Onkels Ace in Peaceful Harbor saßen. Mit diesen Besuchen verband sie wunderschöne Erinnerungen.

Ihr Blick fiel auf ein Bild von einem Schulausflug zu einem Museum, das in der siebten Klasse aufgenommen worden war, einen Tag, nachdem er sie gefragt hatte, ob sie seine Freundin sein wolle. Sie standen nebeneinander, ihre Fingerspitzen berührten sich und sie grinsten albern. Sie hatte jedem erzählen wollen, dass sie Zevs Freundin war, und gleichzeitig war es ihr peinlich gewesen, weil keine ihrer Freundinnen so verrückt nach Jungs war wie sie nach Zev. Er hatte noch Fotos von ihnen, auf denen sie sich küssten, schwammen oder tanzten. Auf dem Weingut der Familie seiner Mutter, nach der Abschlussfeier auf der Highschool, beide schick angezogen. Sie erinnerte sich an das Gefühl, endlich *fast* die Freiheit zu haben, ihre Reiseträume zu verwirklichen. *Nur noch vier Jahre.* Sie waren so nahe dran gewesen, alles zu haben.

Ihr Lieblingsfoto stammte aus der neunten Klasse. Sie hatten sich ihre Reisepässe zwischen die Zähne geklemmt und schnitten Grimassen. Zevs Haare waren so lang wie jetzt und durchzogen von sonnengebleichten hellen Strähnen. Sie hatten sich auf eine Exkursion des Archäologieclubs nach Spanien vorbereitet.

Zev legte von hinten die Arme um sie und im gleichen Moment spürte sie seine Körperwärme an ihrem Rücken. »Morgen«, sagte sie.

»Es gefällt mir, aufzuwachen und dich nackt in meiner Kajüte zu sehen.« Er küsste sie auf die Schulter. »Konntest du nicht schlafen?«

Sie drehte sich in seinen Armen um. »Ich habe großartig geschlafen. Aber ich war zu aufgeregt, um wieder einzuschlafen. Es ist wirklich unglaublich, dass du all diese Fotos hier hängen hast. Hat dich das nicht in deinem Liebesleben beeinträchtigt?«

»Ich habe dir doch gesagt, dass ich auf meinem Boot nie etwas mit Frauen hatte.«

»Ich weiß, aber …« Sie zuckte mit den Schultern.

»Kein Aber. Ich habe dich nie angelogen und werde auch jetzt nicht damit anfangen. Als ich mir mein eigenes Boot gekauft habe und wusste, dass die Fotos sicher sein würden, habe ich sie aufgehängt. Seitdem sind sie immer hier gewesen.« Er küsste sie noch einmal. »Du weißt doch, keine Carly-freien Zonen. Komm mit, ich will dir etwas zeigen.«

Er nahm ihre Hand und ging zur Kajütentür hinaus. »Warte. Ich bin nackt.«

»Die Sonne ist noch nicht mal aufgegangen. Niemand sieht dich.«

»Zevy …«

Er schnappte sich das T-Shirt, das er am Abend zuvor getragen hatte, vom Stuhl und zog es ihr über den Kopf. Nachdem er ihr noch einen Kuss auf die Nase gegeben hatte, wollte er mit ihr die Kajüte verlassen.

»Zev, *du* bist nackt. Zieh dir Shorts an.«

Er schaute sie entrüstet an. »Ich soll meinen Ersten Offizier bedecken?«

Sie lachte und warf ihm seine Shorts zu. Er zog sie an und führte Carly an Deck. Die kühle Morgenluft ließ sie erschaudern, doch dankbar atmete sie den Meeresduft ein. Ihr war nicht bewusst gewesen, wie sehr ihr das unbeschwerte Gefühl, auf einem Boot zu sein, gefehlt hatte. Sie folgte ihm ins Steuerhaus, und an der Wand dort hing ihre Schatzkarte aus Kindertagen, auf der zu sehen war, wo ihrer Meinung nach die *Pride* gesunken war. Daneben hing ein Foto der beiden, wie sie sich mit seinem Vater über den Küchentisch im Haus seiner Eltern beugten. Carly hatte einen Bleistift in der Hand, und während sie auf der Karte etwas einzeichnete, knabberte sie an der Unterlippe. Zev beobachtete sie mit dem gleichen Blick, derselben Liebe in den Augen, die sie in den letzten Tagen so oft gesehen hatte, dass sie sich in ihr Hirn gebrannt hatte.

Ihr Puls raste, als sie sich zu ihm umdrehte. Und da war er

wieder, dieser Blick in seinen Augen. »Du hast unsere Karte mitgenommen, als du gegangen bist?«

»Ich hielt das für einen fairen Deal, da ich mein Herz bei dir gelassen hatte.«

»Zev«, sagte sie leise.

Er nahm ihre Hand und zog sie in seine Arme. »Du bist mein Schicksal, Schatz. Ich liebe dich, schon immer und für immer.« Er küsste sie. »Ich möchte eine neue Eines-Tages-Liste mit dir anfangen, Carly, und ich möchte, dass alles darauf für uns Wirklichkeit wird.«

»Das will ich auch. Aber sollten wir nicht überlegen, wie wir als Paar funktionieren können, bevor wir uns an eine Eines-Tages-Liste machen? Wie können wir eine richtige Beziehung führen, ohne dass einer von uns alles aufgeben muss?«

»Ich habe nicht alle Antworten parat. Vielleicht tauche ich eine Zeit lang, dann komme ich zu dir. Du machst dein Ding, und wenn du dir freinehmen kannst, kommst du zu mir. Wir haben Jahre ohneeinander verbracht und unsere Liebe ist nicht verblasst. Wir können das schaffen, Carly. Wir müssen nur kreativ sein.«

Sie musste schlucken und gegen die Planerin ankämpfen, zu der sie geworden war.

»Reicht das aus, bis wir sehen, welchen anderen Herausforderungen wir uns noch stellen müssen?«, fragte er. »Du weißt, wie es mit dem Tauchen ist. Ich bin vom Wetter abhängig und davon, was ich da unten finde. Mit Sicherheit kann ich alle paar Wochen für einige Tage nach Colorado kommen. Klar, das ist nicht ideal. Ich hätte es lieber, wenn du jeden Tag an meiner Seite wärst. Aber ich weiß, wie viel deine Freunde und dein Geschäft dir bedeuten. Ich werde nicht von dir verlangen, dass du dich zwischen mir und deinem Leben dort entscheiden musst. Und so gern ich sagen würde, dass ich nach Colorado gehen und dort bleiben könnte –«

»Sag es gar nicht erst. Du wärst wie ein Tier im Käfig, und das würde ich mir nie verzeihen. Ich würde dich auch niemals alles aufgeben lassen.«

»Das müssen wir auch nicht. Die Zukunft liegt in unseren Händen. Es ist an uns, dass wir uns gemeinsame Zeit verschaffen. Wir müssen nur ein wenig planen.«

In der Vergangenheit hatten ihre Pläne immer aus Launen und Ideen für Unternehmungen bestanden. Sogar der sogenannte Plan, den sie während ihrer Collegezeit für ihre Reise nach Silver Island geschmiedet hatten, hatte nicht mehr als das Mieten einer Hütte und eines Bootes sowie die Suche nach der *Pride* beinhaltet. Ihr Leben bis ins Detail zu planen, war jedoch ein wesentlicher Teil dessen gewesen, was ihr später geholfen hatte, ihren Kummer zu überstehen. Konnte sie ohne konkrete Pläne leben? Sie war nicht so töricht, nach mehr zu fragen, wenn er doch schon alles gab, was er hatte, und dazu noch ihr Bedürfnis respektierte, in Colorado zu bleiben.

»Mit *planen* meinst du wahrscheinlich, ein paar Tage vorher anzurufen und zu sagen *Hey, ich komme vorbei?*«, scherzte sie, doch es war ein schönes Gefühl, dass er es wirklich versuchte und alles ihrer Situation entsprechend durchdachte.

Sein Ausdruck wurde ernst. »Mist. Ja, wahrscheinlich.« Er seufzte, fuhr sich durch die Haare und wandte sich ab. »Das reicht dir nicht, oder?« Er sah sie wieder an. »Du bist jetzt eine Planerin. Ich werde planen. Datum, Uhrzeit, alles.«

Sie liebte ihn umso mehr dafür, dass er anbot, das Unmögliche zu tun. Als er etwas hinzufügen wollte, brachte sie ihn mit einem Kuss zum Schweigen.

»Für den Moment reicht es mir, Zev. Ich will *uns*, damit ich es lerne, wieder über den Rand zu malen. Du musst in dieser Beziehung nicht die ganze Arbeit leisten. Wir sind ein Team, du erinnerst dich? Außerdem ... Was kann denn schlimmstenfalls passieren?« Sie ging rückwärts in Richtung Tür und krümmte den Finger. Er folgte ihr aus dem Steuerhaus, vorbei an dem Materialraum, der mit Sauerstoffflaschen, Neoprenanzügen und anderen Gerätschaften gefüllt war, zum Tauchdeck.

»Dass ich mit dem Mann meiner Träume nackt auf einem Boot lande?« Sie ging an den Rand des Decks und fuhr fort: »Oder dass ich meine vorsichtige Seite vergesse und mit dir wette, dass du dich nicht traust, etwas so lächerlich Unverantwortliches zu tun wie das hier ...« Sie zog sich das T-Shirt über den Kopf und sprang ins Wasser.

Als sie an die Oberfläche kam, flog Zev gerade splitterfasernackt durch die Luft und tauchte dicht neben ihr ins Wasser ein. Er kam wieder hoch, zog sie an sich und küsste sie innig.

»Himmel, ich liebe dich!«, sagte er, während ihre Beine aneinanderstießen, weil sie strampelten, um über Wasser zu bleiben. Ihr Lachen hallte zwischen heißen Küssen über das Meer.

»Es ist eiskalt!«, sagte sie zähneklappernd.

»Ich wärme dich.« Er umfasste ihren Hintern.

»Du bringst die unanständige Seite an mir zum Vorschein, Mr. Braden.«

»Falls du auf eine Entschuldigung wartest ... Die wirst du von mir nicht bekommen.«

»Ich wollte mich bedanken, denn ich habe diese Seite vermisst.« Sie schlang die Beine um seine Taille, sodass er allein strampeln musste, was er ohne Probleme übernahm.

»Ach, Schatz, ich habe alles an dir vermisst, aber du sollst wissen, dass ich dich auch liebe, wenn du vorsichtig bist.« *Kuss, Kuss.* »Ich liebe dich, wenn du wild bist.« *Kuss, Kuss.* »Vor allem liebe ich dich, wenn du nackt in meinen Armen bist.«

»Braden! Bist du das?«, rief eine raue Stimme.

Carly strampelte um Zev herum und versteckte sich hinter seinem Rücken, um über seine Schulter hinweg zu dem Mann zu schauen, der auf dem Bootssteg stand. Er sah aus wie die jüngere Version eines gebräunten Jeff Bridges mit grau-braunem Haar, das auf den Kragen seines Hawaiihemdes fiel, dessen oberste drei Knöpfe er offen gelassen hatte.

»Wer ist das?«, wollte die panische Carly wissen. »Du hast gesagt, mich würde niemand sehen!«

»Roddy Remington, der Vater von Randi. Ihm gehört der Yachthafen.« Zev winkte ihm zu. »Wie geht's, Roddy?«

»Ach, eher mittelprächtig«, sagte Roddy und steckte lässig eine Hand in die Tasche seiner abgetragenen Jeans, als hätte er den ganzen Tag Zeit, dort herumzustehen.

Carly klammerte sich zitternd an Zevs Schulter fest.

»Randi hat erzählt, du würdest heute für einen Tag herkommen«, rief Roddy. »Aber so früh habe ich dich nicht erwartet. Wen hast du denn dabei?«

»Das hier ist Carly«, brüllte Zev. »Meine Freundin.«

Small Talk? Euer Ernst? Obwohl sie nur zu gern hörte, dass Zev sie als seine Freundin vorstellte.

»Ach was, gibt wohl für alles ein erstes Mal.« Roddy lachte herzlich, winkte und rief: »Hallo, Schätzchen. Ich bin Roddy, Herr dieses Yachthafens und allen ein Freund.«

Wäre schön, wenn du in diesem Moment ein nicht ganz so guter Freund wärst. Carly hob eine Hand und wackelte zaghaft mit den Fingern. »Hallo.«

»Bring die hübsche kleine Lady mal an Land, damit ich sie

begrüßen kann.« Roddy machte eine einladende Geste.

»Oh nein, oh nein«, flüsterte Carly. »Ich bin nackt …«

»Halt durch, Schatz. Ich regele das«, beruhigte Zev sie.

»Roddy, was zum Teufel ist hier los, Mann?« Ein großer, bulliger Typ trat aus der Kajüte des Bootes neben Roddy. Auf dem Hals hatte er ein kleines Tattoo, am ganzen Körper Muskeln ohne Ende und einen finsteren Blick in seinem attraktiven Gesicht. »Die Sonne geht gerade mal auf und du brüllst hier herum.«

»*Omeingott!*« Carly tauchte noch tiefer ins Wasser, und Zev schob sich so vor sie, dass der Kerl sie nicht sehen konnte. »Wer ist denn *das?*«

»Ein Kumpel von mir, Archer Steele«, erklärte Zev. »Er ist in Ordnung, aber immer etwas reizbar.«

»Tut mir leid, Archer.« Roddy deutete aufs Wasser. »Ich hab Braden da draußen gesehen und wollte Hallo sagen.«

»Zev ist wieder da?« Archer spähte aufs Wasser hinaus.

Carly duckte sich noch mehr. *Hier gibt es nichts zu sehen. Bitte verschwindet!*

»Hey, Kumpel. Tut mir leid, dass wir dich geweckt haben«, rief Zev. »Wir haben nur … eine morgendliche Schwimmrunde gedreht.«

Carly hatte das Gefühl, dass er grinste.

»Klar habt ihr das.« Archer schmunzelte und schüttelte den Kopf. »Hey, Roddy, gönn den beiden mal etwas Privatsphäre, okay?«

»Was?« Roddy kratzte sich am Kopf. Er sah noch einmal zu Carly und Zev. »Ach, herrjemine! Hab ich auch schon oft mit meiner Lady gemacht. War nett, dich kennenzulernen, Carly. Amüsiert euch gut, Leute. Ich bin weg.« Er drehte sich um und ging über den Steg zurück ans Ufer.

»Gern geschehen!«, brüllte Archer noch, bevor er wieder in der Kajüte seines Bootes verschwand.

Carly atmete langsam aus, wobei sie gar nicht gemerkt hatte, dass sie den Atem angehalten hatte. Mit dem breitesten Grinsen, das sie seit Langem bei Zev gesehen hatte, drehte er sich zu ihr um. Als sie den Mund öffnete, um sich zu beschweren, brach Zev in ein herzliches Lachen aus.

»Tut mir leid, Schatz«, sagte er immer noch lachend. »Ich hatte vergessen, dass Roddy so früh herkommt.«

»Wie ich schon sagte …« Sie legte die Arme um seinen Hals. »Was kann schlimmstenfalls passieren?«

»Du weißt, dass ich zu besitzergreifend bin, als dass dich jemand anderes nackt sehen dürfte«, sagte er und drückte seine Lippen auf ihre.

»Zev!«, ertönte eine weitere männliche Stimme. »Schaff deinen nackten Hintern aus dem Wasser! Wir haben Frühstück mitgebracht.«

»Verkaufst du hier Eintrittskarten oder was?«, wollte Carly wissen und versteckte sich erneut strampelnd hinter Zev.

Ein großer, sportlicher Kerl mit hellbraunen Haaren kam mit einem Tablett voller Kaffeebecher den Steg entlang. Er trug ein langärmeliges T-Shirt, Shorts und hatte ein freches Grinsen im Gesicht. Hinter ihm lief eine schlanke Brünette in Sweatshirt und Shorts, die sich mit Roddy unterhielt.

Zev schmunzelte. »Das ist nur Ford. Und hinter ihm ist Randi.«

»Na großartig«, sagte sie und brüllte: »Sonst noch jemand, der mich nackt sehen will?«

Zev schaute über die Schulter und grinste sie anzüglich an.

Carly schüttelte den Kopf. »Du lässt dir besser etwas einfallen, wie du mich hier herausbekommst, ohne dass alle meine Muschi sehen, sonst bekommt *du* sie nämlich ziemlich lange nicht mehr zu sehen.«

»Warnung an alle!«, brüllte Zev, als er aufs Boot kletterte. »Seeschlange an Bord.« Er schnappte sich eines der Handtücher, die Ford aufs Deck geworfen hatte, und trocknete sich ab.

»Sieh zu, dass du deine Rosinchen bedeckst, bevor es uns allen zu peinlich wird«, rief Ford aus dem Materialraum, in dem er und Randi ihre Gerätschaften durchsahen.

Zev zog seine Shorts an. Schmunzelnd hielt er ein Handtuch hoch, um Ford die Sicht auf Carly zu nehmen, als sie aus dem Wasser kletterte, und wickelte sie dann darin ein.

»Danke.« Sie sicherte das Handtuch mit einem gekonnten Kniff.

»Willst du mein T-Shirt anziehen?«

»Nein, das hier geht schon. Ich ziehe mich gleich an, wenn ich deine Freunde begrüßt habe.« Ihr Blick wanderte über seine Schulter hinweg und ein Lächeln ließ ihr Gesicht strahlen. »Die Insel ist in Wirklichkeit noch schöner als auf den Fotos. Sieh dir all diese hübschen Häuser mit Blick auf das Wasser an und das Restaurant direkt am Yachthafen. Da ist auch die Fähre! Und guck mal da! Ich kann das Silver Monument sehen.« Sie zeigte auf das Denkmal in der Ferne. »Haben wir Zeit, um uns Fortune's Landing oder das Naturreservat anzusehen, während wir hier sind?«

»Ich denke, das können wir einplanen. Aber wenn nicht, dann kommt es ganz oben auf unsere Eines-Tages-Liste.«

»Klingt wunderbar.« Sie nahm seine Hand. »Ich kann

immer noch nicht glauben, dass ich mit dir hier bin. Ich habe das Gefühl, ich träume.«

Er zog sie näher. »Ich werde all deine Träume wahr werden lassen.« Er senkte die Lippen zu einem süßen Kuss auf ihre.

»Ähem«, räusperte Randi sich, als sie und Ford aufs Deck kamen.

Carly wurde rot und hielt Zevs Hand ganz fest. »Hallo, ich bin Carly. Ihr müsst die anderen zwei Mitglieder des Furchtlosen Dreiers sein.«

»Ganz genau. Ich bin Alex Pettyfer«, stellte Ford sich mit einem britischen Akzent und einem breiten Grinsen vor. »Freut mich, dich kennenzulernen.«

Randi verdrehte die Augen. Zev schmunzelte. Ford tat das häufig, denn er sah wirklich aus wie eine jüngere Version des gleichnamigen Schauspielers, und die Frauen standen darauf.

»Kommt schon. Ihr wisst, dass ich genauso aussehe wie er, nur noch besser.« Ford hob sein T-Shirt an und ließ die Bauchmuskeln spielen.

Randi versetzte ihm einen Schlag auf den Bauch. »Wie oft soll ich dir noch sagen, dass niemand deine Muskeln sehen will?«

»Zwölf, fünfzehn … hundert Mal«, meinte Ford ohne den Akzent, als er einem weiteren Schlag auswich.

Randi, die zierlich war und trotz ihrer unsanften Schläge freundliche Augen hatte, lächelte herzlich. »Das ist der eingebildete Ford und ich bin Randi. Es ist schön, dass wir endlich das unsichtbare Goonie-Mädchen kennenlernen.«

»Goonie-Mädchen?« Carly sah Zev fragend an.

»Frag nicht mich. Ich habe dich nie so genannt«, sagte Zev.

»Er hat dich nie irgendwie genannt«, erklärte Randi. »Wenn wir ihn nach dem Mädchen auf den Fotos gefragt haben, sagte er nur, sie wäre seine *erste und einzige Liebe* gewesen, sein *verlorener Schatz*. Aber wenn wir mehr wissen wollten, hat er dichtgemacht.«

Carly sah Zev zärtlich an. »Ich glaube, wir waren beide lange verlorene Schätze.«

Er konnte sich nicht vorstellen, sie je mehr zu lieben als in diesem Moment.

»Um ehrlich zu sein«, sagte Ford, »habe ich immer gedacht, du hättest ihn sitzenlassen und ihm das Herz gebrochen, und dass er sich deshalb immer geweigert hat, über dich zu reden. Aber diese Karte, die ihr gezeichnet habt, sah echt so aus wie die aus dem Film *Die Goonies*. Die ist wirklich der Hammer.«

»Deswegen Goonie-Mädchen«, erklärte Randi. »Mir persönlich gefällt *Carly* aber besser. Glückwunsch zu den Münzen, die du freigelegt hast. Zev hat uns Fotos geschickt. Das macht dich zu einem echten Goonie.«

»Das macht uns alle zu Goonies«, sagte Carly.

»Ich habe die Münzen in den Safe in meiner Kajüte gelegt. Wir müssen sie in den Tresor bringen, nachdem wir getaucht sind, aber ich wusste, dass du und Ford sie bestimmt sehen wollt«, sagte Zev. »Ich habe Unmengen von Fotos der Freilegung gemacht und genau den Moment festgehalten, in dem Carly die erste Münze herausgeholt hat. Sie hat sie als Erste in Händen gehalten.«

»Oh Mann!« Ford schlug sich an die Stirn. »Sie ist die *Für-dich-Carls!*«

»Ganz genau.« Zev zog sie näher, weidete sich an dem zärtlichen Blick in Carlys Augen und ergänzte: »Meine erste Abenteuerpartnerin, meine erste Liebe und mein wertvollster Schatz. Sie ist so ziemlich alles für mich, also benimm dich nicht daneben, Ford. Verstanden?«

Ford hob die Hände. »Niemals, Mann.«

»Ich sorge dafür, dass er nicht aus der Reihe tanzt.« Randi wackelte mit dem Zeigefinger vor Fords Gesicht herum.

Ford stützte sich an ihrer Schulter ab. »Du könntest nicht mal eine Fliege an einer Klebefalle dazu bringen, nicht aus der Reihe zu tanzen.«

»Pass bloß auf, Junge«, sagte Randi und trat unter ihm weg. »Sonst muss ich deinen Neoprenanzug innen mit Fischköder bearbeiten.«

»In diesem Sinne … Wir ziehen uns um, damit wir raus aufs Wasser können.« Zev legte den Arm um Carlys Schulter und ging mit ihr in Richtung Kajüte.

»Geratet da unten nicht auf Abwege, ihr Turteltäubchen. Euer Kaffee wird sonst kalt«, sagte Ford und legte einen Arm um Randi.

Randi gab ihm einen Klaps auf den Arm.

Carly kicherte und schaute über die Schulter. »Zum Glück mag ich gern Eiskaffee.«

Neunzehn

»Randi, kannst du die Harpune holen?«, fragte Zev. Sie hatten an der Stelle den Anker ausgeworfen, an der Zev die Konkretionen gefunden hatte, dann die Ausrüstung überprüft und sich auf ihren Tauchgang vorbereitet.

»Geht klar, Boss.« Randi ging in den Materialraum.

Carly schaute auf das Wasser hinaus und dachte daran, wie sehr ihr Leben sich verändert hatte. Bevor Tory ums Leben gekommen war und Zev und sie sich getrennt hatten, hatte sie nur Zeit drinnen verbracht, wenn es absolut notwendig war, zum Beispiel in der Schule oder beim Essen. Jetzt fand ihr Leben – abgesehen von ihren wöchentlichen Ausritten – innerhalb von Wänden statt und war von häuslichen Aufgaben geprägt. Sie hatte dieses befreiende Gefühl vergessen, das Aktivitäten an der frischen Luft vermitteln konnten. Wie es jede einzelne Empfindung intensivierte. Zevs Berührungen spürte sie stärker, seine Blicke waren weniger zurückhaltend, und sie fühlte sich attraktiver und lebendiger, wenn die Sonne ihre Haut wärmte und ihre Haare in der salzigen Seeluft umherflogen.

Sie zog den Reißverschluss ihres Neoprenanzuges hoch. »Ich kann es immer noch nicht glauben, dass wir hier sind, genau da, wo das Schiff von Garrick ›One-Leg‹ Clegg gesunken ist.« Sie schaffte es kaum, ihre Begeisterung zu zügeln. »Wusstet ihr, dass die *Pride* als Passagier-, Fracht- und Sklavenschiff genutzt wurde, bevor Clegg sie übernahm? Es heißt, mehr als zwei *Tonnen* Silber, Gold und Schmuck wären an Bord gewesen. Dann sind da noch die Kanonen und andere Waffen, Werkzeuge und die Menschen …« Sie drehte sich um und stellte fest, dass alle drei sie amüsiert beobachteten. Verlegen zog sie die Nase kraus. »Natürlich wisst ihr das alles. Tut mir leid, wenn ich hier vor lauter Begeisterung Vorträge halte.«

»Du bist sexy, wenn du begeistert Vorträge hältst«, meinte Zev mit einem Augenzwinkern, bevor er sich wieder daran machte, mit Ford die Ausrüstung zu überprüfen.

Zev hatte sie in ihrem hellblauen String-Bikini, den Birdie für sie gekauft hatte, förmlich angeschmachtet und schwelgte in köstlichen Erinnerungen daran, wie er ihren ganzen Körper abgeküsst hatte, als sie ihn anzog. Hätten Randi und Ford nicht auf sie gewartet, wären sie die nächsten Stunden nicht mehr aus der Kajüte gekommen.

»Habt ihr euch je gefragt, was Clegg wohl dachte, als dieser Sturm, der Nor'easter, über ihn hereinbrach?«, fragte Randi, als sie mit der Harpune aus dem Materialraum kam.

»Wahrscheinlich so was wie ›Ich hätte mich gestern Abend noch flachlegen lassen sollen‹«, sagte Zev.

»Das und ›Mist, ich werde sterben‹«, fügte Ford hinzu.

Alle lachten.

Ford schaute Randi über die Schulter, als sie die Harpune überprüfte. Randi sah ihn wütend an. Ford lehnte sich noch näher heran, sodass sein Oberkörper ihren Rücken leicht berührte, und fragte: »War ich zu weit weg?«

Randi schnaubte verächtlich. »Als wäre das überhaupt

möglich! Vielleicht solltest du dich dem Team von Luis anschließen.«

»Und den ganzen Spaß hier verpassen?« Ford zeigte auf etwas an der Harpune. »Du musst das fester …«

»Hab ich schon«, erwiderte Randi harsch.

»Lass mich mal versuchen.« Ford wollte ihr die Waffe abnehmen, doch Randi sah ihn an, als würde sie ihm gleich den Hals umdrehen.

Sie stritten sich oft ein wenig, wie Zev schon erzählt hatte, aber es knisterte auch eindeutig zwischen ihnen. Carly fragte sich, ob sie sich heimlich zueinander hingezogen fühlten oder ob sie schon etwas miteinander hatten und nur nicht wollten, dass andere davon wussten. Sie mochte die beiden wirklich sehr. Sie begegneten Zev eindeutig mit Respekt, aber sie ärgerten ihn auch wie Geschwister, und Carly behandelten sie wie eine alte Freundin und nicht wie jemanden, der bei ihrer Expedition als Trittbrettfahrerin dabei war. Sie hatten ihr Dutzende Fragen zu ihrem Geschäft gestellt und schienen sich aufrichtig dafür zu interessieren, was für ein Mensch sie war und wie ihr Leben in Colorado aussah, und dafür war sie ihnen wirklich dankbar.

Während Ford und Randi sich zankten, überprüfte Zev mit konzentriertem Gesichtsausdruck sorgfältig eine Sauerstoffflasche. Carly hatte vergessen, wie ernst er wurde, wenn er die Sicherheitschecks durchführte und sich dabei so ganz anders gab als der unbekümmerte Kerl, der er sonst war. Auf der Fahrt hinaus zu der Tauchstätte hatte er ihr eine vollständige Lektion in allen Sicherheitsfragen gegeben, einschließlich des richtigen Verhaltens beim Auftauchen von Haien. Sie hatte jedes Wort aufgenommen, auch wenn sie seine Lippen angestarrt hatte und sie nur zu gern geküsst hätte.

Er musste ihren Blick gespürt haben, denn er sah auf, und

dieser Blitz, der ihre Verbindung immer begleitete, verursachte ihr eine Gänsehaut. Sie war wahnsinnig gern mit ihm auf dem Wasser, um noch ein Abenteuer gemeinsam zu erleben. Die Erinnerungen an ihre abenteuerlichen Träume waren den ganzen Vormittag über immer wieder an die Oberfläche gekommen. Das Zusammensein mit Zev in Colorado hatte ihr das Gefühl gegeben, lebendiger als je zuvor zu sein, und jetzt wusste sie, dass es nur die Spitze des Eisberges war. Ihr war nicht bewusst gewesen, wie verzweifelt sie ihn und ihre gemeinsame Liebe für das aufregend Unbekannte vermisst hatte.

Zev warf ihr einen Luftkuss zu und holte sie aus ihren Träumereien heraus. Sie hätte schwören können, dass sie diesen Kuss auf ihren Lippen spürte.

»Wo ist meiner?«, erkundigte Ford sich und wackelte mit den Augenbrauen.

Zev schüttelte den Kopf und untersuchte weiter die Sauerstoffflasche. Carly ging zu ihm.

»Man sollte besser ein Desinfektionsmittel dabeihaben, wenn man Ford küsst«, sagte Randi. »Wer weiß schon, wo der seine Lippen hatte.«

Zev stand auf, als Carly zu ihm kam. »Bist du bereit, Schatz?«, fragte er und legte ihr eine Hand auf den Rücken.

Sie atmete tief durch. »So bereit, wie es nur irgend geht.«

»Ich bin die ganze Zeit bei dir.« Er zog sie an sich und sah ihr tief in die Augen. »Versprich mir, wenn dir irgendetwas seltsam vorkommt, wenn du unsicher bist oder du einfach nur auftauchen willst, dann lässt du es mich wissen. In Ordnung?«

»Natürlich.« Er hatte sich Sorgen gemacht, dass der Tauchgang sie vielleicht überfordern würde, weil sie nicht oft tauchte. Aber sie vertraute ihren Fähigkeiten, und sie freute sich zu sehr darauf, als dass sie jetzt die Fassung verlieren würde.

Zev war jede Einzelheit des Tauchgangs durchgegangen. Randi würde an Bord bleiben, falls etwas schieflaufen sollte, Carly und Zev würden das Magnetometer benutzen, einen riesigen röhrenförmigen Unterwasser-Metalldetektor, der knapp einen Meter lang und fünfzehn Kilo schwer war, und Ford hätte eine Harpune bei sich und würde nach Haien Ausschau halten. Anscheinend hatten sie in letzter Zeit aufgrund von Haien einige Male das Wasser verlassen müssen. Das machte Carly Sorgen, aber nicht ausreichend, um sie vom Tauchen abzuhalten. Es war witzig, wie pedantisch Zev in Bezug auf die Sicherheitsregeln bei gefährlichen Abenteuern wie dem Tauchen war, und wie lässig er sein sonstiges Leben anging. Sie konnte sich vorstellen, dass jede andere Frau denken würde, er müsste in der Lage sein, Zeit mit ihr ebenso bis ins Detail zu planen, wie er diese Reise geplant hatte. Aber Carly wusste, wie die Schatzsuche in Wirklichkeit aussah, und sie nahm es Zev nicht übel, dass sich seine Einsatztage und Pläne ständig änderten. Sie hoffte, dass er alle Artefakte der *Pride* finden würde, auch wenn das bedeutete, dass sie weniger Zeit mit ihm verbringen könnte und dass die Zeit, die sie miteinander hätten, immer spontanen Änderungen unterworfen wäre. Gehörte das nicht auch dazu, wenn man jemanden liebte? Sich zu wünschen, dass der andere alles bekam, was er sich je erträumt hatte?

Die Haare wehten ihr ins Gesicht und Zev strich sie ihr aus der Stirn. Er trat noch näher an sie heran und schaute ihr tief in die Augen. »Ich *liebe* dich, Carls.« Er sagte es so leidenschaftlich, dass es fast so klang, als enthielte es noch eine weitere Botschaft.

»Ich liebe dich auch. Geht es dir gut? Ich weiß, dass du Angst hast, ich könnte von all dem überwältigt sein, aber ich komme zurecht.«

»Mir geht es besser als je zuvor. Und ich weiß, dass du

zurechtkommst.« Er zog sie ein wenig näher und flüsterte: »Es ist nur, dass du *hier* bist und wir gleich nach *unserem* Schatz tauchen … Wie viele Sterne stehen gerade so günstig, dass wir wieder zusammenkommen konnten? Dass wir diesen Moment erleben dürfen? Ich empfinde so ein verdammt großes Glück, dass ich es in die Welt hinausschreien möchte.«

Er drückte seine Lippen auf ihre und sie dachte: *Ich will es auch hinausschreien.*

»Tauchen wir jetzt oder turteln wir weiter?«, wollte Ford wissen.

»So langsam habe ich das Gefühl, du bist neidisch«, sagte Randi.

»Eine Sekunde.« Zev nahm sein Handy. »Weißt-du-noch-als-Foto?«

Ihr Herz tat einen Satz. »Ja!« Als er das Handy in die Höhe hielt, um ein Selfie zu machen, wusste sie, dass es egal sein würde, ob sie ein Foto schossen oder nicht. Wie bei allem, was sie je zusammen getan hatten, würde sie keinen einzigen Moment dieser Reise vergessen, weil jede Minute mit Zev unvergesslich war. Nachdem er das Foto geknipst hatte, sagte sie: »Du sollst nur wissen, dass dies schon jetzt ein unvergessliches Erlebnis war, und selbst wenn wir da unten nichts finden, war dies bereits das beste Abenteuer meines Lebens.«

»Jeder Tag mit dir ist das beste Abenteuer meines Lebens«, sagte Zev. »Das war schon immer so.«

Ford gab ihnen mit einem Blick zu verstehen, dass sie sich gefälligst beeilen sollten, aber er lächelte. Carly wusste, dass er sich für seinen Freund freute. Sie hielt ihr Gesicht an das von Zev, und beide lächelten, als er ein weiteres Selfie machte.

»Ihr beide müsst auch mit drauf«, sagte Zev und winkte

Randi und Ford herbei.

»Vielleicht bekommen wir ja auch einen Platz an der heiligen Goonies-Fotowand!«, sagte Randi, als sie den Arm um Carly und Ford den Arm um Zev legte.

Zev schoss das Foto. »Lasst die Suche beginnen!«

Sie zogen ihre Ausrüstung an und begaben sich auf die Schatzsuche.

Zev hielt das Magnetometer an beiden Seiten an den Griffen fest, während er den Blick auf Carly gerichtet hatte, um sich sicher zu sein, dass es ihr gut ging, während sie zum Meeresboden abtauchten. Ford war auf ihrer anderen Seite. Zev hatte Ford die strikte Anweisung gegeben, dass im Fall von Schwierigkeiten Carlys Sicherheit an erster Stelle stünde. Er hatte sich immer um sie gesorgt, aber das war nichts gewesen im Vergleich zu dem, was er nun empfand, nachdem er wusste, wie ein Leben ohne sie aussah.

Carly zeigte ihm das Okay-Zeichen, als sie in die kalten, dunklen Tiefen des Meeres hinabglitten. Er hatte sie mit Absicht in einiger Entfernung von der Stelle hinabgeführt, an der sie den Meeresgrund weggeblasen hatten, damit sie ein paar Minuten lang das Gebiet erforschen konnte, das noch nicht verändert worden war. Er war froh, dass er daran gedacht hatte, denn auch wenn sie sich darauf freute, an die Fundstelle zu gelangen, so war es doch bisher *sein* bestes Abenteuer, sie beim Erforschen zu beobachten. Er nahm seine Unterwasserkamera aus der Halterung und fing ihre Schönheit ein, während sie Felsen, Krustentiere und alles andere, das sie in ihre hübschen kleinen Hände bekam, berührte. Sie hob einen Seestern auf, zeigte mit weit aufgerissenen Augen auf ihn und posierte für ein Foto. Selbst unter Wasser strahlte die Begeisterung nur so aus ihr heraus.

Hinter ihr hielt Ford in dem trüben Wasser Wache.

Zev war sich ihrer begrenzten Zeit durchaus bewusst, aber nach ein oder zwei Minuten deutete Ford ein ungeduldiges Wippen mit dem Fuß an. Er wollte weiter. Auch Zev wollte unbedingt herausfinden, was es noch zu entdecken gab, obwohl er seinen wahren Schatz schon gefunden hatte. Er gab Carly noch ein paar Sekunden, bevor er ihre Aufmerksamkeit auf sich lenkte und in Richtung der Fundstätte zeigte. Während sie über den Meeresboden glitten, erfreute er sich an dem Gedanken, dass es für ihn nun kein Ich, Mein und Allein mehr gab, sondern nur noch das Wir, Unser und Zusammen.

Der Meeresboden um den Krater herum sah wie eine ganz andere Welt aus, da der Grund von dem Sand bedeckt war, den sie beiseitegeblasen hatten. Zev deutete an, dass er bereit war, Carly das Magnetometer zu geben. Sie hatte auf dem Boot viel Zeit damit verbracht, sich an die Ausmaße und das Gewicht zu gewöhnen, und er hatte ihr gezeigt, wie die LED-Anzeige zu lesen war. Mit freudig aufgeregten und zuversichtlichen Augen lächelte sie ihn hinter ihrer Maske an, als er ihr das schwere Gerät übergab. Sie nickte, als sie bereit war. Das Magnetometer trieb im Wasser, aber es war dennoch nicht einfach zu handhaben. Zev blieb bei ihr, falls sie es abgeben musste.

Während sie auf die LED-Anzeige blickte, die die Flussdichte angab, und ungeduldig auf einen Ausschlag wartete, beobachtete Zev sie und alles um sie herum. Er vertraute Ford, aber es war an *ihm*, Carly zu beschützen, und ihre Sicherheit hatte Vorrang vor allem anderen.

Mit Handzeichen gab er ihr zu verstehen, dass sie entlang einer Seite des Kraters tauchen und sich dann nach unten vorarbeiten würden, um anschließend die andere Seite abzusuchen. Ford schwebte über ihnen und hielt Wache, während sie tiefer abtauchten. Mit Herzklopfen und angespannter Erwartung verrann die Zeit. Insgeheim wünschte er sich inständig, dass sie auf etwas stoßen würden, auch wenn – wie sie behauptet hatte – das Erlebnis an sich sie schon begeisterte.

Als sie unten im Krater ankamen und an der Grenze des festgelegten Bereichs entlangtauchten, drehte Carly den Kopf ruckartig in seine Richtung. Sie zeigte auf das Display des Gerätes und deutete an, dass es etwas registrierte. Rasterförmig schwammen sie den Krater ab, um die Größe des Gebietes, in dem sich anscheinend Metall befand, zu bestimmen, doch der Messwert schwand schnell wieder. Sie warteten kurz, bis die Anzeige des Gerätes sich normalisiert hatte, und schwammen dann noch einmal zurück, um das Gebiet erneut abzusuchen und herauszufinden, ob es ein Fehlalarm gewesen war, doch sie erhielten dasselbe Ergebnis. Was immer der Metalldetektor auch gefunden haben mochte, es war klein. Ihnen lief die Zeit davon, und Zev wollte so viel Grund absuchen wie möglich. Er zeigte auf die andere Seite des Kraters und sie schwammen in die Richtung. Als sie sich dem am weitesten entfernten Punkt näherten, leuchtete das Display auf und jagte ihm einen kalten Schauer durch den ganzen Körper. Carly ballte die Faust und schüttelte sie aufgeregt, bevor sie weiterschwammen, die Anzeige im Blick behielten und sich alle paar Sekunden ungläubig ansahen, während der Messwert über einem riesigen Gebiet immer höher wurde.

Sie entfernten sich von dem Bereich, damit die Anzeige auf

dem Display wieder auf null gehen konnte, und schwammen dann dasselbe Gebiet noch einmal ab, um die Ergebnisse zu überprüfen. Als diese sich bestätigten, schlugen sie sich begeistert ab. Sie schwammen hinauf zu Ford, und Zev berichtete per Zeichensprache so gut wie möglich von ihrer Entdeckung, was ihm angesichts von Fords Reaktion zu gelingen schien, denn der ballte ebenfalls siegreich die Faust und führte einen Unterwasser-Freudentanz auf.

Zev nahm den Metalldetektor, und sie begannen den Aufstieg in Richtung Wasseroberfläche, wobei sie die notwendigen Dekompressionsstopps einlegten. Auf den letzten Metern packte Carly Zev am Arm und zeigte hektisch nach unten rechts, wo ein Hai in dem trüben Wasser auftauchte. Zevs Beschützerinstinkt erwachte sofort. Er bedeutete ihr, an die Oberfläche zu schwimmen, und positionierte sich zwischen ihr und dem Raubtier. Während sie den Aufstieg fortsetzte, nahm Ford mit der Harpune im Anschlag den Platz neben Zev ein. Langsam schwammen sie nach oben, den Blick konstant auf den gewaltigen Hai gerichtet. Als er sich näherte, konnte Zev die Flossen besser erkennen und merkte, dass es sich um einen Riesenhai handelte und er somit keine Gefahr für sie darstellte. Erleichterung überkam ihn.

Sie beeilten sich dennoch, aus dem Wasser herauszukommen und die Taucherflossen und Masken auszuziehen. Als sie dann ihre restliche Ausrüstung ablegten, redeten sie alle gleichzeitig.

»Jackpot! Wir haben die Hauptladung gefunden!«, verkündete Ford.

»Randi …?« Zev tippte sich aufs Handgelenk. Er wollte sichergehen, dass Carly vierundzwanzig Stunden Zeit vor ihrem Flug hatte, der für neun Uhr am nächsten Morgen geplant war.

»Ich war mir sicher, dass wir aufgefressen werden, bevor wir Gelegenheit zum Feiern bekommen«, sagte Carly atemlos.

»Das war ein Riesenhai«, erklärte Zev, um ihr dann direkt ins Ohr zu flüstern: »Aber du bist noch nicht außer Gefahr. Ich freue mich auf ein feierliches Schlemmen später.«

Carly errötete leicht.

»Zev, es ist zwanzig vor neun. Das passt«, sagte Randi. »Und Jeremy hat angerufen, als ihr im Wasser wart.«

Zev wirbelte herum. »Was hat er gesagt?«

»Ich bin nicht drangegangen«, sagte Randi. »Ich habe nur seinen Namen auf deinem Handy gesehen.«

Zev schnappte sich das Handy, und seine Gedanken schwirrten noch angesichts ihrer neuen Entdeckung. Alle verstummten, als er die Nummer wählte. Während er darauf wartete, dass er durchgestellt wurde, ging er an Deck auf und ab und schickte ein Stoßgebet gen Himmel in der Hoffnung, dass er die Rechte für das Schiff erhalten hatte.

»Zev.« Jeremy Ryders tiefe Stimme drang durch die Leitung. »Ich habe gute Neuigkeiten. Wir haben den gerichtlichen Beschluss, der deine Firma zum Sachwalter ernennt, und die unterschriebene richterliche Anordnung für den Arrest ...«

Zev ballte die Faust und sah zu Carly, die Tränen in den Augen hatte. Ford und Randi jubelten, umarmten sich und schlossen Carly in ihr ausgelassenes Feiern ein, während Zev Jeremy zuhörte, der juristische Einzelheiten und die nächsten Schritte mit ihm durchging. Zev berichtete ihm von ihrem Tauchgang und seinen Hoffnungen, etwas Bedeutendes zu finden, was sich mit der *Pride* in Verbindung bringen lassen würde. »Wir sehen uns am Montagmorgen, und noch mal danke, Jeremy, für alles!«

Als er das Gespräch beendet hatte, warf Carly sich ihm in

die Arme. »Du hast es geschafft!« Sie küsste ihn. »Du hast die Rechte auf das zugesprochen bekommen, was immer da unten liegen mag, und wir beide wissen, dass es von der *Pride* stammt. Du hast unsere Kindheitsträume wahr werden lassen. Ich liebe dich, Captain Zev!«

Ford stritt gerade mit Randi wegen irgendetwas herum und hielt mitten im Satz inne, um zu fragen: »Spielt der Name auf irgendwas an, was mit dem Schlafzimmer zu tun hat?«

Zev sah ihn finster an, als er Carly auf dem Boden absetzte, doch alle lachten lauthals los. Während sie durcheinanderredeten und ihre Stimmen sich vor Freude überschlugen, wurde Zev das ganze Ausmaß der Ereignisse bewusst. Das Schiff gehörte ihm, und da unten lag etwas Großes, das nur darauf wartete, geborgen zu werden. Er schaute zu Carly, die auf den Zehenspitzen wippte und heller als die Sonne strahlte, während sie Randi berichtete, wie es gewesen war, als die Anzeige auf dem Magnetometer aufleuchtete. Als Ford anfing, Randi zu erzählen, wie er und Zev sie vor einem riesigen Weißen Hai gerettet hätten, trafen sich Carlys und Zevs Blicke. Vielleicht war sie bei der ersten Entdeckung nicht dabei gewesen, aber sie war jetzt hier und feierte mit ihnen das, was am wichtigsten war. Er hatte sich Sorgen gemacht, dass Carly von dem Tauchgang überwältigt sein könnte, aber er hätte nie damit gerechnet, dass er derjenige sein würde, der von so vielen Emotionen erfasst wurde, dass er keinen klaren Gedanken mehr fassen konnte.

Er marschierte über das Deck und nahm ihre Hand. »Entschuldigt uns«, sagte er und zog sie von den anderen fort in seine Umarmung. Er hielt sie ganz fest, die Neoprenanzüge noch an den Hüften hängend, und sagte: »Meine Güte, Schatz, wir haben es geschafft! Wir haben es wirklich geschafft! Die *Pride* gehört uns.«

»*Du* hast es geschafft!«

»Nein. Du warst immer dabei.« Er schaute ihr in die Augen. »Du bist mein Lucky Charm, Carls, mein Glücksbringer.« Er senkte seine Lippen auf ihre und wünschte sich, er könnte sie stundenlang küssen.

»Hey, ihr Schmusekatzen«, unterbrach Ford sie und winkte mit dem Handy. »Weißt-du-noch-als-Foto?«

»Oh, Mann, du bist ein Mistkerl«, sagte Zev flachsend und zog Ford und Randi zu einem Foto heran. Sie machten mehrere Bilder, zogen dann ihre Tauchanzüge aus und wechselten in den Arbeitsmodus.

Zev schnappte sich einen Block und einen Stift, während die anderen sich um die Ausrüstung kümmerten und darüber redeten, was das Magnetometer wohl registriert haben könnte. Er setzte sich. »Okay, Leute, konzentrieren wir uns. Wir müssen unsere Pläne für die nächste Woche aufstellen. Dann können Ford und Randi tauchen, und später bringen wir die Münzen in den Tresor, duschen, ziehen uns um und treffen uns im Rock Bottom zum Essen und Feiern.«

Jubelnd taten sie ihre Zustimmung kund.

»Für nächste Woche müssen wir ziemlich viel planen. Ich treffe mich am Montag mit Jeremy in Boston, um den Papierkram fertigzustellen. Wir brauchen zusätzliche Hilfe, damit wir das hier schnell über die Bühne kriegen. Ford, kannst du herausfinden, ob Cliff und Tanner verfügbar sind?« Cliff und Tanner waren zwei Taucher, denen Zev vertraute und mit denen er schon oft zusammengearbeitet hatte. Zev würde sie Vertraulichkeitsvereinbarungen unterschreiben lassen müssen, um sicherzustellen, dass das Tauchgebiet und andere Informationen geheim gehalten wurden, aber dieses Prozedere kannten sie schon.

»Wird gemacht«, sagte Ford.

»Randi, ist Brant in der Gegend? Wäre gut, wenn er sich mit dem Kran bereithält.« Brant war Randis ältester Bruder. Er war Schiffsbauer und besaß eine Firma für Schiffsausrüstung sowie eine Reihe von Fischerbooten.

»Ja, er ist da. Ich sag's ihm.«

»Super. Was auch immer die Anzeige ausgelöst hat, erstreckt sich über eine Länge von drei bis vier Metern und liegt nicht tief unter der Oberfläche. Wir werden sehen, ob wir mit dem Schwimmbagger und der Pumpe drankommen. Warte nur, bis du die Geräte in Aktion erlebst, Carly. Da werden über zweitausend Liter Wasser pro Minute bewegt, und das Sediment wird wie von einem Staubsauger aufgesaugt und auf eine Art schwimmendes Sieb mit einem feinen Netz geblasen, sodass wir das Material durchsuchen können, ohne irgendwelche Artefakte zu verlieren.«

Er redete schnell, und Carly, die neben einer Sauerstoffflasche hockte, sah ihn verloren an. Wie ein Schlag ins Gesicht traf ihn die Realität.

Dies war nicht ihr richtiges Leben zusammen. Dies war nur ein Ausflug, eine Spritztour in *sein* Leben. Carly würde weder die Ausrüstung noch ihn nächste Woche in Aktion erleben. Sie würde zweitausend Meilen entfernt sein und sich um Scharen von Kunden auf dem Festival kümmern.

»Schatz«, sagte er, als sie beide aufstanden und er die Hände nach ihr ausstreckte.

Ford und Randi verstummten und beobachteten sie.

»Wir machen Videoanrufe«, sagte sie schnell, doch die Enttäuschung in ihren Augen war deutlich sichtbar. »Du berichtest mir dann, wie es läuft.«

»Genau.« Er musste schlucken, um gegen das erdrückende

Gefühl in seiner Brust anzukämpfen. Wie zum Teufel sollte er es überleben, von ihr getrennt zu sein? »Ich weiß, dass du nicht hier sein kannst und dass du das Festival nicht verpassen kannst, aber ... verdammt, Schatz ...« Er nahm sie in den Arm. »Ich wünschte, du könntest es.«

Zwanzig

Carly wusste nicht, ob sie Birdie den Hals umdrehen oder sie für die Sachen loben sollte, die sie auf Zevs Kosten gekauft hatte. Zusätzlich zu dem Nichts von Bikini hatte sie einen weißen Stringtanga aus Spitze erworben, einen lächerlich kurzen Minirock, ein goldenes Tanktop und ein hauchdünnes, durchsichtiges und rückenfreies cremefarbenes Minikleid. Carly entschied sich für das fließende Kleid zu dem Essen mit Ford und Randi, auch wenn es weitaus provokanter war als alles, was sie je selbst für sich ausgesucht hätte. Die Vorderseite des Kleides hatte einen Streifen Spitze in der Mitte, der die Haut zwischen ihren Brüsten bis hinunter zu ihrer Taille entblößte. Spitzenbänder an den Seiten wurden auf dem Rücken zusammengebunden, und zwei weitere Bänder wurden im Nacken verschnürt. Heute Abend konnte sie *nichts* verstecken.

Zev trat hinter sie, als sie in die süßen Riemchensandalen schlüpfte, die Birdie ebenfalls ausgesucht hatte und die perfekt zu dem Kleid passten. Er legte ihre Haare auf eine Seite und küsste sie auf die entblößte Haut. »Ich finde, Birdie sollte deine persönliche Einkäuferin werden.«

»Das sieht hübsch aus, oder?«

»Das Kleid ist sündhaft sexy, aber du bist umwerfend.« In

seinem grauen kurzärmeligen Hemd und der Jeans sah er unfassbar gut aus, als er sie in seinen Armen herumdrehte.

»Danke. Ich wünschte nur, sie hätte etwas anderes als einen String ausgesucht.«

»Die kannst du noch immer nicht ausstehen, wie?« Er griff unter ihren Rock und schob die Finger seitlich unter die Riemen des Stringtangas. »Ich wette, du traust dich nicht, ihn *nicht* zu tragen.«

Sie atmete stockend ein, während seine Finger an ihrer Hüfte heiße Blitze an all die richtigen Stellen jagten. »Wenn ich die Herausforderung annehme, dann wette ich, dass du es nicht schaffst, meine nackten Stellen nicht zu berühren, während wir heute Abend unterwegs sind.«

Seine Augen wurden schmaler. »Das ist viel verlangt.« Er küsste sie auf den Hals. »Das Essen überstehe ich. Für danach kann ich nichts versprechen.«

»Da irrst du dich gewaltig. Deine Stimme birgt die schmutzigsten Versprechen. Zu schade, dass es morgen auf unserem Rückweg in Jacks Flugzeug keine Privatkabine für uns gibt.«

»Jack fliegt uns nicht zurück. Das macht Tessa, Randis Schwester. Sie lebt auf der Insel.« Er zog ihren Tanga herunter. »Da haben wir etwas mehr Privatsphäre.«

Sie stieg aus dem Tanga und er glitt mit den Händen an ihren Beinen hinauf, würdigte ihre beiden Oberschenkel mit einem Kuss, bevor er sich wieder erhob und sie sich sofort nach mehr sehnte. Sie schaute kurz auf die Uhr und fragte sich, ob sie noch Zeit für einen Quickie hätten, bevor sie Ford und Randi trafen. Als sie im Yachthafen angekommen waren, hatten Ford und Randi die Münzen in den Tresor gebracht und Zev und Carly waren zu dem Naturreservat gegangen. Schon seit ihrer

Teenagerzeit hatte sie es sehen wollen, und mit Zev dort zu sein, war noch schöner, als sie es sich je vorgestellt hatte. Hand in Hand genossen sie die Aussichten. Sie sahen weite Grasflächen, durch die sich Pfade schlängelten, Waldgebiete mit Kiefern und einen Strandwall. Auf ihrem Weg entdeckten sie Schildkröten, verschiedene Reiher, Schwalben und Wasserläufer. Carly hätte stundenlang weiterlaufen können, doch sie hatten zum Boot zurückkehren müssen, um zu duschen und sich für das Essen fertig zu machen. Sie wollten Randi und Ford in einer halben Stunde treffen.

Zevs Handy klingelte und beide sahen zu dem Tisch, auf dem es lag. *Dad* war auf dem Display mit einem Videoanruf zu lesen, und ihr fiel wieder ein, dass Zev seinen Eltern eine Nachricht hinterlassen hatte, um ihnen die guten Neuigkeiten mitzuteilen. Sie hätte gern gesagt *Ignoriere es*, aber das war nicht fair. Ihre sinnlichen Gelüste waren nicht wichtiger, als seiner Familie von den unglaublichen Ereignissen zu berichten.

»Geh lieber ran, bevor du die Wette verlierst«, meinte sie nur halb im Scherz.

Er küsste sie. »Nimm etwas zum Überziehen mit, es wird bald kühl.« Als sie sich ihren Pullover holte, griff er nach seinem Handy und nahm anschließend ihre Hand, um sie an Deck zu führen.

Eine leichte Brise hauchte über Carlys Haut. Sie ging an die Reling, um ihn ungestört telefonieren zu lassen. Während seine Eltern ihm von ihrem Tag berichteten, schaute sie hinaus zu den anderen Booten im Yachthafen und zu den süßen Hütten und Gebäuden auf Silver Island. Sie hatte das Gefühl, das Leben eines anderen Menschen zu führen.

Das Leben, von dem sie einst geträumt hatte.

»Wie geht es dir, mein Junge?«, hörte sie Zevs Mutter

fragen, nachdem er sich zu Carly an die Reling gestellt hatte.

Carly konnte das Display nicht sehen, aber die Stimmen seiner Eltern zu hören und wieder mit Zev zusammen zu sein, weckte in ihr die Sehnsucht nach ihnen. Sie liebte seine Eltern. Sie bei der Hochzeit zu sehen, hatte sie daran erinnert, wie sehr sie die beiden vermisste. Zu seiner Familie auf Abstand zu gehen, in der sich alle so nahestanden, war eines der schwierigsten Dinge gewesen, die sie je getan hatte. Aber es war notwendig gewesen, denn sie hätte keine Zeit mit ihnen verbringen können, ohne an Zev denken zu müssen.

»Es geht mir so gut wie seit Jahren nicht. Ich habe Neuigkeiten«, sagte Zev.

»Warte! Ich will es auch hören!«, ertönte Jillians Stimme. »Hi, Zev. Kommt schon, Leute. Beeilt euch! Er hat Neuigkeiten!«

Carly fragte sich, mit wem Jillian redete. Drei tiefe Stimmen, die Zev begrüßten, gaben ihr die Antwort. Graham, Jax und Nick hatten Stimmen mit großem Wiedererkennungswert.

»Hi, Zev«, kam es von einer süßen weiblichen Stimme, die Carly nicht erkannte.

»Hallo, Morgyn«, sagte Zev.

Ah, Grahams Frau ist auch dort.

»Wie geht's Bandit?«, wollte Graham wissen. »Hat er dir schon alles geklaut?«

»Was glaubst du denn?«, lachte Zev. »Was macht ihr alle da?«

»Gemeinsam essen natürlich«, sagte Jillian. »Wenn du öfter hier wärst, wüsstest du das. Aber genug Small Talk. Was für Neuigkeiten hast du?«

»Was wollt ihr zuerst, die gute Nachricht oder die beste Nachricht?«, fragte Zev.

Carly fragte sich, was die beste Nachricht war – die heutige Entdeckung oder dass das Schiff unter Arrest stand.

»Ach, Liebling, keine Ahnung«, antwortete seine Mutter.

»Dann fange ich mit der besten Nachricht an«, sagte Zev. »Ich habe meinen Schatz gefunden.«

Er klang stolz und glücklich, als wäre er fast geplatzt vor Ungeduld, es ihnen endlich sagen zu können. Alle gratulierten ihm begeistert. Carly freute sich mit ihnen allen für Zev.

Zev stellte sich neben sie, brachte sie ins Bild und sah ihr in die Augen, als er sagte: »Das Witzige ist, dass sie die ganze Zeit in Colorado war.«

Carlys Herz setzte kurz aus. *Sie* war seine *beste Nachricht*, sein *Schatz*?

»Oh, Liebling! Carly!«, rief seine Mutter. »Ihr beide seid wieder zusammen?«

»Ja, sind wir.« Zev umarmte sie und küsste sie auf die Schläfe.

Jillian und Morgyn jubelten und umarmten sich, während ihnen alle gratulierten. Es fühlte sich großartig an, wieder im Kreis der Bradens zu sein und nach all der Zeit so herzlich aufgenommen zu werden.

»Ich muss sofort Char anrufen und ihr erzählen, dass es funktioniert hat!«, platzte es aus Jillian heraus.

Morgyn schnappte nach Luft und Jillian erstarrte wie ein Reh im Scheinwerferlicht. Jax und Nick sahen sie wütend an. Graham rieb sich schmunzelnd übers Gesicht.

»*Was* hat funktioniert?«, fragte Zev und wirkte ebenso verwirrt und neugierig wie Carly.

»Ähm …«, sagte Jillian und sah entschuldigend zu Morgyn und zu ihren Brüdern, die sie alle missmutig anblickten – außer Morgyn, die schuldbewusst in die Kamera sah.

Zev runzelte die Stirn. »Wartet mal«, sagte er wütend. »Graham, ich dachte, du und Morgyn würdet nach Seattle fahren, und Jilly und Jax sollten irgendwo auf einer Fashion Show sein. Nick? Wolltest du nicht in Virginia Pferde abholen oder so was?«

»Seattle? Fashion Show? Virginia?« Seine Mutter sah ihre anderen Kinder an und fragte: »Was zum Teufel habt ihr da ausgeheckt?«

»Du brauchst mich gar nicht so anzusehen. Ich habe nur getan, was mir gesagt wurde«, meinte Graham, woraufhin Morgyn ganz rot wurde und mit den Schultern zuckte.

»Ich auch«, kam es einstimmig von Nick und Jax.

Ihr Vater lachte. »Oh Mann, ich glaube, da läuft eine Verschwörung.«

»Jilly?«, fragte Zev todernst.

Jillian hob ergeben die Hände. »Das war ganz allein Chars Idee! Seit Morgyn ihr erzählt hat, dass Zev grau ist, wollte sie ihn heilen!«

»Ist das eine Anspielung auf *Fifty Shades of Grey*?«, fragte Nick grinsend.

Jillian verdrehte die Augen. »Erzähl's ihnen, Morgyn!«

»Ja, bitte, kläre uns mal auf, Sunshine«, drängte Zev.

Morgyn sah zu Graham, der ihr aufmunternd zunickte. Sie seufzte. »Ihr wisst doch, dass ich Auren sehe, also die Energie, die Menschen ausstrahlen. Als ich Zev und Graham das erste Mal gesehen habe, war Zevs Aura schlammfarben. Wie ein schmutziges Grau, und das hat überhaupt keine sexuelle Bedeutung. Es zeigte, dass er übervorsichtig war, Energien blockiert hat, trotz seiner sorglosen, extrovertierten Art. Deshalb habe ich ihn Vorspiel genannt …«

Nick und Jax kicherten, woraufhin Zev ihnen einen

warnenden Blick zuwarf.

»Muss das sein, Jungs?« Ihre Mutter ging dazwischen. »Lasst Morgyn ausreden.«

»Deswegen habe ich ihn *früher* Vorspiel genannt«, verbesserte sich Morgyn. »Denn ich konnte sehen, dass es egal war, mit wem er zusammen war; er war langfristiger Energie gegenüber einfach nicht offen. Tut mir leid, Zev, aber so war es. All die Energie, mit der du dich umgeben hast, fühlte sich wie ein Schutzmantel an. Aber jetzt sehe ich, dass sich das geändert hat. Ich sehe das ganze Farbspektrum des Regenbogens um euch beide herum.«

Carly fragte sich, was ihre Farben wohl gewesen waren, bevor Zev und sie wieder zueinandergefunden hatten.

»Siehst du?«, rief Jillian. »Char sagte, dass Zev und Carly nur einen Stupser in die richtige Richtung bräuchten und dass der Gasthof seinen Zauber wirken würde. Und mir war klar, dass man Zev nur dazu bringen konnte, lange genug in Colorado zu bleiben, um ihre Theorie zu testen, wenn sich sonst niemand fand, um mit den Tieren zu helfen.«

Seine Mutter schlug sich lachend die Hände vors Gesicht. »Oh, Jilly …«

Zev sah Jillian an, als hätte sie den Verstand verloren, aber als sein liebender Blick auf den von Carly traf und er sie so ansah wie schon so oft, als wäre sie sein Ein und Alles, knisterte die Luft diesmal nicht um sie herum. Sie wärmte wie die tröstliche Berührung eines Freundes und umarmte sie wie die starken, sicheren Arme eines Liebenden. In dem Moment wurden Carly zwei Dinge bewusst. Sie hatte keinen Zweifel daran, dass sie vorher auch schlammfarben gewesen war und dass Zev und sie diejenigen waren, die den Verstand verloren hatten – vor lauter Liebe zueinander.

Danke, Char und Jilly.

»Das hätte auch ziemlich nach hinten losgehen können, Jilly«, sagte ihr Vater.

»Ist es aber nicht!«, rief Jillian. »Seht sie euch doch an!«

Zev schaute immer noch Carly in die Augen, als er sagte: »Ja, seht euch uns doch an.« Er schob die Hand in Carlys Nacken und zog sie zu einem langen, langsamen Kuss an sich.

»Respekt, Bruder.« Graham pfiff, als Zevs und Carlys Lippen sich voneinander lösten und beide lächelten.

»Seht ihr?«, meinte Jillian schnippisch. »Und was habt ihr jetzt noch an Chars Plan auszusetzen?«

Carly biss sich auf die Unterlippe, verlegen und unsäglich glücklich zugleich. Zev gab ihr noch einen kurzen, süßen Kuss.

»Ich denke, wir sollten Chars romantisches Gelehrtenwissen nutzen, um für dich, Jax und Nick jemanden zu finden«, überlegte ihre Mutter.

Nick schüttelte den Kopf. »Nein, danke, ich brauche keine Hilfe.«

»Ich auch nicht«, stimmte Jax ein. »In meinem Leben ist viel zu viel los für so eine Art von Beziehung.«

»Und ich stehe bereits auf Chars Liste, vielen Dank«, meinte Jillian und spielte kokett mit ihren Haaren.

Carly betrachtete seine Familie und war dabei schier überwältigt von der Reise, der herzlichen Begrüßung und allem, was Zev inzwischen war. Doch selbst das konnte ihre Worte nicht zurückhalten: »Also, ich möchte mich für Chars Plan bedanken und bei euch allen dafür, dass es euch nach all diesen Jahren wichtig genug war und ihr all das auf euch genommen habt, um Zev hinters Licht zu führen. Ihr habt eine Tür geöffnet, durch die wir unweigerlich hindurchpreschen mussten.« Sie sah Zev an. »Mir war nicht klar, wie viel ich vermisst habe, bis du dich wieder in mein Leben gedrängt hast.«

»Ich liebe dich«, sagte er leise und küsste sie erneut.

»Jetzt muss ich weinen«, sagte seine Mutter und brachte damit alle zum Lachen.

»Zev, du sagtest, du hättest eine gute Nachricht und die beste Nachricht. Die beste Nachricht finden wir alle großartig, aber was ist die gute Nachricht?«, wollte sein Vater wissen.

»Hast du Carly geschwängert?«, fragte Nick.

»Nein«, antworteten Zev und Carly einstimmig.

Während Zev die restlichen Neuigkeiten verkündete und seine Familie seine Erfolge würdigte, dankte Carly Charlotte insgeheim dafür, dass sie an die wahre Liebe, zweite Chancen und an Happy Ends geglaubt hatte, als Zev und sie selbst davon ausgegangen waren, dass ihre Geschichte bereits zu Ende gewesen war.

Das Rock Bottom lag direkt am Yachthafen und bot eine ungezwungene und rustikale Atmosphäre, bei der die Gäste im Restaurant sitzen oder draußen auf einer großen offenen Terrasse den Blick auf das Wasser genießen konnten, was auch Carly, Zev, Randi und Ford jetzt taten. Bootsfahrer konnten auch neben der Terrasse anlegen, Essen bei einem der Kellner am Steg bestellen und auf ihren Booten essen. Während Carly den Geschichten von Randi und Ford über Reisen lauschte, die sie mit oder ohne Zev unternommen hatten, stellte sie sich eine Zukunft mit Sommerabenden wie diesem vor, mit einer kühlen Brise im Rücken und einem Stück Limetten-Torte, das sie sich mit Zev teilte, so von Liebe erfüllt, dass es um sie herum sicher alle spürten.

»Und dann war da noch die Reise auf die Kanaren vor zwei Jahren im Herbst, wo wir surfen waren und Ford jedem erzählt hat, er wäre Alex Pettyfer.« Randi hielt kurz inne, um einen Schluck von ihrem Drink zu nehmen. In ihrer bunten Folklorebluse und dem Minirock sah sie unglaublich schön aus.

»Das war letztes Jahr und es war im Winter«, widersprach Ford. »Wir waren auf einem Festival in Panama, weißt du nicht mehr?«

Randi verdrehte die Augen. »Stimmt nicht. Es war eindeutig im Herbst.«

»Ich irre mich nie«, sagte Ford, lehnte sich zurück und wirkte viel zu selbstsicher. Er hatte sich schick gemacht und sah in dem schwarzen T-Shirt und der Jeans gut aus.

»Du warst noch nie bescheiden.« Randi zückte ihr Handy. »Ich zeig's euch.«

Ford spähte über Randis Schulter hinweg in ihren Ausschnitt. Kurz darauf sagte er zu Zev und Carly: »Ich hab Alex brillant gespielt.«

»Dein britischer Akzent war nicht so toll«, meinte Randi unbeeindruckt.

Ford schnaubte verächtlich. »Mein Akzent war der Hit. An dem Abend habe ich jede Menge Telefonnummern bekommen.«

Zev holte sich bei Carly einen Kuss ab und flüsterte ihr ins Ohr: »Hab ich doch gesagt ...«

»Sie brauchen einen von Chars Plänen«, sagte sie leise und hielt schnell seine Hand fest, die über ihren Oberschenkel unter den Rock glitt. Sie drückte die Beine zusammen – wie schon den ganzen Abend – und sah ihn warnend an. Doch das brachte seinen heißen Blick nur noch mehr zum Lodern und steigerte ihr Verlangen nach ihm im gleichen Maße. »Du wirst die Wette verlieren.«

Er rieb mit seinem Bart über ihre Wange, während sich seine Hand wieder zwischen ihre Oberschenkel schlich und er flüsterte: »Ist mir egal.«

»Halloho?«, säuselte Randi. »Wir haben sie wieder verloren. Die befinden sich in irgendeiner Liebestrance.«

Carly stieß Zevs Hand weg. »Tut mir leid.« Mann, sie befand sich wirklich in einer Liebestrance.

»Mir nicht«, meinte Zev süffisant.

Der Blick ging Carly unter die Haut und erregte sie noch mehr.

Sie brauchte eine Ablenkung von ihrer *größten* Ablenkung. »Und? Wer hatte recht in Bezug auf den Zeitpunkt eurer Reise?«

Randi grinste und zeigte mit beiden Händen auf sich. »Ich natürlich. Ich wusste, dass es nicht im letzten Herbst war, weil Zev da Graham in Belize getroffen hat, und es war nicht der Winter in Panama, weil Zev gar nicht mit uns da war. Er war übers Wochenende nach Hause zu seinen Eltern gefahren und hat dann Luis besucht.«

»Das ist sowieso alles nicht von Bedeutung«, sagte Ford. »Von Bedeutung ist allerdings, dass du, Carly, verpasst hast, wie Zev an dem Abend einen Tanz à la *Magic Mike* hingelegt hat.«

»Ja!« Randi klatschte in die Hände. »Und als all die Damen *Alex Pettyfer* angefleht haben, einen Stripper-Tanz aufs Parkett zu legen, hat Ford gekniffen. Hast du je einen Haufen wütender, betrunkener Weiber gesehen? Ich dachte schon, die würden alle auf Ford losgehen, aber Zev hat ihn gerettet. Er hat Fords lahmen Hintern auf die Bühne gezerrt und dann haben beide einen grauenhaften Abklatsch von Magic Mikes sexy

Tanzmoves dargeboten. Ford war der Bessere von den beiden, falls dich das interessiert.«

»Aber Zev war bei uns auf der Highschool der beste Tänzer und am College hat er einen Tanzwettbewerb gewonnen.« Sie sah ihn fragend an. »Zevy, hast du deine ganzen sexy Moves nicht mehr drauf? In dem Fall müsste ich diese Beziehung noch mal überdenken.«

»Doch, aber ich wollte meinen Kumpel nicht in den Schatten stellen.«

»Was?« Ford richtete den Zeigefinger auf Zev. »*So* schlecht tanze ich wirklich nicht.«

»Darüber lässt sich streiten«, meldete Randi sich zu Wort.

Zev legte den Arm um Carly. »Außerdem wollte ich nicht, dass mir diese verrückten Frauen an die Wäsche gehen.«

Alle lachten herzlich darüber, aber Carly erkannte an Zevs Blick, dass er die Wahrheit sagte.

Nach dem Nachtisch sagte Randi: »Echt schade, dass du morgen nach Colorado zurückfliegst. Es hat so viel Spaß gemacht, noch eine Frau an Bord zu haben.«

»Und dieser Typ hier war, glaube ich, noch nie so glücklich«, sagte Ford mit einem Nicken in Richtung Zev. »Du wirst ihn doch nicht sitzenlassen und uns mit einem heulenden Braden zurücklassen, oder?«

»Auf keinen Fall! Ich habe ihn ja gerade erst wiederbekommen«, sagte Carly. »Ihr könnt mir glauben, nach Hause zu fahren ist wirklich gerade das Letzte, was ich möchte. Heute hatte ich so viel Spaß wie schon lange nicht mehr.« Der Gedanke, weit entfernt von Zev zu sein, versetzte ihr einen Stich ins Herz, aber dies war ihre Realität. Wenn Zev am Sonntagabend auf sein Boot zurückkehrte, würde er zu einem lebensverändernden Abenteuer aufbrechen, und wer wusste schon, wie lange es dauern würde, bis sie sich wiedersahen. Sie fühlte sich geehrt, an der Arbeit an den Konkretionen mitgewirkt und an der Expedition heute teilgenommen zu haben, und sie wollte sich von der Tatsache, dass sie einige – *etliche*? – Wochen voneinander getrennt sein würden, nicht die Stimmung trüben lassen. »Ich freue mich wahnsinnig für euch. Ihr werdet Geschichte schreiben und ich erwarte ausführliche Berichte. Über jedes Detail.«

»Ich werde Aktien von Videochatsoftware kaufen«, sagte Ford. »Ich habe das Gefühl, dass die Nutzung in Zukunft stark zunehmen wird. Und mach dir um Zev keine Sorgen, Carly. Ich kuschele mit ihm, wenn du nicht da bist.«

Zev schüttelte schmunzelnd den Kopf.

»Ford hat sich an einem Abend mal ein paar Drinks zu viel genehmigt und ist in Zevs Kajüte gegangen, weil er dachte, es wäre seine«, erklärte Randi.

»Klingt ziemlich pikant.« Carly stieß Zev an. »Gibt es da eine Seite an dir, von der ich nichts weiß?«

»Wohl kaum«, sagte er.

»In jener Nacht haben wir herausgefunden, dass Ford Körperkontakt sucht, wenn er getrunken hat, und dass Zev gern nackt schläft«, erzählte Randi kichernd.

»Mir gefällt es zufällig sehr, dass er nackt schläft.« Carly zeigte mit dem Zeigefinger auf Ford. »Aber ich kann zur furchterregenden Furie werden, wenn es darum geht, das zu beschützen, was mir gehört, also Finger weg von meinem Kerl, Kumpel.«

Alle lachten. Randi winkte einen Kellner herbei und bestellte drei Runden Schnäpse. Nachdem er sie gebracht hatte, hob sie ihr Glas. »Auf Zev, der endlich seinen Hintern hochbekommen und sich sein Goonie-Mädchen geschnappt hat.«

»Darauf trinken wir!« Ford stieß mit Randi an.

»Und ob!«, sagte Zev und stieß mit Carly an.

Dann nahmen sie alle noch ein Glas und Carly sagte: »Auf den Furchtlosen Dreier. Möge die nächste Woche euch Ruhm, Reichtum und keine Haiangriffe bescheren!« Sie hielt ihr Glas in die Mitte und wartete darauf, dass die anderen mit ihr anstießen, doch die tauschten nur Blicke aus, die sie nicht deuten konnte.

»Ich glaube, das war der falsche Spruch, Schatz«, meinte Zev.

»Was meinst du damit? Du hast mir doch gesagt, dass ihr euch Furchtloser Dreier genannt habt.«

»Eben. *Genannt habt*«, sagte Randi.

»Nachdem Zev nun eine bessere Hälfte hat, ist es wohl an der Zeit, dass wir uns Furchtloser Vierer nennen«, erklärte Ford mit einem Augenzwinkern, bevor alle mit Carly anstießen.

Tausendfach hatte sie – seit sie und Zev wieder zueinandergefunden hatten – gedacht, sie könnte nicht noch glücklicher sein, doch als sie jubelten und tranken, merkte sie, dass sie sich schon wieder geirrt hatte. Zu Zevs Freundeskreis zu gehören, seiner Familie auf dem Meer, schenkte ihr noch ein ganz neues Gefühl von Glück.

Sie unterhielten Carly noch mit einigen Geschichten, bis es fast elf Uhr war und Zev ihre Hand nahm. »Wenn es euch nichts ausmacht, würde ich Carly gern zu einem Spaziergang am Strand entführen.«

»Das ist Geheimsprache für ›Ich zieh dich aus‹«, scherzte Ford.

Sie beglichen die Rechnung und verabschiedeten sich auf dem Parkplatz voneinander. Carly reiste nur ungern ab, aber

Randi und Ford machten es ihr leichter. Ford umarmte sie und bekräftigte, wie froh er sei, dass sie und Zev zusammen waren. Er versprach – dieses Mal mit einem Augenzwinkern –, dass er aushilfsweise mit Zev kuscheln werde und dass er hoffe, sie käme bald wieder. Mit Randi tauschte sie Telefonnummern aus, und Randi versprach ihr, Ford von Zevs Bett fernzuhalten, wenn Carly bei ihrem nächsten Besuch Schokoladenpralinen mitbrächte. Beide wünschten ihr viel Erfolg bei dem Festival, und bevor sie auseinandergingen, machte Zev noch ein aktuelles Wir-Foto für Carly von ihnen allen.

Das gefiel ihr am besten.

Es war eine wunderschöne klare Nacht, und als sie hinunter zum Strand gingen, wurde die friedvolle Stimmung durch das Geräusch der sich am Ufer brechenden Wellen noch verstärkt. Sie zogen ihre Schuhe aus und trugen sie, während sie am Strand entlangliefen. Carly war etwas beschwipst und unendlich glücklich. Sie wünschte sich, die Nacht würde ewig dauern. Doch trotz des wärmenden Alkohols erschauderte sie unter der vom Meer kommenden Brise.

»Komm, ich helfe dir mit dem Pullover.« Zev half ihr beim Anziehen. »Also, du sagtest, du kommst aus Colorado?«

Sie erkannte den verschmitzten Ausdruck in seinen Augen. Es war Zeit für die Märchenstunde. »Nein, Coronado. Das ist eine Stadt in Kalifornien. Ich bin den ganzen Weg in meiner alten Klapperkiste hergefahren.«

Er hob eine Augenbraue. »In deiner Klapperkiste?«

»Genau. Ich wollte keine Aufmerksamkeit erregen, wo ich doch so berühmt bin.«

»Ach ja, fast hätte ich das vergessen. Du bist ja eine olympische Jodlerin.«

Sie lachte. »Hättest du nicht auch einen Popstar nehmen

können?«

»Viel zu banal.« Er luchste ihr einen Kuss ab. »Ich bin Model.«

»Ach, das ist ja sehr ausgefallen!«

Er liebkoste ihren Hals, während sie weiterliefen. »Wenn du für mich jodelst, lasse ich dich mein Zehn-Millionen-Dollar-Sixpack anfassen.«

»Zehn Millionen?«, fragte sie theatralisch nach. »Mehr ist ein Sixpack heutzutage nicht wert? Mann, du hättest Jodler werden sollen. Ich besitze siebzehn Häuser und ein Känguru.«

Beide lachten.

»Du lebst wirklich auf großem Fuß«, sagte er. »Ich hatte mal ein Haus, aber dann habe ich mich mit dem Postboten angelegt, weil er sich geweigert hat, mir die Post zuzustellen, nur weil ich gern nackt an die Tür gehe. Der Kerl hat mein Haus abgefackelt.«

Es hatte ihr gefehlt, so in die geheime Welt von Carly und Zev abzutauchen. Sie sah hinaus auf den Mondschein, der sich auf dem Wasser spiegelte. »Zehn-Millionen-Dollar-Sixpack und du hattest nur ein Haus?«

»*Ich* finde, mein Sixpack ist zehn Millionen wert, aber mir wurden immer nur billige Werbespots angeboten. Die Castingchefs sagten nur, mein Penis wäre zu groß und unangemessen für Filme.«

Sie kicherte. »Das muss *hart* gewesen sein.«

»Kannst du dir gar nicht vorstellen. Die meinten: ›Kumpel, du kannst Pornos drehen‹, und ich meinte: ›Ihr könnt mich mal.‹ Ich hab mir das Geld von der Versicherung für mein Haus geschnappt, hab einen Kleinbus gekauft und ausgebaut, und jetzt reise ich damit und wohne darin.«

»Du wohnst in einem Bus?«

Er deutete mit dem Daumen zum Parkplatz des Yachthafens. »Klar. Dahinten steht er. Willst du ihn mal sehen?«

»Ich weiß nicht …«, sagte sie verschämt. »Mein Daddy hat mir beigebracht, mich nicht von süßen Jungs mit großem Du-weißt-schon-was in einen Bus locken zu lassen.«

»Oh, stimmt, das ist wahrscheinlich schlau. Aber wir könnten zum Fortune's Landing fahren und den Ausblick von dort genießen.«

»Wirklich?« Schon war sie wieder im Carly-Modus und hatte ihre Märchenstunde vergessen.

Er zog sie in die Arme und hielt sie ganz fest. »Was meinst du, du Jodlerin? Möchtest du mit einem billigen Werbespot-Model zum Kliff hinauffahren und mir zeigen, was du mit deinen Stimmbändern anstellen kannst? Dann zeige ich dir, was ich mit meinem steinharten … Sixpack so anstellen kann.«

»Ja! Das ist wunderbar! Wir sind wunderbar!« Sie schlang die Arme um seinen Hals und drückte ihre Lippen ganz fest auf seine.

Hand in Hand rannten sie zurück zum Yachthafen, lachten und küssten sich alle paar Meter und alberten herum, bis sie auf dem Parkplatz ankamen.

»Hier ist mein anderes Mädchen«, sagte Zev und führte Carly zu einem orangefarbenen VW-Bus mit weißem Dach.

»Ziemlich hübsch. Hat sie einen Namen?«, wollte Carly wissen.

»Sunrise. Weil das Orange mich an die Sonnenaufgänge erinnert, die wir beide uns immer angesehen haben.«

Carly tat so, als wischte sie ihm etwas von der Schulter. »Entschuldigung, aber der Quatsch trieft nur so von dir herunter.«

Er lachte und zog sie an sich. »Findest du?«

»Ich weiß es.«

»Würdest du deine Chance, mein Sixpack zu sehen, darauf verwetten?«

Sie dachte kurz darüber nach. »Nein, aber ich glaube dir nicht.«

Er ging auf eine Seite des Busses, entriegelte die Tür und schob sie auf, ehe er Carly hineinwinkte. »Nach Ihnen, meine Schöne.«

Sie wischte sich den Sand von den Füßen und schaute hinein. Gegenüber der Tür war eine schmale Arbeitsfläche mit einem Campingkocher eingebaut und darunter gab es Schubladen. Ein Doppelbett nahm den hinteren Teil des langen Busses ein und auf einer Seite befand sich noch ein Regal mit Kleidung.

»Steig ein«, forderte er sie auf.

Sie stellten ihre Schuhe direkt innen an die Tür und dann stieg sie ein. Auf der anderen Seite hing ein Surfbrett, und an der Decke über dem Bett befand sich ein großes Foto von Carly, die auf einem Hügel saß, die Beine angezogen, die Arme darüber verschränkt und die Wange auf den Armen ruhend. Im Hintergrund ging die Sonne auf und überzog den Himmel mit orangen und gelben Farbtönen.

»Zevy«, entwich es ihr ungläubig, während die Erinnerungen auf sie einströmten. »Das war der Sommer, in dem deine Familie quer durchs Land gefahren ist.«

»Die drei Wochen ohne dich haben mich fast umgebracht. Ich habe meine Eltern angefleht, auf dem letzten Abschnitt unserer Reise nicht noch einen Stopp einzulegen, weil ich einen weiteren Tag ohne dich nicht ertragen hätte.«

»Das weiß ich noch. Um drei Uhr morgens bist du an mein

Fenster gekommen und hast gesagt: ›Carly, komm mit mir auf ein Abenteuer.‹« Ihr ganzer Körper kribbelte bei der Erinnerung daran, wie sehr auch sie ihn vermisst hatte. Es war immer so gewesen. Stunden, die sie getrennt gewesen waren, hatten sich wie Tage angefühlt, Wochen wie Monate, und jedes Jahr nach dem Verlust von Tory und seinem Weggang – das wurde ihr jetzt bewusst – hatte sich wie eine Ewigkeit angefühlt.

»Ich habe eine Decke mitgenommen, dann sind wir mit den Fahrrädern an unseren Platz auf diesem Aussichtspunkt gefahren und haben uns einfach nur stundenlang in den Armen gehalten.«

»Und den Sonnenaufgang beobachtet«, sagte sie leise. Er stand draußen vor dem Bus, und das fühlte sich viel zu weit weg an. Sie erhob sich auf die Knie und legte ihm die Arme um den Hals. »Nie wieder werde ich etwas anzweifeln, was du sagst.«

»Dann sollte ich wohl lieber anfangen, an meinem Sixpack zu arbeiten.«

Sie machte sich daran, sein Hemd aufzuknöpfen, und strich mit den Lippen über seine warme Haut. »Ach was, diese Muskeln sind schon jetzt mehr wert als zehn Millionen.« Sie küsste seinen Bauch, dann hinauf an seinem Brustbein entlang und genoss es, wie sein Körper sich unter ihrer Berührung anspannte. »Aber es könnte nett sein, sich den Sonnenaufgang am Fortune's Landing anzusehen. Es ist dort zu dieser Nachtzeit mit Sicherheit sehr romantisch, und ich möchte doch noch mal herausfinden, ob du die Wahrheit über dein gigantisches, pornotaugliches bestes Stück gesagt hast.« Sie schmiegte sich eng an ihn, spürte seinen harten Schaft, der ebenso verlockend war wie die Liebe in seinen Augen, küsste ihn auf die Wange und flüsterte: »Nur zur Erinnerung … ich trage keine Unter-wäsche.«

»Ich würde ja gern sagen, vergiss Fortune's Landing, aber ich werde dich nicht enttäuschen.« Seine Augen waren voller Feuer, als er ihr den Schlüssel gab. »Du fährst. Benutz das Navi. Ich habe Besseres zu tun.«

Und das hatte er.

In Bezug auf das Tauchen war Zev vielleicht der Sicherheitsbeauftragte in Person, aber als sie im Schneckentempo zum Fortune's Landing fuhr, war der Sicherheitsgurt für ihn in weiter Ferne. Nur mit Mühe konnte sie sich konzentrieren, als der zum Mann gewordene Junge, mit dem sie fummelnd die Herrlichkeit von Sex und Liebe entdeckt hatte, seinen begabten Mund an ihrem Hals und die magischen Hände zwischen ihren Beinen walten ließ.

Als sie Fortune's Landing erreichten, konnte sie fast nicht mehr geradeaus blicken. Kaum hatte sie den Motor abgestellt, zog Zev sie von ihrem Sitz in seine Arme. Sein Mund war heiß und fordernd, als sie fummelnd auf das Bett hinten im Bus krabbelten. Sie zerrte an seinem Hemd und riss seine Jeans auf. Seine Hände waren überall gleichzeitig und versuchten, ihr das Kleid auszuziehen, doch schnell verlor er die Geduld bei den Schnüren im Nacken.

»Ich reiß dieses verdammte Ding gleich in Stücke«, knurrte er.

»Da ist nur *eine* Schleife!« Atemlos und gierig setzte sie sich auf. Als sie hinter ihren Rücken griff, sagte sie: »Du kümmerst dich um dich, ich mich um mich. Beeil dich!«

»Vergiss es. Ich kümmere mich um *dich*.«

Sie kicherte. »Ich meinte das Ausziehen.«

Während er sich in Windeseile die Kleidung vom Leib riss, rutschte sie vom Bett und beugte sich etwas vor, damit sie sich nicht den Kopf stieß, und schon fiel das hauchdünne Kleid an ihr hinab auf ihre Füße.

Zevs Augen glühten wie ein Vulkan kurz vor dem Ausbruch. Er warf sie auf das Bett, um sich mit einem einzigen harten Stoß vollständig in ihr zu vergraben. Ihre Münder krachten aufeinander. Finesse, Zurückhaltung … all das gab es nicht mehr. Jeder Stoß seiner Hüften löste eine Explosion von Blitzen auf ihrer heißen Haut aus. Sie krallte sich in seinen Rücken, versuchte, sich seinem Rhythmus anzupassen, aber sie hatte keinerlei Kontrolle mehr, als ihre Körper die Macht übernahmen und zu viele himmlische Empfindungen sie überkamen. Ihr fiel der Kopf in den Nacken, und sie rief seinen Namen, doch er zog sie zum Kuss zurück an seine Lippen und liebkoste sie während ihres Höhepunktes. Nie hatte es tief in ihr so stark pulsiert. Nie hatte sein Schaft sie so perfekt ausgefüllt. Er schob ihr die Hände unter die Schultern und krallte sich an ihr fest wie ein Schraubstock, um mit jedem fieberhaften Stoß tiefer in sie einzudringen. Wieder verschwand die Welt im Nichts, und er war bei ihr, riss den Mund von ihrem los, um ihren Namen zu stöhnen, als die Ekstase sie beide verschlang.

Als er an ihr zusammensackte und ihre Herzen im gleichen rasenden Rhythmus donnerten, waren ihre Muskeln zu schwach, als dass sie sich hätte bewegen können. Zwischen Küssen bezeugten sie sich flüsternd ihre Liebe, und Zev legte sich neben sie, um sie in den Armen zu halten. Sie kuschelte sich an ihn und schloss die Augen, und sein zärtliches Flüstern wiegte sie in den Schlaf.

Einundzwanzig

Am Samstagmorgen lagen Carly und Zev eng umschlungen unter einer dicken Decke, während die kühle Meeresluft über die Klippen und durch die offene Tür zu ihnen in den Bus wehte. Viel Zeit hatten sie vor ihrem Flug nicht mehr, aber keiner von ihnen hatte es eilig aufzustehen. Carly kuschelte sich noch näher an ihn und er küsste sie sanft. Er wollte sie für immer dort behalten, damit sie sich lieben und gemeinsam nach Schätzen tauchen konnten, und gleichzeitig wollte er das Leben in Colorado mit ihr teilen, mit ihren Freunden Zeit verbringen und ihr helfen, den Erfolg des Geschäfts fortzusetzen.

Er wusste, dass sie sich Sorgen darüber machte, wie sie eine Fernbeziehung aufrechterhalten sollten, und als er Carly in diesem Moment ganz für sich hatte, wanderten auch seine Gedanken in die Zukunft – und wie die aussah, wollte und musste er herausfinden. Er wollte diese Zukunft mit der einzigen Frau, die er jemals geliebt hatte, mit der Person, mit der er von einem albernen Jungen zu einem besitzergreifenden, lüsternen Teenager geworden war, der Carly schließlich ihren allerersten Orgasmus geschenkt hatte, als er es sich zur Aufgabe gemacht hatte, diesen geheimnisvollen G-Punkt zu finden, von dem sie mal gehört hatten.

Carly strich ihm über die Brust. »Wem oder was gilt dieses Lächeln?«

»Das willst du nicht wissen«, sagte er und gab ihr einen Kuss auf die Stirn.

Sie stützte sich auf einem Ellbogen ab und sah ihn mit ihren wunderschönen Augen flehend an. »Jetzt will ich es erst recht wissen.«

»Ich dachte daran, wie wir damals versucht haben, deinen G-Punkt zu finden.«

»Du meine Güte!« Sie vergrub das Gesicht an seiner Brust und lachte.

Mit den Fingern fuhr er durch ihre Haare, als er sagte: »Wir hatten so viel Spaß.«

Lächelnd schaute sie auf. »Weißt du noch, wie du mir geholfen hast, damit ich nicht mehr würgen musste, wenn ich …?«

»Oh ja! Ich weiß noch, dass ich dich habe üben lassen und dann so hart zugestoßen habe, damit du doch wieder würgst und dann weiterüben wolltest.«

»Du Mistkerl!« Sie verpasste ihm einen Schlag auf den Bauch.

»Ich finde, das war ein brillanter Plan.« Er umarmte sie. »Ich werde nie vergessen, wie du mir gesagt hast, dass mein Saft widerlich schmeckt.«

Sie fiel auf den Rücken und musste lachen. »Du warst so beleidigt!«

»Was erwartest du denn? Das Mädchen, das ich liebte, konnte etwas an mir nicht ausstehen.«

Sie zog die Augenbrauen zusammen. »Warst du deshalb so traurig? Ich dachte, es wäre gewesen, weil du dich auf zukünftige Blowjobs gefreut hattest.«

»Hm, ja, das auch«, gab er zu.

»Dachte ich's mir doch.«

»Ich hätte ohne Blowjobs leben können, aber ich hatte Angst, das könnte uns entzweien. Es war für mich unerträglich, dass es etwas an mir gab, was du nicht mochtest.«

»Oh, das tut mir leid.« Sie fuhr mit den Fingern über seine Lippen. »Aber du hast ja eine Lösung gefunden.«

Er hatte alles, was ihm in die Finger kam, gelesen, um herauszufinden, wie man den Geschmack ändern konnte, und so hatte er täglich Zimt, Pfefferminz, Ananas, Cranberrys und Sellerie gegessen. »Ja, aber meine arme Mutter muss gedacht haben, ich würde unter irgendeinem Vitaminmangel leiden, weil ich jeden Tag solche Gelüste hatte.«

»Zumindest hat es funktioniert«, meinte sie.

»Ja, und dann hat Nick mich auf die Idee mit dem Ananassaft gebracht.«

Sie riss schockiert die Augen auf. »Bitte sag nicht, dass du es ihm erzählt hast!«

»Musste ich gar nicht. Er hat meinen Computer benutzt und es in der Browser-Chronik gesehen.«

»Wie peinlich ist *das* denn?« Sie schwieg kurz. »Aber ich bin ihm eindeutig eine Dankeskarte schuldig.«

»*Ich* bin aber derjenige, der die Antworten gefunden hat«, erklärte er mit gespielter Eifersucht.

»Und wenn ich mich recht erinnere, bist du für diese Recherchearbeit oft belohnt worden. Hättest du lieber eine Karte bekommen?«

»Auf keinen Fall!«

»Also, falls ich mich damals nicht angemessen bedankt habe, dann danke ich dir jetzt noch einmal für deine Bemühungen, und ich möchte mich für diese Reise bedanken. Jede Sekunde davon war traumhaft. Deine Freunde sind …«

»Jetzt *unsere* Freunde«, verbesserte er sie und küsste ihren Hals. Er würde sie in den nächsten vierundzwanzig Stunden so oft küssen, dass er einen Vorrat an Erinnerungen anlegen und davon zehren konnte, wenn sie getrennt waren.

»Auf deinem Boot zu sein, ist wunderbar, und hier in deinem Bus auch. Deine Welt mit dir zu teilen, ist wunderbar, Zev.«

Er kämpfte gegen den Drang an, zu sagen: *Dann bleib mit mir in ihr.* Er wollte sie nicht in die unangenehme Lage bringen, sich zwischen zwei Leben, die sie wunderbar fand, entscheiden zu müssen. Stattdessen sagte er: »Ich finde es wunderbar, sie mit dir zu teilen. Wie gesagt, ich will keine Carly-freien Zonen.«

Mit einem verführerischen Funkeln in den Augen rieb sie sich an seiner Erektion. »Ich hätte da eine ganz besondere Zone, die eine kleine – *große* – Dosis Zuwendung von dir bräuchte.«

Gerade als er seine Lippen auf ihre senkte, klingelten die Wecker auf ihren beiden Handys.

Zev fluchte und Carly stöhnte. Sie hatten sich ihren Alarm auf die allerletzte Minute gestellt, sodass sie gerade noch genug Zeit hätten, um auf dem Boot schnell zu duschen und dann zum Flughafen zu fahren.

»Glaubst du, wir können unseren Sechs-Minuten-Rekord mit einem dreiminütigen toppen?«, fragte sie.

Er schüttelte den Kopf. »Ich will dich mehr, als ich beweisen will, dass unser Schatz von der *Pride* stammt, aber ich bin nicht scharf auf einen Drei-Minuten-Rekord, der uns beide unbefriedigt zurücklässt.« Er gab ihr einen züchtigen Kuss und fügte hinzu: »Ich verspreche dir, dass ich es so herausragend wiedergutmachen werde, dass du nie wieder eine schnelle Nummer willst.«

Keine Stunde später saßen sie in Tessa Remingtons kleinem luxuriösen Flugzeug. Nach Hause zurückzukehren war für Carly mit einem zwiespältigen Gefühl verbunden. Sie hatte Zev nur noch einen Tag lang, doch gleichzeitig hatte sie Zev noch einen Tag lang! Noch einen Tag, an dem sie mit ihm zusammensitzen, seine Hand halten und seine Lippen küssen konnte. Sie hatte ihren Tauchgang, ihr Essen mit Ford und Randi, ihren Spaziergang durch das Naturreservat und jeden Augenblick der vergangenen Nacht so oft in Gedanken noch einmal erlebt, dass sie sich an alles wie an einen Film erinnern konnte. Und als sie nun die Erinnerung an diesen Morgen ihrem Vorrat hinzufügte, wurde ihr bewusst, dass sie Fortune's Landing gar nicht gesehen hatte. Sie hatte nur den Himmel gesehen. Aber was für grandiose Augenblicke hatten sie erlebt!

Sie spähte zu Zev und er erwiderte ihren Blick mit tiefer Zuneigung. Sie versuchte, im Augenblick zu leben, doch da sich ihre gemeinsame Zeit dem Ende näherte, war es schwierig, nicht darüber nachzudenken, wie ihre Beziehung langfristig aussehen würde.

Als hätte er ihre Gedanken gelesen, hielt er ihre Hand, küsste sie auf die Wange und nahm den nagenden Sorgen ihre Schärfe. Wie konnte es sein, dass sie sich erst vor einer Woche wiedergefunden hatten? Es kam ihr vor, als hätte die Hochzeit vor einer Ewigkeit stattgefunden. Aber diese Wirkung hatte Zev schon immer gehabt. Sie lehnte sich zu ihm herüber, sodass ihre Schultern sich berührten. »Du hast mir immer das Gefühl gegeben, als hätte ich einen Monat in nur wenigen Tagen gelebt.«

»Das bin nicht ich, Carls. Das sind *wir*. Wir haben immer intensiver als alle anderen gelebt.«

Es stimmte. Als sie jünger gewesen waren, hatten sie oft das Gleiche unternommen wie ihre Freunde, aber irgendwie hatten sie immer mehr daraus für sich gewonnen und waren anschließend noch beseelter und verliebter denn je gewesen. Ihr wurde bewusst, dass sie kein einziges Mal an ihre To-do-Listen gedacht hatte, sie hatte nicht einmal eine To-do-Liste *erstellt*, seit Zev wieder in ihr Leben getreten war. Sie war sich nicht sicher, ob das gut oder schlecht war, aber die Tatsache, dass es sie nicht beunruhigte, ließ sie vermuten, dass es verdammt gut war.

Tessa erhob sich von ihrem Sitz im Cockpit und stellte sich vorne ins Flugzeug. Sie war größer als Randi, hatte dunkelblonde Haare und ernste, aber freundliche braune Augen. »Wir haben einen langen Flug vor uns, also macht das Beste daraus«, meinte sie augenzwinkernd.

Sie schob die Trennwand zwischen dem Cockpit und dem Kabinenraum zu und mit der Hitze einer Fackel trafen sich Zevs und Carlys Blicke. Zev legte die Hand auf ihr Bein, strich über ihren Oberschenkel, und ihr Atem beschleunigte sich, während das Flugzeug über die Startbahn fuhr. Eine lange Liste von schmutzigen Dingen, die sie nun, da sie allein waren, tun konnten, ging ihr durch den Kopf.

Zev sah ihr weiter tief in die Augen und verstärkte den Griff um ihren Oberschenkel, als das Flugzeug abhob und steil aufstieg, bis die Flugbahn schließlich flacher wurde.

Sie wollte nicht flacher fliegen.

Sie wollte im Steilflug die Welt auf den Kopf stellen.

Gleichzeitig öffneten beide ihre Sicherheitsgurte, und er klappte die Armlehne zwischen ihnen hoch, um sich zu ihr zu beugen. Sie waren völlig im Einklang: ein Herz, zwei Körper.

»Bitte sag, dass du in Tessas Flugzeug noch nicht dem Mile-High-Club beigetreten bist?«

»Ich bin noch nie dem Mile-High-Club beigetreten«, entgegnete er entschieden. »Aber ich hoffe inständig, es mit dir zu tun.«

Er schob die Hand unter ihren Minirock, unter dem sie keinen Slip trug. Überrascht gab er ein Knurren von sich. All die anzüglichen Versprechen, die sie am Morgen in seinen Augen gesehen hatte, waren nichts im Vergleich zu dem hungrigen Blick, der sie nun verschlang.

Sie packte ihn am T-Shirt und zog ihn zu einem tiefen, fordernden Kuss an sich, und in den folgenden Stunden erfüllte er jedes einzelne dieser Versprechen.

Zweimal.

Zweiundzwanzig

Der Tag hatte perfekt begonnen. Sie war in Zevs Armen am Fortune's Landing aufgewacht, später waren sie dem Mile-High-Club beigetreten und hatten sich in Lachanfällen und langen, heißen Küssen verloren. Nach ihrem wundervollen gemeinsamen Morgen war Carly in ihr Geschäft gegangen und hatte sich überschwänglich bei Birdie und Quinn dafür bedankt, dass sie die Stellung gehalten und die Leckereien für die Babyparty hergestellt hatten, damit sie mit Zev verreisen konnte. Sie stellten Carly so viele Fragen, dass ihr der Kopf schwirrte, und so steckte sie all ihre nervöse Energie in die Planung für das Festival und in die Herstellung von einem Dutzend Pralinen für Cutter als Dankeschön dafür, dass er sich um die Tiere gekümmert hatte. Sie schwärmte von der unglaublichen Zeit mit Zev, von seinem Boot, ihrer überraschenden Begegnung mit Roddy und Archer, wie die Zeit mit Randi und Ford gewesen war und wie begeistert sie war, wieder zu Zevs Welt zu gehören. Immerzu musste sie an dieses Gefühl der Freiheit auf dem Wasser denken, an den Nervenkitzel, nicht zu wissen, was ihr Tauchgang hervorbringen würde, und ihre Euphorie darüber, wieder mit Zev zu tauchen. Sie erzählte ihnen von ihrer Entdeckung, dem Hai, dem Schiffsarrest und dem Videochat mit seiner Familie. Doch als sie von Zevs Plänen für die nächste Woche berichtete und von den aufregenden Möglichkeiten, worauf er stoßen könnte, holte die Realität sie ein.

Zev reiste *morgen* ab und sie würde in nächster Zeit an keinem Tauchgang mehr teilnehmen. Sie hatte ein Schokoladengeschäft zu leiten. Und so war sie unsäglich dankbar für den Strom von Kunden und die Vorbereitungen für das Festival, die ihr dabei halfen, nicht an diese Sehnsucht zu denken, die tief in ihr gärte.

Carly holte einen Stoß Geschenktüten aus dem Vorratsraum und ging dabei die unzähligen Dinge durch, die sie für das Festival noch erledigen musste. »Wir müssen die Brezeln für das Festival abpacken«, sagte sie zu Quinn, die ein Tablett mit Brownies nach vorn zur Auslage trug. »Die Pralinen muss ich auch noch abpacken und auszeichnen.« Sie fragte sich, was sie sonst noch alles vergessen hatte.

»Du weißt schon, dass du mir beides bereits gesagt hast, oder?«, fragte Quinn. In ihrer Skinny-Jeans, dem süßen pinkfarbenen Oberteil und den High Heels, in denen sie herumsauste, als wären es Turnschuhe, sah sie richtig schick aus. »Geht es dir gut? Du bist heute etwas zerstreut.«

»Hm? Ja, gut.« *Ich hab nur das Gefühl, dass mein ganzes Leben um mich herumwirbelt und ich nicht weiß, was davon ich festhalten soll.*

Birdie stand in ihrem hübschen gelben Minikleid auf einer Leiter hinter dem Ladentisch und hängte ein T-Shirt von Divine Intervention mit dem Festivallogo und der Jahreszahl darauf auf. Diese T-Shirts waren in den letzten beiden Jahren immer so schnell ausverkauft gewesen, dass Carly in diesem Jahr ihre Bestellung verdoppelt hatte.

Carly legte die Geschenktüten auf dem Tisch ab. »Das hätte ich doch machen können. Du trägst doch ein Kleid!«

»Ich hab an alles gedacht.« Birdie hob ihr Kleid an und offenbarte eine kurze Radlerhose mit Auberginenmuster.

»Auberginen? Dein Ernst?«

»Hab ich auch gesagt«, meinte Quinn, als sie das Tablett mit den Brownies in die Vitrine mit den Auslagen schob.

»Viel realer wird es für meine Muschi zurzeit auch nicht«, sagte Birdie. »Ich erlebe das alles nur indirekt durch dich und Zev.«

»Geht mir genauso«, sagte Quinn. »Nicht das mit der Muschi, nur dass ich indirekt durch dich und deinen heißen Schatzsucher lebe.«

Sie hatten tatsächlich genug Sex für alle!

Als Birdie die Leiter herunterkletterte, sagte Carly: »Ich sollte wahrscheinlich froh sein, dass du keinen Stringtanga trägst.«

»Apropos, du darfst dich noch bei mir bedanken, dass ich so ein sexy Teil für dich ausgesucht habe.« Birdie hob vielsagend die Augenbrauen.

Carly sah sie todernst an. »Du weißt, dass ich die nicht ausstehen kann.«

»Ich bin mir sicher, dass Zev darauf abfuhr«, stimmte Quinn mit ein.

»Keine Ahnung. Ich habe das Ding ja vor dem Essen ausgezogen. Unten ohne war wesentlich besser, als wenn mich den ganzen Abend eine Schnur zwischen meinen Pobacken genervt hätte.«

»Was?!«, rief Birdie. »String-Gegnerin Carly ist *unten ohne* losgezogen?«

Schnell sagte Carly: »Habe ich das gesagt? Das meinte ich

nicht so. Natürlich bin ich nicht unten ohne losgezogen.« Sie klatschte die Preisschilder auf den Ladentisch. »So gut solltest du mich doch kennen.«

Birdie legte die Hand auf Carlys. »Ich dachte zumindest, dass ich dich kenne, aber, Mädchen, dieser Mann bringt wirklich deine abenteuerlustige Seite zutage. Und anscheinend auch die verschwiegene, was mir überhaupt nicht passt. Ich habe dir all diese sexy Klamotten gekauft, da habe ich es verdient, auch all die schmutzigen Details zu erfahren.«

Carly zog die Hand unter Birdies hervor. »Tut mir leid, aber nein.«

»Aha! Du warst also doch unten ohne!«, sagte Quinn.

»Wo sind denn die ganzen Kunden, wenn man sie mal braucht?« Carly schnappte sich die Preisschilder. »Konzentriert euch auf die Arbeit, Mädels. Ich habe das Gefühl, wir vergessen tausend Sachen. Oh nein! Wir haben vergessen, die Kokos-Crossies zu machen!«

»Kokos-Crossies sind freitags im Angebot, Carly«, sagte Birdie. »Heute ist Samstag. Wir haben die Angebotsware für heute schon gemacht, keine Sorge.«

»Stimmt. Tut mir leid. Dass ich gestern nicht hier war, bringt mich völlig aus dem Konzept.«

»Noch ein guter Grund, mich in Vollzeit einzustellen«, sagte Quinn. »Dann kannst du immer mal einen Tag freinehmen, ohne das Gefühl zu haben, die Welt geht unter.«

»Keine schlechte Idee, Quinn«, sagte sie und erfreute sich an der Vorstellung, diese möglichen freien Tage mit Zev verbringen zu können. Doch jetzt war nicht der richtige Zeitpunkt, um Tagträumen nachzuhängen. Sie hatten zu viel zu tun. »Aber keine Sorge, ich habe alles im Griff. Muss nur mein Hirn wieder auf Trab bringen. Hatte ich euch schon gesagt, dass wir die Menge von unserem Fudge zum Probieren verdoppeln müssen? Der geht immer so schnell weg.«

»Ja«, ertönte es einstimmig von Birdie und Quinn.

»Gut.« Carly versuchte, sich daran zu erinnern, was noch auf ihrer To-do-Liste gestanden hatte, die sie verlegt hatte. »Haben wir schon die Cerealien bekommen, um die Aktionspralinen zu machen, von denen wir geredet haben?«

»Das habe ich dir schon gesagt, als du die letzten beiden Male gefragt hast. Was ist mit dir los? Hat Zev dich im wahrsten Sinne des Wortes um den Verstand gevögelt?« Birdie warf Quinn einen besorgten Blick zu und fragte Carly dann: »Wo sind deine Listen?«

»Keine Ahnung ... wo die Listen sind, nicht das mit dem Vögeln. Die sind hinten irgendwo, glaube ich.« Warum war sie nur so schusselig?

Birdie sah Carly eindringlich an. »Deine Listen sind weg? Normalerweise brauchst du die Listen für die Vorbereitung des Festivals nicht mal. Du hast das alles in deinem Kopf.«

»Vielleicht hat die Seeluft oder die Herumfliegerei mich mehr ausgelaugt, als mir bewusst war.« Carly seufzte und stützte sich auf den Ladentisch. »Ich bin nicht müde, aber ich kann mich nicht konzentrieren. Glaubt ihr, mit mir stimmt etwas nicht?«

»Ja, aber ich denke, das hat mehr mit einem gewissen attraktiven Mann zu tun, der dich quer durchs Land verschleppt und dich die ganze Nacht verwöhnt hat«, sagte Quinn.

Birdie schnappte sich einen Block vom Tisch. »Zu deinem Glück wurde ich von der besten Chocolatière in Colorado ausgebildet und du kannst dich immer auf mich verlassen.« Sie zählte eine Reihe von Dingen auf, die laut Carly noch erledigt werden mussten. »Carly, warum legst du nicht mal eine kleine

Verschnaufpause ein? Ruhe dich eine halbe Stunde in deinem Büro aus. Vielleicht hast du einen Jetlag. Lass Quinn und mich nach deinen Listen suchen und dafür sorgen, dass wir alles Wichtige abhaken können. Ich bin mir sicher, die liegen hier oder in der Küche irgendwo herum. Vor einer Weile habe ich gesehen, dass du sie aus deinem Büro geholt hast.«

»*Ausruhen?* Ich habe zu viel zu tun, um mich auszuruhen. Mir geht es gut.« *Zumindest versuche ich, mich so zu fühlen. Puh.*

»Stört dich dein Ohrring?«, fragte Quinn. »Du fummelst ständig daran herum.«

Carly ließ die Hand sinken. Okay, vielleicht ging es ihr doch nicht gut.

»Wir sind ein Team, und wir haben es hier gerockt, als du weg warst«, erinnerte Birdie sie. »Die Bestellung für die Babyparty ist erledigt und steht bereit, damit sie morgen früh abgeholt werden kann, und wir liegen mit der Inventur für das Festival voll im Zeitplan. Du *weißt*, ich kann dafür sorgen, dass wir alle den Zeitplan einhalten.«

Während Birdie sie drängte, eine Verschnaufpause einzulegen, wurde Carly plötzlich klar, was nicht stimmte. Sie versuchte so angestrengt, nicht daran zu denken, dass Zev morgen abreiste und dass sie so viele Dinge nicht mit ihm würde tun können, dass es ihr unmöglich war, überhaupt an irgendetwas richtig zu denken. Wenn sie ihren Gefühlen nicht folgen konnte, ohne dass ihr ganzes Leben aus der Bahn geriet, dann war sie vielleicht nicht mehr so gut darin, einfach aus dem Bauch heraus zu handeln.

Dieser Gedanke machte ihr zu schaffen. Konnte es sein, dass sie ihre Fähigkeit, spontan zu handeln und anschließend sofort wieder in der Spur zu laufen, verloren hatte? Bedeutete dies, dass es für sie nie in Ordnung sein würde, nicht zu wissen, wann sie sich wiedersahen? Dass sie nicht so locker flockig in den Tag hineinleben konnte?

Oje. Das war nicht gut.

Sie musste sich einen Durchblick verschaffen. »Ich brauche einen Plan«, sagte sie mehr zu sich.

»Du hast einen sehr guten, detaillierten Plan«, erinnerte Quinn sie. »Wir müssen nur deine Listen finden, damit du dich sicherer fühlst. Gönn dir eine Auszeit, Carly. Du musst nicht unsere Wonder Woman sein. Es ist in Ordnung, wenn du etwas müde oder durch den Wind bist, nachdem du quer durchs Land geflogen bist.«

»Und um den Verstand gevögelt wurdest«, fügte Birdie hinzu.

»Du hast recht«, sagte sie geistesabwesend. Es war in Ordnung, durch den Wind zu sein. Sie hatte die Chance auf eine Zukunft, die sie nie erwartet hatte, und der Mann, den sie liebte, reiste ab.

»Siehste? Sie hatte doch fantastischen Insel-Sex«, sagte Birdie.

»Dass ich eine Auszeit brauche«, sagte Carly, doch ihr Verstand war schon drei Schritte weiter und ertrank in der Furcht vor Zevs Abreise. »Ich bin in meinem Büro.«

Sie ging durch die Küche in ihr Büro und schloss die Tür hinter sich, wobei sie sich gegen das Gefühl der Ohnmacht wappnete, das ihr zu schaffen machte. Sie hatte gedacht, sie wäre darauf vorbereitet. Sie hatte gewusst, dass Zev abreisen musste und dass sie keine Ahnung haben würden, wann sie sich wiedersahen. Der Kloß in ihrer Kehle wurde immer größer, doch sie wehrte sich dagegen. Sie hatten eine wunderbare Zeit zusammen gehabt, einen Neuanfang erlebt. Ihnen war eine zweite Chance auf eine gemeinsame Zukunft gegeben worden, und das sollte gefeiert und nicht wegen einer kleinen Verzögerung betrauert werden. Sie dachte an ihre unabhängige Tante, die sich von einem Mann niemals aus der Bahn werfen lassen würde, und an Wynnie und alles, was sie von ihr gelernt hatte, um den Boden nicht unter den Füßen zu verlieren und die Dinge selbst in schwierigsten Zeiten mit klarem Blick zu betrachten.

Wynnies Stimme erklang in ihrem Kopf. *Erwarte nicht, dass Veränderungen einfach sind. Du musst die Schwierigkeit würdigen, den Schmerz erfahren und damit fertigwerden, wenn er da ist.* Auf Wynnies Rat folgte unmittelbar die vertraute Stimme von Marie. *Veränderungen beginnen mit einer Haltung. Erkenne jede deiner positiven Eigenschaften. Dich selbst als fähig zu sehen, ist ein guter erster Schritt.*

Eine Haltung war vielleicht nicht alles, aber es war ein Anfang.

Sie wusste, dass sie zu vielem fähig war und dass sie sich zugestehen musste, traurig zu sein, aber sie war kein verlorenes Mädchen mehr. Sie war entschlossen, diese Situation mit Verstand durchzustehen, ohne die Nerven zu verlieren. Sie würde es schaffen. Sie brauchte nur einen Plan. Deshalb hatte sie das Gefühl, so aus dem Gleichgewicht geraten zu sein. Was störte sie wirklich?

Er reiste ab. Aber sie wollte ihn in ihrer Nähe haben. Sie musste seine Gegenwart spüren, auch wenn er abwesend war. Sie schaute sich in ihrem Zev-freien Büro um.

Das konnte sie ändern.

Nächster Punkt!

Ein Zeitplan. Sie brauchte konkretere Vorstellungen davon, wann Zev und sie sich wiedersehen würden. Sie machte sich im Geiste eine Notiz, um es am Abend mit ihm zu besprechen und zu sehen, ob sie etwas festlegen konnten, auf das sie sich freuen konnte. Wenn diese Dinge erst einmal geklärt waren, konnte sie sich auf ihr Geschäft konzentrieren.

Nachdem sie diese beiden Punkte für sich benannt hatte, stand sie auf und holte ihre geheime Fotokiste heraus. Sie setzte sich auf den Schreibtischstuhl und nahm den Karton auf den Schoß. Nachdem sie den Deckel abgenommen hatte, schaute sie die Bilder durch. So viel Energie hatte sie darauf verwandt, diese Erinnerungen zu verdrängen, dass sie vergessen hatte, wie gut sie ihr taten. Wie die Fotos sie mit Glück und Hoffnung erfüllten. Die schmerzhaften Erinnerungen schienen eine Ewigkeit zurückzuliegen. Und so war es auch. Nicht nur für sie, sondern auch für ihn. Während der Zeit ihrer Trennung waren sie erwachsen geworden. Die letzte Woche hatten sie damit verbracht, zu reden und zu verarbeiten, ihre Liebe wieder wachsen zu lassen, und all das ermöglichte es ihr nun, die guten Erinnerungen zu sehen, ohne den Schmerz der Vergangenheit zu empfinden. Auf den Fotos sah sie zwei Jugendliche, die wahnsinnig verliebt waren und daran glaubten, dass die Welt nur darauf wartete, von ihnen erobert zu werden. Dieses Gefühl hatte sie auch jetzt, nur als erwachsene, kompetente und selbstbewusste Frau. Sie war eine Geschäftsfrau, und – das wurde ihr bewusst – er war ein Geschäftsmann. Auch wenn sein Geschäft nicht konventionell war, so hatte er seine Arbeit, die erledigt werden musste. Und so wie ihre Arbeit auf Wissen, Kunden und Marketing beruhte, so war seine abhängig von Wetter, Recherchen und einer Portion Glück. Sicher, sie würden ihre gemeinsame Zeit eine Weile wie eine geliebte Patchworkdecke zusammensetzen müssen – aus Wünschen, Hoffnungen und Träumen. Aber sie konnten sich ihre gemeinsame Zukunft aufbauen, sie entdecken und sie für die

Ewigkeit gestalten. Nur sie beide konnten es vermasseln, und sie wusste, dass er ebenso entschlossen war wie sie, das nicht zuzulassen.

Vielleicht brauchte sie doch gar keinen konkreten Plan.

Sie musste nur an sie beide glauben.

Und das tat sie, mit jeder Faser ihres Seins. Dieses Mal würde er nicht abhauen und untertauchen, und sie würde auch nicht spurlos verschwinden.

Mit diesem Gefühl der Sicherheit machte sie sich nun daran, einige ihrer Lieblingsfotos von Zev und von ihnen beiden herauszusuchen. Ein paar hängte sie hinter sich an der Pinnwand auf, andere im Raum verteilt – zwei mit Magneten an der Seite des Aktenschranks und ein anderes schob sie in die Ecke des Bildes von den Bergen, das bei ihrem Schreibtisch hing. Die gerahmten Fotos von ihnen beiden mit den Pässen im Mund und das, auf dem sie die Goonie-Karte hochhielten, stellte sie auf ihren Schreibtisch. Sie fühlte sich schon viel besser.

Die restlichen Fotos würde sie mit nach Hause nehmen und dort aufhängen. Bei dem Gedanken, nach Hause zu gehen, zog sich ihr der Magen zusammen. Seit einer Woche hatte sie dort nicht mehr geschlafen, aber es kam ihr eher vor wie Monate. Doch selbst als sie darüber nachdachte, Fotos in ihrem Haus aufzuhängen, wusste sie, dass das nicht reichen würde. Während ihr das Herz bis zum Hals schlug, kramte sie ihr Handy hervor und rief Zev an.

»Hallo, sexy Lady. Ich habe gerade ein paar Pralinen aus der Schatztruhe gegessen, die du mir gemacht hast.« Sein Tonfall wurde verführerisch. »Ich hätte da ein paar Ideen, was wir mit der übrigen Schokolade anstellen könnten.«

»Zev«, sagte sie drängend. »Ich habe einen schrecklichen Fehler gemacht.«

Zev sprang von dem Esstisch im Gasthof auf, an dem er gerade gearbeitet hatte, als die Verzweiflung in Carlys Stimme seinen Beschützerinstinkt in Alarmbereitschaft versetzte. »Was ist los? Wo bist du?«

»Ich dachte, ich bräuchte Zev-freie Zonen, aber das stimmt nicht. Ich brauche deinen Duft an meiner Bettwäsche und ich muss dich in meinem Haus spüren. In jedem Zimmer muss ich mich daran erinnern können, wie du aussiehst und wie es sich anfühlt, dich dort bei mir zu haben. Du hattest recht – du warst immer bei mir und ein Teil von mir. Aber dich nur in meinem Herzen und in meinen Gedanken zu haben, reicht nicht mehr. Es tut mir leid, dass ich so lange gebraucht habe, um zur Besinnung zu kommen, aber wenn du morgen gehst und ich in ein Zev-freies Haus zurückkehre, dann macht mich das fertig. Kannst du Bandit mitbringen und heute Nacht bei mir übernachten? Bitte? Wir können ganz früh aufstehen und uns um die Hühner kümmern.«

»Schatz ...« Erleichtert, dass sie nicht in Gefahr war, senkte Zev den Kopf. »Hast du auch nur die geringste Vorstellung, wie viel mir das bedeutet? Wie sehr ich dich liebe?«

»Hoffentlich genug, um *Ja* zu sagen.«

»Ja, natürlich! Ich weiß, wie bedeutend diese Entscheidung für dich war, und ich bin dir dankbar für das Vertrauen, das du in mich setzt. Ich schlafe, wo immer du es möchtest, und wir müssen auch nicht früh aufstehen. Die Hühner kommen zurecht, bis wir dort sind.«

Sie atmete laut aus und ihre Erleichterung war greifbar.

»Geht es dir gut, Schatz? Soll ich ins Geschäft kommen? Ich

war gerade dabei, die Sendung der Konkretionen zurück auf die Insel zu organisieren und Wäsche zu waschen.«

»Nein, mir geht es gut. Aber ich freue mich, dass du heute Abend vorbeikommst.« Sie gab ihm ihre Adresse und erklärte: »Ich habe gerade Fotos von uns in meinem Büro aufgehängt, als mir plötzlich bewusst wurde, dass du noch nicht mal in meinem Haus gewesen bist, und das hat mich umgehauen. Ich habe ein Jahrzehnt lang ohne dich geschlafen, und plötzlich ist das eine grauenvolle Vorstellung. Wie konnte das so schnell geschehen?«

»Das war nicht schnell, Carly. Du hast es seit der zweiten Klasse auf mich abgesehen.«

»Ach, so einseitig ist das jetzt alles? So stellst du das jetzt also dar?«

Er hörte das Lächeln in ihrer Stimme. »Es kommt dir schnell vor, weil wir die Schleusen geöffnet haben, und jetzt können wir nur noch auf der Welle reiten, Schatz.«

»Bei dir klingt es so einfach. Es wird sich seltsam anfühlen, in einem Haus zu sein, in dem du nicht in jedem Zimmer warst.«

»Dann machen wir es uns zur Aufgabe, unseren Duft in jedes Zimmer zu bekommen, auf jede Oberfläche, damit es keine Zev-freien Zonen mehr gibt. Bist du dir sicher, dass ich nicht ins Geschäft kommen soll, damit es da auch keine Zev-freien Oberflächen mehr gibt?«

»So gern ich das hätte, glaube ich doch, dass Birdie und Quinn für diese Show Plätze in der ersten Reihe buchen würden.«

Ihr lockerer Ton verriet ihm, dass es ihr besser ging. »Das ist für mich in Ordnung, meine Schöne. Denn mein Erster Offizier ist nur für deine Augen, deinen Mund, deine Hände und deinen Körper bestimmt.«

Dreiundzwanzig

Zev hätte Carlys mit Zedernholz verkleideten Bungalow auch erkannt, wenn er die Adresse nicht gehabt hätte. Das Haus war ebenso einzigartig wie sie und bestand im vorderen Teil aus einem Geschoss, im hinteren Teil aus zwei Geschossen in A-Form. Umgeben war es von saftigen Rasenflächen, ausladenden Bäumen und Beeten voller üppiger Pflanzen und bunter Zierblumen. Die anderen Häuser in ihrer Straße hatten perfekt gestutzte Rasen und strukturierte Beete, während ihr Heim so aussah, als wäre es mitten in die Wildnis gesetzt worden.

Zev nahm seinen Rucksack aus dem Wagen und dachte an den Anruf, den er vorhin von Carlys Vater erhalten hatte. Dann holte er auch noch die Schachtel mit der Schokoladen-Schatztruhe und den Strauß Rosen heraus, den er ihr gekauft hatte. Er wusste, dass er ihr von dem Anruf erzählen musste, und hoffte, dass sich später die passende Gelegenheit ergeben würde.

Mit Bandit an seiner Seite betrat er den Schieferweg, der zu ihrem Haus führte. Bandit begab sich schnüffelnd auf Erkundungstour.

»Komm mit, Junge.« Er wartete, bis Bandit wieder zu ihm schlenderte, bevor er die Steinstufen zu ihrer breiten Vorderveranda hinaufging, die von waldgrünen Pfosten und einem naturbelassenen Geländer umgeben war. Während Bandit sich auf der Veranda entlangschnupperte, bewunderte Zev die Panoramafenster zu beiden Seiten der gelben Haustür und die kastanienbraunen Zierleisten an der Verandaüberdachung, die allesamt Carlys natürlichen Stil hervorhoben. Er hatte keine Ahnung, wie ein Haus ihn dazu bringen konnte, sie noch mehr zu lieben. Es musste wohl daran liegen, dass sich wieder einmal zeigte, dass sie das kreative, naturverbundene Mädchen mit der ganz eigenen Ausstrahlung, in das er sich als Junge verliebt hatte, nie ganz zum Schweigen gebracht hatte. Das Mädchen, das ihn zu einem Wettrennen herausgefordert hatte, nur um zu beweisen, dass sie alle überflügelte. Sie hatte ihn in den Jahren ihrer Trennung um Lichtjahre überflügelt.

Aber sie hatte schon immer heller gestrahlt als er.

Bandit lehnte sich an Zevs Bein, und Zev hockte sich hin, um ihn zu kraulen. »Ich kann verstehen, warum Beau dich überall mit hinnimmt, Kumpel. Na ja, abgesehen von deinen kleptomanischen Angewohnheiten. Du bist ein guter Begleiter, und ich habe dich gern dabei, aber dies ist ein ganz besonderer Abend, und ich möchte, dass du unser Gespräch im Kopf behältst.«

Wie aufs Stichwort bellte Bandit.

»Ganz genau. Du hast versprochen, dich zu benehmen, und ich verlasse mich auf dich. Ich werde auch meinen Teil der Vereinbarung einhalten und Beau helfen, diese Hundehütte zu bauen, von der wir geredet haben.« Für alle Fälle hatte er zwei neue Kauspielzeuge gekauft, die hoffentlich dafür sorgten, dass Bandit keine Schwierigkeiten machte.

Erneut bellte der Hund.

»Ja, ich weiß, dass er meine Hilfe nicht braucht, aber das

brauchst du mir nicht unter die Nase zu reiben.«

Bandit stupste Zevs Hals mit der Schnauze an und Zev legte einen Arm um ihn. »Braver Junge. Jetzt lass uns zu unserem Mädchen gehen.«

Zev stand auf, um zu klopfen, doch die Tür ging schon auf, und vor ihm stand – in Jeansshorts mit Blumenaufnähern und einem Journey-T-Shirt, die Haare zerzaust und wunderschön – sein *Herz*, sein *Zuhause*, seine *Zukunft*.

Er war sich zu neunundneunzig Prozent sicher, dass sie *sein* T-Shirt trug, das sie zusammen auf einem Konzert in ihrem letzten Highschooljahr gekauft hatten. Denn er bezweifelte, dass es zwei T-Shirts von einem Journey-Konzert mit einem Loch an der rechten Schulter gab, das mit rotem Faden gestopft worden war. Das war ein verdammt gutes Gefühl.

»Hallo, Schatz.« Sein Herz schlug noch schneller, als er sie küsste und Carlys sommerlicher Duft ihn umhüllte. Er wünschte, er hätte ihn abfüllen und mitnehmen können. »Hast du mein T-Shirt geklaut?«

Sie sah an sich hinunter. »Nein, ich dachte, du hättest es in meinen Rucksack gepackt.« Bandit stürmte zu ihr und sie streichelte ihm den Kopf.

Zev schmunzelte. »Ich habe das Gefühl, Char hat Bandit ein wenig von ihrem Kuppelzauber beigebracht. Als ich die Wäsche gemacht habe, hat Bandit mir die Klamotten gebracht, die er gestohlen hatte. Nachdem ich sie gewaschen hatte, habe ich deine Kleidung neben meine Reisetasche gelegt und bin aus dem Zimmer gegangen, um etwas zu trinken. Als ich zurückkam, lag Bandit auf meiner Tasche und deine Sachen waren weg. Ich dachte, er wäre wieder mit ihnen abgehauen, aber als ich meine Tasche schließen wollte, fand ich sie darin. Ich behalte deine Kleidung übrigens in Geiselhaft, damit du einen Grund hast, mich zu besuchen.«

Sie lächelte. »Dann sind wir quitt, denn das war auch mein Plan, nur dass ich nicht die Absicht habe, dir dein T-Shirt wiederzugeben, auch nicht, wenn wir uns wiedersehen.«

»Du kannst alles von mir haben, solange ich dich habe.« Er holte sich noch einen Kuss ab und überreichte ihr den Strauß. »Ich weiß, du hast früher nicht gern Blumen bekommen, aber während die Cerealien bedeuten, dass ich nie etwas vergessen habe, was dich – uns – betrifft, und dass ich nie aufgehört habe, dich zu lieben, bedeuten rote Rosen überall auf der Welt *Ich liebe dich*, und du sollst wissen, dass ich dich bedingungslos liebe.«

»Zevy! Die sind hinreißend, aber du brauchst mir nichts zu kaufen. Ich weiß, dass du mich liebst.«

»Das ist super, aber ich wollte keinen Raum für Missverständnisse lassen.«

»Sie sind wunderschön. Danke!« Sie hielt sie sich an die Nase. »Sie riechen herrlich. Ich habe tatsächlich noch nie Rosen bekommen. Ich glaube, das gefällt mir.«

»Gut, denn ich habe vor, alles zu entdecken, was dir insgeheim gefällt.«

Ihr Blick begann zu glühen. »Darauf freue ich mich schon.« Sie winkte auffordernd. »Komm herein.«

»Bist du dir sicher, dass du dafür bereit bist?«, fragte er neckend. »Wenn ich erst mal in der Zev-freien Zone bin, gibt es kein Zurück mehr.«

»Oh Mann, komm jetzt rein!« Sie packte ihn am Kragen und zerrte ihn ins Haus. Ein angenehmer Duft hing in der Luft.

»Irgendetwas riecht hier köstlich.« Er setzte den Rucksack neben der Tür ab. Bandits Krallen klapperten auf dem Parkett, als sie beide ihr durch das Wohnzimmer folgten, vorbei an einem korallenroten Zweiersofa und zwei gelben Sesseln, die eine einladende Sitzecke am Kamin bildeten. In der hinteren rechten Ecke des Wohnzimmers befand sich eine Wendeltreppe und direkt dahinter lag ein Wintergarten, in dem ein kleiner runder Tisch für zwei gedeckt war. Eine halbhohe Wand, gesäumt von hübschen Pflanzen, trennte das Wohnzimmer von einer gemütlichen Küche.

»Die erwachsene Carly kann kochen«, sagte sie, als sie durch den Wintergarten gingen. Sie öffnete einen Schrank, nahm eine Vase heraus und füllte sie mit Wasser. »Du hast so viel für mich getan, da wollte ich auch etwas Besonderes für dich tun. Ich weiß, dass die Whiskey-Krebssuppe und die Hummerschwänze in Kräuterbutter von deiner Mutter und das Cheddar-Gebäck von deinem Vater früher immer deine Lieblingsspeisen waren, also habe ich deine Mom angerufen und mir die Rezepte geben lassen.«

Sie hob den Deckel eines Topfes auf dem Herd an, und der köstliche, würzige Duft der Whiskey-Krebssuppe stieg mit dem Dampf auf.

»Wow, da kommen Erinnerungen auf«, sagte er und stellte die Schachtel mit der Schatztruhe auf die Arbeitsfläche. »Du hast meine Mom angerufen? War sie überrascht, von dir zu hören?«

»Hm-hm.« Sie stellte die Vase auch auf die Arbeitsfläche, hakte sich mit den Fingern in die Gürtelschlaufen seiner Jeans ein und blieb dicht vor ihm stehen. »Ich dachte, es könnte vielleicht etwas seltsam werden, auch wenn deine Familie bei dem Videochat auf dem Boot so unglaublich nett war. Aber deine Mom war ebenso herzlich und freundlich, wie sie es immer gewesen ist. Wir haben ziemlich lange geredet. Sie hat mir alle möglichen Fragen zu uns gestellt, auch die schwierigen, zum Beispiel ob ich mir sicher sei, dass ich dir vertraue, und ob ich dich noch immer liebe.«

»Meine Güte, da bist du mir wohl etwas in den Rücken gefallen, Mom.«

Carly lachte leise. »So war es nicht. Du weißt, dass sie immer wie eine zweite Mutter für mich war. Sie wollte mir sicher zeigen, dass ich ihr noch immer alles erzählen kann. Es war schwierig für sie, dich all die Jahre in der Weltgeschichte herumreisen zu lassen, obwohl sie am liebsten deinen Vater und deine Brüder losgeschickt hätte, um – ich zitiere – deinen Hintern nach Hause zu zerren und dir klarzumachen, dass du weder vor der Trauer noch vor dem, was wir hatten, davonlaufen kannst.«

»Tja, das hört sich wirklich nach meiner Mom an.«

»Sie hat dich wahnsinnig lieb, Zevy. Sie sagte, wahre Liebe sei selten ein gerader und eindeutiger Pfad und manche Leute verirrten sich auf dem Weg, aber die Liebe führe sie immer zurück.«

»Es scheint, als müssten wir Char und Jilly von nun an *Liebe* nennen, denn dies alles war Teil ihres Plans.«

»Stimmt! Aber es könnte verwirrend werden, wenn sie beide denselben Spitznamen haben.« Sie gab ihm einen Kuss und machte sich dann daran, Schalen und Teller aus einem Schrank zu nehmen. »Ich habe deiner Mom alles über die Redemption Ranch erzählt, aber meine Mom hatte ihr wohl schon berichtet, was ich damals alles durchgemacht habe.« Als sie Suppe in die Schalen gab, sagte sie: »Manchmal vergesse ich, wie schnell sich zu Hause alles herumspricht.«

»Solche Dinge verbreiten sich schneller als ein Lauffeuer.«

»Absolut. Deine Mutter freut sich wirklich für uns. Ich habe meine Mom direkt danach angerufen. So viel ist so schnell passiert, dass ich keine Gelegenheit hatte, sie oder meine Tante anzurufen. Aber es stellte sich heraus, dass deine Mom meine bereits nach unserem Videochat angerufen hatte, und meine Mutter hat Tante Marie angerufen. Was mich daran erinnert … Ich sollte wirklich auch meine Tante anrufen, sonst fühlt sie sich übergangen.« Sie nahm das Gebäck und den Hummer aus dem Ofen und legte sie auf den Tellern aus.

»Das sieht unglaublich gut aus. Vielen Dank für die ganze Mühe, die du dir gemacht hast.« Er küsste sie auf den Hals und wurde mit einem kleinen Kuss auf die Lippen belohnt. »Carls, es gibt noch ein Telefonat, von dem du wissen solltest.« Sie griff nach Weingläsern, und er wartete, bis sie ihn ansah. »Dein Vater hat mich heute angerufen.«

»Mein Dad?«, fragte sie, als sie Wein einschenkte. »Machst du Witze? Warum?«

»Würde ich darüber Witze machen?« Morris Dylan war der Polizeichef von Pleasant Hill. Auch wenn er sich Carly gegenüber immer als liebevoller Vater gezeigt hatte, so war er doch streng und hatte hohe Moralvorstellungen. Wenn Carly früher mit Zev zu Abenteuern hatte aufbrechen wollen, hatte sie immer zuerst ihre Hausaufgaben erledigen und ihren Eltern sagen müssen, wohin sie gingen. Er hatte sie nie erwischt, wenn sie sich davonschlichen, aber Zev hatte immer Angst gehabt, dass er ihnen dann verbieten würde, sich zu sehen. Vor Torys Tod hätte ihn nichts davon abhalten können, nicht einmal Carlys Vater.

Carly nahm die Gläser. »Hilfst du mir tragen?« Als sie sie zum Tisch brachte, fragte sie: »Was hat er gesagt?«

Zev trug die Schalen zum Tisch. Sie hatte die Plätze dicht nebeneinander gedeckt, was ihm sehr gefiel. Ihr gegenüber zu sitzen, wäre ihm viel zu weit weg vorgekommen. Sie holten das

Gebäck und den Hummer, und nachdem sie sich gesetzt hatten, sagte er: »Er hatte sogar sehr viel zu sagen. Ich hatte deinen Eltern einen Brief geschrieben, ein paar Monate nachdem ich die Stadt verlassen hatte und bevor ich dich in Mexik...«

»Du hast ihnen *geschrieben*? Warum ihnen und nicht mir?«

Der Schmerz in ihrer Stimme versetzte ihm einen Stich. Von seinem Stuhl ging er vor ihr auf die Knie und nahm ihre Hand – in der Hoffnung, den Ausdruck von Verrat in ihren Augen zu verscheuchen. »Ich hätte dir nicht schreiben können, weil ich wusste, dass du keine Möglichkeit haben würdest, mir zurückzuschreiben. Ich wusste nicht, wohin ich gehen würde ...«

»Aber Graham hat dir geschrieben.«

»Erst zwei Jahre später fing er damit an, als ich besser voraussagen konnte, wohin ich ging. Das hätte ich dir nicht antun können, so kurz nachdem ich gegangen war. Es hätte alles nur noch schlimmer gemacht.«

»Es wäre schlimmer gewesen, aber trotzdem ...«, meinte sie traurig.

»Nicht *aber trotzdem*, Schatz. Ich hatte genug Schmerzen verursacht. Um nichts auf der Welt wollte ich etwas tun, was dir noch mehr wehtat. Du kannst sauer auf mich sein, aber das ist die Wahrheit.«

Sie schloss eine Sekunde lang die Augen und atmete tief durch. Als sie sie öffnete, war der empfundene Verrat, den er gesehen hatte, verschwunden, die Traurigkeit aber war noch da. »Ich bin nicht sauer. Ich weiß, dass du recht hast. Es hätte niemandem genutzt. Damals wollte ich nur so dringend etwas von dir hören, dass es irgendwie wehtut zu erfahren, dass du ihnen geschrieben hast.«

»Es tut mir leid, Carls. Anscheinend habe ich dir all den

Kummer, den ich vermeiden wollte, doch zugefügt.« Er hielt ihre Hand in seiner und legte die Stirn auf ihre vereinten Hände, während er versuchte, den Schmerz tief in sich zu vergraben. Sie fuhr mit den Fingern durch seine Haare, und als er aufschaute, überwältigte ihn die Vergebung in ihrem Blick aufs Neue.

»Es tut mir leid«, sagte sie leise. »Aber wir wollten immer ehrlich zueinander sein. Jetzt bin ich nicht sauer, und der Schmerz war keiner von der Art, die einen nicht loslässt. Er ist schon fast verschwunden.« Ein kleines Lächeln erschien auf ihren Lippen. »Aber warum haben sie mir nicht erzählt, dass du ihnen geschrieben hast? Was stand in dem Brief?«

»Ich bin immer davon ausgegangen, dass sie es dir erzählt hätten, aber heute hat dein Dad mir erklärt, warum sie es nicht taten. Er sagte, als sie meinen Brief erhielten, warst du immer noch damit beschäftigt, über Torys Tod und mein Verschwinden hinwegzukommen, aber es ging dir schon besser. Sie wollten deine Fortschritte nicht gefährden.«

Sie schluckte. »Das war wahrscheinlich schlau, denn es hätte mit Sicherheit alles noch schwerer gemacht.«

»Sie haben dich sehr lieb, Schatz.« Er zog seinen Stuhl heran und setzte sich wieder, sodass sie sich Auge in Auge gegenübersaßen. »Ich habe deine Eltern immer sehr gemocht und wusste, dass ich ihnen auch wehgetan habe, als ich dir wehtat. Mit dem Brief wollte ich mich dafür entschuldigen, dass ich auf diese Art gegangen war und dir wehgetan hatte, und ich wollte alles erklären. All die Dinge, die ich dir am Montagabend im Park gesagt habe, hatte ich ihnen geschrieben. Ich habe ihnen erzählt, wie kaputt ich innerlich war und wie sehr ich dich liebte, und dass ich wusste, dass sich das nie ändern würde. Aber wenn ich geblieben wäre, hättest du mich am Ende gehasst. Ich habe in dem Brief gesagt, dass ich befürchtete, es würde dich verändern, wenn du mit mir zusammenbleiben würdest, und dass ich das nicht wollte. Sie sollten von mir hören, dass ich meine Schwächen kannte, und sie sollten wissen, wie abgöttisch ich ihre Tochter liebte.«

»Genug, um mich hinter dir zu lassen«, sagte sie leise.

»So klischeehaft es sich auch anhören mag, ja. Nur dass du jetzt weißt, und sie auch wissen, dass ich nie wirklich in der Lage war, dich hinter mir zu lassen.«

Sie drückte ihre Lippen auf seine und sagte nichts, aber das brauchte sie auch nicht. Er wusste, dass dieser versöhnliche Kuss ihre Art war zu sagen, dass die Vergangenheit hinter ihnen lag.

»Als dein Vater heute anrief, hatte er schon mit deiner Mom und mit meinen Eltern gesprochen. Du kennst deinen Dad – Small Talk gab es nicht. Er sagte, ich sei ein Junge gewesen, als ich gegangen bin, und einem Jungen könne er vergeben, denn durch Fehler würden Jungen zu Männern. Dann sagte er, dass er jetzt, da ich ein Mann sei, von mir erwarte, mir darüber im Klaren zu sein, dass das Wort eines Mannes zählt. Ich sagte, ich wüsste es, und er meinte, das wäre gut, denn ich sei ein Braden, und er würde auch erwarten, dass ich diesem Namen gerecht würde.« Zev schwieg kurz, als er sich die erdrückende Wucht dieser Worte in Erinnerung rief. »Als er das zu mir sagte, Carls, kam es mir vor, als kenne er mein tiefstes Geheimnis. Ich habe beobachtet, wie meine Brüder meine Eltern stolz gemacht haben, und ich weiß, dass meine Familie stolz auf alles ist, was ich erreicht habe, aber das ändert nichts daran, wie sehr ich sie enttäuscht habe. In dem Moment habe ich mir das Versprechen gegeben, dass ich das in Ordnung bringe, ebenso wie ich mir geschworen habe, dir ein so guter Mann zu sein, wie ich es nur sein kann. Ich will jemand sein, der für Familie und Freunde, für alle, die mir wichtig sind, alles in seiner Macht Stehende tut. Jemand, der zu Feiertagen nach Hause kommt und so lange bleibt, bis er alle nervt. Dein Vater soll mir in späteren Jahren in die Augen schauen und sagen können, dass ich ihn nie wieder enttäuscht habe. So ein Mann will ich sein, denn dein Vater hatte recht. Ich bin stolz darauf, ein Braden zu sein, und es ist an der Zeit, dass ich diesem Namen in allen Bereichen gerecht werde.«

»Du wirst dem Namen Braden gerecht, Zevy, aber es ist wunderbar, dass du mehr tun und mehr da sein willst, und das denken alle anderen mit Sicherheit auch.« Dies war Carlys Gelegenheit, über ihre gemeinsamen Pläne zu reden, aber es machte sie etwas nervös, das Thema anzusprechen. Sie stand auf, um die Kerzen anzuzünden, und bemühte sich, locker zu klingen. »Okay … dann weiß ich zumindest, dass ich dich zu Weihnachten sehe.«

»Zu Weihnachten? Das ist noch Monate hin. Wir sollten uns doch hoffentlich vorher schon sehen.« Er gab ihr einen Klaps auf den Hintern, als sie zu ihrem Stuhl zurückkehrte.

»Hast du irgendeine Idee, wann das sein könnte?« Sie nippte an ihrem Wein, sah ihn über den Rand des Glases hinweg an und hoffte, dass er nicht merkte, wie sehr es ihr im Bauch kribbelte.

»Keine Ahnung, Schatz, hoffentlich ziemlich bald.« Er legte seine Gabel ab und sagte mit ernstem Blick: »Genauer gesagt, wahrscheinlich dann, wenn ich meine Sachen im Griff habe oder wenn du dir für ein paar Tage freinehmen kannst. War es nicht das, worauf wir uns geeinigt hatten?« Er rieb die Nase über ihre Wange, und sie liebte diese intime Berührung inzwischen sehr. »Du weißt, dass ich nicht lange fortbleiben kann. Ich werde jede Gelegenheit ergreifen, um zu dir zu fliegen.«

»Das weiß ich«, sagte sie, denn sie glaubte ihm. »Das werde ich auch tun.«

Ihr wurde klar, dass sie beide noch keine konkreten Termine festlegen konnten. Sie hatte keine Ahnung, welche Veranstaltungen sich ergeben würden oder wie viel Zeit Quinn sich von der Bank freinehmen könnte, falls sie für Carly einspringen müsste. Vielleicht war ihr Plan, einen Plan aufstellen zu wollen, auch falsch. Vielleicht musste sie einfach nur ihre Denkweise ändern. Sie hatten vielleicht keine Termine im Kalender stehen, aber sie hatten einen Plan in ihren Herzen, und sie beide wollten alles dafür tun, dass er funktionierte. Das musste für den Moment genügen.

Er kostete die Suppe. »Die ist köstlich, sogar besser als die von meiner Mom.«

»Wirklich? Danke.«

Schweigend aßen sie ein paar Minuten weiter, aber irgendetwas fühlte sich seltsam an. Sie glaubte nicht, dass es an dem fehlenden Plan lag. Mit ihrer beider Entscheidung füreinander war diese Sorge vorerst erledigt. Es lag nicht am Essen oder an Zev, und Bandit saß an der Terrassentür und war nicht als Dieb unterwegs.

»Was ist los?«, fragte Zev.

»Kommt dir irgendetwas seltsam vor?«

»Alles, was du gekocht hast, schmeckt großartig, und die Kerzen sind romantisch.« Er hob eine Augenbraue. »Also nimm es mir bitte nicht übel, aber wir bräuchten jetzt nur noch ein kitschiges Lied aus dem Radio und dann könnten wir unsere Eltern sein.«

»Du meine Güte!« Sie lachte. »*Das* ist es.«

»Ja, das hier ist toll, aber es ist etwas zu *erwachsen* für uns.«

»Ich bin absolut deiner Meinung. Aber ich habe eine Idee.« Sie stand auf, und sofort sprang auch Bandit auf und folgte ihr ins Wohnzimmer. Sie zog den Couchtisch in die Mitte des Raumes und warf zwei Kissen vom Sofa auf den Boden. »Wie ist das?«

»Perfekt«, sagte er und trug ihre Teller zum Couchtisch. Sie holten das restliche Essen und die Kerzen. »Weißt du noch, wie wir im Wohnzimmer meiner Eltern gesessen und unsere Abenteuer geplant haben?«

»Ja, davon habe ich ein Foto! Warte kurz.« Sie rannte ins Esszimmer und schnappte sich den Karton mit den Fotos, den sie mit nach Hause genommen hatte. Als sie zurückkam, saß Zev auf einem Kissen und Bandit lag mit der Schnauze auf seinem Schoß neben ihm. Sie setzte sich auf das andere Kissen und öffnete den Karton.

»Ich habe ja gesagt, dein Haus ist nicht Zev-frei«, meinte er großspurig.

»Die waren in meinem Büro im Schrank, du Schlaumeier. Aber da ich nun Bilder von uns in meinem Büro habe, wollte ich ein paar von denen hier aufhängen.«

»Hast du gehört, Bandit? Hab dir doch gesagt, dass sie mich liebt.« Er legte einen Arm um Carlys Hals und zog sie zu einem Kuss heran. »Wurde verdammt noch mal auch Zeit.«

»Du bist unmöglich. Als du mich auf der Hochzeit gesehen hast, wusstest du sofort, dass ich dich liebe.«

Er grinste. »Wie könntest du auch nicht?«

Sie pustete die Kerzen aus und schob den Couchtisch etwas

beiseite, damit sie genug Platz hatten, um die Fotos anzusehen.

»Was meinst du, Bandit?«, fragte er verschwörerisch. »Rückt sie die Möbel weg, um sich auszuziehen, oder ist das ein schlechtes Zeichen?«

»Hörst du bitte mal auf? Bandit denkt sonst noch, dass ich dich wirklich nicht mag.«

»Ich glaube, du überschätzt ihn da ein wenig.«

»Meinst du? Er hat meine Klamotten in deine Tasche gestopft. Ich bin mir ziemlich sicher, dass dieser Hund halb Mensch ist.« Sie beäugte Bandit, der kurz den Kopf hob und dann mit einem Seufzer das Kinn wieder auf Zevs Oberschenkel ablegte. »Ich habe nur etwas Platz geschaffen, damit wir uns die Bilder anschauen können.«

»Mist, ich hatte aufs Ausziehen gehofft.«

Sie warf ihm einen todernsten Blick zu.

Er schmunzelte. »Mal schauen, was du da hast.«

»Viele der Fotos hast du auch«, sagte sie, als sie sich daran machten, sie durchzusehen. »Von dem hier habe ich geredet.« Sie reichte ihm ein Foto von ihnen beiden, wie sie auf Kissen saßen, sich über den Couchtisch seiner Eltern beugten und etwas in Notizblöcke schrieben. Sie waren sicher nicht viel älter als neun oder zehn Jahre gewesen. Die Haare hingen ihnen ins Gesicht und sie hatten nackte Füße. Neben ihnen standen zwei Teller, auf jedem ein unberührtes Sandwich und Chips.

Zev strich mit dem Finger über das Bild. »Sogar damals hast du schon versucht, mein Interesse zu wecken.«

»Wie kommst du darauf?« Sie betrachtete das Bild. »Ich habe gearbeitet.«

»Guck dir diese knappen Shorts an. Und dein Arm, den du an meinen drückst? Du hast dich immer schon an mich rangemacht.« Er ergatterte noch einen Kuss von ihr und sah wieder auf das Foto. »Wir waren so jung.«

»Ich weiß.« Sie zog weitere Fotos von ihnen beiden hervor – beim Angeln, Wandern und beim Monopoly-Spielen mit Beau und Nick. »Sieh dir an, wie mürrisch Nick aus der Wäsche guckt.«

»Was für ein Miesepeter.« Zev lachte und fischte ein Foto heraus, auf dem Carly und er vor dem Haus seiner Eltern Fahrrad fuhren. Jillian und Jax saßen auf der Kühlerhaube des Autos ihrer Mutter, Beau und Nick spielten mit ihrem Vater auf dem Rasen Fangen und Graham schob sein Fahrrad aus der Garage. »Weißt du noch, wie Graham uns immer gefolgt ist?«

»Ja, und oft hast du ihn überredet, mit dem Walkie-Talkie zurückzubleiben und Schmiere zu stehen.«

Zev grinste frech. »Weil ich mit dir allein sein wollte.«

»Wir waren *zehn.*«

»Was soll ich sagen? Ich habe mich an dem Tag in dich verliebt, als ich dich das erste Mal gefragt habe, ob du meine Abenteuerpartnerin sein willst, und da waren wir in der zweiten Klasse.«

»Hast du nicht!«

»Stimmt, es war noch früher. Aber das war ein bedeutender Tag für mich. Als ich an dem Nachmittag nach Hause kam, haben mein Dad und ich ein Gespräch von Mann zu Mann geführt.«

»Wohl eher von Mann zu Junge.«

»Stell nicht meine Männlichkeit infrage. Ich war vielleicht noch klein, aber ich wusste, was ich wollte. Mein Vater hat mir gesagt, dass ich vorsichtig sein solle, wenn wir zu Abenteuern aufbrechen. Er sagte, ich solle immer daran denken, dass du ein Mädchen bist und es mein Job sei, dich zu beschützen.«

»Ich war ziemlich tough«, sagte sie, während gleichzeitig

ihre Zuneigung zu seinem Vater noch größer wurde, weil er dieses Gespräch mit Zev geführt hatte.

»Das habe ich ihm auch gesagt. Ich habe gesagt, du wärst tougher als alle Jungs in meiner Klasse. Aber er meinte, es läge dennoch in meiner Verantwortung, dafür zu sorgen, dass dir nichts passiert.«

»Er ist ein guter Vater.«

Zev legte das Foto weg. »Willst du wissen, was er noch gesagt hat?«

»Was?« Sie griff in den Karton und holte noch mehr Fotos heraus.

»Er sagte, wenn ich irgendwelche merkwürdigen Gefühle bekäme, zum Beispiel wenn ich dich küssen wolle oder wenn du versuchen würdest, mich zu küssen, dann sollten wir wahrscheinlich lieber damit warten, bis wir älter wären, damit es unsere Freundschaft nicht zerstört.«

»Wirklich? Aber wir waren so jung.«

»Ich weiß. Das hat mich irgendwie umgehauen. Mein Vater hat nie viel geredet. Selbst damals wusste ich schon: Wenn er etwas sagte, dann war es wichtig. Was glaubst du, warum du immer diejenige sein musstest, die gedrängt hat, den nächsten Schritt zu wagen?« Er schaute ihr in die Augen. »Es war ja nicht so, dass ich dich nicht wollte. Aber es war meine Aufgabe, dich zu beschützen, und ich bewegte mich immer auf einem schmalen Grat, den ich selbst nie ganz verstand. Da waren diese Hormone, die mich manches tun lassen wollten, aber auf keinen Fall wollte ich unsere Freundschaft in Gefahr bringen oder das Falsche tun.«

Er klang so innig und ehrlich, dass die Worte aus ihr herausprudelten. »Du hast nie aufgehört, mich zu beschützen. So sehr es uns beiden auch wehgetan hat, du bist gegangen, weil du dachtest, dass du mich beschützt. Und du bist mir nicht gefolgt, nachdem ich in Mexiko verschwunden bin, weil du glaubtest, das zu tun, was ich wollte. Du hast mich auch da noch beschützt.«

»Und dann habe ich dich auf der Hochzeit gesehen, und die ganze Beschützerei war dahin.«

Sie drückte ihre Schulter an seine. »Träum weiter, Braden. Du wirst mich immer beschützen.«

»Oh, und wie ich träume, *Dylan*. Und zwar von dir wieder nackt in meinen Armen.«

Sie schwelgten in Erinnerungen, küssten sich und alberten herum, während sie sich andere Fotos von sich auf Schulausflügen anschauten, bei archäologischen Grabungen, beim Schlittenfahren mit seinen Geschwistern und aneinander gekuschelt in einem Tipi, das sie auf Zevs Bett gebaut hatten. Sie fanden Weihnachtsbilder mit witzigen Nikolausmützen und Fotos vom Nationalfeiertag, auf denen sie mit Wunderkerzen herumliefen. Ein Bild zeigte Carly und Zev im Alter von fünfzehn Jahren schlafend auf dem Sofa der Bradens, vollständig bekleidet, wobei Zev hinter ihr lag und den Arm um ihren Bauch gelegt hatte. Nick stand über ihnen, die Arme verschränkt und mit einem finsteren Blick in seinem jungen Gesicht. Carly erinnerte sich noch gut an diese Nacht. Zev und sie hatten ihre Eltern gefragt, ob sie über Nacht bleiben konnte, um Freddy-Krueger-Filme zu sehen. Es war alles recht harmlos gewesen, auch wenn sie herumgeknutscht hatten und die Hände schon mal unter die Pullover gewandert waren, als sie allein waren. Beim Aufwachen hatten sie diesen bösen Blick gesehen und Jillian gehört, die behauptete, sie hätte *Erpressungsmaterial* auf ihrer Digitalkamera, darunter auch das Foto, das sie sich jetzt ansahen, und eines, auf dem Zev und Carly sich küssten.

Zev hatte ihre Kamera einkassiert und die Beweise behalten.

»Schatz, sieh dir das hier an.« Zev zeigte ihr ein Foto, auf dem sie beide mit Beau und Tory auf einem Frühlingsfest in Pleasant Hill zu sehen waren.

»Das Bild wurde ein paar Monate vor dem Unfall aufgenommen.«

»Sie war so jung«, sagte er traurig. »Kaum zu glauben, dass so viel Zeit vergangen ist. Ich frage mich, wie es ihren Eltern wohl geht.«

»Wenn ich zu Hause bin, besuche ich sie immer. Sie waren nie wieder dieselben, aber ich nehme an, dass niemand, der Tory gekannt hatte, je wieder derselbe war, nachdem sie gestorben war.«

»Hm-hm«, meinte er und klang mitgenommen. »Du solltest das aufhängen, ihr Andenken lebendig halten. Wir hatten viel Spaß mit ihr und Beau.«

»Du hast recht. Das waren wirklich schöne Zeiten.« Sie griff in den Karton und nahm ein Bild von Zev und sich am Abend des Konzerts von Maroon 5 heraus. Er stand hinter ihr, die Arme um sie gelegt, und küsste sie auf die Wange, während sie von einem Ohr zum anderen lächelte und sein Gesicht umfasste. Sie legte ihm das Foto auf den Schoß. »Das hänge ich mit Sicherheit auf.«

»Das Konzert. Das war ein toller Abend.«

»Dir gefiel nur das anschließende Gefummel im Auto.«

»Und wie. Und wenn ich mich recht erinnere, dir auch.« Er schaute zu den Fotos, die sie beiseitegelegt hatten, um sie aufzuhängen. »Du musst dir wohl ein paar Rahmen kaufen.«

»Auf dem Weg nach Hause habe ich bei einem Bastelgeschäft angehalten. Sie hatten Rahmen im Angebot, also habe ich ungefähr zwanzig gekauft.«

»Super, dann lass uns ein paar von denen aufhängen«, sagte er und stand auf.

»Macht es dir nichts aus? Das ist unser letzter gemeinsamer Abend. Bist du dir sicher, dass du die Zeit mit dem Aufhängen von Bildern verschwenden willst?«

Er half ihr hoch und drückte sie an sich. »Das ist nicht unser letzter gemeinsamer Abend. Das ist nur vorläufig unser letzter Abend, und es ist keine Zeitverschwendung, unsere Erinnerungen in dein Haus zu bringen. Das ist eine Hommage an unsere Beziehung.«

»Du sagst immer genau das Richtige.«

»Nein, nicht immer. Die meiste Zeit über hoffe ich nur, dass ich nichts vermassele. Aber einige Dinge sind einfach, zum Beispiel dir gegenüber ehrlich zu sein. Ich möchte mit dir hier sein, Carly, und es spielt keine Rolle, ob wir rumknutschen, uns lieben oder Fotos aufhängen. Ich möchte, dass du glückliche Erinnerungsstücke von uns hast, damit du dich gut fühlst, wenn ich nicht hier bei dir bin. Erinnerungen an die Momente, in denen wir diese Fotos durchgegangen sind, und daran, dass wir nicht gut darin sind, normale erwachsene Dinge zu tun, wie zum Beispiel an einem normalen Tisch zu sitzen.« Er schaute zum Couchtisch. »Du hast dir viel Mühe gegeben, um ein besonderes Essen zu machen, und wir haben es noch nicht mal aufgegessen. Manch einer würde sich deshalb schuldig fühlen, aber ich weiß, dass *du* weißt, wie dankbar ich dir dafür bin, und so sind wir beide nun mal. Wir folgen unseren Herzen, wohin sie uns auch führen mögen, und das bedeutet eben manchmal, dass wir das Essen vergessen. In diesem Moment braucht dein Herz Fotos an den Wänden. Später wärmen wir das Essen auf und genießen jeden Bissen.«

Sie küsste ihn mitten auf die Brust. »Siehst du? Meinte ich

doch. Du weißt genau, was du sagen musst, um mich glücklich zu machen. Komm, lass uns Hammer und Nägel holen.«

»Ich schwing deinen Hammer, wenn du meinen schwingst«, sagte er und folgte ihr in die Essecke.

»Okay, Thor.« Sie nahm einen Hammer mit einem rosa Griff aus dem Schrank, legte ihn auf den Tisch und holte die Rahmen, die sie gekauft hatte, aus der Einkaufstasche.

»Der ist rosa«, sagte er. »Und winzig.«

»Das hast du gesagt, nicht ich«, meinte sie kichernd und wurde dafür böse angesehen. »Wenn du mit dem rosa Griff nicht klarkommst, dann kommst du vielleicht auch nicht mit der Frau klar, der er gehört.«

Er zog sie in seine Arme. »Es gibt nichts an dir, womit ich nicht klarkomme, Carly Dylan, abgesehen vielleicht von deinem schlauen Mundwerk.«

»Aber dein *gewaltiger Hammer* liebt mein schlaues Mundwerk.« Sie befreite sich aus seiner Umarmung. »Komm, Thor. Wir rahmen die Fotos und sehen mal, wie gut du nageln kannst. Vielleicht kannst du ja später noch was anderes nageln.«

»Und wer sagt jetzt genau das Richtige?«

Sie zeigte ihm ein Zahnpastalächeln. »Du kannst von Glück sagen, dass ich dich das nicht nur mit einem Werkzeuggürtel bekleidet machen lasse.«

»Glaubst du, ich würde mich beschweren?« Er fing an, seine Jeans aufzuknöpfen.

»Das war nur Spaß!« Sie fiel ihm lachend in die Arme. »Es ist schön, dass du das für mich tun würdest.«

»Ich würde alles für dich tun … und mit dir.«

Er kniff ihr in den Hintern und ließ dann Bandit hinaus, damit er in dem umzäunten Garten spielen konnte, während sie in Gedanken all die verdorbenen Möglichkeiten durchging.

»Bin gleich wieder da. Ich habe Bandit ein paar neue Kauspielzeuge gekauft. Die werfe ich ihm nur kurz nach draußen.«

Sie beobachtete ihn, während sie die Fotos passenden Rahmen zuordnete. Beim Kochen hatte sie sich gefragt, wie es sein würde, Zev nach all den Jahren, in denen sie ihre Gefühle für ihn geleugnet hatte, in ihrem Haus zu haben. Doch es war ebenso natürlich wie alles andere, als wäre er wirklich die ganze Zeit dort bei ihr gewesen.

Nachdem sie Rahmen für die Fotos ausgesucht hatten, stellten sie einige von ihnen auf den Kaminsims und auf die halbhohe Mauer zwischen Küche und Wohnzimmer. Dann hängten sie noch Bilder an die Wand neben der Wendeltreppe, wobei Zev sich nach jedem Nagel, den er einschlug, einen Kuss abholte. Er knabberte an Carlys Hals, während sie die Rahmen ausrichtete, und begrapschte sie jedes Mal, wenn sie vorbeiging. Sie war jedoch alles andere als ein unschuldiges Opfer, denn sie rieb sich anzüglich an ihm und streifte seinen Rücken, während er hämmerte. Sie liebte es, ihn anzustacheln, mit gierigen Lauten von ihm belohnt zu werden und seine vor Beherrschung angespannten Muskeln unter ihren Händen zu spüren. Mit jedem Mal ging sie etwas weiter, strich ihm über die Brust, und wenn er zur nächsten Stelle ging, an der ein Rahmen aufgehängt werden musste, berührte sie ihn dort, wo es ihm ein Stöhnen entlockte. Er folgte ihr die Wendeltreppe hinauf und ließ sie auf halbem Weg innehalten, wo er sie befummelte und sie so innig küsste, dass ihre Knie ganz weich wurden.

»Und was jetzt, sexy Lady?«, flüsterte er ihr ins Ohr.

Dein Mund auf meiner nackten Haut. »Büro«, hauchte sie und ging mit zittrigen Beinen die restlichen Stufen nach oben. Ihr Büro war das einzige Zimmer im oberen Geschoss. Es hatte ein Dachfenster, durch das sie die Sterne sehen konnte. Ein antikes Sofa stand dort, das sie in einem Secondhandladen gekauft hatte und das seine besten Tage hinter sich hatte, außerdem ein passender Beistelltisch und ein stilvoller grüner Schreibtisch, der ihrer Tante gehört hatte.

»Dieser Raum gefällt mir«, sagte Zev erregt, während er ihr tief in die Augen schaute und die Finger über den Schreibtisch gleiten ließ.

Sie legte die Bilder dort ab und wurde überschwemmt von heißen Erinnerungen daran, was er auf dem Küchentisch im Gasthof mit ihr angestellt hatte. Mit beiden Händen stützte sie sich ab und schloss die Augen, versuchte zu atmen und wurde gleichzeitig von einer Abfolge schmutziger Fantasien überwältigt.

Zev presste sich von hinten an sie und seine Hände schlossen sich um ihre Taille. »Was ist los, Carls?«, fragte er mit rauer Stimme. Er saugte an ihrem Ohrläppchen, knöpfte ihre Shorts auf und schob die Hand in ihren Slip. Beide stöhnten auf, als er mit den Fingern durch ihre feuchte Mitte glitt und seinen harten Schaft an ihren Hintern drückte.

»*Ja*«, entwich es ihr heiß und dringlich.

Sie bog den Rücken durch, rieb den Hintern an ihm und packte sein Handgelenk, um seine Hand tiefer zu schieben. Seine Finger tauchten in sie ein, mit den Zähnen kratzte er über ihren Hals und jagte Pfeile der Lust bis in ihr Innerstes. Er liebkoste sie, saugte an ihrem Hals und strich über den geheimnisvollen Punkt in ihr, bis sie auf Zehenspitzen ging und um mehr flehte. Sein Daumen fand dieses sensible Nervengeflecht, bei dessen Berührung sich all ihre Gedanken auflösten. Sie schloss die Augen, bewegte die Hüften und suchte nach der Erlösung, die sie sich ersehnte. Doch er hielt sich zurück, das spürte sie, um sie rücksichtslos am Rand des Wahnsinns verharren zu lassen. Er legte den Mund auf ihren Hals, saugte noch fester.

»Zev … bitte!«

»T-Shirt aus«, stieß er hervor, als er sie von der Taille abwärts entblößte. »Hände auf den Tisch.«

Sie würde *alles* tun, was er von ihr verlangte. Vornübergebeugt stellte sie die Beine weiter auseinander. Mit einer Hand umfasste er ihre Brust, mit der anderen zwischen ihren Beinen raubte er ihr fast den Verstand. Sein heißer Mund glitt lodernd über ihre Schultern, leckte, küsste und biss gerade fest genug zu. Jede Regung seiner Hand brachte sie der Vollendung näher. Er bahnte sich seinen Weg über ihren Rücken zu ihrem Hintern, um ihr feuchte Küsse hinten auf die Oberschenkel zu drücken. Ihr stockte der Atem, als sie seine Zunge köstlich über ihre Haut gleiten spürte. Sie warf den Kopf zurück und krallte sich am Tisch fest. Zev schob die Finger in sie hinein, und sie bog den Rücken durch, stöhnte auf und streckte ihm den Hintern entgegen, um ihm das Einverständnis zu geben, das er brauchte. Doch während ihre Welt taumelte, behielt er vollkommen die Kontrolle, nahm sich Zeit und labte sich quälend nahe an ihrer Mitte, doch nicht nah genug.

Seine Hände ließen einen kurzen Moment lang von ihr ab, als er sich seine Kleidung vom Leib riss. Dann packte er ihre Hüften, drückte seinen heißen, harten Schaft zwischen ihre Beine und an ihre nassen Falten, während er mit der Zunge über ihre Schulter fuhr und fast knurrte: »Du bist so unfassbar sexy. Berühr dich selbst, Schatz.«

Sie führte die Hand zwischen ihre Beine und streichelte mit den Fingerspitzen über die breite Spitze seiner Härte, während er rhythmisch die Hüften bewegte.

»Dort, wo du es am meisten brauchst«, forderte er sie auf.

Sie schob die Finger zu ihrer empfindlichsten Stelle, und sein Schaft glitt schneller an ihrer Mitte entlang. Die Reibung war himmlisch, seine Befehle betörend.

»Drück die Oberschenkel zusammen.« Seine Stimme war tief und begehrend, und er legte die Hände auf ihre Brüste. Als sie gehorchte, stöhnte er laut auf, stieß schneller zu und knetete ihre Nippel zwischen Zeigefinger und Daumen. Sie atmete kaum, war seiner Gnade ausgeliefert. »Komm über mir«, stieß er aus, bevor er ihre Brustwarzen noch fester drückte und die Zähne in ihrem Nacken vergrub. Sie schrie auf und ihr ganzer Körper zuckte und verspannte sich. »Genau, Schatz, komm richtig heftig.« Die Mischung aus Befehl und Dankbarkeit in seiner Stimme machte es noch aufregender, während er sie bis zum letzten Pulsieren ihres Höhepunktes liebkoste.

Ungestüm drehte er sie in seinen Armen herum und zog sie zu einem tiefen, leidenschaftlichen Kuss an sich. Sie zitterte, konnte kaum denken oder klar sehen. Er glitt mit der Hand zwischen ihre Beine, wo sie von ihrer Erregung ganz nass wurde, und legte sie dann um seinen Schaft. Sein Blick aus dunklen Augen bohrte sich in ihren. »Sieh mir zu«, sagte er und ging auf die Knie, um sich zu stimulieren und gleichzeitig sie zu kosten.

Heiliger Himmel, verdammt! Sein talentierter Mund allein war schon eine mächtige Kraft, aber zu sehen, wie er Hand an sich legte und ihr gleichzeitig Lust bereitete, war zu viel. Mit zugekniffenen Augen kam sie erneut so heftig, dass ihr die Beine versagten. Doch Zev war da und fing sie auf.

Er trug sie zu dem Sofa und bettete sie auf den Rücken, um sich dann auf sie zu legen. »Wie soll ich dich morgen nur verlassen?«

Die Liebe in seinen Augen und die Qualen in seiner Stimme

rissen sie aus ihrem liebestrunkenen Nebel. Seine Liebe war ein Aphrodisiakum und belebte sie erneut. Sie wollte nicht daran denken, dass er ging, und so zog sie ihn zu einem Kuss an sich. Langsam bewegte er das Becken und drang Zentimeter für Zentimeter in sie ein, bis er sie ganz ausfüllte. »Oh Carly!«, gab er bewundernd von sich, als fühlte sie sich einfach zu gut an.

Ihr ging es genauso, sie war hingerissen und wollte am liebsten in ihrer Zweisamkeit verharren und vor der Realität fortrennen, die der nächste Tag bringen würde. Wenn er sich bewegte, bewegte sie sich mit ihm, hob die Hüften, stieß sie vor, rieb sich an ihm und drückte ihm die Finger ins Fleisch, als könnten sie jeweils den Körper des anderen auf ihren eigenen aufprägen. Ihre Münder fanden zueinander, die Zungen spielten, forschten, verschlangen einander. Er hielt sie noch fester, stieß härter und schneller zu, das Sofa wackelte und knarrte unter ihnen. Er drang noch tiefer in sie ein – so unfassbar gut –, und sie liebte ihn noch heftiger denn je, ihr Innerstes zog sich stärker zusammen und jagte sie beide in eine qualvolle Sphäre aus purer, explosiver Lust. Er stieß ihren Namen aus und seine Hüfte schoss vor, als die Erlösung kam. Plötzlich krachte es laut und Carly schrie auf, als das Sofa mit einer Ecke auf dem Boden aufschlug und ein Holzbein durch den Raum flog. Zev hielt sich an ihr fest und sein Gewicht erdrückte sie fast. Stille herrschte, beide waren noch immer vereint und hingen nun in Schräglage auf dem eingekrachten Sofa. In der nächsten Sekunde brachen sie in Gelächter aus.

»Wir …« Sie prustete, was ihn noch mehr zum Lachen brachte. »Wir haben es geschrottet!«

Er vergrub das Gesicht an ihrem Hals, und sein Bart kitzelte sie, als er lachend anbot: »Ich kaufe dir ein neues Sofa.« Er hob den Kopf, und sein unkontrolliertes Grinsen brachte sie noch mehr zum Lachen. Er begleitete ihr Kichern mit Küssen. »Ich wette, du bereust es jetzt, dass ich heute Abend gekommen bin.«

»Auf keinen Fall. Lieber ein eingebrochenes Sofa als ein gebrochenes Herz«, keuchte sie, da sie mit seinem Gewicht auf ihr und ihrem Lachen kaum Luft bekam.

Sein Blick wurde ernst und ihr Lachen verebbte. »Ich werde dir nie wieder das Herz brechen.«

»Das möchte ich dir gern glauben«, sagte sie im Scherz, denn sie glaubte ihm mit jeder Faser ihres Seins. »Aber wenn du noch länger auf mir liegst, wirst du all meine Organe zerbrechen.«

Er rollte von ihr herunter und plumpste mit dem Rücken auf den Boden, was beide wieder hysterisch lachen ließ. Sie kullerte vom Sofa auf ihn hinunter. Seine Augen loderten auf. »Es ist noch früh. Hast du noch andere Möbelstücke, die ersetzt werden müssen?«

Vierundzwanzig

Carly beobachtete die Zahlen, die auf der Digitaluhr neben ihrem Bett stetig fortschreitend aufleuchteten, und wünschte sich, sie könnte die Zeit anhalten. Ihr sogenannter Plan hatte ihr vorübergehend die Sorgen genommen, aber vor vierzig Minuten war sie panisch aufgewacht und seitdem ratterte ihr Hirn unaufhörlich. Sie lag warm und sicher in Zevs Armen, der sich hinter ihr an sie schmiegte und dessen Herz sie beruhigend regelmäßig an ihrem Rücken spürte. Es bestand kein Grund zur Panik. Und dennoch hatte sie das Gefühl, die neunzehnjährige Carly behauptete ihren Platz und wollte dafür sorgen, dass die erwachsene Carly niemals vergaß, wie sehr es wehgetan hatte, zurückgelassen zu werden. Sie würde es nie vergessen, ebenso wie er nie vergessen würde, wie es sich angefühlt hatte, als sie in Mexiko abgehauen war. Aber sie hatten einander vergeben und sie waren nicht mehr diese verängstigten jungen Menschen von damals. Sie waren klüger, umsichtiger mit sich selbst und mit dem Herzen des anderen.

Bandit winselte im Schlaf. Carly fragte sich, ob er auch verunsichert war. Zusammengerollt lag er an Zevs Kniekehlen gekuschelt. Bei Beau war er nie aufs Bett gesprungen. Carly war wach gewesen, als Bandit wie ein Ninja verstohlen aufs Bett geklettert war, aber sie hatte es nicht übers Herz gebracht, es ihm zu verbieten. Ihr kam es so vor, als spürte Bandit, dass sich etwas verändern würde, und als suchte auch er die Nähe zu Zev.

Ihr Blick wanderte zu den Fotos, die sie von Zev und ihr aufgehängt hatten – beim Klippenspringen zu Hause in Maryland und dick eingepackt mit Snowboards im Schnee auf einer Reise, die sie während ihres ersten Jahres am College unternommen hatten. Auf der Kommode gegenüber von ihrem Bett stand ein Bild von ihnen mit Tory und Beau, auf dem alle für einen Tanzabend in der Middleschool zurechtgemacht waren. Zev und Beau waren mit Hemd, Krawatte und schicker Hose ausstaffiert. Beau trug Anzugschuhe und hatte ordentlich gekämmte Haare. Zev hatte Wanderschuhe an, seine Krawatte war schief und die Haare fielen ihm ins Gesicht. Carly spürte beim Anblick ihres jungen Freundes heute wie damals ein Kribbeln im Bauch. Sie betrachtete Tory, ihre beste Kindheitsfreundin, mit den geröteten Wangen und strahlend in einem pfirsichfarbenen Kleid mit passendem Anstecksträußchen und Stöckelschuhen. Carly erinnerte sich noch daran, wie sie sich zusammen für diesen Tanzabend zurechtgemacht hatten. Tory und sie hatten die ganze Zeit gekichert und herumgealbert, als sie sich angezogen hatten. Carly hatte zu ihrem königsblauen Kleid flache Pumps ausgesucht, weil Zev noch auf seinen Wachstumsschub gewartet hatte und nur drei oder vier Zentimeter größer als sie gewesen war. Ihr Anstecksträußchen hatte er mithilfe einer Angelschnur gebastelt, auf die er all ihre Lieblingscerealien aufgefädelt und daraus irre Blumen und dicke Stiele gebastelt hatte. Ihre Freundinnen fanden das damals merkwürdig, aber für sie war es das zauberhafteste Geschenk gewesen, das sie je erhalten hatte. *Er* war in ihren Augen der zauberhafteste Junge auf Erden gewesen.

Mit einem Kuss in den Nacken rissen seine warmen Lippen sie aus ihren Erinnerungen. »Guten Morgen, meine Schönheit«, flüsterte er.

Sie hätte schwören können, dass ihr Herz lächelte. Das alte Sprichwort, die Zeit heile alle Wunden, war nicht so treffend, wie sie einst geglaubt hatte. Sie hatte jahrelang Zeit gehabt, um ihren Herzschmerz zu verwinden, und sie hatte gedacht, dass es funktioniert hätte. Aber jetzt wusste sie, dass sie immer noch Wunden gehabt hatte, um die sie sich hatte kümmern müssen und die nur dadurch verheilen konnten, dass Zev und sie ihren Schmerz und ihre Tränen gemeinsam verarbeiteten – indem sie redeten, sich liebten, Anschuldigungen aussprachen und die Vergangenheit akzeptierten. Nachdem sie das nun alles getan hatten, sah sie Teile ihrer Zukunft ganz deutlich vor sich. In den Augen anderer Menschen waren Zev und sie vielleicht nicht perfekt, aber sie waren ehrlich und ihre Liebe war wahrhaftiger und tiefer, als sie je geglaubt hatte.

Als sie sich in seinen Armen umdrehte, sie all seine Fehler und Schwächen ebenso gut kannte wie ihre eigenen und ihm nun in die schläfrigen Augen sah, fand sie noch immer, dass er der zauberhafteste Mann auf Erden war.

»Ich habe eine Überraschung für dich«, sagte er leise und hielt sie eng an sich gedrückt. »Ich habe für heute auf der Ranch zwei Pferde für uns reserviert, damit du nicht deinen sonntäglichen Ausritt verpasst. Ich weiß, dass du einen langen Tag mit Vorbereitungen für das Festival auf dem Plan hast und früh im Geschäft sein musst, daher stehen die Pferde zu sechs Uhr bereit.«

Ihr Ausritt am Sonntagmorgen war das Letzte, woran sie gerade dachte. Wie kam es, dass er es auf dem Schirm hatte? »Warst du schon immer so aufmerksam?«

»Keine Ahnung, aber ich habe versprochen, dass ich zu deinem Leben hier etwas beitragen und nichts davon wegnehmen will, und das meinte ich auch so.«

Sie liebte ihn so sehr. Wie sollte sie ohne ihn an ihrer Seite in ihr Leben zurückkehren, ohne den Verstand zu verlieren, wenn sie nicht wusste, wie lange sie getrennt sein würden? Die Leere, die er und seine Liebe hinterlassen würden, fühlte sich an wie ein Bösewicht, der nur darauf wartete, sich auf sie zu stürzen.

»Es bedeutet mir unglaublich viel, dass du vorausgedacht und das alles organisiert hast, aber würde es dir etwas ausmachen, wenn wir auf das Reiten verzichteten?«, fragte sie. »Ich möchte wirklich einfach nur mit dir allein sein, bis du gehst. Es ist mir egal, ob wir zum Gasthof fahren, um die Hühner zu füttern, ob wir im Bett bleiben oder spazieren gehen. Ich möchte einfach nur noch eine Weile egoistisch sein.«

»Bist du deshalb die letzte Stunde schon wach gewesen?« Er küsste sie auf die Nase. »Diese Sommersprossen werden mir fehlen.«

Mir werden die süßen Dinge fehlen, die du tust und sagst, und dass du all die verborgenen Seiten an mir siehst, während nur so wenige Leute überhaupt versuchen, hinter die Fassade des Menschen zu schauen, den ich ihnen zeige.

»Du warst auch wach?«, fragte sie.

»Natürlich. Wenn du nicht mehr schläfst, schlafe ich auch nicht. Ich habe gespürt, dass du unruhig warst. Machst du dir noch Sorgen, was das Wann und Wie unserer Pläne angeht?«

»Ein wenig.«

Er zog die Augenbrauen zusammen, und sie wusste, dass er ihr nicht glaubte.

»Okay, mehr als nur ein wenig«, gestand sie. »Ich dachte,

ich käme damit zurecht, dass wir keine konkreten Pläne haben, aber es macht mich irgendwie verrückt.«

»Das ist in Ordnung, Schatz. Die neue Carly plant viel genauer als die alte. Ich respektiere alle Veränderungen, die du durchgemacht hast. Sieh dir nur an, wie weit du es deswegen gebracht hast. Ich bin mir nicht sicher, ob ich dir alle Antworten geben kann, die du haben willst, aber behalte deine Sorgen nicht für dich. Lass uns darüber reden und sehen, was wir klären können.«

»Ich frage mich nur, was du glaubst, wann wir uns wiedersehen? In zwei Wochen? Einem Monat? Später? Früher?«

»Da es richtig schlimm sein wird, von dir getrennt zu sein, hoffe ich, dass wir das finden werden, was das Magnetometer angezeigt hat, und wir es schnell an Land bekommen. Sobald ich weiß, womit wir es zu tun haben, und alles in die Wege geleitet wurde, werde ich mir bei der erstbesten Gelegenheit ein paar Tage freinehmen und zurückkommen. Hoffentlich innerhalb der nächsten zwei Wochen. Aber ich habe keine Ahnung, wie sich alles entwickeln wird. Du weißt, wie solche Angelegenheiten laufen. Es könnte schon Wochen dauern, das, was da unter dem Meeresboden liegt, genau zu lokalisieren und auszugraben, oder wir finden heraus, dass es gar nicht zum Wrack gehört, und in dem Fall müssten wir ganz von vorn anfangen. Aber ich melde mich jeden Tag, und ich komme zurück, sobald ich kann und so lange ich kann. Es bleibt mir nur ein kleines Zeitfenster, und wenn es kälter wird, schließt sich dieses Fenster irgendwann.«

»Ich weiß. Ich verlange auch kein genaues Datum. Ich wollte nur eine genauere Vorstellung von deinen Plänen haben.«

»*Unseren* Plänen«, korrigierte er sie. »Was ist mit deinem Geschäft? Stehen bei dir irgendwelche ruhigeren Zeiten an?«

»Eigentlich nicht. Im Sommer und Herbst ist mit den Stadtfesten ziemlich viel zu tun, und dann kommt schon die Weihnachtszeit. Aber es könnte für mich einfacher sein, freie Tage einzuplanen, als für dich.«

»Das alles musst du nicht allein stemmen. Das lasse ich nicht zu.« Er fuhr mit den Fingern über ihren Rücken. »Wir überlegen uns gemeinsam Lösungen, wir sind ja ziemlich kreativ. Ich bin mir sicher, wir kriegen das hin. Gestern Abend hatte ich nicht die Gelegenheit, dir das zu erzählen, aber als ich mit Noah telefoniert habe, um die Rücksendung der Konkretionen zur Insel zu organisieren, sprach er noch mal die Idee an, im Winter ein paar Wochen lang eine Sonderausstellung zu Schiffswracks im Erlebnispark zu veranstalten, die man jedes Jahr etwas umgestalten könnte. Ich dachte, das wäre eine Überlegung wert, weil ich in den kälteren Monaten nicht bei der Fundstelle der *Pride* tauchen kann und du bestimmt hier sein willst, um dich um dein Geschäft zu kümmern.«

»Du würdest es in Betracht ziehen, ein paar Wochen am Stück hier zu verbringen?« Hoffnung keimte in ihr auf. »Ich dachte, du würdest verrückt werden, wenn du nicht dauernd unterwegs bist.«

»Ehrlich gesagt habe ich keine Ahnung, wie ich damit zurechtkommen werde, für längere Zeit an einem Ort oder an Land zu sein, ohne ein Projekt zu haben, mit dem ich mich beschäftigen kann. Aber ich will bei dir sein, und wenn ich für eine Ausstellung verantwortlich bin, hätte ich etwas, worauf ich mich konzentrieren kann. Noah denkt dabei an interaktive Angebote für Kinder und Vorträge, die ich über das Tauchen, über Schiffswracks und die Schatzsuche halten kann. Das könnte Spaß bringen.«

»Aber du reist im Winter immer, und es hörte sich so an, als würdest du auch manchmal mit Randi und Ford reisen.«

»Stimmt, aber jetzt sind *wir* zusammen und ich möchte mit *dir* reisen, mit oder ohne Team. Die Reisen werden mir nichts bedeuten, wenn du nicht an meiner Seite bist, und damit wären wir bei etwas anderem, über das wir reden sollten. Die *Pride* gehört *uns*, Schatz. Ich hoffe, dass du irgendwann Zeit hast, wieder mit mir zu tauchen.«

»Über all das hast du auch nachgedacht? Ich dachte, du hättest nur irgendwelche Antworten aus dem Handgelenk geschüttelt, als du sagtest, ich solle auch mal über den Rand malen.«

»Die Antworten waren nicht aus dem Handgelenk geschüttelt. Ich meinte nur, dass wir kreativ sein müssen.«

»Klingt, als hätten wir jetzt viel zu bedenken«, sagte sie und fühlte sich schon viel besser, auch wenn sie noch immer keine konkreten Pläne hatten. »Mir gefällt die Idee, dass du Ausstellungen organisierst und mit deinen Cousins zusammenarbeitest. Das könnte genau das Richtige für dich sein, aber nur wenn du damit zurechtkommst, den Winter in Innenräumen gefangen zu sein.«

»Wir sind hier in Colorado, Schatz. Du fährst doch noch Ski, oder? Und Snowboard?«

»Ja«, bestätigte sie glücklich. »Ich verstehe, was du meinst. Wir könnten viel Spaß haben. Ich wollte schon immer mal zum Langlaufen.«

»Das kommt unbedingt auf unsere Eines-Tages-Liste. Mein Cousin Ty und seine Frau Aiyla machen wahnsinnig gern Skilanglauf. Wir unternehmen mal etwas mit ihnen. Wie sieht es mit dem Tauchen bei der *Pride* aus?«

»Seit wir die Insel verlassen haben, denke ich dauernd daran. Ich möchte unbedingt wieder dorthin, also ja! Mit Sicherheit nehme ich mir dafür Zeit. Ich dachte mir, wenn ich dort hinkomme, könnten wir tauchen und alles machen, was du tun möchtest oder musst, und wenn du hierherkommst, müsste ich wahrscheinlich zumindest ein wenig arbeiten, aber wir könnten auch ein paar andere Sachen einschieben.«

»Klingt doch so, als hätten wir die gleichen Vorstellungen, nur hast du immer noch kein klareres Bild von einem bestimmten Zeitablauf.«

»Stimmt, aber ich fühle mich schon besser, weil ich weiß, dass du in den Wintermonaten vielleicht hier Zeit verbringen würdest.«

Skeptisch sah er sie an. »Das ist großartig, aber trotzdem sehe ich in deinen Augen noch Fragezeichen, die gestern Abend nicht da waren. Was ist es, Carly? Was macht dir in Wirklichkeit zu schaffen?«

»Ich weiß es nicht«, sagte sie mit gequältem, frustriertem Tonfall.

Sorge zeichnete sich in seinem Gesicht ab. »Fragst du dich, wie eine Fernbeziehung funktionieren wird, oder hast du Angst, dass ich wieder verschwinden werde, sobald es irgendein Problem gibt?«

»Nichts davon bereitet mir noch Sorgen«, sagte sie zu schnell, weil sie keine Antworten auf die schwierigen Fragen suchen wollte.

»Gut, aber es wäre verständlich, wenn du Zweifel hinsichtlich meiner Ernsthaftigkeit hättest, und ich möchte nicht, dass wir eines dieser Paare sind, bei denen jeder seine Sorgen für sich behält. Wegen dieses Fehlers habe ich ein ganzes Jahrzehnt mit dir verloren. Auf keinen Fall werde ich zulassen, dass das noch mal passiert.«

Sie kuschelte sich noch enger an ihn. »Ich auch nicht. Ich

habe keine heimlichen Zweifel an deiner Ernsthaftigkeit oder deiner Liebe zu mir. Ich glaube nicht, dass du mir – oder uns – das noch mal antun würdest. Nicht nach allem, was wir durchgemacht haben.«

»Ich *weiß*, dass ich es nicht tun werde«, betonte er energisch. »Aber das heißt nicht, dass du mir glauben musst. Ich weiß, dass ich manche Dinge falsch angegangen habe, und ich werde nie aufhören, dir zu beweisen, dass ich der richtige Mann für dich bin und du auf mich zählen kannst.«

»Du musst nicht immerzu etwas beweisen, Zevy. Ich glaube dir und ich glaube *an* dich.«

Er drückte die Lippen an ihre Stirn. »Danke, Schatz, denn ich liebe dich mit allem, was ich bin und was ich habe, und das sollst du wissen.«

»Warte!« Ihr Herz raste. »Was hast du gerade gesagt?«

»Dass ich dich liebe?«

»Nein, das andere.«

»Dass ich dich liebe, mit allem, was ich bin und was ich habe?«

Sie konnte gar nicht mehr aufhören, über das ganze Gesicht zu strahlen. »Ja! Genau das habe ich über dich zu Birdie gesagt, wortwörtlich! Und auf der Hochzeit sagte Jilly, wir wären wie die zwei Seiten derselben Medaille.«

»Das besiegelt es dann wohl. Du wirst mich nicht mehr los.« Er küsste sie. »Ich wollte, dass du es später selbst findest, aber ich denke, du musst es jetzt sehen.«

»Was?«

Er erhob sich auf die Knie, mit bloßem Hintern und in all seiner Schönheit, woraufhin Bandit auf den Boden sprang. Zev schob den Vorhang hinter dem Bett zur Seite, sodass sie einen Umschlag entdeckte, auf dem *Carls* geschrieben stand und der von innen ans Fenster geklebt war.

Sie lächelte. »Was ist das? Wann hast du den da angeklebt?«

Als sie auch auf die Knie hochging und den Umschlag vom Fenster pflückte, sagte er: »Ich wollte ihn außen ans Fenster kleben, nachdem du gestern Abend eingeschlafen warst, aber ich hatte Angst, dass Bandit vielleicht bellen und dich wecken könnte, also musste es so gehen. Mach ihn auf.«

Ihr Herzschlag wurde immer schneller, als sie den Umschlag aufriss und zwei Schriftstücke für ZWEI SCHATZSUCHER – EIN SCHIFF LLC herausnahm, eine Gesellschaft für Tiefseeforschung und Wrackbergung. In dem einen Dokument wurden Zev und Carly als die alleinigen Eigentümer der Firma aufgeführt, und das andere ernannte die Gesellschaft zur Sachwalterin für die *Pride*.

Sie sah ihn an. »Zev …? Was ist das?«

»Ich will dich als Miteigentümerin meiner Firma eintragen lassen. Die Gesellschaft habe ich vor Jahren gegründet, aber bisher bin ich alleiniger Eigentümer.«

»Du hast deine Firma ZWEI SCHATZSUCHER – EIN SCHIFF genannt?« *Heiliger Himmel!*

»Wie sollte ich sie sonst nennen?«, fragte er grinsend. »Wenn du mitmachst, wäre es *unsere* Firma. Also, falls du meine Partnerin sein möchtest. Ich wollte dich zur Sachwalterin der *Pride* machen, damit du siehst, wie ernst es mir mit unserer Beziehung ist. Aber ich wollte dich auch rechtlich absichern, und das ist die beste Möglichkeit dazu. Ich gehe nirgendwohin, Schatz, und ich hoffe, das hier beweist es dir.«

»Ist das dein Ernst?« Überwältigt sank sie zurück auf ihre Fersen. »Du willst mein Geschäftspartner sein? Was bedeutet das? Ich habe kein Geld, das ich investieren könnte …«

»Dein Geld will ich nicht, Carly. Und nur damit keine

Missverständnisse aufkommen: Ich will viel mehr als dein Geschäftspartner sein. Aber ich weiß, dass du Zeit brauchst, um an mich zu glauben, bevor du dazu bereit bist. Das hier ist ein Anfang, ein Versprechen, dass alles, was mir gehört, auch dir gehört, einschließlich der *Pride*. Du musst nichts weiter tun, als die Papiere in Gegenwart eines Notars zu unterschreiben, und schon bist du Miteigentümerin der Firma. Ich werde nie auch nur einen Penny von deinem Geld nehmen. Aber, Schatz, du bist klüger als ich, und ich würde dich nicht bitten, meine Geschäftspartnerin zu werden, wenn ich dich nicht als Partnerin in jeglicher Hinsicht haben wollte. Liebend gern würde ich dir erklären, wie der Ablauf des Schiffsarrests aussieht und was alles mit der Firma auf dich zukommt, damit du weißt, welche Verpflichtungen du eingehst. Ich kümmere mich um die Versicherung, um sicherzustellen, dass du nichts riskierst … außer vielleicht dein Herz«, sagte er mit diesem unwider-stehlichen Lächeln, das sie umhaute. »Und wenn das alles zu viel ist oder zu überwältigend, dann sag es einfach.«

Die Kehle schnürte sich ihr von all den Emotionen zu, aber sie brachte dennoch hervor: »Oh, das ist eindeutig über-wältigend, aber … Bist du dir wirklich sicher? Was ist mit Randi und Ford?«

Er nahm ihr die Dokumente aus der Hand und legte sie auf den Nachttisch. »Sie arbeiten für mich, Carly. Sie sind meine Tauchpartner, nicht meine Geschäftspartner.«

»Aber du arbeitest seit Jahren mit ihnen zusammen.«

Sanft legte er sie auf den Rücken und schaute ihr tief in die Augen, als er sich auf sie schob. »Und dich liebe ich, seit ich sieben Jahre alt war. Was willst *du*, Carly?«

Dich! Ich will dich! Ihr Herz hielt es kaum noch aus. »Ich weiß, dass du es ernst mit uns meinst. Daran habe ich überhaupt keine Zweifel und ich will das unbedingt. Aber ich weiß nicht, wie ich eine unterstützende, mitwirkende Partnerin sein kann, wenn ich zweitausend Meilen weit weg bin. Ich brauche nur etwas Zeit, um mir Gedanken über die ganze praktische Umsetzung zu machen, bevor ich Ja sagen kann. Das hier ist riesig, Zevy. Das ist deine Lebensaufgabe. Das ist dein Ein und Alles.«

Er schwieg einen Augenblick. Ihre Gedanken wirbelten umher, und sie fragte sich, ob er dachte, dass sie über sie beide sprach oder sein geschäftliches Angebot. Doch dann schmiegte er sich an sie und hielt ihr Gesicht in seinen Händen. In seinen Augen sah sie, dass sie sich irrte.

Das Schiff war nicht sein Ein und Alles.

Sie war es.

»Du hast recht, Carly. Die *Pride* ist meine Lebensaufgabe.«

Oh nein. Hatte sie seinen Blick falsch gedeutet? Sah sie nur, was sie sehen wollte?

»Vor der Hochzeit war es mein Ein und Alles, aber nur, weil es *uns* alles bedeutet hatte, und es war meine Lebensaufgabe, weil ich nicht wusste, dass ich eine zweite Chance mit dir bekommen würde.« Er strich mit den Lippen über ihre. »Du bist meine Welt, Carly, meine einzig wahre Liebe, und das bist du immer gewesen. Du musst juristisch nicht Teil der Firma sein, aber du wirst immer ein Teil von mir sein.«

Er küsste sie zärtlich und leidenschaftlich, als sie sich vereinten, was den Schock seines Angebots wegwischte und ihr half, wieder klarer zu denken.

Sie wusste, was sie wollte. Was sie immer gewollt hatte.

Und er lag auf ihr und liebte sie, als wäre sie das Kostbarste auf Erden.

Wenn Carly in seinen Armen lag, glaubte Zev wahrhaftig, dass die Kraft ihrer Liebe ihn durch die Zeit der Trennung tragen würde. Aber nachdem sie sich langsam und leidenschaftlich geliebt hatten, nachdem sie sich unter der Dusche umarmt und gehofft hatten, dass sie die Zeit anhalten könnten, wenn sie sich doch nur fest genug hielten, und nachdem sie draußen gesessen hatten und ihr Frühstück kalt geworden war, weil angesichts des anstehenden Abschieds alles falsch schmeckte, wurde Zev bewusst, dass er sich die Realität nicht eingestehen wollte. Er warf seinen Rucksack auf den Sitz von Beaus Pick-up und Bandit sah ihn vorwurfsvoll an. Er war sich sicher, dass der Hund sich fragte, wie zum Teufel Zev auf den Gedanken gekommen war, dass die Abreise eine gute Idee sein könnte.

»Jetzt guck mich nicht so an«, sagte Zev zu Bandit, als sie zum Haus zurückgingen.

Carly saß auf der Treppe zur Veranda und versuchte, eine tapfere Miene aufzusetzen. Bei jedem Schritt kam es ihm so vor, als ginge er auf Treibsand, der ihn in die Tiefe zog, und das erinnerte ihn viel zu sehr an die Zeit, als er vor all den Jahren aus Pleasant Hill fortgegangen war. Damals hatte er eine so verdammt große Angst davor gehabt, in die Welt hinauszuziehen und sich nur auf sich selbst verlassen zu können, dass er sich immer nur auf die nächste Meile, das nächste Land, das nächste Abenteuer konzentriert hatte, was ihm eher wie eine Gefängnisstrafe vorgekommen war. Sein Leben lang war er umhergezogen, ohne Bindungen, ohne Verabschiedungen. Er hatte sich treiben lassen, wohin der Wind ihn getragen hatte, denn er war der Überzeugung gewesen, Carly für immer verloren zu haben, und wenn sie nicht auf ihn wartete, was spielte dann überhaupt noch eine Rolle?

Carly stand auf, als er zur Veranda kam, und ein gezwungenes Lächeln trat in ihr schönes Gesicht. »Das ist es dann wohl«, sagte sie viel zu munter. »Ich gehe zurück in die Küche und du gehst aufs Meer.«

Sie hatten sich gedanklich auf diesen Moment vorbereitet, aber sie konnte die Sehnsucht in ihren Augen ebenso wenig verbergen wie die Traurigkeit, die wie ein Sturmwind um sie herumtobte, als sie ihn widerwillig wegschob, damit er ging. Das Problem war nur, dass er sich nicht mehr vom Wind tragen lassen wollte. Er wollte selbst der Wind sein und sie mit sich fortreißen.

»Das sollten wir nicht machen«, sagte er und nahm ihre Hand.

Sie hob das Kinn und fragte mit zitternder Unterlippe: »Was?«

Er nahm sie in den Arm und vergrub das Gesicht an ihrem Hals, um ihren Duft tief einzuatmen. »So tun, als würde es nicht wehtun. Du bist damit nicht allein, Carls.«

»Es ist einfach zu schwer«, stieß sie erstickt hervor und schmiegte sich noch enger an ihn.

Als er ihr Zittern spürte, legte er ihr eine Hand an den Hinterkopf und schlang den anderen Arm ganz fest um ihre Taille, um dann die Augen zu schließen und seine Stärke an sie abzugeben. »Nichts ist zu schwer für uns. Das Leben ist unsere Straße, Schatz. Wir sind durch unsere finsteren Türen hindurchgegangen. Jetzt kann uns unsere Traurigkeit nichts mehr anhaben.«

Sie gab einen halb lachenden, halb weinenden Laut von sich. Mit seinen Lippen auf ihrer Wange wünschte er sich, die

Zauberformel zu kennen, die ihr den Schmerz nehmen würde. Himmel, er wünschte, er könnte auch seinen eigenen Schmerz wegzaubern. Er wich etwas zurück, sah ihr in die feuchten Augen, und seine Brust zog sich zusammen. Bevor er ging, musste er ihr zu einer besseren Stimmung verhelfen, damit er sie nicht in einer so elenden Verfassung zurückließ.

»Du wirst während des Festivals einen unglaublichen Umsatz machen und mit etwas Glück finde ich diese Woche etwas Erstaunliches.« Er küsste sie zärtlich. »Wir sprechen jeden Abend miteinander. Die Zeit wird wie im Flug vergehen, du wirst schon sehen.«

Sie nickte und blinzelte ein paarmal ganz schnell, um ihre Tränen zurückzudrängen, was es ihm noch viel schwerer machte, seine Gefühle unter Kontrolle zu halten. Er legte die Hände um ihr Gesicht und glitt mit den Daumen über ihre Wangen. Nicht zu wissen, wann er wieder mit ihr zusammen sein konnte, war unerträglich für ihn, aber er musste stark für sie sein.

»Ich liebe dich, Carls. Schon immer, für immer.«

Tränen sammelten sich in ihren Augen. »Ich weiß. Ich liebe dich auch«, sagte sie fast flüsternd. »Aber du musst gehen.«

»Hast du schon die Schnauze voll von mir?«

Sie schüttelte den Kopf. »Nein, aber wenn du jetzt nicht gehst, zerre ich dich ins Haus, fessele dich an mein Bett und lasse dich nie wieder weg.«

»Schatz, *so* wirst du mich aber nicht los.« Er zog sein Handy hervor, legte einen Arm um sie und lehnte den Kopf an ihren. »Aktuelles Wir-Foto oder Weißt-du-noch-als-Foto?«

»Wie wär's, wenn wir es *Bis zum nächsten Mal* nennen?«

»Klingt perfekt.« Er machte das Foto, dann fotografierte er noch einmal, als er sie auf die Wange küsste, und dann erneut bei einem Kuss auf die Lippen. Bandit stellte seine Vorderpfoten auf Zevs Beine und so machten sie auch noch ein Bild mit ihm. Schließlich steckte Zev das Handy weg und umarmte Carly ein letztes Mal. »Ich liebe dich, Schatz.«

»Ich liebe dich so sehr, Zevy, aber bitte geh jetzt!«, sagte sie und wedelte mit der Hand vor ihren feuchten Augen herum. »Hau ab, bevor ich hier alles heulend unter Wasser setze und du nur noch mit einem Boot wegkommst.«

Wie konnte er gehen, wenn sie kurz davor war zusammenzubrechen? »Nicht weinen, Schatz. Wir haben unsere zweite Chance.«

»Ich weiß«, antwortete sie und schob ihn mit zittrigen Händen zum Pick-up. »Aber jetzt geh, bitte, geh einfach.«

Bandit sprang in den Wagen, und als Zev hinter ihm einstieg, versuchte er, Carly doch noch zum Lächeln zu bringen: »Du weißt schon, dass ein Kerl Komplexe bekommen könnte, wenn er so weggestoßen wird, oder?« Sie winkte ab, verschränkte die Arme und sah ihn nur mit angespanntem Kiefer und heruntergezogenen Mundwinkeln an. Er warf ihr durch das offene Fenster eine Kusshand zu. »Bis bald, meine Schöne. Ich liebe dich.«

Langsam fuhr er davon und beobachtete sie im Rückspiegel, während der Pick-up die Straße entlangkroch. Schlaff hingen ihre Arme herunter, als würde auch ihr Herz in tausend Stücke zerspringen. Sie ließ die Schultern hängen und sein Innerstes verkrampfte sich noch mehr. Als sie sich die Hände vors Gesicht schlug und ihre Schultern bebten, hatte er das Gefühl, er würde sie beide aufs Neue zerstören.

Zum Teufel damit.

Er trat auf die Bremse, stellte den Schalthebel auf *Parken* und stürzte aus dem Auto. Die Tür ließ er mitten auf der Straße weit offen, als er dicht gefolgt von Bandit zu Carly zurückrannte. Sie ließ die Hände fallen und offenbarte rot geweinte Augen, als er sie in die Arme schloss, hochhob und küsste. Ihre salzigen Tränen liefen ihnen zwischen die Lippen und brachten auch ihn fast zum Weinen.

»Ich habe dich gerade erst wiederbekommen«, sagte er zwischen drängenden Küssen. »Wie kann ich dich da verlassen?«

»Du musst«, brachte sie mühsam hervor.

»Schatz …« Es folgten mehrere Küsse. »Nicht so …« Und noch mehr Küsse.

»Ich *will*, dass du bleibst.« Sie wich etwas zurück, während ihr die Tränen über die Wangen liefen. »Aber du musst gehen, Zevy. Dein Team wartet auf dich. Ich komme zurecht.« Sie wischte sich die Tränen fort, als er sie absetzte, doch sie liefen immer weiter. »Es tut mir leid, dass ich weine. Das ist nicht fair.«

»Es muss dir nicht leidtun. Es soll dir niemals leidtun, dass du mich so sehr liebst, dass du traurig bist. Mich macht das auch fertig.« Er umarmte sie noch einmal und wünschte, er könnte sie mitnehmen, er könnte bleiben, er wäre vor all den Jahren nie gegangen. Carlys Worte kamen ihm wieder in den Sinn. *Wenn Torys Tod mich eines gelehrt hat, dann dass man die Zeit mit den Menschen verbringen muss, die man liebt.*

Er wich etwas zurück. »Komm mit mir. Geh das Risiko ein, vertrau uns noch einmal. Lass uns das hier gemeinsam tun, denn das ist unsere Bestimmung.« Er würde auf die Knie gehen und sie anflehen, wenn sie dadurch zusammenbleiben könnten. Aber seine Bitte löste nur noch mehr Tränen bei ihr.

»Das kann ich nicht«, sagte sie. »Du weißt, dass ich nicht einfach alles stehen und liegen lassen kann.«

»In Ordnung, es tut mir leid. Es war nicht fair von mir, das zu verlangen. Verdammt, Carly. Ich kann dich nicht zurücklassen. Ich werde alles etwas hinausschieben«, sagte er besorgt, obwohl er keine Ahnung hatte, ob das überhaupt möglich war, da er die juristischen Angelegenheiten morgen regeln musste.

Sie gab einen bekümmerten, resignierten Laut von sich. »Das kannst du nicht machen, und dadurch würde es auch nicht einfacher, sich zu …«

Mit einem festen Druck seiner Lippen auf ihre brachte er sie zum Schweigen. »Sag es nicht, Schatz. Wir sprechen das Wort nicht aus.« Er legte seine Stirn an ihre und das erdrückende Gefühl auf seinem Brustkorb erschwerte ihm das Atmen. »Ich habe versprochen, dir nicht wehzutun, und jetzt sieh uns an.«

»Aber wir tun uns nicht weh, wir sind nur traurig. Das ist ein großer Unterschied.« Sie sah hinunter zu Bandit, der mit hängender Zunge neben ihnen saß. Ihr Blick wanderte dann zu dem Pick-up. Ein kleines Lächeln trat in ihr Gesicht – trotz der Tränen – und dann sah sie Zev wieder an. »Du hast Beaus Pick-up mitten auf der Straße stehen gelassen und bist wie mein eigener persönlicher Superheld zu mir gestürmt.«

»Ich sehe mit Umhang und Strumpfhose bestimmt süß aus.« Ihr lockerer Spruch machte es nicht einfacher zu gehen.

»Nackt siehst du noch besser aus«, sagte sie fast flüsternd. Sie atmete tief ein, richtete sich auf und legte ihm eine Hand auf den Brustkorb. »Ich liebe dich, Zevy. Jetzt sieh zu, dass du hier wegkommst, bevor ich wieder die Fassung verliere.«

Er zog sie zu einem langen, leidenschaftlichen Kuss an sich und erfreute sich an ihrem glasigen Blick, als er von ihr abließ. Er hob ihre Hand an die Lippen, drückte einen Kuss auf den Handrücken und machte einen Schritt in Richtung Pick-up, ohne ihre Hand loszulassen. »Bist du dir sicher? Deine letzte

Chance, mich an dein Bett zu fesseln.«

Ihr wohlklingendes Lachen linderte den Schmerz in seiner Brust, als ihre Finger auseinanderglitten, und das schöne Geräusch begleitete ihn zurück zum Gasthof.

Fünfundzwanzig

Beau und Char kamen gerade aus dem Gasthof, als Zev die Auffahrt hinauffuhr. Kaum hatte er die Wagentür geöffnet, sprang Bandit schon über seinen Schoß hinweg hinaus, sprintete über den Rasen und warf Beau zur Begrüßung fast um. Beau ging auf die Knie, um seinen Hund zu kraulen, während Zev aus dem Pick-up ausstieg.

»Beau dachte schon, du hättest dich mit seinem Kumpel aus dem Staub gemacht«, sagte Charlotte, die in ihren grauen Shorts, einem von Beaus kurzärmeligen Hemden, das sie über dem Bauchnabel zusammengeknotet hatte, und mit den kniehohen, knallroten Gummistiefeln erholt und süß aussah.

»Mit diesem kleinen Dieb? Er ist ein toller Hund, aber viel zu hinterlistig für mich.« Zev umarmte sie. »Wie waren eure Flitterwochen?«

Mit einem Strahlen im Gesicht faltete Charlotte die Hände unter dem Kinn und hob die Schultern. »Besser als jedes Märchen! Beau hat wahnsinnig viele wunderbare Ausflüge, romantische Dinner und Tanzabende organisiert. Dafür habe ich ihm all die Orte gezeigt, zu denen mein Großvater mich immer mitgenommen hat, und wir haben ein richtiges Schloss besichtigt. Ich habe wahnsinnig viele Fotos gemacht. Perfekter hätte es nicht sein können. Aber wie ich höre, hattest du auch eine ziemlich zauberhafte Zeit.«

»Glückwunsch zum Arrest des Schiffs«, sagte Beau, als er aufstand. Er wirkte sogar noch glücklicher als auf seiner Hochzeit, was Zev nicht für möglich gehalten hätte. Mit prüfendem Blick betrachtete er Zev, und als er ihn herzlich umarmte, sagte er: »Du siehst irgendwie anders aus. Schön dich zu sehen, Mann. Danke, dass du auf Bandit und die Chickendales aufgepasst hast.«

»Über diese Abmachung, auf die Tiere aufzupassen, müssen wir noch mal reden. Ich weiß Bescheid über Chars Verkuppelungsaktion.« Zev nahm Beau ins Visier. »Und wie ich gehört habe, hast du da auch mitgemacht.«

Charlotte legte die Arme um Beau, neben dessen imposanter Gestalt sie noch zierlicher wirkte. »Beau kannst du keine Schuld geben. Das war allein meine Idee. Er hat sich nur einverstanden erklärt, da mitzumachen. Aber zu seiner Verteidigung muss ich sagen, dass ein guter Ehemann genau das tut.«

»Danke, Liebling.« Beau straffte die Schultern und grinste wie ein stolzer Pfau. »Wenn du eine Entschuldigung hören möchtest, Zev, dann kann ich höchstens sagen, dass ich dich wahrscheinlich nicht hätte überrumpeln sollen.«

»Ich kann nicht behaupten, dass es mir gefällt, wenn du so was hinter meinem Rücken abziehst, aber, Mann, ich bin euch beiden unglaublich dankbar!«

»Jahaa!« Charlotte umarmte Zev. »Ich freue mich so für euch! Ich will alle Einzelheiten hören. Der Stoff reicht bestimmt für ein ganzes Buch.«

Zev schmunzelte. Als Autorin von Liebesromanen war Charlotte immer auf der Suche nach neuen Geschichten. »Tut mir leid, Char, aber Einzelheiten wirst du von mir nicht bekommen.«

»Dann werde ich wohl Carly ausfragen müssen. Wo ist sie überhaupt? Ich dachte, sie wäre hier, um sich von dir zu verabschieden?«

»Sie musste in ihr Geschäft, um alles für das Festival vorzubereiten.« Zev fragte sich, wie es Carly jetzt wohl ging. Die Versuchung, ihr zu schreiben und um ein Selfie zu bitten, um zu sehen, ob sie noch weinte, war groß, aber er befürchtete, dass es dadurch für sie beide nur noch schwerer würde.

»Er meidet Verabschiedungen doch immer, weißt du nicht mehr?«, erinnerte Beau sie.

»Stimmt, das hatte ich vergessen.« Charlotte sah Zev ernst an. »Aber du hast dich von ihr verabschiedet, oder? Du verlässt nicht einfach klammheimlich die Stadt?«

Zev reagierte gereizt, auch wenn die Frage in Anbetracht ihrer Vorgeschichte berechtigt war. »Ich schleiche mich nicht davon, Char, und das habe ich beim letzten Mal auch nicht getan. Ich habe ihr damals Auf Wiedersehen gesagt. Deshalb sage ich es nicht mehr. Ich werde Carly nie wieder so wehtun.«

»Das möchte ich dir auch raten, sonst hetze ich meinen Ehemann auf dich.« Sie strich sich die langen dunklen Haare hinters Ohr. »Nein, ich mache nur Spaß. Bevor ich dies alles geplant habe, habe ich natürlich gut recherchiert. Nach allem, was deine Brüder und Jilly erzählt haben, ist Carly wirklich deine große Liebe. Alle waren davon überzeugt, dass du ihr niemals wieder wehtun würdest, sonst hätten wir auch nicht versucht, euch wieder zusammenzubringen. So, und wenn ihr mich jetzt entschuldigt, ich möchte zu meinen Chickendales. Ich habe sie so vermisst!« Sie gab Beau einen Kuss und verabschiedete sich von Zev: »Tschüss, du verliebter Kerl!« Während sie zum Wald rannte, drehte sie sich noch einmal um und rief: »Komm, Bandit!«, bevor sie aus voller Kehle singend den Pfad entlanghüpfte.

Mit einem verliebten Grinsen im Gesicht sah Beau zu, wie sie im Wald verschwand.

»Sie ist wirklich unglaublich«, sagte Zev.

»Und gehört mir ganz allein. Ich bin ein verdammter Glückspilz«, sagte Beau. »Klingt übrigens so, als hätten wir beide ziemlich viel Glück. Wann geht dein Flug?«

»Um neun. Jack holt mich an der Startbahn ab. Meine Sachen sind schon alle in deinem Pick-up.« Er sah auf die Uhr. »Wir haben noch etwa zwanzig Minuten, bevor wir losmüssen.«

Beau legte einen Arm um Zevs Schulter. »Gut, das reicht, um uns auf den neuesten Stand zu bringen.« Sie gingen um den Gasthof herum und setzten sich auf die hintere Veranda. »Geht es dir gut?«

»Ja, Mann, alles in Ordnung. Und dir? Bekommt dir das Eheleben? Waren eure Flitterwochen so, wie du es dir erhofft hast?«

Beau strahlte über das ganze Gesicht. »Es gibt keine Worte, um das Gefühl dabei zu beschreiben, jeden Tag neben dieser Frau aufwachen zu dürfen, geschweige denn Zeit mit ihr an einem Ort zu verbringen, der ihr so viel Freude bereitet. Ich habe Angst, darüber zu reden, wie glücklich ich bin, verstehst du das?«

»Ja, und wie.«

»Natürlich verstehst du das. Du und ich, wir sind beide zusammen durch die Hölle gegangen, als Tory starb.«

»Kann man wohl sagen.«

»Wir waren beide ziemlich fertig. Char hat mich aus meiner selbstauferlegten Buße befreit, in die ich mich hineingefressen hatte, weil ich in der Nacht bei Torys Anruf nicht nüchtern war.«

»Und ich hätte alles dafür gegeben, dich nicht zu dieser Party geschleppt zu haben.«

»Sag das nicht, Mann. Wir haben uns beide in Schuldgefühlen vergraben, wegen etwas, das vielleicht keinen Unterschied gemacht hätte. Statt des Taxifahrers hätte es auch mich erwischen können. Das werden wir nie erfahren. Aber Tory wusste, dass ich sie geliebt habe, und sie hat in jener Nacht viele Leute angerufen. Wir müssen das hinter uns lassen. Sie in Erinnerung behalten natürlich, aber unser Leben leben, verstehst du?«

Zev fuhr sich mit der Hand über das Gesicht. »Und ob ich das verstehe.«

»Eines muss ich dir sagen: Ich war mir nicht hundertprozentig sicher, wie du auf das Wiedersehen mit Carly reagieren würdest. Ich wusste, dass du mir vielleicht eine reinhauen würdest, wenn du von Chars Plan erfährst. Aber Char hat meine Welt verändert, Mann. Mein Leben ist erfüllter, als ich es mir je hätte vorstellen können, und ich konnte einfach nicht mehr zusehen, wie du noch länger vor deinem davonläufst.« Beau schwieg kurz und betrachtete Zevs Gesicht. »Du siehst glücklicher aus, aber irgendetwas stimmt nicht. Was ist los? Haben wir es vermasselt?«

»Was glaubst du denn, was los ist?« Zev wollte ihn nicht so anfahren, aber er war mehr als frustriert. »Carly ist wieder in meinem Leben, Beau. Carly! Ich versuche noch immer, das zu begreifen. Ich dachte nie, dass ich jemanden mehr lieben könnte, als ich Carly in meiner Jugend geliebt habe, aber ich habe mich geirrt. Ich liebe *diese* Carly, diese erwachsene, achtsame Chocolatière-Carly, zehnmal mehr als ich sie damals als Teenager geliebt habe.« Er erzählte Beau alles über ihre gemeinsame Woche – abgesehen von den intimen Details. Er berichtete von ihren innigen Geständnissen, den Anschuldigungen, dem Schmerz, den sie hervorgeholt hatten, und von dem Heilungsprozess, der damit eingesetzt hatte. Er erzählte ihm auch vom Klippenspringen, der Übernachtung im Bus und seinen Expeditionsplänen für die nächste Woche.

Zev stützte die Ellbogen auf den Knien ab und rang die Hände, während er sich seinem Bruder anvertraute, der einen noch größeren Verlust erlitten hatte als sie alle. Und er erzählte Beau von ihrer Begegnung damals in Mexiko. Er hätte Beau gern gefragt, wie er mit seinen Schuldgefühlen umgehen sollte, die ihn plagten, weil Carly ihre Fehlgeburt allein hatte durchstehen müssen, aber es war nicht an ihm, diese Geschichte zu erzählen. Er würde ihr Vertrauen niemals so missbrauchen. Er musste einen Weg finden, seine Schuldgefühle abzulegen, aber er wollte nicht, dass Carly wegen ihm noch einmal alles durchleben musste. Er vertraute Beau und erhoffte sich einen Rat.

»Nach unserer Begegnung in Mexiko hat Carly eine Menge durchgemacht. Es hat sie wirklich fertiggemacht. Deshalb hat sie das College abgebrochen und ist hier gelandet. Ich fühle mich total schuldig und weiß nicht, wie ich damit umgehen soll.«

»Verdammt, Zev, das tut mir leid.«

»Ich denke immer wieder, dass sie nicht so sehr gelitten hätte, wenn ich ihr gefolgt wäre.«

»So kannst du das nicht sehen. Selbst wenn ihr wieder zusammengekommen wärt, weißt du nicht, ob ihr länger ein Paar geblieben wärt. Du hast keine Kristallkugel.«

»Wie ist es dir gelungen, nicht mehr an all das zu denken, was du verloren hast?« Zev wurde bewusst, dass er über mehr als die Fehlgeburt sprach.

Beau schüttelte den Kopf. »Ich habe nicht aufgehört, daran zu denken, dass ich Tory verloren habe, wenn es das ist, was du wissen willst. Auch nicht an die Zeit, die ich mit unserer Familie verloren habe, und ich werde auch sicher niemals aufhören, daran zu denken. Char hat mir beigebracht, dass es in Ordnung ist, diese Gefühle zu würdigen, und dass die einzige Möglichkeit, nach vorne zu schauen, darin liegt, sie zuzulassen und sich mit ihnen auseinanderzusetzen. Hast du dich bei Carly entschuldigt? Ihr gesagt, was du fühlst? Hast du ihr all das erzählt, was du mir erzählt hast?«

»Ja, sie will das alles auch hinter sich lassen. Nur ich weiß nicht, wohin mit all den Schuldgefühlen.«

»Es ist in Ordnung, sich schuldig zu fühlen, aber um Himmels willen, Zev, rede dir nicht ein, dass du irgendwas an eurer Situation hättest ändern können, wenn du ihr in Mexiko gefolgt wärst. Du hast diesen Fehler begangen, als Tory gestorben ist. Immer wolltest du Carly den Schmerz abnehmen. So bist du nun mal. Aber das geht nicht im Nachhinein. Du kannst nicht das ändern, was sie bereits durchgemacht hat. Die Zeit lässt sich nicht zurückdrehen. Das wissen wir beide nur zu gut. Ich weiß nicht, was sie durchgemacht hat, aber generell ist es das Beste, den Schmerz zu akzeptieren, ihr zu helfen, wenn sie darüber reden möchte, sie zu halten, zu lieben und ihr zu erlauben, dasselbe für dich zu tun. Man vergisst es nicht. Man lernt daraus. Dann kannst du die Schuldgefühle loslassen, denn sie werden dich und alles Schöne, worauf ihr euch freuen könnt, nur auffressen. Ihr habt die Chance auf eine gemeinsame Zukunft, und darauf solltest du dich konzentrieren.«

»Du hast vollkommen recht und ich lerne auch aus all meinen Fehlern. Es ist an der Zeit, sie beiseitezupacken und vorsichtig nach vorne zu schauen. Danke fürs Zuhören, Beau. Das hat gutgetan.«

»Hey, ich weiß, wie das ist. Ich verstehe dich und ich bin da, wann immer du reden willst.« Beau lehnte sich zurück und verschränkte die Hände hinter dem Kopf. »Was kann ich sonst noch für dich regeln?«

»Dein Ego ablegen«, entgegnete Zev scherzend. »Aber vielleicht hast du ein paar Antworten darauf parat, wie wir unsere Leben auf einen Nenner bringen könnten. Ich habe ihr eine Partnerschaft in meiner Firma angeboten, aber sie sagte, sie muss darüber nachdenken.«

Ungläubig sah sein Bruder ihn an. »Du hast sie gefragt, ob sie deine Geschäftspartnerin werden will?«

»Das ist ein Bekenntnis zu unserer Beziehung.«

»Wie hat sie reagiert?«

»Sie braucht Zeit, um sich mit der praktischen Umsetzung anzufreunden. Das verstehe ich. Es erfordert ein hohes Maß an Verbindlichkeit, aber das war der Sinn der Sache. Ihr zu zeigen, wie ernst es mir ist.« Seine Kiefermuskeln spielten. »Sie heute Morgen zurückzulassen, hat mich fertiggemacht. Ich habe sie gebeten, mit mir zu kommen und – oh welch Überraschung!«, meinte er sarkastisch. »Sie hat Nein gesagt.«

»Ach, Mensch.« Beau wirkte bestürzt. »Das tut mir leid.«

»Es war nicht fair, sie in diese Situation zu bringen, aber ich konnte es nicht lassen. Ich weiß, dass sie mehr braucht, aber ich werde ihr keine leeren Versprechungen machen. Ich habe ihr alles angeboten, was im Moment geht. Mann, ich verstehe ja, wie das für sie ist. Ich weiß, wie viel ihr das Geschäft und ihre Freunde bedeuten. Natürlich kann ich nicht von ihr erwarten, dass sie ihr Leben aufgibt. Sie ist nicht mehr das Mädchen von früher mit den Flausen im Kopf, und das ist gut so. Ich liebe den Menschen, der sie geworden ist. Aber ich muss eindeutig lernen, auf ruhigeren Gewässern zurechtzukommen. Ihr Leben ist so stabil und beständig geworden wie die Berge und meines kommt und geht wie die verdammten Gezeiten. Sie braucht konkrete Pläne und ich habe nicht mehr als gute Absichten.«

»Ich hatte mich schon gefragt, wann du auf den Punkt zu sprechen kommst. Wahrscheinlich hat sie das Gefühl, du hättest ihr Leben vollkommen auf den Kopf gestellt.«

»Ist wohl noch untertrieben, Mann.«

»Ich würde ja sagen, lass es langsamer angehen, aber so bist du nun mal nicht. Allerdings kann ich dir auch sagen, dass ich mein ganzes Leben für Char auf den Kopf gestellt habe, und bereut habe ich es keine Sekunde lang.«

»Ich kann nicht einfach die *Pride* zurücklassen. Das war unser gemeinsamer Traum. Die Gewissheit, dass sie das Schiff unbedingt finden wollte, hat mich bei der Suche danach all die Jahre angetrieben. Aber auf der anderen Seite … Wie zum Henker soll ich *sie* mehrere Wochen am Stück zurücklassen?«

Beau zuckte mit den Schultern. »Ich bin wohl besser darin, Häuser instand zu setzen als Beziehungen, denn dazu kann ich nichts sagen. Unsere Leben sind so verschieden, ich kann mir gar nicht vorstellen, wie ihr beiden eure Terminkalender in Einklang bringen wollt. Ich denke, diese Antworten müssen von dir und Carly kommen.« Er stand auf und trat wortlos von der Veranda. Auf und ab gehend rieb er sich den Nacken, bis er stehen blieb und Zev ernst ansah. »Kann ich dir eine schwierige Frage stellen?«

»Von mir aus.«

»In Anbetracht deines Hangs dazu, aus einer Laune heraus einfach zu verreisen, bist du dir *sicher*, dass du der Mann sein kannst, den sie braucht? Bist du dir sicher, dass du euch beide nicht der Gefahr aussetzt, am Ende mit gebrochenem Herzen dazustehen?«

Zev stand auf und marschierte mit geballten Fäusten direkt auf ihn zu. »Ich *bin* der Mann, den sie braucht. Die Frage, ob ich es *kann*, stellt sich nicht.«

Beau hielt beschwichtigend die Hände hoch und trat einen Schritt zurück. »Ich frage ja nur, Mann. Immerhin steigst du gleich in ein Flugzeug und lässt sie wieder allein.«

»Versuchst du, es mir noch schwerer zu machen, verdammt?«, stieß Zev wütend hervor. »Glaubst du, ich hätte mir nicht jede Scheißsekunde, seit ich von ihr weggefahren bin, diese Gedanken gemacht?«

»Ich versuche nur zu verstehen, wie deine Pläne aussehen.«

»Das sage ich dir doch gerade«, erklärte Zev ungehalten. »Meine Pläne sehen eine Zukunft mit Carly vor, aber wir sind keine sorglosen Teenager mehr, und ich habe nicht die Antworten, die wir brauchen. Das macht mich rasend, verdammt noch mal, aber ich laufe nicht weg oder verlasse sie. Wir müssen nur einen Weg finden.«

Beau grinste.

»Was grinst du so blöd?«

»Weil ich dich testen wollte und du bestanden hast.«

»Du bist ein Arschloch.« Zev schubste ihn mit einem ungläubigen Lachen von sich.

»Ich bin das Arschloch, das meiner brillanten Frau gesagt hat, dass wir dich und Carly wieder zusammenbringen müssen.«

Zev erstarrte und ließ die Worte auf sich wirken. »Ich dachte, das wäre Chars Idee gewesen.«

Beau bedeutete Zev, mit ihm wieder ums Haus herum und zum Vordergarten zu gehen. »Ich habe Andeutungen gemacht, die meine wunderschöne Frau aufgegriffen hat. So wie ich die

Sache sehe, bist du mir eine Menge schuldig.« Er schlug Zev auf die Schulter. »Sag bloß, es fühlt sich nicht verdammt großartig an, eine Person so sehr zu lieben, dass es grausam ist, sie zurückzulassen.«

»Ich sage überhaupt nichts mehr. Entweder du laberst nur Mist oder ...« Er sah seinen verschmitzt grinsenden Bruder an. »Ja, eindeutig, du laberst nur Mist.«

Beau lachte laut auf.

»Scheißkerl«, murmelte Zev schmunzelnd, als sie um die Hausecke gingen.

Bandit sprang auf sie zu.

»Hey, Jungs!« Charlotte saß mit ausgestreckten Beinen auf der Kühlerhaube von Beaus Pick-up. »Ich versuche, etwas braun zu werden!«

»Meinst du, ihr ist bewusst, dass sie kniehohe Gummistiefel trägt?«, fragte Zev.

»Natürlich. Meiner Kleinen entgeht nichts. Sie lebt einfach nur nach ihrer eigenen Fasson und dafür liebe ich sie. Komm, wir müssen zur Startbahn.« Beau rannte zu Char, sie rutschte von der Kühlerhaube herunter in seine Arme und küsste ihn. »Ich muss Zev zur Startbahn bringen, wo Jack auf ihn wartet. Kommst du mit?«

»Würde ich gern, aber ich kann nicht«, sagte Char. »Ich gönne mir noch eine Viertelstunde in der Sonne und dann muss ich E-Mails abarbeiten.«

»Dann komm her und lass dich umarmen.« Zev zog sie an sich. »Ich freue mich, dass eure Flitterwochen so schön waren. Und ich will Bilder sehen, also schick mir welche, okay?«

»Klar«, sagte sie munter. »Ich schick dir einen Link. Wann sehen wir dich wieder?«

»Hoffentlich in ein paar Wochen. Das versuchen wir noch

auszutüfteln, aber wie es aussieht, werde ich im Winter mehr hier sein.«

»Wirklich?«, fragte Beau nach.

»Carly ist hier, also ja, *wirklich*. Noah und ich denken über eine Zusammenarbeit für eine Ausstellung zu Schiffswracks im Real DEAL nach. Hab total vergessen, dir davon zu erzählen. Noch ist nichts in trockenen Tüchern, aber das ist eine Sache, über die wir nachdenken. Carls und ich überlegen auch, ob wir über Weihnachten für ein paar Wochen in die Heimat fahren.«

Beau sah ihn skeptisch an.

»Ein paar *Wochen?* Das ist großartig!«, rief Charlotte aus. »Vergiss den Zauber des Gasthofs. Carly verfügt anscheinend über ihre ganz eigenen Zauberkünste.«

Zev grinste. *Oh ja, das kann man wohl sagen.*

Ein schelmisches Funkeln war in Charlottes Augen zu sehen. »Ich muss Carly anrufen. Vielleicht verrät sie mir ja einige dieser Tricks für mein nächstes Buch.«

Zev lachte. »Da wir gerade von solchen Tricks sprechen … Euer Dieb hat die Lederpeitsche von draußen hereingeschleppt. Die war ziemlich dreckig, also habe ich sie sauber gemacht und in Chars Büro gelegt.«

»Ich habe dir doch gesagt, dass Bandit sie geklaut hat«, sagte Charlotte zu Beau. »Ich habe sie schon überall gesucht, damit wir …«

»Hey, rede ja nicht weiter«, sagte Zev mit erhobenen Händen. »Ich will gar nicht wissen, was für perverse Dinge ihr beide damit anstellt.«

Beau sah ihn ausdruckslos an. »Sie benutzt sie, um die Abläufe der erotischen Szenen in ihrem Buch auszuarbeiten.«

»Klar doch. Die Plüschhandschellen auch? Bandit hat sie neben der Badewanne abgelegt, als wir gerade da drin saßen. Du hast den Hund ziemlich gut abgerichtet, Bruderherz.«

Charlotte wurde rot und Beau zog sie in seine Arme. Sie vergrub ihr Gesicht an seiner Brust. »Erwischt!«, sagte sie.

»Keine Sorge, Char. Euer Geheimnis ist bei mir gut aufgehoben.« Zev holte sein Handy heraus. »Aktuelles Wir-Foto?«

»Ja!«, stimmte Charlotte zu.

Als Beau den Arm um Charlotte und seinen Bruder legte, hielt Zev das Handy hoch. »Übrigens ist euer Oberflächenreiniger leer. Ich hatte keine Zeit, neuen zu kaufen, aber zumindest ist euer Küchentisch jetzt blitzeblank.« Er machte das Foto und hielt Beaus finsteren Blick und Charlottes glücklichen Ausdruck für die Ewigkeit fest.

»Sag bitte, dass ihr das nicht gemacht habt«, knurrte Beau, als Zev das Handy wegsteckte.

»Ich sage nichts mehr, Bruderherz. Ich habe nur Andeutungen gemacht …«

Zev stand am Sonntagabend auf dem Felsvorsprung oberhalb der Bucht Fortune's Cove auf Silver Island. Dies war seine erste Verschnaufpause, seit er aus dem Flugzeug gestiegen war. Er war so angespannt, dass selbst der Anblick und der Duft des Meeres, die ihm normalerweise immer jeglichen Druck nahmen, den Schmerz in seinen verspannten Muskeln nicht linderten. Als er auf der Insel gelandet war, hatte er sich direkt auf den Weg zu seinem Boot gemacht, um die Schriftstücke durchzusehen, die Jeremy ihm für ihre Besprechung morgen zugeschickt hatte. Hinzugefügt hatte er auch die Vertraulichkeitsvereinbarungen für Cliff und Tanner. Das hatte Zevs Gedanken zurück zu Carly und dem geführt, was sie über das Angebot gesagt hatte, das sie noch nicht angenommen hatte. *Ich weiß nicht, wie ich eine unterstützende, mitwirkende Partnerin sein kann, wenn ich zweitausend Meilen weit weg bin.* Ihre Worte hatten den ganzen Nachmittag über an ihm genagt, als er sich mit seinem Team getroffen hatte, um die Woche vorzubereiten, und auch während er mit Brant Remington die Nutzung des Schiffskrans besprochen hatte, mit dem die Konkretion geborgen werden sollte.

Endlich hatte er Zeit für eine Pause. Er nahm sein Handy heraus und mit der kühlen Meeresluft im Gesicht und der ganzen Welt im Rücken startete er einen Videoanruf mit Carly. Als ihr Lächeln auf dem Display erschien, lösten ihre bezaubernden babyblauen Augen sofort seine Anspannung.

»Hallo, Zev!« Die Haare hatte sie zu einem Pferdeschwanz zusammengebunden und nur wenige blonde Locken umrahmten ihr Gesicht.

»Hallo, meine Schöne. Wie geht es dir?«

Noch bevor Carly antworten konnte, war Birdies Stimme zu hören. »Sie vermisst dich!«

Birdies Gesicht erschien über Carlys Schulter und hinter ihrer anderen Schulter tauchte dann auch Quinn auf. Quinn winkte. Der Laden war schon geschlossen, aber er wusste, dass sie noch zu tun hatten.

»Hi, Birdie! Hi, Quinn.« Er war froh, dass Carly nicht allein war, doch er wünschte, er wäre derjenige, der ihr Gesellschaft leistete. »Ich vermisse dich auch, Carls.«

Birdie legte den Kopf auf Carlys Schulter. »Mach dir keine Sorgen. Wir führen sie zum Essen aus, damit sie nicht zu einsam ist.«

»Wenn wir das nicht machen, isst sie noch die ganze weiße

Schokolade auf«, rief Quinn.

»Wisst ihr was«, meinte Carly aufgeregt, »ich hatte gerade eine tolle Idee. Wir waren den ganzen Tag hier drinnen eingesperrt. Warum holen wir uns nicht einfach das Essen vom Restaurant Wicked Spur und nehmen es mit zum See? Ich kann kurz zu Hause vorbeifahren und eine Picknickdecke holen.«

»Ein Picknick?«, fragte Birdie leicht angewidert.

Ein Picknick. Er wusste genau, was Carly dachte.

Quinn rümpfte die Nase. »Warum sollten wir draußen bei den Insekten hocken, wenn wir im Wicked Spur sitzen und gleichzeitig die Musik der Band hören können, die da spielt?«

Zev beobachtete Carly. Ihm war nicht klar gewesen, dass sein Herz noch voller werden konnte. Er wusste genau, was Carly fühlte. Sie hatte kurz wieder Natur und Abenteuer gewittert. Sie hatte von den Freiheiten gekostet, die sie immer so geliebt hatte, und nachdem sie den ganzen Tag drinnen festgesessen hatte, war sie nun unruhig. Er wusste es, weil er das Gleiche in Bezug auf sie – und ohne sie – empfand.

»Wer bist du?«, fragte Birdie mit verwundertem Ausdruck. »Wenn du vorschlagen würdest, bei dir zu Hause zu essen, damit du einen deiner langweiligen Dokumentarfilme sehen könntest, würde ich das ja noch verstehen. Aber ein Picknick?« Sie zeigte auf Zev. »Das ist deine Schuld. Du hast sie kaputtgemacht.«

Ein Lächeln hob Carlys Mundwinkel. »Nein, hat er nicht. Er hat mich repariert.«

Alle Arten von wunderbaren Gefühlen breiteten sich in ihm aus. »Du warst nie kaputt, Schatz. In dir steckt einfach viel mehr, als die meisten Menschen sehen können.«

»Also gut«, sagte Quinn. »Ein Picknick also. Aber nur fürs Protokoll: In mir steckt nicht mehr als das, was man sieht. Ich mag nette Restaurants, in denen meine Absätze nicht im Dreck steckenbleiben.«

»Ein Picknick mit einem Typen finde ich romantisch.« Birdie klopfte Carly auf die Schulter. »Aber nur damit ihr es wisst. Ich werde mit keiner von euch beiden unter dem Sternenhimmel rummachen.«

»Okay, Ruhe jetzt! Würdet ihr uns bitte mal kurz allein lassen?« Carly fuchtelte herum und scheuchte sie aus Zevs Blickfeld, doch er konnte sie noch hören.

»Die wollen sich bestimmt versaute Sachen sagen«, meinte Quinn.

»Dann lass uns bleiben!«, rief Birdie.

Carly sah sie wütend an.

»Wir gehen ja schon«, sagte Birdie und rief dann: »Tschüss, Zev! Wir vermissen dich auch!«

»Ich euch auch«, antwortete er kopfschüttelnd.

»Tut mir leid«, sagte Carly leise. »Sie sind jetzt aus der Küche rausgegangen.«

»Schon gut. Ich bin froh, dass du nicht allein bist. Wie war dein Tag?«

»Lass mich überlegen … Mein Morgen fing toll an, dann bist du abgereist, ich habe mit meinen Tränen alles unter Wasser gesetzt, bin dann mit dem Boot zur Arbeit gefahren und habe all meine Energie in die Vorbereitungen für das Festival gesteckt.« Als sie von ihrem prall gefüllten Tag erzählte, klang sie etwas lustlos und so ganz anders als beim ersten Mal, als sie ihm von ihrer Arbeit erzählt hatte.

»Geht es dir gut?«, fragte er, denn er befürchtete, dass er für ihre Erschöpfung verantwortlich war. Das Letzte, was er wollte, war, sie in ihren geschäftlichen Aktivitäten zu beeinträchtigen. »Ich weiß, dass wir eine verrückte Woche hatten. Es tut mir leid, wenn du wegen mir so erledigt bist.«

»Nein, mir geht es gut. Warum?«

Ihre Worte klangen fast zu unbekümmert im Verhältnis zu dem beklommenen Gefühl im Bauch, das ihn den ganzen Tag geplagt hatte. »Du hörst dich nicht mehr so begeistert an, wenn du von den Vorbereitungen für das Festival erzählst.«

Sie hob eine Schulter. »Das Festival mache ich schon seit Jahren. So aufregend sind die Vorbereitungen nie.«

»Was macht dir zu schaffen, Schatz?«

Sie senkte den Blick, und als sie ihn wieder hob, sah er die Sorge darin.

»Es tut mir leid, dass ich nicht mitgegangen bin, als du gefragt hast.«

»Das muss dir nicht leidtun. Ich habe mich hinreißen lassen. Mir ist klar, dass du nicht einfach fortgehen kannst, und ich hätte dich nicht in diese Situation bringen sollen. Wir finden eine Lösung. Es wird nur eine Zeit lang dauern und wir müssen uns daran gewöhnen.«

»Ich weiß. Wie war dein Tag?«

Er berichtete, was er gemacht hatte, und je mehr er ihr von seinen Plänen für die Woche erzählte, desto aufgeregter wurde sie.

»Wie geht es Randi und Ford? Die sitzen bestimmt auch auf glühenden Kohlen.«

»Die sind ziemlich begeistert. Wir tauchen, sobald ich von dem Treffen mit meinem Anwalt in Boston zurück bin.«

»Hoffentlich findet ihr etwas Tolles! Ich kann es kaum erwarten, alles darüber zu hören.« Sie zog die Augenbrauen zusammen. »Warte mal. Bist du gerade in Boston am Wasser? Sieht aus, als wärst du auf der Insel.«

»Ich bin auf der Insel.«

»Keine Ahnung warum, aber ich dachte, du würdest nach Boston fliegen und bis zu deiner Besprechung morgen dortbleiben.«

»Ich fliege gleich morgen früh. Aber wenn ich in Boston geblieben wäre, hätte ich dir das hier nicht zeigen können.« Er drehte das Handy um und zeigte ihr die Aussicht auf das Wasser. »Willkommen auf dem Kliff von Fortune's Landing.«

Sie hielt die Luft an und strahlte über das ganze Gesicht. »Zevy!«

»Da wir in meinem Bus in der Horizontalen gelandet sind und du es nie gesehen hast, dachte ich mir, eine private Führung würde dir gefallen.« Er ging näher an die Kante des Kliffs und sprach mit seiner besten Gästeführerstimme: »Wie Sie wissen, wurde Silver Island 1601 von Bartholomew Silver gegründet. Der Legende nach legte der gute alte Bart mit seinem Boot, der *Fortune*, dort unten an.« Er hielt das Handy so, dass er ihr den Blick hinunter bis zum Grund des Kliffs ermöglichte, wo ein schmaler Streifen Sandstrand die brechenden Wellen empfing. »Meinen Informationen zufolge war Bart betrunken und ist tatsächlich gegen das Kliff gekracht. Gerüchte besagen, dass er nackt mit einem Harem betrunkener Frauen aufgefunden wurde, aber Sie wissen ja, wie Tratsch die Wahrheit verändern kann.«

»Ich glaube den Tratsch«, sagte Carly. »Das ist wunderbar! Was kannst du sonst noch von dort sehen? Kannst du Bellamy Island sehen? Den Yachthafen? Da, wo wir gegessen haben?«

Von ihrer Begeisterung würde er nie genug bekommen. Sie stellte ihm Hunderte Fragen und er beantwortete jede einzelne, während er an der felsigen Kante entlangging, ihr alles zeigte, was er sah, und ihr aus der Erinnerung das beschrieb, was er nicht sehen konnte.

Als die Sonne langsam unterging, sagte sie: »Ich habe das Gefühl, direkt dort bei dir zu sein. Ich fasse es nicht, dass du das für mich getan hast.«

Er drehte das Handy um, damit er sie sehen konnte. »Du hast doch nicht gedacht, ich würde vergessen, dass du es sehen willst, oder?«

»Ich dachte nur, du wärst in Boston, um dich auf deine Besprechung vorzubereiten. Aber um ehrlich zu sein … Als wir all die Jahre getrennt waren, habe ich mich gefragt, ob du dich überhaupt an irgendetwas erinnerst, was mich betraf. Aber nach letzter Woche halte ich es für unmöglich, dass du je etwas über mich vergessen könntest.«

»Du hast ja so recht!«

»Dann erinnerst du dich auch daran, wie wir davon geträumt haben, unsere eigene Insel zu entdecken«, sagte sie aufgeregt.

»Nachdem wir *Die blaue Lagune* gesehen hatten, mit diesem blonden Typen, von dem du gesagt hast, er sähe aus wie ich …«

»Chris Atkins. Ich habe gesagt, du wärst süßer als er. Du hast mich an ihn erinnert, weil er und Brooke Shields sich so nahe waren, und sie haben sich so unbeholfen wie wir durch ihre ersten Male gefummelt. Ich habe immer Fantasien nachgehangen, in denen wir beide wie sie allein auf einer Insel sind, uns jeden Tag irgendwie durchschlagen und aufeinander aufpassen.«

»Genau da liegt der Unterschied zwischen Mädchen und Jungen, denn ich hatte nach dem Film Fantasien von dir, wie du oben ohne auf der Insel herumläufst. Solche Fantasien habe ich noch immer.«

Beide lachten. Doch in dem Schweigen, das folgte, tauchte Traurigkeit in Carlys Augen auf, verschwand jedoch ebenso schnell, wie sie gekommen war. Ihm wurde schwer ums Herz.

»Hey, Schatz, stimmt etwas nicht?«

»Alles stimmt. Ich wünschte nur, ich wäre dort bei dir auf diesem Kliff. Ich könnte oben ohne herumlaufen und du mit einem Lendenschurz. Dann könnten wir so tun, als wäre es unsere Insel, und unter den Sternen einschlafen.«

»Ich wünschte, ich könnte durch das Handy greifen, dich in den Armen halten und dir helfen, dein Oberteil auszuziehen.« Er war froh, dass sie wieder lächelte. »Wir kriegen das hin, Schatz. Wir werden all unsere Träume wahr werden lassen.«

»Seid ihr jetzt mal fertig?«

Zev hörte Birdies Stimme, konnte sie aber nicht sehen.

»Fast«, sagte Carly mit einem Blick über die Schulter.

Birdies Gesicht schob sich ins Bild. »Sie wird gar nicht rot. Soll ich meine Brüder anrufen, damit die dir Nachhilfe darin geben, wie man versaute Gespräche am Telefon führt?«

»Birdie!«, beschwerte sich Carly. »Zev könnte deine Brüder unter den Tisch reden.«

»Ich wollte Carly lieber nicht so scharfmachen, bevor sie mit dir und Quinn loszieht«, sagte Zev, aber das war geflunkert. Wenn er nicht gedacht hätte, dass Carly und er sich nur noch einsamer fühlen würden, hätte er sie voll in Fahrt gebracht, und es wäre sogar noch aufregender gewesen, weil er gewusst hätte, dass sie die Coole hätte spielen müssen, sobald Birdie und Quinn hereinspaziert wären – und das wären sie.

»Quinny«, rief Birdie. »Schreib ein paar Gentleman-Pluspunkte für Zev auf.«

»Schon passiert!«, antwortete Quinn von irgendwoher.

»Tut mir leid«, sagte Carly und schubste Birdie aus dem Weg. »Ich sollte Schluss machen. Die Führung war herrlich, und ich liebe dich mehr, als du dir vorstellen kannst.«

»Geht mir mit dir genauso, Schatz. Viel Glück mit dem Festival. Schick mir Bilder. Ich würde gern sehen, wie es so ist.«

»Ich mache ein paar von ihr!«, rief Birdie.

»Danke, Birdie«, sagte er und genoss den Anflug von Verlegenheit auf Carlys Gesicht. Er warf ihr eine Kusshand zu. »Bis morgen, sexy Lady.«

Sie tat, als würde sie den Kuss auffangen, und legte sich zwei Finger auf die Lippen. »Bis morgen.«

Birdie und Quinn machten im Hintergrund Kussgeräusche, und Carly verdrehte die Augen, als sie das Gespräch beendete.

Zev betrachtete das Foto von Carly auf seinem Sperrbildschirm. Er war noch nicht einmal einen Tag fort und schon verursachte ihm ihre Abwesenheit so etwas wie einen Phantomschmerz. *Was hast du nur mit mir angestellt, Schatz?*

Elf Stunden waren geschafft, noch viel zu viele lagen vor ihnen.

Sechsundzwanzig

Carly nahm am Montagmorgen ein Blech voller Brownies aus dem Ofen und bewegte sich zu dem Rhythmus von »Rock your Body«, das von einer CD lief, die Zev ihr auf der Highschool gebrannt hatte. Auch zu Hause hatte sie Musik anstellen müssen. Die Stille hatte sich zu still angefühlt, sodass sie Zev nur noch mehr vermisste. Nach ihrem Essen mit den Mädels – im Restaurant, weil Carly überstimmt worden war – hatten Zev und sie sich stundenlang geschrieben. Nachdem sie sich schließlich eine gute Nacht gewünscht hatten, war sie noch wach geblieben und hatte sich mit Gedanken über das Angebot, seine Geschäftspartnerin zu werden, herumgequält und sich gesagt, sie könne nicht mit ihm gehen, obwohl sie am liebsten an zwei Orten gleichzeitig gewesen wäre. Eigentlich hätte sie an diesem Morgen erschöpft sein müssen, aber sie war mit dem Gefühl aufgewacht, es mit der ganzen Welt aufnehmen zu können. Ihre Haare hatte sie zu einem Pferdeschwanz zusammengebunden, ihr weißes Divine-Intervention-T-Shirt hatte sie in der Taille oberhalb ihrer Jeansshorts verknotet – eine Festivaltradition des Schokoladengeschäfts – und sie trug ihre bequemsten Sneakers.

Leider war die Welt, mit der sie es eigentlich aufnehmen

wollte, zweitausend Meilen weit entfernt.

Neben der Sehnsucht nach Zev und der Aufregung angesichts dessen, was sein Tauchgang später am Tag ergeben würde, konnte sie kaum an etwas anderes denken. Aber sie versuchte es. Sie konnte es kaum erwarten, ihrer Tante von all ihren Neuigkeiten zu berichten. Gestern hatte Carly versucht, Marie zu erreichen, doch der Anrufbeantworter war angesprungen und sie hatte keine Nachricht hinterlassen. Sie setzte das Blech mit den Brownies auf der Arbeitsfläche ab und stellte erfreut fest, dass es endlich sechs Uhr war. Nassau war zwei Stunden weiter als Colorado, und sie wusste, dass ihre Tante jeden Morgen um acht Uhr einen Spaziergang am Strand machte.

Sie steckte ihre Ohrstöpsel ein und rief sie an.

»Ich habe mich schon gefragt, wann du dich endlich meldest«, sagte Marie, als sie den Anruf annahm.

»Tut mir leid. Diese Woche war ziemlich viel los. Seit fünf Uhr bereite ich das Festival vor, aber ich wollte dich nicht zu früh anrufen. Wie geht's dir?«

»Mir ging es nie besser. Aber viel wichtiger ist: Wie geht es dir? Deine Mama hat mir erzählt, dass deine erste Liebe wieder in deinem Leben ist. Wie fühlen wir uns dabei?«

Die Sorge in der Stimme ihrer Tante war nicht zu überhören. Marie sagte immer *wir*, wenn sie sich um Dinge sorgte, von denen sie dachte, dass Carly darüber grübelte oder grübeln sollte. Carly wusste, dass Marie die Tatsache, dass Zev wieder in ihr Leben getreten war, sehr argwöhnisch beobachten würde. Marie kannte die Bradens, die in Weston lebten, und sie hatte Zevs Eltern einmal getroffen, als sie in Maryland gewesen war, um Carlys Familie zu besuchen, als sie noch klein war. Aber ihre Tante hielt nichts davon, pauschal eine ganze Familie zu beurteilen, denn wie sie Carly unzählige Male gesagt hatte, konnten gute Menschen schlechte Kinder großziehen und umgekehrt.

»*Wir* fühlen uns unglaublich«, sagte Carly, obwohl sie etwas durcheinander und einsam war. Sie wollte nicht, dass Marie sich Sorgen machte.

»Hm … Vergib mir, wenn ich mir erst eine Meinung bilde, nachdem ich alle Fakten gehört habe, Liebes, aber meine Tanten-Klauen sind schon ausgefahren.«

Carly machte sich daran, den Zuckerguss für die Brownies zu vermengen. »Tante Marie …«

»Spar dir das, Süße. Erzähl mir, was ich wissen muss. Du weißt, dass ich diese Klauen ebenso schnell wieder einziehen kann.«

Das war zutreffend. Carly hatte erlebt, wie sich Marie mit einem Mann angelegt hatte, der an ihrer Ladentheke fast alle Kostproben von ihrem Fudge weggefuttert und dann seiner Freundin erzählt hatte, sie solle lieber nichts probieren, weil sie an den Hüften schon etwas zu viel zugelegt hätte. Marie hatte sich ihn verbal ziemlich zur Brust genommen. Carly hatte auch gesehen, dass ihre Tante einen Teenager im Visier gehabt hatte, von dem sie glaubte, er wollte etwas mitgehen lassen, bis der Vater den Laden betreten hatte und sie merkte, dass der Junge aufgrund von Angstzuständen unruhig war und nicht, weil er etwas stehlen wollte. Marie hatte dem Vater von der Redemption Ranch erzählt und dem Jungen einen Schoko-Lolli und ein Divine-Intervention-Tagebuch gegeben, weil sie der Meinung war, dass jeder einen Rückzugsort brauchte, um ein paar Dinge aus dem Kopf zu bekommen.

»Was hat meine Mom dir erzählt?«, wollte Carly wissen.

»Genug, um zu dem Schluss zu kommen, dass ich alles mit

eigenen Ohren hören möchte. Fang ganz vorne an.«

Carly erzählte ihr alles, von ihrem Herzrasen, als sie Zev das erste Mal wiedergesehen hatte, bis hin zu den Tränen, die geflossen waren, als sie sich ausgesprochen hatten, und der Liebe, die sie die ganze Zeit empfunden hatte. Sie stellte die Schüssel mit dem Zuckerguss ab und ging in der Küche auf und ab, da sie zu aufgeregt war, um stillzustehen, während sie ihrer Tante von jedem Gespräch, jeder unausgesprochenen Sorge und von der aufmerksamen Art Zevs berichtete, der jede ihrer Befürchtungen, die sie zu verbergen suchte, erkannt und angesprochen hatte. Sie schwärmte von dem Klippenspringen, dem Übernachten auf der Veranda des Gasthofs, dem Überraschungsausflug nach Silver Island und ihrem Forschungsabenteuer auf hoher See.

»Ich wünschte, du wärst dabei gewesen, als wir beim Klippenspringen waren. Es war aufregend und beängstigend, und als ich gesprungen bin ...« Sie hielt inne, um tief einzuatmen, so wie sie es oben auf der Klippe getan hatte, und erinnerte sich daran, wie gut sich das angefühlt hatte. »Tante Marie, das war das befreiendste, wunderbarste Gefühl! Ich hatte vergessen, wie sehr ich das liebe, wie gern ich draußen bin und mir zugestehe, etwas zu fühlen. Mir war nicht klar gewesen, wie viel *Leben* ich beiseitegeschoben hatte. Ja, das war auch notwendig gewesen, aber es war ... als hätte ich Teile meiner selbst wiedergefunden, die ich verloren hatte. Und als wir das Wrack der *Pride* gesucht haben? Keine Worte können beschreiben, wie sich das angefühlt hat.«

Anscheinend gab es doch welche, denn sie schwärmte noch eine Viertelstunde davon.

»Das war das Schiffswrack, von dem ihr als Kinder immer erzählt habt, oder?«

»Ja! Er hat jahrelang danach gesucht und es nun gefunden! Und dann hat er mich dorthin mitgenommen. Das war eines der größten Abenteuer meines ganzen Lebens.«

»Das höre ich. Ich glaube, ich habe *diese* Carly seit … keine Ahnung … Ewigkeiten nicht mehr gehört.«

»Ich weiß! Genau das Gefühl habe ich auch! Ich habe dir noch gar nicht von den Konkretionen erzählt!«

Fünfundzwanzig Minuten später, als Carly ihre Geschichte zu Ende erzählte, kam Birdie winkend in die Küche gehuscht. Carly gab ihr mit einem lautlosen *Tante Marie* zu verstehen, wer am Telefon war, woraufhin Birdie ihr ein Okay-Zeichen gab und mit den Vorbereitungen für das Festival dort weitermachte, wo Carly aufgehört hatte.

»Lass mich meine Klauen mal wieder etwas einfahren«, meinte Marie vorsichtig. »Ich habe ja keine Ahnung von der Schatzsuche, aber nach dem, was du mir erzählt hast, scheint es, als wären die Freilegung dieser Münzen und die Entdeckung dieses anderen Teils …«

»Wir glauben, es ist irgendein Werkzeug.«

»Genau. Das scheinen ja sehr bedeutende Funde zu sein.«

»Gewaltige, geradezu historische Funde! Und das ist noch nicht alles. Er hat mir angeboten, Teilhaberin in seiner Firma zu werden, die er nach unserem Projekt in der Highschool ZWEI SCHATZSUCHER – EIN SCHIFF benannt hat. Indem er mich zur Partnerin macht, würde ich zur Sachwalterin für die *Pride* werden.«

»Ich habe keine Ahnung, was das bedeutet.«

»Das ist kompliziert, aber im Grunde bin ich dann dafür verantwortlich, dass das Schiff und alle dort gefundenen Artefakte geschützt werden. Das ist eine ungeheure Sache! Er bietet mir an, mich juristisch zu einem Teil der *Pride-*

Expedition zu machen – von *unserem* Schiff, *unserem* Traum –, und zwar auf die einzig mögliche Weise, da ich hier bin und das Schiff samt Team dort ist.« Ihr Herz raste allein beim Erzählen. »Er gibt mir die Chance, meinen Namen in Geschichtsbüchern zu verewigen. Doch noch wichtiger ist, dass er mir zeigt, wie ernst er es mit mir und uns meint.«

»Okay, jetzt mal ganz langsam, meine Süße. Das klingt nach einer Menge rechtlicher Verantwortung für jemanden, der nicht in der Nähe der Dinge ist, die es zu beschützen gilt.«

»Ich weiß!«, erwiderte sie etwas zu heftig. »Er hat mich gebeten, mit ihm zu gehen, aber keine Sorge, ich habe abgelehnt.« Ein Stich der Reue machte sich schmerzhaft bemerkbar. *Komm mit mir. Geh das Risiko ein, vertrau uns noch einmal. Lass uns das hier gemeinsam tun, denn das ist unsere Bestimmung.* Sie verscheuchte Zevs Stimme aus ihrem Kopf. »Er weiß, dass ich nicht einfach alles stehen und liegen lassen kann. Ich habe die Partnerschaft noch nicht angenommen, weil ich mit genau dem hadere, was du gesagt hast. Du kennst mich. Ich muss bei allem, wofür ich verantwortlich bin, mittendrin sein. Wie soll ich das also machen, wenn ich nicht dort bin?«

Wie können wir überhaupt irgendeine Art von Partnerschaft führen, wenn wir so weit entfernt voneinander sind?

»Das war klug, meine Süße. Aber was willst du?«, fragte ihre Tante.

Sie wollte die Partnerschaft fast ebenso sehr wie den Mann, der sie ihr anbot, aber das behielt sie für sich. Auch wenn sie Zev wollte und bei der Expedition dabei sein wollte, so liebte sie doch auch ihr Geschäft und ihr Leben hier, obwohl es nun gegenüber dem, was sie zurückgelassen hatte, etwas blass wirkte.

Nein. Falsch.

Es wirkte blass im Vergleich zu dem Leben und der Frau,

die sie gerade erst anfing wiederzuentdecken.

»Ich will alles«, sagte sie ehrlich und fragte sich gleichzeitig, wie sie jemals hatte zulassen können, dass sie aufhörte, von etwas zu träumen, was außerhalb ihrer kleinen, sicheren Welt lag. »Den Laden, mein Leben hier, Zev. Aber das ist ein zu großes Thema, als dass wir das jetzt besprechen könnten. Falls ich mich aber entscheiden sollte, die Partnerschaft anzunehmen, dann stellt Zev sicher, dass ich rechtlich abgesichert bin. Er hat die erforderliche Versicherung, und er hat ein sicheres Lager, ein Labor, also alles, um die Artefakte sicher aufzubewahren und sie begutachten zu lassen.«

Sie machte Birdie auf sich aufmerksam und bedeutete ihr, dass sie in ihr Büro ging. »Und ich werde gelegentlich dort sein. Ich weiß noch nicht, wie oft oder wie lange jeweils, aber ich will dort bei ihm sein und die Aufregung mit ihm zusammen erleben. Ich bin mir sicher, ich finde eine Möglichkeit, einmal im Monat hinzufahren, solange das Wetter noch warm genug zum Tauchen ist.« Aber wäre das jemals genug? Und was wäre, wenn sie eines Tages eine Familie haben wollten? Wie würde das funktionieren?

»Bestimmt. Du bist eine sehr willensstarke Frau«, sagte Marie.

Carly wurde bewusst, dass sie die ganze Zeit davon redete, woanders zu sein, obwohl ihre Tante sie doch aufgenommen hatte, ihr geholfen hatte, ihre schwersten Zeiten zu überstehen, und ihr ein Leben und ein berufliches Standbein geboten hatte. Marie hatte Carly ihren eigenen Traum anvertraut, das Schokoladengeschäft. Schnell fügte sie hinzu: »Und er wird auch hierherkommen. Zev weiß, wie wichtig mir der Laden ist. Ich kann es kaum erwarten, dir die neue Ware zu zeigen, die wir im Angebot haben, und dich all die neuen Nachspeisen probieren zu lassen, die wir kreiert haben.«

»Ich freue mich darauf«, sagte ihre Tante geistesabwesend, so als würde sie noch darüber nachdenken, was Carly gesagt hatte.

»Ich weiß, dass du dir Sorgen machst, Zev könnte mir wieder wehtun.«

»Ja, auch, aber nach dem zu urteilen, was du mir erzählt hast, klingt es so, als würde er alles in seiner Macht Stehende tun, um dir zu zeigen, dass er dir nicht noch einmal wehtun wird. Und es klingt so, als hätte er sich all die Jahre selbst gequält, weil er dir das angetan hatte. Es gehört viel dazu, seine Fehler zuzugeben.«

Carly brannten Tränen in den Augen, als ihr die Wahrheit in den Worten ihrer Tante bewusst wurde. »Er hat sich wirklich gequält und ich liebe ihn, Tante Marie. Ich liebe ihn mit allem, was ich bin und was ich habe.«

»Ach, Carly«, sagte Birdie leise.

Carly drehte sich um.

Birdie hob das Tablett an, das sie in den Händen hielt, und gab ihr zu verstehen, dass sie gerade am Büro vorbeigegangen war, als sie das gehört hatte. *Ich freue mich für dich*«, flüsterte sie und ging weiter zur Kühltruhe.

»Ich vertraue deinem Urteilsvermögen, Liebes. Sonst hätte ich dir auch niemals das Schokoladengeschäft übertragen«, sagte ihre Tante, und Carly merkte, dass sie verpasst hatte, was Marie gesagt hatte, als sie von Birdie abgelenkt worden war. »Ich muss dir nur eins sagen, weil ich dich zu lieb habe, um es nicht zu tun. Deine Mama und ich haben uns in dem Sommer, in dem Tory ums Leben kam und Zev fortgegangen war, wahnsinnige Sorgen um dich gemacht. Aber am Ende des Sommers, als du zurück ans College gingst, warst du schon auf dem Weg der

Besserung. Wir wussten, dass du einen langen Weg vor dir hattest, aber es war dir gelungen, dich aufzuraffen und weiterzumachen. Als ich dich dann zu Weihnachten sah, warst du eindeutig stärker. Aber du konntest uns nichts vormachen. Wir wussten, dass Tory und Zev beide einen großen Teil von dir mitgenommen hatten. Das war zu erwarten, und wir dachten, dass die Zeit noch mehr Heilung bringen würde. Aber in dem darauffolgenden Sommer ... Liebes, deine Mama und ich haben nie erfahren, was deinen Rückfall in diese Depression ausgelöst hat, und ich verlange nicht, dass du es mir erzählst. Das ist deine Angelegenheit. Aber wenn es irgendetwas mit Zev zu tun hatte, dann solltest du das auf keinen Fall einfach unter den Teppich kehren.«

Carly schloss die Bürotür. Sie war ihrer Tante die Wahrheit schuldig. »Zev war nicht der Einzige, der jemanden verlassen hatte. In den Frühlingsferien, in dem Jahr nachdem er gegangen war, habe ich ihn zufällig in Mexiko getroffen und wir haben die Nacht zusammen verbracht. Ich habe ihn immer noch von ganzem Herzen geliebt, und ich habe so viel Liebe bei ihm gespürt, als ich in dieser Nacht in seinen Armen lag. Aber ich habe meinem Bauchgefühl nicht vertraut.« Tränen liefen ihr über die Wangen, und unter der Last ihres Geständnisses musste sie sich auf die Schreibtischkante setzen. »Ich hatte Angst, dass ich seine Gefühle falsch deuten würde oder dass es nur Wunschdenken wäre. Genau kann ich gar nicht sagen, was ich gedacht habe. Ich wusste nur, dass ich es nicht überleben würde, wenn er wieder fortging. Daher bin ich, während er schlief, ohne ein Wort abgehauen. Ich habe keine Nachricht, nichts, hinterlassen.« Sie wischte sich die Tränen fort und akzeptierte das erdrückende Gefühl in der Brust als verdient. »So grausam es war, und so unangenehm es ist, das zuzugeben, war ein Teil in mir wohl noch so verletzt, dass ich ihm den Schmerz zufügen wollte, den ich empfunden hatte, als er gegangen war.«

»Ach, Liebes!«

»Noch etwas …«, sagte sie und wehrte sich gegen die Schluchzer, die hervorbrechen wollten. »Damals wusste ich es nicht, aber in der Nacht, in der mir klar wurde, dass ich so einen Schmerz nicht noch einmal überleben würde, war ihm klar geworden, welchen Fehler er begangen hatte, indem er mich so verlassen hatte, und er wollte versuchen, alles wieder in Ordnung zu bringen. Aber ich habe ihm nie die Chance gegeben, es mir zu sagen. Er wachte in einem leeren Bett auf und ging davon aus, dass ich mit allem abgeschlossen hatte.«

»Und in diesem Moment des Selbstschutzes hattest du auch vielleicht mit allem abgeschlossen. Und das ist in Ordnung, Liebes. Aber wenn ein Mann dich liebt, dann geht er nicht auf Abstand, nur weil du es ihm sagst. Er versucht es immer weiter.«

»Vielleicht würden manche Männer das in gewissen Situationen tun. Aber Zevy wusste, wie sehr er mir schon wehgetan hatte, und er hat mir das gegeben, worum ich ihn durch mein Abhauen gebeten hatte. Er liebte mich genug, um fortzugehen. Und ich dachte, ich müsste fortgehen, weil ich mit allem abgeschlossen haben *wollte*, um mich selbst zu schützen.« Irgendwann würde Carly ihrer Tante und ihrer Mutter von der Fehlgeburt erzählen, aber für den Moment behielt sie es für sich, denn sie wollte nicht, dass ihre Tante darin den Grund für das sah, was sie als Nächstes sagte. »Aber ich brauchte nicht lang, um zu merken, dass ich doch nicht mit ihm abgeschlossen hatte. Ich habe im Internet nach ihm gesucht, aber nichts gefunden. Ich hätte seine Familie fragen können, aber ich ging davon aus, dass er nicht von mir gefunden werden wollte, und dann … na ja … bin ich hier gelandet. Aber bis ich ihm auf Chars Hochzeit von Angesicht zu Angesicht gegenüberstand, bis ich seine Gegenwart spürte, im wahrsten Sinne des Wortes die Anziehungskraft unserer Herzen und die Spannung, diese alles ergreifende Energie zwischen uns fühlte, war mir nicht bewusst, dass ich so viel von mir selbst unterdrückt hatte. Und ohne dieses Bewusstsein wäre mir niemals die größere Wahrheit klar geworden. Ich werde nie mit Zevy abschließen und ich will es auch nicht. Er ist meine andere Hälfte, ein zu großer Teil von mir, als dass er jemals wieder überschattet werden könnte. Wir sind die zwei Seiten derselben Medaille. Er hat mich zu sehr geliebt, als dass er nach Torys Tod hätte bleiben können, und ich habe ihn zu sehr geliebt, um in Mexiko bei ihm zu bleiben. Jetzt sind wir erwachsen und endlich an einem Punkt in unserem Leben angelangt, an dem wir einander zu sehr lieben, um den anderen je wieder loszulassen.«

Marie schwieg sehr lange, und Carly fragte sich, ob ihre Tante dachte, sie mache einen Fehler.

»Schmerz ist nie eine Einbahnstraße, Carly. Ihr beide wart so jung, als ihr euch gefunden habt, da war die Wahrscheinlichkeit, dass ihr zusammenbleibt, sehr gering. Manche Liebe stellt sich offensichtlich gegen alle Wahrscheinlichkeiten.«

»Du hältst mich nicht für verrückt?«, fragte sie nervös.

»Oh, im Moment bist du eindeutig verrückt«, meinte ihre Tante munter. »Die Liebe ist dazu da, einen verrückt zu machen.«

Ein erleichtertes Lachen platzte aus Carly heraus, als sie sich die Tränen trocknete.

»Aber ich frage mich nun, ob Colorado für dich nur ein Zwischenstopp war.«

»Was? Nein! Machst du Witze?« Carly wurde schwer ums

Herz. »Du und Wynnie habt mir das Leben gerettet, und ich liebe mein Leben. Ich habe dich *und* dieses Schokoladengeschäft lieb und bin dir total dankbar.«

»Vielleicht ist dieser Typ für sie ein Zwischenstopp.«

Carly erstarrte, als sie die Stimme eines Mannes übers Telefon vernahm. »War das ein *Mann?* Hört er unserem Gespräch zu? Wo bist du?«

»Ja, das war ein Mann, und wenn du es unbedingt wissen willst: Ich bin noch im Bett.«

»Was? Du bist mit einem Mann im Bett und redest mit mir, als wäre nichts? Tante Marie!«

Marie lachte. »Na ja, als du anriefst, waren wir *damit* schon durch.«

»Igitt! Hör auf! Das will ich nicht hören. Wer immer das ist, sag ihm, dass Zev kein Zwischenstopp ist, und …«

»Ich nenne ihn *Tiger*«, sagte Marie.

»Ich drücke dich jetzt weg«, sagte Carly lächelnd. »Hab dich lieb. Danke fürs Zuhören.«

»Warte! Willst du meinem Latin Lover nicht kurz Hallo sagen? Meinem Antonio-Banderas-Doppelgänger?«

»Tschüss, Tante Marie …« Sie hörte noch das Lachen ihrer Tante, als sie das Gespräch beendete und dann die Fotos auf ihrem Schreibtisch betrachtete, auf denen Zev und sie die Reisepässe im Mund hatten und ihre Schatzkarte hochhielten. Sie war von Sehnsucht erfüllt.

Ihr Handy vibrierte, als eine Nachricht ankam und Zevs Name aufpoppte, als hätte er gespürt, dass sie an ihn dachte. Ein Selfie von ihm auf dem Boot erschien. Mit freiem Oberkörper und im Wind wehenden Haaren hatte er den rechten Arm ausgestreckt und den Ellbogen leicht angewinkelt, als würde er jemandem den Arm um die Schulter legen, der unsichtbar war.

In der linken Hand hielt er ein Stück Karton, auf das er geschrieben hatte *Ich wünschte, du wärst hier*, und dazu hatte er einen Pfeil nach rechts gezeichnet. Ein Hochgefühl erfasste sie. Sie nahm sich einen Klebezettel, schrieb *Bin ich!* darauf und befestigte ihn an dem Bild von ihnen beiden mit der Schatzkarte. Sie hielt das Foto neben ihr Gesicht, machte einen Kussmund und schickte ein Selfie mit Herz-Emoji zurück an Zev.

Es klopfte an der Tür und Birdie steckte den Kopf herein. »Schwärmst du ihr noch immer von deiner großen Liebe vor oder kannst du mir bei etwas helfen?«

Carly lehnte sich auf ihrem Stuhl zurück und legte die Füße auf den Schreibtisch. »Er ist einfach so heiß und so sexy«, erwiderte sie theatralisch. »Ich glaube, ich muss noch ein paar Minuten von ihm schwärmen, oder vielleicht auch noch ein oder zwei Stunden.«

Birdie marschierte mit ihren weißen Cowboystiefeln und in den knappen Sportshorts zu ihr. Das rote Tanktop von Divine Intervention hatte sie über der Taille zusammengeknotet, sodass ein paar Zentimeter ihres gebräunten und durchtrainierten Bauches sichtbar waren. »Auf geht's, Miss Sexbombe.« Sie nahm Carlys Hand, zog sie vom Stuhl und zerrte sie zur Tür. »Dieser Laden läuft nicht von allein.«

Am späten Nachmittag waren die Gehwege voll mit Festivalbesuchern. Ballons schwebten an langen Schnüren, die an den Handgelenken von Kindern festgemacht waren, und aus dem Park an der nächsten Ecke drang Musik herüber. Carly stand hinter dem Tisch auf dem Gehweg vor ihrem Laden und kümmerte sich um interessierte Passanten, während Quinn und Birdie drinnen die Kunden bedienten. Normalerweise war dies ihre liebste Beschäftigung auf dem Festival, aber während sie plauderte und die Kunden ermutigte, sich im Laden ihre neuen Angebote anzusehen, war sie zu abgelenkt, um es zu genießen. Für gewöhnlich war sie eine gute Zuhörerin und aufrichtig an den Geschichten und Fragen der Menschen interessiert, aber heute wollte sie eigentlich nur Teil der Expedition sein, die vor Silver Island stattfand.

»Den Cake Pop können Sie im Geschäft bezahlen. Die Pfefferminzstangen und den Schatzsucher-Fudge finden Sie in der Vitrine rechts neben der Kasse«, sagte sie zu dem älteren Paar, um das sie sich gerade kümmerte.

Der silberhaarige Herr sagte: »Sehr kluge Strategie, die Kunden drinnen bezahlen zu lassen, wo sie nicht widerstehen können und noch mehr Schokolade kaufen.«

»Darauf hoffen wir immer«, sagte Carly gezwungen ungezwungen. Schuldgefühle und Frust regten sich in ihr. Sie liebte dieses Geschäft und die Arbeit mit Birdie und Quinn. Sie liebte den Lärm und den Trubel auf dem Festival, warum also hatte sie plötzlich das Gefühl, in einer Schlucht zu stehen, abgeschirmt vom Rest der Welt von den Bergen ringsum, die ihr einst inneren Frieden beschert hatten?

»Ist das hier weiße Schokolade?«, fragte eine junge Mutter und riss Carly damit aus ihren Gedanken. Zwei kleine rothaarige Mädchen schauten zu ihr auf und warteten ungeduldig auf eine Antwort.

»Ja, tut mir leid, meine Liste mit den Geschmackssorten ist anscheinend verschwunden.« Carly spähte über das Tablett und suchte nach der Liste, die sie gemacht hatte, als das Handy in ihrer Tasche vibrierte. Zev hatte vor Stunden nach seiner Besprechung mit dem Anwalt geschrieben, dass es gut gelaufen und er auf dem Weg zurück zur Insel sei, um sich mit seinem Team zu treffen. Den ganzen Tag über hatte Randi Nachrichten geschickt, berichtet, was sie so taten, und witzige Kommentare über *die Jungs* gemacht. Der letzten Nachricht hatte sie ein Foto beigefügt, auf dem Zev sich mit Ford, Cliff und Tanner über einen Tisch beugte, und es mit *Strategiebesprechung vor dem Tauchgang* untertitelt. Da sie sich gern die neueste Nachricht ansehen wollte, erklärte Carly rasch die Geschmacksrichtungen aller ausgelegten Probierstücke: »Dies ist weiße Schokolade, Vanille, Minz-Schoko, Milchschokolade, Schoko-Kirsch, Ahorn-Walnuss und unsere neue Spezialität, der Schatzsucher-Fudge.« Dann beschrieb sie noch, was in dem besonderen Fudge versteckt sein konnte.

Die Mädchen schauten aufgeregt zu ihrer Mutter auf.

»Danke.« Die Mutter legte jeweils eine Hand auf ihre süßen kleinen Köpfe. »Ihr dürft beide ein Stück probieren.«

Als die Kinder nach mehr bettelten, biss sich Carly auf die Zunge und wandte sich zwei anderen Kunden zu. Sie hatte ihre Lektion früh gelernt. Als sie angefangen hatte, für ihre Tante zu arbeiten, hatte sie den Fehler gemacht, Kindern zu sagen, sie dürften sich zwei Stücke nehmen, woraufhin die Eltern ihr empörte Blicke zugeworfen hatten.

Sie entdeckte die Liste mit den Geschmackssorten auf dem Boden neben dem Tisch, doch bevor sie sich danach bücken konnte, wurde sie von einem neuen Ansturm von Kunden erfasst.

Vierzig Minuten später verabschiedete sie den letzten Kunden – zumindest für den Augenblick – mit den Worten: »Wir haben an sieben Tagen in der Woche geöffnet. Ich hoffe,

Sie schon bald wiederzusehen.« Schnell legte sie die Liste wieder dorthin, wo sie hingehörte, nahm dann ihr Handy heraus und ging auf die Nachricht von Randi. Es war ein Bild von Zev und den anderen Jungs in ihren Neoprenanzügen, untertitelt mit *Tauchgang Nr. 2*! Carlys Aufmerksamkeit richtete sich auf Zevs durchtrainierten Körper in dem engen Taucheranzug, der nichts der Fantasie überließ, und auf seine hypnotisierenden Augen, die in die Kamera funkelten. Sie spürte förmlich sein Herz, das vor lauter Vorfreude hämmerte. Sie erinnerte sich an die Erregung, die sie beim ersten Blick auf ihn unter Wasser gepackt hatte.

Eine Hand schoss zwischen ihr Gesicht und das Handy und ließ sie zusammenfahren. »Tut mir leid, ich …«

Mit einem frechen Lächeln stand Cutter neben ihr. »Was ist passiert? Bist du auf einer Sexy-Taucher-Website auf Abwege geraten?«

Cutter hatte sie nicht mehr gesehen, seit sie die Pralinen als Dankeschön vorbeigebracht hatte, weil er auf die Tiere aufgepasst hatte. Sie schaute sich um und war erleichtert, dass keine Kunden in Hörweite waren. »Natürlich nicht. Ich guck mir solche Internetseiten nicht an. Gibt es so was überhaupt? Sexy-Taucher-Websites?«

»Keine Ahnung. Es gibt Sexy-Cowboy-Websites, also nehme ich es mal an.«

»Woher weißt du das? Findet man *dich* da?« Sie besann sich eines Besseren und sagte schnell: »Darauf antworte lieber nicht.«

Er lachte. »Jedenfalls warst du ziemlich weit weg. Ich habe drei Mal deinen Namen gesagt.«

»Tut mir leid. Das ist Zev. Er taucht heute, und ich warte ungeduldig darauf, zu hören, wie es lief.«

»Kann ich mir vorstellen. Wie geht's dir so, wo er jetzt nicht mehr da ist?«

Sie seufzte. »Was glaubst du denn?«

»Kann ich mir nicht vorstellen«, meinte er mitfühlend.

»Glaub mir, das willst du auch nicht. Es ist, als stünde die Tür zu einer neuen Welt offen, und du siehst all das Helle und Leuchtende darin, und dann macht jemand die Tür *fast* zu, aber du kannst gerade noch so hineinspähen. Dann wird ein Schild aufgehängt, auf dem steht *Sind bald zurück*, und ein riesiger Bleiklotz wird vor die Tür geschoben, sodass man sie überhaupt nicht mehr aufmachen kann. Somit ist all das Gute, über das du dich so gefreut hast, außer Reichweite, und du weißt, du wirst es wiedersehen, aber du weißt nicht wann.«

Cutter hob die Augenbrauen. »Willst du damit sagen, dass Miss Durchorganisiert keinen festen Termin, keine Uhrzeit für ihr nächstes Stelldichein hat?«

»Genau, nur dass es kein Stelldichein ist. Aber das ist für mich in Ordnung. Ich bin hier und ich konzentriere mich auf das Festival.« Wieder sah sie eine Gruppe von Passanten die Straße entlangkommen. *Empfinde nur ich das so oder ist dieser Tag ewig lang?* Sie richtete auf dem Tisch alles wieder her, um sich abzulenken. »Mir geht es wunderbar. Ich brauche keine konkreten Pläne.«

»Aha«, sagte er mit einer gehörigen Portion Skepsis im Tonfall.

»Du bist gerade keine Hilfe«, sagte sie mit singender Stimme.

»Vielleicht hilft das ja: Ich wollte es dir neulich schon sagen, aber da hattest du es eilig. Zev hat eine Menge Hebel in Bewegung gesetzt, um diese Reise für dich zu organisieren. Keine Ahnung, wie er das so schnell hingekriegt hat, aber es war ihm offensichtlich sehr wichtig, dass du die Möglichkeit zum

Tauchen bekommst. Wenn Beau mir nicht schon von all dem Tiefseetauchen, Klippenspringen, Drachenfliegen, Apnoetauchen« und anderem verrückten Mist erzählt hätte, den du und Zev früher gemacht habt, dann hätte ich Zev gesagt, er wäre verrückt, so einen Tauchausflug für dich zu planen.«

»Warte mal! Was hast du da gerade über Beau gesagt?« Sie steckte das Handy weg, verschränkte die Arme und sah ihn wütend an.

Er räusperte sich.

»Cutter? Oh mein Gott! Du bist unmöglich!« Sie schlug ihm auf den Arm. »Du hast bei Chars Kuppelaktion mitgemacht, oder? Und wenn Zev nun ein Mistkerl gewesen wäre?«

»Glaubst du wirklich, ich hätte den Kerl in deine Nähe gelassen, wenn ich Bedenken gehabt hätte? Beau hat mir versichert, dass Zev sich nicht danebenbenehmen würde.«

Beau. Nachdem Tory ums Leben gekommen war, hatte er genau wie Zev jeglichen Halt verloren. Aber er hatte es weit gebracht. Das hatten sie beide.

Danke, Beau.

»Du hattest also Bedenken, bevor du zu Beau gegangen bist?«, fragte sie.

»Ja und nein.« Cutter schaute zum Geschäft. »Wie oft habe ich dich und Birdie hier erlebt, wie ihr in Rollenspielen geübt habt, dass du cool und gefasst bleibst, wenn du deine alte Liebe wiedersiehst?«

»Dutzende Male. Hat nicht funktioniert«, meinte sie lächelnd. »Ich war so aufgeregt und durcheinander, dass ich ihm erzählt habe, wir beide würden daten. Bis du mit Sable deine Dirty-Dancing-Künste vorgeführt hast, da flog die Lüge dann auf.«

»Echt jetzt? Hätte gern gehört, wie du dich da herausgeredet hast.« Er schüttelte den Kopf. »Ich wusste, dass diese ganze Planung und die Rollenspiele nichts bringen würden. Ich kenne mich mit der Liebe ja nicht so aus, aber eines weiß ich. Du hast mir erzählt, dass Zev dir das Herz gebrochen hat, aber immer, wenn du über ihn geredet hast, hattest du diesen Blick in den Augen, als wenn …« Er zuckte mit den Schultern. »Keine Ahnung, was das für ein Blick war, aber er zeigte mir, dass du nicht über ihn hinweg warst. Als Char dann erzählte, sie und Beau würden heiraten, bin ich zu Beau gegangen. Ich habe ihm gesagt, wenn er irgendwelche Hinweise darauf hätte, dass Zev dir auch nur eine Spur von Ärger bereiten könnte, müsste ich es wissen. Ich hätte einen Weg gefunden, dich daran zu hindern, zur Hochzeit zu gehen. Aber ich vertraue Beau, und er hat mir erzählt, was er glaubte, wie es Zev all die Jahre ergangen war, und das hat mich beruhigt.«

»Das hast du für mich getan?«

»Ich würde alles für dich tun, Schätzchen. Du gehörst zur Familie.«

»Ahhh, das ist schön zu wissen. Danke. Was hat Beau dir erzählt?«, fragte sie, als eine Gruppe hübscher Frauen an den Tisch kam.

»Das war ein Gespräch unter Männern. Kann ich dir nicht erzählen. Wichtig ist nur, dass er recht hatte.« Cutter zwinkerte und hob das Tablett mit den Kostproben hoch, bevor er seine Aufmerksamkeit den Frauen zuwandte, die ihn in seiner engen Jeans und dem Cowboyhut unter die Lupe nahmen. »Hallo, meine Damen. Worauf hättet ihr Lust?«

Wenn Beau doch die Antworten gehabt hätte, die sie jetzt brauchte.

Während Carlys restlicher Schicht wurde die Traube von Kunden an ihrem Tisch nicht kleiner, sodass sie wenig Zeit hatte, über irgendetwas anderes nachzudenken als über die Fragen, mit denen die Leute sie überhäuften. Sie war Cutter dankbar, dass er ihr mit den Kunden half, auch wenn er ihre Produkte eher als Dating-App zu benutzen schien. So manche Frau hatte ihm ihre Telefonnummer angeboten oder ihr Tinder-Profil, und eine hatte sogar angeboten, persönlich als Nachtisch für ihn zur Verfügung zu stehen. Carly hatte keine Ahnung gehabt, dass es so viele unverblümte, scharfe Frauen in ihrem kleinen Ort gab, und sie war dankbar, als der Andrang langsam abebbte.

»Das ist interessant«, sagte Carly zu einem Herrn mittleren Alters, der ausführlich von seiner Großtante erzählte, die ein Schokoladengeschäft in Paris führte. Sie versuchte, nicht an das Handy zu denken, das in ihrer Tasche vibrierte. Es hatte in den letzten Stunden ständig vibriert, und sie kam sich schon vor wie ein Drogendealer.

Quinn kam mit einem Tablett voller Fudge-Proben aus dem Laden, und als sie Cutter sah, strahlte sie. Sie straffte die Schultern und schritt noch etwas aufreizender in ihrem engen schwarzen Tanktop von Divine Intervention daher, das sie ein paar Zentimeter oberhalb ihres grauen Minirocks zusammengeknotet hatte. »Cutter? Ich wusste ja gar nicht, dass du hier hilfst«, sagte sie und stellte das Tablett auf dem Tisch ab.

Bewundernd ließ Cutter seinen Blick an ihrem Körper hinunterwandern, bis hin zu den hochhackigen Sandalen mit den Lederschnüren, die sie um die Waden gewickelt hatte.

»Jetzt solltest du etwas von dir geben«, sagte Carly und stieß Cutter an, als der redselige Kunde hineinging, um sich das restliche Angebot anzusehen.

Cutter hustete und räusperte sich gleichzeitig. »Ich habe nur Carly etwas geholfen.«

Quinn war zu schlau, um das nicht zu durchschauen. Sie sah zu den Frauen, die auf Cutters Seite des Tisches standen. »Die kommen alle wegen des heißen Cowboys. Aber versuch nicht, mir meinen Job wegzunehmen. Ich bin die Nächste, die mehr Stunden bekommt.«

»Dich stelle ich sofort ein«, ereiferte sich eine dralle Blondine, die Cutter beäugte.

Quinn stemmte die Hand in die Hüfte, zeigte ihr süßestes Lächeln, das die Männer stets in die Knie zwang, und fragte: »An was für eine Art von Arbeit denkst du denn da?«

»Ach, da fällt mir sicher etwas ein«, sagte die Blondine. »Es gibt da ein paar Dinge in meinem Haus, um die sich mal jemand kümmern müsste.«

»Das ist gut, denn er ist mit seinen Händen sehr geschickt. Aber wenn du einen Mann brauchst, der viele Stunden arbeiten kann, dann muss ich doch sagen, dass seine Ausdauer etwas zu wünschen übrig lässt.« Quinn nahm das Tablett mit den Kostproben und hielt es ihr unter die Nase. »Mal probieren?«

Die Blondine machte auf dem Absatz kehrt, marschierte davon und murmelte noch etwas wie *Immer die heißen Typen …*

»Quinn, das war hart an der Grenze«, sagte Carly und griff zum Handy, besann sich dann aber eines Besseren und fing an, den Tisch wieder herzurichten. Das Lesen der Nachrichten würde ihre Belohnung sein, sobald der Tisch wieder gut aussah.

»Tut mir leid, aber sie machte den Eindruck, als wollte sie ihm hier direkt am Tisch zeigen, wie geschickt *sie* ist«, sagte

Quinn.

Cutter schnaubte. »Und das hast du mir jetzt vermasselt, nicht wahr?«

»Wahrscheinlich habe ich dich vor einer Geschlechtskrankheit bewahrt.« Quinn stellte das Tablett wieder ab. »Etwas mehr Skrupel würden dir guttun.«

Carly holte einen Stapel Servietten unter dem Tisch hervor und schmunzelte in sich hinein. Wahrscheinlich sollte sie diese Art von Neckereien unterbinden, aber es waren keine Kunden in Hörweite und sie hatte als Beobachterin ihren Spaß.

Cutter wirkte, als könnte er sich kaum beherrschen. »Ich habe mehr Skrupel, als du dir vorstellen kannst.«

»Von wegen. Skrupel kennst du doch nur aus dem Wörterbuch.« Quinn kicherte und steckte sich ein Stück Fudge in den Mund.

Er sah sie wütend an. »Mach dich auf was gefasst, Krokette.«

»Krokette?« Carly sah ihn verständnislos an.

Er beäugte Quinn. »Du weißt schon, außen etwas kross und kratzig und innen weich und saftig.«

Quinn sah ihn erbost an, auch wenn die Röte auf ihren Wangen nicht zu übersehen war.

Wow! Sie stellten Randi und Ford glatt in den Schatten. »Danke für die Hilfe, Cutter«, sagte Carly. »Gehst du jetzt?«

Seinen Blick wandte er keine Sekunde von Quinn ab, als er sagte: »Ich denke, ich bleibe noch eine Weile.«

»Großartig. Wir wäre es, wenn ihr zwei diese ganze aufgestaute Energie bündelt und herausfindet, wer von euch beiden mehr Schokolade verkaufen kann? Ich gehe rein und helfe Birdie.« *Zeit für die Belohnung!* Auf dem Weg hinein zog sie ihr Handy aus der Tasche.

»Carly?«, rief Birdie hinter dem Ladentisch. »Würdest du

noch ein Tablett mit dem Schatzsucher-Fudge holen?«

»Klar.« Sie freute sich, dass sich ihre neue Kreation so gut verkaufte. Auch die Müsliriegel liefen gut. Sie hatte sie in verschiedene Sorten von Schokolade getaucht und zum Frühstück einen gegessen, der von weißer Schokolade umhüllt war.

Sie ging in die Küche, während sie Zevs Nachrichten öffnete, und blieb abrupt stehen, als sie ein Bild von Zev unter Wasser entdeckte, auf dem seine Augen vor Freude nur so funkelten. Er hielt mehrere hufeisenförmige Metallarmreife mit verbreiterten Enden in der Hand. Ihr Puls wurde immer schneller, als sie alle Fotos durchschaute, die er geschickt hatte. Auf einem zeigte er auf den Meeresgrund, der von weiteren Armreifen übersät war, auf anderen waren nur die Armreife zu sehen. Sie fragte sich, ob es sich um Manillen handelte, hufeisenförmige Armbänder, die in Westafrika als eine Art Währung im Tauschhandel benutzt worden waren. Normalerweise waren sie aus Bronze oder Kupfer gefertigt worden, und manchmal waren sie auch im Sklavenhandel eingesetzt worden, wie es bei der Fracht von Cleggs Schiff der Fall gewesen sein musste.

Sie sah alle Bilder durch, zoomte sie heran, um die Funde deutlicher erkennen zu können, betrachtete genau ihre angefressenen Oberflächen und die Schilder, die zur Kennzeichnung an den Artefakten unter Wasser angebracht worden waren. Im Geiste ging sie den ganzen Vorgang der Identifizierung und Registrierung der Artefakte und Positionen durch, die mit der Kamera und in Planquadraten der Fundstelle festgehalten wurden, um die Bergung zu dokumentieren und damit zukünftige Generationen genau sehen konnten, wo jedes der Artefakte gefunden worden war. Oh, wie sehr wünschte sie sich doch, dort zu sein! Freudentränen standen ihr in den Augen, und sie hielt sich an der Arbeitsfläche fest, damit ihre zittrigen Beine nicht nachgaben.

Ihr Handy klingelte und schreckte sie auf. Zevs Foto erschien auf dem Display und sie nahm den Videoanruf sofort an. »Sind das Manillen?«, fragte sie, als Zev sie gleichzeitig begrüßte: »Schatz!«

Zev lachte und befreite sich mit einer kurzen Kopfbewegung von den nassen Haaren, die ihm ins Gesicht fielen. »Das sind bestimmt welche, und da unten liegen Hunderte. Ach, Carls! Ich wünschte, du wärst hier. Wir haben die Pumpe vom Schwimmbagger benutzt und sind in etwa zwanzig Zentimeter Tiefe auf sie gestoßen …«

Er beschrieb jede Einzelheit, und wieder hatte sie das Gefühl, direkt neben ihm gewesen zu sein, als er sie gefunden hatte.

Nur dass sie nicht dort gewesen war.

Nun wurde sie traurig, doch sie zwang sich Zev zuliebe dazu, nur ihre Freude zu zeigen.

Erneut fielen ihm die nassen Haare nach vorne, und er schob sie sich aus dem Gesicht, wie er es schon als Teenager getan hatte, als wären seine Haare einfach unverschämt, weil sie es wagten, ihn zu nerven. »Wir haben noch nichts, was wir eindeutig als von der *Pride* stammend identifizieren können, aber –«

»Zev! Sie haben etwas gefunden!«, brüllte Randi.

»Ich muss Schluss machen, Schatz. Ich liebe d… *Warte!* Wie läuft das Festival?«

»Zev!«, rief Randi wieder.

Zev sah aus, als würde er jeden Moment losstürzen, und doch wartete er auf ihre Antwort. Dieser Mann war definitiv kein Zwischenstopp in ihrem Leben. Sie wollte, dass all seine Träume wahr wurden, ebenso wie er es für sie wollte. »Das Festival läuft super. Ich liebe dich! Jetzt geh und finde deinen Schatz!«

Nachdem er den Anruf beendet hatte, hielt sie sich noch immer an der Arbeitsfläche fest. Ihr Handy vibrierte und eine Nachricht von Birdie erschien: *Schatzsucher-Fudge???*

Mist. Sie musste sich konzentrieren. Schließlich hatte sie ein Geschäft zu führen.

Sie zwang sich dazu, loszugehen, brachte das Tablett mit dem Fudge in den Laden, begrüßte Kunden und versuchte, Zev und die Expedition für den Moment aus dem Kopf zu verbannen. Aber ihre Gedanken flitzten immer wieder dorthin zurück. Was hatten sie sonst noch gefunden? Was passierte mit den Konkretionen, an denen sie gearbeitet hatten? Hatte er die Begutachtung der Münzen organisiert?

Carly stellte den Fudge in die Vitrine und bemerkte, dass Birdie sie fragend ansah. Sie kam sich mit ihrem gezwungenen Lächeln und den Gedanken, die ihr den Gehorsam verweigerten, wie eine Betrügerin vor.

Aber sie war keine Betrügerin. Sie hatte dieses Geschäft mit aufgebaut, die Beziehungen zu Kunden und Lieferanten gepflegt. Sie hatte sich fast ein Jahrzehnt lang an alle Spielregeln gehalten und sich ein sicheres, berechenbares Leben aufgebaut, das ihr geholfen hatte, wieder auf die Beine zu kommen. Es war doch in Ordnung, wenn man manchmal über den Rand malen wollte, oder? Das würde ja nicht bedeuten, dass sie dem Schokoladengeschäft den Rücken kehrte. Sie wollte bloß noch etwas darüber hinaus.

Sie wollte Zev und ihre gemeinsamen Abenteuer. Konnte sie nicht beides gleichzeitig sein – die Schokoladengeschäft-Carly und die Abenteuer-Carls?

Birdie berührte sie an der Schulter und schreckte sie auf.

»Ich kann über den Rand malen, wenn ich will!«, platzte es aus Carly heraus, bevor sie es verhindern konnte.

»Du kannst malen, wie immer du willst«, meinte Birdie amüsiert. »Aber bist du dir sicher, dass du den ganzen Fudge essen willst?«

Carly merkte jetzt, dass sie sich noch immer über das Tablett beugte, das halb aus der Vitrine gezogen war, und dass zwei gähnend leere Stellen zu sehen waren, wo eigentlich Fudge liegen sollte. Ihre Finger waren mit der klebrigen Masse verschmiert … und ihr Mund war es ebenfalls.

Als sie sich aufrichtete, fragte Birdie sie leise: »Geht es dir gut?«

Ganz und gar nicht. Carly schaute zu den Kunden, die sich im Laden aufhielten, von denen aber keiner gerade zahlen wollte. »Mir geht es gut. Marie hat heute Morgen etwas gesagt, was mich ins Grübeln gebracht hat. Hast du je das Gefühl, dies hier wäre für dich nur ein Zwischenstopp?«

»Warum? Hat Quinn dir erzählt, dass ich mit diesem Hippie geflirtet habe, der hier war?« Sie verschränkte die Arme. »Du kannst mich doch nicht feuern, nur weil ich ihm meine Nummer gegeben habe, oder?«

»Nein, natürlich nicht. Ich bin nur neugierig«, sagte sie betont locker.

»Also, das ist eine lächerliche Frage. Na ja, das wäre es wohl nicht, wenn ich andere Ambitionen hätte, aber du weißt, wie sehr ich diesen Laden liebe. Seit ich hier arbeite, hab ich nie etwas anderes machen wollen.«

»Du hast also nie das Gefühl, etwas Größeres oder Besseres zu verpassen?«

»Was denn zum Beispiel? In einem Klamottenladen zu arbeiten? So sehr ich Klamotten liebe, aber das wäre langweilig. Oder in einer Bank wie Quinn? Da würde ich mir die Kugel geben. College kommt für mich nicht infrage, denn du weißt ja, dass mein Hirn für so einen Quatsch viel zu beschäftigt ist. Ich bin ein kreativer Mensch, und falls du es noch nicht bemerkt hast, ich muss immer zehn Dinge gleichzeitig machen. Ein Beispiel.« Sie nahm ihr Handy und zeigte Carly das Instagram-Profil von Divine Intervention, und dann ging sie noch auf drei andere Social-Media-Seiten, auf denen Fotos von den schön präsentierten Schoko-Leckereien, den T-Shirts und Sweatshirts von Divine Intervention, dem Laden voller Kunden und dem Gehweg mit lauter Festivalbesuchern zu sehen waren. Unter jedem Bild stand ein ansprechender Text mit Hunderten von Kommentaren. »Bei welchem anderen Job könnte ich köstliche Pralinen herstellen, mich um das Marketing kümmern, mit Kunden arbeiten, mit süßen Typen flirten, hammermäßige Social-Media-Auftritte hinlegen *und* mit meinen zwei besten Freundinnen zusammenarbeiten? Du wirst mich nicht los, Boss. Ich liebe meine Arbeit, und wenn ich nicht gerade von den heißen Bikern träume, in deren Nähe meine Brüder mich gar nicht erst lassen, dann suche ich nach neuen Ideen für uns hier bei DI.« Leiser fügte sie hinzu: »Obwohl meine Gedanken heute Abend nur noch bei dem Hippie-Typen sein werden. Du verstehst schon, oder?«

Ein Kunde rief sie ans andere Ende des Ladens und ein anderer kam mit einem Korb voller Waren an die Kasse.

Birdie flüsterte: »Verstehst meine nicht jugendfreien Gedanken.«

Die nächsten Stunden vergingen in einem Wirrwarr aus Bedienen der Kunden, Auffüllen der Auslagen und Grübeln. Als sie schließlich das Geschäft abschlossen, ging Carly noch mit Birdie, Quinn und Cutter zum letzten Auftritt von Kaylie Crew. Sie trafen sich mit Birdies Familie im Park, der voll war mit Leuten, die es sich in kleinen Gruppen auf Decken gemütlich gemacht hatten. Kaylie stand auf der Bühne und gab eines ihrer neuesten Lieder zum Besten. Doch selbst umgeben von ihren Freunden, mit dem Lied ihrer Lieblingssängerin im Ohr und mit Hunderten von Leuten, die um sie herum Spaß hatten, musste Carly immerzu daran denken, wie sehr sich Birdies Leidenschaft für das Geschäft von ihrer eigenen unterschied. Carly hatte das Chocolatière-Dasein nie als ihren Lebenstraum betrachtet, obwohl es für sie auch nie nur ein Zwischenstopp gewesen war. Es war einer ihrer Rettungsanker gewesen.

Aber sie musste nicht mehr gerettet werden.

Noch eine Nachricht von Zev ließ ihr Handy vibrieren und ihr Puls wurde gleich schneller. *Wir haben eine riesige Konkretion gefunden. Hoffe, dass es eine Kanone ist. Von der Größe her stimmt es, aber wer weiß. Ich habe heute Abend eine Besprechung, um Gerätschaften und Termine zu koordinieren, aber ich rufe dich später an. Wie war dein Tag? Wünschte, du wärst hier.*

Sie las es gerade zum dritten Mal, als Dare sich neben sie ins Gras setzte.

»Hallo«, sagte er und sah sie aufmerksam an.

»Hi. Wie lief es heute bei euch am Stand?«

»Großartig. Wir hatten viele Anfragen und haben zahlreiche Spenden bekommen.« Er lehnte sich an sie. »Alles in Ordnung bei dir?«

»Warum fragen mich das alle?«

»Vielleicht weil du so aussiehst, als hätte dir jemand deinen Lieblingsteddy geklaut.« Er grinste sie an. »Du vermisst ihn, stimmt's?«

Sie nickte. »Aber mir geht's gut.«

»Ja, und ich bin noch Jungfrau.« Er stieß sie noch einmal mit der Schulter an. »Es ist in Ordnung, deprimiert zu sein, wenn dein Typ weg ist.«

»Ist es in Ordnung, wenn ich das Gefühl habe, mein Herz wäre an zwei Orten zugleich?«

»Es ist besser, ein volles Herz an zwei Orten zu haben als ein leeres Herz mit gar keinem Zuhause.« Er stand auf und zog sie mit sich hoch. »Komm, tanz mit mir und mach all die anderen Ladys eifersüchtig.« Als er sie vor die Bühne führte, sagte er: »Wir machen ein Selfie, das du deiner besseren Hälfte schicken kannst. Vielleicht kommt er dann zurück, um seine Ansprüche geltend zu machen und mir eine reinzuhauen.«

»Er vertraut mir, und ich bin mir ziemlich sicher, dass er dir auch vertraut.«

Dare zog sie in seine Arme. »Wie willst du einen Mann halten, wenn er keine Angst hat, dich zu verlieren?«

»Den Partner absichtlich zu verunsichern, ist nicht gesund, Dare. Ich glaube, du brauchst ein paar Nachhilfestunden bei deiner Mom«, sagte sie, um ihn zu ärgern.

»Behauptest du und das halbe Land. Du hast meine Frage nicht beantwortet.«

»Das war eine dumme Frage.« Sie lächelte, als er sie beleidigt ansah.

»Okay, andere Frage: Willst du, dass ich ihm einen Tritt in den Hintern verpasse, damit er zurückkommt?«

Sie legte die Wange an seine Brust, während sie sich langsam im Rhythmus wiegten. »Mehr als du dir vorstellen kannst.«

Siebenundzwanzig

Zev saß an Deck seines Bootes und bewunderte Carly, die während ihres Videoanrufs wenige Meter von ihrem Geschäft entfernt draußen am Tisch eines Cafés saß und in den Himmel schaute. Vor über einer Stunde hatten sie gemeinsam den Sonnenaufgang über Allure beobachtet. Birdie war schon im Laden, um bei den Vorbereitungen für ihren prall gefüllten Tag zu helfen, und Ford und Randi wollten auch bald kommen, aber weder Zev noch Carly waren bereit, den Anruf zu beenden. Vier elend lange Tage waren vergangen, seit er sie in den Armen gehalten hatte, vier qualvoll einsame Nächte, seit er ihre Lippen geküsst, ihre Hand gehalten oder sie geliebt hatte. Vier Tage, seit er ihre kitzelnden Haare auf der Haut gespürt oder den Duft ihres Parfums gerochen hatte. Er hatte keine Ahnung, wie er auch nur einen einzigen Tag überstanden hatte, geschweige denn all die Jahre, die sie verloren hatten. Die Meilen, die zwischen ihnen lagen, hatten sich trotz ihrer ständigen Nachrichten und Videoanrufe nie so unendlich angefühlt.

Zev hatte in den Tagen, in denen sie getrennt gewesen waren, eine Veränderung an Carly wahrgenommen, als würde sie irgendetwas für sich behalten. Er fragte sich, ob es Erschöpfung, Stress oder ihre nicht vorhandenen konkreten

Pläne waren, die bereits ihren Tribut einforderten. Obwohl sie ihn gestern Abend überrascht hatte, als ihr Videoanruf von ihren gegenseitigen Bezeugungen, wie sehr sie einander vermissten, über sexuelle Anspielungen letztendlich dazu geführt hatte, dass Carly ihn mit einem sinnlichen, Hüften schwingenden und verführerischen Striptease erregt hatte. Sie hatte ihn aufgefordert, ebenfalls einen Striptease hinzulegen, und am Ende hatten sie beide nackt und von eigener Hand befriedigt in ihren Betten gelegen. Außer Atem und wunderschön, mit sehnsuchtsvollem Blick und frustrierend *unberührbar* hatte sie ihn anschließend angesehen, sodass er sie nur noch mehr vermisste. Auch an sich selbst hatte er eine Veränderung wahrgenommen. Nachdem sie mehr als zweihundert Manillen gefunden hatten, konnten sie endlich auch die riesige Konkretion freilegen, die sie am Montagnachmittag geortet hatten. Heute würden sie sie mit dem Kran vom Meeresgrund bergen und an Land bringen. Es schien sich um eine Kanone zu handeln, ein weiterer bedeutender Fund, aber es gab nur eins, was er unbedingt und so schnell wie möglich in die Finger kriegen wollte – und das saß gerade zweitausend Meilen entfernt von ihm in einem Café.

»Das war wirklich eine gute Idee«, sagte sie und riss ihn aus seinen Gedanken. »Die perfekte Art, den Morgen gemeinsam willkommen zu heißen.«

So froh er darüber war, dass es so etwas wie Videoanrufe gab, so wenig taugte es doch als Ersatz für das Wahre. »Ich wünschte, ich könnte dort neben dir sitzen, damit du meine Lippen auf deiner Haut spüren könntest.«

»Sei nicht albern. Du machst wichtige Dinge. Und heute hast du dein erstes Fernsehinterview. Ich bin total stolz auf dich. Außerdem würdest du dich langweilen, wenn du hier wärst. Es ist nur ein Festival. Nichts im Vergleich zu dem, was da draußen bei euch los ist.«

Die ganze Woche schon war er den Reportern aus dem Weg gegangen. Roddy hatte den Sicherheitsdienst im Yachthafen aufgestockt, und Zev hatte versucht, im Hintergrund zu bleiben, was damals einfacher gewesen war, als Luis die Expedition geleitet hatte. Jetzt lag die ganze Verantwortung auf seinen Schultern. Schließlich hatte er nachgegeben und sich zu *einem* Interview bereit erklärt. Dieses Gespräch, das mit dem auf Forschung und Entdeckungen spezialisierten World Exploration Network für die Sendung *Discovery Hour* geführt werden sollte, fand in einer halben Stunde statt und sollte später am Nachmittag ausgestrahlt werden. Er hatte dem Interview nur zugestimmt, weil sein Cousin Flynn für den Sender arbeitete und die Journalistin eine Freundin von Randi war, die auf Silver Island aufgewachsen war. Er sollte sich darüber freuen, aber es bedeutete ihm nicht viel, wenn er dafür all die kleinen Dinge mit Carly verpasste. Er wollte derjenige sein, der mit ihr die Kostproben verteilte und unter den Sternen tanzte. So schön er es fand, dass ihre Freunde sie zum Essen ausführten und sie beschäftigten, so schrecklich fand er es doch, dass sie das überhaupt tun mussten.

»Ich weiß nicht, was du mit mir angestellt hast, Carls, aber ich glaube nicht, dass ich mich langweilen könnte, wenn ich mit dir zusammen bin«, sagte er aufrichtig, während die Liebe in ihrem Blick ihm zusetzte. »Es ist grausam, dass ich nicht deine Hand halten oder dich bei der Arbeit überraschen kann. Als du gestern Abend mit deinen Freunden im Roadhouse warst und ich auf dem Boot die Pläne für heute gemacht habe, konnte ich immer nur daran denken, wie gern ich dort bei dir gewesen wäre.«

Ihre Augen sahen wieder traurig aus, aber sie richtete sich etwas auf und zwang sich zu dem schönen, tapferen Gesichtsausdruck, den sie in dieser Woche so vollendet praktiziert hatte. »Wir wussten, dass es schwer wird.«

»Ja, na ja …« Er zuckte mit den Schultern. »Es ist noch schwerer, als ich es mir je hätte vorstellen können. Schatz, ich war sogar eifersüchtig auf Dare, der mit dir getanzt hat, und zwar nicht, weil er eine Bedrohung ist, sondern weil er dich in den Armen halten durfte und sehen konnte, wie sich die Sterne in deinen Augen spiegelten. Meine Güte! Wie soll das unser Leben sein, wenn irgendein anderer Typ die besten Momente mit dir erlebt?«

Ihr vertrautes Lächeln ließ ihr ganzes Gesicht erstrahlen. »Du findest also, dass es einer der besten Momente ist, eine Spiegelung in meinen Augen zu sehen?«

»Ich sehe alles in deinen Augen. Wenn du traurig bist, wenn du glücklich bist, wenn du mich willst. Ich würde keinen Tag aushalten, ohne sie zu sehen.«

»Weil du mich liebst.«

»Ich habe dich immer geliebt.«

»Aber jetzt liebst du mich noch mehr«, sagte sie stolz.

Und ob er das tat.

»Es geht mir genauso«, sagte sie leise. »Wenn ich eigentlich den Kunden meine Aufmerksamkeit schenken sollte, hänge ich meinen Tagträumen über dich nach. Birdie meint, ich leide unter Entzug.«

»Ich kann es nicht abwarten, zu dir zu kommen. Nachdem wir gestern Abend telefoniert haben, bin ich noch mal den Zeitplan durchgegangen, aber dann wurde mir klar, dass ich noch nichts Genaues sagen kann, solange wir nicht die Kanone geborgen und herausgefunden haben, ob da unten noch mehr ist. Aber vertrau mir, ich versuche alles, damit es bald klappt.«

»Ich habe mir meinen Terminkalender auch angesehen, und ich weiß ebenso wenig, wann ich hier wegkann.«

Er drehte sich um, als er Stimmen hörte, und dann sah er Ford und Randi auf dem Steg. Carly und er hatten so wenig Zeit zu reden, dass er sie mit niemandem teilen wollte. Aber Carly hatte mehrmals erwähnt, dass sie und Randi sich Nachrichten geschrieben hatten, und er wusste, dass sie sich sehen wollten. »Ford und Randi sind hier. Willst du Hallo sagen?«

»Ja«, sagte sie und nickte freudig, doch ihr Lächeln wirkte wieder angestrengt.

»Wenn du lieber nicht …«

»Doch, ich möchte es. Sie fehlen mir, und Randi war so nett, mir all die Fotos zu schicken.«

Zev stand auf und winkte sie herüber, als Randi an Bord kam.

»Hallo, Boss.« Randi reichte ihm eine Tüte aus der Bäckerei. »Ich habe hier einen Muffin für dich.«

»Danke, und ich habe hier Carly für dich.«

Er drehte das Handy um und Carly sagte: »Guten Morgen!«

»Hallo, Liebes! Wie läuft das Festival?«, wollte Randi wissen.

»Großartig«, sagte Carly. »Viel zu tun, aber es bringt Spaß.«

»Hi, Carly. Meinst du, du könntest es schaffen, heute Nachmittag hier zu sein?« Ford legte Zev eine Hand auf die Schulter. »Dieser Kerl ist mir die ganze Woche mit seiner Gereiztheit richtig auf den Wecker gegangen, und ich habe das Gefühl, das kommt daher, dass er dich vermisst.«

»Ich kann mir gar nicht vorstellen, dass Zev gereizt ist«, sagte sie mit einem süßen Lächeln. »Arrogant, ja. Frech, unbedingt. Aber gereizt?« Sie schüttelte den Kopf. »Das glaube ich nicht.«

»Hast du das gehört, Randi?«, fragte Ford spöttisch. »Mach heute mal ein paar Videos von Zev und schicke sie Carly. Zeig ihr, was wir aushalten müssen.«

»Glaub ihm kein Wort.« Zev hielt sein Gesicht vor das Handy und versperrte die Sicht auf Ford. »Er will dich nur dazu bringen, dass du mehr Fudge herschaffst.«

»Der Mistkerl hat den Großteil aus der Schachtel aufgegessen, die du geschickt hast«, beschwerte sich Randi.

»Habe ich nicht. Sie ist die Übeltäterin. Hier ist der Beweis.« Ford gab Randi einen Klaps auf den Hintern.

»Ey!« Randi drehte sich um, schlug ihm auf den Arm, und dann rannte er hinter ihr her.

Während sie sich gegenseitig jagten – und Randi sich beklagte, dass ihr Kaffee verschüttet wurde, während Ford ihr sagte, sie solle schneller laufen, um den Fudge abzutrainieren –, hatte Zev Carly wieder für sich.

»Sie sind so witzig«, sagte sie. »Wo sind Cliff und Tanner?«

»Sie kommen nach dem Interview.«

Birdie erschien hinter Carly und legte ihr die Hände auf die Schultern. Sie grinste in die Kamera. »Hallo, du Herzens-räuber.«

»Hi, Birdie. Wie geht's dir?«, fragte Zev, als gerade Randi hinter ihm vorbeirannte und Ford bedrohte, der ihr auf den Fersen war.

»Wenn du mich vor zehn Minuten gefragt hättest, hätte ich *fabelhaft* gesagt«, meinte Birdie. »Aber in der Küche gab es einen kleinen Zwischenfall und ich muss dir Carly kurz klauen.«

Carly schaute zu ihr auf. »Zwischenfall?«

Leise sprach Birdie weiter: »Ein kleines … Feuer …«

Carly erbleichte und sprang panisch auf. »Was?« Sie sah Zev

an. »Ich muss …«

»Geh!« *Mist.* Es war verdammt unerträglich, so weit weg zu sein.

»Ich habe es schon gelöscht!«, rief Birdie, während sie hinter Carly herrannte.

Das war das Letzte, was Carly gebrauchen konnte, wenn sie ohnehin mit dem Festival alle Hände voll zu tun hatte und er zweitausend Meilen entfernt war. Er hörte ein Kreischen, ein Platschen, und als er sich umdrehte, sah er Ford und Randi im Wasser herumtoben.

»Zev Braden?«

Die unbekannte Stimme einer Frau schreckte ihn auf, und als er sich umdrehte, entdeckte er eine attraktive Blondine auf dem Steg, neben ihr ein bulliger Kerl. »Ja?«

»Hallo, ich bin Sutton Steele vom World Exploration Network und das hier ist mein Kameramann Ted.«

Mist. Er hatte das Interview vollkommen vergessen. »Ja, hallo«, sagte er geistesabwesend, während Ford und Randi im Wasser zankten und plantschten. »Tut mir leid, aber würden Sie sich bitte kurz gedulden?«

»Klar«, sagte sie. Sie berührte Ted am Arm, und beide wandten sich ab, als wollten sie ihm etwas Privatsphäre verschaffen.

Zev entfernte sich ein paar Schritte und rief Beau an. »Hallo, tut mir leid, dass ich dich so früh anrufe, aber du musst mir einen Gefallen tun.«

»Alles in Ordnung bei dir?«

»Ja, aber bei Carly im Laden war ein Feuer. Es klang nicht so schlimm, aber kannst du bitte mal hinfahren und sehen, wie es ihr geht? Ob sie Hilfe braucht? Mich wissen lassen, was los ist?«

»Klar!«

»Ich bitte dich nur ungern darum. Danke, Mann. Ich muss los.« Er beendete das Gespräch und ging an die Seite des Bootes. Ford drückte Randi mit dem Rücken gegen seine Brust und sie schimpfte wie ein Rohrspatz. »Hey!«, rief Zev ihnen zu. Beide sahen zu ihm. »Die Journalistin ist da. Besteht vielleicht die Möglichkeit, dass ihr euch benehmt wie ein richtiges Taucherteam?«

Achtundzwanzig

Der wunderschöne Sonnenaufgang, den Carly mit Zev gemeinsam beobachtet hatte, ging in einen warmen Vormittag über, der die Menschen aus den Häusern lockte. Countrymusik drang vom Park herüber, während die Kunden im Schokoladengeschäft ein und aus gingen. In dem kleinen Ort verbreiteten sich Neuigkeiten schnell, und es schien, als hätten alle von dem Feuer gehört. Zig Fragen zu beantworten, war das Letzte, was Carly nach einer einsamen Woche gebrauchen konnte, in der sie ihren eigenen Fragen aus dem Weg gegangen war und so getan hatte, als ginge es ihr gut. Zumindest hatte das Feuer keine größeren Schäden angerichtet. Birdie hatte aus Versehen ein Handtuch auf das Kochfeld des Gasherds geworfen, als sie etwas aus dem Vorratsraum holen wollte und dann abgelenkt gewesen war, weil sie etwas auf Instagram postete. Die Flammen hatten auf eine Plastikschüssel über- gegriffen, die auf der Arbeitsfläche gestanden hatte. Birdie hatte das Feuer schnell gelöscht, aber der ausgelöste Alarm hatte ein Feuerwehrauto und einen Krankenwagen auf den Plan gerufen. Carly war durch das Chaos in ihrer Küche völlig am Ende, und dann waren auch noch Beau und Charlotte hereingestürzt, hatten das Durcheinander noch verstärkt und tausend andere

Sorgen in Carlys Hirn freigesetzt. Auch wenn es fürsorglich von Zev war, seinen Bruder vorbeizuschicken, um nach ihr zu sehen, so war Beau doch nicht Zev. Ihre Gedanken hatten sich an dieser Tatsache festgebissen. So würde ihrer beider Leben in den kommenden Jahren aussehen, zumindest den Sommer über. Alles Mögliche konnte passieren. Und wenn sie sich entschieden, Kinder zu bekommen? Wie sollte das funktionieren? Was wäre, wenn eines von ihnen sich verletzte oder krank wurde und Zev Tausende Meilen entfernt war? Was wäre, wenn Zev krank oder von einem Hai gebissen werden würde und sie weit weg war? Ihr Herz raste noch schneller, als ihr ein noch beängstigenderer Gedanke durch den Kopf schoss: Was wäre, wenn Zev nach einem Sturm verschollen blieb?

Heiliger Himmel! Alles Mögliche konnte passieren.

Sie ertrank in Sorge und bemühte sich krampfhaft, den Kopf über Wasser zu halten, aber zumindest schienen Birdie und Quinn es nicht zu bemerken.

Am Nachmittag hatte sich der Gestank von Rauch und geschmolzenem Plastik verzogen und der Kundenansturm nachgelassen, sodass Carly Gelegenheit hatte, Luft zu holen. Wenn doch nur ihr Hirn aufhören würde, sie mit neuen Ängsten um Zevs und ihre Zukunft zu beunruhigen.

Quinn stand im Eingang und spähte in den leeren Laden. »Kann ich bitte einfach ein Schild aufstellen, auf dem steht, dass das Feuer nicht schlimm war, niemand verletzt ist und wir wie gewohnt geöffnet haben? Ich habe das Gefühl, die ganze Zeit nur über das Feuer zu sprechen und nicht über Schokolade.«

»Tut mir leid«, sagte Birdie zum hundertsten Mal.

Sie hatte sich den ganzen Tag schon für das Feuer entschuldigt, doch Carly gab sich selbst die Schuld. Sie wusste doch, dass Birdie zig verschiedene Dinge gleichzeitig im Kopf hatte, vor allem während des Festivals. Wenn sie gearbeitet hätte, anstatt egoistisch jede Minute mit Zev verbringen zu wollen, dann hätte der Brand vielleicht verhindert werden können.

»Birdie, bitte hör auf, dich zu entschuldigen. Das hätte jeder von uns passieren können, und ich hätte hier bei dir sein sollen«, sagte Carly. »Aber das mit dem Schild ist eine gute Idee.«

»Ich mache etwas Hübsches und Witziges und drucke es dann aus«, bot Birdie an. »Gib mir eine Viertelstunde, dann kann ich vorher noch die überzogenen Kaffeebohnen auffüllen.«

»Großartig!« Quinn ging wieder nach draußen.

»Carly, ich habe eine tolle Idee!«, rief Birdie. »Wir sollten einen Notverkauf wegen des Feuers starten. Das machen Einzelhändler doch ständig.«

»Ich glaube, das macht man, wenn man pleitegeht«, sagte Carly, als sie in der Vitrine Platz für ein weiteres Tablett mit Brownies machte.

»Oh ...« Birdie ließ die Schultern hängen, doch in der nächsten Sekunde strahlten ihre Augen schon wieder. »Okay, aber mir ist noch etwas durch den Kopf gegangen. Wir sollten nächstes Jahr Collegestudenten einstellen, die unsere Probierstücke hinten bei der Bühne verteilen.« Sie stellte drei Tüten mit überzogenen Kaffeebohnen ins Regal und griff nach weiteren. »Wir erreichen die Kunden auf dem Gehweg, aber unzählige Leute sind auf dem Festival, nur um Musik zu hören und im Park herumzuhängen. Die wissen vielleicht gar nichts von unserem Laden, und ich kenne die perfekte Art, uns bekannt zu machen. Weißt du, wie früher die Mädels mit so einem Brett, das sie sich um den Hals gehängt haben, im Kino Süßigkeiten verkauft haben?«

»Du meinst diese Bauchläden?«

»Ja, so was. Vielleicht haben die damals auch Zigaretten verkauft und keine Süßigkeiten. Jedenfalls könnten vier oder fünf Leute unsere Pralinen drüben im Park verkaufen, wir würden wahrscheinlich mehr Geld verdienen und neue Kunden gewinnen. Und obendrein hätten wir noch ein paar junge, knackige Typen zum Angucken.«

»Ich liebe deine Gedankengänge, Birdie. Wir bräuchten Tabletts, die die Schokolade kühl halten.« Carly machte sich im Geiste eine Notiz, das Konzept auf die Liste mit Ideen für die Zukunft zu setzen und es ernsthaft zu bedenken, was ihre Gedanken zu Zevs und ihrer Eines-Tages-Liste wandern ließ. Während sie den Sonnenaufgang beobachtet hatten, waren ihnen noch ein paar weitere Dinge für die Liste in den Sinn gekommen, zum Beispiel den Besuch eines Konzerts, Klippenspringen am Mahana Point auf Bali und Snowboarden in Allure.

»Ich recherchiere das mal«, sagte Birdie und ging um den Ladentisch herum, um den Firmenlaptop unter der Kasse hervorzuholen. »Jetzt mache ich mich erst mal an das Schild für Quinn.«

Carly schloss die Vitrine und dachte an diese Eines-Tages-Liste. Wenn schon die Sommerpläne so schwer zu koordinieren waren, wie sollten Zev und sie dann je die übrigen Dinge auf ihrer Liste in Angriff nehmen können? Sie wollten beide schon über die Weihnachtsfeiertage Zeit in Pleasant Hill verbringen, und sie konnte sich nicht einfach einen Monat vom Geschäft freinehmen, um zu reisen.

»Selbst wenn du fünfzehn Dollar die Stunde bezahlst, entspricht das nur etwa zwei kleinen verkauften Artikel«, sagte Birdie beim Tippen.

Carly brauchte eine Sekunde, bis ihr klar wurde, dass Birdie über die Collegestudenten sprach und nicht über das Schild für Quinn.

»Ja, in Ordnung«, meinte Carly zerstreut, während sie sich fragte, warum ihre Träume mit Zev ihr realistisch erschienen waren, als sie zusammen gewesen waren. *Wir können das schaffen, Carly. Wir müssen nur kreativ sein.* Alles war immer möglich erschienen, wenn sie zusammen gewesen waren. Sie hatten jede Sekunde genutzt, als Zev in der Stadt gewesen war, hatten jeden Moment voll ausgekostet, und als sie jünger gewesen waren, war alles nicht nur möglich erschienen, sondern sie hatten die Träume, die in Reichweite waren, auch verwirklicht. War es damals leichter gewesen? *Nein, wohl kaum.* Sie hatten den Anforderungen der Schule gerecht werden, Hausaufgaben erledigen und den Regeln der Eltern folgen müssen.

Grübelte sie einfach zu viel? Setzte sie ihren grenzenlosen Abenteuern Grenzen?

»Und wenn wir mehr Leute einstellen würden, hättest du vielleicht die Möglichkeit, dir freizunehmen, um deinen Kerl zu sehen. Oder du könntest mit diesen Collegetypen anbändeln.«

»Klar«, meinte Carly abwesend.

»Carly!« Birdie klatschte in die Hände, um sie aufzuschrecken. »Du hörst mir gar nicht zu.«

»Was?« *Mist.* Worüber redete sie gerade? »Doch, ich habe zugehört.«

»Schwachsinn. Und was ziehst du überhaupt für ein komisches Gesicht?«

»Ich ziehe kein komisches Gesicht.« Doch, eindeutig, sie spürte es selbst. Aber sie wollte nicht darüber reden.

»Du siehst aus, als würdest du mal wieder versuchen, das

Problem des Weltfriedens zu lösen.«

Mal wieder? Für eine Inquisition fehlte ihr die Geduld. »Vielleicht versuche ich das ja auch«, erwiderte sie pampig und marschierte in Richtung Küche. Sofort bereute sie, ihre Freundin so ungerecht angeblafft zu haben, und drehte sich um. »Tut mir leid, Birdie. Langer Tag. Ich hole noch ein paar Brownies.«

Sie musste sich zusammenreißen. Zev war erst vier Tage weg, und sie benahm sich, als wäre er schon ein Jahr fort und es gäbe keine Hoffnung, ihn je wiederzusehen. Was wäre denn schon dabei, wenn sie sich ein paar Wochen nicht sehen könnten? Ein Mensch starb schon nicht daran, wenn er jemanden vermisste – auch wenn es sich so anfühlte.

Sie zog sich in ihr Büro zurück und wurde beim Anblick der Fotos von Zev und sich sofort ruhiger. Sie fragte sich, wie das Interview gelaufen war. Zev hatte gesagt, er würde Randi bitten, ihr den Link zu schicken, sobald sie ihn hätten, da er selbst wahrscheinlich im Wasser sein würde. Sie berührte die Postkarte, die er ihr von Silver Island geschickt hatte, und wurde noch einmal von der Freude erfasst, die sie empfunden hatte, als sie sie gestern im Briefkasten entdeckt hatte. Nun hing sie an der Pinnwand hinter ihrem Schreibtisch und das Bild vom Silver Island Monument lächelte sie an. Sie hatte die Worte auf der Rückseite so oft gelesen, dass sie sie schon auswendig kannte.

Erinnerst du dich an die Zeit, als wir meilenweit voneinander entfernt waren und unsere Liebe immer stärker wurde? Damals, heute und für immer, dein Zev.

Wie stand er dies alles durch, ohne den Verstand zu verlieren? Sie wusste, wie sehr er sie vermisste. Das hatte er ihr unzählige Male gesagt, aber quälte er sich so sehr wie sie? Sie hoffte es nicht, denn dieses Leiden war grauenhaft.

Sie schaute auf den Kalender auf ihrem Schreibtisch. Die markierten Veranstaltungen, die ihr einst bewiesen hatten, wie weit sie es gebracht hatte, fühlten sich nun wie eine erdrückende Last an, und sie hasste dieses Gefühl.

Ihr Handy vibrierte und sie sah eine Nachricht von Birdie: *Du hast Besuch.*

Den Bruchteil einer Sekunde lang hoffte Carly, es wäre Zev. Aber er barg heute die Kanone aus dem Meer. Sie atmete ein paar Mal durch, um neue Energie zu schöpfen, und ging in den Laden.

Birdie räumte eine Auslage in der Nähe der Tür zur Küche auf und sah Carly seltsam an. »Brownies?«

»Mist, hab ich vergessen.« Carly schaute sich kurz im Verkaufsraum um. »Ich dachte, es wäre jemand für mich hier.«

Birdie zeigte zu einer Auslage in der hinteren Ecke des Ladens, wo sich jemand gerade vorbeugte, um die Geschenkkörbe zu inspizieren. »Ich hole die Brownies.«

Carly ging auf die Kundin zu. »Hallo, ich bin Carly D...« Die Frau drehte sich um, und Carlys Herz tat beim Anblick der herzlichen braunen Augen, die sie durch eine mahagonifarbene Cateye-Brille ansahen, einen Satz. »Tante Marie!« Sie warf sich ihr praktisch in die offenen Arme. Marie drückte sie fest an ihre große, schmale Gestalt. Sie duftete nach Hoffnung, Heilung und all den guten Dingen, mit denen sie Carlys Leben bereichert hatte.

»Was machst du hier?«, fragte Carly, trat einen Schritt zurück und konnte gar nicht mehr aufhören zu lächeln, als sie feststellte, wie glücklich ihre Tante aussah. Ihre Augen hatten ein gewisses Funkeln in sich, und der Kurzhaarschnitt ihrer kastanienbraunen Haare, den sie getragen hatte, solange sich

Carly erinnern konnte, war herausgewachsen. Jetzt hatte er etwas von einem Meg-Ryan-Look, ein leicht verwuschelter süßer Stufenschnitt mit Seitenscheitel. Ihre neue Frisur, die legere weiße Leinenhose und das lockere beige Tanktop, zu dem sie eine einreihige braune Perlenkette trug, verliehen ihr eine weichere, schicke und jugendliche Ausstrahlung.

Marie schaute zu Birdie, die gerade das Tablett mit den Brownies zum Ladentisch trug. »Ein kleines Vögelchen hat mir gezwitschert, dass du vielleicht deine Tante brauchst.«

Carly warf ihrer besten Freundin einen kritischen Blick zu. In all den Jahren, die sie zusammengearbeitet hatten, hatte Birdie sie nie so hintergangen – abgesehen von dem Mal, als sie Zev geholfen hatte, die Reise zu der Insel zu planen. Aber das war etwas anderes. »Ich weiß ja nicht, was Birdie dir erzählt hat, aber mir geht es gut.«

Birdie verdrehte die Augen. »Ach, komm! Mich kannst du mit diesem aufgesetzten Lächeln nicht täuschen, Carly Dylan.« Sie kam zu ihnen herübermarschiert, verschränkte die Arme und schob eine Hüfte vor. »Du bist unkonzentriert, hast dunkle Ringe unter den Augen, schläfst also nicht, und heute Morgen hast du Karamell in die Kirschpralinen gemacht. Dir geht es alles andere als *gut*!«

»Ich bin einfach nur müde, Birdie.« Carly merkte, dass sie mit ihrem Ohrring spielte, und nahm schnell die Hand herunter. »Mir geht es gut, Tante Marie. Es tut mir leid, dass sie dich den ganzen Weg hat anreisen lassen, vor allem da du endlich mal einen Mann in deinem Bett hattest.«

»Marie hatte einen Mann in ihrem Bett?«, fragte Birdie erstaunt.

»Einen sehr guten Mann mit festen Grundsätzen, mit dem ich tatsächlich reden konnte, ohne das Gefühl zu haben, ihn mit

Hirnzellen versorgen zu müssen«, sagte Marie. »War es schön, einen Mann zu finden, dessen Gesellschaft ich wirklich genossen habe? Jemanden, der weiß, dass der G-Punkt nicht nur eine Ortsangabe in einem Parkhaus ist? Himmel, ja! Aber das Timing von Birdies Anruf war perfekt. Ich war es leid, auf der Suche nach irgendwas in der Weltgeschichte herumzureisen. Das hier ist mein Zuhause, und ich vermisse es, jeden Abend in mein eigenes Bett zurückkehren zu können. Und ihr beide wisst, dass ich keinen Mann brauche, der mich glücklich macht.«

»Aber Carly schon.« Birdie legte die Hand auf Carlys Arm und sah sie voller Zuneigung an. »Als Zev hier war, warst du ein anderer Mensch. Du hattest mehr Lebensfreude, als ich es je bei dir erlebt habe, und ich weiß, dass es nicht nur an all den fantastischen Orgasmen lag, die ihre Magie gewirkt haben. Carly, ich glaube, er hat einen Teil in dir gefunden, von dem ich nicht einmal wusste, dass es ihn gab. Einen guten Teil. Vielleicht sogar den besten. Ich glaube, er hat ihn mitgenommen, als er ging, und ich glaube, du brauchst diesen Teil.«

Tränen brannten in Carlys Augen und sie hielt sie krampfhaft zurück, denn sie wollte ihre Tante oder Birdie nicht noch mehr beunruhigen. »Das ist Liebe, Birdie. Man vermisst den Menschen, wenn er nicht da ist. Das ist nicht ungewöhnlich. Aber nur weil ich es kaum erwarten kann, ihn wiederzusehen und etwas über die Kanone zu erfahren, die er aus dem Meer holt, und herauszufinden, was er sonst noch entdeckt, heißt das nicht, dass ich meine Arbeit nicht erledigen kann.« Sie nahm all ihre Zuversicht zusammen. »Mach dir keine Sorgen, Tante Marie. Ich vermisse ihn, aber ich komme drüber hinweg. Der Laden läuft besser denn je und ...«

»Abgesehen von der Tatsache, dass die Pralinen eine falsche

Füllung haben«, unterbrach Birdie sie. »Und gestern habe ich Carly dabei ertappt, wie sie ihr Eigengewicht in weißer Schokolade vertilgt hat.«

»Oje …«, meinte Marie mit gerunzelter Stirn. »Klingt, als sei unser Mädchen etwas mehr als nur ein *bisschen* abgelenkt.«

»Das war nicht das erste Mal«, sagte Birdie. »Neulich war es der Fudge, und das erwähne ich nicht, weil sie vielleicht an Gewicht zulegen könnte. Sie könnte fünfzig Kilo zulegen und grün werden, Zev wäre immer noch verrückt nach ihr. Aber hast du jemals mit Carly gearbeitet, wenn sie überzuckert *und* traurig ist? Das ist eine üble Mischung! Nach dem Zuckerschock sackt sie in ihrem Büro auf dem Stuhl zusammen und starrt Fotos von sich und Zev an. Es bricht mir das Herz.«

»Würdest du bitte aufhö…« Die Glöckchen über der Eingangstür bimmelten, und Carly biss sich auf die Zunge, als ein junges Paar hereinkam. »Hallo! Willkommen bei Divine Intervention.«

»Hallo. Die Frau draußen sagte, Sie hätten Schokoplätzchen mit Nonpareilles und schokoladenüberzogene Müsliriegel«, sagte die Frau.

»Und ob wir die haben«, sagte Birdie.

Birdie führte sie zu der Auslage, und Marie führte Carly am Arm in den hinteren Teil des Ladens, während sie ihr zuraunte: »Sollen wir in deinem Büro reden?«

So gern sich Carly an der Schulter ihrer Tante ausgeweint hätte, so war sie doch kein gebrochenes Mädchen mehr und wollte ihre Tante nicht beunruhigen. »Ich bin dir dankbar, dass du dich so sorgst und den ganzen Weg auf dich genommen hast, aber mir geht es wirklich gut. Wir versuchen nur gerade herauszufinden, wann wir uns wiedersehen werden. Du weißt ja, wie viel hier im Sommer zu tun ist, und er macht gerade die größte Entdeckung seines Lebens und …«

»Und du vermisst ihn«, meinte Marie mitfühlend.

Carly versuchte, den Kloß in ihrem Hals zu ignorieren, und brachte nur ein »Sehr« heraus.

»Weißt du, Liebes, mein ganzes Leben lang wusste ich nicht, wie es sich anfühlt, einen Mann zu vermissen. Aber ich glaube, jetzt verstehe ich es.«

»Du und … *Tiger?*«

Marie zuckte mit den Schultern. »Was soll ich sagen? Er war ziemlich großartig.«

»Dann geh zu ihm zurück. Ich bin schon groß. Ich kann mich in den Schlaf heulen und am nächsten Tag trotzdem noch funktionieren.«

»Ich jage Träumen hinterher, nicht Männern«, erwiderte sie entschieden.

Carly fand es komisch, dass ihr *Traum* untrennbar mit *Mann* verbunden war. Ihr Handy vibrierte. Sie nahm es heraus und öffnete eine Nachricht von Randi. »Das ist der Link zu Zevs Interview. Er war heute in der Sendung *Discovery Hour*.« Sie wusste, wie ungern Zev im Rampenlicht stand, und wollte unbedingt sehen, wie er das Interview gemeistert hatte.

»Dann klick schon auf den Link, Liebes. Lass uns deinen Kerl mal in Aktion sehen.«

Carly schaute nach vorn und fragte sich, ob sie ins Büro gehen sollten, aber sie wollte Birdie nicht allein im Laden lassen. Im Moment war vielleicht gerade nicht viel los, aber sie wusste, das könnte sich jederzeit ändern.

»Meine Güte, Carly«, meinte ihre Tante genervt. »Das hier ist ein Schokoladengeschäft, kein Gebetshaus. Man darf hier Geräusche machen.«

»Ich dachte nur gerade an Birdie.« Carly hatte fast vergessen, wie ihre Tante einen herumkommandieren konnte. Es hatte etwas Tröstliches.

»Dann lass uns nach vorn gehen, damit sie es auch sehen kann. Birdie hatte recht. Du bist nicht die alte, geistesgegenwärtige Carly. Ich bin froh, dass ich hier bin.« Auf dem Weg nach vorn rief Marie: »Alle mal herkommen. Carlys Freund ist in der Sendung *Discovery Hour*.«

»Marie!«, sagte Carly vorwurfsvoll.

»Sei stolz, Liebes. Das ist eine große Leistung, und die verdient es, gefeiert zu werden.«

»Perfektes Timing. Wir sind gerade fertig.« Birdie gab dem Paar, das sie bedient hatte, ihre Tüte und den Beleg. »Kommen Sie mal wieder vorbei und sagen Sie uns, wie sie Ihnen gefallen haben.«

»Machen wir«, antwortete die Frau.

Birdie eilte um den Ladentisch herum zu Marie und Carly. »Ist der Link endlich gekommen?«

»Ganz genau.« Marie wandte sich an das Paar. »Haben Sie schon mal einen echten Schatzsucher gesehen?«

»Kann ich nicht behaupten«, antwortete der Mann.

»Dann haben wir hier etwas für Sie.« Marie winkte sie herbei.

»Wir können es doch auf dem Laptop angucken«, schlug Birdie vor.

Carly schickte Birdie den Link, Birdie klickte sich auf dem Laptop zu der Seite durch und drehte ihn dann herum, damit alle etwas sehen konnten.

»Das ist Carlys Lieblingssender«, sagte Birdie. »An drei oder vier Abenden in der Woche sitzt sie meistens davor, aber nicht, wenn Zev in der Stadt ist.«

»Birdie!«, meinte Carly kopfschüttelnd.

»Ich sage doch nur, dass du die Sendung magst«, verteidigte sich Birdie, als das Logo von *Discovery Hour* auch schon auf dem Bildschirm erschien. »Also jetzt, pssst!«

Carly und Marie sahen sich amüsiert an, als Birdie sich selbst zur Ruhe ermahnte.

Sutton Steele, eine blonde Frau mit Porzellanteint und anmutigen Gesichtszügen, erschien im Bild. »Sutton ist meine Lieblingsjournalistin«, sagte Carly aufgeregt. »Sie ist nicht so nüchtern wie einige der anderen Reporter, und sie scheint immer ehrlich interessiert an den Gästen zu sein.«

»Mein Name ist Sutton Steele, und ich befinde mich heute auf Silver Island, Massachusetts, in Gesellschaft des Schatzsuchers Zev Braden auf seinem Boot, der *Lucky Charm*.«

Carlys Herz tat einen Sprung. Wie konnte es ihr entgangen sein, dass er sein Boot *Lucky Charm* genannt hatte? Er hatte es nicht erwähnt, und ihr Kurztrip war so turbulent gewesen, dass es ihr nicht aufgefallen war.

»Da ist er!«, rief Birdie.

Die Kamera zoomte heraus und Zev erschien neben Sutton. Er trug ein weißes T-Shirt und Shorts, Lederarmbänder zierten sein Handgelenk, und er sah ebenso markant und gut aus wie noch am Morgen. Mit einer Hand fuhr er sich durch die Haare, während er gleichzeitig ganz kurz den Blick senkte. Das war *seine* verräterische Geste. Er hatte das an dem Abend getan, als sie sich im Park getroffen hatten, um zu reden. Er war nervös, und das machte ihn für Carly noch liebenswerter. Dann schaute er von der Kamera zu Sutton und wieder zurück, als wüsste er nicht genau, wohin er blicken sollte.

»Ach, Liebes«, sagte Marie leise. »Er ist wirklich zu einem hinreißenden Mann herangewachsen.«

»Innerlich und äußerlich«, sagte Carly. Sie war so stolz auf ihn, dass ihr Herz dreimal so schnell raste wie sonst.

Sutton gab eine kurze Zusammenfassung von Zevs Biografie und sagte dann: »Zev glaubt, das Wrack der *Pride* gefunden zu haben, eines Schiffs, das während eines Nor'easters im Jahr 1716 gesunken ist.« Sie beschrieb dann das Schiff, erzählte von »One-Leg« Clegg und erklärte die näheren Umstände zum Verschwinden der *Pride*. Dann fragte sie Zev: »Wie lange haben Sie nach diesem Schatz gesucht?«

Zev schaute in die Kamera, und Carly hätte schwören können, dass er ihr direkt in die Augen sah. »Ich habe so lange gesucht, dass es sich wie eine Ewigkeit anfühlt.«

»Warum dieses Schiff? Was hatte die *Pride* an sich, dass Sie sie unbedingt finden wollten?«, fragte Sutton.

Den Blick noch immer in die Kamera gerichtet, sagte er: »Meine Liebe zu dem Mädchen, dem ich in der zweiten Klasse mein Herz geschenkt habe. Die *Pride* zu finden, war *unser* Traum.«

Tränen standen Carly in den Augen. Hatte er das gerade wirklich gesagt? Träumte sie?

Birdie drückte ihren Arm und flüsterte: »Ich bin verliebt!«

»Oh, meine Kleine! Er ist hinreißend«, sagte Marie.

Carly zwinkerte ihre Tränen fort, die Augen weiter starr auf Zev gerichtet, während er eine Reihe von Fragen über die geheimnisvolle Frau beantwortete, deren Namen er nicht preisgeben wollte.

»Sie weiß, wer sie ist«, sagte Zev und zwinkerte in die Kamera.

Carly erinnerte sich daran, was er gesagt hatte, als sie erzählt hatte, sie hätte keinerlei Fotos von ihm finden können, nachdem er und Luis das andere Wrack entdeckt hatten. *Lieber bin ich der schmuddelige Kerl mit dem Rucksack, den man in Ruhe lässt, als der reiche Typ, der das gesunkene Schiff gefunden hat und der zur Zielscheibe von allen möglichen Betrügereien wird.* Er beschützte sie. Sie atmete zittrig ein, während Sutton ihr Interview fortführte und ihn fragte, was sie bisher gefunden hätten und was er mit den Artefakten vorhätte, wenn sie eindeutig der *Pride* zugeordnet werden konnten.

»Carly war genau dort an der Fundstelle mit ihm tauchen«, sagte Birdie. »Sie müsste auch in der Sendung sein. Wusstet ihr ...«

»Scht«, sagte Marie. »Lass ihm seinen Moment, Süße.«

Zev beantwortete zig Fragen, und als die Sendung zu Ende ging, fragte Sutton noch: »Wie viele Sterne mussten für Sie günstig stehen, damit Sie dieses Wrack finden konnten?«

Zev grinste vielsagend. »Ich glaube, die Sterne hatten etwas Hilfe dabei, uns zusammenzubringen.«

Carly konnte kaum atmen. Er redete von ihnen beiden! Sutton stellte noch ein paar Fragen, aber Carly konnte sich angesichts ihres laut hämmernden Herzens kaum konzentrieren.

»Er macht das so gut«, flüsterte Marie.

Am Ende des Interviews wollte Sutton noch eines wissen: »Was kommt als Nächstes für Zev Braden? Was hat ein Schatzsucher vor, nachdem er einen Fund wie die *Pride* gemacht hat?«

»Ich werde den Rest meines Lebens damit verbringen, alles an ihr zu entdecken, was möglich ist«, antwortete Zev.

Eine Träne lief Carly über die Wange.

Sutton lächelte in die Kamera. »Sie haben es gehört. Ein Mann und sein Schiff, ein von den Sternen zusammengeführtes Paar ... mit einer kleinen Dosis Magie.«

Als der Abspann lief, klatschten und redeten alle gleichzeitig drauflos – außer Carly. Sie war wie erstarrt, in Gedanken und

Liebe versunken.

»Das war unglaublich«, sagte Marie.

»Ich hatte das Gefühl, er redet über Carly«, stellte Birdie fest.

»Wie fandst du d…« Marie drehte sich zu Carly um, und ihr Lächeln erstarb unter ihrem bekümmerten Blick, als sie Carlys Hand nahm. »Kleines? Warum weinst du?«

»Carly? Was ist los?« Birdies Stimme war von Sorge erfüllt.

Carly öffnete den Mund, um etwas zu sagen, aber nichts kam heraus. Ihre Gedanken rasten, ihr Herz schmerzte und Schuldgefühle übermannten sie.

»Rede mit mir«, bat Marie.

»Ich kann nicht … Es ist, als …« *Blieben mir die Worte im Hals stecken.*

»Als was, Süße?«, fragte Marie. »Was ist los?«

Marie flehte sie mit ihrem Blick an, zu sprechen, und schließlich platzten die Worte aus Carly heraus. »Es ist, als würdest du dein ganzes Leben lang Lucky Charms essen, und dann werden Lucky Charms plötzlich vom Markt genommen und du probierst andere Sorten – Froot Loops, Choco Krispies, Knuspermüsli. Und ja, die sind fruchtig, schokoladig, knusprig. Es sind nicht deine Lieblingscerealien, aber sie sind ziemlich gut. Also arrangierst du dich damit, und Jahr für Jahr stopfst du dir den Ersatz in den Mund, weil es Lucky Charms einfach nicht gibt.« Die Worte sprudelten aus ihr heraus, und Carly war gar nicht in der Lage, sie zurückzuhalten. »Dann gehst du eines Tages auf eine Hochzeit, auf der Lucky Charms serviert werden, aber nur für eine begrenzte Zeit. Und du weißt« – *weißt* stieß sie wie einen Fluch aus –, »dass es die danach nur am anderen Ende des Landes geben wird. Du kannst sie nicht im Internet bestellen, und du hast keine Ahnung, wann es sie wieder geben wird.« Sie tigerte auf und ab und fuchtelte mit den Händen herum, während sie allen im Laden ihr Herz ausschüttete. »Und du *versuchst*, ihnen zu widerstehen, auch wenn du es gar nicht willst. Du hast Angst, dass du nach dieser begrenzten Zeit zum einen gar nicht in der Lage bist, zum Ersatz zurückzukehren, und dass du zum anderen auch gar nicht mehr der Mensch bist, der du warst, bevor du davon gekostet hast. Aber dir läuft das Wasser im Mund zusammen angesichts der Lucky Charms mit ihren Marshmallows, den einzigartigen Haferflakes, und die flehen dich an, sehen dich an, als wäre dein Mund der einzige Ort, an dem sie sein wollten, und du hältst es einfach nicht mehr aus. Du wagst den Sprung und dieser erste Bissen ist überirdisch! Je mehr du isst, desto mehr erinnerst du dich daran, wie viel besser alles war mit den Lucky Charms. Die Luft war frischer, die Welt war heller und du warst lebendiger, glücklicher, *ganz*. Du hast das Gefühl, in einer unerschöpflichen Schale mit Lucky Charms zu treiben, auch wenn du weißt, dass sie bald wieder fort sein werden.« Sie ballte die Hände zu Fäusten und marschierte mit steifen Armen hin und her. »Du sagst dir, du schaffst das. Du kannst genug Lucky Charms horten, damit du über die Runden kommst, bis es sie wieder gibt. Aber du kannst es *nicht*! Und dann sind sie *weg* und nichts fühlt sich mehr richtig an. Du wachst nachts auf und gierst nach dem Zucker, sehnst dich nach dem Hochgefühl, das sie dir schenken. Du willst den Nervenkitzel vom Klippenspringen und von der Schatzsuche. Du willst Teil des Traumes sein, den du mit geschaffen hast! Du willst von Augenblick zu Augenblick leben, weil dich das *am Leben* hält. Du willst in ein Flugzeug steigen und Zev finden, koste es, was es wolle!« Ihr wurde bewusst, was sie gerade gesagt hatte, und sofort schlug sie sich die Hand vor den Mund, damit nicht noch mehr schmerzhafte

Wahrheiten herausplatzten. Sie wirbelte herum, um sich bei Marie zu entschuldigen, und entdeckte, dass ihre Tante, Birdie, Quinn und noch etwa ein Dutzend Kunden sie mit offen stehenden Mündern und weit aufgerissenen Augen anstarrten.

Beau und Charlotte traten aus der Traube heraus und Carlys Wangen glühten vor Scham.

»Warum stehst du noch hier rum?«, fragte eine große blonde Frau. »Hol dir deinen Kerl!«

Die Menge johlte.

Tränen rannen Carly über die Wangen, und sie lachte, aber dann wurde sie wieder von Schuldgefühlen gepackt und schüttelte den Kopf. »Nein. Marie, so meinte ich das nicht. Ich *liebe* diesen Laden. Ich habe dich lieb und Birdie und …«

»Das ist in Ordnung, Liebes.« Marie nahm Carly in die Arme. »Dies war nie dein Traum. Es war *mein* Traum und du hast ihn lang genug gelebt. Jetzt ist es an der Zeit, dass du deinen Traum mit dem Mann lebst, den du geliebt hast, seit du ein kleines Mädchen warst.«

»Ich kann nicht einfach gehen. Ich bin hier noch nicht fertig.« Carly hatte das Gefühl, in zwei Hälften zerrissen zu werden.

»Du musst hier nicht fertig sein«, erklärte ihr Marie. »Ich bin da, um zu helfen, nicht, um alles zu übernehmen.«

Carly fiel das Atmen schwer, so sehr schmerzte es in ihrer Brust.

»Und ich bin hier«, sagte Birdie. »Ich verspreche auch, dass es nie wieder brennt!«

»Vergiss mich nicht!«, warf Quinn ein, die mit federndem Schritt näher kam. »Nur ein Wort, Carly, und ich kündige in der Bank, arbeite hier Vollzeit, mache Überstunden, was immer du brauchst. Ich liebe dieses Geschäft!«

Carly verschränkte die Arme, und die Tränen rannen ihr nur so über die Wangen, während Dankbarkeit sie erfüllte.

»Du musst jetzt keine endgültigen Entscheidungen treffen«, versicherte Marie ihr. »Bleib einfach ein paar Wochen, einen Monat oder so lange du brauchst bei ihm und entscheide dann. Wir halten hier die Stellung.«

Carly sah die Frau an, die sie in ihrem Haus willkommen geheißen hatte, sie aufgepäppelt hatte, bis sie wieder stark und mutig war, die ihr ein Leben und ein Geschäft gegeben hatte, und die ihr nun eine Chance auf die Zukunft bot, die sie immer gewollt hatte. Aber sie wollte auch Zeit im Geschäft verbringen. War das überhaupt möglich?

»Ein paar Wochen …?«, stieß Carly aus. Ein paar Wochen wären genug, um sich über einiges klar zu werden, oder zumindest um ihr die Energie für weitere Wochen zu geben.

»Es ist in Ordnung, Liebes. Ich hab dich lieb, und du liebst ihn. Mehr zählt nicht.«

»Okay, ich gehe«, sagte Carly und wischte sich die Tränen mit zittrigen Händen fort.

Es wurde gejubelt und Charlotte hatte eine Idee: »Treat ist auf dem Festival. Wenn dir irgendjemand schnell ein Flugzeug organisieren kann, dann er. Beau! Ruf Treat an!«

Beau zog sein Handy heraus und rief ihn an.

Carly keuchte und wischte weitere Tränen fort. »Danke«, sagte sie, als Marie, Birdie und Quinn sie alle gemeinsam umarmten.

»Hey, ich will auch mitmachen!« Charlotte schlang die Arme um sie.

»Ich bin euch allen *so* dankbar«, sagte Carly lachend und weinend zugleich.

»Lass uns gehen, Carly.« Beau legte Carly die Hand auf den

Rücken und führte sie zum Ausgang. »Treat ist auf dem Weg hierher.«

Er öffnete die Tür, Carly stürmte hinaus und knallte mit voller Wucht gegen einen durchtrainierten Oberkörper.

Carly schaute mit ihrem tränenverschmierten Gesicht auf. »Zevy«, hauchte sie genau in dem Moment, als er »Carls« ausstieß. Er schnappte nach Luft, von dem Sprint durch den Ort vollkommen außer Atem.

»Was machst du hier?«, fragte sie und zitterte am ganzen Körper.

»Ich habe ein Versprechen gebrochen, und das musste ich wiedergutmachen.« Seine Nerven waren von der langen, aufreibenden Reise ziemlich strapaziert, aber er war endlich hier und würde keine Sekunde mehr vergeuden. »Ich hatte gesagt, ich würde dir nie wieder wehtun, aber heute Morgen bei unserem Videoanruf habe ich gesehen, wie angestrengt du versucht hast, tapfer zu sein. Aber ich kenne dich, Carls. Du vermisst mich ebenso sehr wie ich dich.«

Sie schluchzte auf.

»Wenn die Schatzsuche bedeutet, von dir getrennt zu sein, dann will ich nie in meinem ganzen Leben wieder nach etwas suchen. Nichts fühlt sich gut an, wenn wir es nicht gemeinsam machen. Du bist meine Abenteuerpartnerin, meine beste Freundin. Carls, du bist die Liebe meines Lebens. Ach was, Schatz, du bist mein Leben! Du brauchst Beständigkeit und du hast hier ein erfülltes Leben. Das will ich nicht kaputtmachen. Ich will Klippenspringen und Tiefseetauchen – aber mit dir, oder gar nicht. Ich will dieses Funkeln in deinen Augen sehen, wenn wir eine Konkretion finden oder eine Kanone aus dem Meer bergen, aber solche Dinge können wir in unseren Urlauben machen, wenn du dir freinehmen kannst. Sie müssen nicht mein Leben bestimmen. Ich will *hier* bei dir sein, dich zu neuen Pralinen inspirieren und an deiner Seite sein, um sie zu probieren. Ich will der Mann sein, mit dem du unter den Sternen tanzt und Kostproben auf dem Festival verteilst. Ich will mittwochabends im Roadhouse sein, um Cowboy und Dare zu nerven und dich unterm Tisch auf Touren zu bringen.«

Um sie herum wurde gekichert und Carly musste trotz ihrer Tränen lachen.

»Können wir ihn klonen?«, fragte Quinn, was mit einem »Psst!« von Charlotte quittiert wurde.

»Du kannst dein Leben nicht aufgeben. Das lasse ich nicht zu«, sagte Carly und sah ihn auf wunderschöne Weise dickköpfig an. »Du lebst *unseren* Traum. Ich wollte gerade zu dir, um dir zu sagen, dass ich dort bei dir sein will, aber ich will auch hier sein.«

Sein Herz hämmerte so heftig, dass er überzeugt war, es würde ihm aus der Brust hüpfen. »Dann lass uns einen Weg finden, es aufschreiben, machen, was immer nötig ist. Die Einzelheiten sind mir egal, solange ich jeden Tag mit dir verbringen kann. Du bist der einzige Schatz, den ich brauche.«

Er ging auf ein Knie und nahm das hörbare Einatmen der Umstehenden kaum wahr, als er die Hand öffnete und eine gelbe Plastikschatztruhe präsentierte.

Noch mehr Tränen flossen Carly über die Wangen. Sie hob eine zittrige Hand vor den Mund, lachte leise auf und fragte: »Zevy ...? Ist das meine Schatztruhe?«

»Das *war* deine, bis du sie in der Nacht auf meinem

Fensterbrett abgestellt hast, in der du zugestimmt hast, meine Freundin zu sein. Aber dies ist dein Ring.« Er öffnete die Plastikschatztruhe, sodass sie den pinken Plastikring mit dem Stern darauf sehen konnte, den er vor all den Jahren aus ihrer Schmuckkiste genommen hatte, bevor er Pleasant Hill verlassen hatte.

Schluchzend fiel sie vor ihm auf die Knie, bevor sie mit vor Liebe glänzenden Augen sagte: »Du bist ein *Dieb*.«

»Nein, ich war nur ein Junge, der ein Versprechen gegeben hatte, das ich nie brechen wollte. Ich hielt es für einen fairen Deal. Ich habe dir mein Herz dagelassen, also habe ich deinen Verlobungsring genommen.«

Sie lachte weinend, als er den Ring herausnahm. »Carly, Schatz, du bist und wirst immer meine Luft zum Atmen sein, der einzige Schatz für meine leere Truhe. Ich will keinen einzigen Tag mehr ohne dich in meinen Armen aufwachen. Willst du noch einen Sprung wagen, uns vertrauen und mit mir über den Rand malen, Carls? Mich heiraten, damit wir unser bisher größtes Abenteuer beginnen können? Du bist die Einzige, die tickt wie ich. Sag Ja, und ich verspreche dir, für den Rest finden wir konkrete Lösungen und Pläne, auf die du dich verlassen kannst.«

»Ja!«, sagte sie atemlos. »Ja zu allem!«

Jubel und Applaus brandeten auf, als er ihr den Plastikring auf den Finger schob. Weiter als bis zum Gelenk kam er jedoch nicht und alle lachten. Er nahm den Ring ab und schob ihn ihr auf den kleinen Finger.

Er blickte ihr tief in die Augen. »Ich liebe dich, Carls, und ich werde dir den Rest meines Lebens zeigen, wie sehr ich dich liebe.«

Kniend auf den Stufen des Schokoladengeschäfts und

umgeben von einer Traube von Fremden und einer Handvoll Verwandter und Freunde küsste Zev sie mit allem, was er hatte und was schon viel mehr geworden war, als er es je für möglich gehalten hätte.

Neunundzwanzig

Bis zum Abend wussten alle, die Carly kannten, und alle Verwandten von Zev in Colorado von seinem Heiratsantrag vor dem Geschäft, und dank Beau konnten alle es sich auf Video ansehen. Beau hatte nur kurz in Zevs Gesicht geschaut, als Carly in ihn hineingestolpert war, und seine Intuition hatte ihm verraten, was kommen würde. Er hatte sich an die Seite gestellt und den ganzen Antrag gefilmt. Carly konnte glücklicher nicht sein. Sie war zu verblüfft gewesen, um sich jede Sekunde ihres magischen Moments einzuprägen, und nun konnte sie ihn sich in Erinnerung rufen, so oft sie wollte. Zev und sie hatten die Aufnahmen an ihre Familien geschickt und sie per Videoanruf noch einmal gemeinsam angesehen. Ihre Familien freuten sich unglaublich für sie, auch wenn die Ereignisse sie nicht zu überraschen schienen, denn sie behaupteten, Carly und Zev hätten schon immer mehr Funken sprühen lassen als jedes Feuerwerk.

Birdie, Marie, Quinn und Charlotte hatten eine spontane Verlobungsparty auf dem Festivalgelände organisiert. Es gab Champagner zum Anstoßen, Essen von den Festivalständen und Leckereien aus dem Laden. Kaylie Crew sang einen ihrer neuesten Hits, und Carly hatte das Gefühl, einen Traum zu erleben. Sie schaute zu Zev, der mit Dare, Cowboy, Cutter,

Treat und einigen anderen seiner Verwandten redete, und ihr ging das Herz auf. Sie konnte immer noch nicht glauben, dass Zev den größten Tag seines Lebens auf Eis gelegt hatte, um zu ihr zu kommen – und ihnen beiden den besten Tag ihres Lebens zu bescheren.

Zev sah herüber, und sein Blick fand den ihren noch im selben Augenblick, als hätte er gespürt, dass sie zu ihm schaute. Jillians Worte kamen ihr in den Sinn. *Zwei Seiten derselben Medaille.* Das Band zwischen ihnen war wie eine elektrische Verbindung. So war es schon den ganzen Nachmittag über gewesen, als er ihr geholfen hatte, Fudge zum Probieren zu verteilen, und auch seit sie auf der Party waren.

Birdie und Quinn stellten sich zu ihr und Quinn sagte: »Soll ich einen Lappen holen, um das Gesabber aufzuwischen?«

»Ich stehe immer noch unter Schock«, sagte Carly und betrachtete ihren perfekten Verlobungsring aus Plastik. »Kann mich mal jemand kneifen?«

Birdie kniff Carly in den Hintern.

Carly schrie auf. »Birdie! Ich meinte in den Arm.«

»Dein Hintern bringt mehr Spaß«, sagte Birdie kichernd. »Verlässt du mich jetzt endgültig? Klar, ich habe gesagt, ich könnte nicht von meiner Familie wegziehen, aber wenn Zev *meiner* wäre, würde ich hingehen, wo immer er hingeht, und mich vielleicht nie mehr umschauen.«

»Du würdest deine Familie niemals verlassen«, sagte Quinn. »Himmel, ich würde deine Familie auch niemals verlassen.«

»Keine Ahnung. Bei Zev und Carly sieht so eine verrückte Liebe schon ziemlich verlockend aus«, sagte Birdie.

»*Verrückte Liebe*«, sagte Carly und fühlte sich großartig. »Genau das haben wir wohl, oder?«

»Allerdings. Der Mann braucht dich nur anzusehen, und du

bekommst einen ganz wilden Blick, als wolltest du dir die Kleider vom Leib reißen, im Wald leben und kleine Tarzan-Babys bekommen.« Birdie hielt die Luft an und packte Carly am Arm. »Falls ihr Babys bekommt, kann ich dann Patentante werden? Bitte! Ich wäre so eine tolle Patentante. Ich würde deine Babys so was von verwöhnen.«

»Wir hatten noch nicht mal Zeit, über morgen zu reden, geschweige denn über Babys«, sagte Carly. »Aber keine Sorge, Birdie, falls oder wenn wir Kinder bekommen, wirst du in ihrem Leben eine wichtige Rolle spielen. Aber ich komme mit Sicherheit zurück. Marie hatte recht. Auch wenn ich das Schokoladengeschäft liebe, so war es doch nicht *mein* Traum, zumindest nicht so, wie es das Abenteuerleben mit Zev ist. Aber der Laden ist ein wichtiger Teil von mir, ebenso wie ihr und alle anderen hier, die ich so liebgewonnen habe.«

»Gut, denn du würdest mir fehlen«, sagte Quinn, während sie Noah beäugte, der mit zweien seiner Cousins redete. »Übrigens, ich wusste gar nicht, dass Zev so viel Verwandtschaft in der Gegend hat. Ist von den Kerlen da irgendjemand Single? Ich komme mir vor wie an einem Frischfleisch-Büfett – und Mama hat Hunger.«

»Die alleinstehenden Verwandten sind hiermit reserviert«, sagte Birdie.

»Hey, das ist ungerecht. Ich hab zuerst gefragt«, beschwerte sich Quinn.

Während die beiden sich zankten, sah Carly, dass Marie und Wynnie auf sie zukamen. Sie fragte sich, was sie von Birdies und Quinns Gespräch halten würden. Noch hatte sie keine Gelegenheit gehabt, mit Wynnie über Zev zu reden, auch wenn Wynnie ihnen schon gratuliert hatte und Carly überzeugt war, dass Birdie und ihre Brüder ihrer Mutter im Laufe der letzten

Woche einiges erzählt hatten.

Birdie deutete mit einer theatralischen Geste um sie herum. »Die meisten alleinstehenden Typen in diesem Ort sind entweder mit mir verwandt oder sie sind Dark Knights, und Cutter will dich eindeutig auf den Rücken seines Pferdes zerren und mit dir ins Cunnilingus-Tal reiten. Der hat schon den ganzen Tag deinen Hintern in diesem schwarzen Lederminirock beäugt. Da ist es nur gerecht, dass ich mir das Frischfleisch reserviere.«

»Frischfleisch?« Carly schüttelte den Kopf.

Quinn und Birdie kicherten.

»Falls es euch interessiert: Noah, der Typ mit den helleren Haaren, ist Single«, sagte Carly, als sich Marie und Wynnie zu ihnen gesellten. »Aber die anderen beiden sind Treats Brüder Dane und Hugh. Die sind beide vergeben *und* zu alt für euch zwei.«

Wynnie bedachte Birdie mit einem ernsten mütterlichen Blick. »Viel zu alt. Ich hab dich lieb, Birdie, aber du bescherst deinem Vater einen Herzinfarkt, wenn du einen Mann nach Hause mitbringst, der so viel älter ist als du.«

»Wer sagt denn, dass ich ihn mit zu euch bringe?«, feixte Birdie. »Ich bin eine erwachsene Frau, Mom. Ich habe Bedürfnisse.«

»Uiuiui«, meinte Marie vielsagend. »Birdie ist flügge geworden.«

Wynnie warf Marie einen finsteren Blick zu. »Ermutige sie nicht auch noch. Wegen ihr lasse ich zurzeit ziemlich viele Federn.«

»Wegen mir schon mal gar nicht. Wäre nur einfach mal nett, hier ein paar neue Gesichter zu sehen.« Birdie tippte Quinn auf den Arm und zeigte dann auf einen gut aussehenden

Mann, der über den Rasen lief. »Hallöchen, schöner grauhaariger Mann!«

»Birdie!«, fuhr Wynnie sie an.

Birdie krümmte sich vor Lachen. »Du solltest dein Gesicht sehen!«

Marie legte die Hand auf Wynnies Schulter. »Tut mir leid, Schwesterherz, aber ich vermisse das alles hier.«

Wynnie seufzte. »Würde mir wahrscheinlich ähnlich ergehen, wenn ich nicht die ganze Zeit hier wäre.«

»Ich werde euch alle so sehr vermissen«, sagte Carly. »Ich bin euch wirklich für eure Unterstützung vorhin dankbar, als ich irgendwie den Verstand verloren hatte.«

»Wenn du mit ›Unterstützung‹ unsere Aufdringlichkeit meinst«, sagte Birdie, »dann gern geschehen.« Sie tippte Quinns Schulter an und zeigte auf einen anderen Typen.

»Tante Marie, Wynnie«, sagte Carly. »Ihr habt mich gerettet, und jetzt werde ich den Mann heiraten, der überhaupt erst dafür gesorgt hat, dass ich hier gelandet bin. Ist das für euch in Ordnung?«

Die beiden Frauen warfen sich gewohnt mütterliche Blicke zu.

»Du musstest nicht gerettet werden, als du hierherkamst«, sagte Marie. »Du brauchtest nur einen Neustart. Einen ruhigeren Ort, ohne all die Erinnerungen an euch beide, damit du anfangen konntest, deine Vergangenheit und deine Zukunft deutlicher zu sehen.«

»Und wir sind nicht diejenigen, für die deine Entscheidungen in Ordnung sein müssen, Liebes«, fügte Wynnie hinzu. »Nur du weißt, was für dich richtig ist, und dein Urteilsvermögen ist hervorragend. Du kannst ihm vertrauen, Carly. Wir tun es auch.«

»Ich weiß ja, dass ich mit Zevy zusammen sein will, aber ich wollte hören, ob ihr etwas dazu zu sagen habt.«

»Süße«, sagte Wynnie liebevoll, »du hast mir einmal erzählt, dass du Zev dein Herz geschenkt hast, als ihr noch Kinder wart, und ich habe dich gefragt, ob du noch genug übrig hättest, um je wieder so intensiv zu lieben.«

Carly erinnerte sich an das Gespräch. Es hatte in einer ihrer ersten Therapiesitzungen stattgefunden. »Ich habe dir nie geantwortet.«

»Ich weiß, und ich glaube, wir beide wissen auch, warum. Wie gesagt, du hast ein hervorragendes Urteilsvermögen. Du musst damals gewusst haben, dass du nicht als Einzige dein Herz weggegeben hast.« Wynnie nahm Carlys Hand. »Es würde dir ohne Zev *gut* gehen, Liebes. Du hast hier Heilung erfahren. Du bist stärker geworden und unabhängiger. Du hast studiert und die Verantwortung für ein Geschäft übernommen, das du von Grund auf erlernen musstest. Aber *gut* ist nicht genug für eine so außergewöhnliche Frau wie dich, Carly. Zev entfacht das Feuer, das dich zum Leuchten bringt, sodass du noch heller strahlst und stärker bist, und vor allem sieht er *alles* an dir.«

»Und er *liebt* alles an dir«, sagte Marie.

Carly konnte vor Rührung kaum etwas sagen. Auch wenn sie ihre Zustimmung nicht gebraucht hatte, so fühlte es sich doch richtig gut an, dass sie dasselbe in Zev sahen wie sie. Aber die Grüblerin in ihr musste noch eine Sache wissen. »Woher wollt ihr wissen, was Zev in mir sieht?«

»Nun, während du und die Mädels getanzt habt, ist Zev zu uns gekommen, und wir hatten ein nettes, ausführliches Gespräch.« Wynnie nickte Zev zu, der mit Treat in ihre Richtung kam.

Zev hatte Treats kleinen Sohn Bryce auf dem Arm, der

damit beschäftigt war, Zevs Bart mit beiden Händen zu betatschen. Treats anderer Sohn Dylan schnappte sich Zevs freie Hand und sah unter seinen wuscheligen braunen Haaren zu ihm auf. Carly spürte geradezu, wie ihre Hormone in Wallung gerieten.

»Dieser Mann hat den weiten Weg auf sich genommen und angeboten, alles aufzugeben, wonach er sein ganzes Erwachsenenleben lang gesucht hat, nur damit du dein Leben nicht aufgeben musst«, sagte Wynnie. »Aber er *ist* dein Leben, Carly, und du bist seines, und deshalb muss auch keiner von euch jemals wieder irgendetwas aufgeben.«

Carly sah Zev auf eine Weise an, dass ihm die Hitze wie Flammen durch die Brust schoss. Er zwinkerte und sie schickte ihm einen Luftkuss. Viele Menschen hatten ihm gesagt, dass niemand jemand anderen glücklich machen könne und dass das Glück aus einem selbst kommen müsse. Doch Zev hatte schon immer gewusst, dass sie sich irrten. Zum ersten Mal, seit er Pleasant Hill verlassen hatte, fühlte er sich wahrhaft und von ganzem Herzen glücklich, als wäre er genau dort, wo er sein sollte. Er fühlte sich sesshaft, trotz ihrer sehr ungewissen Wohnverhältnisse, und zwar weil er ohne Carly nicht vollständig war. Sie war ebenso ein Teil von ihm wie das Blut, das durch seine Adern floss.

»Carly!« Dylan riss sich von ihm los und rannte zu Carly, bis er gegen ihre Beine prallte. Er schaute zu ihr auf. »Du heiratest!«

»Ich weiß. Das ist verrückt, oder?«, sagte sie und hockte sich hin, um ihm in die Augen zu schauen.

Zev hatte plötzlich Bilder von Carly mit ihren gemeinsamen Kindern vor Augen. Kleine dickköpfige blonde Mädchen und schwierige langhaarige Jungs mit unerschöpflicher Energie und Carlys hübschen Augen und hinreißendem Lächeln.

»Mein Daddy hat gesagt, er würde dich heiraten«, erzählte Dylan ihr. »Aber ich glaube, das würde meine Mommy traurig machen.«

»Ist er nicht goldig?«, meinte Wynnie.

Lautlos gab Treat ein »Tschuldigung« von sich.

Carly tippte auf Dylans Nase. »Dein Daddy hat deine Mommy sehr lieb. Er würde niemals eine andere Frau als sie heiraten. Wahrscheinlich meinte er damit, er würde uns trauen, das heißt, er sagt ein paar wichtige Worte und dann sagt er zu mir und Zev, dass wir Mann und Frau sind.«

»Oh!« Dylan drehte sich um. »Ich bin nicht mehr auf dich böse, Daddy.«

»Da bin ich aber erleichtert, Kumpel.« Treat sah Carly an. »Ich habe Zev gerade erzählt, wie du und ich uns kennengelernt haben. Kommt mir wie vor einer Ewigkeit vor. Ich hatte keine Ahnung, dass du von Zev geredet hast, als du sagtest, es gäbe nur einen Mann, dem du dein Herz schenken würdest. Die Welt ist klein.«

Carly schaute zu Zev. »Sehr.«

»Ich wusste auch nicht, dass Dylan nach dir benannt wurde«, sagte Zev, während Bryce ihm über die Wangen strich. Er küsste die Hand des kleinen Jungen. »Welche Geheimnisse hast du sonst noch vor mir?«

Carly trat näher an ihn heran. »Wenn du es richtig anstellst, wirst du es vielleicht eines Tages herausfinden.«

»Daddy! Lass uns mit Mommy tanzen gehen!« Dylan schnappte sich Treats Hand und zog ihn zu Max, die ein paar

Meter entfernt mit ihren Schwägerinnen tanzte.

»Warte kurz, Kumpel.« Treat streckte die Arme nach Bryce aus. »Gib mir lieber mal den Kleinen, Zev. Er schreit los, sobald ich ihm den Rücken kehre.«

Zev drückte Bryce einen Kuss auf die Wange, reichte ihn Treat und genoss Carlys verträumten Blick.

»Was ist denn *da* los?«, brüllte Birdie, sodass alle herüberschauten.

»Du meine Güte!«, rief Carly aus. »Wer *ist* das?«

Marie lag hinten übergebeugt in den Armen eines Mannes, ein Bein in der Luft, und küsste ihn. Der Mann stand mit dem Rücken zu ihnen, aber es schien auf keinen Fall so, als würde Marie sich wehren.

Dare und Cowboy stürmten auf die Gruppe zu, Schulter an Schulter, die Kiefer aufeinandergepresst. Cutter war direkt hinter ihnen.

»Wer zum Teufel ist das?«, wollte Dare wissen.

»Keine Ahnung!«, sagte Birdie. »Er ist einfach aus dem Nichts aufgetaucht, hat sie in seine Arme gerissen und geküsst.«

Cowboy und Dare gingen auf Marie zu, aber Wynnie hielt sie am Arm zurück. »Immer mit der Ruhe, Jungs. Wenn sie nicht von ihm geküsst werden wollte, hätte er schon ein blaues Auge.«

Mit finsterem Blick sahen sie ihre Mutter an.

»Ich trinke wohl das falsche Wasser, denn alle anderen werden geküsst«, beschwerte sich Quinn.

Der Mann ließ von Marie ab, richtete sich langsam zu voller Größe auf und hielt sie fest, bis sie wieder mit beiden Beinen auf dem Boden stand. Er kehrte ihnen noch immer den Rücken zu, aber über seine Schulter hinweg sah Zev, dass Maries Gesicht gerötet und ihr Blick ein wenig verklärt war. Ihr

Lächeln verriet ihm, dass ihr dieser geheimnisvolle Romeo, wer immer das auch sein mochte, sehr wichtig war.

»Du hast mir gefehlt, *mi amor*«, sagte der Mann.

Die vertraute raue Stimme ließ Zev aufhorchen. »Luis?!«

»Luis?«, kam es einstimmig von Carly, Cowboy und Dare.

»Wer ist Luis?« Birdie warf die Hände hoch. »Ich bin total verwirrt!«

Der Mann drehte sich um, und Zev erkannte im selben Augenblick die klugen Augen und das freundliche Lächeln von Luis, aber alles andere an ihm ergab keinen Sinn. Seine sonst langen, wirren Haare waren getrimmt und nach hinten frisiert, wo sie sich am Kragen kräuselten. Sein Bart war kurz und gepflegt. Fort waren auch die Tennisschuhe und T-Shirts, die er ein Jahrzehnt lang getragen hatte und die nun von Leder-Mokassins und einem weißen Leinenhemd ersetzt worden waren.

»*Mijo!*« Luis breitete die Arme aus und zog Zev an sich.

»Wer zum Henker ist das?«, wollte Dare wissen.

»Dare, das ist mein alter Kumpel und Mentor Luis Rojas«, sagte Zev.

»Und warum küsst der unsere Tante?«, fragte Cowboy.

»Weil ich es will«, antwortete Marie stolz. »Ja, Tante Marie hat alle fünfundzwanzig Jahre oder so auch mal ein Recht auf ein Liebesleben.«

»Marie! Tiger ist Luis?« Carlys Blick huschte zwischen ihrer Tante und Luis hin und her. »Wusstest du, dass er Zev kennt?«

»Erst seitdem du neulich angerufen hast, als Luis und ich zusammen waren«, erklärte Marie.

»Ich fürchte, das ist meine Schuld.« Luis nahm Maries Hand und sprach mit seinem starken Akzent weiter. »Als ich zu meinem Vermögen kam, gab es eine Menge Frauen, die mein

Geld, aber nicht mein Herz wollten. Schließlich habe ich daraus gelernt und den Rat deines Freundes …«

»Verlobten«, korrigierte Zev ihn und zog Carly in seine Arme.

»Wirklich?« Begleitet von einem herzhaften Lachen funkelten Luis' Augen erfreut auf. »Glückwunsch, ihr beiden! Ich möchte erklären, warum Marie nichts von meiner Beziehung zu Zev wusste. Wie gesagt, ich habe Zevs Rat angenommen und in den letzten Jahren eher unauffällig gelebt. Bis zu dem Morgen, an dem du anriefst, hielt Marie mich einfach nur für einen Archäologen im Ruhestand. Sie kannte nicht mal meinen Nachnamen. Erst nachdem sie das Gespräch mit dir beendet hatte und ich sie nach dem *Zwischenstopp* fragte, erwähnte sie Zev, was ja ein ungewöhnlicher Name ist, und wir fingen an, eins und eins zusammenzuzählen. Da erst habe ich Maries Nichte *Carly* in Zusammenhang mit meinem Zev gebracht, und mir wurde klar, dass mein Junge wieder mit seiner geliebten Lady vereint war.« Er legte sich die Hand aufs Herz. »Mein *Junge* hat seine Carls gefunden und ich könnte glücklicher nicht sein.«

»Als Luis mir von seinen Reisen mit Zev und ihrer engen Beziehung erzählte, wurde mir klar, wie sehr Zev dich liebt und wie unglücklich er ohne dich war«, erklärte Marie. »Aber ich habe nichts gesagt, weil du mir zwar erzählen kannst, dass er wunderbar ist, und Luis so wohlwollend von ihm reden kann, wie er will, aber trotzdem musste diese dickköpfige Tante deinen netten jungen Mann mit eigenen Augen sehen und sich selbst ein Urteil bilden.«

Carly schaute zu Zev auf. »Keine Sorge, sie hat dich genehmigt.«

Zev gab ihr einen Kuss und schaute dann zu Luis. »Aber

jetzt erzähl mir mal, Tiger, was du hier treibst, abgesehen davon, dass du Marie küsst?«

»Schatzsuche«, antwortete Luis augenzwinkernd.

»Ahh«, seufzte Carly und Zev zog sie an sich.

»In all den Jahren, in denen ich dir zugehört habe, wenn du über Carly gesprochen hast, als wäre sie dein Herz selbst, wusste ich nie, wie es sich anfühlt, jemanden so sehr zu lieben.« Luis sah Marie tief in die Augen. »Du hast mir gesagt, du hättest genug Abenteuer erlebt und würdest nach Hause gehen, um wieder sesshaft zu werden. Als du gegangen bist, habe ich Zevs Schmerz endlich verstanden. Mein Leben ist ohne dich leer, *mi amor*. Ich bin ein alter Mann, und du könntest sicher etwas viel Besseres bekommen, aber wenn du mich willst, gehöre ich ganz dir.«

»Ach, Tiger«, sagte Marie leise. »Und ob ich dich will!«

Als Luis seine Lippen auf Maries senkte, rief Birdie: »Es reicht! Vergesst das Schokoladengeschäft. Ich gehe auf Schatzsuche. Ich brauche ein Boot und jemanden, der es steuern kann. Quinny, bist du dabei?«

»Ja!«, rief Quinn.

»Kommt gar nicht infrage, Krokette!« Cutter packte Quinn am Arm und zog sie fort. Quinn rief nach Birdie und alle brachen in Gelächter aus.

Während ihre Freunde noch mehr Champagner organisierten, fingen die Whiskeys an, Luis auszufragen, und Zev nutzte den Tumult. Er verschränkte die Finger mit Carlys und flüsterte »Lass uns gehen«, bevor er sie von den anderen wegführte. Ihr wohlklingendes Lachen war Musik in seinen Ohren, als sie im Schutz der Dunkelheit zu einem ruhigen Platz unter einem Baum rannten, wo er sie in die Arme schloss und sie küssend verschlang, als hätte er schon den ganzen Abend ungeduldig darauf gewartet.

Zev hielt sie eng an sich gedrückt und wiegte sie langsam im Takt der Musik. »Das war ziemlich verrückt, oder?«

»Ich fasse es nicht, dass Marie und Luis zusammen sind. Scheint, als würden die Sterne für alle günstig stehen.«

»Außer für Birdie«, sagte er und beide mussten schmunzeln.

»Sie wird ihren eigenen Schatzsucher finden müssen, denn meinen werde ich nicht teilen.« Carly legte die Arme um seinen Hals und ihre Augen funkelten aufgeregt. »Wann gehen wir zurück nach Silver Island?«

»Wann immer du willst. Ich habe mir alles offengelassen. Denn ich hatte nicht erwartet, dass du gerade zu mir kommen wolltest, als ich hierherkam.«

»Ich auch nicht«, meinte sie mit einem leisen Lachen. »Wie ein Orkan bist du in mein Leben gestürmt, hast alles auf den Kopf gestellt, was ich glaubte, über mich zu wissen, und hast mich daran erinnert, wer ich war und wer wir zusammen waren. Ich liebe *uns*, Zev, und ich kann es gar nicht abwarten, mit dir auszubrechen. Lass uns Sonntagabend zurückreisen und am Montag aufs Wasser rausfahren. Marie sagte, wir könnten uns ein paar Wochen Zeit nehmen, um zu entscheiden, was wir wollen, aber ich brauche keine Entscheidung treffen. Ich will *dich* – hier, dort, überall, für immer und ewig.«

Er küsste die Sommersprossen auf ihrer Nase, fuhr mit den Fingern durch ihre Haare und schaute in ihre bezaubernden Augen. Er war so in ihr verloren, fühlte sich so beschenkt, diese zweite Chance zu haben, dass er keine Worte fand.

»Warum siehst du mich so an?«, fragte Carly.

»Jedes Mal, wenn ich in deine Augen schaue, sehe ich mehr von dir, mehr von uns. Ich sehe eine Zukunft, die ich für verloren gehalten hatte. Ich sehe Journey, Scout und Chance mit Sommersprossen auf der Nase und Schalk in den Augen. Ich sehe uns in entfernte Länder fliegen, mit Listen und Plänen, die du gemacht hast. Listen, von denen du weißt, dass ich sie verlieren werde, oder denen wir nicht folgen, weil wir es einfach vergessen, während wir Orte mit Namen erkunden, die wir nicht mal aussprechen können, und uns unter den Sternen an exotischen Stränden lieben. Ich habe Nachmittage hier in Colorado vor Augen, an denen du im Schokoladengeschäft arbeitest und ich Ausstellungen im Real DEAL leite, und Abende, an denen wir mit dem Snowboard unterwegs sind, mit meinen Cousins und deinen Freunden beisammensitzen oder zu zweit vor dem Kamin hocken.« Er küsste sie auf die Wange und fügte flüsternd hinzu: »Natürlich nackt unter der Decke.«

»Natürlich«, stimmte sie zu.

Er küsste sie auf die Lippen, die Stirn und die Spitze ihrer überaus hinreißenden Nase. »Ich freue mich darauf, an der Seite meiner Lieblingslady alt und grau zu werden, faule Tage auf unserem Boot zu verbringen und uns gegenseitig zu Wetten herauszufordern, für die wir viel zu alt sind – und sie dann trotzdem zu machen.« Seine Fantasie wurde mit einem süßen Kichern belohnt. »Ich sehe unsere Enkel, die uns nachlaufen und die Geschichten von unseren Abenteuern hören wollen, und ich sehe dich jeden Abend in meinen Armen und jeden Morgen mit mir wie eine Krake um dich gewickelt aufwachen.«

»Du bist in der Tat ziemlich gelenkig«, sagte sie neckend. »Das bedeutet dann wohl, dass du es nicht bereust, deine bisher größte Entdeckung auf Eis gelegt zu haben, um hierherzukommen und mich um den Finger zu wickeln?«

»Nicht im Geringsten. Die Kanone liegt seit Hunderten Jahren im Meer. Da macht es keinen Unterschied, wenn sie noch ein wenig länger dort liegt. Du hast mir klargemacht, dass es nichts Wichtigeres gibt, als Zeit mit den Menschen zu verbringen, die ich liebe, und, Carly Dylan, ich bin absolut und völlig von Liebe zu dir erfüllt. Ich kann es kaum erwarten, unser bisher größtes Abenteuer als Mann und Frau mit dir anzugehen.«

Als er die Lippen auf ihre senkte, hallte Birdies Stimme durch die Nachtluft. »Hab die Turteltäubchen gefunden! Sie sind *nicht* nackt!«

Carly und Zev sahen sich mit Feuer in den Augen an und riefen: »Noch nicht!«

Dreißig

Carly schwamm der Sonne entgegen, die auf der Oberfläche des Meeres wie Diamanten glitzerte. Sie strahlte fast so hell wie der Verlobungsring, den Zev ihr vor fünf Wochen gegeben hatte, als sie vor dem Morgengrauen aufgewacht war und ihn dabei überrascht hatte, wie er Decken und Frühstück auf dem Bootsdeck vorbereitete. Sie hatten sich unter die Decken gekuschelt und den Sonnenaufgang beobachtet, und als sie sich ihre Cerealien einfüllten, war eine winzige goldene Schatztruhe aus der Lucky-Charms-Schachtel in Carlys Schüssel gefallen. Ein Blick in Zevs Augen und die tiefe Liebe darin rührten sie zu Tränen, noch bevor sie die Schatztruhe überhaupt geöffnet hatte. Darin hatte sie diesen zauberhaften Ring gefunden, den er hatte anfertigen lassen, damit er dem Plastikring ähnelte, den er ihr zuvor gegeben hatte. Ein runder Aquamarin saß in der Mitte eines achtzackigen Sterns aus Roségold. Zwischen den Zacken befand sich jeweils ein Diamant, der eine kleinere Zacke zwischen den langen Zacken bildete. Es war der schönste Ring, den sie je gesehen hatte, und sie würde bald den schönsten Mann heiraten, den sie je kennengelernt hatte. Nie würde sie vergessen, wie er sie angesehen hatte, als er ihr den Ring angesteckt und gesagt hatte: *Ich habe dich damals geliebt, ich liebe dich jetzt, und ich werde dich noch lange lieben, nachdem wir diese Erde verlassen haben, denn, Carly Dylan, zukünftige Braden, unsere Abenteuer haben gerade erst begonnen.*

Zev nahm ihre Hand und holte sie wenige Meter von der Wasseroberfläche entfernt aus ihren Gedanken. Ihre Tauchgänge Hand in Hand zu beenden, war nur eines ihrer vielen *Dinge* geworden, seit sie acht magische Wochen zuvor auf die Insel zurückgekehrt waren. Als sie ihre Finger verschränkten, zog Zev Carly an sich. Direkt hinter ihm sah sie, wie Ford nach Randis Hand griff. Randi stieß ihn weg und schwamm davon. Natürlich schwamm Ford hinterher.

Zev und Carly setzten ihren Aufstieg fort, und als sie die Oberfläche durchbrachen, strahlte die helle Sommersonne auf sie herab. Randi und Ford tauchten ein paar Meter weiter auf und alle schwammen zum Boot. Während sie ihre Ausrüstung ablegten, hörte Carly zu, wie ihre Freunde sich unterhielten, und genoss es, vom Duft des Meeres umgeben zu sein, von der Freiheit und der Liebe. Sie konnte kaum glauben, dass dies ihr gemeinsames Leben war. Na ja, dies und all das andere, das Zev und sie beschlossen hatten. Nach nur zwei Wochen auf dem Wasser hatten sie genau gewusst, was sie wollten, und es fing damit an, dass Carly Zevs Partnerin in seiner – *ihrer* – Firma ZWEI SCHATZSUCHER – EIN SCHIFF geworden war.

»Das war so ein toller Tauchgang«, sagte Carly, als sie den Reißverschluss ihres Neoprenanzuges aufzog. »Wirklich, das wird nie langweilig.«

»Dies hier auch nicht.« Zev zog sie in seine Arme und küsste sie, wie er es immer tat, sobald sie ihre Taucherausrüstung abgelegt hatte. Das Funkeln in seinen Augen war wieder heller geworden, seit sie früher am Morgen die Nachricht bekommen hatten, dass der Griff eines Schwertes mit den Initialen von

Garrick »One-Leg« Clegg aus einer der Konkretionen freigelegt worden war.

»Und wo ist mein Kuss?«, fragte Ford im Scherz.

Zev gab Carly einen kleinen Kuss und langte dann nach Ford. Der lachte, als er Zevs Griff entkam und sich hinter Randi versteckte, die nur die Augen verdrehte.

»Ah, ich verstehe«, sagte Zev. »Zum Kuscheln war ich dir gut genug, aber meine Lippen verschmähst du?«

»Du bist nicht so hübsch wie Randi.« Ford legte einen Arm um Randis Schulter.

Randi seufzte. »Hast du Wahnvorstellungen oder so was?«

»Oder so was«, meinte Ford und wackelte vielsagend mit den Augenbrauen.

Carly musste angesichts ihrer Sticheleien schmunzeln. Sie hatte die beiden mittlerweile ebenso in ihr Herz geschlossen wie ihre Freunde in Colorado, die sie jeden Tag vermisste und mit denen sie dank Videoanrufen in Kontakt blieb. Aber ihr Leben hatte ihr nie mehr Spaß oder Erfüllung gebracht. Zev und sie wollten alles – die Tage voller Abenteuer, von denen sie immer geträumt hatten, einen Fuß in der Tür von Divine Intervention, Zeit mit ihren Familien in Pleasant Hill und mit ihren Freunden in Colorado, die für sie auch zu einer Familie geworden waren. Carly hatte Birdie und Marie eine Teilhaberschaft vorgeschlagen, mit der sie im Winter und einige Wochen während des Jahres im Laden arbeiten konnte und die es ihr ermöglichte, flexibel zu bleiben, damit Zev und sie reisen und tauchen konnten. Sowohl Birdie als auch Marie waren von dem Vorschlag begeistert gewesen. Vergangene Woche hatten sie Quinn in Vollzeit eingestellt und einen Vertrag unterschrieben, um alles juristisch abzusichern. Es war keine Überraschung, dass Cutter nun zu einem noch treueren

Stammkunden geworden war. Zev für seinen Teil hatte sich bereit erklärt, im Winter Ausstellungen im Real DEAL für seine Cousins und Jack auf die Beine zu stellen, und die Abteilung *Schatzsuche* befand sich nun im Aufbau.

»Seht euch diesen Kerl mit seinem Kratzbart an. Glaubt ihr etwa, den würde ich küssen wollen?«, fragte Ford.

»Besser ihn als mich«, meinte Randi und duckte sich unter Fords Arm weg.

»Zufällig hat Zev die besten Lippen auf Erden.« Carly ging über das Bootsdeck zu ihrem sehr gut aussehenden Verlobten und legte ihm die Arme um den Hals. »Ich werde deine Lippen niemals verschmähen.« Sie küsste ihn. »Nie« – und noch ein Kuss – »und nimmer.«

Randi erinnerte sie: »Hey, ihr Schmusekatzen, denkt daran, dass ich bis sechs an Land sein muss.« Die liebevolle Bezeichnung, die Ford den beiden verpasst hatte, wurden sie nicht mehr los.

»Oh, stimmt. Du hast ja heute Abend ein Date«, sagte Carly, als sie ihren Neoprenanzug ablegte und ganz genau merkte, dass Zev sie mit den Augen geradezu verschlang. *Das* wurde auch nie langweilig.

Ford öffnete gerade seinen Anzug und hielt mitten in der Bewegung inne. »Du hast ein Date?«

»Das ist kein Date. Brants Freund ist in der Stadt, ich gehe mit ihm Essen und zeige ihm ein bisschen was«, sagte Randi, als sie sich ein T-Shirt über den Kopf zog.

»Hört sich für mich nach einem Date an.« Ford verschränkte die Arme. »Welcher Freund?«

»Charlie«, sagte Randi auf ihrem Weg in den Materialraum, dicht gefolgt von Ford. Im selben Moment klingelte dort eines ihrer Handys, die sie dort aufbewahrten, wenn sie tauchten.

»Vom Klingelton gerettet«, sagte Randi, als sie herauskam und Zev sein Handy gab. »Videoanruf von deinen Eltern.«

Sie hatten ihren Eltern vorhin Nachrichten hinterlassen, um die Neuigkeiten beiden Familien gleichzeitig mitzuteilen. »Ich hole dazu, wen immer ich erreichen kann, Carls. Bring doch auch dein Handy her und ruf deine Eltern und Marie an«, sagte Zev und nahm dann den Anruf entgegen.

Carly holte ihr Handy. Sie rief zuerst ihre Eltern per Videoanruf an und nahm dann Marie dazu. Marie war gerade mit Birdie und Luis im Laden, was das Ganze noch besser machte.

»Wir haben Neuigkeiten!«, sagte Carly, als sie sich neben Zev stellte und Jillian, Jax, Nick und ihre Eltern auf dem Bildschirm sah.

»Hi, Carly!« Jillian winkte.

»Hallo, Jilly. Ich habe meine Eltern, Marie, Birdie und Luis auf meinem Handy.« Sie drehte das Display so herum, dass seine Familie die anderen sehen konnte.

Während sie sich alle begrüßten, spähte auch Ford an Zev vorbei und winkte. »Hallo, alle zusammen!«

»Hi, Ford«, sagten Zevs Eltern und Brüder.

»Hey, Ford«, gab Jillian mit flirtendem Tonfall von sich.

»Hallo, meine Schöne«, sagte Ford. »Wann besuchst du mich mal, damit ich mit dir ausgehen kann?«

Zev sah ihn finster an. »Du wirst nicht mit ihr ausgehen.«

»Auf keinen Fall«, sagte auch Nick.

Randi packte Ford am Arm und zerrte ihn fort. »Lass sie in Ruhe, dann kannst du mir wegen Charlie zusetzen.«

»Nick ist nur eifersüchtig, weil er nach Oak Falls geht und das heiße Cowgirl Trixie Jericho tabu ist. Und das bedeutet leider, dass der arme Nicky wieder mit Kavaliersschmerzen zurückkommen wird.« Jillian amüsierte sich prächtig.

Nick warnte sie genervt: »Es reicht, Jilly«, was sie nur noch mehr zum Lachen brachte.

»Jillian, hör auf, die Jungs so anzustacheln«, sagte ihre Mutter.

»Und pass auf, wie du redest.« Zevs Vater lehnte sich vor. »Wie wäre es, wenn wir uns anhören, was Zev und Carly zu sagen haben?«

»Wir haben eine gute Nachricht und die beste Nachricht«, sagte Zev. »Welche wo…«

»Wartet! Ich muss diesen Anruf annehmen!«, rief Jillian. »Das ist der Agent von Johnny Bad. Sie wollen, dass ich die Kleidung für seine nächste Tour mache. Wir stecken gerade mitten in den Verhandlungen. Ich rufe euch zurück!« Johnny Bad war ein berühmter Musiker, der dafür bekannt war, ziemlich schwierig zu sein.

Als sie im Nebenzimmer ihren Anruf entgegennahm, fragte Zev: »Sollen wir auf sie warten?«

»Nein, das kann eine Weile dauern«, sagte seine Mutter.

»In Ordnung.« Zev legte den Arm um Carly. »Wollt ihr zuerst unsere gute Nachricht oder die beste Nachricht hören?«

»Das ist ja wohl einfach«, sagte Nick. »Die beste Nachricht. Carly ist schwanger – Bäm! Volltreffer!«

Ihre Mutter hielt den Atem an. »Wirklich? Ist das wahr? Ein Enkelkind ist unterwegs?«

»Ich werde Patentante!«, kreischte Birdie.

»Nein, wirst du nicht!« Carly und Zev gingen gleichzeitig dazwischen. Sie hatten über Kinder geredet und wollten sicher irgendwann eine Familie gründen. Aber vorerst wollten sie so viel Zweisamkeit wie möglich genießen und so viele Abenteuer erleben, wie sie konnten, ohne die Einschränkungen, die ein

Baby mit sich bringen würde.

Marie schmunzelte. »Ihr seid wirklich wie eine unterhaltsame Live-Show.«

Zev schaute Carly in die Augen. »Wir haben beschlossen, während der Weihnachtsfeiertage in Pleasant Hill zu heiraten.«

Alle jubelten und redeten gleichzeitig.

»Ja!«, rief Birdie. »Da wollte ich schon immer mal hin!«

Carly beobachtete, wie Zevs Vater ihn liebevoll und voller Zustimmung ansah, und dann geschah etwas vollkommen Überraschendes. Ihr Vater sah Zev mit ebensolcher Zustimmung an, und ihr wurde noch wärmer ums Herz.

»Glückwunsch, *mijo*«, sagte Luis.

»Du und Marie trefft am besten schon mal alle Vorkehrungen, damit ihr zur Hochzeit kommen könnt«, sagte Zev.

»Die würden wir um nichts auf der Welt verpassen wollen«, versicherte Marie ihnen.

»Das ist eine wunderbare Nachricht«, sagte Carlys Mutter. »Wo wollt ihr die Hochzeit denn feiern?«

Carly und Zev lächelten sich wissend an und Carly sagte: »Am Byers Brook, wo wir unser erstes Abenteuer erlebt haben.« Als sie klein waren, hatten sie diesen Bach als ihren Geheimort angesehen. Erst später hatten sie erfahren, dass die Teenager dort hingingen, um rumzumachen, weshalb sie dort auch nicht ihre ersten Erfahrungen hatten machen wollen. Sie hatten nicht erwischt werden wollen.

»Das ist perfekt«, sagte Zevs Mutter mit der Hand auf dem Herzen.

»Wir dachten, wir könnten den Empfang auf dem Weingut machen«, sagte Zev mit einem Blick zu Carly, als erinnerte er sich auch an ihr *Erstes Mal,* das sie auf dem Grundstück des

Weinguts unter dem Sternenhimmel erlebt hatten.

Nick lachte auf. »Ihr beide wandelt wirklich gern auf den Spuren der Vergangenheit.«

Carly flüsterte: »Weiß er es?«

Zev wandte das Gesicht von der Kamera ab und flüsterte: »Er ist derjenige, der mir geraten hat, irgendwohin zu gehen, wo uns keiner findet. Ich brauchte seinen Rat.«

Carly musste den zum Mann gewordenen Teenager einfach anlächeln, der ihren Schutz immer an erste Stelle gesetzt hatte. Keiner von ihnen war perfekt, und sie hatten beide Fehler gemacht, aber wenn es nach Carly ging, wurde Perfektion eindeutig überschätzt. Ihr Blick wanderte zu Nick, der das Seine getan hatte, um für ihre Sicherheit zu sorgen. Er zwinkerte ihr zu und ließ sie wieder erröten.

»Ich halte den Bach und das Weingut für wunderbare Ideen«, sagte Carlys Mutter, und alle stimmten zu.

»Carly, ich würde mich geehrt fühlen, wenn du mir erlaubst, dir dein Hochzeitskleid anzufertigen«, bot Jax an.

»Oh, Jax, danke! Ich wollte dich auch darum bitten«, sagte sie. »Ich möchte nur etwas Schlichtes, so wie wir es sind.«

Jax lächelte. »Ich mache dir, was immer du willst, aber keiner von euch beiden ist auch nur im Entferntesten *schlicht*. Einzigartig, ja, aber niemals schlicht.«

»Ich hoffe, ihr lasst uns für den Nachtisch sorgen«, sagte Marie und löste damit eine angeregte Unterhaltung über die Hochzeitsvorbereitungen aus.

Als sich die Aufregung etwas gelegt hatte, teilten sie ihre gute Nachricht mit und erzählten allen von dem Griff des Schwertes. »Es ist kein unanfechtbarer Beweis dafür, dass die Artefakte von der *Pride* stammen, aber wir sind davon überzeugt, und wir haben jede Menge Zeit vor uns, um etwas zu entdecken, das es endgültig beweisen wird.«

Sie unterhielten sich noch eine Zeit lang, und als sie den Anruf beendeten, hörten sie Randi und Ford, die sich am anderen Ende des Bootes zankten. Zev legte die Arme um Carly und fragte: »Glaubst du, die werden jemals auf den Trichter kommen?«

»Eines Tages wahrscheinlich schon, obwohl … Wie wir Randi kennen, wird sie ihn vorher ordentlich in die Mangel nehmen.«

»Und Ford würde es gar nicht anders wollen«, sagte Zev.

»Ich möchte meinen Verlobungsring aus dem Safe holen.« Sie schmiegte sich eng an ihn. »Kommst du auch?«

Seine Augen wurden dunkel vor Erregung. »Das ist aber eine ziemlich zweideutige Frage.«

»Sollte es auch sein.« Sie küsste ihn mitten auf die Brust, und als sie in die Kajüte gingen, sagte sie: »Wir müssen schnell sein.«

Seit er sie am Fortune's Landing zurückgewiesen hatte, war er schon mehrmals in den Genuss der Drei-Minuten-Challenge gekommen, und keiner von beiden war unbefriedigt daraus hervorgegangen.

Eilig gingen sie die Stufen hinunter in seine Kajüte, warfen die Handys auf den Tisch und küssten und streichelten sich gleichzeitig. Oh, wie liebte sie ihre Liebe! Er presste sie an sich, schob eine Hand in ihr Haar und eroberte sie mit einem knieerweichenden Kuss. Als sein Handy klingelte, stöhnten sie beide auf und sahen zum Tisch. Ein Foto von Jillian erschien auf dem Display mit dem Videoanruf.

»Willst du mich veräppeln?«, rief Zev verärgert. »Ich geh nicht ran. Diese Kleine vermasselt mir noch immer die Tour.« Er senkte die Lippen auf Carlys und küsste sie mit jedem

Klingeln des Handys noch leidenschaftlicher. Als es aufhörte zu klingeln, sagte er »Endlich!« an ihren Lippen und brachte sie zum Lachen. Er verschlang sie küssend und verwandelte ihr Lachen in sehnsuchtsvolles Stöhnen, bis Carlys Handy klingelte. Er fluchte. »Jilly schon wieder. Diese hartnäckige kleine Pest.« Er machte sich daran, Carly das Bikinihöschen auszuziehen, als eine Textnachricht von Nick auf seinem Handy ankam. »Wollt ihr mich echt verarschen?« Er nahm das Telefon und las laut vor: »Jilly sagt, du sollst die Hose hochziehen und ihren Anruf annehmen. Mach das. Ich habe keine Zeit, ihre Nachrichten zu beantworten.« Leise fügte Zev noch hinzu: »Arschloch.«

Carly krümmte sich vor Lachen.

Zev fuhr sich durch die nassen Haare, als Carlys Handy aufhörte zu klingeln. »Tut mir leid, Schatz«, meinte er mit einem sexy, wenn auch frustrierten Lächeln. »Wir dürfen ab jetzt unsere Handys nicht mehr mit ins Schlafzimmer nehmen.«

»Schon gut. Sie freut sich einfach und will die Nachricht direkt von uns hören. Wir müssen dann heute Abend einfach eine Doppelschicht einlegen.«

»Eine Dreifachschicht. Es gibt viel zu feiern.« Er küsste sie und bückte sich, um den Safe zu öffnen.

»Willst du Jilly nicht zurückrufen?«

»Nicht, bevor ich das hier getan habe.« Mit dem Ring in der Hand richtete er sich auf. »Weißt du, was nie langweilig wird?«, fragte er, als er ihn ihr über den Finger schob. »Die Liebe in deinen Augen zu sehen, wenn ich dir diesen Ring anstecke.«

»Die Liebe in deinen Augen zu sehen, wenn du mir diesen Ring ansteckst«, sagte Carly im selben Moment.

Beide lachten und sagten: »Zwei Seiten derselben Medaille.«

Eins

Nick Braden war schlau genug, sich nicht unnötig in komplizierte Situationen zu manövrieren.

Als renommierter Freestyle-Pferdetrainer und Showreiter konnte er jederzeit willige Rodeo-Häschen abschleppen. Also warum zum Teufel hing er dann in der Kneipe von Justus »JJ« Jericho in Oak Falls herum, wenn er zu Hause in Pleasant Hill nur zum Handy greifen bräuchte, um sein Verlangen zu stillen, und zwar ohne mit Nachwirkungen rechnen zu müssen?

Er nahm einen Schluck von seinem Bier, und sein Blick

wanderte zu der Antwort auf diese Frage, die in Cowboystiefeln auf der Tanzfläche in Aktion war und mit ihrem hübschen Hintern in den knappen Shorts wackelte. *Willkommen in Oak Falls, Virginia, Heimat von Pferdefarmen, mitternächtlichen Rodeos und vom heißesten risikofreudigen, Hotpants tragenden Cowgirl auf Erden, der umwerfenden Trixie Jericho.* Die Gefühle, die seine beste Freundin bei ihm auslöste, gehörten eindeutig in die Kategorie »kompliziert«.

»Hey, Nick, wird das jetzt langsam mal was?«, fragte Shane.

Nick riss sich los, und während das Gejohle vom mechanischen Bullen im Nebenraum zu ihnen herüberdrang, nahm er die überfüllte Bar und die Band wieder wahr und merkte, dass er Trixie wieder einmal vollkommen gedankenverloren beobachtet hatte. Jeb und Shane Jericho, zwei von Trixies vier älteren Brüdern, standen an der Bar neben ihm. Ihr Bruder JJ bediente hinter der Theke und Trace weilte mit seiner frisch angetrauten Frau und ihrem Baby zu Hause. Nick schaute seine Freunde an und versuchte, sich in Erinnerung zu rufen, was sie ihn gefragt hatten. Die Jericho-Männer waren – wie er auch – groß, dunkelhaarig, muskulös und an harte körperliche Arbeit gewöhnt. Shane, Trace und Trixie führten die Vieh- und Pferderanch ihrer Familie, und Jeb stellte Möbel her, die er in seinem eigenen Geschäft im Ort verkaufte.

»Sorry«, sagte Nick, »was habt ihr gerade gefragt?«

»Ich verstehe dich so gut, Kumpel.« Jeb deutete mit einer Kinnbewegung in Richtung Band. »Da kann man schon mal abgelenkt werden, wenn Sable in ihren engen Jeans auf der Bühne so zeigt, was sie drauf hat, oder? Mhm! Sie wird einfach immer heißer.«

Sable Montgomery war tagsüber Kfz-Mechanikerin und abends Leadgitarristin und Sängerin der Band Surge. Die groß gewachsene, gut gebaute Brünette war für ihr loses Mundwerk bekannt, mit dem sie ein männliches Ego mühelos in Schutt und Asche legen konnte. Nick mochte starke, herausfordernde Frauen, aber Sable war nicht sein Typ, ganz im Gegensatz zu der scharfzüngigen Trixie, die einen schwächeren Mann als ihn mit einem einzigen Satz in die Knie zwingen konnte.

»Die Ladies Night ist doch immer wieder nett«, sagte Shane, während er einer drallen Blondine ein paar Meter weiter eindeutige Blicke zuwarf.

»Stimmt«, meinte Nick lustlos und nahm noch einen Schluck von seinem Bier. Im Ort wurde gern gescherzt, dass die Jericho-Männer ein wildes Pferd mit ihrem Fingerspitzengefühl genauso zähmen konnten, wie sie in der Lage waren, mit ihrem Charme eine Frau aus ihrer Wäsche zu schälen. Doch niemand war so dumm, auszusprechen, dass Trixie über die gleichen Fähigkeiten bei den Männern verfügte. Die dunkle Mähne flog ihr ungestüm um die Schultern. Nick krümmte die Finger, so groß war sein Verlangen, sie in diesen Haaren zu vergraben. *Mist.* Er drehte sich herum und lehnte sich an die Theke, bevor seine Kumpel bemerkten, dass er ihre Schwester so voller Begierde anschaute.

»Und? Gibst du nun ein Angebot für das Pferd ab, das du in Augenschein nehmen wolltest?«, fragte Shane, während sein Blick wieder zu der Blondine wanderte. »Du bist in den letzten Wochen zwei Mal hier gewesen, um es dir anzusehen.«

»Ach ja, das Pferd … Nee, ich kaufe es nicht.« Nick war in der Tat wegen des Pferdes nach Oak Falls gekommen, aber er hatte keine Ahnung, warum er jetzt noch hier war. Denn mit Trixie würde es ja auch nichts werden, und zwar nicht nur weil es eine unausgesprochene Regel zwischen Männern war, sich nicht an jüngere Schwestern der Kumpel ranzumachen. Er und Trixie waren seit Jahren befreundet. Sie hatte an den gleichen

Wettkämpfen im Laufen, Radfahren und Schwimmen wie Nicks jüngerer Bruder Graham und sein Cousin Ty teilgenommen, seit sie ein Teenager gewesen war. Aber in den letzten Jahren waren sie sehr enge Freunde geworden. Er konnte ein ruppiger Mistkerl sein, und sie war eine der wenigen Frauen, die seine unerbittliche Arbeitsmoral, seine Launen und seine Verbundenheit mit seinen Tieren verstand. Sie war eine einzigartige Mischung aus einem klugen, selbstbewussten Cowgirl, einer toughen Abenteurerin und einer süßen, liebevollen Frau.

Letztere sorgte in letzter Zeit für die meisten Komplikationen in seiner Gefühlswelt.

Sie standen sich mittlerweile so nah, dass er sich dabei ertappte, wie er an sie dachte, wenn sie nicht in der Nähe war, und das war eindeutig zu oft. Sie sahen sich fünf oder sechs Mal im Jahr, wenn er wegen der Arbeit oder wegen Familienfesten in ihrer Gegend war, oder wenn sie nach Maryland kam, um Pferde abzuholen, Vieh zu liefern, an Wettkämpfen teilzunehmen, oder weil sie einfach mal aus Oak Falls herauskommen musste. Als Zweitältester von sechs Geschwistern verstand Nick dieses Bedürfnis, mal herauszukommen, nur zu gut. Er liebte seine Familie, in der sich alle sehr nahestanden, und er mochte seine idyllische kleine Heimatstadt, aber er wusste auch, wie erdrückend beides sein konnte.

Trixie wohnte bei Nick, wenn sie in Pleasant Hill war, auch wenn sie viel Zeit mit seiner jüngeren Schwester Jillian verbrachte. Jillian war Modedesignerin und eine Nachteule, während Trixie wie alle, die erfolgreich und mit Begeisterung auf einer Ranch arbeiteten, mit der Sonne aufstand. Als Trixie ihn vor vier oder fünf Jahren das erste Mal gefragt hatte, ob sie bei ihm statt bei Jillian übernachten konnte, hatte er ohne Zögern zugesagt, obwohl er sein Alleinsein genoss. Er war von

Natur aus ein Beschützer und Trixie gehörte quasi zur Familie. Jemand anderen – noch dazu eine schöne Frau – in seinem Haus um sich herum zu haben, war gewöhnungsbedürftig gewesen. Aber Trixie war nicht wie die meisten Frauen, die ihre Haare stylten, Ewigkeiten mit ihrem Make-up verbrachten und alberne Gesprächsthemen hatten. Es machte ihr nichts aus, sich die Hände schmutzig zu machen, und sie packte auf der Ranch immer mit an, ohne dass man sie darum bitten musste. Zum Glück hatte sie auch ihren Spaß daran, ihm die Meinung zu sagen und es ihn wissen zu lassen, wenn er etwas falsch machte. Wenn Nick eines nicht ausstehen konnte, dann dass man ihm sagte, was er zu tun hatte. Daher war es in diesen ersten Jahren nicht sehr schwer gewesen, sie in die Kategorie »tabu« einzuordnen.

Zumindest bis vor etwa einem Jahr, als Nick und Jillian einen spontanen Trip nach Colorado unternommen hatten unter dem Vorwand, Graham und Ty an der Ziellinie des Children's Charity Mad Prix begrüßen zu wollen, einem Fünf-Tage-Rennen durch die Berge Colorados. In Wirklichkeit hatten sie nach ihrem ältesten Bruder Beau sehen wollen, der schwere Zeiten durchgemacht hatte. Beau war mit Renovierungsarbeiten im Gasthof Sterling House beschäftigt gewesen, in dem die Preisverleihung stattfand und in dem die Teilnehmer auch untergebracht waren. Trixie hatte ebenfalls an dem Rennen teilgenommen, und die bis spät in die Nacht andauernde Feier hatte für jede Menge Tequila und einen unvergesslichen Abend gesorgt, der ihm seither nicht mehr aus dem Kopf ging.

In ihrem hautengen Minikleid und den unfassbar hohen High Heels hatte sie umwerfend ausgesehen und die Aufmerksamkeit fast aller Singles auf sich gezogen, einschließlich der des großspurigen Arztes Jon Butterscotch, einem Freund von ihnen, der auch an dem Rennen teilgenommen hatte. Jon war Trixie die ganze Zeit auf die Pelle gerückt, und wie ein Wachhund war Nick auf der Hut gewesen, bis sie ihn als ihren Beschützer zur Bar gezerrt hatte. *Ich brauche dich, damit du mich vor irgendwelchen Dummheiten wie Bodyshots oder so bewahrst.* Bei der Vorstellung daran waren erotische Bilder vor seinem geistigen Auge aufgeblitzt, und das hätte ihm eigentlich Warnung genug sein müssen, dass sie in ihm einen Schalter umgelegt hatte. Sie und die anderen Mädels amüsierten sich köstlich. Zwar hatten sie allesamt zu viele Shots intus, aber im Sterling House waren sie zumindest sicher.

Sicher war relativ, denn wie sich herausstellte, war er nicht vor diesem seltsamen Fluch sicher, mit dem Trixie ihn an diesem Abend belegt hatte. Als er sie in jener Nacht zu ihrem Zimmer gebracht hatte, klammerte sie sich an ihn, schmiegte ihre weichen Kurven an seine muskulöse Gestalt und fuhr mit den Fingern durch seine Haare, über seine Arme und seine Brust. Sie lachte und redete, als merkte sie gar nicht, was sie da so tat. Ihm dagegen hatte jede ihrer Berührungen lauter glühende Blitze direkt in die Lenden gejagt. Trixie hatte immer wieder versucht, umzudrehen und zurück zur Bar zu gehen, sodass er sie letzten Endes auf den Arm genommen und über den Flur zu ihrem Zimmer getragen hatte. Den Bruchteil einer Sekunde lang hatten sich ihre Blicke mit der glühenden Hitze der Wüste und der Sündhaftigkeit unglaublichster Fantasien getroffen. Nie würde er ihren sinnlichen Tonfall vergessen, als sie die Arme um seinen Hals gelegt und gesagt hatte: *Mein Traumprinz … und er gehört mir ganz allein.* Er hatte darüber gelacht, denn nachdem sie ihn überall betatscht hatte und er ihren hinreißenden Körper nun in den Armen hielt, fühlte er sich eher wie ein hungriger Wolf.

Doch in jener Nacht musste etwas noch Gewaltigeres als

Begehren von ihm Besitz ergriffen haben.

Nachdem er sie auf ihr Zimmer gebracht hatte, versuchte sie weiter, ihn dazu zu überreden, zurück zur Bar zu gehen. *Ich will mich doch nur ein bisschen amüsieren. Noch ein paar Minuten? Komm schon, Nick, sei kein Spielverderber. Lass uns zusammen noch etwas Spaß haben.* Sie hatte genuschelt und war kaum in der Lage gewesen, sich auf den Beinen zu halten. Sie hatte ihren Spaß bereits gehabt. Mehr als ihm recht gewesen war, doch auch wenn er auf sie aufpasste, so war Trixie doch eine selbstbewusste Frau, und sie ließ sich ebenso gern etwas von anderen Leuten sagen wie er. Aber unter keinen Umständen würde er sie zurück zur Bar gehen und sie etwas tun lassen, was sie vielleicht bereuen würde. Stattdessen hatte er sie aufs Bett gelegt, ihr die Schuhe ausgezogen, und da sie in ihrem schläfrigen, betrunkenen Zustand weiterhin immer mal wieder versucht hatte, aufzustehen und das Zimmer zu verlassen, hatte er die Nacht auf dem Sessel neben ihrem Bett verbracht und war erst morgens hinausgeschlichen, bevor sie aufgewacht war.

Doch da war der Schaden bereits angerichtet.

Zu sehen, wie seine energische Freundin, die das Leben bei den Hörnern packte und stets die Kontrolle über sich und alles hatte, unvorsichtig geworden war, hatte ihn verändert. Er hatte seine Familie und Freunde beschützt, solange er denken konnte. Aber als er in jener Nacht auf Trixie aufgepasst hatte, waren seine Emotionen anders gewesen als alles, was er je gefühlt hatte. Und seitdem hatten sie sich in ihm festgesetzt wie der Nebel nach einem Sommerregen. Er konnte nicht mehr an Trixie Jericho denken, ohne sich an das Gefühl zu erinnern, als sie sich an ihn geklammert hatte, an die Dringlichkeit ihrer Berührung, ihren süßen Atem und daran, wie perfekt sie sich in seinen Armen angefühlt hatte. Und immerzu hatte er vor Augen, wie entzückend sie im Schlaf gemurmelt und gelächelt hatte. Seit jener Nacht sehnte er sich danach, sie zu sehen, sich um sie zu kümmern, und – schlimmer noch – zu spüren, wie sie die Beine um seinen Hals legte, während er sie verschlang, und um seine Taille, während er sich zwanzig Zentimeter tief in ihr vergrub.

Trixie Jericho war gleichbedeutend mit dem höchsten Grad an Komplikationen, und sie wusste es nicht einmal.

Am Morgen nach der Preisverleihung hatte er gemerkt, dass ihr nicht klar war, dass er die ganze Nacht über bei ihr am Bett gesessen hatte. Sie hatte sich dafür entschuldigt, so betrunken gewesen zu sein, und sich dafür bedankt, dass er sie zurück zu ihrem Zimmer begleitet hatte. Sie konnte nicht ahnen, wie sehr ihre Bemerkung damals – *Trotz deiner ganzen dickköpfigen Überheblichkeit wird dich dein großes Herz eines Tages in Schwierigkeiten bringen* – der Wahrheit entsprach.

Aber er war schlau genug, nicht mit dem Feuer zu spielen. Denn hinter ihrer Fassade aus frechen Sprüchen verbargen sich Träume von einer Hochzeit in Weiß. Nick dagegen tummelte sich nicht auf dem Markt der Heiratswilligen. Und selbst wenn … Trixie kam zwar gern mal aus ihrem Heimatstädtchen heraus, um etwas frischen Wind um die Nase zu haben, aber sie war und würde immer Daddys Tochter bleiben, eine Jericho-Rancherin durch und durch und eine treue Einwohnerin von Oak Falls, Virginia. Und Nick würde niemals aus Pleasant Hill, Maryland, fortziehen.

Wenn er doch nur das Bedürfnis abschütteln könnte, ihr nah zu sein.

Ende des Auszugs

Wenn Ihnen die Vorschau gefallen hat, können Sie *Verrückt nach Liebe* direkt bei Ihrem Online-Buchhändler bestellen!

Der alleinerziehende Vater und Polizist Caden Grant hat Boston den Rücken gekehrt, nachdem sein Partner im Dienst getötet wurde. In dem kleinen Ferienort Wellfleet hofft er auf ein sichereres Leben mit seinem vierzehnjährigen Sohn Evan. Als er während einer nächtlichen Streife Bella kennenlernt, wird ihm bewusst, dass er plötzlich gefunden hat, was er sich nie zu erträumen erlaubte – und von dem er nie wusste, dass es ihm fehlt.

Nachdem er sich vierzehn Jahre lang nur auf seinen Sohn konzentriert hat, kann Caden der starken Anziehungskraft der schönen Bella nicht widerstehen, und Bella ist der Intensität ihrer aufkeimenden Liebe ebenso machtlos ausgeliefert. Aber der Neuanfang gestaltet sich schwieriger, als sie beide es sich ausgemalt haben, und dann gerät Evan an die falschen Freunde. Cadens Loyalität wird auf eine harte Probe gestellt. Wird er alles aufgeben, um seinen Sohn zu beschützen – sogar Bella?

Bestellen Sie *Träume in Seaside* bei Ihrem Online-Buchhändler.

Verlieben Sie sich mit den Whiskeys

in *Tru Blue – Im Herzen stark,*

dem ersten Band der Serie *Die Whiskeys: Dark Knights aus
Peaceful Harbor*

Eine fesselnde Liebesgeschichte für alle, die brandheiße loyale
Helden, selbstbewusste sexy Heldinnen, Familienbande, Biker,
Babys und mehr lieben!

Unter der Haut eines Killers verbirgt sich das Herz eines
Liebenden …

Truman Gritt würde alles tun, um seine Familie zu
beschützen – und so verbringt er Jahre im Gefängnis für ein
Verbrechen, das er nicht begangen hat. Nach seiner Entlassung
stellt der Drogentod seiner Mutter sein Leben erneut auf den
Kopf, und so übernimmt er die Verantwortung für die Kinder,
die sie zurückgelassen hat. Truman ist hart, er ist verschlossen,
und er versucht, einen Bruder zu retten, der mit noch mehr
Problemen zu kämpfen hat als er selbst. Sein Leben lang hat
Truman keine Hilfe gebraucht, und als die schöne Gemma
Wright versucht, ihm unter die Arme zu greifen, reagiert er

nicht gerade charmant. Aber Gemma hat ihre ganz eigene Art und schafft es schließlich, den Panzer um sein Herz zu durchdringen. Als Trumans dunkle Vergangenheit seine Zukunft in Gefahr bringt, steht seine Loyalität auf dem Prüfstand und er muss die schwerste aller Entscheidungen treffen.

Bestellen Sie *Tru Blue – Im Herzen stark* bei Ihrem Online-Buchhändler.

Neu bei »Love in Bloom – Herzen im Aufbruch«?

Ich hoffe, Ihnen hat es genauso viel Vergnügen bereitet, von den Bradens zu lesen, wie mir, über sie zu schreiben. Falls dieser Band Ihr erstes Buch aus der Reihe »Love in Bloom – Herzen im Aufbruch« ist, warten noch jede Menge Geschichten über unsere sexy, selbstbewussten und loyalen Heldinnen und Helden auf Sie.

Die Bradens & Montgomerys (Pleasant Hill – Oak Falls) ist nur eine der Serien aus meiner großen Sammlung von Liebesromanen mit Tiefgang, Humor und Happy-End-Garantie. In allen Büchern finden Sie eine abgeschlossene Geschichte, die auch für sich allein gelesen werden kann. Figuren aus den einzelnen Serien und Büchern der weitverzweigten »Love in Bloom – Herzen im Aufbruch«-Familien tauchen aber immer wieder auch in den anderen Bänden auf. So verpassen Sie nie eine Verlobung, eine Hochzeit oder eine Geburt. Wenn Sie mögen, lernen Sie doch auch die anderen Serien der Reihe kennen! Eine vollständige Liste aller auf Deutsch erschienenen und geplanten Bücher gibt es am Ende des Buches und unter dem folgenden Link finden Sie weitere Informationen:

www.MelissaFoster.com/Herzen-im-Aufbruch

Danksagung

Die Geschichte von Zev und Carly zu schreiben, hat mir ebenso viel Spaß gebracht, wie die Recherche für ihre Berufe. Jetzt möchte ich Schatzsucherin und Chocolatière werden! Unendlich dankbar bin ich für die Geduld und Hilfe von Scott Bluestein, einem Anwalt für Seerecht der Bluestein Law Firm in South Carolina. Scott hat meine endlosen Fragen beantwortet, und auch wenn ich noch nicht weiß welche, so werde ich doch mit Sicherheit eine Figur nach ihm benennen. Ein besonderes Dankeschön geht an Lisa Filipe, meine Freundin, Mitarbeiterin und Schwester im Geiste, weil sie mich beruhigt hat, wenn nötig, spontan recherchiert hat, gelacht, geweint und mit mir über die kleinen wichtigen Dinge gestritten hat. Du bist wirklich wunderbar. Wie bei all meinen Geschichten habe ich mir literarische Freiheiten herausgenommen; jegliche Ungenauigkeiten spiegeln nicht die Kompetenz der Menschen wider, die großzügig ihr Wissen und ihre Zeit mit mir geteilt haben.

Ich danke meinem Team und meinen Freunden dafür, dass sie mich immer unterstützen, und meinen Fans, die mich täglich aufs Neue inspirieren. Wenn Sie mir noch nicht auf Facebook folgen, dann möchte ich Sie dazu ermuntern. Wir tauschen uns dort mit viel Vergnügen über unsere attraktiven Helden und frechen Heldinnen aus. Und Sie können nie wissen, ob Sie nicht vielleicht eines Tages zu einer Geschichte oder einer Figur die Anregung geben und in einem meiner

Bücher landen, wie einige meiner Fanclub-Mitglieder es schon erleben konnten.
www.Facebook.com/groups/MelissaFosterFans

Denken Sie daran, meiner Facebook-Fanseite zu folgen, um zu verfolgen, was in der Welt unserer fiktionalen Männer so passiert.
www.Facebook.com/MelissaFosterAuthor

Abonnieren Sie meinen Newsletter, um über Neuerscheinungen, Aktionen und Veranstaltungen auf dem Laufenden zu bleiben:
www.MelissaFoster.com/Newsletter_German

Und vergessen Sie nicht, sich die Reader Goodies zu sichern: Familienstammbäume, Veröffentlichungskalender, Serien-Checklisten und mehr finden Sie – teils auf Deutsch, teils auf Englisch – unter:
www.MelissaFoster.com/Reader-Goodies

Wie immer gilt mein besonderer Dank meinem hervorragenden Redaktionsteam: Kristen Weber, Penina Lopez, Elaini Caruso, Juliette Hill, Marlene Engel, Lynn Mullan, Justinn Harrison sowie Janet König, Friederike Fischer, Stephanie Schottenhamel, Judith Zimmer. Und natürlich bin ich meiner Familie für immer dankbar, denn sie erlaubt mir, über meine fiktionalen Welten zu reden, als lebten wir selbst in ihnen.

Im Zweifel Liebe
Bei Rückkehr Liebe
Trotz allem Liebe
Bei Aufprall Liebe

Die Bradens (Peaceful Harbor)

Geheilte Herzen
Voller Einsatz für die Liebe
Liebe gegen den Strom
Vereinte Herzen
Melodie der Liebe
Sieg für die Liebe
Endlich Liebe – ein Braden-Flirt

Die Remingtons

Spiel der Herzen
Im Dschungel der Liebe
Herzen in Flammen
Herzen im Schnee
Liebe zwischen den Zeilen
Von der Liebe berührt

Die Bradens & Montgomerys (Pleasant Hill – Oak Falls)

Von der Liebe umarmt
Alles für die Liebe
Pfade der Liebe
Wilde Herzen
Schenk mir dein Herz

Der Liebe auf der Spur
Verrückt nach Liebe
Liebe süß und sündig

...

Die Whiskeys: Dark Knights aus Peaceful Harbor

Tru Blue – Im Herzen stark
Truly, Madly, Whiskey – Für immer und ganz
Driving Whiskey Wild – Herz über Kopf
Wicked Whiskey Love – Ganz und gar Liebe
Mad About Moon – Verrückt nach dir
Taming My Whiskey – Im Herzen wild
The Gritty Truth – Kein Blick zurück
In For A Penny – Süßes Glück

...

Seaside Summers

Träume in Seaside
Herzen in Seaside
Hoffnung in Seaside
Geheimnisse in Seaside

...

Entdecken Sie Melissa Fosters Bücher auch auf:
www.MelissaFoster.com/Herzen-im-Aufbruch